DIE
VERABREDUNG

WEITERE TITEL VON CAROL WYER

DETECTIVE-NATALIE-WARD-SERIE

Der Geburtstag

Das letzte Wiegenlied

Die Mutprobe

Die Verabredung

Die Blütenzwillinge

Die Bewunderten

Jemandes Tochter

DETECTIVE-ROBYN-CARTER-SERIE

Das verschwundene Mädchen

Die Geheimnisse der Toten

Ich kann dich sehen

Die stummen Kinder

Die Auserwählten

IN ENGLISCHER SPRACHE

DETECTIVE-NATALIE-WARD-SERIE

The Birthday

Last Lullaby

The Dare

The Sleepover

The Blossom Twins

The Secret Admirer

Somebody's Daughter

CAROL WYER

DIE VERABREDUNG

Übersetzt von Veronika Kallus

bookouture

EINS

SAMSTAG, 30. JUNI – SPÄTER NACHMITTAG

Cathy Curtis fischte den Teebeutel aus ihrer Tasse und warf ihn in die Spüle, wo es nur so auf das bereits braun gefärbte Chrom spritzte. Sie würde das später wegputzen; jetzt wollte sie einfach nur eine halbe Stunde lang Ruhe und Frieden genießen.

In dem Zimmer, das er mit seinem Bruder Seth teilte, klebte Charlie gerade zweifellos vor einem Videospiel, den heiß gelaufenen Controller in den verschwitzten Händen. Roxy schmollte immer noch in ihrem Zimmer. Sie hatte es fast den ganzen Tag nicht verlassen. Cathy spürte einen Hauch von Reue. Sie hatte mit dem Mädchen nicht so hart ins Gericht gehen wollen, aber es war wichtig gewesen, dass die Botschaft ankam. Roxy war stur und beharrlich, aber in diesem Fall war Cathy gezwungen gewesen, einzugreifen und sie umzustimmen.

Sie goss Milch in die Tasse, damit der Tee gut und cremig war, und nahm sie mit ins Wohnzimmer, wo sie sich seufzend auf das Sofa fallen ließ. Sie zog ihre Hausschuhe aus und schwang die Beine hoch, sodass sie fast lag. Momente wie dieser waren selten. Unweigerlich rannte sie immer entweder einem ihrer Kinder oder ihrem Partner Paul hinterher, der manchmal noch kindischer war als die Jungs. Sie lächelte bei dem Gedanken. Paul war in Ordnung, genau so, wie er war. Er brachte das Beste in ihr zum Vorschein.

Der Tee war süß und genau richtig. Seth und Paul hatten vor, erst viel später zurückzukommen, also würde sie wahrscheinlich ein bisschen fernsehen oder sich eine Serie anschauen, solang sie weg waren. Es sah nicht so aus, als ob Charlie sein Zimmer verlassen würde, bis es Zeit zum Essen war. Sobald Roxy weg war, würde sie den Abend also für sich allein haben. Sie nahm die Tasse in die Hand und ließ ihre Gedanken schweifen. Roxy wurde erwachsen. Das wurden sie alle. Bald würden sie alle das Nest verlassen haben, so wie Oliver vor ihnen. Sie fühlte, wie etwas in ihrer Brust vibrierte, als würde eine Gitarrensaite gezupft werden. Bald würde es nur noch sie und Paul geben, und unzählige Nachmittage wie diesen, aber sie würde sie vermissen – trotz des Lärms und der Streitereien würde sie sie alle vermissen.

Roxy erschien in Röhrenjeans und T-Shirt im Türrahmen. Die grüne Baseballkappe passte perfekt zu ihrer cremefarbenen Haut und lenkte die Aufmerksamkeit auf ihre großen haselnussbraunen Augen.

»Hey.«

Cathy sah auf und schenkte ihrer Tochter ein warmes Lächeln. Roxy würde immer ihr kleines Mädchen bleiben, egal wie alt sie war.

»Tut mir leid wegen des Streits vorhin«, sagte Roxy.

»Mir auch. Hast du es eingesehen?«

Das Mädchen nickte. »Ja. Du hattest recht.«

Cathy stellte ihre Tasse auf den Boden, stand auf und ging über den abgenutzten Teppich zu ihrer Tochter. »Ich weiß, dass du nicht willst, dass man dir sagt, was du tun sollst ...«

Das Mädchen unterbrach sie mit einem Kopfschütteln. »Nein, du hattest recht. Ich war stur. Ich glaube, er hat mich sowieso gar nicht so gern.«

Cathy wollte ihr widersprechen und ihr sagen, dass sie ihm bestimmt gefiel. Wer würde ihre kämpferische, hinreißende Tochter nicht mögen, die Mut und Entschlossenheit hatte und wusste, was sie wollte? Aber sie wollte diese Art von Beziehung nicht fördern. Stattdessen strich sie Roxy eine dunkle Haarsträhne aus dem Gesicht. »Bist du startklar für Ellie?«, fragte sie mit einem Blick auf die Plastiktüte, die neben der Tür stand.

»Ja. Bist du immer noch damit einverstanden, dass ich zu ihr gehe?«

»Sicher, warum denn nicht?« Cathy kannte den Grund, aber sie hatte nicht vor, noch einen Streit vom Zaun zu brechen. Für einen Tag hatten sie genug gestritten.

Roxy zuckte mit den Schultern und ihre Mundwinkel hoben sich leicht. Cathy liebte es, wenn Roxy lächelte. Ihr Gesicht verwandelte sich und ihre wahre Schönheit kam zum Vorschein.

»Danke.«

»Habt ihr schon Pläne für heute Abend?«, fragte Cathy leichthin.

»In unseren Pyjamas herumsitzen, Chips und Schokolade essen und Netflix schauen«, sagte Roxy mit einem weiteren Grinsen.

»Klingt wie mein perfekter Abend.«

»Willst du auch mitkommen?«, fragte Roxy scherzhaft.

Cathy lachte. »Ich passe. Vielleicht beim nächsten Mal.«

»Abgemacht. Okay, ich bin weg. Bis dann, Mum.«

»Viel Spaß. Grüß Ellie von mir. Ich habe sie schon lange nicht mehr gesehen.« Cathy drückte ihrer Tochter einen Kuss auf die Stirn, und als Roxy nicht zurückwich, fühlte sie sich viel besser. Ihr Streit war vergessen.

Roxy blickte mit klaren Augen zu ihrer Mutter auf. »Tschüss, Mum. Wir sehen uns morgen.« Sie nahm die Plastiktüte und Cathy begleitete sie zur Haustür, von wo aus sie zusah, wie ihre Tochter zu einer Übernachtung bei ihrer besten

Freundin aufbrach, die in einem der Häuserblocks direkt hinter dem ihren wohnte. Das Hoftor öffnete sich mit einem lauten Quietschen und Roxy hüpfte hindurch, die Hand zu einer Abschiedsgeste erhoben. Cathy hörte ein letztes »Tschüss«, als das Mädchen verschwand, und ging wieder hinein, froh, dass sie sich wieder vertragen hatten. Sie setzte sich auf das Sofa, nahm die Fernbedienung in die Hand und freute sich darauf, ein wenig Zeit allein zu genießen. Ein Gedanke, den sie ihr Leben lang bereuen würde.

ZWEI

SONNTAG, 1. JULI – FRÜHER MORGEN

Eindringliche Rufe waren zu hören, als noch mehr gleißende Flammen an einem verformten Fensterrahmen entlangzüngelten und aus dem Gebäude zu schlagen drohten. Ein kräftiger Wasserstrahl aus dem Wasserwerfer bändigte das Inferno, aber Jamie Bull, der Wachleiter und Mannschaftsverantwortliche, wusste, dass es hoffnungslos war. Das Feuer behielt das Innere des Hauses fest im Griff und hatte alles, was ihm in die Quere gekommen war, zerstört, lange bevor die Feuerwehrleute das stilvolle viktorianische Haus in der baumgesäumten Straße – eine der elegantesten in Armston-on-Trent – überhaupt erreicht hatten. Die Nachbarn hatten die Feuerwehr gerufen, weil sie durch die Lichtblitze und Explosionen in Panik geraten waren und sich um ihre eigene Sicherheit und ihr Eigentum gesorgt hatten. Einige standen jetzt in einiger Entfernung hinter der Absperrung zusammen und beobachteten mit großen Augen, wie die Einsatzkräfte den Brand bekämpften und versuchten, ihn unter Kontrolle zu bringen.

Jamie hatte genug Infernos wie dieses gesehen, um sich sicher zu sein, dass von dem, was einmal das persönliche Refugium der Besitzer gewesen war, nichts übrig bleiben würde.

Jedes Mal, wenn er sich einen Weg durch die Trümmer und schwelenden Holzkohlereste eines derart verwüsteten Gebäudes bahnte, erschütterte es ihn zutiefst, wenn er daran dachte, wie das Haus einmal ausgesehen haben musste. Die schwachen Spuren eines ganz normalen Lebens: ein Kinderwagen, eine Kinderzahnbürste, ein Bilderrahmen, ein gedeckter Tisch – all die Dinge, die als selbstverständlicher Bestandteil des Alltags angesehen wurden, geschmolzen zu schwarzen Klumpen.

Noch schlimmer war es nur, wenn sie leblose Körper fanden. Jamie war erleichtert gewesen, als er erfahren hatte, dass das Haus, in dem sie in der letzten Stunde gelöscht hatten, zwei Brüdern gehörte, Gavin und Kirk Lang, von denen keiner zu Hause gewesen war, als das Feuer ausbrach. Gavin, ein Mittdreißiger mit blassgrauen Augen und kurz getrimmtem Bart, war kurz nach den Einsatzkräften eingetroffen und stand nun allein, in einiger Entfernung von der kleinen Menschenmenge, mit dem Handy am Ohr da und bewegte die Lippen, während das fünfundzwanzigköpfige Team das Feuer weiter bekämpfte.

Jamie dachte darüber nach, was eine solche Verwüstung verursacht haben könnte. Er kannte die Statistik: Im Vereinigten Königreich waren etwa sechzehntausend Brände pro Jahr auf fehlerhafte Geräte zurückzuführen. Vielleicht zerbrachen sich Gavin und sein Bruder gerade den Kopf darüber, ob sie versehentlich etwas eingesteckt gelassen hatten. Jamie blickte den Mann in der dunklen Hose und der eleganten schwarzen Jacke mit dem hochgezogenen Kragen an; er wirkte bemerkenswert gelassen. Für einen kurzen Moment trafen sich ihre Blicke, und Jamie konnte keines der üblichen Anzeichen von Verzweiflung erkennen, die ihm in solchen Fällen immer wieder begegnet waren. Gavin hatte bereits jegliche Hilfe der Feuerwehr und des Rettungsdienstes abgelehnt, die gekommen waren, um praktische und emotionale Unterstützung zu leisten. Er hatte alternative Vorkehrungen für die Nacht getroffen und wartete nun darauf, das Urteil der Feuerwehrleute darüber zu hören, was die Zerstörung seines Hauses verursacht haben könnte. Jamie fand, dass der Mann ein wenig zu ruhig, zu unnahbar war. Sein Haus und sein Inventar waren zerstört worden, und doch zeigte er keinerlei Reaktion auf den großen Verlust – gar nichts. Seine Gedanken wurden von einem der beiden Mannschaftsleiter, Floyd Haverstock, unterbrochen.

»Es ist gelöscht, Boss. Diesmal sind wir uns sicher. Wir haben auch die Außenseite überprüft. Können wir die Teams jetzt reinschicken?« Floyd meinte damit die Feuerwehrleute mit den Atemschutzgeräten.

Jamie nickte als Antwort und beobachtete, wie mehrere Männer den Weg hinuntergingen.

Da nun alles unter Kontrolle war, zogen sich die letzten der neugierigen Nachbarn in den Komfort und die Sicherheit ihrer Häuser zurück. Jamie fiel auf, dass niemand Gavin zu sich einlud oder mit ihm ein paar tröstende Worte sprach. Es schien ihn nicht zu stören. Jamie ging zu ihm hinüber.

»Werden sie lange brauchen?«, fragte Gavin und nickte in Richtung der Feuerwehrleute, die das Haus betreten hatten.

»Das hängt davon ab, wie schlimm es ist. Es wird wahrscheinlich strukturelle Schäden geben, sodass sie vielleicht darum herum navigieren müssen.«

»Meinen Sie, sie können herausfinden, wie es angefangen hat?« Die Stimme war rau und passte so gar nicht zum Äußeren des Mannes.

»Ja. Ich kann Ihnen aber nicht sagen, wie lange es dauern wird. Manchmal kann es Tage dauern, die Trümmer zu sichten und die Ursache zu finden.«

»Können Sie herausfinden, ob es Absicht war?« Gavin schien sofort Antworten zu wollen.

»Die Hundestaffel sollte dazu in der Lage sein.« Die Brandermittlung der West Midlands war in Begleitung von Kai, einem belgischen Schäferhund, und seinem Hundeführer eingetroffen. »Sie müssen sich so schnell wie möglich mit Ihren Anbietern in Verbindung setzen – Gas, Wasser, Strom«, sagte er hilfsbereit.

Gavin nickte. »Schon in Arbeit«, antwortete er.

Jamie nickte und entfernte sich wieder. Sie hatten drei Löschfahrzeuge gebraucht, um den Brand zu löschen, und die Feuerwehrleute waren nun dabei, die Ausrüstung wegzuräumen. Das Haus war völlig durchnässt worden. Jamie brauchte nicht hineinzugehen, um sich das Chaos vorzustellen oder den Gestank einzuatmen, der tief in das Riechorgan eindrang und nie vollständig verschwand – eine Mischung aus Rauch, Ruß und dem, was verbrannt war. Sogar zu Hause, wenn er abends fernsah, konnte Jamie den Geruch wahrnehmen, wenn er die Augen schloss. Je nach dem Ausmaß des Schadens würden die Eigentümer entweder das Haus entkernen und neu aufbauen oder Hochleistungs-Reinigungsgeräte beschaffen müssen. Er wettete, dass sie hier noch mal ganz von vorne anfangen müssten, und hoffte, dass die Brüder gut versichert waren. Aber manche Dinge waren einfach unersetzlich.

Als er hörte, wie sein Name gerufen wurde, blickte er auf und sah einen der Dienstältesten der Feuerwehrleute, Dan Higson, an der Eingangstür stehen. Er eilte zu ihm hinüber, halb in der Erwartung zu hören, dass sie das schuldige Gerät schon ausgemacht hatten, aber als er sich dem Mann näherte und seine ernste Miene studierte, setzte ein vertrautes Nagen in seinem Magen ein. Dan schüttelte ernst den Kopf.

»Wir haben eine Leiche gefunden«, sagte er. »Sie ist unkenntlich.«

DREI

SONNTAG, 1. JULI – FRÜHER MORGEN

DI Natalie Ward nahm ihr Handy in die Hand und schaute zum dritten Mal, seit sie zu Bett gegangen war, auf das Display. Es war halb fünf und wie immer konnte sie einfach nicht schlafen. Als sie sich hingelegt hatte, war sie fast augenblicklich eingeschlafen, aber kurz nach halb zwölf hatte sie die laute Musik, die aus einem vorbeifahrenden Auto tönte, geweckt. Seitdem lag sie wach.

Eigentlich hätte sie wie ein Murmeltier schlafen müssen. Es war schon eine Weile her, seit sie und ihr Mann David einen Nachmittag allein zusammen verbracht hatten, aber gestern hatten sie sich wirklich Mühe gegeben. Die Kinder, Josh, der Ende des Monats siebzehn Jahre alt werden würde, und die vierzehnjährige Leigh, waren mit Davids Vater Eric und seiner Freundin Pam nach Manchester gefahren, sodass sie und David die Gelegenheit gehabt hatten, allein zu sein und sich auszusprechen – die Stimmung zwischen ihnen war so aufgestaut, dass sie in den letzten Monaten fast davon erdrückt worden wäre.

Es war einer ihrer besseren Tage gewesen. Seit April, als Leigh von zu Hause weggelaufen war, war es ein steiniger Weg gewesen, und sie hatten noch eine weite Strecke zu gehen. Natalie machte David nicht für den Vorfall verantwortlich, aber es fiel ihr immer noch schwer, zu akzeptieren, dass er sie belogen hatte. David hatte behauptet, dass er von seiner Spielsucht geheilt wäre. Aber damit konfrontiert, dass er keine Arbeit mehr hatte, war er zu seinen schlechten Gewohnheiten zurückgekehrt; und schlimmer noch, er war mit der Wahrheit mehr als sparsam gewesen.

Wenn er nur ehrlich gewesen wäre, dann hätte sie damit umgehen können, aber die Heimlichtuerei und die Lügen waren beinahe zu viel für sie gewesen. Er hatte sie angelogen, obwohl er genau wusste, dass sie das weder verzeihen noch tolerieren konnte.

Vor langer Zeit hatte ihre Schwester Frances sie belogen. Der Diebstahl des Rings ihrer sterbenden Großmutter, die Lügen, die falschen Anschuldigungen und die Enttäuschung ihrer Eltern über Natalie, obwohl sie in Wahrheit unschuldig gewesen war. Und dann der Unfall, der ihre Eltern das Leben gekostet hatte, bevor sie erfahren hatten, was wirklich passiert war, und ihr verzeihen konnten. Sie kämpfte gegen die Erinnerungen an, bis sie sich wieder in die Winkel ihres Geistes zurückzogen, in denen sie normalerweise eingeschlossen waren.

Das Vertrauen, das zwischen David und ihr bestanden hatte, war zerstört, und obwohl Natalie ihren Kindern zuliebe eine tapfere Miene aufgesetzt hatte, konnte sie sich nicht damit abfinden, was David getan hatte.

Der Ausflug zum Stausee war Davids Vorschlag gewesen – eine gute Idee. Sie waren entlang des weiten Wasserspiegels spazieren gegangen und hatten beobachtet, wie zwei Schwäne kurz nacheinander abgehoben hatten, wobei sie mit ihren rauschenden Flügeln hastig gegen das Wasser geschlagen und riesige Wellen verursacht hatten, die immer größer geworden waren, bis sie schließlich über die Uferlinie geschwappt waren ...

. . .

»Sie sehen aus wie kleine, weiße Flugzeuge«, sagt David, als sie abheben.

Natalie stimmt ihm zu. Die Vögel bieten einen beeindruckenden Anblick, als sie sich majestätisch in den kobaltblauen Himmel erheben.

David sieht sie an, die Augenbrauen zusammengezogen, wie immer, wenn er etwas Ernstes zu sagen hat. »Das war gut heute. Wir haben diese Zeit zusammen gebraucht. Wir haben nicht mehr miteinander gesprochen, Natalie. Seit Leigh weggelaufen ist, ist es so, als wären wir Fremde, die sich nur denselben Lebensraum teilen. Du bist kaum zu Hause, und wenn, dann machst du fast immer etwas mit den Kindern, gehst früh ins Bett oder bist zu müde, um zu reden. Keiner von uns redet darüber. Es steht im Raum wie ein verdammter Elefant.«

»Mehr gibt es dazu aber nicht zu sagen.«

»Ich gebe ja zu, dass ich Mist gebaut habe, aber ich mache es wieder gut.«

»Ich weiß.«

»Das macht mich wahnsinnig. Ich habe das Gefühl, du bist da, aber du bist es nicht. Du bist zwar anwesend, aber unnahbar. Wir haben die Verbindung verloren, die uns zu dem gemacht hat, was wir waren.«

»Du weißt, wessen Schuld das ist.« Der gepeinigte Ausdruck in seinen Augen hält sie davon ab, ihm noch mehr Vorwürfe zu machen.

Er spricht leise. »Wie oft muss ich noch sagen, dass es mir leidtut? Ich finde gar keine Worte dafür, wie sehr ich bedauere, was passiert ist, und es tut mir wirklich leid.«

»Ich weiß, dass es dir leidtut. Ich verstehe, warum du ins Wettbüro gegangen bist und nicht zu Hause warst, als Leigh verschwunden ist. Ich habe gesehen, wie unglücklich du bist, seit du deinen Job verloren hast und deine Arbeit als freiberuflicher

Übersetzer weggefallen ist. Ich verstehe, dass es schwer für dich ist und dass man eine Sucht nur schwer überwinden kann. Ich verstehe es, David. Wirklich.«

»Warum können wir es dann nicht einfach hinter uns lassen?«

Es gibt zwei Gründe, weshalb Natalie nicht zu ihrer alten Beziehung zurückkehren kann: Erstens, weil sie die Lügen nicht verzeihen kann, und zweitens, weil sie ihn nicht mehr liebt. Sie ist nur noch um der Kinder willen mit ihm zusammen. Diese Erkenntnis kam nur wenige Tage nach Leighs Rückkehr, und so sehr sie sich auch anstrengt, sie kann die Liebe, die sie einst für ihren Mann empfand, nicht mehr fühlen.

»Ich versuche es«, ist alles, was sie sagen kann.

»Es ist zwei Monate her. Zwei schrecklich lange Monate, in denen wir so getan haben, als wäre alles in Ordnung, obwohl wir wussten, dass es das nicht ist. Wie lange wird es noch dauern, bis wir es hinter uns lassen?«

Sie hatte nicht gewusst, wie sie darauf reagieren sollte. Der Nachmittag war angenehm gewesen, und eine Zeit lang hatten sie eine vertraute Intimität genossen, während sie über die Wege spaziert waren, doch sobald sie im Auto saßen, war sofort wieder diese unsichtbare Barriere da gewesen, und sie hatten sich für den Rest des Tages gemieden.

Sie legte ihr Telefon zurück auf den Nachttisch und drehte sich flach auf den Rücken, die Augen weit geöffnet. Dass sie ihrem eigenen Mann nicht verzeihen konnte, das hatte sie ihrer entfremdeten Schwester Frances zu verdanken. Frances Hinterhältigkeit hatte Natalie für immer verändert, und nun war sie nicht mehr in der Lage dazu, jemandem zu vergeben, der sie einmal belogen hatte.

Das Telefon vibrierte und sie nahm ab, während sie gleichzeitig die Bettdecke von sich stieß. »DI Ward«, sagte sie leise, während sie in Richtung Badezimmer schlich.

»Nat, ich bin's, Mike.«

Mike Sullivan war Leiter der forensischen Abteilung, und wenn er so früh am Morgen anrief, dann hieß das, dass es schlechte Nachrichten gab.

»Hey. Was gibt's?«

»Ich bin an einem Brandort in Armston-on-Trent. Die Feuerwehren der West Midlands und von Staffordshire wurden kurz nach ein Uhr hierhergerufen. Es gibt eine Leiche im Haus, und niemand weiß, wer sie ist. Der Ermittlungshund hat Brandbeschleuniger gefunden, höchstwahrscheinlich Benzin, deshalb glauben wir, dass es sich um Brandstiftung handelt. Ich habe Proben genommen. Die Hauseigentümer behaupten, sie wüssten überhaupt nichts über die Leiche.«

»Befindet sich die Leiche noch vor Ort?«

»Ja, wir haben sie noch nicht weggebracht. Sie ist bis zur Unkenntlichkeit verbrannt. Wir wissen nicht, ob es ein Erwachsener oder ein Kind ist, denn Knochen können schrumpfen, wenn sie so hohen Temperaturen ausgesetzt sind.«

Natalie war sich der Wirkung von Feuer auf menschliche Körper bewusst. Sie hatte die Folgen eines schweren Autounfalls miterlebt, bei dem die Opfer nur noch anhand ihrer Zähne identifiziert werden konnten.

»Okay, ich trommle das Team zusammen.«

»Du wirst noch keinen Zugang zum Haus bekommen. Ich habe Fotos gemacht und sie dir per E-Mail geschickt, damit du dir ein Bild machen kannst. Die Leiche befindet sich in einem Raum im hinteren Teil des Gebäudes, der zu Unterhaltungszwecken für Fernsehen, Videospiele und dergleichen genutzt wurde.«

»Wo wurde das Feuer gelegt?«

»Sieht so aus, als ob das im vorderen Bereich des Hauses geschehen ist. Der Ermittlungshund hat sofort angeschlagen, als er hineinkam. Es könnten auch Lappen gewesen sein oder etwas, das durch den Briefkasten geworfen wurde. Ich bin gerade bei FI Nick Hart, West Midlands. Er skizziert die Diagramme für uns.« Der Brandermittler würde einen Grundriss des Gebäudes zeichnen sowie einen Plan der Raumaufteilung, Skizzen der durch das Feuer beschädigten Zimmer und der Körperdiagramme, damit das Team damit beginnen konnte, zusammenzusetzen, wie das Feuer ausgebrochen war und warum das Opfer nicht entkommen konnte. Mike fuhr fort: »Ich habe Proben genommen und werde veranlassen, dass die Leiche zur Untersuchung überführt wird. Ich setze Darshan Singh darauf an.« Darshan Singh teilte sich das Labor in Samford mit seiner Frau Naomi. Beide waren auf ihrem Gebiet versiert, Naomi war eine führende forensische Anthropologin und Darshan ein Spezialist für forensische Odontologie.

»Und wer ist der Rechtsmediziner in diesem Fall?«

»Das wird Pinkney machen. Ben Hargreaves ist im Urlaub.«

Natalie kannte Pinkney Watson schon seit einigen Jahren, schon bevor sie von Manchester in das Hauptquartier in Samford (HQ) gewechselt hatte. Sie mochte den sechsundfünfzigjährigen Mann, der mit seinen beiden Katzen in einem viktorianischen Haus lebte und seine Freizeit in einem Wohnmobil namens Mabel genoss. Pinkney mochte zwar etwas exzentrisch sein, aber sein Verstand war messerscharf, und Natalie empfand es als angenehm, mit ihm zu arbeiten.

»Ist jemand in der Nähe? Der Besitzer? Wir müssen die Aussagen der Nachbarn einholen und sehen, ob es Überwachungsmaterial gibt.«

»Ja, die beiden Hausbesitzer sind hier. Sie sind Brüder – Gavin und Kirk Lang.«

»Okay. Schick mir die Adresse. Bis gleich.«

Sie schaltete das Licht über dem Spiegel ein, und während sie ihr Haar bürstete und es schnell zu einer effizienten Frisur ordnete, stieß sie einen Seufzer aus. Die Enttäuschung und Besorgnis standen ihr ins Gesicht geschrieben. Verdammt noch mal, David. Warum konntest du mir nicht einfach vom Glücksspiel erzählen, anstatt mich zu belügen! Der Ausflug zum Stausee war ein Anfang gewesen, aber zwischen ihr und David herrschte immer noch eine große Leere, die im Moment unüberwindbar schien. Aber jetzt gab es dringendere Angelegenheiten, und sie konnte ihre Energie nicht an David verschwenden.

———

Auch DS Lucy Carmichael konnte nicht schlafen. Sie beschloss, den Versuch aufzugeben und stattdessen eine Runde joggen zu gehen. Die Straßen waren still, sodass sie ihre Ohrstöpsel und die Musik nicht brauchte, und das gab ihr die Möglichkeit, über das nachzudenken, was sie bedrückte. Sie hatte den ganzen Samstag mit Bethany, ihrer Partnerin, beim Einkaufen verbracht und war nun in Gedanken an das Baby versunken, das bald da sein würde. Sie hatte sich sehr darüber gefreut, dass Bethany schwanger geworden war und das Kind austragen konnte, aber seit Knöllchen sich zum ersten Mal spürbar bewegt hatte, war alles plötzlich sehr real geworden, und jetzt war sie sich nicht mehr sicher, ob sie eine gute Mutter sein würde. Sie hatte selbst keine Vorbilder, war von einer Pflegefamilie zur nächsten gezogen und ein regelrechtes Ungeheuer gewesen.

Lucy wusste, dass die Geburt von Kindern vieles veränderte. Ihr Kollege, PC Ian Jarvis, hatte sich schwergetan, Beruf und Privatleben in Einklang zu bringen, und das war ihn teuer zu stehen gekommen. Seine Freundin Scarlett hatte die langen Arbeitszeiten sattgehabt und sich vor der ständigen Gefahr, der er ausgesetzt war, gefürchtet. Sie hatte ihn mit dem gemeinsamen Baby verlassen. Vor der Geburt von Ruby war es anders gewesen, aber als sie Mutter wurde, änderte sich Scarletts Einstellung zu Ian und seinem Job. Die Mutterschaft könnte auch Bethany verändern. Vielleicht würde auch sie anspruchsvoller werden, sobald Knöllchen auftauchte. Das Klingeln ihres Telefons unterbrach ihre trüben Gedanken, und mit einem Gefühl der Erleichterung nahm sie den Hörer ab. DS Murray Anderson war am Apparat.

»Ich wusste, dass du wach sein würdest.«

»Wie konntest du dir da so sicher sein?«

»Du bist eine Frühaufsteherin. Das war schon immer so. Lass mich raten ... du läufst.«

Sie lächelte. Murray kannte sie schon fast ihr ganzes Leben lang. Er war wie der Bruder, den sie nie gehabt hatte. Er kannte sie manchmal besser als sie sich selbst. Sie verlangsamte ihr Tempo, um das Gespräch führen zu können.

»Ja, aber ich bin nicht weit weg. Ich bin nur beim Kinderspielplatz. Was ist los?«

»Natalie möchte, dass wir sie in Armston-on-Trent treffen. Feuerwehrleute haben in den Trümmern eines abgebrannten Hauses eine nicht identifizierbare Leiche gefunden.«

»Okay. Ich treffe dich dort.«

»Linnet Lane, Nummer zehn.«

»Hast du Ian schon angerufen?«

»Nein, noch nicht.«

»Ich rufe ihn an und sage ihm, dass ich ihn abhole. Er liegt auf meinem Weg«, sagte sie.

»Okay. Bis gleich.«

Lucy rannte zurück ins Haus, kritzelte eine Nachricht für Bethany auf einen Post-it-Zettel und klebte ihn an die Badezimmertür, wo sie ihn mit Sicherheit sehen würde. Ein Teil von ihr war froh, mit einem Fall beschäftigt zu sein. Das vertrieb die Gedanken an Kinder und die Selbstzweifel. Sie schnappte sich ihre Autoschlüssel und machte sich auf den Weg in den Tag hinein. Ein letzter Gedanke ging ihr durch den Kopf: Würde das alles noch schwieriger werden, wenn das Baby erst einmal geboren war?

———

Das Haus in der Linnet Lane bot einen traurigen Anblick. Einst war es ein prächtiges viktorianisches Herrenhaus gewesen, identisch mit den anderen Häusern in der Straße, mit einem Säulengang für Kutschen und Pferde und einer niedrigen Treppe, die zu einer Flügeltür führte. Die imposanten Türen ließen einen in ein Vestibül mit raumhohen Bogenfenstern gelangen, das einst beeindruckend gewesen sein musste. Jetzt war alles ein verkohltes Schlachtfeld. Natalie riss ihren Blick von dem Nachbarhaus mit seinen verbarrikadierten Erkerfenstern los und stellte sich vor, dass diese Ruine vor ihr einst ebenso prächtig ausgesehen hatte. Sie duckte sich unter der Absperrung hindurch, näherte sich dem Gebäude und blieb vor dem Tor stehen, wo Mike Sullivan mit einem Mann in seinen Vierzigern mit dunklem Haar, dunklen Augen, einer Narbe über der linken Wange und einem Klemmbrett in der Hand sprach.

»Hi, Natalie.« Mike sah aus, als hätte er seit einem Monat nicht mehr geschlafen. Sie wusste, wie er sich fühlte. »Das ist der Brandermittler der West Midlands, Nick Hart.«

»Hi. DI Natalie Ward. Was für ein Chaos!«

Nick sprach mit einem leichten Birminghamer Akzent, der in Natalies Ohren fast wie Musik klang. »Ja, das ist es wirklich. Anscheinend hat sich das Feuer rasend schnell ausgebreitet. Sie können klein anfangen, aber je nach Einrichtung und so weiter können sie sich völlig unkontrollierbar ausbreiten. Hat Mike Ihnen erzählt, dass wir Beweise dafür gefunden haben, dass ein Brandbeschleuniger verwendet wurde?«

»Ja, das hat er. Könnte jemand etwas durch einen Briefkasten geworfen haben – einen mit Benzin getränkten Lappen vielleicht?«

»Das ist eine Theorie, aber wir sind uns noch nicht einig. Es besteht auch die Möglichkeit, dass die Eingangstüren gar nicht verschlossen waren.«

»Und es gibt noch eine weitere Tür in das Haus, hinter dieser Vordertür?«, fragte sie.

»Das ist richtig. Diese Türen führen zu einem großen Vorraum und einer weiteren Tür, die dann ins Haus führt. Ich sorge dafür, dass Sie einen Grundriss und eine Skizze von allem bekommen«, antwortete Nick.

Mike meldete sich zu Wort. »Wir werden die Leiche gleich abtransportieren und dann fahre ich zurück nach Samford.«

Nick nickte. »Und ich werde die Dokumentation des Tatorts abschließen und Mike im Laufe des Tages Notizen und Skizzen zukommen lassen. Ich habe mit den Hausbesitzern gesprochen und es scheint, dass die Leiche in einem Raum lag, den sie als Unterhaltungsraum bezeichnen. Darin befanden sich drei große runde Sofas, ein Breitbildfernseher und eine Spielkonsole. Sonst nichts. Die Leiche wurde in der Mitte des Raumes gefunden und wir vermuten, dass das Opfer auf einem der Stühle saß und sich nicht von der Stelle bewegt oder zu fliehen versucht hat.«

»Bewusstlos?«, fragte Natalie.

»Möglicherweise, oder die Person hat im Schlaf Kohlenmonoxid eingeatmet ... oder war bereits tot. Der Rechtsmediziner wird das hoffentlich herausfinden können.«

Natalie starrte konzentriert vor sich hin. Wer war diese mysteriöse Person und wie war sie hereingekommen? Sie bedankte sich bei Nick, der sich auf den Weg machte, um seine Arbeit fortzusetzen, und sie mit Mike allein ließ. »Wo sind die Besitzer?«, fragte sie.

»Im Vintage Tea Room am Ende der Straße.«

»Ist der um diese Zeit geöffnet?«

»Sie sind mit der Besitzerin, Daisy Goldsmith, befreundet. Sie hat ihn für sie geöffnet.«

»Oh, okay. Ich werde hingehen und mit ihnen reden. Ah, da ist Murray«, fügte sie hinzu, als er mit seinem Jeep Renegade vorfuhr.

»Und Darshan muss unbedingt mit der Identifizierung der Leiche beginnen. Ich melde mich im Laufe des Tages.«

»Sollte nicht heute Thea bei dir sein?« Thea war Mikes Tochter, die gerade fünf Jahre alt geworden war. Er konnte sie nur jedes zweite Wochenende sehen, und Natalie wusste, dass jeder Augenblick mit ihr für ihn kostbar war. Seine Ehe mochte gescheitert sein, aber er liebte sein kleines Mädchen immer noch.

»Ja. Scheiße, nicht wahr?«

»Könnt ihr nicht auf einen anderen Tag ausweichen?«

»Sagen wir einfach so, Nicole und ich verhandeln gerade über dieses Thema.« Er verzog das Gesicht und stapfte davon.

Murray wartete, bis sie die Straße überquert hatte, und begrüßte sie dann. »Lucy ist schon auf dem Weg, zusammen mit Ian. Sie werden nicht lange brauchen.«

»Ich bin mir nicht sicher, wie viel wir um diese Zeit aus den Leuten herausbekommen, aber wir müssen einen Anfang machen. Die Hauseigentümer sind in der Teestube am Ende der Straße, also sprechen wir zuerst mit ihnen.« Das Klingeln von Murrays Telefon unterbrach sie. Er stellte den Lautsprecher an. Es war Lucy.

»Murray, Ian geht weder an die Tür noch ans Telefon.«

»Hast du es bei Scarlett versucht?«

»Ja, und sie hat mir fast den Kopf abgerissen, weil ich sie und Ruby geweckt habe. Er ist nicht dort.«

Natalie zuckte mit den Schultern und sagte: »Wir versuchen es später bei ihm.«

»Natalie sagt, wir sollen es erst mal lassen. Wir sind im Vintage Tea Room in der Linnet Lane.«

»Verstanden.«

Natalie schritt den Hügel hinauf, vorbei an Häusern, deren Bewohner mit zugezogenen Vorhängen schliefen. Jedes Haus schien mit Sicherheitskameras ausgestattet zu sein, die den oder die Verantwortlichen für den Anschlag hätten erfassen können, aber in der Straße selbst gab es keine Überwachungskameras. Sie hoffte, dass jemand in einer der Villen den Brandstifter gesehen hatte.

———

Natalie spähte in die malerische Teestube; Gardinen bedeckten das Fenster bis zur Hälfte. Leere Tortenständer aus Porzellan standen darin und warteten darauf, befüllt zu werden. Das Innere wirkte hell und freundlich. Es gab eine Kommode, auf der eine Vielzahl von Keramikkannen stand, und zehn quadratische Holztische. Die Brüder waren die einzigen Kunden. Sie standen vor einem Tresen und unterhielten sich mit einer Frau Ende zwanzig. Als die Türglocke klingelte, sahen sie auf. Natalie und Murray betraten die Stube, zeigten kurz ihre Ausweise und stellten sich den Männern vor.

Gavin und Kirk Lang sahen sich überhaupt nicht ähnlich. Gavin war gut fünf Zentimeter größer, hatte volles, zur Seite gekämmtes Haar und einen gepflegten Dreitagebart; sein Bruder war untersetzter, hatte einen Stiernacken und trug einen Taper-Fade-Schnitt mit einem unordentlichen Scheitel im gewellten dunklen Haar sowie einen Unterlippenbart, der zu einem ordentlichen Rechteck von der Größe einer Briefmarke geformt war.

Kirk nickte in Richtung eines Tisches. »Was dagegen, wenn wir uns setzen? Es war eine lange Nacht«, sagte er.

»Bitte sehr.«

»Kann ich einen Kaffee haben, Daisy, Liebes? Schwarz. Mach ihn stark.«

Die Frau warf ihm ein warmes Lächeln zu. »Natürlich. Ich bringe ihn dir rüber. Wollen Sie etwas, meine Herrschaften?«

»Nein, vielen Dank.« Natalie ging zum nächstgelegenen Tisch, zog einen der Stühle heraus und setzte sich. Murray nahm den Platz neben ihr ein und holte Notizblock und Stift hervor.

Eine Kaffeemaschine zischte und blubberte im Hintergrund, als Gavin sich als Letzter zu ihnen gesellte und sich neben seinen Bruder setzte, den Blick ganz auf Natalie gerichtet.

»Ich möchte Sie bitten, mit uns nochmals ein paar Dinge durchzugehen, die Sie bereits mit dem Brandermittler besprochen haben. Wie Sie wissen, wurde eine Leiche gefunden.« Natalie beobachtete die beiden Männer, während sie sprach.

»Ich möchte klarstellen, dass wir nichts darüber wissen«, sagte Gavin schnell. »Wir haben das Haus gemeinsam verlassen, um halb neun, und ich habe die Alarmanlage aktiviert und die Türen zugesperrt, wie ich es immer tue. Wir haben keine Ahnung, wie jemand hätte ins Haus gelangen können.«

»Sie haben die Alarmanlage aktiviert?«

»Ich bin mir ziemlich sicher, ja.«

»Ja oder nein?«

»Ich bin mir sicher. Manche Dinge tut man automatisch, nicht wahr? Ja, ich habe die Alarmanlage aktiviert. Das mache ich immer.«

Natalie nickte kurz. Wenn er die Wahrheit sagte, dann hatte derjenige, der eingebrochen war, den Alarm ausgeschaltet. Außerdem hatten Mike und der Brandermittler ihr gesagt, dass sie glaubten, die Eingangstüren seien nicht verschlossen gewesen. Jemand hatte es geschafft, die Türen zu entriegeln und den Alarm auszuschalten, und hatte sich im Inneren des Hauses aufgehalten, als das Feuer ausbrach. Der Brandstifter?

»Hat jemand einen Ersatzschlüssel für das Haus? Eine Reinigungskraft vielleicht?«

Kirk saß schweigend da, während sein Bruder das Reden übernahm. Er rieb sich die Augen und unterdrückte ein Gähnen.

»Wir lassen eine Reinigungsfirma kommen – Top to Bottom. Die haben einen Satz Schlüssel.«

»Können Sie uns bitte die Kontaktdaten geben?«

»Sicher.« Gavin rief die Informationen auf seinem Handy auf und schob es Murray zu, der sich Namen und Nummern notierte.

»An welchen Tagen putzen sie bei Ihnen?«

»Montag und Freitag.«

»Hat sonst noch jemand einen Schlüssel?«

»Daisy.« Er deutete auf die Frau, die gerade Tassen auf ein Tablett stellte. Sie blickte beim Klang ihres Namens auf und räusperte sich, bereit zu sprechen, aber er fuhr fort.

»Sie ist meine Freundin«, fügte er erklärend hinzu.

Natalie richtete ihre nächste Frage an Daisy. »Sind Sie gestern Abend zu dem Haus gegangen?«

»Nein. Ich war die ganze Zeit hier.«

»Wo ist der Schlüssel?«, fragte Natalie.

»Am gleichen Schlüsselbund wie der Ladenschlüssel. Ich bewahre sie normalerweise hinter dem Tresen auf.« Daisy schaute Gavin an, aber er reagierte in keiner Weise.

Natalie fuhr fort: »Ich verstehe. Führen Sie den Laden allein?«

»Ja.«

»Und Sie bereiten alles hier hinter der Theke zu? Sie haben keine separate Küche?«

»Nein. Es gibt nur diesen Raum und die Kundentoilette dort drüben.« Sie nickte in Richtung einer Tür.

»Und Sie sind immer hier?«

»Ich verlasse den Laden nie, wenn wir geöffnet haben. Wenn es ruhig ist, setze ich mich hinter den Tresen. Und wenn ich nach oben gehe, schließe ich immer die Eingangstür ab und hänge das Schild ›Bin in fünf Minuten zurück‹ auf.«

Wenigstens hatte Natalie hiermit festgestellt, dass es unwahrscheinlich war, dass jemand den Schlüssel genommen hatte, und sei es auch nur für kurze Zeit, um ein Duplikat herzustellen. Sie wartete, während Daisy den Kaffee herüberbrachte und auf den Tisch stellte, dann fragte sie: »Wohnen Sie hier?«

»Ja, in der Wohnung im ersten Stock.«

»Und Sie haben gestern Abend oder in den frühen Morgenstunden nichts Ungewöhnliches gehört oder gesehen?«

Daisy senkte ihren Blick. »Ich war den ganzen Tag so im Stress. Deshalb habe ich ein langes Bad genommen und mich dann gegen halb elf ins Bett gelegt. Ich habe geschlafen, bis ich von dem Aufruhr wach geworden bin.«

Natalie fiel auf, dass Daisy das nun leere Tablett nervös zwischen ihren Händen hin und her gleiten ließ und war sich sicher, dass die Frau etwas verschwieg. »Was ist dann passiert?«

»Ich schaute aus dem Fenster und sah Blaulicht, das sich die Straße hinaufbewegte. Ich zog mir etwas an und rannte in dieselbe Richtung.«

»Warum?«

»Warum?«, wiederholte Daisy.

Natalie erkannte die Hinhaltetaktik. Oft wiederholten die Leute eine Frage, um Zeit zu gewinnen. »Ja.«

»Weil die Feuerwehrautos in die Richtung von Kirks und Gavins Haus fuhren. Ich musste nachsehen, was los war.«

»Aber die Feuerwehrautos hätten zu einem Feuer oder einem Unfall in der Nähe unterwegs sein können.«

Sie schüttelte den Kopf. »Nein. Ich habe gesehen, wie der Himmel erleuchtet war und Menschen die Straße entlangliefen. Deshalb bin ich ihnen gefolgt. Als ich näher kam, konnte ich Rauch riechen, die Leute standen auf der Straße, und ich sah, dass das Haus von Kirk und Gavin brannte. Dann habe ich im Club angerufen und mit Kirk gesprochen.«

»Wie heißt Ihr Nachtclub?«, fragte Natalie Gavin, dessen Blick kühl auf Daisy gerichtet war. Die junge Frau sah ihn nicht an.

»Extravaganza. In der Nähe vom Bahnhof, neben dem alten Kino.«

Der Nachtclub war nur etwa zehn Minuten mit dem Auto entfernt. Murray notierte sich den Namen, unterbrach aber Natalie nicht, die sich Kirk zuwandte.

»Und Kirk, was haben Sie nach diesem Anruf getan?«

Kirk beugte sich vor, nahm ein dünnes Päckchen Zucker aus einem Keramikschälchen auf dem Tisch und riss es langsam auf. Er kippte den Inhalt in seine Tasse, bevor er antwortete. »Ich habe Gavin gesagt, dass es hier brennt, und er ist losgefahren, um nachzusehen, was für Schaden entstanden ist.«

»Sie sind nicht mitgekommen?«

»Ich bin im Club geblieben. Es war viel los, und einer von uns musste dafür sorgen, dass alles weiter reibungslos ablief. Wir mussten nicht beide zurückkommen.«

Natalie fiel auf, dass keiner der beiden Männer durch die Nachricht, dass ihr Haus abgebrannt war, gestresst oder aufgeregt wirkte. Schock konnte viele Formen annehmen, und es war möglich, dass sie das Ausmaß dessen, was ihnen widerfahren war, noch nicht ganz begriffen hatten, aber dieser Gedanke erschien ihr unwahrscheinlich. »Um wie viel Uhr haben Sie den Club verlassen?« Natalie sah Kirk an, aber Gavin antwortete anstelle seines Bruders.

»Als ich beim Haus angekommen war, habe ich Kirk angerufen und ihm gesagt, dass es ein Totalschaden ist und dass die Feuerwehr versucht, den Brand unter Kontrolle zu bringen. Ich habe ihm gesagt, dass ich vor Ort warte und mich um die Versicherung und eine Unterkunft kümmere und um alles andere; und dass er bis zum Ladenschluss im Club bleiben soll.«

Gavin schlug die Beine übereinander, die halb so schmal waren wie die fleischigen Schenkel seines Bruders, und legte den Kopf zur Seite, um ihre Antwort abzuwarten. Das ärgerte Natalie. Sie versuchte nur, ihren Job zu machen. In einem Haus, das diesen beiden Männern gehörte, war eine Leiche gefunden worden, und doch hatte sie den Eindruck, dass ihnen das völlig egal war.

»Und um wie viel Uhr war das, Kirk?«

»Ich weiß es nicht genau. Ich habe die Crew hinter der Bar gebeten, abzuschließen. Gegen halb fünf, glaube ich.« Er hob lässig die Kaffeetasse und schlürfte geräuschvoll daraus.

Daisy räusperte sich. »Kann ich weitermachen? Ich muss noch alles vorbereiten.«

»Klar«, antwortete Natalie.

Daisy schwirrte schleunigst wieder Richtung Tresen ab.

»Er war um vier Uhr fünfzig hier«, sagte Gavin.

»Sie scheinen bemerkenswert gelassen zu sein. Ich wäre verzweifelt, wenn ich all meine persönlichen Gegenstände bei einem Hausbrand verloren hätte.«

Kirk stellte seine Tasse ab und sagte: »Letzten Endes sind es doch nur Dinge. Besitztümer können ersetzt werden.«

»Aber es waren doch nicht nur Dinge, oder? Jemand ist in Ihrem Haus gestorben«, sagte Natalie.

»Aber wir haben niemanden reingelassen und wir wissen nicht einmal, wer es war. Es könnte ein Einbrecher gewesen sein oder das Arschloch, das das Haus niedergebrannt hat.« Kirks eisiger Blick ließ ihn noch bedrohlicher wirken. Von den beiden Brüdern sah er eher wie derjenige aus, der mit den Fäusten umgehen konnte und regelmäßig im Fitnessstudio trainierte.

Murray warf Natalie einen Blick zu, die ihm kurz zunickte. Er wollte Gavin etwas fragen.

»Sie sagten, Sie hätten die Versicherungsgesellschaft kontaktiert? Wieso kennen Sie die Nummer?«

»Ich habe alle Notrufnummern in meiner Kontaktliste gespeichert«, antwortete Gavin.

Murray fragte weiter. »Welche anderen Notrufnummern haben Sie in Ihrem Telefon gespeichert?«

»Werkstatt, Zahnarzt, andere Ärzte, Klempner. Die üblichen eben«, murmelte er.

Natalie wartete, ob Murray noch etwas hinzufügen wollte, aber er schien mit der Antwort zufrieden zu sein, also fuhr sie fort. »Ich würde gerne auf die Frage zurückkommen, wer Zugang zu Ihrem Haus gehabt haben könnte.«

Kirk blickte über seine Tasse hinweg auf. »Uns fällt niemand ein.«

»Haben Sie wirklich überhaupt keine Ahnung, wer da hineingelangt sein könnte?«

»Wie Kirk schon sagte, wahrscheinlich der Scheißkerl, der das Feuer gelegt hat«, sagte Gavin.

»Wenn das so ist, fällt Ihnen dann jemand ein, der Ihr Haus in Brand setzen oder Ihnen etwas Böses wünschen würde?«

»Da draußen gibt es eine Menge neidischer Idioten«, murmelte Gavin. »Leute, die nicht damit umgehen können, wenn es jemandem anderen gut geht.«

»Haben Sie irgendwelche Drohungen erhalten?«

Kirk schnaubte leise, aber es war sein Bruder, der antwortete. »Wir werden regelmäßig von Betrunkenen oder Gästen bedroht, die meinen, dass sie zu Unrecht aus unserem Club verwiesen wurden. Hören Sie, ich will ehrlich zu Ihnen sein. Wir haben eine Menge Leute verärgert, als wir die Markthalle gekauft und in einen Nachtclub verwandelt haben. Viele dachten, sie hätte historischen Wert und sollte lieber erhalten werden. Aber es ist uns scheißegal, was die anderen wollen, denn die Clubgänger lieben sie und wir verdienen sehr gut daran. Also ... wir haben viele gegen uns aufgebracht. Muss ich noch mehr sagen?«

Natalie verstand, was er meinte. Diese dreisten jungen

Männer hatten die Einheimischen verärgert, und es war möglich, dass einer oder mehrere beschlossen hatten, sich zu rächen – aber warum jetzt? »Wie lange sind Sie schon in Armston-on-Trent?«, fragte sie.

Gavin antwortete: »Etwas mehr als zwei Jahre. Wir sind 2012 von London nach Birmingham gezogen und dann 2014 nach Derby. Wir waren auf der Suche nach dem richtigen Ort, um unseren eigenen Club zu eröffnen. Als wir hörten, dass die alte Viehmarkthalle zum Verkauf stand, schien das wie die perfekte Gelegenheit. Wir haben sie im März 2015 übernommen und im Juni 2016 eröffnet.«

»Und das Haus?«

»Wir sind im Februar 2016 dort eingezogen.«

Wenn das Feuer aufgrund einer Hasskampagne gegen die beiden gelegt worden war, weil sie das Gebäude gekauft und in einen Nachtclub verwandelt hatten, dann war es seltsam, dass es erst jetzt und nicht schon viel früher so weit gekommen war. Eine solche Reaktion hätte durch irgendetwas ausgelöst werden müssen. Viel mehr Sorgen bereitete Natalie die Leiche im Haus. Sie mussten sie schnell identifizieren und dann herausfinden, warum diese Person in einem brennenden Haus gewesen war. Das Feuer war im Eingangsbereich ausgebrochen, doch die Leiche war in einem Zimmer im hinteren Teil des Hauses gefunden worden. Für sie bedeutete das, dass es sich wahrscheinlich nicht um die Person handelte, die den Brand gelegt hatte, es sei denn, es waren zwei oder mehr Personen beteiligt gewesen und eine davon war im Haus eingeschlossen worden. Das waren Fragen, die sie vorerst nicht beantworten konnte. Im Moment hatten sie nur die Kontaktdaten einer Reinigungsfirma, eine Freundin, die behauptete, nichts gesehen zu haben, und die zwei unbeeindruckten Opfer der Brandstiftung selbst.

Die Tür öffnete sich, und Gavin riss den Kopf hoch, als er sah, wer auf sie zuschritt. Lucy machte immer einen guten

Eindruck. Das lag an der Mischung aus rockig-schicker Eleganz – selbst in der schwarzen Hose, der weißen Bluse und der Jacke, die sie heute trug – und ihrem selbstbewussten Auftreten. Sie stellte sich vor, zog einen Stuhl vom Nachbartisch herüber und ließ sich leicht darauf fallen, dann schob sie den blauschwarzen Pony, der ihr tief über die Stirn hing, beiseite, sodass die Narbe auf ihrem Nasenrücken sichtbar wurde. Sie sah Natalie an, die sich weiter mit den beiden Männern unterhielt. Gavins Augen waren nun auf Lucy gerichtet und er studierte sie, als wäre sie ein leckerer Happen, der auf einem Teller vor ihm angerichtet worden war. Kirk, der sich weniger für sie interessierte, stützte seine Ellbogen auf die Tischplatte und wartete auf weitere Fragen.

»Haben Sie jemals Hassbriefe erhalten?« Kirk schüttelte den Kopf.

»Fällt Ihnen jemand ein, der Ihr Haus hätte anzünden wollen?«

»Überhaupt niemand. Wenn mir jemand einfallen würde, hätte ich ihn wahrscheinlich schon längst eigenhändig zur Polizei gebracht.« Er spannte seinen Kiefer an, und Natalie hatte den Verdacht, dass er eher selbst die Wahrheit aus dem Brandstifter herausprügeln würde.

»Und außer Daisy und der Reinigungsfirma kann sich niemand Zugang zu Ihrem Haus verschafft haben?«

»Nein«, antwortete Kirk erneut.

Natalie sah Gavin an, der zustimmte. »Mir fällt auch niemand ein.«

»Sie haben nicht vielleicht Ihre Hausschlüssel irgendwo liegen lassen?«, fragte Natalie.

Gavin sagte: »Ich habe sie die ganze Zeit über am Körper getragen.«

»Meine waren in der Jacke, die hängt immer hinter der Bürotür«, sagte Kirk.

»War das Büro nicht verschlossen?«

Kirk nickte.

»Teilen Sie es mit jemandem?«

»Nur Gavin. Es kommt kaum jemand rein, es sei denn, jemand sucht uns, aber meistens mischen wir uns draußen unter die Leute.«

»Gibt es dort eine Videoüberwachung?«

Gavin übernahm wieder das Kommando. »Nicht im Büro. Da gibt es nichts zu stehlen, nur den Computer, und niemand wird versuchen, den unter den Pullover zu stecken und damit über die Tanzfläche zu laufen.« Seine flapsige Bemerkung brachte seinen Bruder zum Schmunzeln.

Natalie ignorierte ihn. »Kann man das Büro von der Rückseite des Gebäudes aus erreichen?«

»Da ist eine Brandschutztür, und die öffnet nur nach außen, also nein.«

»Könnte jemand über die Tanzfläche in Ihr Büro gelangen, oder gibt es einen Sicherheitsdienst, der das verhindert?«

»Man kann so ziemlich überall hingehen, wo man will: in den Partyraum im Obergeschoss, in die Bars, überall, außer in die VIP-Räume.«

»Warum nicht in die VIP-Räume?«

»Weil die nur für private Partys zur Verfügung stehen und abgeschlossen werden, wenn sie nicht genutzt werden, und dann haben wir einen Türsteher an der Tür.«

»Hatten Sie gestern Abend eine Privatparty?«

»Ja. Eine.«

»Was ist mit den Toiletten?«

»Die sind auf demselben Korridor wie das Büro«, sagte Kirk.

»Auch für die privaten Partygäste?«

»Es befinden sich auch Toiletten in den VIP-Räumen. Alle anderen Besucher benutzen die Toiletten im Erdgeschoss.«

»Und Ihr Büro war unverschlossen?«

»Ja.«

»Es könnte also sein, dass Ihre Schlüssel aus Ihrer Jacke genommen und später ersetzt wurden, ohne dass Sie es bemerkt haben.«

Kirk verzog das Gesicht – ein Grinsen, das seinen Worten widersprach. »Ich nehme es an. Ich war gestern Abend so gut wie gar nicht im Büro, aber ich hatte die Schlüssel definitiv, als ich den Club verließ.«

»Okay, gehen wir das noch mal durch. Um wie viel Uhr sind Sie im Club angekommen?«

Gavin antwortete: »Um acht Uhr vierzig oder so ungefähr.«

»Ist das die übliche Zeit?«

»Ja. Wir öffnen jeden Abend um neun Uhr.«

»Wie viele Mitarbeiter waren gestern Abend im Einsatz?«

»Einer am Empfang, vier hinter den Bars, vier Hostessen, zwei Hostessen in der VIP-Lounge, zwei Türsteher und die DJs – DJ Crush, und oben im Partyraum, Dimension. Insgesamt fünfzehn.«

Natalie nickte. »Wir brauchen die Namen und Kontaktdaten von allen, die für Sie arbeiten.«

Gavin tippte auf sein Telefon und begann, die Informationen an Murray weiterzugeben. Es waren insgesamt fünfundzwanzig Namen. Sie würden sie alle befragen müssen, um festzustellen, ob einer von ihnen Groll gegen die beiden Männer hegte. Diejenigen, die in der Nacht zuvor gearbeitet hatten, waren wahrscheinlich schon im Bett, aber die Nachbarn wachten gerade auf, und sie musste herausfinden, ob einer von ihnen verdächtige Aktivitäten in der Nähe des Hauses der Langs beobachtet hatte. Je früher sie mit den Befragungen anfingen, desto besser. Nachdem nun alle Kontaktdaten aufgeschrieben worden waren, beendete sie das Gespräch mit einer letzten Frage. »Wo werden Sie vorläufig unterkommen?«

»Hier in Daisys Wohnung«, antwortete Gavin.

»Sie beide?«

»Nur für kurze Zeit. Natürlich müssen wir so bald wie

möglich andere Vorkehrungen treffen. Die Wohnung ist nicht groß genug für uns alle«, sagte Gavin.

Natalie bemerkte einen kurzen Blick, den Daisy und Kirk austauschten. Sie wusste nicht, was er bedeutete, aber sie nahmen Blickkontakt auf und brachen ihn fast sofort wieder ab. Daisy senkte ihren Blick und fuhr fort, Muffins auf einen Ständer zu legen.

»Okay. Wir melden uns, sobald wir Neuigkeiten haben«, sagte Natalie.

Als das Team aufstand, verschränkte Gavin die Hände hinter dem Kopf, streckte sich und stieß einen schweren Seufzer aus, bevor er fragte: »Haben Sie eine Ahnung, wann wir in das Haus können, um den Schaden feststellen zu lassen?«

»Das müssen Sie den Brandermittler fragen. Wir konzentrieren uns auf den Tod der Person, die in Ihrem Haus gefunden wurde.«

Gavin blinzelte träge. »Ja, klar.«

Daisy stand immer noch mit gesenktem Kopf hinter dem Tresen und nahm Natalies Verabschiedung leise zur Kenntnis, während sich das Team auf den Weg zur Tür machte.

Als sie den Laden verlassen hatten und außer Hörweite waren, ergriff Murray als Erster das Wort. »Bin ich der Einzige, der es seltsam findet, dass Daisy so früh ins Bett gegangen ist, um halb elf? Sie ist erst Ende zwanzig, und es war Samstagabend – sie sollte mit Freunden in der Disco sein, zumal ihr Freund einen Nachtclub betreibt. In ihrem Alter war ich ständig unterwegs.«

Lucy stimmte ihm zu. »Es sei denn, sie war in der Nacht zuvor unterwegs und erschöpft.«

»Nein. Sie hat gesagt, dass sie die ganze Woche über beschäftigt war und deshalb müde gewesen ist«, sagte Natalie.

Murray fügte hinzu: »Da drinnen herrscht aber auch eine seltsame Stimmung.«

»Das habe ich bemerkt, als ich hineinkam«, sagte Lucy. »Daisy sah immer wieder zu Gavin hinüber.«

»Sie ist seine Freundin«, erklärte Murray.

»Nein. Der Blick war eher vorsichtig – fast nervös – und sie hat die Cupcakes nicht nur einmal, sondern zweimal fallen lassen. Sie war nervös und das nicht nur, weil wir da waren. Ich glaube, sie verbirgt etwas.«

Natalie stimmte zu. »Sie war ganz sicher wegen irgendetwas nervös. Ich habe auch ein paar Anzeichen dafür wahrgenommen.«

»So wie sie zum Beispiel mit dem Tablett herumgespielt hat, als Sie ihr Fragen über das Feuer gestellt haben«, sagte Murray.

Natalie nickte zustimmend. »Ja, da schien sie ziemlich angespannt gewesen zu sein, nicht wahr? Wir sollten versuchen, noch einmal allein mit ihr zu sprechen. Vielleicht hat sie sogar etwas mit dem Feuer zu tun.«

»Die Brüder geben sich ja ganz schön cool«, sagte Lucy.

Murray schnaubte. »Schon, oder? Und diese ganze Versicherungssache. Ich habe die Kontaktdaten meiner Versicherungsgesellschaft nicht auf meinem Telefon. Sie sind in einer Datei auf meinem Computer. Wenn ich sie kontaktieren wollte, müsste ich die Nummer erst heraussuchen. Vielleicht haben sie aus Versicherungsgründen absichtlich Feuer in ihrem eigenen Haus gelegt.«

Natalie hatte diese Möglichkeit bereits in Betracht gezogen. »Dem sollten wir auf jeden Fall nachgehen. Bitten Sie Ian, die finanzielle Lage des Nachtclubs in Erfahrung zu bringen, damit wir sehen können, ob es ihnen wirklich so gut geht, wie sie behaupten. Da ist noch eine Sache, die mich stört. Diese Typen waren nicht im Geringsten besorgt darüber, dass eine Leiche in ihrem Haus gefunden worden ist, und ich kann die Möglichkeit nicht ausschließen, dass sie sie dort abgelegt und dann den Brand selbst gelegt haben, um alle Spuren zu beseitigen.«

Murray nickte. »Das würde sicherlich ihre entspannte Haltung erklären.«

»Okay, wir besprechen das später. Am besten warten wir, bis die Leiche identifiziert ist. Fangen wir damit an, die Straße abzuklappern.« Sie wandte sich wieder dem Café zu und beobachtete, wie Gavin sich dicht an Kirk heranlehnte. Er redete schnell und winkte mit den Händen. Sie verhielten sich definitiv verdächtig. Sie mochten zwar aus London kommen und sie alle für kleine Hinterwäldler halten, aber sie waren ihr und ihrem Team nicht gewachsen. Wenn sie eines Verbrechens schuldig waren, würde sie es herausfinden.

Natalie bedankte sich bei der Frau, mit der sie gerade gesprochen hatte, und kehrte wieder auf den Bürgersteig zurück, wo sie unter einer der vielen Linden wartete, die entlang der Straße Schatten spendeten. Finken zwitscherten laut über ihrem Kopf, ein Streit unter Vögeln, mit dem sie nichts zu tun hatte. Natalie hatte rein gar nichts herausgefunden. Die meisten Leute, mit denen sie gesprochen hatte, waren zum Zeitpunkt des Brandes entweder im Bett gewesen oder hatten die Vorhänge zugezogen, und niemand hatte irgendetwas Ungewöhnliches im Vorfeld des Brandes beobachtet. Außerdem hatte auch niemand Anteilnahme zum Ausdruck gebracht. Sie hatte gespürt, dass die Brüder unbeliebt waren.

Murray kam in Sicht, den Kopf hoch erhoben, die Schultern schwingend, wie ein Schwergewichtskämpfer, der sich einem Boxring näherte.

»Irgendetwas herausgefunden?«, fragte sie, sobald er in Hörweite war.

Er schritt weiter, bis er auf gleicher Höhe mit ihr war. Die Vögel verstummten augenblicklich. »Nur eine gewisse Feindseligkeit gegenüber den Brüdern Lang, nichts Brauchbares auf den Überwachungskameras in der Gegend und ein Nachbar, Lincoln Wild, der gesagt hat, dass es ihn nicht überrascht, dass das Haus abgebrannt ist. Er vermutet, dass dort eine ganze Reihe von Leuten ein- und ausging – hauptsächlich Frauen. Er sagt, dass die Jungs oft willkürlich Partys abgehalten haben, und geht sogar so weit, zu mutmaßen, dass Drogen im Spiel waren. Sein Tipp ist, dass jemand das Haus wahrscheinlich aus Versehen in Brand gesteckt hat, als er high war.«

»Hat er irgendwelche Beweise?«

»Nichts dergleichen. Meiner Meinung nach war das nur eine müßige Spekulation seinerseits. Wollen Sie mit ihm reden?«

»Glauben Sie, dass ich eine andere Antwort bekommen würde?«

Murray legte den Kopf schief. »Ich glaube nicht, dass er uns viel mehr sagen kann, und niemand sonst, mit dem ich gesprochen habe, hat Frauen oder Partys erwähnt. Er könnte einfach nur ein bisschen Ärger stiften wollen.«

Natalie wusste, was er meinte. Manche Leute nutzten solche Gelegenheiten, um andere zu verleumden, oder vielleicht hatte Lincoln ein- oder zweimal Frauen in das Haus gehen sehen und daraus voreilige Schlüsse gezogen. Es wäre nicht ungewöhnlich, wenn die Brüder weiblichen Besuch bekämen. »Niemand hat mir gegenüber irgendwelche Partys oder Frauen erwähnt. Wir werden abwarten, was Lucy herausgefunden hat. Wenn es einen Grund gibt, dahingehend weiter nachzuforschen, werden wir ihn nochmals befragen.«

Murray tätschelte seine Tasche. »Ich habe trotzdem alles aufgeschrieben, obwohl ich mir sicher bin, dass er nur Luft abgelassen hat.«

»Okay, dann lassen Sie uns aufhören und zurück nach Samford fahren. Hat sich Ian schon bei Ihnen gemeldet?«

»Ich habe nichts von ihm gehört.«

»Was zum Teufel treibt er? Er hätte die Nachricht schon längst erhalten müssen. Es ist schon neun.«

»Vielleicht hat er Lucy angerufen.«

Natalie schaute sich um und suchte nach einem Anzeichen von Lucy, konnte sie aber nirgends entdecken. »Vielleicht, ja. Es wäre gut, wenn er bald auftaucht. Okay, Sie fahren zurück aufs Revier und überprüfen zuerst die Finanzen des Nachtclubs. Finden Sie so viel wie möglich über Gavin und Kirk Lang heraus. Versuchen Sie auch, einen ihrer Angestellten zu erreichen. Ich würde gerne wissen, was ihre Angestellten von ihnen halten.«

»Wird gemacht.«

Murray ging zu seinem Auto. Natalie marschierte zum Besitz der Langs zurück, wo sie sich bei dem Beamten meldete, der das Grundstück vor aufdringlichen Schaulustigen schützen sollte. Sie duckte sich unter der Absperrung hindurch und stellte sich in die Einfahrt, wobei sie sich um hundertachtzig Grad drehte, um alles in Augenschein zu nehmen. Das Haus lag erhöht und weit zurückgesetzt von der Straße, verborgen hinter einer Backsteinmauer. Eine Überwachungskamera, geschwärzt und rissig, war über der Eingangstür angebracht worden und überblickte die Einfahrt. Alle Aufnahmen, die sie hätte machen können, wären durch das Feuer zerstört worden. Sie versuchte, sich vorzustellen, wie das Haus vor dem Brand ausgesehen hatte. Die Vorderseite des Hauses war etwas besser davongekommen als die Rückseite; das Mauerwerk um die Erkerfenster herum war jedoch jetzt kohlschwarz. Auf der Rückseite des Hauses sah es anders aus. Die Rahmen der Fenster waren herausgebrochen, das Glas fehlte und das Mauerwerk unter den Fenstern bröckelte. Das Dach war zum Teil eingestürzt. Eine leichte Brise kam auf und Ascheflocken wehten um sie herum wie skelettierte Blätter. Sie trat einen Schritt zurück, weg von jeder möglichen Gefahr. Wer war in das Haus der Langs eingedrungen und dort gestorben?

Sie machte sich wieder auf den Weg den Abhang hinunter. Ein Auto fuhr vorbei und wurde langsamer, die Insassen reckten die Hälse, um zu sehen, was hier passiert war. Sie ignorierte das Fahrzeug und entdeckte Lucy. Sie rief nach ihr. Lucy drehte sich auf dem Absatz um, begrüßte Natalie und ging auf sie zu.

»Die Brüder scheinen nicht viele Freunde in dieser Straße zu haben. Niemand hat etwas gesehen, und ich hatte den Eindruck, dass sich niemand, den ich befragt habe, um das Feuer schert. Keine einzige Überwachungskamera in den Häusern, die ich besucht habe, hat verdächtige Bewegungen aufgezeichnet – nichts außer der einen oder anderen Katze«, berichtete Lucy.

»Wir haben ähnliche Aussagen und Reaktionen erhalten. Die Brüder scheinen die Bewohner wahrlich nicht für sich gewonnen zu haben. Hat irgendjemand Partys oder Besucher erwähnt?«

»Komischerweise ausgerechnet der letzte Typ, mit dem ich gerade gesprochen habe. Er wohnt vier Häuser weiter. Er sagt, die Brüder bleiben unter sich, aber er hat ein paarmal laute Musik aus ihrem Haus gehört, als er spät nachts mit seinem Hund draußen war.«

»Laute Musik? Könnten einfach die Brüder gewesen sein.«

»Er sagt, es war Partymusik – Techno oder Garage – er wusste nicht genau, was es war, irgendetwas mit einem schweren, sich wiederholenden Beat, und außerdem war das Licht im Haus aus.«

»Erinnert er sich daran, wann genau das war?«

»Nein.«

»Wir haben nicht wirklich viel herausgefunden, oder? Nur dass die zwei ziemlich unbeliebt sind, dass sie in einem protzigen Haus wohnen und vielleicht ab und zu eine Party geben. Freunde haben sie jedenfalls nicht gewonnen. Was ist mit ihren unmittelbaren Nachbarn?«

»Die haben letzte Nacht nichts gehört oder gesehen und haben noch nie mit ihnen gesprochen.«

»Nicht einmal ein ›Hallo‹?« Natalie kannte ihre Nachbarn zu beiden Seiten des Hauses schon seit Jahren. Sie standen sich nicht sehr nahe, aber sie warfen sich zu Weihnachten immer Karten ein und luden sich gegenseitig auf einen Drink ein. Sie hielt an und plauderte mit ihnen, wenn sie sie im Garten oder auf der Straße sah. Aber sie wohnte nicht in einem viktorianischen Herrenhaus in einer exklusiven Straße.

Lucy schüttelte den Kopf. »Nichts. Sie haben sich nicht einmal vorgestellt.«

Natalie ließ es auf sich beruhen. Wenn die Nachbarn nichts von den Brüdern wussten, dann hatte es keinen Sinn, in der Gegend zu bleiben. »Murray ist zurück aufs Revier. Wir sollten uns auch auf den Weg machen. Haben Sie etwas von Ian gehört?«

»Er hat mich nicht angerufen.«

Natalies Augenbrauen zogen sich zusammen. Das war ganz untypisch für Ian. Normalerweise war er pflichtbewusst und immer als Erster vor Ort. »Okay. Wir schaffen es auch ohne ihn. Sind Sie hier fertig?«

»Ja. Das war mein letztes Haus.«

»Okay. Wir sehen uns dann auf der Dienststelle.«

Das Hauptquartier der Polizei in Samford war ein modernes Wahrzeichen. Es war eigens für die Unterbringung von Spezialeinheiten der Polizei, der Forensik und der Terrorismusbekämpfung entworfen und in Auftrag gegeben worden und war eines von nur vier solchen Hauptquartieren im ganzen Vereinigten Königreich. Es überblickte die Hauptstraße, die durch das Stadtzentrum führte, und wer sich nicht auskannte, konnte es leicht für ein modernes Kulturzentrum oder ähnliches halten. Der Zugang zu dem Gebäude erfolgte durch automatische Glastüren, die in ein helles Atrium führten. Natalie und Lucy begrüßten das Empfangspersonal hinter der geschwungenen Rezeption, passierten die Plexiglasschleusen mit ID-Erkennung, die sich zeitgleich öffneten, und nahmen dann die Treppe in den ersten Stock, wo sich ihr Büro befand. Viele der Spezialeinheiten der Polizei befanden sich auf dieser Etage, jede in einem Büro mit Glasfront, von wo aus sich ein Blick auf den langen Korridor bot. Natalies Büro befand sich in der Mitte des Flurs, mit einem großen gemusterten Sofa davor, das eigentlich für Gäste gedacht war, aber selten genutzt wurde.

Murray stand mit dem Rücken zu ihnen, aber seine Stimme war deutlich zu hören, als er jemanden am anderen Ende eines Telefons anschrie. Natalie zog ihren Ausweis erneut durch, um Zugang zum Büro zu erhalten, und hörte das Ende des Gesprächs.

»Hör auf mit dem Scheiß und steh deinen Mann!« Er beendete das Gespräch und schleuderte sein Handy auf den Schreibtisch.

Lucy warf ihm einen Blick zu, aber er schüttelte fast unmerklich den Kopf. Natalie bemerkte die Bewegung, schenkte ihr aber keine Beachtung. Er wollte offensichtlich nicht über dieses Gespräch reden. Stattdessen nahm er einige Notizen in die Hand, die er gemacht hatte.

»Ich habe Informationen über die beiden Besitzer und über das Extravaganza. Die Brüder Lang sind in Dagenham geboren und aufgewachsen. Sie sind die Jüngsten von fünf Pflegekindern. Ihr Vater war ein Londoner Taxifahrer und ihre Mutter arbeitete in einem Fish-and-Chips-Laden. Die beiden sind jetzt im Ruhestand, leben aber immer noch in Dagenham. Im Jahr 2010 mieteten die Brüder eine Wohnung in Shepherd's Bush und arbeiteten im Nachtclub Green Pineapple. Im Jahr 2012 zogen sie nach Birmingham und arbeiteten im Starstruck in der Broad Street und dann im Platinum 123 in Derby. Als sie das Lagerhaus der ehemaligen Viehmarkthalle kauften und in einen Nachtclub umwandelten, sind sie definitiv ein paar Leuten auf den Schlips getreten. Die Anwohner haben sogar eine Petition verfasst, um sie daran zu hindern, aber es war zu spät gewesen. Die Brüder hatten bereits eine Baugenehmigung und Lizenzen für den Betrieb des Nachtclubs erhalten, bevor sie überhaupt nach Armston-on-Trent gezogen sind.«

»Das erklärt in gewisser Weise ihre Unbeliebtheit. Wie läuft der Nachtclub?«, fragte Natalie.

»Ich warte immer noch auf Informationen. Jedoch habe ich mit einer der Angestellten – Lindsay Hoburn – gesprochen, die sich nach einem anderen Job umschaut, weil sie nicht die ihr versprochenen Schichten bekommen hat. Sie ist Barkeeperin in Reserve und wird nur zur Arbeit gerufen, wenn viel los ist und sie Verstärkung brauchen, aber sie hat letzten Monat nur einmal gearbeitet, und das auch nur, weil zwei andere Mitarbeiter krank waren.«

»Hat sie Ihnen sonst noch etwas erzählt?«

»Sie hat nur gesagt, dass die Gebrüder Lang ganz in Ordnung sind und dass sie keine besondere Abneigung gegen sie verspürt. Ich habe noch mit keinem der anderen Mitarbeiter gesprochen.«

Natalie presste ihren Zeigefinger auf die Stelle zwischen ihren Augenbrauen, wie sie es oft tat, wenn sie ihre Gedanken ordnete. Bald sprach sie weiter. »Okay. Lasst uns die Liste der Mitarbeiter durchgehen und mit allen sprechen, die wir finden können. Kennt einer von Ihnen oder Ihren Freunden den Club?«

Murray schüttelte den Kopf. »Nachtclubs sind nicht mein Ding. Ich bin eher der Pub-Typ.«

»Ich war noch nie im Extravaganza. Wir fahren nach Derby oder Nottingham, wenn wir ausgehen«, sagte Lucy.

»Werfen Sie eine Münze und einer von Ihnen kann sich den Laden heute Abend ansehen. Haben wir die Nummer der Reinigungsfirma, die die Langs nutzen?«

Murray schrieb sie auf und reichte die Notiz an Natalie weiter. Als sie zu ihrem Schreibtisch ging, um von dort aus anzurufen, zeigte Lucy mit dem Finger auf ihn und hauchte: »Du gehst.« Er schüttelte den Kopf.

Natalie wählte die Nummer und sprach mit dem Inhaber der Reinigungsfirma. Sie stand mit dem Rücken zu ihren Beamten.

Lucy nutzte die Gelegenheit und flüsterte: »Mit wem hast du gesprochen, als wir hereingekommen sind?«

»Ian«, zischte er. »Der blöde Arsch hat einen regelrechten Nervenzusammenbruch. Er denkt, wenn er alles hinschmeißt, dann nimmt Scarlett ihn vielleicht zurück.«

»Was?«

»Ich habe ihm gesagt, dass er seinen Arsch hierherbewegen soll und dass ich ihn später auf ein Bier einlade und mit ihm rede.«

Murray und Ian waren noch nie wirklich auf einer Wellenlänge gewesen, obwohl sie in letzter Zeit mehr Toleranz füreinander gezeigt hatten. Die Tatsache, dass Murray bereit war, seinem jüngeren Kollegen zuzuhören und Ratschläge zu erteilen, war für Natalie eine Überraschung.

»Kommt er?«

»Ich weiß es nicht.«

»Scheiße!« Lucy drehte sich zu ihrem Schreibtisch um.

Wenn Ian das Team verließ und den Polizeidienst quittierte, würde er alles, wofür er gearbeitet hatte, wegwerfen, dachte Natalie. Ziemlich bald nachdem er niedergestochen worden war, war er wieder zur Arbeit zurückgekehrt und hatte sich engagiert in jede Ermittlung gestürzt. Das konnte er nicht alles einfach wegwerfen! Wäre er wirklich bereit, das alles für Scarlett und Ruby aufzugeben?

Natalie beendete ihr Gespräch. »Die Reinigungskräfte von Top to Bottom waren gestern definitiv nicht im Haus. Ich habe die Inhaberin der Firma, Rachel Stevens, gebeten, trotzdem aufs Revier zu kommen. Vielleicht kann sie uns mehr über die Brüder erzählen.« Sie ließ sich auf einen Stuhl fallen und starrte aus dem Fenster. Die Brüder schienen sich sehr nahe zu stehen. Sie lebten und arbeiteten schon seit einigen Jahren zusammen. Sie arbeiteten in Nachtclubs und dachten nur an sich selbst. Sie waren erfolgsorientiert und lebten in einem teuren Haus, behaupteten aber, materielle Güter würden sie nicht besonders beeindrucken. Beide Brüder wirkten sehr elegant, und obwohl sie sich nicht sicher sein konnte, sah ihre Kleidung teuer aus.

»Welche Autos besitzen die Brüder Lang?«, fragte sie.

»Einen Audi RS5 und einen 6er BMW«, kam die Antwort.

»Finanziert?«

»Das weiß ich noch nicht. Ich warte auf eine Bestätigung.«

Natalie starrte weiter vor sich hin und verarbeitete die Informationen, die sie hatte. Sie fuhren hochwertige Autos. Selbst wenn sie sie auf Kredit gekauft hatten, waren es prestigeträchtige Fahrzeuge.

»Laut der Zoopla-Website hat ihr Haus 750.000 Pfund gekostet«, sagte Lucy.

»Scheiße, das ist das Dreifache von dem, was wir für unsere Wohnung bezahlt haben«, sagte Murray.

»Und für zwei Typen, die einen Nachtclub besitzen, ist das eine riesige Summe, die man erst einmal auftreiben muss. Stellt euch nur mal die Hypothekenzahlungen dafür vor.« Natalie klopfte mit dem Fingernagel auf den Schreibtisch und sagte nachdenklich: »Sie zahlen auch ein Vermögen für den Nachtclub: Betriebskosten, Löhne, ganz zu schweigen davon, wie viel es gekostet haben muss, den Laden zu kaufen und zu renovieren. Sie müssen sich in einer finanziell sehr angespannten Situation befinden. Je mehr ich darüber nachdenke, desto mehr möchte ich etwas über ihre Finanzen herausfinden.«

»Ich werde auf Informationen drängen«, sagte Murray.

Schlurfende Schritte waren zu hören, dann wurde die Tür

geöffnet. Ian betrat den Raum, unrasiert und in einem zerknitterten Hemd. Er blieb neben Natalie stehen.

»Wo zum Teufel sind Sie gewesen?«, schnauzte Natalie ihn an, ihren stahlharten Blick auf den jungen Mann gerichtet, der ihr gegenüberstand.

»Ich war bei einem Freund.«

»Warum haben Sie nicht angerufen und uns Bescheid gesagt?« Natalie wusste sofort, dass da mehr dahintersteckte. Ians Augen waren blutunterlaufen und sie konnte schalen Alkohol in seinem Atem riechen. Er senkte seinen Blick. Schweren Herzens wartete sie darauf, dass er sich herauslügen würde.

»Er hat sich doch gemeldet. Er hat mich vorhin angerufen, um mir zu sagen, dass er auf dem Weg ist«, sagte Murray. Seine Stimme war leise. Natalie drehte sich zu ihm um, eine Augenbraue hochgezogen. Er fuhr fort: »Bei all dem, was los war, habe ich es vergessen. Ich hätte es Ihnen sagen sollen.«

Murrays Gesicht war ausdruckslos. Ian warf ihm einen schnellen Blick zu.

»Wenn Sie ihn decken ...«, begann sie.

»Das tue ich nicht. Ian hat mich angerufen, bevor Sie zurückgekommen sind. Ich habe es nur noch nicht erwähnt, weil wir über die Brüder Lang gesprochen haben. Tut mir leid.«

Es hatte wenig Sinn, der Sache weiter nachzugehen. Sie hatten eine Untersuchung zu führen und sie brauchte ihr gesamtes Team hinter sich. Sie nickte kurz. »Das nächste Mal denken Sie bitte daran, mich auf dem Laufenden zu halten.« Sie schaute von Murray zu Ian und ließ das Thema dann fallen. »Okay, ich bringe Sie auf den neuesten Stand. Murray, ich will diese Finanzunterlagen.«

Kaum war sie mit Ian die Ermittlungen durchgegangen, klingelte ihr Handy.

Mikes Stimme klang dunkel und betrübt. »Wir haben das

Opfer identifiziert. Es handelt sich um ein vierzehnjähriges Mädchen namens Roxanne Curtis.«

Natalie schluckte die Galle hinunter, die ihr augenblicklich aufgestiegen war und in ihrer Kehle brannte. Das Mädchen aus dem Haus war genauso alt wie Leigh. Mike fuhr fort: »Sie stammt aus Clearview.«

Clearview war ein Vorort – der hässliche Teil von Armston-on-Trent mit hoher Arbeitslosigkeit, billigen Wohnungen und einem unappetitlichen Ruf. Bandenkultur, Messerkriminalität und Gewalt waren dort weit verbreitet.

»Woher genau?«

»Stockwell Estate.«

Stockwell galt als eine der besseren Wohngegenden in dem weitläufigen Areal, aber das sagte nicht viel aus. Natalies Team war bei einer ihrer ersten Ermittlungen dorthin gerufen worden, als ein Teenager bei einer Schlägerei vor einem Lebensmittelladen erstochen worden war.

»Das ging aber schnell.«

»Wir hatten ein bisschen Glück, wenn man das so nennen kann. Das arme Kind hatte Metallstifte und eine Metallplatte in das Ellbogengelenk geschraubt. Darshan hat sich ihre Krankenakte beschaffen können, und wir konnten sie anhand der Unterlagen identifizieren. Er schickt sie zu dir rüber, damit du sie dir ansehen kannst.«

»Danke, Mike.« Ihre Stimme war leise, sie war mit ihren Gedanken plötzlich ganz woanders. Welche Verbindung konnten die Brüder Lang zu einem Teenager haben, der am anderen Ende der Stadt lebte? Als sie das Telefon auf dem Schreibtisch ablegte, hatte sie bereits die Aufmerksamkeit des ganzen Teams. Alle warteten darauf, zu hören, was sie zu sagen hatte.

»Die Leiche ist als die vierzehnjährige Roxanne Curtis identifiziert worden.«

»Oh, Scheiße!« Murray rieb sich mit einer Hand über den Kopf. »Damit habe ich nicht gerechnet.«

»Ich auch nicht.« Natalie blinzelte die Gedanken an ihre eigene Tochter weg, die Anfang des Jahres verschwunden war. Sie hatte große Angst gehabt, dass ihr etwas Schreckliches zugestoßen sein könnte. Die Mutter dieses armen Mädchens würde eine ähnliche Hölle durchmachen. »Sie hat im Stockwell Estate gewohnt. Ian, suchen Sie in den sozialen Medien nach allem, was Sie über sie finden können. Murray, ich möchte immer noch, dass Sie die Finanzunterlagen des Nachtclubs heraussuchen, aber zuerst finden Sie alles, was Sie können, über Roxannes Familie heraus. Sie hatte Metallschrauben in ihrem Ellbogen, also könnte sie irgendwann eine Art Unfall gehabt haben oder sogar angegriffen und verprügelt worden sein. Die Spurensicherung schickt uns die medizinischen Unterlagen. Lucy, sehen Sie sich die genauer an. Vielleicht geben sie uns einen Hinweis darauf, was mit ihr passiert ist. Ich muss Superintendent Melody auf den neuesten Stand bringen, und dann gehen wir beide los und informieren ihre Eltern.«

Erneut setzte eine rege Betriebsamkeit ein. Murray und Ian stürzten sich beide auf die Computer am anderen Ende des Raumes. Natalie machte sich auf den Weg zur Treppe und ließ das Trio schweigend arbeiten. Außer dem Klappern der Tastaturen war nichts zu hören, bis Ian plötzlich leise murmelte: »Danke dafür.«

»Wofür?«, sagte Murray und starrte weiterhin auf den Bildschirm.

»Dafür, dass du dich für mich eingesetzt hast.«

»Du hattest dich gemeldet. Das war die Wahrheit.«

»Ja, aber ich hatte angerufen, um dir zu sagen, dass ich nicht komme. Dass ich von all dem hier die Nase voll habe – dass ich es aufgebe, um Scarlett zurückzubekommen.«

»Jetzt bist du hier, also hör auf herumzuschwafeln und finde lieber mehr über diese Familie heraus.«

»Ich wollte wirklich nicht kommen, weißt du? Ich war an einem absoluten Tiefpunkt. Ich habe es mir nur anders überlegt wegen dem, was du gesagt hast.«

»Was genau? Das ›Sei kein Vollidiot‹ oder das ›Steh deinen Mann‹?«

»Beides.« Ian richtete seine Aufmerksamkeit wieder auf den Bildschirm, seine Finger tanzten über die Tastatur.

Murray wartete einen Moment und fügte dann hinzu: »Wir können nachher nach wie vor was trinken gehen, wenn du noch möchtest.«

Ian sah zu ihm hinüber. »Vielen Dank. Das würde ich zu schätzen wissen.«

Lucy sah die beiden vom anderen Ende des Zimmers aus an. »Verdammt noch mal, könnt ihr zwei nicht mal mit dieser ganzen *Bromance*-Sache aufhören und mir endlich anständiges Material liefern, mit dem man etwas anfangen kann? Ihr wisst doch, wie Natalie ist. Sie wird alles über die Familie wissen wollen, bevor wir mit ihnen sprechen, einschließlich der Namen ihrer verdammten Haustiere und ihrer Schuhgrößen.«

»Wir sind ja schon dabei«, sagte Murray. »Gib uns doch eine Chance, verdammt noch mal.«

Lucy grinste, dann wunderte sie sich lautstark. »Hört sich das für euch normal an? Roxanne wurde zwischen 2012 und 2016 dreimal wegen Frakturen ins Krankenhaus eingeliefert: Schlüsselbein, Handgelenk und Ellbogen.«

»Haben bei all diesen Knochenbrüchen nicht irgendwo die Alarmglocken geschrillt?«, fragte Murray.

»Ich kann keine Anhaltspunkte dafür finden. Es gibt keine Anzeigen wegen Verdachts auf Kindesmissbrauch.«

»Vielleicht neigte sie zu Unfällen oder hat viel Sport gemacht«, sagte Ian. »Ich habe mir als Teenager beim Rugby-spielen die Schulter und das Bein gebrochen und den Daumen ausgekugelt.«

Murray blinzelte ihn an. »Du hast Rugby gespielt?«

»Kurzer Außendreiviertel.«

»Das macht Sinn. Du siehst aus wie einer von diesen schlaksigen Rasern.«

»Ganz genau.«

»Sie könnte viel Sport gemacht haben. Ich werde die Frage mal stellen«, antwortete Lucy.

Murray schaltete wieder in den Arbeitsmodus. »Lucy, ich habe ein bisschen etwas über ihre Familie herausgefunden. Ihre Mutter ist Cathy Curtis, geboren am 11. April 1979, neununddreißig Jahre alt, und arbeitet bei Argos. Sie hat Aidan Curtis im Januar 1998 geheiratet – geschieden 2010. Sie haben drei weitere Kinder: den zwanzigjährigen Oliver, den achtzehnjährigen Seth und den siebzehnjährigen Charlie. Die beiden jüngeren leben noch zu Hause, Oliver ist in der Armee – bei den Royal Engineers, derzeit stationiert

in der Chetwynd-Kaserne in Nottingham.«

»Roxanne war also die Jüngste?«, fragte Lucy und notierte die Information in ihrem Notizbuch.

»Ja, und sie war das einzige Mädchen. 2011 zog Cathy mit Paul Sadler in den Pine Way 114 im Stockwell Estate. Er wurde am 19. Juli 1988 geboren, ist also ein ganzes Stück jünger als Cathy – um fast zehn Jahre.«

»Das ist kein allzu großer Altersunterschied«, sagte Lucy. »Aber schon mit dreiundzwanzig für vier Kinder zu sorgen – das ist eine ziemliche Verantwortung. Gehört ihm das Haus?«

»Nein. Es ist gemietet.«

»Trotzdem muss er immer noch eine ganze Menge Geld verdienen, um all diese Mäuler zu stopfen.«

Murray grummelte zustimmend und fuhr dann fort: »Laut unserer allgemeinen Datenbank arbeitet er seit seinem Schulabschluss für CAT Aerials – eine Firma, die Antennen installiert.«

»Also nichts Auffälliges?«, fragte Lucy.

»Doch, möglicherweise. Seine Ex-Freundin, Sarah Raleigh,

zeigte ihn 2008 wegen häuslicher Gewalt an, ließ die Anzeige aber fallen, und auch im Jahr darauf, 2009, ließ sie eine Anzeige wieder fallen.«

»Wurden weitere Anschuldigungen gegen ihn erhoben?«

»Warte mal einen Moment. Keine weiteren, aber die Polizei wurde 2016 zu seinem Haus gerufen, nachdem ein besorgter Nachbar angerufen hatte, der behauptete, er habe Cathy um Hilfe schreien hören. Das Paar bestritt dies und sagte, die Person habe sich geirrt. Dem Bericht zufolge hatte Cathy Verletzungen im Gesicht, aber sie bestand darauf, dass diese von einem Sturz im Badezimmer stammten.«

Lucy klopfte mit ihrem Bleistift auf ihren Notizblock. »Weitere verdächtige Verletzungen. Ich bezweifle, dass Roxannes Mutter auch zu Unfällen neigt. Roxanne wurde 2012 zum ersten Mal ins Krankenhaus eingeliefert, ein Jahr nachdem sie und ihre Familie zu Paul gezogen waren. Sie neigte den Kopf zur Seite. Ich weiß ... wir sollten keine voreiligen Schlüsse ziehen.«

Ian drehte sich auf seinem Sitz. »Wir sollten es nicht tun, aber bei einem jungen Mädchen, das in vier Jahren drei Knochenbrüche erlitten hat und dessen Mutter Gesichtsverletzungen hatte, schrillen bei mir alle Alarmglocken.«

Lucy schnitt daraufhin eine Grimasse. »Bei mir auch. Ich werde sehen, ob wir der Sache auf den Grund gehen können.«

Murray saugte geräuschvoll an seinen Zähnen. »Du könntest recht haben. Es gibt noch etwas, das du wissen musst. Roxanne wurde zweimal als vermisst gemeldet: einmal im April 2016 und ein zweites Mal im Januar 2017.« Sie kam beim ersten Mal aus eigenem Antrieb nach Hause, beim zweiten Mal dauerte es eine Woche, bis sie gefunden wurde. Sie wurde in Stoke-on-Trent auf der Straße aufgegriffen.«

Lucys Augenbrauen hoben sich. »Das riecht eindeutig nach einem verzweifelten Teenager.«

Ian hatte sich wieder auf seinen Bildschirm konzentriert.

»Das ist ihr Instagram-Account. Er ist nicht auf privat gestellt. Sie hat achthundertfünfzig Follower.«

Lucy durchquerte den Raum in drei Schritten und spähte über seine Schulter. Eine nicht lächelnde Roxanne blickte ihr trotzig entgegen. Mit ihren vollen Lippen, der leicht nach oben gezogenen Nase und den klaren, haselnussbraunen Augen war sie ein attraktives Mädchen. Sie hatte Haltung: die Art und Weise, wie sie mit den Händen in den Vordertaschen ihrer Jeans und mit erhobenem Kinn posierte, die Nieten in ihrem oberen Ohrläppchen, das schwarze T-Shirt mit dem Nieten-Totenkopf und ihr dunkelbraunes Haar, das zu einem dramatischen schulterlangen Bob mit einem perfekt geraden Pony gestylt war, der knapp unter den Augenbrauen endete. In vielerlei Hinsicht erinnerte sie Lucy an ihr jüngeres Ich: rebellisch und voller Hass gegenüber der Welt.

»Was hältst du von ihr?«, fragte sie.

»Es scheint, dass sie nur ein paarmal im Monat etwas postet. Die Bildunterschriften sind simpel, hauptsächlich Emojis und ein paar Küsschen. Sie hat nur Bilder von der Siedlung gepostet, in der sie lebte – ziemlich künstlerische Bilder von herumlaufenden Kindern, Graffiti an Wänden, leeren Spielplätzen. Es gibt nur dieses eine Selfie von ihr.«

»Das ist ziemlich ungewöhnlich für ein junges Mädchen, nicht wahr?«, sagte Lucy.

»Eigentlich nicht. Diese Generation lädt nicht so viel hoch wie wir. Scarlett postet vier oder fünf Bilder pro Tag, aber ihre kleine Schwester, die fünfzehn ist, postet nur einmal im Monat. Sie hat Scarlett gesagt, dass es passé ist, so oft zu posten und so viele Hashtags zu verwenden. Bei Snapchat ist das offenbar anders, dort posten sie häufiger, aber die Trends ändern sich ständig. Teenager werden immer vorsichtiger mit dem, was sie in den sozialen Medien veröffentlichen. Es würde mich nicht überraschen, wenn dieser Account ein Rinsta ist.«

Murray verdrehte die Augen. »Was zum Teufel ist ein Rinsta?«

»Ein gefälschter Instagram-Account. Es ist eine aufpolierte Version, die die Eltern sehen können und die normalerweise viele Likes hat. Teenager haben spitzgekriegt, dass Eltern ihnen hinterherschnüffeln, sodass sie Rinstas und Finstas haben. Der Finsta ist ihr tatsächliches Instagram-Konto und das, auf das ihre engen Freunde zugreifen können. Die Tatsache, dass dieser Account nicht auf privat gestellt ist, lässt mich vermuten, dass sie noch einen anderen hat, einen Finsta.« Er tippte weiter auf den Tasten herum.

Natalie tauchte aus dem Nichts auf. »Haben Sie ein paar Informationen, mit denen wir weiterarbeiten können?«, fragte sie.

Lucy nickte heftig.

»Sie können das alles durchgehen, während wir fahren. Murray, wir nehmen ein Funkgerät mit. Sagen Sie uns Bescheid, wenn Sie noch etwas entdecken, was Sie für wichtig erachten«, sagte Natalie.

Murray hob zustimmend eine Hand und Natalie schritt davon, Lucy dicht auf den Fersen. Sie drehte ihren Kopf leicht, als sie die breite Treppe hinunterlief. »Wenn wir mit Roxannes Familie fertig sind, werden wir die Brüder Lang zu einer weiteren Befragung bitten. Ich habe keine Ahnung, was ihre Verbindung zu einem Teenager-Mädchen sein könnte, aber ich vermute, dass sie mehr wissen, als sie bisher bereit waren zuzugeben.«

»Da stimme ich Ihnen zu. Was ist mit Gavins Freundin Daisy?«

»Ich bin etwas zu ihr durchgedrungen. Ich würde gerne noch mal mit ihr reden, wenn Gavin und Kirk nicht dabei sind. Wenn Sie die Brüder aufs Revier bringen, werden wir die Gelegenheit nutzen und sie in der Teestube befragen.«

Eine Reihe von Pollern stand zwischen den stillgelegten Geschäften und der Straße. An jedem der Sockel hatte sich Müll angesammelt und schob sich an den Seiten der Betonpfosten hoch. *Wie Schneewehen aus Papier,* dachte Natalie. Die ganze Gegend roch geradezu nach Armut: ein kaum noch funktionsfähiges Buswartehäuschen, bei dem die schützenden Seitenwände fehlten; graue Rollläden an all den aufgegebenen Geschäften, die nun mit unsinnigem Graffiti und zerfledderten Plakaten für ein Konzert aus dem Jahr 2016 übersät waren. Alles, was übrig geblieben war, waren Schilder und Reklametafeln für das, was sich hier einmal befunden hatte: das Indian Palace Take-away, Zadiqs Friseursalon und ein Secondhandladen. Über all den verwahrlosten Gewerberäumen befanden sich Wohnungen mit schmutzigen Fensterscheiben und Satellitenschüsseln, die am verdreckten Mauerwerk befestigt waren. Die Familie, die sie besuchen wollten, wohnte in einer Wohnung über dem ehemaligen Postamt.

»Von dieser Seite aus sind keine Eingänge zu sehen. Wir müssen hintenherum gehen«, sagte Natalie und richtete ihren Blick auf ein paar Teenager, die im Bushäuschen hockten.

Einer sah auf, als sie vorbeifuhren, und stupste seinen Kumpel an. Natalie konnte die Feindseligkeit geradezu spüren, mit der sie den vorbeifahrenden Streifenwagen beobachteten.

Lucy entdeckte eine Abzweigung, die direkt auf einen Parkplatz führte, und hielt in der Nähe eines verblassten lila Ford Ka an. »Welche Wohnung ist es?«

Natalie reckte den Hals und betrachtete die Rückseiten der Gebäude, die hinter Zäunen und Holztoren verborgen waren. »Ich glaube, die dritte in der Reihe. Die mit dem ›Zu-vermieten‹-Schild scheint die Nummer 116 zu sein.«

Lucy schnallte sich ab und öffnete die Autotür. Der Parkplatz wurde von einem riesigen Wohnblock überragt, der etwa fünfzig Meter entfernt stand. »Nicht viel Privatsphäre, was? Jeder da oben kann das Kommen und Gehen hier beobachten.«

»Vielleicht hat jemand da drüben ja etwas Ungewöhnliches bemerkt«, antwortete Natalie.

»Es sind mindestens dreißig Fenster, die in diese Richtung schauen.« Lucy klang niedergeschlagen, und Natalie wusste, wie sie sich fühlte. Ermittlungen wie diese erforderten Personal, ganz zu schweigen von viel Zeit und Mühe, und sie waren nur eine kleine Einheit. Unzählige Bitten, ein weiteres Mitglied an Bord zu holen, waren auf taube Ohren gestoßen. Sie knallte ihre Tür zu und marschierte auf ein schäbiges Tor zu.

Es war nicht verschlossen und führte in einen Hof, der kaum mehr als eine leere Betonfläche war. Ein dunkelblau-schwarzes Yamaha-Motorrad lehnte auf seinem Ständer; schwarze Ölspritzer befleckten den Boden darunter. Betonstufen mit bröckelnden Kanten führten in den ersten Stock und zu einer weißen Tür, die vom Alter vergilbt war. Natalie fiel der Kontrast zwischen dem Haus, in dem Roxanne gelebt hatte, und dem Haus, in dem ihr Leben zu Ende gegangen war, auf. Eine große getigerte Katze lag schlafend vor der Tür auf einer schmuddeligen Matte und ignorierte sie, als sie klopften. Drinnen spielte Musik, und Natalie musste ein zweites Mal und lauter klopfen, um die Aufmerksamkeit der Bewohner zu erregen. Ein Mann mit freiem Oberkörper, nur mit einer Trainingshose bekleidet, kam zur Tür. Sein Haar war an den Seiten modisch rasiert, während es oben länger und leicht gelockt war. Sein Gesicht war mit Stoppeln übersät, er rieb sich das Auge und gähnte. Natalie und Lucy hielten ihre Ausweise hoch und Natalie stellte sich und Lucy vor.

»Sind Sie Paul Sadler?«

»Ja.«

»Macht es Ihnen etwas aus, wenn wir ins Haus kommen?«, fragte Natalie.

»Worum geht es?«

»Bitte, können wir reinkommen?«, wiederholte Natalie.

Der Mann öffnete die Tür weit und rieb sich mit der Hand über den flachen Bauch. Die Katze rührte sich nicht, also trat Natalie über sie hinweg in ein Wohn- und Esszimmer, in dem eine schlanke Frau mit dem Rücken zu ihnen stand und an einem Staubsauger zerrte. Paul schloss die Tür hinter Lucy und rief: »Cathy!«

Der Kopf der Frau ruckte hoch und sie schaltete das Gerät aus, wobei sie den Aufsatz zu schnell losließ, sodass er gegen die Wand prallte und auf den Teppich fiel. Sie sah Natalie mit weit aufgerissenen blauen Augen an. Natalie stellte sich vor, und ein Ausdruck der Verwirrung legte sich über die kantigen Züge der Frau. Sie hob die dünnen Augenbrauen und runzelte die Stirn. »Was wollen Sie?«, fragte sie.

Paul trat plötzlich in Aktion. »Ich mache die Musik aus. Wo ist die Fernbedienung, Cathy?«

Ihre Bewegungen waren ruckartig wie die einer Marionette, als sie nach der Steuerung suchte. Sie lag auf einem Regal neben einem Foto, auf dem ein junges Mädchen, Roxanne, und drei Jungen zu sehen waren: zwei mit kahlgeschorenen Köpfen und breiten Schultern, zwischen denen sich der dritte befand, der größer und schmächtiger war, mit dichtem, gewelltem Haar, und der direkt hinter Roxanne stand, die Hände auf ihren Schultern. Cathy richtete die Steuerung auf einen Lautsprecher neben dem Fernseher. Die plötzliche Stille war ohrenbetäubend und Paul blinzelte mehrmals.

Cathy machte ein paar zaghafte Schritte auf Natalie zu und fragte langsam: »Was ist los?«

»Es wäre das Beste, wenn Sie sich einen Moment hinsetzen würden«, antwortete Natalie sanft.

Cathy erstarrte. Egal, wie oft Natalie Eltern schon solche Nachrichten hatte überbringen müssen, sie hatte nie das Gefühl, dass sie die richtigen Worte fand. Was sollte man zu jemandem sagen, dessen Welt gerade völlig aus den Fugen geriet? »Es tut mir wirklich leid. Ich habe schlechte Nachrichten Ihre Tochter betreffend.«

Die Augen der Frau weiteten sich vor Entsetzen. »Was ist mit ihr? Ist sie im Krankenhaus?«

Natalie schüttelte den Kopf, als sie sprach. »Es tut mir leid, aber sie ist tot, Mrs Curtis.«

»Oh Gott! Sie ist tot?« Ihr Gesicht verwandelte sich in eine Maske des Schmerzes und der schieren Agonie, wie in Edvard Munchs *Der Schrei*. »Nein. Oh nein!« Das zweite »Nein« wurde zu einem Heulen, das durch die ganze Wohnung hallte. Paul eilte zu ihr, aber sie ballte ihre Fäuste und schlug sie gegen seinen nackten Oberkörper, als er versuchte, sie in seine Arme zu schließen; er packte sie, hielt sie fest und gab beruhigende Laute von sich, bis die Wut in Entsetzen umschlug und leises Wimmern den Raum erfüllte. »Bitte ... nein ... nein.«

Ein junger Mann mit Kopfhörern, die um seinen breiten Nacken hingen, stürmte in den Raum.

»Mama? Was ist los?«

Cathys Schultern bebten, als sie sich schluchzend an Pauls Brust schmiegte, und sie sank noch weiter in ihn hinein, als ob die Kraft aus ihrem Körper schwinden würde.

»Warum weint sie?« Der junge Mann sprach wieder. Er hatte

dieselben leuchtenden Augen wie seine Mutter. »Was ist los?«

»Es tut mir wirklich sehr leid«, begann Natalie erneut, aber Paul unterbrach sie, seine Stimme war voller Emotionen.

»Roxy. Sie ist tot.«

»Was?« Die Stimme des Jungen überschlug sich. Er sah zu Natalie, die ihm antwortete.

»Leider ist es so. Ihre Krankenakte hat eindeutig bestätigt, dass sie es war.«

»Krankenakte? Das verstehe ich nicht«, sagte Paul, der Cathy immer noch tröstete. »Warum haben Sie ihre Krankenakte gebraucht?«

»Sie ist bei einem Brand umgekommen.«

Er legte die Stirn in Falten und schüttelte den Kopf. Seine Stimme wurde leiser. »In einem Feuer? Wo?«

»In einem Haus in Armston-on-Trent.«

»Was?« Seine Stimme war ungläubig.

Cathy löste sich von ihm und wischte sich mit dem Handrücken über die Nase. Die Worte kamen nur schwerfällig und wurden von trockenem Schlucken unterbrochen. »Nein. Sie hat bei Ellie übernachtet. Es muss jemand anderes sein. Das muss ein Irrtum sein. Roxy ist bei Ellie.«

»Wo wohnt Ellie?«

Cathy kämpfte mit den Tränen. »In dem Block hinter dem Parkhaus. Dritter Stock. Nummer zweiundsiebzig. Roxy ist dort – Sie werden sie dort finden. Warten Sie, ich beweise es Ihnen.« Sie sprang auf und verschwand, um nur wenige Augenblicke später mit ihrem Handy am Ohr wieder aufzutauchen.

»Jojo? Ich bin's, Cathy. Ist Roxy bei euch?« Es gab eine Pause und ihre Augen füllten sich mit Tränen. »Ist sie nicht? Bist du dir sicher? Kannst du nachsehen?« Sie kaute auf einem Daumennagel und starrte angestrengt auf den Teppich, wagte es nicht, aufzublicken, und sagte dann: »Sie hat nicht bei euch geschlafen? Nein. Sie ist ... es ist ihr etwas zugestoßen ... die Polizei ist hier. Ja. Das werde ich.«

Sie legte auf, den Blick auf das Display gerichtet, ganz so, als ob ihre Tochter sie plötzlich anrufen würde.

Natalie ging auf sie zu und legte ihr eine Hand auf den Oberarm. Cathys Augen waren wässrig und ihre Stimme belegt, als sie sich von Natalie zurück zum Sofa führen ließ. »Sie ist nicht bei Ellie. Sie hat nicht bei ihr übernachtet. Jojo weiß nichts von einer Übernachtung. Roxy ist nicht dort. Wo war sie?«

»Wir haben sie in der Linnet Lane in Armston gefunden«, antwortete Natalie leise.

»Ich verstehe das nicht. Warum war sie dort? Warum war sie nicht bei Ellie? Hat sie etwas zu dir gesagt?« Cathy schaute ihren Sohn an, der vehement den Kopf schüttelte.

»Sie hat nichts zu mir gesagt. Ich habe wirklich auch gedacht, dass sie mit Ellie zusammen ist.«

»Cathy, ich verstehe, dass das ein ganz schwieriger Moment für Sie ist, aber wir müssen Ihnen einige Fragen stellen, damit wir herausfinden können, was mit Roxanne geschehen ist. Bitte setzen Sie sich. Lassen Sie uns reden«, drängte Natalie und nickte Paul zu, der wie angewurzelt dastand und dem die Verwirrung ins Gesicht geschrieben stand.

»Was zum Teufel hat sie in Armston gemacht?«, fragte er Natalie.

»Das wissen wir nicht. Warum setzen Sie sich nicht? Sie haben einen furchtbaren Schock erlitten.«

»Roxy. Sie hasste es, Roxanne genannt zu werden«, sagte der Junge. Er blinzelte einige Male, seine Augen waren von den Tränen feucht.

Natalie konnte sein Alter nicht einschätzen. Er hatte nur einen leichten Haarwuchs über der Lippe und am Kinn, aber einen glatt rasierten Kopf und eine Tätowierung im Nacken, die ihn recht erwachsen erscheinen ließ. Als Paul sprach, erkannte sie, dass es sich um Charlie, den Siebzehnjährigen, handelte.

»Ich muss mir ein Hemd anziehen. Charlie, kannst du dich für ein paar Minuten zu deiner Mutter setzen?« Er wischte sich die Tränen von den Wangen und verließ schnell den Raum. Natalie hatte Mitleid mit dem plötzlich unbeholfenen Teenager, der sich neben seiner Mutter auf das Sofa fallen ließ und nicht wusste, wie er sie trösten oder mit seinen eigenen Gefühlen umgehen sollte. Sie sagte etwas, als er unbeholfen die Hand seiner Mutter tätschelte.

»Sind Ihre Brüder hier?«

»Oliver wohnt nicht mehr hier. Er ist zur Armee gegangen.« Seine Stimme verstummte und seine Schultern sackten ab.

»Was ist mit Seth?«

»Ich weiß es nicht. Ich bin gerade erst aufgestanden. Er ist nicht in unserem Zimmer. Mum, wo ist Seth?«

Cathy schloss ihre Augen und holte tief Luft. »Er ist vor etwa einer Stunde gegangen. Er hat nicht gesagt, wohin er wollte.«

In diesem Moment tauchte Paul wieder auf. Er trug nun ein langärmeliges Oberteil und tauschte den Platz mit Charlie, der wortlos auf das andere Sofa rutschte. Natalie fuhr mit ihren Fragen fort.

»Erzählen Sie mir, was gestern passiert ist. Um wie viel Uhr ist Roxy zu Ellie gegangen?«

»Gegen halb sechs, glaube ich.«

»Wann hat sie die Abmachung getroffen, dort zu übernachten?«

»Erst am Mittag. Sie hat gesagt, dass Jojo Überstunden machen muss und sie gefragt hat, ob sie Ellie Gesellschaft leisten könnte. Ich habe zugestimmt. Sie und Ellie sind seit Jahren befreundet und sie übernachtet regelmäßig bei ihr. Ich fand das überhaupt nicht ungewöhnlich.«

»Wirkte sie irgendwie anders? Wollte sie schnell los?«

»Nein, aber ich hätte mich vergewissern müssen, dass sie wirklich dort angekommen ist, nicht wahr? Ich hätte nie gedacht ...« Sie beugte sich nach vorne, ihr Oberkörper erbebte unter ihren Schluchzern. Paul beruhigte sie sanft. Schließlich versuchte sie weiterzusprechen, ein gestammelter Satz, der eine Weile brauchte, um sich zu artikulieren. »Ich ... muss ... wie ... eine ... Rabenmutter klingen.«

Natalie meldete sich zu Wort. »Nein, wirklich, das sind Sie nicht. Ich bin auch Mutter einer Teenagerin und weiß, wie schwer es manchmal ist, zu ihnen durchzudringen.«

Cathy atmete stoßweise ein. Paul lächelte ihr matt zu. »Natürlich bist du keine schlechte Mutter. Das ist nicht deine Schuld. Auf keinen Fall.« Die Schluchzer ließen kurz nach.

»Glauben Sie, dass sie die ganze Nacht mit Ellie verbringen wollte? Sie denken nicht, dass sie vorhatte, wegzulaufen?« Natalie musste die Frage stellen, obwohl sie auch andere Möglichkeiten in Betracht zog – dass Roxy entführt oder gegen ihren Willen in das Haus in der Linnet Lane gebracht worden war.

»Sie wollte auf jeden Fall zu Ellie.«

»Was hat sie alles mitgenommen?«

»Nur eine kleine Plastiktüte mit ein paar Kleidern zum Wechseln.«

»Haben Sie gesehen, was drin war?«

»Ich nahm an, ihr Schlafanzug und ihr Nachtzeug. Sie wollten in ihren Schlafanzügen Filme schauen und Chips und Schokolade essen – ein Mädelsabend ...«

»Roxy ist schon ein paarmal weggelaufen, oder?«

Paul blickte scharf auf. »Worauf genau wollen Sie hinaus?«

»Ich versuche nur herauszufinden, warum Roxy nach Armston und nicht zu Ellies Wohnung gegangen sein könnte. War sie wegen irgendetwas verärgert? Hatte sie irgendwie Angst?«

»Nein, und als sie damals weggelaufen ist, war das etwas anderes. Sie hat sich davongeschlichen«, sagte Cathy.

»Und warum ist sie weggelaufen?« Natalie beobachtete Cathy, die auf ihrer Unterlippe kaute.

Das Schweigen wurde länger, bis Paul schließlich antwortete. »Letztes Jahr ist sie wegen eines Jungen weggelaufen.«

»Wegen wem genau?«

»Wir wissen es nicht. Sie hat es keinem von uns erzählt.« Paul legte einen Arm um Cathys Schultern, die Sorge stand ihm ins Gesicht geschrieben.

»Und was ist mit dem ersten Mal, als sie 2016 von zu Hause weggelaufen ist?«

»Sie hatte eine schwierige Phase in der Schule und sich außerdem noch mit Freunden zerstritten. Sie kam nach einer ungemütlichen Nacht auf den Straßen von Birmingham wieder nach Hause.« Paul drückte Cathys Hand und sie nickte zustimmend.

»Wie lautet Ellies Nachname?«, fragte Lucy. Ihre Zwischenfrage schien Cathy, die in ihre eigene kleine Welt der Trauer abgetaucht war, wachzurütteln.

»Cornwall.«

»Ich weiß, dass dies ein sehr schwieriger Moment für Sie ist, aber könnten Sie uns sagen, was Sie gestern gemacht haben?«

»Sie glauben doch nicht, dass wir etwas mit ihrem Tod zu tun haben, oder?«, fragte Paul.

»Überhaupt nicht. Wir müssen diese Fragen einfach stellen. Das ist normal in solchen Situationen.«

»Das ist Unsinn. Wir haben nichts getan! Wir sind verdammt noch mal nicht dafür verantwortlich«, beharrte Paul.

»Das ist nur das normale Vorgehen, Sir. Cathy, können Sie sich daran erinnern, was Sie getan haben, nachdem Roxy gegangen ist?«

»Nicht viel. Ich habe ferngesehen ... darauf gewartet, dass

Paul und Seth zurückkommen, und dann haben wir uns ein Take-away bestellt.«

»Wir waren auf einer Motorradveranstaltung – BMPS North Wales Classic Motorcycle Show. Wir kamen gegen acht Uhr zurück«, sagte Paul und wischte sich mit der Hand über das Gesicht.

»Sie waren nicht dabei, Charlie?«, fragte Natalie und richtete ihre Aufmerksamkeit auf den Jungen im Stuhl.

»Nein. Ich war den ganzen Nachmittag mit meinen Kumpels unterwegs und kam gegen fünf zurück. Ich bin in mein Zimmer gegangen und habe im Internet rumgesurft, bis Paul und Seth nach Hause gekommen sind, und dann haben wir zu Abend gegessen.«

»Und was haben Sie nach dem Essen gemacht?«

»Wir haben ferngesehen.«

Lucy, die sich die ganze Zeit über Notizen gemacht hatte, schaute auf und fragte: »Sie alle?«

Cathy schüttelte den Kopf. »Nein. Charlie und ich haben eine Zeit lang geschaut. Seth und Paul haben auf der Playstation im Zimmer der Jungen gespielt.«

»Ja. Das stimmt«, sagte Charlie. »Ich bin zu ihnen rübergegangen, als Mum ins Bett ist. Kurz nach Mitternacht haben wir Schluss gemacht.«

Cathy nickte langsam. »Ich bin gegen halb zwölf ins Bett gegangen und sofort eingeschlafen. Ich bin aufgewacht, als Paul ins Bett kam, und das war um Viertel nach zwölf. Ich habe nicht einmal an sie gedacht, verstehen Sie?«

»Hey, ist schon gut«, sagte Paul, als ihr wieder Tränen über die Wangen kullerten. »Du konntest das nicht ahnen.«

»Was wollte Roxy in Armston?«, fragte Cathy.

»Ich weiß es nicht, Liebes«, antwortete er leise und zog die Augenbrauen zusammen.

Natalie wartete, bis sie für weitere Fragen bereit waren,

und fragte dann: »Kennt einer von Ihnen Gavin oder Kirk Lang?«

»Wer ist das? Haben die sie entführt? Wer sind diese Leute?«, fragte Cathy mit besorgter Stimme.

Paul tätschelte ihre Hand, um sie zu beruhigen. »Ich habe noch nie von ihnen gehört«, sagte er.

Charlie, kennen Sie sie?«, fragte Lucy. Der Junge schüttelte den Kopf. »Nein.«

»Sind Sie ganz sicher, dass Sie noch nie von ihnen gehört haben?«

»Ganz sicher.«

»Warum fragen Sie nach denen?«, wollte Paul erneut wissen.

Natalie richtete ihre Aufmerksamkeit wieder auf Cathy. »Es war ihr Haus, das abgebrannt ist und in dem wir Roxy gefunden haben. Wäre es irgendwie möglich, mit Seth zu sprechen?«

Cathy strich sich mit dem Handrücken über die Wangen und verschmierte ihre Wimperntusche. »Ich kann das nicht ... Rufst du ihn an, Paul?«

Die Antwort war ein niedergeschlagenes »Sicher«. Er nahm Cathys Handy, blätterte durch die Telefonnummern und hielt es an sein Ohr. Nach ein paar Sekunden sagte er: »Anrufbeantworter.«

»Dann lassen wir das für den Moment. Wir werden es später versuchen«, sagte Natalie und bemerkte den verzweifelten Blick in Cathys Augen. »Möchten Sie, dass wir Ihren Sohn Oliver für Sie kontaktieren?«

»Nein. Wir werden ihn anrufen. Er sollte es von uns erfahren«, sagte Cathy.

»Was ist mit Roxys Vater? Wollen Sie mit dem auch selbst sprechen?«

Cathys Gesicht veränderte sich augenblicklich – ihr Mund verengte sich zu einer dünnen Linie der Missbilligung. »Ich habe seit Jahren nicht mehr mit Aidan gesprochen, nicht seit er nach Südspanien abgehauen ist.«

»Hatte Roxy Kontakt zu ihm?«

»Machen Sie Witze? Nicht nach dem, wie er sich benommen hat. Er hat uns 2009 im Stich gelassen. Er ist mit seiner Freundin abgehauen und hat uns alle im Stich gelassen. Roxy war damals erst fünf Jahre alt. Sie hasste ihn dafür, dass er uns verlassen hat. Das brach ihr das Herz. Ein paar Jahre später hat er versucht, wieder mit den Kindern in Kontakt zu treten, aber keines von ihnen wollte etwas von ihm wissen. Roxy wollte nicht einmal mit ihm sprechen. Mein armes Mädchen.« Ihre Stimme überschlug sich und sie kramte in ihren Taschen nach einem Taschentuch.

»Das ist in Ordnung, Cathy, wir können uns darum kümmern. Aidan hat Sie oder die Kinder in letzter Zeit nicht kontaktiert, oder?«

»Er hat sich ohne ein Wort des Abschieds verpisst. Sie haben ihn seit Jahren nicht mehr gesehen«, murmelte Paul.

»Dann ist es vielleicht besser, wenn wir ihn über Roxys Tod informieren«, sagte Natalie.

Nachdem sie ein Taschentuch herausgefischt hatte, schluchzte Cathy hinein, und ihre Worte waren nur gedämpft zu hören, als sie sprach. »Das kann doch nicht wahr sein. Bitte sagen Sie mir, dass Sie sich geirrt haben und jemand anderen gefunden haben.« Sie schüttelte verzweifelt den Kopf, ohne wirklich eine Antwort zu erwarten.

Natalie ließ ihr einen Moment Zeit und fragte dann: »Können Sie mir ein bisschen was über Roxy erzählen? Was sie gemocht hat?«

Cathy rieb sich die Augen und seufzte müde. »Make-up ... Fernsehen, Kleidung ... und Videospiele wie die Jungs.«

»Hat sie Sport gemacht?«

»Nicht wirklich.«

»Sagen Sie mir, wie hat sie sich den Ellbogen gebrochen?«

Cathy schluckte schwer. »Sie ist von ihrem Fahrrad gefallen.«

»Soweit ich weiß, wurde sie auch wegen zweier anderer Brüche ins Krankenhaus eingeliefert – einmal wegen eines gebrochenen Handgelenks und einmal wegen ihres Schlüsselbeins.« Natalie betrachtete Cathys Gesicht eingehend. Es verknitterte geradezu vor ihren Augen.

»Müssen wir das wirklich jetzt machen? Sie sehen doch, wie aufgewühlt sie ist.« Paul war ungehalten.

»Es tut mir leid, aber diese Fragen sind wichtig.«

»Ich wüsste nicht, warum. Sie hatte in der Vergangenheit ein paar Unfälle – sie ist von einem Klettergerüst gefallen und vom Fahrrad gestürzt, das ist alles.«

Natalie ließ es dabei bewenden. Wenn mehr dahintersteckte, würde sie es herausfinden, aber das Thema jetzt auf die Spitze zu treiben, würde der Sache nicht helfen. Sie musste so schnell wie möglich mit Ellie sprechen, aber sie wollte auch Roxys Zimmer überprüfen, falls es dort irgendwelche Hinweise gab. Sie änderte ihren Kurs. »Es wäre hilfreich, wenn ich ihr Zimmer sehen könnte. Ist das möglich?«

»Ich denke schon«, sagte Paul.

»Ich muss raus. Kommst du zurecht, Mum?« Charlie drehte einen schlichten Silberring an seiner rechten Hand, während er sprach.

»Hey, Kumpel, meinst du nicht, du solltest noch eine Weile hierbleiben?«, antwortete Paul.

»Aber ich bin hier keine Hilfe und ich weiß nicht, was ich sagen oder tun soll.« Er blinzelte die Tränen weg. »Ich gehe zu Zara.«

»Wer ist Zara?«, fragte Natalie.

»Meine Freundin, Zara Walters.«

Paul zuckte mit den Schultern. »Cathy?«

Sie winkte mit der Hand, und er warf dem Jungen einen weiteren traurigen Blick zu. »Ja. Ist in Ordnung, denke ich. Er kann genauso gut bei seiner Freundin sein, statt hier Trübsal zu blasen«, sagte er zu Natalie, als Charlie aus dem Blickfeld verschwand.

Ein Klopfen an der Tür kündigte die Ankunft von Tanya Granger an, die der Familie zugewiesene Verbindungsbeamtin. Natalie hatte zuvor mit Tanya telefoniert und sie schon erwartet. Lucy ließ Tanya herein, und nachdem sie sich vorgestellt hatten, gingen Lucy und Natalie nach oben, um Roxys Schlafzimmer zu untersuchen. Kaum hatten sie es erreicht, hörte Natalie, wie sich das Tor draußen mit einem Quietschen öffnete und dann die Haustür ging. Sie ging zurück zum oberen Ende der Treppe und hörte eine Stimme fragen: »Warum steht da draußen ein Polizeiauto, Mum? Was ist denn passiert?«

Natalie bat Lucy, sich das Zimmer anzusehen, und machte sich wieder auf den Weg nach unten.

Paul sprach gerade: »Roxy hatte einen ...« Er konnte nicht die richtigen Worte finden.

Cathy übernahm das Wort, ihre Stimme war kaum mehr als ein Flüstern. »Sie ist tot, Seth. Sie starb bei einem Hausbrand.«

Es kam keine Antwort, und Natalie ging ins Wohnzimmer, wo ein schlanker junger Mann an der Tür stand, mit dem Rücken zu ihr.

»Seth?«, sagte sie.

Er drehte sich auf dem Absatz um und starrte Natalie mit teilnahmsloser Miene an. »Ich bin DI Ward und das ist PC Granger. Wir sind hier, um Ihnen zu helfen.«

Er drehte sich wieder zu seiner Mutter um. »Mum?«

»Das stimmt. Sie versuchen herauszufinden, was mit ihr passiert ist.«

Natalie versuchte es erneut. »Seth, warum setzen Sie sich nicht hin. Es ist eine Menge zu verarbeiten.«

»Ich will mich nicht hinsetzen.«

Tanya stand am Sofa und sah ihn an. Sie versuchte, Natalie

zu unterstützen. »Wir sind hier, um zu helfen«, wiederholte sie. Ihre Worte hatten nicht die gewünschte Wirkung.

»Verpisst euch«, sagte er und überraschte Natalie damit, dass er an ihr vorbeistürmte, sie gegen die Wand drückte und aus dem Haus lief. Sie rannte hinter ihm her und stürmte die Treppe hinunter. Das Tor öffnete sich mit einem Quietschen und schlug dann zu. Sie öffnete es gerade rechtzeitig wieder, um zu sehen, wie er auf eine schwarze Honda CB125 zuging, die neben dem Streifenwagen geparkt war.

»Seth. Warten Sie doch!«

Der junge Mann ging weiter, ohne sich umzudrehen. Er erreichte das Motorrad, setzte sich einen Vollvisierhelm auf und war kurz davor, aufzusitzen.

Natalie erreichte ihn, bevor er das Motorrad aus der Halterung stieß. »Ich muss mit Ihnen reden.«

Er setzte sich rittlings auf das Motorrad, die Hände auf dem Lenker. Seine Antwort kam leicht gedämpft. »Worüber? Ich weiß nichts.«

»Ich weiß, dass dies ein schrecklicher Schock für Sie sein muss, aber wir brauchen so viele Informationen wie möglich, um herauszufinden, was passiert ist. Haben Sie eine Ahnung, wo Roxy gestern hinwollte oder mit wem sie sich gestern Abend getroffen hat?«

Er hob sein Visier leicht an, sodass seine braunen Augen und seine langen, geschwungenen Wimpern zum Vorschein kamen, und antwortete: »Ich habe keine Ahnung, überhaupt keine. Ich wusste nicht einmal, dass sie ausgegangen war, bis wir gegessen haben und Charlie gesagt hat, dass sie auswärts übernachtet. Sie hat mir nie etwas erzählt, falls Sie das wissen wollen.«

»Sind Sie miteinander zurechtgekommen?«

»Natürlich sind wir das. Sie war meine kleine Schwester.« Seine Stimme wurde brüchig. »Hören Sie, ich muss einfach allein sein. Das ist eine Menge zu verarbeiten.« Er ließ das

Visier wieder herunter und wechselte die Position, um das Motorrad zu starten, aber Natalie hielt ihn mit der Hand auf.

»Nur ein paar einfache Fragen. Das ist alles.«

Er lehnte sich zurück, die Honda zwischen den Schenkeln balancierend, die Arme verschränkt. Er klappte das Visier nicht wieder hoch, und Natalie wusste nicht, ob das daran lag, dass er nicht zeigen wollte, wie nahe es ihm ging, oder ob er etwas verbergen wollte. Sie könnte ihn bitten, den Helm abzunehmen, aber vielleicht würde er stattdessen abhauen, und es war ihr nun zumindest gelungen, ihn dazu zu bringen, lange genug zu bleiben, um ihre Fragen zu beantworten.

»Können Sie mir kurz erzählen, was Sie gestern Abend gemacht haben, nachdem Sie von der Motorradveranstaltung zurückgekommen sind?«

»Wir haben zu Abend gegessen und dann haben Paul und ich bis spät Videospiele gespielt.«

»Wissen Sie, wann Sie damit aufgehört haben?«

»Nach zwölf irgendwann. Ich weiß es nicht genau.«

»Haben Sie jemals von Kirk oder Gavin Lang gehört oder kennen Sie sie?«

»Nein.«

»Was ist mit einem Nachtclub namens Extravaganza?«

»Den kenne ich dem Namen nach, war aber noch nie dort.«

»Was ist mit Armston-on-Trent selbst? Gehen Sie jemals ins Stadtzentrum?«

»Nicht sehr oft.«

»Und hat Roxy Ihnen gegenüber jemals den Nachtclub oder diese Namen erwähnt?«

»Niemals.«

»Ich verstehe, dass das schwer für Sie ist, aber ich werde wahrscheinlich noch einmal mit Ihnen sprechen müssen.«

»Ja. Okay. Kann ich jetzt gehen?«

»Ja. Danke.«

Sie trat einen Schritt zurück, und er nahm das als Zeichen

dafür, dass er endlich wegkonnte. Er beugte sich vor, ließ den Motor an und fuhr los. Als Natalie ihm beim Wegfahren zusah, gesellte sich Lucy zu ihr. »Er ist ganz schön schnell abgehauen, nicht wahr?«

»Ja, er wollte definitiv nicht hier herumhängen.«

»Ich nehme an, er hat einen Schock.«

»Das mag sein. Er scheint nichts Nützliches zu wissen. Haben Sie etwas?«

»Nichts Ungewöhnliches in ihrem Zimmer. Ich habe ihren Laptop dabei und werde ihn auf dem Revier überprüfen.«

»Okay. Viel mehr können wir hier nicht tun. Dann besuchen wir am besten Roxys Freundin Ellie. Ich werde mich erst noch vergewissern, dass hier alles in Ordnung ist. Warten Sie kurz. Es dauert nur einen Augenblick.«

Zurück in der Wohnung fand sie Cathy unkontrolliert schluchzend vor, den Kopf in ihren Händen. Paul saß wie angewurzelt neben dem Fenster, das auf den Hinterhof hinausging. Die emotionale Nachwirkung hatte eingesetzt. Diese Familie würde noch einiges Leid durchleben, bevor sie ihr Leben wieder aufbauen konnte. Natalie ging in Richtung Küche, wo Tanya in einem Schrank nach Tee suchte. »Seine Mutter sagt, dass er einfach so ist – er kann mit Stress nicht umgehen. Die Menschen reagieren und verarbeiten solche Nachrichten auf sehr unterschiedliche Weise. Er braucht etwas Abstand zwischen sich und seinem Zuhause.«

»Der andere Bruder, Charlie, hat so ziemlich dasselbe gemacht. Und Cathy sagte, Roxy sei launisch gewesen. Sie scheinen ein ziemlich sprunghafter Haufen zu sein.«

Der Wasserkocher blubberte und stieß laut Dampfschwaden von sich, sodass der Klang ihrer Stimmen verdeckt wurde. »Soll ich Ihnen Bescheid sagen, wenn Seth zurückkommt?«

»Nein. Ich habe im Moment keine weiteren Fragen an ihn. Ich bin dann mal weg. Alles klar hier so weit?«

Tanya holte eine Schachtel mit Teebeuteln heraus und machte sich daran, Getränke für Cathy und Paul zuzubereiten. Ihr freundliches Gesicht und ihre großen Augen hatten etwas Beruhigendes an sich. »Natürlich. Ich sage Bescheid, wenn sich etwas Nützliches ergibt.«

»Danke schön. Wir sehen uns später.« Natalie kehrte ins Wohnzimmer zurück. Paul saß nun wieder neben Cathy auf dem Sofa.

Sie wandte sich an die beiden. »Ich werde Sie mit PC Granger allein lassen. Sie wird Ihnen dabei helfen, durchzuhalten. Wenn Sie irgendetwas brauchen oder etwas fragen wollen, dann sagen Sie es einfach PC Granger.

Das Schluchzen ließ für einen Moment nach und Cathy brachte ein kleines Nicken zustande. Paul schüttelte den Kopf und schaute auf seine Füße. Es würde für keinen von ihnen leicht werden.

Zurück auf dem Parkplatz sprach Natalie mit Lucy, die Roxys Laptop im Auto verstaut hatte. »Ich würde gerne mehr Informationen über Paul, den Stiefvater, bekommen. Sie haben erwähnt, dass er wegen häuslicher Gewalt angezeigt worden ist, aber die Anklage fallen gelassen wurde. Ich denke, wir sollten mit seiner Ex-Freundin darüber sprechen. Wie war noch mal ihr Name?«

Lucy blätterte in den Notizen, die sie sich im Büro gemacht hatte. »Sarah Raleigh.«

»Besorg dir ihre Kontaktdaten, und wir werden dem nachgehen. Ich fand, dass Paul ein bisschen schnell darin war, von meinen Fragen abzulenken, als ich mich nach Roxys Verletzungen erkundigt habe. Es könnte sich lohnen, zu hören, was Sarah über ihn zu erzählen hat. Gut. Lassen Sie uns mit Ellie sprechen und sehen, ob sie etwas darüber sagen kann, was mit ihrer besten Freundin passiert ist.«

SECHS

SONNTAG, 1. JULI – NACHMITTAG

Natalie und Lucy fanden den Eingang zu dem Wohnblock. Achtlos fallen gelassene McDonald's-Packungen und leere Zigarettenschachteln lagen vor der Tür. Ein magerer Hund, der seinen Schwanz fest zwischen die Beine geklemmt hatte, huschte nervös davon, als sie sich näherten, und beobachtete sie so lange aus geringer Entfernung, bis sie das Gebäude betraten. Das Innere war selbst bei Tageslicht schummrig, die grauen Wände schienen sich um Natalie zu schließen. Sie wartete, bis sich ihre Augen an die Düsternis gewöhnt hatten, bevor sie an einem Aufzug vorbeiging, der mit dem primitiven Bild eines Penis besprüht war, das Treppenhaus fand und die breite Betontreppe hinaufstieg. Lucy war direkt hinter ihr, und als sie auf dem Treppenabsatz im dritten Stock ankamen, flog ein Mädchen auf einem Roller an ihnen vorbei und stieß sie beide fast um. Sie standen direkt vor der Nummer zweiundsiebzig. Natalie läutete die Klingel und wartete. Das Mädchen kam zurück und blieb neben ihnen stehen, starrte sie an, sagte aber nichts. Lucy schenkte ihr ein Lächeln, das nicht erwidert wurde.

»Wohnst du hier?«, fragte Lucy.

Das Kind schüttelte den Kopf.

Natalie klingelte erneut und wurde mit einem Rascheln hinter der Tür und dem Schieben eines Riegels belohnt. Ein junges Mädchen mit zerzaustem Haar klammerte sich an den Türrahmen, als wäre die Anstrengung, ohne Stütze zu stehen, zu groß.

»Das ist Ellie«, sagte eine dünne Stimme. Das Kind war immer noch da.

Ellie schnauzte sie an: »Hau ab, Boo.«

Boo streckte ihr die Zunge heraus und flitzte dann den Treppenabsatz hinunter. Natalie und Lucy zeigten dem Mädchen ihre Ausweise.

»Ich bin DI Ward und das ist DS Carmichael. Könnten wir bitte reinkommen?«

»Müssen Sie das wirklich?« Ihr stand Besorgnis ins Gesicht geschrieben.

»Es wäre wirklich das Beste, wenn wir reinkommen könnten.«

Eine Stimme rief von drinnen: »Wer auch immer das ist, sag ihnen, sie sollen sich verpissen. Es ist Sonntag, verdammt noch mal.«

»Es ist die Polizei«, rief Ellie zurück.

Der Roller raste auf sie zu, ehe Boo langsamer wurde. »Sind das Polizistinnen? Hast du etwas Schlimmes getan, Ellie?«

Ellie sah sie finster an. »Nein ... jetzt geh weg, Boo. Kommen Sie schon rein«, zischte sie Natalie zu.

Eine Frau in einem großen Frotteebademantel erschien auf dem Flur.

»Mrs Jojo Cornwall?«, fragte Natalie.

»Ja. Sind Sie wegen Roxy hier? Geht es ihr gut? Ihre Mutter hat vor einer halben Stunde angerufen und gefragt, ob sie hier ist.«

»Ich würde wirklich gerne darauf bestehen, dass wir ins Wohnzimmer gehen.«

Ellies Mutter stapfte barfuß in das Zimmer zu Natalies Linken. Es war kompakt, aber aufgeräumt, und Mutter und Tochter setzten sich nebeneinander auf ein hellblaues Sofa.

Natalie begann: »Ich habe leider eine schlechte Nachricht in Bezug auf Roxanne Curtis. Sie wurde heute Morgen tot aufgefunden.«

Ellie errötete und ihre Augen wurden so groß, dass sie ihr ganzes Gesicht zu füllen schienen.

»Oh, Ellie, es tut mir so leid, Liebes. Als Cathy mich anrief, dachte ich nicht ...« Sie stöhnte. »Ich weiß nicht, was ich dachte. Ich konnte mir jedenfalls nicht vorstellen, dass Roxy so etwas zugestoßen ist.« Sie legte einen Arm um die Schulter ihrer Tochter.

»Es tut mir wirklich leid. Ich habe gehört, dass Sie gute Freundinnen waren«, sagte Natalie zu Ellie.

Jojo behielt ihre Tochter im Auge, deren Zittern immer stärker wurde. Sie streichelte das Haar des Mädchens und gab beruhigende Laute von sich, dann sagte sie: »Sie waren sehr eng befreundet – beste Freundinnen.«

»Cathy dachte, Roxy wäre gestern Abend zum Übernachten hierhergekommen.«

Die Frau schüttelte den Kopf. »Es gab keine Übernachtung. Ich war auf der Arbeit und Ellie war im Jugendzentrum. Roxy ist nicht vorbeigekommen, während ich weg war, oder, Ellie, Schatz?«

Das Mädchen brachte ein schwaches »Nein« heraus.

»Haben Sie Roxy gestern überhaupt gesehen?«, fragte Natalie das Mädchen.

»Nein. Ich habe sie überhaupt nicht gesehen.«

»Haben Sie mit ihr gesprochen oder Kontakt mit ihr gehabt?«

Ihre Unterlippe zitterte. »Wir waren zuerst auf Snapchat, aber danach habe ich nicht mehr mit ihr gesprochen. Mum und ich haben dann beide das Haus verlassen.«

»Worüber haben Sie gesprochen?«

»Über nicht viel.«

Natalie lächelte sanft, wohl wissend, dass das Mädchen erst vierzehn war. »Ich nehme an, sie hat viele Geheimnisse mit Ihnen geteilt?«

»Mhm.«

»Hätte sie Ihnen gesagt, wohin sie geht?«

»Nein. Sie hat es mir nicht gesagt. Ehrlich.« Das Zittern verstärkte sich. Jojo drückte sie und schüttelte dann traurig den Kopf.

Natalie nickte. »Ich weiß, dass das sehr schwer für Sie ist, aber wir müssen herausfinden, wo sie hingegangen ist. Haben Sie eine Ahnung, wohin sie vielleicht gegangen sein könnte? Wollte sie jemanden treffen?«

Das Mädchen schüttelte den Kopf. »Ich ... weiß ... nicht. Sie hat nichts gesagt.«

»Hat sie jemals mit Ihnen über einen Nachtclub in Armston-on-Trent gesprochen?«

»Nein.«

»Hat sie Ihnen gegenüber jemals die Namen Gavin oder Kirk erwähnt?«

Wieder schüttelte sie den Kopf.

»Haben Sie irgendwann mal von denen gehört?«

»Nein.«

»Wie sieht es aus mit einem Haus in der Linnet Lane?«

»Nein.« Ellies Augen wurden glasig vor Tränen, und plötzlich sprang sie auf und lief aus dem Zimmer, wobei sie an Natalie vorbeirannte. Ihre Mutter stand auf, um ihr zu folgen, hielt dann aber inne, als das Geräusch von heftigem Würgen zu ihnen durchdrang.

»Es tut mir leid, aber ich muss mit ihr sprechen. Sie kannte Roxy wahrscheinlich besser als jeder andere«, sagte Natalie.

»Nein! Hören Sie sich das doch an. Sie übergibt sich gerade. Geben Sie ihr die Chance, sich zu erholen.«

»Mrs Cornwall, wir müssen so schnell wie möglich handeln. Stellen Sie sich vor, wie Sie sich fühlen würden, wenn Ellie etwas zugestoßen wäre. Sie würden doch auch wollen, dass wir sofort nachforschen, oder?«

Jojo warf den Kopf zurück und starrte ein paar Sekunden lang an die Decke, dann seufzte sie. »Lassen Sie mich ein bisschen Zeit mit ihr verbringen. Ich werde sehen, ob sie in der Lage ist, mit Ihnen zu reden. Wenn ja, bringe ich sie wieder rein.«

»Ich danke Ihnen. Bevor Sie das tun, was können Sie uns über Roxy erzählen?«

»Sie war ein nettes Kind und Ellie mochte sie unheimlich gerne.«

»Hat sie jemals mit Ihnen über ihr Leben zu Hause gesprochen, über Sorgen, Probleme, irgend so etwas?«

»Sie kam immer, um Ellie zu sehen, nicht mich. Ich habe mich gut mit ihr verstanden, aber wir hatten keine tiefgründigen Gespräche. In Wahrheit weiß ich nicht viel über sie, außer dass sie lieber Schokoladen- als Erdbeereis aß und lieber Cheese-und-Onion-Chips als normale, und dass sie wirklich gut singen konnte und Kosmetikerin werden wollte.«

»Hat sie oft die Nächte hier verbracht?«

Jojo neigte ihren Kopf zur Seite. »Vielleicht einmal im Monat. Ich arbeite oft lange. Ellie hat sie zu sich eingeladen, sodass sie ihr Gesellschaft leisten konnte, und Roxy war hier immer willkommen. Sie haben sich Filme und YouTube-Videos angesehen, Pizzas zum Mitnehmen geholt, Mädelsabende veranstaltet, gegenseitig ihre Klamotten anprobiert, Wellness-Abende – Sie wissen schon, Gesichtspackungen und so – und sich einander die Nägel lackiert. Lauter Mädchensachen. Ich war froh, wenn Roxy bei uns übernachtet hat.«

»Wirkte sie jemals aufgewühlt?«

»Das fragen Sie mich? Ich weiß es nicht. Alle Teenager haben Probleme, oder? Sie wollen nicht, dass du ihr bester

Freund bist. Sie kapseln sich ab, wenn sie verletzt sind und reden mit ihren Freunden. Ich weiß die Hälfte der Zeit nicht einmal, wann Ellie aufgewühlt ist, ganz zu schweigen von Roxy. Sie konnte launisch oder still sein und an manchen Tagen redete sie kaum, aber Ellie ist genauso.«

»Und Sie sind sich sicher, dass Roxy nicht plötzlich beschlossen hat, hier zu übernachten, während Sie weg waren?«

»Wenn Roxy gestern Abend hier gewesen wäre, hätte Ellie das bestimmt gesagt.«

»Hat Ellie jemals mit Ihnen über Roxy gesprochen?«

Jojo strich sich über das Kinn und sah Natalie stirnrunzelnd an. »Ich verstehe mich gut mit meiner Tochter, und wenn sie mir etwas Wichtiges mitteilen möchte, höre ich ihr zu, aber sie erzählt mir nicht alles. Haben Sie beide Kinder?«, fragte sie.

Lucy schüttelte den Kopf, aber Natalie erwiderte: »Ich habe eine Tochter, die ungefähr so alt ist wie Ihre.«

Jojo verengte die Augen. »Dann sollten Sie es besser wissen, als mich das zu fragen. Spricht *Ihre* Tochter mit Ihnen über die Probleme oder das Leben ihrer Freunde?« Sie wartete nicht auf eine Antwort, sondern bewegte sich Richtung Tür. »Jetzt werde ich mal nach meiner sehen.«

Als sie weg war, flüsterte Lucy: »Autsch! Ich glaube, wir haben eine Grenze überschritten. Die wird uns jetzt etwas zappeln lassen, nicht wahr?«

»Wenn sie Ellie beruhigen kann, finden wir vielleicht noch etwas heraus, aber ich kann mir nicht vorstellen, dass sie Roxys Geheimnisse preisgibt, selbst wenn sie sie kennt. Das könnte ein vergeudeter Besuch gewesen sein. Hören Sie mal, warum versuchen Sie nicht, sie zu befragen. Vielleicht fühlt sie sich mit jemandem, der näher an ihrem Alter ist, wohler.«

»Wenn Sie meinen, aber ich bin nicht gerade ein Teenager.«

»Sie sehen jung genug aus, damit sie sich bei Ihnen wohlfühlt, und sie öffnet sich vielleicht, wenn sie mit Ihnen und nicht mit mir spricht. Ich bin zu sehr Autoritätsperson. Ich könnte sie verschrecken.«

Das Geräusch von Stimmen, die in ihre Richtung drifteten, ließ sie verstummen, und als Ellie wieder ins Zimmer kam, schenkte Lucy ihr ein Lächeln. »Danke, dass Sie uns helfen. Wollen Sie ein Wasser oder irgendetwas?«

Das Mädchen lehnte das Angebot ab und setzte sich wieder hin. Ihre Mutter ließ sich neben sie fallen, und Lucy nahm den Stuhl ihnen gegenüber, strich sich den Pony aus dem Gesicht und entblößte für einen Moment die Narbe, die quer über ihren Nasenrücken verlief.

Ellie bemerkte sie. »Was ist mit Ihrem Gesicht passiert?«

»Ich bin jemandem in die Quere gekommen, der mit einer zerbrochenen Flasche gewunken hat«, antwortete Lucy.

»Oh.«

»Es hätte schlimmer ausgehen können.« Sie wartete einen Herzschlag lang, dann sagte sie beiläufig: »Roxy hat auch ein paar Verletzungen erlitten, nicht wahr? Ich wette, sie hatte auch ein paar Narben.«

Das Mädchen antwortete mit einem Achselzucken.

»Erzählen Sie mir von ihr. Wie war sie so?«

Ellie blinzelte. »Lustig. Mutig.«

»Mutig?

»Ja.«

»Inwiefern?«

»In vielerlei Hinsicht. Sie hatte nicht vor vielem Angst.«

»Und sie war eine gute Freundin?«

»Ja.«

»Sie kannten sie besser als jeder andere, Ellie. Können Sie sich vorstellen, zu wem sie gestern gegangen sein könnte?«

Ihr Kopf schwenkte hin und her wie ein langsames Pendel.

»Haben Sie Roxy oft gesehen?«

»Fast jeden Tag.«

»Aber gestern nicht?«

Ihre Augen füllten sich wieder mit Tränen. »Nein. Ich war den ganzen Tag mit Mum unterwegs. Wir waren in Derby einkaufen, und als wir nach Hause kamen, bin ich ins Jugendzentrum gegangen, um wie immer dort abzuhängen. Ich dachte, Roxy wäre vielleicht dort, aber sie ist nicht aufgetaucht.«

»Waren Sie ein wenig überrascht, dass sie nicht im Jugendzentrum aufgetaucht ist?«

»Nicht wirklich. Sie ist nur mitgekommen, wenn sie Lust dazu hatte. Es war ihr zu babyhaft. Wir haben Tischtennis gespielt und herumgealbert. Das hat ihr nicht viel Spaß gemacht.«

»Aber Ihnen?«

»Ja. Es ist in Ordnung dort.«

»Haben Sie ihr gestern Abend vom Zentrum aus eine SMS geschickt, um sie zu fragen, ob sie kommt?«

»Nein. Da drinnen gibt es keinen Empfang und ich habe die Zeit aus den Augen verloren.«

»Sie können sich also nicht vorstellen, wohin sie gegangen sein könnte?«

»Nein.«

»Hatte Roxy einen Freund, den sie besucht haben könnte?«

»Nein.« Die Antwort kam ein wenig zu schnell und wurde von einem weiteren Senken des Kopfes begleitet. Ellie begegnete Lucys Blick nicht.

»Ich danke Ihnen, Ellie. Sie haben mir sehr geholfen.« Lucy wartete, bis das Mädchen den Blick hob, und als sie es tat, fragte sie beiläufig: »Wann sind Sie vom Jugendzentrum nach Hause gekommen?«

»Ich weiß es nicht genau – neun Uhr dreißig oder so.«

Ellies Mutter mischte sich ein. »Ellie ist verantwortungsbewusst. Sie ist immer ungefähr um diese Zeit zurück. Sie geht jeden Samstag hin, und ich habe ihr gegen zehn eine WhatsApp-Nachricht geschickt, um zu sehen, ob sie zu Hause ist.«

»Sie haben geantwortet?«, fragte Lucy Ellie.

»Ja, ich habe ferngesehen.«

»Das hat sie«, sagte Jojo.

»Und dieses Jugendzentrum ist das in der Park Road?«

»Ja, genau das. Die meisten Kinder aus der Gegend gehen dorthin. Es gibt nicht viel anderes für sie zu tun«, fügte Jojo hinzu.

Lucy stand auf. »Das mit Roxy tut uns wirklich sehr leid. Wenn Ihnen irgendetwas einfällt, das uns einen Hinweis darauf gibt, wo sie gestern hingegangen sein könnte, lassen Sie es uns bitte wissen. Ich werde meine Karte bei Ihrer Mutter lassen. Rufen Sie mich einfach an, wenn Ihnen irgendetwas einfällt. Es könnte wichtiger sein, als Sie denken, und es könnte uns helfen herauszufinden, was mit Roxy passiert ist.«

Ellie zuckte unter ihrem Blick zusammen, nickte aber.

Natalie bedankte sich bei den beiden und fügte hinzu: »Ich bin sicher, dass die Schule den Mitschülern Beratung anbietet, sobald die Nachricht bekannt wird, aber wenn Sie möchten, werde ich einen meiner Kollegen bitten, Sie zu besuchen.«

»Wir kommen schon zurecht«, antwortete Jojo und legte einen Arm um ihre Tochter. »Wir brauchen niemanden hier.« Der Schutzschild war wieder ausgebreitet, und in ihre Augen war wieder Härte eingekehrt. Es war Zeit zu gehen.

Boo stand mit einem Fuß auf ihrem Roller neben der Treppe, als sie darauf zugingen. »Wird Ellie ins Gefängnis gehen wie ihr Vater?«, fragte sie unverblümt.

Natalie schüttelte den Kopf.

»Sie macht viele unanständige Dinge.«

»Wirklich?« Lucy blieb stehen und musterte das Mädchen mit den lockigen dunklen Haaren und den großen braunen Augen, das sich über die plötzliche Aufmerksamkeit zu freuen schien.

»Mhm. Sie und ihre Freundin haben unten mit Jungs

geraucht. Ich bin mit Mami reingekommen, und sie hat sie deswegen geschimpft. Sie sollten nicht in einem Haus rauchen. Das ist gefährlich. Sie haben unhöflich Worte zurückgesagt. Das ist unanständig, nicht wahr?«

»Ja, aber nicht schlimm genug, um ins Gefängnis zu kommen. Ist deine Mutter zu Hause, Boo?«, fragte Natalie.

Die Locken wippten hin und her. »Sie ist nicht da. Nanna passt auf mich auf.«

»Wann kommt sie nach Hause?«

»Weiß ich nicht. Später«, antwortete sie und als sie hörte, dass ihr Name gerufen wurde, stürmte sie plötzlich los und raste wieder über den Treppenabsatz.

Lucys Augenbrauen hoben sich angesichts des schnellen Aufbruchs und sie bemerkte: »Die ist schon etwas Besonderes, nicht wahr?«

»Ich frage mich, ob Roxy das andere Mädchen war, das unten geraucht hat. Warten Sie mal kurz«, Natalie folgte dem Mädchen und klopfte an ihre Tür.

Eine Frau mit schmalem Gesicht in ihren späten Sechzigern öffnete, die Hand am Türgriff, um die Tür schnell wieder schließen zu können. Boo materialisierte sich, quetschte sich zwischen die Frau und den Türrahmen und blickte gespannt zu Natalie auf, die sich vorstellte und fragte, ob die Frau Roxy kenne.

»Ich wohne hier nicht. Ich komme nicht oft hierher. Ich bin nur hier, um auf Boo aufzupassen, während meine Tochter bei der Arbeit ist. Normalerweise kommt Boo zu uns nach Hause, aber der alte Herr hat eine schlimme Magenverstimmung und ich wollte nicht, dass sie sich ansteckt. Ich kenne keines der Kinder hier mit Namen.«

»Nicht einmal Ellie?«

»Natürlich kennst du Ellie, Nanny«, meldete sich Boo. »Ihr Vater hat einen Laden ausgeraubt und hatte eine Waffe.«

Das Gesicht der Frau verzog sich vor Abscheu. »Oh, die.«

»Roxy war ihre beste Freundin. Sie haben sie vielleicht zusammen gesehen.« Natalie zeigte ihr ein Foto von Roxanne. Die Frau blinzelte angestrengt auf das Bild. »Ja, vielleicht, aber für mich sehen die alle gleich aus.«

»Wann kommt Ihre Tochter zurück? Ich würde sie gerne über Roxy befragen.«

Das Gesicht der Frau war eisig und ihre Hand blieb auf dem Türgriff liegen. »Gegen fünf.«

»Ich danke Ihnen für Ihre Zeit.«

Die Frau nickte einmal und schloss schnell die Tür. Natalie ging zu Lucy, die am oberen Ende der Treppe wartete.

»Kein Glück gehabt. Ich könnte Boos Mutter befragen«, sagte Natalie, als sie die Treppe hinunterstiegen.

»Ich glaube, Ellie verheimlicht uns etwas. Sie konnte mir nicht in die Augen schauen, als ich gefragt habe, wann sie nach Hause gekommen ist.«

»Das ist mir auch aufgefallen. Sie könnte später als halb zehn unterwegs gewesen sein, vielleicht sogar mit einem der Jungs, mit denen Boo sie gesehen hat, oder sie hat sich einfach mit Freunden getroffen. Sie bestand darauf, Roxy gestern nicht gesehen zu haben, also belassen wir es erst einmal dabei und sehen, was wir sonst noch herausfinden können.«

»Sie könnte gelogen haben und mit Roxy zusammen gewesen sein«, sagte Lucy.

»Ich schließe diese Möglichkeit auf keinen Fall aus. Wir werden noch einmal mit ihr reden, wenn es nötig ist. Ich frage bei Murray nach, ob Gavin und Kirk auf dem Weg zum Revier sind. Wenn ja, versuchen wir es bei Daisy in der Teestube.«

Als sie die Straße zum Streifenwagen überquerten, warf Natalie einen Blick zurück auf den Block. Ellie schien wirklich schockiert über die Nachricht vom Tod ihrer Freundin gewesen zu sein, aber etwas war, wie Lucy bemerkt hatte, verdächtig. Es wurde ihr schlagartig klar: Ellie hatte nicht gefragt, wie Roxy gestorben war.

———

Als Natalie und Lucy ankamen, war der Vintage Tea Room überfüllt. Mehrere Fahrräder lehnten an einem Laternenpfahl und dem Schaufenster, und im Inneren hatte sich eine Gruppe von Radfahrern niedergelassen, die Tische zusammengeschoben. Ihr Lachen schallte nach draußen. Natalie öffnete die Tür und ging hinein, wobei sie die Wärme und den sauren Geruch der schwitzenden Körper ignorierte. Daisy, die gerade dabei war, zwei Teller mit Kuchen und eine Kanne Tee auf einem Tablett zu balancieren, schaute auf. »Sie sind nicht hier. Sie sind auf dem Polizeirevier.«

Mit Geschick bewegte sie sich hinter dem Tresen hervor und um die Tische herum. Nachdem sie die Speisen und Getränke auf den Tischen abgestellt hatte, tauschte sie ein paar Höflichkeiten aus und zeigte ein warmes Lächeln, das verblasste, als sie zum Tresen zurückkehrte, wo Lucy und Natalie standen. Sie wischte das Tablett mit einem Tuch ab, stellte es wieder an seinen Platz und ordnete einige Tassen neu an. Als sich keine der beiden Frauen bewegte, sagte sie noch einmal: »Sie sind nicht hier.«

»Ja, ich weiß. Ich möchte, dass Sie uns ein paar Fragen beantworten.«

»Sie machen Witze. Ich habe zu arbeiten«, antwortete sie und wischte sich die Hände an einem schlichten beigen Handtuch ab.

Natalie legte den Kopf schief und sah sich im Raum um. »Es sieht so aus, als ob alle bedient worden sind. Wenn Sie ein paar Minuten mit uns nach draußen gehen könnten, dann können Sie immer noch sehen, ob Sie gebraucht werden. Es wird nicht lange dauern.«

Daisy warf das Handtuch auf den Tresen und marschierte zur Tür. Draußen angekommen, verschränkte sie die Arme und wartete auf Natalie und Lucy.

Dicht gedrängt standen sie vor der Tür zusammen. Einer der Radfahrer, der sie beobachtet hatte, machte eine Bemerkung zu einem anderen, der sich kurz umdrehte, um die Frauen anzustarren. Lucy erwiderte den Blick mit ausdrucksloser Miene, bis beide Männer sich wieder dem Teetrinken widmeten. Sie holte ihr Notizbuch hervor und Natalie begann mit der Befragung. »Daisy, Sie haben uns zuvor erzählt, dass Sie gestern Abend ein Bad genommen haben und gegen halb elf ins Bett gegangen sind.«

»Ja, genau so war es. Ich hatte einen langen Tag.«

»Sie hatten keine Lust, zu Gavin ins Extravaganza zu gehen?«

»Machen Sie Witze! Ich gehe dort inzwischen überhaupt nicht mehr hin.«

»Ich verstehe«, sagte Natalie und fügte hinzu: »›Inzwischen‹ – ich nehme an, dass Sie früher öfter dorthin gegangen sind?«

Daisy schnitt eine Grimasse. »Sie werden es sowieso herausfinden, nehme ich an. Ich habe früher dort gearbeitet. Ich war eine der Hostessen. Ich habe in den Privaträumen gearbeitet – Getränke serviert, dafür gesorgt, dass alle glücklich waren und viel Geld ausgegeben haben.«

»Wie lange waren Sie dort?«

»Über ein Jahr.«

»Und wann haben Sie das Extravaganza verlassen?«

»Vor zwei Monaten.«

»Der Vintage Tea Room ist also ein relativ neues Projekt?«

»Ja, er wurde im Mai dieses Jahres eröffnet.«

»Ich nehme an, eine Nachtclub-Hostess verdient nicht viel. Wie haben Sie das finanziert?«

Daisy trat von einem ballettartig beschuhten Fuß auf den anderen. »Ich habe etwas Hilfe bekommen.«

»Von wem?«

»Gavin. Er hat mir das Geld für die Ladenmiete und die Wohnung darüber geliehen.«

Lucy warf ein: »Das war sehr nett von ihm.« Sie wurde mit einem finsteren Blick belohnt.

»Es war eine geschäftliche Vereinbarung. Ich werde ihm das Geld zurückzahlen.«

»Wie viel schulden Sie ihm?«, fragte Lucy.

»Das geht Sie nichts an«, blaffte Daisy.

Lucy machte sich eine Notiz, bevor sie antwortete. »Kein Problem. Ich bin sicher, dass wir die genauen Details herausfinden können.«

Natalie fuhr fort: »Es muss schwer sein, Zeit füreinander zu finden, wenn Gavin bis in die frühen Morgenstunden im Nachtclub ist und Sie tagsüber in der Teestube arbeiten.«

»Er arbeitet nicht jede Nacht. Ich bin nicht zu Scherzen aufgelegt, aber was hat das damit zu tun, dass ihr Haus abgebrannt ist?«

Natalie wich der Frage mit einem schnellen »Kennen Sie jemanden namens Roxanne Curtis?« aus.

Daisys Mundwinkel zogen sich nach unten, als sie über die Frage nachzudenken schien. »Nein, ich glaube nicht. Arbeitet die im Club?«

»Nein. Sie geht noch zur Schule.«

Daisy verzog erneut das Gesicht. »Dann werde ich sie wohl nicht kennen.«

»Kommen denn keine Schulkinder in die Teestube?«, fragte Lucy.

»Es ist nicht gerade die Art von Ort, an dem sie sich aufhalten, es sei denn, sie sind mit ihren Müttern unterwegs.«

»Kennen Sie Cathy Curtis? Roxannes Mutter?« Sie zog ein Foto hervor, um zu sehen, ob Daisy ihr Gesicht wiedererkannte, aber sie starrte es ausdruckslos an.

»Nein, ich bin ihr noch nie begegnet.«

Natalie hielt eine Sekunde inne und fragte dann: »Wie lange sind Sie und Gavin schon ein Paar?«

Die Reaktion der Frau änderte sich auf subtile Weise; sie bedeckte die Vorderseite ihres Halses. Natalie hatte solche verräterischen Anzeichen schon oft in Gerichtssälen gesehen, wenn ein Angeklagter während der Befragung plötzlich sein Gesicht, seinen Hals oder seinen Unterleib bedeckte – eine schützende Geste und ein sicheres Zeichen dafür, dass der Anwalt einen Nerv getroffen hatte. Es war ein menschlicher Instinkt, einen verletzlichen Teil des Körpers zu bedecken. Gesten erzählten oft etwas anderes als gesprochene Worte. Das war auch bei Daisy der Fall.

»Acht oder neun Wochen.« Die Tatsache, dass sie sich nicht sicher sein konnte, wann sie angefangen hatten, miteinander auszugehen, kam Natalie seltsam vor. Paare am Anfang ihrer Beziehung wussten meist ganz genau, wann sie sich kennengelernt und ihr erstes Date gehabt haben.

»Sie sind also im Mai zusammengekommen?«

»Ja.«

»War das, nachdem Sie den Nachtclub verlassen hatten?«

Daisy strich sich unbewusst über den Hals, während sie sprach. »Es ist kompliziert.«

»Was meinen Sie?«

»Wir sind seit Mai offiziell ein Paar. Inoffiziell sind wir schon viel länger zusammen.«

»Wie lange genau?«, fragte Natalie.

Die Frau zappelte mit den Füßen, behielt aber ihre Hand in Position. Sie fühlte sich sichtlich unwohl mit dieser neuen Art der Befragung. »Fast ein Jahr. Ungefähr zwei Wochen, nachdem ich angefangen hatte, im Club zu arbeiten, kamen wir miteinander ins Gespräch. Er hat gesagt, dass er auf mich steht, und mich gefragt, ob ich ihn etwas besser kennenlernen wollte.« Sie richtete ihren Blick auf den Bürgersteig, die Hand immer noch an ihrem Hals. Ihre Schultern hatten sich gehoben und ihre Stimme war schwach und flach geworden: weitere Anzeichen von Nervosität und Anspannung.

Als sie bei der Polizei in Manchester anfing, hatte Natalie einen Kurs besucht, in dem sie gelernt hatte, offensichtliche Lügen zu erkennen. Sie hatte gelernt, dass Menschen, die Lügen erzählten, oft außer Atem kamen, weil sich Herzfrequenz und Blutfluss erhöhten, wenn sie logen. Egal, wie sehr jemand versuchte, einen mit Worten zu überzeugen, sein Körper konnte eine andere Geschichte erzählen, und solche physiologischen Indikatoren hatten Natalie geholfen, Lügner schnell zu erkennen. Daisy war besorgt über ihre Beziehung zu Gavin, aber warum?

»Sie hatten also keinen Freund?«

»Ich hatte gerade eine Beziehung hinter mir.«

»Und Gavin war Single?«

»Ja.«

»Hat Gavin Sie damals gefragt, ob Sie mit ihm ausgehen wollen?« Natalie hielt ihre Fragen simpel.

»Ja – das erste Mal waren wir in einem Pub, um etwas zu trinken.«

»Und wie ging es weiter?«

»Wir fingen an, uns immer dann zu treffen, wenn wir beide Zeit hatten, etwa einmal pro Woche – Essen gehen, Kino, Ausflüge – das Übliche. Dann, nach etwa sechs Monaten, sind wir für ein Wochenende nach Edinburgh gefahren.«

»Warum sollte es inoffiziell bleiben? Es hört sich so an, als wären Sie schon lange zusammen gewesen. Vor wem haben Sie Ihre Beziehung verheimlicht? Vor Ihrem Ex-Freund?«

»Nein, so war das überhaupt nicht. Wir haben verschwiegen, dass wir uns getroffen haben, während ich im Club gearbeitet habe. Gavin wollte nicht, dass irgendjemand, vor allem die anderen Hostessen, davon erfährt, und das hat mir gut gepasst.«

»Warum?«, fragte Natalie.

»Einige der Mädchen sind richtige Zicken. Sie hätten gesagt, dass ich ihm wegen seines Geldes hinterherlaufe oder so einen Scheiß, und mir das Leben schwer gemacht ... uns beiden. Sie wissen ja, wie Frauen sein können.« Sie neigte den Kopf zur Seite, und ihre Finger strichen wieder an ihrem Hals entlang.

Natalie vermutete, dass Daisy diejenige war, die ihre Beziehung unbedingt geheim halten wollte. Die Hostessen könnten damit recht haben, dass Daisy die Beziehung nur aus finanziellen Gründen pflegte. Sie drängte weiter, um die Wahrheit ans Licht zu bringen.

»Aber die würden sich täuschen, oder? Er hat ja Sie angemacht und *Sie* eingeladen. Es war nicht andersherum«, sagte Natalie.

Daisy nickte, aber sie hob ihren Blick nicht, um Natalie anzusehen. »Ja, definitiv.«

»Sie klingen nicht so ganz überzeugt.«

»Natürlich, ich bin mir sicher. Was zum Teufel macht das schon aus? Wir sind jetzt ein Paar – ein offizielles Paar.«

»Aber Sie leben nicht zusammen?«

Daisy seufzte. »Ich bin noch nicht bereit für diese Art von Verpflichtung.«

Natalie warf ihr einen langen Blick zu. »Wann hat er vorgeschlagen, Ihnen dieses Haus zu kaufen?«

»Er hat in das Haus investiert, er hat es nicht gekauft. Das ist ein Unterschied.«

»Wann hat er vorgeschlagen, in das Unternehmen zu investieren?«, fragte Natalie.

»Als wir in Edinburgh waren, vor sechs Monaten. Ich hatte ihm erzählt, dass ich schon immer davon träume, einen Teeladen zu besitzen, und zuerst hat er gelacht, aber dann hat er gesagt, dass das ein guter Traum ist. Ich wollte nicht für immer als Hostess arbeiten, und er wusste, dass ich sparte. Er sagte, er würde mir helfen, eine Wohnung zu finden und zu finanzieren, und sobald ich nicht mehr im Extravaganza arbeiten würde, könnten wir offiziell ein Paar werden.« Dafür, dass ihr Freund ihr geholfen hatte, ihr Ziel zu erreichen, schien sie nicht besonders glücklich oder zufrieden mit ihrem Schicksal zu sein. Natalie war sich mehr denn je sicher, dass Daisy Gavin wegen seines Geldes hinterhergelaufen war und es nun bereute, mit ihm zusammen zu sein. Könnte Daisy das Haus angezündet haben, und wenn ja, welches Motiv hätte sie dafür gehabt? Sie testete die Frau mit einer neuen Frage.

»Daisy, fällt Ihnen jemand ein, der das Haus von Gavin und Kirk hätte niederbrennen wollen?«

Sie schaute auf den Bürgersteig. »Ich habe nicht die geringste Ahnung.«

»Können Sie mir genau erklären, was Sie getan haben, nachdem Sie die Teestube geschlossen haben?«

»Warum?«

»Wir müssen Ihren genauen Aufenthaltsort feststellen, um Sie aus unseren Ermittlungen ausschließen zu können.«

»Ich habe es nicht getan! Warum sollte ich? Das ist Wahnsinn!«

Natalie wartete, bis sich die Frau beruhigt hatte, was sie auch schnell tat. Sie nahm ihre Hand von ihrem Hals und verschränkte die Arme. »Ich bin gegen sechs Uhr nach oben gegangen, habe einen Hühnersalat gegessen, mir ein Glas Wein eingeschenkt und ein bisschen ferngesehen, habe ein paar Freunden auf WhatsApp geschrieben und dann ein Bad genommen. Es ist harte Arbeit, den ganzen Tag auf den Beinen zu sein, sieben Tage die Woche, und sich um Bestellungen, um den ganzen Bürokram und so weiter zu kümmern. Es war wirklich eine anstrengende Woche, und ich hatte keine Lust, danach noch viel zu tun.«

»Haben Sie danach noch mit jemandem online gesprochen?«

»Nein. Ich war nicht in der Stimmung. Ich habe gestern

meine Periode bekommen. Ich fühle mich immer beschissen, wenn die einsetzt.«

»Sie haben Gavin keine SMS geschrieben oder mit ihm geredet?«

»Nein.«

»Wem haben Sie auf WhatsApp Nachrichten geschickt? Freunden, Verwandten? Jemandem, der Ihren Aufenthaltsort bestätigen kann?«

»Ich war müde. Ich bin ins Bett gegangen. Ich war müde.« Sie war der Frage ausgewichen.

»Mit wem haben Sie gesprochen?«

Daisy schüttelte den Kopf. Die Hand war wieder an ihrer Kehle. Ein Kunde klopfte an das Fenster.

»Ich muss gehen.«

Natalie trat einen Schritt zurück. »Ich kann Ihre Anrufliste überprüfen lassen.«

»Ich habe Kirk eine Nachricht geschickt.«

»Warum?«

»Ich bat ihn, Gavin zu sagen, dass ich nicht wie geplant in den Club gehen würde. Gavin ist nicht an sein Telefon gegangen.« Ihre Augenlider flatterten. Noch mehr Lügen.

»Sie haben lieber Kirk eine Nachricht geschickt, anstatt es noch einmal bei Gavin zu versuchen?«

»Ich weiß nicht, was das alles mit letzter Nacht zu tun hat. Ich habe ihr Haus nicht niedergebrannt.«

»Daisy, hatten Sie jemals eine Beziehung mit Kirk Lang?«

Daisys Gesicht wurde wachsam und ihre Augen blitzten. »Was ist das für eine Frage? Nein, natürlich nicht. Ich gehe mit seinem Bruder. Außerdem geht Sie mein Privatleben nichts an. Jetzt werde ich drinnen gebraucht.«

Beide Frauen sahen zu, wie Daisy zurück ins Haus stapfte.

»Glauben Sie, dass sie sich mit Kirk getroffen hat, bevor sie mit Gavin zusammengekommen ist?«, fragte Lucy.

»Vielleicht, oder sie ist auf jeden Fall jetzt an ihm interessiert. Sie scheint sich nicht besonders um Gavin zu kümmern, was mir seltsam vorkommt, zumal er ihr das Geld für die Teestube gegeben hat. Sie ist offiziell erst seit zwei Monaten mit ihm zusammen. Sie sollte doch ein bisschen verliebter sein, als sie scheint, oder? Wenn man bedenkt, dass sie angeblich ein Paar sein sollen, scheinen sie nicht viel Zeit miteinander zu verbringen. Und sie hat nicht Gavin angerufen, um ihm zu sagen, dass das Haus brennt. Sie hat Kirk im Club angerufen.«

»Und sie war eindeutig nervös, als wir mit ihnen allen gemeinsam gesprochen haben. Das haben wir alle mitbekommen«, sagte Lucy.

»Es könnte sein, dass sie und Kirk sich hinter dem Rücken seines Bruders treffen und sie nur wegen des Kredits mit Gavin zusammen ist, oder es könnte mehr dahinterstecken. Jedenfalls hatte ich nicht den Eindruck, dass sie Roxy oder Cathy kannte. Es gab keine Hinweise, die ich erkennen konnte. Aber da ist noch etwas anderes im Gange. Warum habe ich immer wieder den Eindruck, dass man uns etwas verheimlicht?«

»Weil sie das verdammt noch mal tun«, sagte Lucy, als sie die Autotür öffnete.

Natalie warf einen Blick zurück in die Teestube und sah, wie Daisy sie anstarrte. Die Frau senkte den Kopf, sobald sie dabei ertappt worden war. »Da haben Sie wahrscheinlich recht. Es wird Zeit, mit Gavin und Kirk zu reden.«

David Ward hob eine verkrustete, vergilbte Socke vom Boden des Wäschekorbs auf und warf sie in die Waschmaschine, bevor er die Tür mit solcher Kraft schloss, dass sie nicht einrastete und wieder aufsprang. Er versuchte es noch einmal, diesmal etwas vorsichtiger, und wartete auf das Klicken, das ihm sagte, dass die Tür nun fest verschlossen war. Er nahm die Schachtel mit Waschpulver vom Boden und knallte sie auf das Gerät. Dann häufte er die erforderliche Menge in die Schublade und schloss auch diese, drehte den Knopf und lauschte dem verlässlichen Klick ... Klick ... Klick, als er sich in die übliche Position für die Vierzig-Grad-Wäsche schob. Es gluckerte, als das Wasser in die Trommel sprudelte. Er stützte seine Handflächen auf die Maschine und starrte auf den Kalender an der Wand. Dieser war mit seiner sauberen Handschrift bedeckt, im Wesentlichen gefüllt mit den Terminen der Kinder, damit er wusste, wann er sie wohin fahren musste, und mit roten Kreuzen, wenn Natalie bei der Arbeit war. Heute war nichts eingetragen. Eigentlich sollte es ein Familientag werden, aber Natalie war zur Arbeit gerufen worden und hatte ihn mit zwei Teenagern zurückgelassen, die sich in ihren Zimmern verkrochen und nicht zu ihm kommen wollten.

Was zum Teufel mache ich nur mit meinem Leben? Da war er nun, ein Mann Ende vierzig mit einem erstklassigen Abschluss in Sprachen und einer Karriere als Übersetzer von juristischen Dokumenten, der keinen Job bekam, geschweige denn ein Vorstellungsgespräch, und statt sich am Wochenende nach einer arbeitsreichen, aber produktiven Woche erfüllt und entspannt zu fühlen, saß er an einem Sonntagnachmittag drinnen fest und räumte auf. Es machte ihm nichts aus, Hausarbeiten zu erledigen. Er war froh, mithelfen und Natalie entlasten zu können, aber oh Gott, wie sehr er sich im Moment selbst verachtete.

Er war immer ein Erfolgsmensch gewesen. Er hatte nach Erfolg gestrebt und war stolz darauf gewesen, eine Stelle als Übersetzer juristischer Dokumente in einer renommierten Anwaltskanzlei in Manchester bekommen zu haben, und er hatte fleißig und hart gearbeitet. Er war sogar verdammt gut darin gewesen. Es hatte ihn geprägt. Es hatte ihm Respekt eingebracht. Der erste Schlag war gekommen, als er entlassen worden war. Er hatte das nicht kommen sehen. Plötzlich war er von einem Überflieger zu einem Niemand geworden. Seine Arbeitskollegen hatten ihn gemieden, und seine Welt war in sich zusammengebrochen, ohne dass er etwas dafür konnte. Das Internet hatte seine Rolle übernommen, und er fand sich auf der Suche nach einem neuen Arbeitsplatz wieder, nur diesmal in einer anderen Welt: einer Welt voller Hochschulabsolventen, die genauso gut waren wie er, aber dynamischer, technisch versierter, besser geeignet als er für die aufstrebenden Unternehmen, angesichts derer er wie ein alterndes Relikt dastand.

Aber er hatte sich damit abgefunden und versucht, sich als Online-Übersetzer selbstständig zu machen, war aber erneut gescheitert. Seit Leigh vor Kurzem hatte weglaufen wollen, hatte er sich wieder auf den Arbeitsmarkt gestürzt. Er war bereit, jede Arbeit anzunehmen, die ihm angeboten wurde, alles, was es ihm ermöglichte, ein Gehalt zu verdienen, ein gewisses Selbstwertgefühl wiederzuerlangen und nicht auf Natalie als Ernährerin angewiesen zu sein. Es war nicht so, dass er eifersüchtig auf Natalie war, die aufgestiegen und zum DI befördert worden war. Gott, nein! Er bewunderte sie und liebte sie mit Haut und Haaren, aber er musste sich nützlich fühlen und sehnte sich wieder nach Respekt. Er wollte ein Vater sein, zu dem seine Kinder aufblickten, und nicht der willensschwache, hoffnungslose, verdammte Chaot, zu dem er geworden war.

Er stieß sich von der Maschine ab. Dort zu stehen und sich selbst zu bemitleiden, machte die Sache nicht besser. Die Trommel dröhnte, während sie sich drehte, und er sah zu, wie die Wäsche übereinander kippte. Nein, er musste etwas tun.

Er schlenderte in die Küche und nahm sein Handy in die Hand. Er kannte Mike Sullivan schon seit Jahren und er war einer der wenigen Menschen, die ihn richtig verstanden. Heute war der Tag, an dem Mikes Tochter Thea immer zu ihm kam. Er rief ihn an.

»Hi, Mike. Ich habe mich gefragt, ob du Lust hast, auf ein paar Bier vorbeizukommen. Du könntest Thea mitbringen. Ich weiß, dass Leigh sie gerne sehen würde.«

»Oh, Kumpel, das würde ich gerne, aber ich habe sie heute gar nicht. Ich wurde schon früh in die Arbeit gerufen.«

»Arbeitest du am selben Fall wie Nat?«

»Ja. Ich habe sie vorhin am Tatort gesehen. Ich muss es verschieben. Wir machen was aus, wenn ich das nächste Mal frei habe.«

»Sicher.«

»Es ist doch alles in Ordnung, oder?«

»Ja, natürlich. Ich dachte nur, wir könnten uns etwas unterhalten. Ich habe dich eine Weile nicht gesehen.«

»Verdammte Arbeit. Hält einen vom Gesellschaftsleben

ab«, sagte Mike und hielt inne, bevor er sagte: »Entschuldigung, das war unbedacht. Es ist mir einfach rausgerutscht.«

»Vergiss es! Ist schon in Ordnung. Wir gehen bald was trinken.«

»Ganz sicher.«

David beendete den Anruf, legte das Telefon auf den Tisch und fuhr sich mit der Hand über das Kinn. Er fühlte sich wie ein Aussätziger. Niemand wollte etwas mit ihm zu tun haben. *Verdammte Scheiße!* Er ging zielstrebig die Treppe hinauf und klopfte, tief einatmend, an Joshs Tür. Da er keine Antwort erwartete, öffnete er sie und steckte den Kopf hinein, wobei sich gespielte Begeisterung in seinen Gesichtszügen abzeichnete.

»Hey!«

Josh saß am Ende seines Bettes, die Spielkonsole in der Hand und ein Mikrofon an seinem Kopf befestigt. Er hielt das Spiel auf dem Bildschirm an und fror einen Soldaten ein, der mit einem Maschinengewehr auf eine dunkle Ecke in einem verlassenen Gebäude zielte. Er blickte zu seinem Vater auf.

David ließ ihn gar nicht erst zu Wort kommen, sondern legte gleich mit seinem Vorschlag los. »Hast du Lust, vielleicht zu Costa zu gehen. Du könntest schauen, ob sie irgendwelche Jobs haben, wie wir es besprochen haben, und danach könnten wir vielleicht bowlen gehen oder so.«

»Nein, ist schon gut. Ich habe sowieso keine Lust, dort zu arbeiten. Ich müsste einen Haufen Kumpels bedienen und die würden sich alle über mich lustig machen.«

David behielt das aufgesetzte Lächeln auf seinem Gesicht. »Es ist ein Job, Josh. Du könntest das Geld gut gebrauchen.«

»Ich finde schon was. Aber nicht dort.«

»Du wirst nichts finden, wenn du den ganzen Tag hier drin herumsitzt«, begann David und hielt sich dann zurück. Natalie hatte Josh bereits gesagt, dass er sich für die langen Schulferien einen Job suchen sollte. Josh hatte es nicht nötig, dass sie beide an ihm herumnörgelten. Außerdem konnte man mit David gut reden. Er änderte seinen Tonfall. »Wie wär's denn, wenn wir trotzdem rausgehen? Wir waren schon ewig nicht mehr beim Bowlen.«

»Das ist ein bisschen ... lahm«, sagte Josh. »Da werden bestimmt lauter Kinder sein.«

Josh warf einen Blick auf den Bildschirm und gab David das Gefühl, dass er hiermit entlassen war. Er blieb hartnäckig.

»Okay, wie wäre es, wenn wir beide das da spielen?« Er nickte Richtung Bildschirm.

»Du verstehst die Regeln für dieses Spiel nicht. Außerdem spiele ich schon in einem höheren Level und da wirst du nicht mithalten können.«

»Okay, was ist mit dem Auto-Spiel, das wir immer gespielt haben? Wir könnten eine Partie zusammen spielen. Na los. Das würde mehr Spaß machen, als allein zu spielen.«

»Ich spiele nicht allein. Ich bin online. Ich spiele mit meinen Kumpels«, sagte Josh und deutete auf das Headset.

»Ja. Natürlich. Okay. Es war nur ein Vorschlag.«

Josh nickte ihm zu, und er zog sich zurück. Als er die Tür zuzog, hörte er schon wieder das Rattern von schnellen Schüssen. Sein Sohn war schon wieder in seinem Element mit seinen Online-Freunden. So war das heutzutage: Kinder gingen nicht mehr raus, um ihre Freunde zu treffen, sie hingen drinnen herum und unterhielten sich online mit ihnen. David verstand das nicht. Er war nicht untauglich, wenn es um Technologie ging, aber er verstand immer noch nicht, was Teenager dazu brachte, sich in ihren Zimmern zu verkriechen und nur noch über das Internet zu kommunizieren. Er kam sich alt vor. Leighs Zimmer lag gegenüber und er probierte es da.

»Ja?«

Wieder stieß er die Tür auf, ein Lächeln im Gesicht. »Lust auf einen Bananen-Smoothie bei Costa? Nur du und ich ... und ein Kuchen deiner Wahl.«

Leigh legte ihre Zeitschrift weg. »Ich habe keinen Hunger. Außerdem treffe ich mich bald mit Katy und Jade.«

»Wohin geht ihr?«

»Zu Jade.«

Er wusste nicht, was er als Nächstes sagen sollte. Es schien erst gestern gewesen zu sein, dass sie gemeinsam Zeit verbracht hatten, Filme oder Comedy-Shows angesehen oder sich eine Pizza geteilt hatten. Sie hatten eine ganz besondere Vater-Tochter-Bindung gehabt und die gemeinsame Zeit genossen. Dann war Leigh weggelaufen, und jetzt brachte sie es kaum über sich, mit ihm auch nur zu reden.

»Okay. Vielleicht ein anderes Mal.«

»Sicher.«

Er stapfte die Treppe hinunter in die Küche. War das alles? War das alles, was es in seinem Leben jemals geben würde? Letzte Woche hatte er seine persönlichen Daten auf den Websites der Arbeitsagenturen aktualisiert, und obwohl sein Lebenslauf gut aussah, hatte man ihm noch nicht einmal ein Vorstellungsgespräch angeboten. Er öffnete den Schrank über der Spüle und holte die Flasche Whisky heraus, die er bei Aldi gekauft hatte. Er öffnete sie, schenkte ein großes Glas ein und kippte es in einem Zug hinunter, dann goss er ein weiteres ein, bevor er es ins Wohnzimmer mitnahm und sich auf das Sofa vor dem Fernseher fallen ließ. Die Kinder scherten sich einen Dreck um ihn, warum sollte er sich also weiter die Mühe machen? Er nahm noch einen Schluck und spürte die Wärme, die seine Adern durchflutete. *Scheiß drauf!*

ACHT

Kirk Lang lehnte sich nach vorne, die Arme auf dem Tisch abgestützt, und fragte Lucy: »Warum genau bin ich hier?«

Lucy ließ sich auf den Stuhl ihm gegenüber fallen, warf ihm ein unverbindliches Lächeln zu und sagte: »Weil wir Ihnen ein paar Fragen stellen müssen.«

»Die hätten Sie mir auch in der Teestube stellen können. Dann hätten wir nicht unsere Hintern hierher bewegen müssen. Wir sind vielbeschäftigte Männer – und wo ist überhaupt Gavin?«

»Danke, dass Sie gekommen sind. Ich würde gerne noch einmal ein paar Details mit Ihnen durchgehen. Erstens: Können Sie bestätigen, dass Sie die ganze Nacht im Extravaganza gewesen sind?«

»Ich habe Sie nach meinem Bruder gefragt.«

»Er ist in einem anderen Verhörraum.«

»Warum?«

»Weil ich Sie beide getrennt voneinander sprechen wollte.«

»Wir haben nichts Falsches gemacht.«

»Ich habe nicht behauptet, dass Sie etwas falsch gemacht haben. Ich möchte mir nur ein klares Bild davon machen, was passiert ist, und als wir das letzte Mal mit Ihnen gesprochen haben, hat Ihr Bruder die Gesprächsführung übernommen. Ich würde gerne hören, was Sie zu sagen haben. Können Sie also bestätigen, dass Sie gestern Abend bis in die frühen Morgenstunden im Nachtclub gewesen sind?«

Er seufzte. »Ja, wie ich es Ihnen schon gesagt habe.«

»Und Sie haben einen Anruf von Daisy entgegengenommen, in dem sie Ihnen sagte, dass Ihr Haus brennt?«

Er presste Luft zwischen den Zähnen hervor. »Ja.«

»Warum sind Sie nicht zusammen mit Ihrem Bruder nach Hause zurückgekehrt, um sich den Schaden gemeinsam anzusehen?«

»Das habe ich bereits erklärt. Im Nachtclub war viel los, und wir mussten nicht beide den Zustand des Hauses begutachten. Gavin ist derjenige, der sich um den ganzen Papierkram und die Versicherung und so einen Scheiß kümmert, also war es sinnvoll, dass er ging. Ich wäre wohl keine große Hilfe gewesen, oder? Es ist ja nicht so, dass ich das Feuer im Alleingang hätte löschen können.«

»Und Sie haben einfach ganz normal weitergearbeitet?«

»So ziemlich. Gavin hat mich auf dem Laufenden gehalten.«

Lucy tippte auf ihr Notizbuch. »Also, die Sache ist die. Sie und Gavin scheinen eine recht ungewöhnliche Einstellung zu haben, was Ihren Besitz angeht. Ich habe noch nie jemanden getroffen, der so gelassen wie Sie beide damit umgeht, alles, was er besitzt, bei einem Hausbrand zu verlieren.«

»Sie wissen warum. Wir sind nicht wie die anderen. Das ist keine große Sache für uns. Außerdem wird das Geld der Versicherung alles wieder in Ordnung bringen.«

»Aber eine Person wurde tot in Ihrem Haus gefunden.«

»Und ich weiß nicht, wer das war, verdammt noch mal. Es muss der Bastard sein, der das Feuer gelegt hat.« Er kniff die

Augen zusammen, und wieder einmal wurde Lucy bewusst, wie bedrohlich er wirken konnte.

»Kennen Sie dieses Mädchen?« Lucy schob ihm das Foto von Roxy zu.

Kirk warf einen Blick darauf und schob es gleich wieder zurück. »Nein.«

»Schauen Sie noch mal hin, Kirk.« Lucy schob es ihm wieder entgegen.

Er starrte es eine ganze Minute lang an, bevor er seinen Zeigefinger darauflegte und es über den Tisch zurückschob. Er stieß einen Seufzer aus und sagte: »Nein.«

»Sie sagen, dass Sie dieses Mädchen nicht kennen und noch nie in Ihrem Leben gesehen haben?«

»Genau das sage ich, ja. Wer ist das?«

»Roxanne Curtis.«

»Noch nie von ihr gehört.«

»Eine vierzehnjährige Schülerin aus Clearview.«

»Clearview? Dieses Drecksloch!«

»Sie kennen den Ort?«

»Wer tut das nicht? Es ist ein heruntergekommener Schandfleck, voll von Drogensüchtigen und Taugenichtsen.«

»Das ist eine ziemlich pauschale Aussage.«

»Ich brauche mich für meine Gedanken nicht zu rechtfertigen. Jeder, der in Armston lebt, meidet diese Gegend. Man geht nur dorthin, wenn man Ärger sucht, und manchmal sucht der Ärger auch nach den Leuten in Armston. Die Jugendlichen aus Clearview kommen in die Stadt, um sich zu prügeln, Schaufenster einzuschlagen und ein verdammtes Chaos anzurichten. Mit denen hatten wir schon jede Menge Ärger vor dem Nachtclub. Clearview ist ein Drecksloch«, wiederholte er und seine Worte klangen wie ein Zischen.

»Welche Art von Ärger?«

»Kinder, die einen Treffer landen möchten, sich prügeln wollen – alles Mögliche.«

»Haben Sie die der Polizei gemeldet?«

»Was sollte das bringen? Bis ihr ankommt, haben die sich doch schon längst aus dem Staub gemacht. Wir haben die Sicherheitsvorkehrungen an den Türen verdoppelt und lassen diese Wichser einfach nicht rein.« Er ballte seine Fäuste und löste sie wieder, und Lucy fragte sich, ob er selbst den einen oder anderen Störenfried verprügelt hatte.

»Haben Sie die Sache schon mal selbst in die Hand genommen?«

»Niemals.«

»Und Sie erwarten, dass ich Ihnen das glaube?«

»Wenn ich es mit einem von denen aufnehmen würde, würde ich ihn wahrscheinlich umbringen. Tödliche Waffen«, sagte er und hielt seine breiten Hände hoch.

Lucy starrte ihn mit festem Blick an, und ihm wurde klar, dass er etwas gesagt hatte, das ihn belasten könnte. »Ich trainiere nur – ich prügele mich nie. Es geht nur um das Image. Wenn du beängstigend genug aussiehst, benehmen sich die Leute normalerweise.«

Lucy verdaute seine Worte. Könnte er Roxy angegriffen und sie mit diesen Fäusten getötet haben? Sie tippte auf das Foto, um seine Aufmerksamkeit wieder darauf zu lenken. »Roxanne ist außerdem das Mädchen, dessen Leiche wir in Ihrem Haus gefunden haben.«

»*Die* hat unser Haus angezündet?« Seine Augen weiteten sich in echter Überraschung.

»Das wissen wir noch nicht, aber es wäre hilfreich, wenn wir herausfinden könnten, wie sie in Ihr Haus gekommen ist und was sie dort gemacht hat.«

»Wenn ich das verdammt noch mal wüsste. Ich habe sie noch nie gesehen.«

»Sie sind sich ganz sicher, dass Sie weder von ihr gehört noch sie irgendwo gesehen haben? Sehen Sie sich das Foto noch einmal an, Kirk.«

»Ich muss nicht noch mal schauen. Ich weiß nicht, wer sie ist.« Er beugte sich noch näher an Lucy heran und sah ihr in die Augen. »Ich weiß zum Teufel noch mal nicht, wer sie ist.«

Lucy rührte sich nicht von der Stelle.

Plötzlich schob er seinen Stuhl zurück und stand auf. »Sie können mich hier nicht festhalten. Wo ist Gavin? Wir hauen ab.«

»Ich fürchte, das wird im Moment nicht möglich sein. DI Ward spricht gerade mit ihm. Was ist mit der Mutter, Cathy Curtis? Kennen Sie die?« Sie zeigte ihm ein Foto von Cathy.

Er schüttelte den Kopf. »Nein, die kenne ich auch nicht. Ich habe sie noch nie gesehen und ich habe noch nie von jemandem namens Curtis gehört. Ich kann mir beim besten Willen nicht vorstellen, warum dieses Mädchen in unserem Haus gewesen sein sollte, wie sie hineingekommen ist oder warum in aller Welt sie es in Brand gesetzt hat. Ist sie vorbestraft?«

»Nein, das ist sie nicht, und wir wissen nicht, ob sie Ihr Haus angezündet hat, und wir wissen auch nicht, ob sie schon tot war, als das Feuer ausbrach.« Sie sah Kirk eindringlich an, der leise aufstöhnte.

»Ich habe sie noch nie gesehen«, wiederholte er. »Sie hat vor der gestrigen Nacht noch nie einen Fuß in unser Haus gesetzt.«

»Sie haben selbst gesagt, dass Ihre Hände Waffen sind.«

»Nein ... nein. Ich wollte erklären, dass ich nie auf Unruhestifter losgehe. Es reicht, wenn es so aussieht, als könnte man jemanden verletzen. Ich bin kein gewalttätiger Mann. Nein, überhaupt nicht. Fragen Sie meinen Bruder.«

Das Macho-Image war zerborsten. Seine Augen blickten flehentlich. Sie ließ das Thema für den Moment fallen.

»Was ist mit dem Namen Paul Sadler?«

»Keine Ahnung, wer das ist.«

Lucy hob die Fotos auf und legte sie in ihre Mappe. Sie

stand auf und sagte: »Wenn es Ihnen nichts ausmacht, einen Moment zu warten – ich bin gleich wieder da.«

»Kann ich nicht gehen? Ich weiß nichts.«

»Wenn Sie einfach kurz warten könnten, bis wir mit Ihrem Bruder gesprochen haben, würde uns das sehr helfen.« Sie ging davon und ignorierte das laute Stöhnen hinter sich.

———

Gavin machte es Natalie alles andere als einfach. Nicht nur, dass er weder Roxy noch ihre Mutter auf den Fotos erkannte, er tigerte auch unentwegt durch den Vernehmungsraum und verlangte, den Raum verlassen zu dürfen oder einen Anwalt zu bekommen. Sie verlor langsam die Geduld.

»Ich möchte Sie daran erinnern, dass ein junges Mädchen tot in Ihrem Objekt gefunden worden ist. Wir wissen nicht, wie sie gestorben ist oder wie sie in Ihr Haus gekommen ist. Es ist zwingend erforderlich, dass wir das herausfinden. Wir brauchen Ihre volle Kooperation.«

»Ich habe sie noch nie im Leben gesehen und ich habe keine verdammte Ahnung, was sie in meinem Haus gewollt haben könnte, außer es abzufackeln. Vielleicht war sie eine verrückte Drogensüchtige, die eingebrochen ist und dann aus Versehen einen Brand gelegt hat. Ich weiß es nicht. Das müssen Sie und die Brandermittler herausfinden, aber damit eines klar ist: Ich bin in keiner Weise für ihren Tod verantwortlich.« Er straffte die Schultern und wartete auf ihre Erwiderung, aber sie hatte keine. Solang sie nicht beweisen konnten, dass Roxy den Männern bekannt war, konnten sie nicht viel tun. Sie dankte ihm für seine Hilfe und sagte ihm, dass er an der Pforte auf seinen Bruder warten könne.

———

»So ein Mist!« Lucy, die auf der Kante ihres Schreibtisches hockte, starrte finster in die Ferne. »Ich glaube keine Sekunde lang, dass Roxy einen Türschlüssel in die Hände bekommen hat, die Alarmanlage ausgeschaltet hat und mit einem Benzinkanister in das Haus spaziert ist, um es in Brand zu setzen. Außerdem wurde das Feuer laut Brandinspektion am Eingang gelegt, und sie befand sich in dem Unterhaltungsraum auf der Rückseite des Hauses. Das ergibt überhaupt keinen Sinn. Gavin und Kirk verheimlichen etwas. Da bin ich mir verdammt sicher.«

Murray blätterte in seinen Notizen und teilte ihnen mit, was er hatte. »Da muss ich dir zustimmen. Während ihr weg wart, habe ich die Inhaberin der Reinigungsfirma Top to Bottom, Rachel Stevens, befragt. Ich habe ihr Fotos unseres Opfers gezeigt, und Rachel hat Roxy definitiv noch nie gesehen oder von ihr gehört. Sie putzt das Haus in der Linnet Lane selbst. Es ist nahe an ihrem eigenen Haus, sodass es für sie bequemer ist, das selbst zu machen. Sie hat noch mal bestätigt, was sie Ihnen schon gesagt hat, Natalie, nämlich dass Roxy mit keinem ihrer Mitarbeiter verwandt oder bekannt ist, und dass der Hausschlüssel in einem verschlossenen Schrank in ihrem Büro aufbewahrt wird, wenn er nicht gerade benutzt wird. Sie hat nur ein paarmal mit den Brüdern direkt gesprochen. Die sind meistens nicht da, wenn sie putzt. Sie hatte nichts Schlechtes über sie zu sagen. Sie meinte, dass man gut für sie arbeiten kann, dass sie immer pünktlich zahlen und dass es ihr leidtut, dass sie uns nicht weiterhelfen kann.«

»Scheiße! Noch eine Sackgasse.« Natalie fuhr sich mit den Fingern über den Kopf. Sie kamen nicht weiter. »Wir drehen uns im Kreis. Wir müssen es bei Roxys Freunden versuchen.«

»Die Chancen stehen schlecht, dass einer von denen kooperiert, selbst wenn jemand etwas weiß. Diese Clearview-Kids sind ein zäher Haufen. Erinnert ihr euch an den Drogenfall, den wir letztes Jahr hatten, als fünf Jugendliche auf dem

Denton Estate bewusstlos geschlagen wurden?«, murmelte Murray.

Lucy stöhnte auf. »Oh Gott, ja. Die werden kein einziges verdammtes Sterbenswörtchen sagen. Murray hat recht, Natalie. Die werden uns nichts nützen.«

»Ich weiß nicht, welche andere Wahl wir haben. Wir müssen herausfinden, ob Roxy mit jemandem zu tun hatte, der das Haus angezündet haben könnte, oder ob sie die Brüder Lang nicht doch kannte.« Natalie legte ihre Finger an die Schläfen und stieß einen langen Seufzer aus. »Verdammte Scheiße. Das ist ein Albtraum.«

Murray nahm seine Notizen wieder zur Hand. »Ich habe mit Sarah Raleigh gesprochen. Sie ist die Ex-Freundin von Paul Sadler. Sie hat sich bereit erklärt, für ein Gespräch aufs Revier zu kommen. Sie sollte bald da sein.«

»Paul hat ein Alibi. Er und Seth waren den ganzen Tag auf einer Motorradveranstaltung und er war nicht einmal zu Hause, als Roxy gegangen ist. Nach dem Essen hat er den Abend damit verbracht, mit Seth auf der Konsole zu zocken«, sagte Lucy.

Natalie schüttelte den Kopf. »Wir werden trotzdem versuchen, alles über Paul herauszufinden, was wir können. Vielleicht führt uns das in eine neue Richtung.«

»Ich kann mir nicht vorstellen, dass uns das weiterbringt. Seth hat das bestätigt, was Charlie gesagt hat. Sie waren bis Mitternacht im Schlafzimmer, und Cathy wachte auf, als Paul ins Bett ging. Sie alle leugneten rundheraus, Gavin und Kirk zu kennen, geschweige denn zu wissen, wo sie wohnen. Außerdem, woher sollte Paul überhaupt wissen, dass Roxy sich in dem Haus aufgehalten hat?«, argumentierte Lucy.

»Er könnte der Brandstifter gewesen sein«, sagte Ian von seinem Schreibtisch aus, wo er über seinen Bildschirm gebeugt saß.

Murray nahm einen Plastikbecher und leerte ihn, dann

fragte er: »Glaubst du, dass er und Roxy geplant haben, das Haus der Langs zu zerstören?«

Lucy stieß ein ungläubiges Schnauben aus.

»Warum nicht?«, antwortete Ian. »Es sind schon seltsamere Dinge passiert.«

Natalie zuckte mit den Schultern und fügte hinzu: »Menschen lügen ständig. Es ist möglich. Vielleicht lügen sie alle. Im Moment ist alles möglich. Wir brauchen ein paar Fakten. Wir tappen im Moment noch völlig im Dunkeln.«

Murray schob seinen Stuhl zurück. »Ich hole mir noch einen Kaffee. Will noch jemand einen?« Er wurde mit Kopfschütteln bedacht.

Gerade als er an der Tür war, sagte Ian laut: »Natalie!« Er drehte sich zu dem Trio um und sah etwas munterer aus als bei seiner Ankunft. »Die Berichte zur finanziellen Situation von Gavin und Kirk Lang sind vor ein paar Augenblicken eingetroffen, und sie sind ganz schön interessant. Die Brüder haben einen beträchtlichen Bankkredit aufgenommen, um den Nachtclub zu kaufen, und, hört euch das an ... sie haben ihr Haus als Sicherheit verwendet. Wenn der Nachtclub pleitegeht, verlieren sie alles: ihr Haus, ihr Geschäft und die beiden Autos, die ebenfalls auf Kredit gekauft sind. Ihre Situation ist bis zum Äußersten gespannt.«

Natalie ließ die Hände von ihrem Kopf fallen und setzte sich auf. »Was ist mit der Teestube und der Wohnung darüber?«

»Mit einer Hypothek belastet. Hier steht, dass es sich um ein Mietobjekt handelt, das ausschließlich auf Gavins Namen läuft. Zahlt Daisy Miete an ihn?«

Lucy schaltete sich ein. »Uns hat sie gesagt, dass sie ihm jeden Penny zurückzahlt, also zahlt sie ihm vielleicht jeden Monat eine Art Miete. Die Brüder haben sich bei ihren Interviews definitiv zurückgehalten. Irgendetwas stimmt hier nicht. Ich wette, was sie über den randvollen Club gesagt haben, war nur Quatsch, um uns auf die falsche Fährte zu locken. Gibt es eine Überwachungskamera, damit wir das klären können?«

Ian schüttelte den Kopf. »Nur eine Kamera mit Blick auf die Kasse im Untergeschoss. Es spielt keine Rolle, wie viel los ist – der Club kann dennoch Geld verschlingen. Ich habe bisher nur Infos zu ihren persönlichen Finanzen erhalten. Ich werde mich um die Geschäftskonten kümmern. Wenn sie finanzielle Schwierigkeiten haben, ergeben sich daraus weitere Möglichkeiten.«

Murray stimmte zu. »Und wenn der Nachtclub in Schwierigkeiten steckt, würde das auch erklären, warum diese Teilzeit-Barkeeperin, Lindsay, keine Aushilfsschichten bekommen konnte. Vielleicht haben sie das Personal reduziert. Ich werde dem später nachgehen, wenn ich dort bin, und herausfinden, wie es um die Moral des Personals bestellt ist. Vielleicht hegt einer von ihnen Groll gegen die Brüder und das war eine Racheaktion. Oder die gerissenen Bastarde haben das Feuer einfach selbst gelegt,

um das Versicherungsgeld zu bekommen, damit sie sich aus der Scheiße ziehen können, in der sie stecken«, mutmaßte Lucy.

Natalie sagte: »Ich stimme Lucy zu. Das Feuer könnte durchaus mit Versicherungsgeldern zusammenhängen. Gavin war sehr daran interessiert, schnell einen Bericht an die Versicherung zu schicken, damit er eine Auszahlung bekommen kann. Es wäre gut möglich, dass sie ihr eigenes Haus angezündet oder sogar jemand anderen dafür bezahlt haben, es zu tun, während sie unterwegs waren und viele Zeugen hatten, die ihren Aufenthaltsort bestätigen konnten. Das wäre logisch. Das alles erklärt jedoch nicht, was Roxy in dem Unterhaltungsraum gemacht hat, als das Haus in Brand geraten ist.«

Ian stellte ebenfalls Überlegungen an. »Sie könnte die Brandstifter gekannt haben und mit ihnen mitgegangen sein, um das Haus niederzubrennen. Es könnten immer noch Paul oder ihre Brüder gewesen sein.«

Natalie drückte auf die Stelle zwischen ihren Augenbrauen. Sie versuchte, sich zu konzentrieren. »Warum sollte Roxy zustimmen, Pauls Komplizin zu sein, und warum sollte ausgerechnet er überhaupt das Haus abfackeln? Okay, sehen wir uns diese Möglichkeit mal an. Woher könnten sie sich kennen?«

»Paul montiert Antennen. Könnte er eine an ihrem Haus oder in der Nähe angebracht haben?«, bot Ian an.

Natalie sah das durchaus als Möglichkeit. »Verfolgen Sie das weiter.«

Murray grunzte. »Vielleicht konzentrieren wir uns zu sehr darauf, eine Verbindung zwischen den Langs und Paul Sadler herzustellen; vielleicht ist es einfacher – Gavin und Kirk haben Roxy ermordet, sind in Panik geraten und haben versucht, ihre Leiche zu entsorgen, indem sie sie bis zur Unkenntlichkeit verbrannt haben, ohne damit zu rechnen, dass sie mit Hilfe der Metallteile identifiziert werden könnte.«

Auch diese These traf auf offene Ohren bei Natalie, aber sie fügte hinzu: »Wir sollten nicht zu voreilig sein. Was wir brauchen, um jemanden anklagen zu können, sind handfeste Beweise, und solang wir keine finden, sind wir aufgeschmissen.«

»Ich werde mit Roxys Laptop anfangen und sehen, was ich finden kann. Soll ich schon mal ihre Freunde kontaktieren?« Ian richtete seine Frage an Natalie, die ihre trockenen Lippen aneinander rieb, während sie über eine Antwort nachdachte. Mit allen Online- und Schulfreunden von Roxy und denen aus dem Jugendzentrum zu sprechen, wäre eine Mammutaufgabe.

»Noch nicht. Wenn Roxy ihrer besten Freundin Ellie nicht erzählt hat, was vor sich geht, wird sie wohl kaum Geheimnisse mit anderen geteilt haben«, antwortete sie.

»Einer dieser Freunde könnte der Brandstifter sein«, schlug Murray vor.

»Das kann schon sein, aber es muss einen einfacheren Weg geben. Ist eigentlich Roxys Vater schon über ihren Tod informiert worden?«

»Ein Beamter hat sich vor über einer Stunde auf den Weg gemacht.«

»Okay. Ich bezweifle, dass er sie in letzter Zeit gesehen hat, aber wir werden ihn trotzdem danach fragen. Wir warten auf Nick Harts Bericht über das Feuer und sehen, ob wir daraus etwas Neues entnehmen können, und morgen versuchen wir es noch einmal bei Ellie. In der Zwischenzeit sollten Sie Roxys Laptop durchsehen und die Aufzeichnungen der Überwachungskameras in der Umgebung nach verdächtigen Aktivitäten durchforsten. Ich weiß, es ist schwierig und unwahrscheinlich, dass wir etwas finden, aber im Moment haben wir keine anderen Möglichkeiten. Kann jemand mit Oliver Curtis sprechen? Ich hätte gerne eine Bestätigung, dass er gestern in seiner Kaserne in Nottingham und nicht in der Nähe des Hauses in Armston war. Murray und Ian, warum gehen nicht Sie beide ins Extravaganza, wenn es später aufmacht? Wir behalten den möglichen Versicherungsbetrug und die unzufriedenen Angestellten noch eine Weile im Auge. Das erscheint mir am logischsten, auch wenn ich immer noch nicht weiß, warum Roxanne in dem Haus war.«

Das Telefon auf dem Schreibtisch leuchtete auf und Natalie ging ran. Es war der Diensthabende, der Sarah Raleigh, die Ex-Freundin von Paul Sadler, am Empfang hatte.

»Murray, wollen Sie mit mir kommen und mit Sarah sprechen?«

Sarah war ganz anders als Cathy. Sie sah wesentlich jünger aus, hatte einen frischen Teint, eine vollere Figur, kurzes dunkles

Haar und kastanienbraune Augen. Sie saß mit einer großen Handtasche auf dem Schoß da, ließ aber die Griffe nicht los und hielt ihren Blick auf Natalie gerichtet, die ihr gegenübersaß. Natalie schenkte ihr ein warmes Lächeln.

»Danke, dass Sie gekommen sind. Sie haben bereits mit DS Anderson am Telefon gesprochen?«

»Das ist richtig.«

»Wir untersuchen den Tod der Tochter von Pauls Partnerin, Roxanne Curtis. Wir sprechen mit allen, die die Familie kennen«, erklärte Natalie.

»Ja, Sergeant Anderson hat mir das gesagt, aber ich habe Paul seit unserer Trennung nicht mehr gesehen und ich kenne seine neue Freundin nicht.« Ihr Tonfall verriet eine gewisse Bitterkeit.

»Aber Sie haben eine Zeit lang mit Paul zusammengelebt. Was können Sie uns über ihn erzählen?«

Sarahs Hände umklammerten die Griffe fester. »Das ist jetzt schon ganz schön lange her – neun Jahre. Am Anfang war es toll. Wir haben uns im Januar 2008 in einer Bar in der Stadt kennengelernt. Ich war damals Barkeeperin und habe ihn bedient. Paul hat mich angequatscht und nach einer Woche hat er mich gefragt, ob ich mit ihm ausgehe. Es war eine richtige Wirbelwind-Romanze. Alles war perfekt. Paul war großartig – aufmerksam und lustig. Wir sahen uns jeden Tag und zwei Monate später zog ich bei ihm ein. Etwa sechs Monate später änderte sich alles.«

»Inwiefern?«

»Am Anfang verbrachten wir jeden freien Tag im Bett – den ganzen Tag – essen, fernsehen, Sex haben. Das war so romantisch. Als das aufhörte, fing er an, wählerisch zu werden. Er kritisierte mich – die Art, wie ich spreche, mein Haar, meine Kleidung – und es war ihm egal, ob er mich damit verärgerte. Dann fing er an, abends allein auszugehen und mir nicht zu sagen, wo er war. Ich beschwerte mich und wir stritten uns.

Aber ich wollte uns nicht aufgeben. Wir waren so gut zusammen, aber er wollte sich nicht wirklich anstrengen. Er fing absichtlich Streit an, damit ich darauf einstieg. Die Streitereien wurden immer schlimmer. Er schubste mich herum und drohte mir, mich zu schlagen, wenn ich nicht die Klappe halten würde. Ein paarmal hat er mich geohrfeigt. Schließlich habe ich ihn verlassen.«

»Soweit ich weiß, haben Sie mehrmals die Polizei gerufen, weil Sie Angst hatten. Einmal im Jahr 2008 und das zweite Mal 2009.«

»Wenn ich jetzt zurückblicke, kommt mir das dumm vor. Beim ersten Mal war er ohne mich ausgegangen, und als er nach Hause kam, war er sturzbetrunken und hatte eine Scheißlaune. Ich habe ihn angemacht und er ist ausgerastet. Er hat mir eine Ohrfeige verpasst und dann seine Hand um meine Kehle gelegt und zugedrückt. Ich dachte, er würde mich umbringen. Ich war wie versteinert, aber er nahm seine Hand weg und sagte, dass es ihm leidtäte – dass er einen schrecklichen Tag auf der Arbeit gehabt hätte und in Ruhe gelassen und nicht angeschrien werden wollte.«

»Sie haben Anzeige erstattet, nicht wahr?«

»Ja, aber ich habe sie fallen gelassen.«

»Warum haben Sie das getan?«

»Weil er nach dem Vorfall völlig fertig war und mir gesagt hat, dass es ihm wirklich leidtäte, dass es eine einmalige Sache gewesen wäre und er mir nie wieder wehtun würde. Er sagte, er hasse sich selbst dafür, mich geschlagen zu haben.«

»Und hat er sein Versprechen gehalten?«

»Mehr oder weniger. Aber ein paar Monate später, Anfang 2009, packte er mich an den Haaren. Damals hatte ich noch sehr lange Haare. Er wickelte sie um seine Faust und sagte, am liebsten würde er mein Gesicht gegen die Wand schmettern, aber ich schrie wirklich laut und er ließ mich los. Er sagte, dass es ihm leidtäte, aber ich rannte ins Badezimmer, schloss mich ein und rief die Polizei an. Ein paar Minuten nachdem ich sie gerufen hatte, klopfte er an die Tür, weinte und bat um Vergebung. Als die Polizei eintraf, sagte ich ihnen, dass es ein Fehler gewesen sei – dass ich überreagiert hätte. Ich habe keine Anzeige erstattet. Paul war danach ganz anders – so traurig und aufrichtig betrübt, dass ich ihm verzeihen und ihm glauben wollte, als er sagte, dass es nie wieder vorkommen würde. Ich war verwirrt, und es war einfacher, die Anzeige fallen zu lassen und die ganze Sache zu vergessen und zur Normalität zurückzukehren.«

Natalie sah die Frau weiterhin an und schenkte ihr erneut ein Lächeln. »Das ist unter diesen Umständen ganz normal. Die missbrauchte Person fühlt sich schuldig und gibt nach. Aber er hat Ihnen wehgetan, oder?«

»Er hat mir einen blauen Fleck im Gesicht verpasst, das ist alles.«

»Hat er Sie wieder bedroht?«

»Nein. Ich habe ihm nicht die Chance dazu gegeben. Meine beste Freundin Annie wusste, was vor sich ging, und sie sagte mir, dass ich wirklich aus dieser, wie sie es nannte, toxischen Beziehung aussteigen müsse, dass er sich nie ändern würde und dass es immer wieder vorkommen würde, dass er es für in Ordnung hielte, mich zu verletzen. Sie sagte, dass ich ihn verlassen solle, solang ich noch willensstark genug sei, und bevor er richtig gewalttätig würde. Nachdem wir uns getrennt hatten, war ich so verwirrt, dass ich eine Therapie gemacht habe. Sie halfen mir zu verstehen, was passiert war, und deshalb kann ich jetzt offener darüber sprechen und verstehen, was da vor sich ging. Vor einem Jahr habe ich jemand anderen kennengelernt, Leon, und ich bin viel glücklicher – glücklicher als ich es je für möglich gehalten hätte.«

»Ich bin froh, das zu hören. Paul hat Sie bei zwei verschiedenen Gelegenheiten verletzt, ist das richtig?«

»Ja.«

»Hat er Ihnen öfter gedroht?«

»Nein, aber wir haben uns oft gestritten.«

»Und was hat zu den Vorfällen geführt, als er Sie geschlagen hat? Haben Sie sich da über etwas Bestimmtes gestritten?«

»Es war wirklich dumm. Er hat mich beschuldigt, mit einem seiner Kumpels zu flirten und ihm gegenüber respektlos zu sein.«

»War da etwas Wahres dran?«, fragte Natalie.

Sarah zuckte mit den Schultern. »Ein bisschen was schon.«

»Also war er eifersüchtig auf andere Männer, die Ihnen Aufmerksamkeit schenkten?«

»Wenn er betrunken war, wurde er richtig besitzergreifend.«

»Hat er Sie nie aus einem anderen Grund bedroht?«

»Nein.«

»Hat er oft die Beherrschung verloren?«

Sie starrte auf ihre Tasche und seufzte. »Nur wenn er getrunken hat. Er war kein großer Trinker, aber wenn er ein paar Pints getrunken hatte, veränderte er sich – wurde laut und aufdringlich.«

Natalie war sich der Auswirkungen von Alkohol auf Menschen durchaus bewusst – es war überhaupt nicht ungewöhnlich, dass jemand nach zu viel Alkohol aggressives Verhalten zeigte. »War er aggressiv gegenüber anderen?«

»Nein. Er kam gut mit Leuten aus. Sehen Sie, es waren nur diese paar Male, und ich nehme an, ich habe ihn ein bisschen gereizt. Mein Therapeut und ich haben darüber gesprochen. Ich war damals viel jünger, selbst fast noch ein Kind. Wir waren beide manchmal etwas jähzornig und ich habe ihn ein wenig verspottet. Ich habe mit anderen Jungs geflirtet, um ihn zu verwirren und ihn dazu zu bringen, mir mehr Aufmerksamkeit zu schenken, aber wenn wir zu viel getrunken hatten, haben wir uns gestritten und geschlagen. Ich hatte genauso viel

Schuld wie er, aber das macht es nicht richtig, oder? Er hätte mich nie schlagen dürfen. Mein Therapeut hat gesagt, das sei nicht akzeptabel.«

»Nein, auf keinen Fall, selbst wenn er sich provoziert gefühlt hat«, antwortete Natalie. »Sie haben ihn verlassen, weil Sie geglaubt haben, dass er Sie wieder schlagen würde und dass er sich beim nächsten Mal vielleicht nicht mehr beherrschen könnte. Sie hatten einen guten Grund zu gehen.«

»Damals dachte ich, dass ich den hätte. Meine Freundin malte ein so düsteres Bild von dem, was passieren könnte, aber jetzt schaue ich zurück und denke, ich hätte die Dinge anders angehen können. Es gehören doch immer zwei dazu. Paul konnte manchmal sehr nett sein – sehr oft sogar. Wenn ich nicht so schnell gegangen wäre, wären die Dinge vielleicht anders gelaufen. Ich bin nicht gegangen, weil ich dachte, er würde mich schlagen – das war eher eine Ausrede. Ich bin gegangen, weil ich wollte, dass er hinter mir herläuft und mich anfleht, zurückzukommen – dass er mich wieder wahrnimmt. Ich wollte, dass alles wieder so wird, wie es war, bevor er das Interesse an mir verloren hat.« Tränen stiegen ihr in die Augen.

»Haben Sie jemals seine Partnerin Cathy Curtis oder eines ihrer Kinder getroffen?«

»Ich weiß nichts über sie. Ich habe es nur herausgefunden, weil ich Paul eines Mittags, ein paar Monate später, im Supermarkt getroffen habe. Er war dort, um sich etwas zu essen zu kaufen. Er hatte in der Nähe meines Arbeitsplatzes zu tun. Es war wirklich unangenehm. Er fragte, wie es mir ginge und ob ich jemand Neues kennengelernt hätte. Das hatte ich nicht, und ich glaube, ein Teil von mir hoffte, dass er mich zu einem Date einladen würde, aber das tat er nicht. Er sagte, es täte ihm wirklich leid, dass es mit uns nicht geklappt hat, und dass er hoffte, ich würde glücklich werden. Er erzählte mir, dass er eine Frau kennengelernt hatte – sie habe vier Kinder, aber sie verstünden sich gut mit ihm. Ich wünschte ihm viel Glück und

wir verabschiedeten uns. Seitdem habe ich ihn nicht mehr gesehen, auch seine Familie nicht. Kam mir komisch vor, ihn mir als
Vater vorzustellen. Er wollte immer eine große Familie haben.«

»Haben Sie darüber gesprochen, Kinder zu haben?«

»Wir haben mehr als nur geredet, wir haben uns sehr um
ein Baby bemüht, aber es hat nicht geklappt.« Sie zögerte einen
Moment, bevor sie hinzufügte: »Wenn Sie glauben, dass Paul
etwas mit dem Tod dieses Mädchens zu tun hat, dann möchte
ich Ihnen sagen, dass Sie sich irren. Er mag Kinder. Er und ich
haben meinen sechsjährigen Neffen regelmäßig mitgenommen,
um meinem Bruder und seiner Frau zu helfen und ihnen etwas
Zeit zu schenken. Wir gingen mit ihm in den Zoo oder in den
Park. Paul hat sich immer darauf gefreut und konnte sehr gut
mit ihm umgehen. Vielleicht hätte es uns beide verändert, wenn
wir ein Baby gehabt hätten. Ich weiß, dass er einem Kind nicht
wehtun würde.«

»Sarah, darf ich Sie fragen, was Sie am Samstagabend
gemacht haben? Wo waren Sie?«

»Bei der Arbeit. Ich bin Krankenschwester im Burton
Hospital. Ich war die ganze Nacht bis heute Morgen um sieben
in der Notaufnahme.«

»Und Ihr Freund?«

»Leon? Er ist Krankenhauspförtner. Wir hatten die gleiche
Schicht.« Nichts deutete darauf hin, dass sie nicht offen und
ehrlich war. Die einzige Emotion, die Natalie erkennen konnte,
war Bedauern.

»Arbeitet Ihre Freundin Annie auch dort?«

Sie runzelte verwirrt die Stirn. »Nein. Sie ist Grundschul-
lehrerin, aber sie ist vor drei Jahren mit ihrem Mann nach Colo-
rado gezogen. Wir haben sozusagen den Kontakt zueinander
verloren.«

»Danke, Sarah – ich glaube, das war's erst einmal. Sie haben
uns sehr geholfen«, antwortete Natalie.

Die Frau schob ihren Arm durch die Griffe ihrer übergroßen Tasche und stand auf. »Ich möchte nicht, dass Sie aufgrund meiner Aussage denken, er sei schuldig, jemandem etwas angetan zu haben.«

»Wir sprechen mit allen Beteiligten: der Familie, den Freunden und denen, die sie kennen. Wir stellen keine Vermutungen an.«

Die Frau nickte kurz und verließ in Begleitung von Murray den Befragungsraum. Natalie dachte darüber nach, was sie erfahren hatten. Wenn Sarah die Wahrheit sagte, war Paul nicht der Tyrann, den sie zuerst in ihm vermutet hatten, aber sie konnte aus verschiedenen Gründen lügen, um ihn zu schützen – vielleicht sogar, weil sie ihn noch immer mochte und hoffte, dass es eine Chance für sie gab.

Natalie saß noch auf ihrem Platz, als Murray wieder auftauchte. »Sie ist weg. Was denken Sie?«, fragte er.

»Er ist ein Dreckskerl, weil er sie geschlagen hat, und ich vermute, dass sie immer noch etwas für ihn übrighat. Vielleicht deckt sie ihn«, sagte Natalie. »Überprüfen Sie ihren und Leons Aufenthaltsort. Es sollte einfach sein, festzustellen, ob sie beide in der letzten Nacht und bis heute Morgen im Burton Hospital waren. Es wäre vielleicht eine gute Idee, herauszufinden, ob sie die Wahrheit sagt und Paul seit damals nicht mehr gesehen hat. Überprüfen Sie ihre Geschichte, ja? Ich bin immer noch nicht ganz überzeugt von ihm.«

»Sie scheint zu glauben, dass er mit Cathy glücklich ist.«

Natalie grunzte. »Sie hatte ein paar Minuten lang eine unangenehme Konversation mit ihm in einem Supermarkt. Ich interpretiere da nicht viel hinein. Das Einzige, was ich eingestehen kann, ist, dass er anscheinend ein Alibi dafür hat, wo er gestern Abend gewesen ist. Wir halten uns an die Fakten und bleiben vorerst unvoreingenommen.«

Oben hatte Ian Neuigkeiten für sie. »Ich habe mit dem Sittendezernat geredet. Sie haben gegen das Extravaganza Ende letzten Jahres wegen Drogenhandels und Prostitution ermittelt. Im September bekamen sie einen Tipp und schickten verdeckte Ermittler, aber sie fanden nichts. Sie vermuteten, dass sie entweder getäuscht worden waren oder die Informationen falsch waren. Vor zwei Wochen wurde ein lokaler Dealer aus dem nahe gelegenen Kingston-on-Trent hinzugezogen, der bestätigte, dass in dem Club mit Drogen gehandelt wurde, aber er war nicht daran beteiligt. Er wollte ihnen keine weiteren Informationen geben, sagte aber, dass dort mehr los sei als nur Tanzen und Feiern.«

»Werden sie den Club noch einmal überprüfen?«, fragte Natalie.

»Ja.«

»Damit würden wir ihnen auf die Füße treten«, sagte Lucy.

Natalie erklärte: »Kirk und Gavin wissen, dass wir den Brand untersuchen und den Tod von Roxy aufklären werden. Sie sind nicht dumm. Wenn in dem Nachtclub, an dem sie beteiligt sind, irgendetwas vor sich geht, werden sie dafür sorgen, dass es nicht jetzt geschieht, nicht, während wir herumschnüffeln. Ich sage, wir warnen das Sittendezernat vor und gehen trotzdem rein. Unsere Priorität ist es, Roxys Tod zu untersuchen, nicht den Drogenhandel und die Prostitution ... es sei denn, beides hängt zusammen. Ich werde mit dem leitenden Beamten dort sprechen und ihm sagen, dass Ian und Murray heute Abend in den Club gehen.«

»Von mir aus«, sagte Murray.

»Von mir aus auch«, fügte Ian hinzu.

»Wenn Sie schon mal da sind, fragen Sie nach Daisy Goldsmith, Gavins Freundin. Sie war dort bis Mai Hostess. Irgendetwas ist seltsam an ihr. Ich kann es nicht genau sagen, aber ich glaube irgendwie nicht an diese ganze ›Wir-haben-uns-bei-der-Arbeit-verliebt-und-es-geheim-gehalten‹-Sache.

Sehen Sie sich an, was ihre Arbeitskollegen über sie zu sagen haben.«

Um acht Uhr hatte das Team noch immer keine neuen Beweise gefunden, die ihnen weiterhelfen würden. Sarahs Geschichte hatte sich bestätigt. Sowohl sie als auch Leon, ihr Freund, waren auf der Arbeit gewesen, wie sie gesagt hatte, und nichts deutete darauf hin, dass Paul Sadler oder seine Familie irgendwie Teil ihres Lebens waren. Natalie beendete den Arbeitstag und gab Ian und Murray ein paar Stunden frei, bevor sie ins Extravaganza gingen. Sie war die Letzte, die das Büro verließ, und als sie zur Treppe eilte, stieß sie fast mit Mike Sullivan zusammen.

»Hey. Tut mir leid, dass es so spät ist, aber ich habe gerade den Bericht des Brandermittlers bekommen und mit Pinkney gesprochen.«

»Verdammt, ich habe schon alle nach Hause geschickt. Jetzt muss das wohl bis morgen warten. Haben sie irgendetwas Nützliches herausgefunden?« Sie nahm Mike die Akten ab und begann sie durchzublättern, während er sprach.

»Kurz gesagt, das Feuer brach im Eingangsbereich aus, wie wir bereits vermutet haben, und breitete sich im ganzen Haus aus, von vorne nach hinten. Der Unterhaltungsraum war einer der letzten Räume im Erdgeschoss, der von den Flammen erfasst wurde. Pinkney hat Rauchinhalationsschäden an Roxannes Lunge festgestellt, was erklärt, warum sie offenbar keine Anstalten gemacht hat, zu fliehen.« Er blätterte eine Seite in der Akte um und deutete auf eine Skizze. Nicks Plan des Unterhaltungsraums zeigte, dass sie auf einem der runden Sessel in der Nähe des Fernsehers gesessen hatte, als das Feuer ausbrach.

»Was hat sie denn dort gemacht? Ferngesehen?«

»Vielleicht war sie am Telefon, hat geraucht, in den sozialen

Medien gesurft, geschlafen oder alles zusammen. Was auch immer sie getan hat, sie hat das Feuer nicht bemerkt, bis sie vom Rauch überwältigt worden ist.«

Natalie verzog das Gesicht. Das war eine Offenbarung. »Das ist wirklich seltsam. Sie war am Leben, hat sich aber nicht vom Sessel bewegt«, sagte Natalie nachdenklich. »Das deutet darauf hin, dass sie nichts gehört hat. Selbst wenn der Fernseher lief oder sie in die sozialen Medien vertieft war, hätte sie Geräusche hören müssen: Knallgeräusche, kleine Explosionen, Getöse. Alls das wird von einem Feuer dieser Intensität verursacht, also vermute ich, dass sie sich nicht bewegt hat, weil sie nicht konnte – vielleicht hatte sie getrunken oder Drogen genommen und war eingeschlafen. Ist schon ein Drogentest bei ihr gemacht worden?«

»Ist im Gange.«

»Egal, was der ergibt, ich habe immer noch keine verdammte Ahnung, warum sie in diesem Haus war.«

»Die Tür könnte unverschlossen gewesen sein und sie hat sich einfach selbst hineingelassen.«

»Das ist nicht *Goldlöckchen und die drei Bären*, Mike. Außerdem war die Tür verschlossen. Sowohl Gavin als auch Kirk haben das bestätigt.«

Er schenkte ihr ein schiefes Grinsen. »Ich weiß. Ich habe es nur so für dich in den Raum geworfen. Wie auch immer, vielleicht haben sie gelogen und die Tür war nicht verschlossen.«

Sie schenkte ihm ein zaghaftes Lächeln. »Das ist eine berechtigte Vermutung. Ich akzeptiere das als Möglichkeit, aber das ist alles so verdammt frustrierend! Ein Mädchen im Teenageralter, das angeblich bei seiner Freundin übernachtet, aber sich stattdessen in einem Haus aufhält, das von Leuten bewohnt wird, die behaupten, sie nicht zu kennen, in ihrem Unterhaltungsraum, und das nicht versucht zu fliehen, wenn alles um sie herum in Flammen aufgeht! Das ergibt keinen Sinn.«

»Schlaf darüber. Das wird deinen Kopf frei machen. Ich mache jetzt Feierabend. Hast du Lust auf einen schnellen Drink, bevor du nach Hause gehst?«

Sie schloss die Akte und zögerte. Es war verlockend, wirklich verlockend, aber ihre Familie hatte sie den ganzen Tag noch nicht gesehen. »Ich muss nach Hause.«

»Ich verstehe. Wie geht es Leigh?«

»Sie ist eine kleine Nervensäge, um ehrlich zu sein.«

»Also normal?«

Natalie lachte kurz auf. »Ich denke schon.«

»Ich kann es kaum erwarten, dass Thea ein Teenager wird. Ich habe den ganzen Spaß noch vor mir.«

»Genieße die Zeit mit ihr, solang sie noch in diesem Alter ist. Es ist bald vorbei.«

Mike kramte in seinen Taschen und zog eine Schachtel Zigaretten heraus. »Gut. Ich bin dann mal weg. Wir sehen uns morgen früh. Ich hole mir ein Bier und rufe Thea an, bevor sie ins Bett geht.«

Natalie schob die Akte in ihre Tasche. »Ich begleite dich nach unten.«

Als sie zur Rezeption gingen, wünschte sie sich für einen kurzen Moment, sie müsste nicht zurück nach Hause zu David und den Kindern – vor allem nicht zu David.

NEUN

SONNTAG, 1. JULI – ABEND

Cathy Curtis wartete, bis eine Gruppe rüpelhafter Jugendlicher aus dem Bus ausgestiegen war, bevor sie lautlos auf den Bürgersteig glitt.

»Hast du mal Feuer?« Einer der aufschneiderischen Jugendlichen stand direkt vor ihr. Er war ungefähr so alt und so groß wie Oliver, ihr Ältester, aber bedrohlicher, mit klobigen Ringen an allen Fingern und einer Tätowierung am Hals. Sie dachte an das Gespräch zurück, das sie zuvor mit Oliver geführt hatte ...

»Mum, ich bin's, Oliver. Geht es dir gut?«

»Nein, Liebes. Nein, tut es nicht, aber ich komme zurecht.«

»Mein Sergeant hat mir gerade von Roxy erzählt. Stimmt das?«

»Ja ... das stimmt.«

Es gibt eine bedrückende Pause und dann: »Was ist mit ihr passiert?«

»Das wissen wir noch nicht. Sie war in einem Haus in Armston, das abgebrannt ist, und sie ist in dem Feuer gestorben.«

»Scheiße! Mum, ich weiß wirklich nicht, was ich sagen soll.«

»Ich weiß. Wir können es gar nicht glauben.«

»Ich komme nach Hause – der Sergeant hat gesagt, ich kann Sonderurlaub wegen des Trauerfalls nehmen.«

»Nein, mach das nicht. Es gibt nichts, was du hier tun kannst.«

»Ich könnte bei dir sein.«

»Es ist schon gut, Liebes. Ich habe deine Brüder hier. Du kannst nichts tun. Sie ist nicht mehr da.«

Kein Schluchzen ist zu hören, nur Schweigen, gefolgt von: »Sie hat mir viel bedeutet, weißt du?«

»Das weiß ich.«

»Ihr seid mir alle sehr wichtig.«

»Und du bist uns wichtig.«

»Ich sollte heimkommen, Mum.«

»Nein, solltest du nicht. Komm heim, wenn wir mehr wissen. Wir wissen noch nicht einmal, wann wir eine Beerdigung für sie abhalten können. Warte, bis ich dich anrufe. Es hat keinen Sinn, dich beurlauben zu lassen, bevor du musst.«

»Du klingst komisch. Bist du dir sicher, dass du das schaffst?«

»Ich habe Hilfe von einer netten Verbindungsbeamtin namens Tanya bekommen, und wir werden das alle durchstehen. Es ist schwer, aber wir werden es schaffen.« Sie unterdrückt die Tränen und ihr Herz schmerzt angesichts der Lügen, die sie ihrem ältesten Sohn erzählt, aber er muss nicht nach Clearview zurückkehren, um das Leid zu teilen. Er hat diesen Ort verlassen und sich ein eigenes Leben aufgebaut – ein gutes Leben – und sie ist so stolz auf ihn. Sie will ihn nicht in seine Vergangenheit zurückzerren. Ihre Kinder sind alle so unterschiedlich: Roxy, mutig und anspruchsvoll; Seth, bedürftig und unsicher; Charlie, der versucht, wie sein großer Bruder zu sein; und Oliver, der Stärkste und Mutigste von ihnen allen, der Junge, aus dem ein Mann geworden ist – ein guter, solider Mann. Sie kann nicht *weiterreden, sonst würde sie verraten, wie sehr sie sich wünscht, dass er an ihrer Seite wäre, also sagt sie ihm, dass sie ihn liebt und dass sie ihn morgen wieder anrufen wird.*

»Ich hab dich auch lieb, Mum. Das mit Roxy tut mir so unendlich leid.«

»Uns auch, Liebes. Uns auch.«

Cathy ließ sich von dem Jungen auf dem Bürgersteig nicht einschüchtern. Sie hatte drei eigene Jungs großgezogen und kannte alle ihre Freunde. Dieser hier, Logan, ging in dieselbe Klasse wie Charlie und war schon ein paarmal in ihrer Wohnung gewesen. Sie zog ein Einwegfeuerzeug heraus und reichte es ihm. »Hier. Behalt es.«

»Schön. Danke.« Der Junge schloss sich wieder der Gruppe an und sie ging in die entgegengesetzte Richtung. Sie befand sich nicht mehr in vertrauter Umgebung. Es war schon komisch, wenn man sich vorstellte, dass Clearview ein Vorort von Armston-on-Trent war. In Wirklichkeit waren es zwei völlig verschiedene Städte: Clearview mit seinen heruntergekommenen Häusern, der Kriminalität und dem Elend und Armston, das vor Privilegien und Reichtum nur so strotzte. Nach einem Blick auf Google Maps überquerte sie die Straße von der Bushaltestelle aus und folgte einem Weg zur Kirche St Mary's. Dabei kam sie an einer Reihe malerischer Häuser mit gepflegten Türschwellen und Blumenampeln zu beiden Seiten der bemalten Holztüren vorbei: Ivy Cottage, Primrose Place, The Glades. Sie las jedes der ovalen Namensschilder und stellte sich vor, wie es wohl wäre, hier zu wohnen und nicht am anderen Ende der Stadt. Die Kirchenglocken setzten ein, eine plätschernde Melodie, die sie an eine Spieluhr erinnerte, die sie als Kind besessen hatte. Durch laute Schreie aufgeschreckt, drehte sie sich gerade rechtzeitig um, um zu sehen, wie die Jugendlichen, die mit demselben Bus gefahren waren, zwei anderen hinterherliefen und sie beschimpften. Sie waren zweifellos in die Stadt gekommen, um Ärger zu machen. Für sie würde das eine Abendunterhaltung sein. Die Gruppe verschwand aus ihrem Blickfeld, und sie ging weiter die Straße hinunter, zum Klang des Glockenspiels, das ihren Körper geradezu zum Schwingen zu bringen schien. Sie zählte sieben Schläge und beschleunigte dann ihr Tempo, weil sie unbedingt ihr Ziel erreichen wollte.

Wieder war sie den Tränen nahe, aber sie schluckte sie hinunter. Jetzt war nicht der richtige Zeitpunkt zum Trauern. Sie musste zuerst einige Dinge richtigstellen. Sie hatte Roxy im Stich gelassen, und das nicht zum ersten Mal. Sie war keine gute Mutter. Ganz und gar nicht. Sie war eine Scheißmutter und sie wusste es. Obwohl es ein warmer Abend war, fröstelte sie. Eine Frau in einem Sommerkleid, das so gelb war wie Butterblumen auf einer Wiese, erschien an einer Tür, eine Gießkanne in der Hand. Sie hob sie an und goss vorsichtig Wasser in einen blauen Keramiktopf, der mit Blüten gefüllt neben ihrer Haustür stand.

»Wieder ein schöner Abend, nicht wahr?«, sagte sie fröhlich, als Cathy an ihr vorbeiging. Cathy antwortete nicht. Das war nicht sie, hier mit solchen Leuten zu reden. Sie überprüfte ihr Telefon. Die Linnet Lane mündete in diese Straße. Es würde keine fünf Minuten dauern, um sie zu erreichen, und sobald sie einen Blick auf das Haus geworfen hätte, würde sie DI Ward anrufen. Sie hatte die Nummer des Detectives von der Website der Samford Police kopiert und in ihre Handtasche gesteckt.

Sie erreichte die Rückseite der Backsteinkirche aus Sandstein, wo es unfassbar sauber war. In Clearview gab es keine Kirchen, und die meisten öffentlichen Gebäude waren mit Graffiti beschmiert. Es gab nichts, was so sauber oder beeindruckend war. Das Leben hier war anders. Die abendlichen Sonnenstrahlen reflektierten von einem Kirchenfenster und schienen es zu entzünden, sodass es tiefrot brannte, und eine Gänsehaut kroch über ihre nackten Arme, als sie an der Steinmauer vorbeihuschte. An einem Holztor blieb sie stehen und überlegte, ob sie hineingehen sollte, um für ihre Tochter zu beten. Kaum war der Gedanke in ihrem Bewusstsein aufgetaucht, verpuffte er auch schon wieder. Cathy war nie religiös gewesen, und sie war nur aus einem einzigen Grund nach Armston gekommen: um zu sehen, wo ihre Tochter gestorben war. Sie würde nicht eher ruhen, bis sie wenigstens das Haus gesehen hatte.

Ihre Keilabsatzschuhe verursachten auf dem Bürgersteig keinerlei Geräusch. Sie war beeindruckt von der völligen Stille, dem Fehlen von Autos, Motorrädern, bellenden Hunden und herumlungernden Teenagern. Das hier war weit entfernt von dem alltäglichen Trubel, an den sie gewöhnt war, mit dem Verkehr, der an der Wohnung vorbeirauschte, mit Sirenen zu jeder Tages- und Nachtzeit, mit aufheulenden Motoren oder dem Geräusch quietschender Reifen, wenn die Leute die Hauptstraße entlangrasten. Es war selten ruhig, geschweige denn so still wie hier. Draußen war immer etwas los, streitende oder schreiende Jugendliche. Sie konnte sich gar nicht vorstellen, wie es sein musste, in einer solchen Ruhe zu leben, nur gestört von Vogelgezwitscher und dem gelegentlichen Rumpeln eines entfernten Motors.

Sie war am Ende der Straße angelangt, und als sie sich nach links drehte, sah sie das Schild: Linnet Lane. Auf der einen Seite der Straße gab es einen Bürgersteig, der an Hecken und Feldern vorbeiführte; die andere Seite war von Bäumen und von riesigen Villen gesäumt, die zum Teil durch Laub verdeckt waren. *Was zum Teufel hatte Roxy in einer solchen Gegend zu suchen? Niemand, den sie kannte, konnte es sich leisten, hier zu wohnen. Was hatte meine Tochter hier zu suchen?* Cathy starrte auf das blinkende Symbol, das anzeigte, dass sie fast bei dem Grundstück angekommen war, und noch bevor sie es erreichte, wusste sie, dass sie an der richtigen Stelle war. Tatortklebeband flatterte wie gelb-schwarzes Partylametta an den satt olivgrünen Büschen, und ihr Herz begann zu rasen. Das war der Ort, an dem Roxy gestorben war.

Ein Polizeifahrzeug versperrte die Einfahrt zum Grundstück, also ging sie auf der anderen Seite der Straße vorbei, wo es keine Häuser, sondern nur Felder gab, und betrachtete die Ruine gegenüber. Ihre Augen füllten sich mit heißen Tränen, die ihr in den Augen brannten und den Blick trübten. Einer der wertvollsten Menschen in ihrem Leben war in diesem Haus getötet worden. Das hätte nie passieren dürfen. Wenn sie nur die Zeit zurückdrehen könnte ... aber das konnte sie nicht. Alles, was sie jetzt tun konnte, war, dem Detective zu helfen. Sie kämpfte gegen weitere Tränen an. Sie hatte einige Informationen aufgedeckt, die dazu beitragen könnten, das Monster, das ihr Kind getötet hatte, vor Gericht zu bringen.

Eine Bewegung ließ sie aufschrecken. Ein Mann mit einem Klemmbrett unter dem Arm betrat das Grundstück. Sie blinzelte heftig und schlurfte mit gesenktem Kopf und hängenden Schultern weiter. Es war an der Zeit, DI Ward anzurufen, aber sie würde es nicht hier tun, nicht mitten auf der Straße, wo jeder sie hören konnte – und außerdem brauchte sie etwas Zeit, um sich zu sammeln, bevor sie mit der Polizistin sprach. Sie wusste, wo sie hingehen konnte. Sie war schon ein paarmal dort gewesen, obwohl sie nicht gewusst hatte, dass die Stelle so nah an dieser Straße lag.

Die Schwere in ihrer Brust war physisch, als hätte sich ihr Herz in Blei verwandelt und als zerrte es an allen Venen, Arterien und Nerven, die es versorgten. Sie ließ sie vor Schmerzen schreien. Jeder Schritt, der sie weiter vom Haus wegbrachte, verursachte solche Qualen, dass sie kaum noch atmen konnte. Sie lief weiter, unfähig, noch zu denken, ihre Bewegungen waren roboterhaft. Sie brauchte einen Ort, an dem sie sich von dem emotionalen Druck befreien konnte, der jeden Moment zu explodieren drohte, und schließlich fiel ihr Blick auf ein hölzernes Schild in einiger Entfernung von dem Ort, an dem ihr Kind seinen letzten Atemzug getan hatte. Es wies in Richtung des Kanals. Der Schmerz verstärkte sich, aber sie schleppte sich vorwärts, getrieben von dem Wunsch, den abgelegenen Ort zu finden, an dem sie den quälenden Druck loswerden und den Anruf tätigen konnte. Der Weg war von hohen Hecken und kühlem grünen Laub gesäumt und mündete in einen Treidel-pfad. Auf dem Kanal waren keine Boote unterwegs, und ein Entenpaar schwamm vorbei und hielt nur kurz inne, um dann kopfüber zu dümpeln. Eine Bank stand einen Meter vor ihr entfernt, und sie beschleunigte ihre Schritte und ließ sich schwer darauf fallen, nur Sekunden bevor ihre Beine endgültig nachgegeben hätten. Sie hatte diese Qualen verdient. Sie verdiente all diese Schmerzen. Sie wünschte, sie und Roxy hätten sich am Samstag nicht gestritten. Das war sicher der Grund dafür, dass sie wegen der Übernachtung gelogen hatte und abgehauen war. Sie verstand, wie sprunghaft ihre Tochter sein konnte. Wenn sie Roxy nur umarmt hätte, anstatt sie anzu-schreien, hätte das vielleicht gereicht, um das Mädchen am Weggehen zu hindern.

Ihr Mund klappte leicht auf, während sie flach einatmete. Ihr Herz wurde von tausend Nadeln durchstochen. Folter. Sie kramte in ihrer Tasche und holte Roxys schwarze Spielzeug-katze heraus. Sie drückte sie an ihre Brust und ließ zu, dass ihre Tränen das weiche Fell befeuchteten. Was würde sie dafür geben, ihr Mädchen im Schneidersitz auf ihrem Bett sitzen zu sehen, mit der Katze neben sich. Die Tränen flossen in Strö-men, und in ihre eigene Trauer vertieft, hörte sie das Knistern der Blätter nicht, das Rascheln der Büsche, hörte sie die Person nicht, die sich ihr von hinten näherte. Sie hörte sie nicht, bis es zu spät war.

ZEHN

SONNTAG, 1. JULI – ABEND

»Jemand zu Hause?« Natalie schloss die Haustür und lauschte auf eine Antwort. Als keine kam, fuhr sie mit einem gemurmelten »Hi, Mum, du hast uns gefehlt« fort. Sie schüttelte den Kopf. Die Zeiten, in denen Leigh wie ein übermütiger Tigger mit leuchtenden Augen und voller Begeisterung über ihren Tag die Treppe hinuntergesprungen war, waren längst vorbei. Sie stellte ihre Aktentasche neben ihren Schuhen ab und rutschte mit den Zehen in ihre bequemen Hausschuhe. Sie dachte darüber nach, dass irgendein Hersteller Schuhe entwerfen sollte, die sich so bequem anfühlten wie Hausschuhe und trotzdem schick aussahen. Ihre hatten begonnen, an ihrem kleinen Zeh zu scheuern. *Das Alter*, dachte sie.

Sie ging in die Küche, in der Hoffnung, dass David etwas gekocht hatte, aber die Küche war leer und es gab keinerlei Anzeichen von Betriebsamkeit. »David?« Sie drehte sich auf dem Absatz um und machte sich auf den Weg zum Wohnzimmer, aber dort war niemand. Langsam ging sie auf sein Büro zu. Die Tür war geschlossen und ein vertrautes Pochen setzte in ihrer Brust ein. *Er würde doch nicht online zocken, oder?* Sie klopfte an die Tür, und als niemand antwortete, stieß sie sie auf.

Das Zimmer war leer. Sie hatte Davids Auto in der Einfahrt gesehen, also konnte er nicht weit weg sein.

Es war ungewöhnlich, dass das Haus so ruhig war. Vielleicht waren sie alle mit Davids Vater ausgegangen. Sie schlich leise hinauf und den Treppenabsatz entlang zu Joshs Zimmer und war erleichtert, als sie ihn auf dem Rücken liegend auf seinem Bett vorfand. Er hörte mit Kopfhörern in den Ohren Musik.

»Hi. Alles in Ordnung?«

Er nahm die Ohrstöpsel ab und brachte sich in eine sitzende Position. »Sicher.«

»Was hast du gemacht?«

»Sachen.«

»Hast du einen Ferienjob gefunden?«, fragte sie.

Josh verzog das Gesicht. »Es ist wirklich schwer. Gibt nicht viel. Keiner meiner Kumpels hat einen Job.«

»Bist du in die Stadt gegangen und hast dich umgehört?«

»Es ist Sonntag«, sagte er.

»Ich weiß, aber die Geschäfte und Cafés haben auch am Sonntag geöffnet. Ich dachte, du wolltest nachsehen, ob es was gibt.«

Er zuckte halbherzig mit den Schultern. »Ich versuche es morgen. Papa war heute ein bisschen beschäftigt.«

»War er das?«

»Ja.«

»Hast du schon was gegessen?«

»Noch nicht.«

»Was ist mit Mittagessen?«

»Ich habe die übrig gebliebenen Käsemakkaroni von gestern Abend aufgegessen.«

»Okay. Ich werde mir etwas einfallen lassen.«

»Danke, Mum.«

Sie schloss die Tür und schlenderte zu Leighs Zimmer. Sie war nicht da. Sie wollte Josh gerade fragen, wo seine Schwester war, als sie ein tiefes Grollen aus ihrem Schlafzimmer hörte. Es dauerte nicht lange, bis sie herausfand, was das war. David lag vollständig bekleidet auf dem Bett und schlief tief und fest. Sie schüttelte ihn grob, bis er aufhörte zu schnarchen und seine Augen aufschlug.

»Was ist hier los?«, fragte Natalie.

Er setzte sich mit einer Bewegung auf. »Nichts. Ich muss eingenickt sein.«

Sie rümpfte die Nase. Sein Atem roch stark nach Alkohol. Anstatt ihn zu tadeln, fragte sie: »Wo ist Leigh?«

»Chillen mit Katy und Jade.«

»Ah. Wann kommt sie denn zurück?«

»Ich habe gesagt, dass ich sie um zehn Uhr abhole.« Sein Ton war unbeschwert, aber sie wusste sofort, dass mehr dahintersteckte. Er rieb sich mit der Hand über das Kinn, ein Zeichen, dass er Zeit gewinnen wollte.

»Alles in Ordnung?«

»Sicher. Warum sollte es das nicht sein?«

»Na ja, du schläfst um acht Uhr abends, Leigh ist ungeplant zu Besuch bei Freunden und Josh war nicht wie besprochen in der Stadt, um seinen Lebenslauf abzugeben.«

»Er wollte nicht.«

»Er hat gesagt, du warst zu beschäftigt.«

»So ein Blödsinn. Ich wollte ihn reinfahren, aber er hat irgendein Online-Spiel gespielt und wollte nichts tun.«

»Wir haben das besprochen, David. Wir wollten alle in die Stadt fahren, ihn fragen lassen und dann den Tag zusammen verbringen.«

»Das wollten wir, bis du zur Arbeit gegangen bist.«

»Nur weil ich nicht da bin, heißt das nicht, dass ihr nicht auch ohne mich weitermachen könnt.«

»Sie wollten nicht in die Stadt fahren, okay?«

»Nein. Nicht okay. Josh braucht einen Job. Er kann nicht

die ganzen Schulferien hier rumsitzen und nichts tun. Außerdem wird die Arbeit eine gute Erfahrung für ihn sein.«

David stand auf. »Kommandiere mich nicht herum, Natalie. Ich gehöre nicht zu deinen Lakaien. Ich habe sie gefragt, ob sie in die Stadt gehen wollen, aber keiner von ihnen wollte. Leigh hatte eine ihrer Launen und ist zu ihren Freundinnen gegangen. Was soll ich in so einer Situation tun?«

Sie hielt sich den Mund zu und zählte im Geiste bis zehn. »Okay. Lassen wir es dabei bewenden. Was willst du essen?«

»Im Kühlschrank sind Pizzen.«

»Gut. Ich hole Leigh ab. Du schiebst sie in den Ofen.« Seine Augen blitzten. »Mach das nicht, Natalie.«

»Was?«

»Sprich nicht so mit mir.«

»Ach, werde erwachsen. Ich bin nur praktisch veranlagt, das ist alles.« Noch während sie diese Worte sprach, wusste sie, dass sie im Unrecht war. Sie behandelte ihn mit Verachtung, und sie wusste, wie zerbrechlich sein Ego im Moment war. Es war ihr jedoch egal, ob er sich ungerecht behandelt fühlte oder nicht, und sie stolzierte davon, während sie seine Augen auf ihrem Rücken spürte.

―――

Es war kurz vor zehn, als Ian an dem großen Backsteingebäude ankam, in dem sich jetzt das Extravaganza befand. Von der Straße aus waren keine Fenster oder Durchbrüche zu sehen, und alle Durchgänge, die es in der Vergangenheit gegeben haben könnte, waren mit frischem Mauerwerk zugemauert worden. Nur eine dezente Beschilderung wies darauf hin, dass es sich um einen Nachtclub handelte, und Ian ging die Straße entlang bis zu einer Gasse, wo er Murray traf, der an einer unscheinbaren Tür wartete.

»Bist du schon lange hier?«, fragte er.

»Ein paar Minuten. Lange genug, um zu beobachten, wie eine Gruppe besoffener Kerle hineingegangen und gleich wieder herausgekommen ist. Der Preis für die Getränke hat sie wahrscheinlich abgeschreckt!«

»Man sollte meinen, dass die für morgen einen klaren Kopf haben wollen«, murmelte Ian.

Murray lachte. »Weißt du, wie alt du klingst? Das ist genau das, was mein Vater immer gesagt hat. Das Leben ist zum Leben da. Carpe diem und all dieser Scheiß. Die sind jung genug, um morgen ohne jeglichen Kater aufzustehen. Ich war auch mal so. Du solltest es auch mal probieren. Ein bisschen lockerer werden.«

»Keine Chance. Mit der Arbeit und all dem anderen verdammten Druck, der im Moment herrscht.«

»Komm schon, wo ist deine Partylaune?«, erwiderte Murray.

»Ich bin wirklich nicht in Partystimmung. Ich bin im Moment in einer ziemlich schlechten Verfassung.«

»Wollen wir darüber reden, bevor wir reingehen?«

Ian zögerte, bevor er sagte: »Wir sollten besser erst reingehen.«

»Dann komm.«

Murray klopfte an die Tür, die sofort von einem ganz in schwarz gekleideten Mann mit spitzem Bart und ebenholzfarbenen Augen, die vor Feindseligkeit geradezu sprühten, geöffnet wurde. Murray und Ian hielten ihre Ausweise hoch und wurden mit einem finsteren Blick bedacht.

»Was wollen Sie?«

Murray sprach. »Nur ein paar Fragen stellen. Das Haus der Clubbesitzer ist letzte Nacht niedergebrannt.«

»Ja. Wir haben davon gehört. Kirk ist hinten im Büro.«

»Wir würden uns gerne erst einmal umsehen und mit dem Personal reden.«

»Dann hole ich jemanden, der Sie herumführt.«

»Wir kommen allein zurecht«, antwortete Murray.

Der Türsteher blickte sie wieder finster an und antwortete: »Wie wär's, wenn ich Sie an die Bar bringe und Kirk Bescheid sage, dass Sie hier sind?«

»Ist Gavin da?«

»Nicht dass ich wüsste.«

»Okay. Danke.« Murrays Tonfall war locker und umgänglich. Der Mann führte Ian und Murray in einen schwach beleuchteten Raum, in dem eine Frau in einem engen roten Kleid, das ihre Kurven betonte, auf einem Hocker neben einem hohen, runden Tisch saß. Von irgendwoher kam dröhnende Musik, deren hektischer Rhythmus hier im Eingangsbereich stark gedämpft war.

»Zweimal, ja?«, fragte sie und nahm einen Handstempel aus Gummi in die Hand, um sie mit dem Logo des Nachtclubs zu versehen.

»Die sind von der Polizei«, sagte der Mann und ging an dem Tisch vorbei zu einer schwarzen Tür.

Murray und Ian folgten ihm nicht, sondern blieben beide stehen.

Murray schenkte der Frau ein warmes Lächeln. »Wie lange arbeiten Sie schon hier?«

»Ein Jahr oder so.«

»An manchen Tagen muss es wirklich hektisch zugehen«, sagte Ian.

»Nur an den Wochenenden. Meistens freitags und samstags«, antwortete sie und musterte ihn durch dichte Wimpern.

»Wie oft benutzen Sie den, wenn an einem Abend viel los ist?«, fragte Murray und deutete mit einem Lächeln auf den Handstempel.

»Ich weiß nicht, wirklich. Oft«, antwortete sie und legte ihn wieder auf den Tisch.

»Wie sieht es an einem durchschnittlichen Sonntag aus?«

»Das kommt darauf an. Irgendetwas zwischen zwanzig und zweihundert Mal. Kann man nie wissen.«

Ian fuhr fort. »Macht Ihnen die Arbeit hier Spaß? Die Arbeitszeiten müssen doch beschissen sein.«

»Es ist in Ordnung. Es ist ein Job. Wie Ihrer. Ihre Arbeitszeiten müssen auch beschissen sein.« Ian stimmte zu.

Der Mann mit dem Bart öffnete die Tür, und eine Welle elektronischer Popmusik schwappte herein, die jede weitere Unterhaltung unmöglich machte. Murray folgte dem Mann durch die Tür, Ian an seiner Seite.

Der Raum öffnete sich vor ihnen, und farbenprächtiges Licht flimmerte von der Decke und tauchte die zahlreichen offenen Kabinen rund um die Tanzfläche in fluoreszierendes Rosa, Grün und Lila. Zwei imposante, raumhohe Onyxsäulen standen zu beiden Seiten der Tanzfläche. Im hinteren Bereich befand sich ein erhöhtes Podium, auf dem, fast unsichtbar hinter einer schwarzen, geschwungenen Leinwand, die an eine Kirchenkanzel erinnerte, eine drahtige Person in legerer Kleidung und mit Kopfhörern stand, den Kopf über versteckte elektronische Geräte gesenkt.

Eine schwarze, lederbezogene Theke zog sich fast über die gesamte Länge der linken Wand. Zwei Angestellte in weißen Polohemden und schwarzen Hosen saßen zusammen und unterhielten sich.

Der Türsteher nickte scharf in die Richtung des Duos, überquerte die Tanzfläche und verschwand hinter einem schwarzen Vorhang, über dem die Aufschrift »Toiletten« angebracht war.

Murray legte seine Lippen nahe an Ians Ohr. »Sprich mit den Barkeepern. Ich werde ein bisschen herumschnüffeln.«

Ian ging hinüber, während Murray nach rechts und durch eine andere Tür ging, die von einem Neonschild beleuchtet wurde: »Party Room«.

Die Tür führte zu einer breiten Treppe und einem dunklen

Korridor, der nur schwach mit Bodenlampen beleuchtet war. Gerahmte Bilder von Gruppen von Feiernden, die Gläser hoben, Partyhüte trugen und Wunderkerzen schwenkten, schmückten die dunkelgrün-schwarzen Wände. Links und rechts von ihm befanden sich Türen mit der Aufschrift »Privat«, aber vor ihm führten breite, geöffnete Flügeltüren in den Partyraum selbst. Die Musik, die er hörte, war ihm vertraut: klassische Popmusik aus den Achtzigern und nicht die modernen elektronischen Klänge, die er hinter sich gelassen hatte. Der Raum war eine Reminiszenz an die Disco-Ära, mit einer riesigen Discokugel, die über einer Tanzfläche hing, und geschwungenen, schwarz-weiß gestreiften Ledersofas, die jeweils bis zu acht Personen Platz boten. Die Bar war in diesem Raum kleiner und ebenfalls geschwungen und nahm eine Ecke ein, während das DJ-Equipment ordentlich in der anderen Ecke untergebracht war. Hinter den Decks stand niemand, und außer einer jungen Frau mit kastanienbraunem Haar, das zu einem hohen Pferdeschwanz gebunden war, gab es kein weiteres Personal. Sie grüßte ihn, als er sich näherte.

»Hi. Ist es hier immer so still?«, fragte Murray.

»Es könnte noch besser werden, aber Sonntag ist nicht der beste Tag, um hier zu sein. Gestern Abend war mehr los. Was darf ich Ihnen bringen?«

»Ich will nichts, danke, ich sehe mich nur um. Ich bin das erste Mal hier.« Er ließ sich lässig auf einen der Hocker fallen, um sein Gespräch fortzusetzen.

Sie musterte ihn von oben bis unten und fragte: »Allein?«

»Nein. Mein Kumpel ist unten. Ich dachte, ich schaue mal, ob es hier oben etwas mehr Leben gibt, aber das ist nicht der Fall und es gibt nicht mal einen DJ«, fügte er hinzu.

»Dimension war unser regelmäßiger DJ hier oben, aber jetzt kommt er nur noch für besondere Partys, Themenabende oder besondere Events wie den Valentinstag. Den Rest der Zeit lassen wir Playlists durch das System laufen.«

»Haben Sie sich diese hier ausgesucht?«

Sie grinste. »Was soll ich sagen? Ich bin eine Pop-Diva.«

»Wie heißen Sie?«

»Lola. Und Sie?«

»Murray. Arbeiten Sie schon lange hier?«

»Ja, seit der Eröffnung.«

»Ich schätze, an anderen Tagen ist viel mehr los als jetzt.«

Sie zuckte mit den Schultern. »Manchmal.«

»Im Moment herrscht nicht gerade Partystimmung«, scherzte er.

»Es ist erst zehn. Später wird mehr los sein.«

»Stimmt wohl. Aber normalerweise bin ich gerne um zehn schon im Bett«, antwortete er mit einem Augenzwinkern.

Ein Lächeln zupfte an ihren Mundwinkeln.

»Was geht in den Privaträumen vor sich?«

Das Lächeln verschwand. »Die sind für VIP-Gäste.«

»Was muss ich tun, um ein VIP-Gast zu werden?«, fragte er grinsend. Es war zu spät. Sie war seinem unschuldigen Charme nicht mehr erlegen. Ihr Gesicht nahm einen vorsichtigen Ausdruck an.

»Warum wollen Sie das wissen?«

Er lachte. »Ich bin nur neugierig. Ich war noch nie in einem Nachtclub mit solchen Räumen. Was geht da drin vor sich?«

Plötzlich nahm sie ein Glas in die Hand und hielt es gegen das Licht, um nach Schlieren zu suchen. »Die sind nur für private Partys, nichts weiter als das. Hören Sie zu, ich muss weitermachen, okay?«

»Klar. Danke fürs Plaudern. Oh, nur noch eine Sekunde. Haben Sie dieses Mädchen schon einmal gesehen?«

»Was sind Sie? Polizist?«

»Das ist richtig. DS Murray Anderson. Ich untersuche den Tod dieses Mädchens.«

Er reichte ihr das Bild von Roxanne, und Lola studierte es, bevor sie es ihm zurückgab. »Sie war nicht hier.«

»Haben Sie sie jemals im Nachtclub gesehen?« Er suchte sorgfältig nach Anzeichen dafür, dass die Frau Roxanne kannte, aber ihr Gesicht blieb teilnahmslos und sie zuckte unwillkürlich und leicht entschuldigend mit den Schultern.

»Nein. Tut mir leid.«

»Ich nehme an, Sie haben von dem Feuer im Haus von Kirk und Gavin gehört.«

»Ja, natürlich. Ich war gestern Abend hier, als sie den Anruf bekamen, dass es brennt. Gavin schoss sofort los, um herauszufinden, was los war. Ich habe gehört, dass es ein ziemliches Chaos ist.«

»Waren Sie schon einmal dort?«

Sie schüttelte den Kopf. »Ich arbeite nur hier. Ich bin nur Barpersonal.«

»Kennen Sie Lindsay Hoburn? Sie ist eine der Barkeeperinnen hier.«

»Sicher.«

»Arbeitet sie noch hier?«

»Ich weiß es nicht. Ich habe sie schon eine Weile nicht mehr gesehen, aber sie arbeitet nur in Vertretungsschichten. Außer wenn gerade jemand krank ist und keiner der regulären Mitarbeiter einspringen kann, brauchen wir sie nicht.«

»Was ist mit Daisy Goldsmith?«

»Was soll mit ihr sein?«

»Kennen Sie sie?«

Sie stieß ein Schnauben aus. » Ja, natürlich – die goldgräberische Daisy.«

»Was meinen Sie damit?«

»Ich muss es nicht ausbuchstabieren, oder?«

»Am besten tun Sie das.«

»Sie ist Gavin vom ersten Tag an hinterhergelaufen. Sie war eine beschissene Hostess und hat nie ihren Beitrag geleistet, aber sie hat sich bei Gavin eingeschleimt und ist damit durchgekommen. Wir waren alle ziemlich froh, sie los zu sein.«

»Und kommen Sie mit den Clubbesitzern gut aus?«

»Ich wäre nicht hier, wenn es nicht so wäre. Ich würde nicht für Leute arbeiten, die ich nicht mag. Sie sind gute Chefs.«

»Sie haben doch nichts mit einem von beiden, oder?« Murray warf die Frage in den Raum, um ihre Reaktion zu beobachten.

Ihre Augen weiteten sich. »Nie im Leben. Ich bin verheiratet – mit dem Mann an der Tür, Clark.«

»Was ist mit den anderen Mitarbeitern hier? Hat sich irgendjemand in letzter Zeit über Kirk oder Gavin beschwert, oder wurde kürzlich jemand entlassen? Oder haben Sie vielleicht irgendetwas anderes gehört, das uns weiterhelfen könnte?«

»Sie machen Witze, oder? Wir haben keine Zeit, hier herumzusitzen und miteinander zu plaudern, und wenn die Schicht vorbei ist, sind wir alle völlig kaputt. Ich habe noch nie gehört, dass jemand schlecht über sie geredet hat. Wir sind alle ziemlich glücklich mit unserem Los hier.«

»Okay. Ich danke Ihnen. Ich lasse Ihnen meine Karte da, falls Sie mich kontaktieren wollen.«

»Das kann ich mir nicht vorstellen.«

»Nehmen Sie sie. Man kann nie wissen.«

Sie riss ihm die Karte aus den Fingern und knallte sie auf den Tresen neben der Kasse. Dann drehte sie ihm den Rücken zu, stellte das Glas, das sie in der Hand hielt, auf ein Regal und bückte sich, um ein paar Flaschen zu sortieren. Sie hatte nicht vor, sich ihm zu öffnen oder weitere Fragen zu beantworten.

Er ging den Korridor entlang zurück und kreuzte den Weg einer Gruppe von Frauen und Männern, alle Anfang zwanzig. Als sie im Partyraum verschwunden waren, blieb er an einer der anderen Türen stehen und drückte schnell auf den Türgriff. Sie war verschlossen. Er versuchte es mit der Tür gegenüber, aber auch diese war verschlossen, also ging er wieder nach unten. Es hatte sich ein wenig gefüllt, und zwei Mädchen tanzten Seite an Seite, die Arme um die Hüften der anderen gelegt. Ian war im Gespräch mit Kirk. Er gesellte sich zu ihnen, und Kirk begrüßte ihn mit den Worten: »Ihr Kollege hier hat gesagt, dass Sie auf der Toilette sind.«

»Ich habe die falsche Tür genommen und bin oben im Partyraum gelandet«, sagte Murray.

»Die Toiletten sind dort drüben«, antwortete Kirk und deutete auf den Vorhang. »Danke. Wir gehen den Ermittlungen nach und würden gerne mit Ihren Mitarbeitern sprechen, wenn möglich.«

»Wir haben heute Abend nicht viel Personal im Einsatz, aber machen Sie ruhig. Lola kennen Sie ja wahrscheinlich schon aus dem Partyraum.«

»Ja, stimmt.«

»In der nächsten Stunde wird es voller werden, deshalb würde ich an Ihrer Stelle Ihre Fragen jetzt stellen.«

»Danke. Kommt Gavin später noch?«

»Nein, heute Abend nicht. Er verbringt ein bisschen Zeit mit Daisy.« Er blickte über die Tanzfläche und hob die Hand. Murray drehte sich um und sah eine Gruppe von vier Männern mit dem French Fork tragenden Türsteher vor dem Eingang stehen.

»Wer ist der Kerl?«

»Welcher Kerl?«

»Der Türsteher, der uns reingelassen hat.«

»Clark. Er ist bei uns, seit wir eröffnet haben.« Er reagierte automatisch und richtete seine Aufmerksamkeit auf die Männer, die in ihrer Kleidung, die in Murrays Augen elegant und teuer aussah, Selbstbewusstsein ausstrahlten.

»Ich lasse Sie Ihre Arbeit machen. Aber verärgern Sie keinen der Gäste, ja?«, sagte Kirk und schritt davon. Murray sah zu, wie er jedem von ihnen seine Faust entgegenstreckte und sich ernst mit ihnen unterhielt. Ein Mann hob beide Hände, die

Handflächen nach oben, und ein anderer drehte sich auf dem Absatz um, sichtlich irritiert. Kirk klopfte ihm auf die Schulter und sprach erneut. Der erste Mann nickte und wandte sich mit großen Handbewegungen an die anderen, bevor sie alle hinter Kirk herliefen.

»Hast du was rausbekommen?«, fragte Murray Ian.

»Ich hatte keine Gelegenheit, mit den beiden Barkeepern zu sprechen, bevor Kirk aufgetaucht ist. Ich habe ein paar Worte mit einem von ihnen gewechselt, aber er war recht verschlossen.«

»Das Mädchen da oben, Lola, war auch so. Trennen wir uns und reden wir einfach mit jedem, dem wir begegnen. Wir treffen uns draußen wieder.«

Ian ging zurück an die Bar. Murray bewegte sich auf das Podium zu und sah, wie Kirk und die Männer durch die Tür gingen, die nach oben führte. Er ging die geschwungenen Stufen zum DJ hinauf und wurde dabei auf Clark aufmerksam, der nun mit weit gespreizten Beinen vor der Tür stand und ihn mit großen Augen beobachtete.

Murray blieb dicht neben dem drahtigen Mann mit den Kopfhörern stehen. Von dieser Position aus konnte er Clark und jeden, der den Club betrat, im Auge behalten. Die Musik war laut und er musste schreien, um sich Gehör zu verschaffen. DJ Crush war ein Energiebündel, redete und drückte gleichzeitig Knöpfe an seinen Mischpulten.

»Wie lange arbeiten Sie schon hier?«

»Seit der Eröffnung. Davor bin ich in Ibiza aufgetreten.«

»Sie kennen die Brüder also gut?«

»Gewissermaßen. Manchmal trinken wir nach der Arbeit ein Bier und haben ein bisschen Spaß zusammen.«

»Machen das andere Mitarbeiter auch?«

»Die gehen meistens nach Hause, aber ich bin normalerweise zu aufgedreht von der Musik, also bleibe ich hier. Die Brüder kommen manchmal zu mir.«

»Worüber reden Sie?«

»Männersachen.«

»Zum Beispiel?«

»Haben Sie noch nie Männersachen geredet, Officer? Fußball, schmutzige Witze, Frauen, Sie wissen schon?«

»Erzählen sie Ihnen viel über sich selbst?«

»Sicher. Ich weiß, dass sie aus London kommen. Ich habe dort auch Freunde. Wir sprechen über das Nachtleben dort.«

»Was ist mit persönlichen Sachen?«

»Wollen Sie mich verarschen? Ich bin ein DJ, kein Psychiater. Wir unterhalten uns einfach und trinken Bier.«

»Was ist mit Daisy? Haben sie jemals über sie gesprochen?«

»Oh, Mann! Daisy war heiß. Sie hatte allerdings nur Augen für Gavin. Sie war Sex auf Beinen und hat ihn regelrecht aufgesaugt.«

»Hat er oft von ihr gesprochen?«

»Er hat sie ein paarmal erwähnt. Das würden Sie doch auch, oder? Wenn so ein heißes Mädel hinter Ihnen her wäre.«

»Sie war hinter ihm her?«

»Auf alle Fälle. Sie hatte ihn im Visier und stürzte sich mit voller Wucht auf ihn. Er hatte nicht die geringste Chance. Kirk und ich haben ihn immer verarscht. Sie wollte, dass er es für sich behält, während sie noch hier gearbeitet hat, aber es kam heraus. Sie hat vielleicht gedacht, sie wäre subtil, aber das war sie nicht – ganz und gar nicht! Er ist immer noch verrückt nach ihr, aber sie will nicht bei ihm einziehen und das macht ihn ganz wild. Ich verstehe das nicht. Sie war ganz vernarrt in diesen Mann und jetzt will sie nicht mit ihm in ein schönes Haus ziehen ... Vielleicht will sie sich erst einen Ring an den Finger stecken lassen.« Er setzte sich den Kopfhörer auf ein Ohr und drückte einige Tasten. Das Tempo änderte sich, als ein neuer Titel zu spielen begann. Sein Kopf und seine Schultern bewegten sich im Rhythmus.

Murray musste noch lauter schreien. »Haben Sie jemals gehört, dass sich jemand über die Brüder beschwert hat?«

»Niemals! Die Brüder sind tolle Kerle. Wir verstehen uns alle sehr gut. Wie eine große, glückliche Familie!« Seine Sätze rasselten wie Schnellfeuerwaffen und wurden von ruckartigen Bewegungen zur Musik begleitet.

»Haben Sie eine Ahnung, wer ihr Haus angezündet haben könnte?«

»Nein«, sagte er.

Die Lichter flackerten schnell durch den dunklen Raum, erhellten die Ecken und ließen sie sofort wieder in Dunkelheit zurück, und Murray sah, wie Clark mit zwei Frauen sprach. Er führte seine Befragung weiter, während er ein Auge auf den Frauen behielt. Beide trugen enge Trägerkleider und hochhackige Schuhe. Eine von ihnen hatte zweifarbiges Haar, wobei die obere Hälfte blond und die untere Hälfte rot oder dunkelbraun war. Murray konnte sich der Farbe nicht sicher sein, aber beide hatten etwas Verstohlenes an sich, und diese ganz besonders – die Art, wie sie bange Blicke in seine Richtung warf, während sie sprachen.

»Fällt Ihnen niemand ein, der ein Problem mit Gavin oder Kirk hatte?«

»Ich konzentriere mich normalerweise auf die Stimmung auf der Tanzfläche. Das ist mein Hauptanliegen. Ich spreche mit meinen Kumpels, wenn ich ankomme und wenn ich wieder gehe, aber ich weiß nichts über irgendwelche Beschwerden oder Probleme. Ich lege hier einfach nur die Platten auf. Ich kümmere mich nicht darum, was irgendwo anders vor sich geht. Ich muss die Leute bei Laune halten.«

Murray warf einen weiteren Blick auf die beiden Frauen. Sie standen immer noch an der Tür und waren in ein Gespräch vertieft. Dem Kopfschütteln und den Handgesten nach zu urteilen, stritten sie sich. Die kleinere der beiden Frauen zerrte an der Hand der anderen. Die andere Frau zog sie zurück.

»Haben Sie dieses Mädchen schon einmal gesehen?« Murray zeigte ihm das Bild von Roxy.

»Keine Ahnung. Wenn sie hier gewesen wäre, würde ich es auch nicht wissen. Wenn der Boden wackelt, kann man keine Gesichter erkennen ... es ist nur eine riesige Masse von Körpern. Tut mir leid.«

»Haben Sie vielleicht von ihr gehört – Roxanne Curtis, bekannt als Roxy?«

»Da klingelt nichts. Auf welche Musik stehen Sie? Hip-Hop? Garage?«, fragte DJ Crush.

»Ich bin ein bisschen altmodisch. Ich höre Playlists mit modernem Pop und etwas Rock.«

DJ Crush grinste, wobei die Lücke zwischen seinen Zähnen sichtbar wurde. »Dachte ich mir schon. Sie sollten mal vorbeikommen und sich richtige Musik anhören.«

Murray schaute wieder zur Tür, aber die Frauen waren verschwunden. Er bedankte sich bei dem Mann und schaute sich um, als er die Treppe hinunterging. Er sah, wie sie durch den Vorhang in der Tür in Richtung Toiletten verschwanden.

Clark war ebenfalls verschwunden und Murray nutzte die Gelegenheit, um den Frauen zu folgen. Er schob den Vorhang beiseite und befand sich in einem weiteren dunklen Korridor mit Pfeilen, die zu den Toiletten zeigten. Er wartete vor der Damentoilette und versuchte, Geräusche aus dem Inneren zu hören. Als er keine wahrnahm, klopfte er an die Tür. Als er keine Antwort erhielt, stieß er sie auf und betrat den Raum, in dem es nach Jasmin oder einem anderen Sommerduft roch, den er nicht identifizieren konnte und der von einem an der Wand angeschlossenen Lufterfrischer stammte. Die Kabinentüren waren angelehnt und der Raum war leer. Das einzige Geräusch war das dumpfe, rhythmische Klopfen von Musik.

Er versuchte es erfolglos auf der Herrentoilette und ging

weiter den Korridor entlang, wo er an Kirks und Gavins Bürotür klopfte und gleichzeitig rief, als er sie aufstieß und in einen kleinen, minimalistisch eingerichteten Raum mit zwei Rücken an Rücken stehenden Schreibtischen und einigen Aktenschränken trat. Ein Computer war eingeschaltet; der Bildschirmschoner zeigte ein Bild von einer Partynacht im Club. Man konnte sich nirgendwo verstecken, also wo waren die beiden Frauen hin? Er versuchte es im gegenüberliegenden Raum mit dem Schild »Nur für Mitarbeiter«, der ziemlich klein und mit Spinden und Bänken ausgestattet war, wie man sie in Fitnessstudios fand, aber im hinteren Teil des Raums gab es eine Treppe. Er nahm sie und kam durch eine Notausgangstür, die ihn in den Partyraum führte. Zwanzig bis dreißig Leute waren gekommen, seit er das letzte Mal hier gewesen war. Sie tummelten sich in Gruppen, einige schwangen die Schultern im Takt des Fun-Boy-Three-Titels, der jetzt lief. Ein Mann bediente an der Bar neben Lola, die damit beschäftigt war, Cocktails zuzubereiten. Er ging den schwach beleuchteten Korridor entlang und wartete vor einem der Privaträume, wobei er sich fragte, ob die Frauen da drinnen waren.

Lola erschien mit einem Tablett mit Getränken und hielt kurz inne, als sie ihn erkannte.

»Hallo noch mal«, sagte er.

Sie warf ihm einen finsteren Blick zu. »Was tun Sie hier?«

»Das habe ich Ihnen bereits gesagt. Ich untersuche das Feuer im Haus von Kirk und Gavin. Ich überprüfe den Aufenthaltsort von allen, die Gavin und Kirk kennen und für sie arbeiten. Ich hatte gehofft, dass ich in diesem Raum mit jemandem reden kann.«

»Außer Clark und Kirk gibt es dort kein Personal, und ich kann nicht zulassen, dass Sie die Gäste stören. Sie zahlen viel für die Nutzung der Privaträume.«

»Warum? Was ist das Besondere?«

»Sie sind privat. Das ist das Besondere an ihnen. Würden Sie mich jetzt entschuldigen?«

»Sicher.«

Er ging zur Seite, damit sie an die Tür klopfen konnte, und sobald sie geklopft hatte, schlüpfte sie schnell ins Zimmer, bevor sich die Tür wieder schloss. Murray entfernte sich. Er hatte in dem kurzen Moment nicht viel sehen können, aber er hatte das blonde und rote Haar der Frau erkannt, die ihn angestarrt und an der Hand ihrer Freundin gezerrt hatte.

Während Murray mit dem DJ sprach, unterhielt sich Ian mit Bryan, einem der Barkeeper, der in seinen Zwanzigern war. Er hatte nichts über Daisy zu sagen, die er angeblich kaum kannte, und weder erkannte er Roxy auf dem Foto noch kannte er ihren Namen. Ian fragte nach den Brüdern.

»Ich verbringe nur wenig Zeit mit den beiden«, sagte er und stützte sich auf den Tresen. »Sie sind normalerweise mit den Gästen beschäftigt. Sie kommen vielleicht vorbei und fragen, ob alles in Ordnung ist, oder bitten darum, dass man ihnen ein paar Getränke an den Tisch bringt, aber im Allgemeinen verbringe ich keine Zeit mit ihnen. Mir fällt niemand ein, der sie so sehr hasst, dass er ihr Haus niederbrennen würde. Ich glaube sogar, ich habe noch nie ein schlechtes Wort über sie gehört.«

»Keine Beschwerden über die Bezahlung oder die Arbeitsbedingungen?«

»Ich habe schon an viel schlimmeren Orten gearbeitet. Hier herrscht eine angenehme Atmosphäre.«

»Ziemlich viel zu tun.«

»In manchen Nächten ist es der Wahnsinn, in anderen ist es nicht so schlimm.«

Zwei Frauen standen an der Tür herum, so als ob sie sich

nicht entscheiden konnten, ob sie reinkommen oder wieder rausgehen sollten.

»Kennen Sie diese beiden Frauen?«, fragte er Bryan.

Bryan sah sich im Raum um. »Welche zwei?«

»Bei der Tür.« Kaum hatte er das gesagt, schlüpften die Frauen in Richtung der Toiletten.

Bryan schüttelte den Kopf. »Ich kann nicht erkennen, wen Sie meinen.«

»Vergessen Sie's.« Ian war mit seinen Fragen fertig und ging Richtung Eingang. Das Mädchen dort könnte wissen, wer die Frauen waren.

Sie war allein. »Hi«, sagte Ian.

»Hallo.«

»Wir untersuchen den Brand im Haus von Gavin und Kirk, aber auch, ob jemand dieses Mädchen kennt. Sie haben uns vorhin Ihren Namen nicht gesagt. Wie lautet er?« Er hielt das Foto zurück und wartete darauf, dass sie antwortete, was sie auch tat.

»Olga.«

»Das ist ein schöner Name. Ich habe noch nie eine Olga getroffen.«

»Dann haben Sie das jetzt.« Sie schenkte ihm ein weiteres Lächeln, das er erwiderte.

Er zeigte ihr das Bild, und als sie es betrachtete, rieb sie ihre Lippen übereinander und schluckte schwer.

»Nein, tut mir leid. Ich kann Ihnen nicht helfen. Ich kenne sie nicht.«

Ian war sich nicht sicher, ob er ihr glaubte. »Der Name Roxanne Curtis oder Roxy sagt Ihnen nichts?«

Sie schluckte erneut. »Nichts. Ich habe noch nie von ihr gehört.«

»Sind Sie sicher?«

»Ehrlich, ich habe noch nie von ihr gehört oder sie gesehen.«

Er wartete auf mehr, aber sie hatte nichts mehr hinzuzufügen. Er schenkte ihr ein Lächeln, bevor er fragte: »Wie ist es, für Gavin und Kirk zu arbeiten?«

»Ich arbeite gerne für sie.«

»Kommen Sie gut mit ihnen aus?«

»Das würde ich sagen, aber wir sind nicht befreundet oder so. Sie grüßen mich und bezahlen mich. Das war's auch schon.«

»Fällt Ihnen jemand ein, der einem der beiden aus irgendeinem Grund böse sein könnte?«

»Mitarbeiter?«

»Ja, oder jeder andere, der Ihnen einfällt.«

Sie rieb erneut nachdenklich die Lippen aufeinander und schüttelte dann den Kopf.

»Haben Sie noch nie mitbekommen, dass sich jemand über sie beschwert hat?«

Wieder schüttelte sie den Kopf. Nichts deutete darauf hin, dass sie log, als sie sagte: »Ich habe wirklich nichts mitbekommen.«

»Kennen Sie Daisy Goldsmith?«

Sie neigte den Kopf zur Seite. »Ja, ich kenne Daisy, aber ich habe nicht mehr mit ihr gesprochen, seit sie weg ist. Sie war ein bisschen eingebildet, und wir hatten nicht viel gemeinsam.«

»Sie wussten von ihrer Beziehung zu Gavin?«

»Wer wusste das nicht? Es war offensichtlich. Sie war über ihn hergefallen wie ein Ausschlag. Sie dachte, wir wüssten es nicht, aber wir wussten es alle.«

»Eine letzte Frage: die Frauen, die vor ein paar Minuten reingekommen sind. Arbeiten die hier? Kirk hat uns gebeten, nur Mitarbeiter zu befragen.«

»Das sind Stammkunden. Die arbeiten nicht hier.«

»Ich danke Ihnen. Ich möchte keinen der Gäste verärgern.«

»Gäste!« Sie kicherte.

»Was? Was habe ich gesagt?«, fragte er.

»Das klingt so komisch. Als hätten sie in einem Hotel gebucht oder so.«

»Kennen Sie ihre Namen? Ich schätze, das müssen Sie, wenn das Stammkunden sind.« Er hatte sie in eine Ecke gedrängt.

Sie zuckte leicht mit den Schultern. »Ich kenne ihre vollständigen Namen nicht. Die mit den bunten Haaren heißt Crystal, die andere Sandra B.«

»Das ist ein seltsamer Name.«

»Sie haben noch eine andere Freundin, die manchmal mit ihnen kommt und auch Sandra heißt – die heißt Sandra M.«

»Das ist sehr hilfreich. Ich danke Ihnen.« Er hatte seine Fragen rechtzeitig zu Ende gestellt. Weitere Clubbesucher tauchten auf und warteten darauf, gestempelt zu werden. Er ging wieder hinein und stieß mit Murray zusammen.

»Ich habe nichts über Roxy herausgefunden oder darüber, wer das Haus angezündet haben könnte«, sagte Murray.

»Ich auch nicht, aber ich habe herausgefunden, dass Daisy hinter Gavin her war und jeder hier wusste, dass sie eine Beziehung hatten.«

»Ja, diese Information habe ich auch. Komisch, dass sie Lucy und Natalie etwas anderes erzählt hat. Du hast nicht zufällig ein paar Frauen in Trägerkleidern gesehen, oder? Die eine hatte ihr Haar in einer Art Zweifarb-Effekt.«

»Crystal und Sandra B. Sie sind regelmäßige Clubgänger.«

»Wie zum Teufel hast du das herausgefunden?«

»Ich habe es aus Olga am Empfang herausgezaubert.«

»Die Kleine mit den großen Augen? Hut ab.« Er grinste, bevor er hinzufügte: »Ich bin mir sicher, dass diese beiden Frauen in einem der Privaträume im Obergeschoss mit einer Gruppe von Männern sind. Ich bin mir nicht sicher, aber die Art und Weise, wie Lola über die privaten Partys schweigt, und die Tatsache, dass sie mich von dem Raum ferngehalten hat, lässt mich vermuten, dass da etwas vor sich geht.«

»Lapdance?«

»Ja, höchstwahrscheinlich. Trotzdem sehe ich keinen Zusammenhang mit dem Feuer oder dem Tod von Roxy, also machen wir Schluss für heute.«

»Das ist mir recht.«

———

Natalie lag flach auf dem Rücken und hatte die Augen fest geschlossen. Den Seufzern nach zu urteilen, die er von Zeit zu Zeit von sich gab, war David auch wach, aber sie hatte nicht vor, sich auf ein Gespräch mit ihm einzulassen. Leigh war auf dem ganzen Heimweg schlecht gelaunt gewesen, wütend darüber, dass ihre Mutter sie abgeholt hatte.

»Du hast mich lächerlich gemacht«, sagt Leigh, als sie von Katys Haus wegfahren.

»Wie habe ich das gemacht?«

»Papa hat gesagt, ich kann bis zehn bleiben. Ich hab mich wie ein kleines Kind gefühlt, dem gesagt wird, dass es jetzt nach Hause kommen soll.«

»Ich glaube, du übertreibst. Ich war freundlich. Ich habe mich bei Katy und Jade entschuldigt, dass ich dich jetzt schon mitnehme.«

Leigh ignoriert sie und starrt aus dem Fenster.

»Lass uns deswegen nicht streiten. Du hast morgen Schule. Du hast das Schuljahr noch nicht beendet, auch wenn Josh schon fertig ist.«

»Es ist erst acht.«

»Und ich wette, du hast noch nicht alle Hausaufgaben für morgen gemacht. Du weißt selber, dass du sie immer bis zur letzten Minute aufschiebst.«

Leigh verschränkt die Arme. Natalie hat einen Nerv getroffen.

»Leigh, können wir bitte nicht darüber streiten?« Eine Welle der Müdigkeit überkommt Natalie, als sie langsamer wird und an der Ampel wartet.

»Papa hat gesagt, ich kann zu Katy gehen. Ich habe nichts falsch gemacht.«

Natalie seufzt innerlich. David hat dieses Problem verursacht. Hätte er doch nur die richtigen Vorkehrungen getroffen und eine frühere Abholzeit vereinbart, dann gäbe es diese lächerlichen Streitereien nicht. Sie unternimmt einen weiteren Versuch.

»Ich weiß, mein Schatz, aber du wirst sie morgen in der Schule sehen, nicht wahr?«

»Wenn sie immer noch mit mir zusammen sein wollen und mich nicht für eine Verliererin halten.«

»Das werden sie garantiert nicht von dir denken, weil du das nicht bist«, sagt sie.

»Warum konnte nicht Papa kommen und mich abholen?«

»Ich habe mich freiwillig gemeldet und er kümmert sich um die Pizzen für das Abendessen«, sagt Natalie, die nichts erwähnen will, was ihre Tochter auf die Risse in der Beziehung ihrer Eltern aufmerksam machen könnte. Leigh ist sensibel, und nachdem sie schon einmal wegen eines Streits ihrer Eltern weggelaufen ist, will Natalie jetzt keinen Verdacht erregen.

»Es tut mir leid, wenn ich dich in Verlegenheit gebracht habe. Das wollte ich nicht.« Sie hofft, dass ihre Tochter sich besinnt und aufhört zu schmollen, aber das tut sie nicht. Stattdessen nimmt sie ihr Handy vom Schoß und schreibt den Freunden, die sie gerade erst verlassen hat, eine SMS. Natalie beißt sich auf die Zunge und legt den Gang ein. Mit gereizten Teenagern umzugehen ist eine Kunst, und sie ist sich nicht sicher, ob sie den Dreh wirklich raushat.

. . .

Natalie ließ die Gedanken eine Weile in ihrem Kopf herumschwirren. Sie hätte versuchen sollen, die Spannungen zwischen ihr und David zu entschärfen, aber sie hatte keine Energie oder Lust zu reden, und die Enge in ihrer Brust hinderte sie daran, ihm gegenüber irgendwelche ermutigenden Gesten zu machen. Anstatt sich um die Kinder zu kümmern, saß er herum, trank und bemitleidete sich selbst. Sie wusste, dass sie mehr Mitgefühl und Verständnis aufbringen sollte – schließlich wusste sie, warum er unglücklich war – aber sie wollte nicht noch mehr Emotionen in diese Richtung investieren. Sie schloss die Augen und Mikes Gesicht erschien. *Nein. Daran darfst du nicht einmal denken.*

Sie lenkte ihre Gedanken wieder auf die Ermittlungen. Das war sichereres Terrain. Was war die Verbindung zwischen Roxy und den Brüdern Lang? Sie grübelte lange über das Thema nach, ging noch einmal durch, was sie herausgefunden hatten, und kam zu immer denselben Schlussfolgerungen, bis sie allmählich spürte, wie sie in den Schlaf driftete, der sie in seinen bodenlosen Abgrund lockte.

ELF

MONTAG, 2. JULI – VORMITTAG

»Komm schon, Leigh!« Davids Stimme war gereizt. Von ihren beiden Kindern war Leigh schon immer diejenige gewesen, die morgens am langsamsten reagierte, und jetzt, wo Josh seine Prüfungen abgeschlossen hatte und nicht mehr zur Schule gehen musste, war es ein Marathon, sie rechtzeitig fertig zu bekommen. »Leigh! Es ist Viertel vor acht. Das Frühstück ist fertig. Beeil dich.« David schaute Natalie mit verdrehten Augen an und wollte gerade etwas sagen, als ihre Tochter endlich erschien, die Augen noch schwer vom Schlaf und die Schulkrawatte schief um den Hals gebunden.

»Komm, hol dir einen Toast. Josh!«

Josh kam aus dem Wohnzimmer und hielt einen Ordner in der Hand.

Natalie nickte anerkennend, als sie ihren Sohn betrachtete: gegeltes Haar, ordentlich gebügeltes Hemd, schwarze Hose und polierte Schuhe. »Du siehst sehr schick aus. Viel Glück.«

»Ich gebe nur meinen Lebenslauf ab, Mum, ich fange heute nicht an zu arbeiten.«

»Ich weiß, aber das Auftreten hat Einfluss und du wirst sie heute beeindrucken.«

»Wir sehen uns später«, sagte David und beugte sich vor, um sie auf die Wange zu küssen.

Sie nahm den Kuss mit einem Lächeln entgegen, wohl wissend, dass ihre Kinder sie beobachteten. »Einen schönen Tag euch«, sagte Natalie lässig.

»Klar. Mathe und zweimal Naturwissenschaften«, sagte Leigh launisch.

David scheuchte sie in die Küche, und als Natalie ihre Schuhe anzog, hörte sie, wie Leigh sich lautstark beschwerte, dass ihr Bruder den letzten Rest ihres Lieblingsmüslis gegessen hatte. Sie war froh, dass sie zur Arbeit flüchten konnte.

Murray beendete seinen Bericht über die Aktivitäten des vergangenen Abends. Lucy lehnte sich in ihrem Stuhl zurück und sagte: »Daisy war hinter Gavin her, weil sie dachte, er sei ein reicher Fang, und jetzt, wo sie ihn hat, hat sie kein Interesse mehr an ihm?«

»So würde ich das verstehen«, sagte Murray. »Sie will nicht bei ihm einziehen, obwohl DJ Crush glaubt, dass sie es so lange hinauszögert, bis Gavin ihr einen Antrag macht.«

»Behalten wir sie noch im Hinterkopf?«, fragte Ian.

Natalie nickte langsam. »Ich denke schon, und sei es nur, weil sie für die Nacht, in der Roxy starb, kein Alibi hat.«

Lucy fragte: »Was glaubst du, was in den privaten Räumen vor sich geht, das die Hostess und der Türsteher Murray nicht sehen lassen wollten?«

»Es könnte Lapdance gewesen sein. Eine Gruppe von Männern taucht auf und Kirk nimmt sie mit nach oben, und kurz darauf kommen die Frauen. Ich wollte niemanden verärgern, indem ich darauf bestand, dass sie mich reinlassen«, sagte Murray.

Natalie breitete ihre Arme aus und stimmte ihm zu. »Sie haben das Richtige getan. Sie waren dort, um nach Roxy, dem

Feuer und Daisy zu fragen. Wenn das, was die Brüder Lang treiben, in irgendeiner Weise für diese Untersuchung relevant ist, dann ist das eine andere Sache und wir werden entsprechend handeln. Im Moment versuchen wir noch herauszufinden, wie und warum Roxy sich Zugang zu ihrem Haus in der Linnet Lane verschafft hat. Ich habe noch nicht den vollständigen Bericht der Pathologie erhalten, aber es ist fast sicher, dass sie an einer Rauchvergiftung gestorben ist. Wir können davon ausgehen, dass sie schlief, bewusstlos war oder gar nicht wusste, dass das Haus in Flammen stand. Pinkney führt immer noch Tests an ihr durch und wir warten auf die toxikologischen Berichte. Ich schlage vor, wir versuchen es heute bei ihren Freunden. Lucy, Ellie kennt Sie schon, würden Sie noch einmal mit ihr sprechen? Vielleicht weiß sie mehr, als sie gesagt hat. Sprechen Sie auch mit Boos Mutter. Boo sagte, sie hätten Ellie mit einem anderen Mädchen und zwei Jungen rauchen sehen. Mal sehen, ob wir herausfinden können, wer das war. Tanya Granger ist auf dem Weg dorthin, um zu sehen, wie es Cathy geht, bevor wir sie erneut befragen.«

Ein gedämpftes Klingeln unterbrach sie. Ian fummelte in seiner Tasche herum, holte sein Handy heraus und blickte stirnrunzelnd auf das Display. Er entschuldigte sich und ging in den Korridor.

Natalie fuhr fort. »Wir müssen wirklich eine Verbindung zwischen Roxy und den Brüdern Lang herstellen. Solang wir das nicht tun, können wir nicht wirklich weitermachen.«

»Wir wissen, dass sie in dem Feuer gestorben ist, also können wir ausschließen, dass sie ermordet wurde und das Feuer absichtlich gelegt wurde, um ihre Überreste zu verbrennen«, sagte Murray.

»Nein, ich fürchte, das können wir nicht. Wenn jemand dachte, Roxy sei tot, und das Haus in Brand setzte, um ihre Überreste zu verbrennen, ist das im Grunde dasselbe wie Mord und anschließende Vertuschung. Wir können nicht ausschließen, dass es sich um Mord und Brandstiftung handelt.«

»Meinen Sie mit jemandem Gavin und Kirk?«, fragte Lucy.

Natalie warf einen Blick auf das Foto des toten Mädchens, das jetzt an der großen Tafel im vorderen Teil des Büros hing. »Das könnten sie sein oder jemand ganz anderes. Wer auch immer es war, hatte entweder einen Hausschlüssel oder wurde hereingelassen. Für den Moment bezeichnen wir diese Person oder Personen als Täter.« Sie blickte an der Tafel vorbei auf den Treppenabsatz hinaus. Ian hatte sein Telefonat beendet und war auf dem Weg zurück ins Büro.

Er stand in der Tür und sprach. »Das war Olga vom Extravaganza. Sie ist dort eine Art Empfangsdame und Hostess. Sie will mit mir über Roxy sprechen. Sie hat ein paar Informationen, aber sie will nicht aufs Revier kommen oder es mir am Telefon sagen. Sie will nur mit mir reden. Ich treffe sie in zehn Minuten in einem Starbucks in der Stadt.«

»Sieht so aus, als hätte dein Charme Überstunden gemacht«, sagte Murray.

»Ja, wie auch immer«, antwortete Ian. »Ich werde die Informationen weitergeben, Natalie.«

»Hoffentlich hat sie wirklich etwas für dich und ist nicht nur hinter deinem Körper her«, rief Murray, als Ian sich zurückzog.

Ian zeigte ihm den Mittelfinger.

———

Die Verbindungsbeamtin Tanya Granger fuhr auf den Parkplatz und parkte hinter dem Pine Way Einhundertvierzehn. Sie war kurz nach dem Mittagessen angekommen und hatte den Sonntagnachmittag mit der Familie Curtis verbracht, bevor sie sie am frühen Abend wieder verlassen hatte. Sie hatte schon viele Reaktionen auf den Tod erlebt, aber die Familie

Curtis hatte sie mehr beunruhigt als die meisten. Cathy war angesichts der Nachricht vom Tod ihrer Tochter zusammengebrochen, ebenso wie Roxys Stiefvater, aber sowohl Charlie als auch Seth hatten sich aus dem Staub gemacht und hatten ihre Mutter und ihren Stiefvater ihrem Schmerz überlassen. Oliver, der dritte Sohn, der in einer Kaserne in Nottingham stationiert war, hatte von seinem Vorgesetzten oder einem Militärseelsorger vom Tod seiner Schwester erfahren. Sie fragte sich, wie er darauf reagiert hatte. Er war jedenfalls nicht nach Hause gerast, um bei seiner Familie zu sein. Tanya hatte selbst drei Kinder, und sie hoffte, dass sie ihr alle zur Seite stehen würden, wenn sie sie einmal brauchte.

Sie nahm die Aktentasche – vollgestopft mit Informationen, mit denen sie der Familie helfen konnte – vom Beifahrersitz und wappnete sich. Das würde nicht einfach werden. Das war es nie. Cathy hatte gestern nicht mit ihr sprechen wollen. Das war verständlich. Die Frau trauerte und stand unter Schock. Tanya konnte nur Taschentücher und Tee anbieten. Heute würde sie versuchen, ihnen zu helfen, die ersten Schritte zu tun, um Roxys Tod zu akzeptieren.

Sie schloss ihr Auto ab und stellte sich vor das Tor, das zur Wohnung führte. Die Katze, die am Tag zuvor auf der Fußmatte geschlafen hatte, sprang auf sie zu, schlängelte sich um ihre Knöchel und drückte sich mit dem Rücken an ihr Schienbein, erfreut, sie zu sehen. Sie beugte sich vor und kraulte ihr den Kopf. »Du bist ein liebes Kerlchen«, sagte sie und richtete sich wieder auf. Das Tier begleitete sie durch das Tor und in den Hof, wo ein Motorrad auf seinem Ständer stand. Ihr fünfzehnjähriger Sohn wollte ein Motorrad. *Nur über meine Leiche.* Sie würde ihn nicht auf einem fahren lassen. Für sie waren das Todesfallen. Sie hatte Familien besucht, deren Kinder bei Motoradunfällen gestorben waren. Ihre Kinder warfen ihr vor, zu streng zu sein, altmodische Ansichten zu haben, und in gewissem Maße stimmte das auch, aber sie war stolz auf ihre Moral und die Tatsache, dass sie ihre Kinder allein großgezogen hatte, und das hatte sie bis jetzt verdammt gut gemacht.

Die Katze schoss die Stufen vor ihr hinauf und zwängte sich durch die Katzenklappe. Sie erhaschte einen flüchtigen Blick auf ihren flauschigen Schwanz, bevor sich die Klappe mit einem Klappern schloss. Sie klopfte an die Tür und wartete. Auf ihren nackten Unterarmen bildete sich eine Gänsehaut, als eine kühle Brise sie kitzelte. Sie hätte ihre Jacke mitnehmen sollen. Der Tag sah nicht mehr so vielversprechend aus, wie er es beim Aufstehen getan hatte.

Ihre Grübeleien wurden durch das Öffnen der Tür unterbrochen. Charlie – der Teenager mit der Nackentätowierung und dem kahlgeschorenen Kopf – spähte heraus. Sie stellte sich erneut vor. »Darf ich reinkommen und mit Ihrer Mutter sprechen? Sie erwartet mich.«

Er sah sie ausdruckslos an. »Sie ist nicht hier.«

»Wo ist sie?«

»Bei ihrer Freundin Megan.«

»Okay. Ich rufe sie an und frage, ob sie schon unterwegs ist.«

»Sie nimmt nicht ab. Ich habe vor zehn Minuten versucht, sie anzurufen, um zu fragen, wann sie nach Hause kommt.«

Tanya wählte die Nummer von Cathy und erreichte den Anrufbeantworter. Charlie hatte sich nicht von der Tür wegbewegt.

»Haben Sie Megans Nummer?«, fragte sie ihn. »Nein. Die kenne ich nicht.«

»Wie lautet ihr vollständiger Name?«

»Megan Dickson.«

»Wo wohnt sie?«

»Queens Road, Oldfields.« Oldfields war eine kleine Stadt etwa zehn Meilen von Armston entfernt.

»Okay, ich besorge die Nummer und rufe Ihre Mutter an. Ist Paul da?«

»Er ist gleich in der Früh zur Arbeit gegangen.«

»Sind Sie allein?«

»Nein. Seth ist hier.«

»Darf ich einen Moment reinkommen? Während ich Megans Nummer besorge und mit Ihrer Mutter spreche? Wir haben uns für heute Morgen verabredet. Ich bin überrascht, dass sie nicht hier ist.«

Er nickte und sie betrat die Wohnung. Seth, in hellen, zerrissenen Jeans und einem ärmellosen Oberteil mit Kapuze, saß vor dem Fernseher, eine Tasse Tee in der Hand und ein Stück Toast auf einem Teller, den er auf der Stuhllehne balancierte.

»Morgen, Seth«, sagte sie.

»Hallo.« Er stand sofort auf und verdrückte sich in die Küche, wo sich sein Bruder zu ihm gesellte; sie drängten sich zusammen und unterhielten sich leise flüsternd.

Tanya rief auf dem Revier an, um Megans Telefonnummer zu erfragen, und sobald sie diese erhalten hatte, rief sie die Nummer an. Megan nahm sofort ab.

»Hallo, ich bin PC Tanya Granger, eine Verbindungsbeamtin vom Hauptquartier in Samford. Ich sollte mich eigentlich mit Cathy Curtis in ihrer Wohnung treffen, aber ich habe gehört, sie ist bei Ihnen.«

»Cathy? Nein, die ist nicht da. Ich bin bei der Arbeit.«

»Sie hat die Nacht nicht bei Ihnen verbracht?«

»Nein. Ich habe sie seit über einer Woche nicht mehr gesehen. Sie hat mich gestern angerufen, um mir zu sagen, was mit Roxy passiert ist, aber sie wollte mich nicht sehen – geschweige denn jemand anderen, die Arme. Sie war völlig aufgelöst. Ich sagte, ich würde heute nach der Arbeit vorbeikommen.«

»Sie haben sie gestern Abend überhaupt nicht gesehen?«

»Ich war den ganzen Tag und die ganze Nacht da. Sie ist nicht vorbeigekommen.« Ihre Stimme klang besorgt.

»Okay, danke. Wenn sie auftaucht, würden Sie mich bitte zurückrufen?«

»Natürlich. Ist ihr etwas passiert?«

»Ich weiß es wirklich nicht, aber ich würde mir noch nicht zu viele Sorgen machen.« Tanya ertappte Charlie dabei, wie er sie mit hochgezogenen Augenbrauen anstarrte.

Sie setzte sich ungefragt auf den Stuhl und holte ihre Akte heraus. Darin stand Pauls Nummer und sie versuchte es bei ihm, aber es ging nur der Anrufbeantworter ran.

»Hat einer von Ihnen eine Ahnung, wo Ihre Mutter sonst noch sein könnte?«

Als keiner der beiden Jungen ihr helfen konnte, rief sie die Person an, die als allererstes informiert werden musste: Natalie.

———

Ian hatte das Büro verlassen, um Olga bei Starbucks zu treffen.

»Was sollte das denn?«, fragte Lucy Murray, der sich über Ian lustig gemacht hatte.

»Ach, nichts. Ich habe nur sein schwächelndes Ego gestärkt«, antwortete Murray.

Natalies Telefon klingelte und sie verpasste das Gespräch zwischen den beiden.

»Was? Wann ist sie gegangen? Oh, verdammt noch mal. Okay, überlassen Sie das mir. Wie ist ihre Nummer? Ja, die habe ich. Ich habe sie.« Sie drehte sich um und sah Murray und Lucy an. »Das war Tanya. Cathy ist verschwunden. Paul hat gestern Abend eine SMS von Cathy bekommen, dass sie bei ihrer Freundin Megan übernachtet, aber sie ist noch nicht nach Hause gekommen. Paul ist zur Arbeit gegangen und die Jungs können weder ihn noch ihre Mutter erreichen. Tanya hat mit

Megan gesprochen, die Cathy seit über einer Woche nicht mehr gesehen hat.«

Murray überlegte vor sich hin. »Vielleicht brauchte sie einfach Zeit für sich. Sie hat immerhin erfahren, dass ihre Tochter getötet worden ist.«

»Das klingt beunruhigend. Genauso wie bei ihrer Tochter. Roxy sollte wo übernachten, und jetzt Cathy ...« Lucy legte den Kopf schief und ließ ihren unvollendeten Satz absichtlich so stehen.

»Hoffen wir, dass es nur das ist und nicht etwas Ernsteres. Rufen Sie mal bei CAT Aerials an und finden Sie heraus, wo Paul ist. Ich muss dringend mit ihm sprechen. Lucy, Sie rufen Cathys Telefonanbieter an und versuchen herauszufinden, wann das Telefon zuletzt benutzt worden ist.« Natalie rief die Nummer an, und wie sie erwartet hatte, ging sofort der Anrufbeantworter ran, ein Zeichen dafür, dass das Telefon vielleicht ausgeschaltet war. Sie versuchte es mit der anderen Nummer, die Tanya ihr gerade gegeben hatte. Eine besorgte Stimme meldete sich sofort.

»Megan Dickson?«

»Ja.«

»Hier ist DI Natalie Ward von der Polizei Samford. Ich bin auf der Suche nach Cathy Curtis. Wir versuchen, sie ausfindig zu machen und ich habe gehört, dass Sie mit ihr befreundet sind.«

»Sie ist meine beste Freundin. Wir kennen uns schon seit Jahren. Ich habe gerade mit einer anderen Beamtin gesprochen. Sie dachte, Cathy wäre letzte Nacht bei mir gewesen, aber das stimmt nicht. Geht es ihr gut?«

»Das werden wir erst wissen, wenn wir sie finden. Hat sie Sie gestern kontaktiert?«

»Am Nachmittag. Sie hat mir von Roxy erzählt. Sie war in einem so furchtbaren Zustand. Ich konnte kaum verstehen, was sie sagte, und ich wollte sofort zu ihr gehen, aber sie sagte, ich solle das nicht tun. Sie weinte so sehr, dass es mir das Herz brach. Sie sagte, sie könne niemandem gegenübertreten, nicht einmal mir, und dass sie Paul und die Jungen habe und etwas Zeit brauche, um das Geschehene zu verarbeiten. Ich habe versprochen, sie heute zu besuchen. Es ist eine verdammte Tragödie. Die arme Cathy.« Ihre Stimme verstummte und wurde durch das Geräusch von Nasenschnäuzen ersetzt.

»Ich nehme nicht an, dass Sie später auf das Revier kommen können, um persönlich mit mir zu sprechen, oder?«

»Ich bin im Moment bei der Arbeit. Ich habe erst um drei Uhr Feierabend. Danach kann ich vorbeikommen.«

»Das wäre sehr hilfreich. Ich danke Ihnen. Ich vermute, Sie kannten Roxy?«

»Natürlich. Ich kenne sie alle, seit sie kleine Kinder waren. Sie wohnten früher in Oldfields.«

»Haben Sie eine Idee, wo wir Cathy finden könnten?«

»Ich wünschte, ich könnte Ihnen helfen, aber ich habe keine Ahnung. Ich hoffe, es geht ihr gut und sie hat keine Dummheiten gemacht. Gestern ging es ihr wirklich schlecht. Sie glauben doch nicht ...?« Ihre Stimme wurde brüchig.

»Wir geben Ihnen Bescheid, sobald wir sie gefunden haben.«

»Danke.«

»Gibt es irgendwelche besonderen Orte, die sie gerne aufsucht? Einen Ort, der sie an glücklichere Zeiten erinnert, oder vielleicht einen Ort, an den sie und Roxy früher manchmal gegangen sind?«

»So einen Ort kann ich mir nicht vorstellen.«

»Und wann haben Sie zuletzt mit Roxy gesprochen?«

»Das ist schon ein paar Monate her. Ich habe sie seit Weihnachten nicht mehr gesehen.«

Natalie bekam mit, dass Lucy versuchte, ihre Aufmerksamkeit zu erregen, und bedankte sich bei der Frau. Sie würde ihr später mehr Informationen entlocken. Jetzt mussten sie erst einmal Cathy ausfindig machen.

Auf Lucys Computerbildschirm war eine Karte von Armston-on-Trent zu sehen. Sie zeichnete mit dem Zeigefinger ein grobes Dreieck darauf. »Die Telefongesellschaft hat die letzte Nachricht, die gestern Abend um neunzehn Uhr zwanzig gesendet wurde, genau lokalisiert. Ihr Telefon hat ein Signal ausgesendet, das von diesem Mast hier aufgefangen wurde«, sagte sie und zeigte auf einen roten Punkt. Sie deutete auf einen zweiten und dritten Punkt. »Es befand sich auch hier, und um zwanzig nach sieben wurde ein Signal an diesem Mast empfangen. Das muss der Zeitpunkt gewesen sein, an dem sie die Nachricht an Paul geschickt hat. Das bedeutet, dass sie um diese Zeit irgendwo in dieser Gegend war.«

Natalie fokussierte die Augen und richtete sie auf das Gebiet, das Lucy mit unsichtbaren Linien abgesteckt hatte, dann deutete sie auf den Bildschirm und rief: »Da ist die St Mary's Church und diese Straße ist die Linnet Lane. Ich vermute, dass sie zum Haus der Langs gegangen ist.«

»Sie hat gesagt, dass sie sie nicht kennt.«

»Sie hat gelogen. Da bin ich mir sicher.«

Natalies Telefon klingelte und sie wurden unterbrochen. Es war Ian.

»Natalie, ich versuche, Olga zu überreden, aufs Revier zu kommen. Sie hat ein paar nützliche Informationen für uns. Am Samstagabend hat sie gesehen, wie Roxy mit den beiden Frauen gesprochen hat, die Murray und ich in den Club kommen sahen. Sie heißen Crystal und Sandra B. Olga glaubt, ihr Nachname sei Bright oder Brighton oder so ähnlich. Sie war auf dem Heimweg, um sich für die Arbeit umzuziehen, als sie die drei in Armston-on-Trent gesehen hat, etwa drei Straßen vom Nachtclub entfernt.«

»Haben Sie einen genauen Standort?«

»Bishop's Close.«

»Danke. Wir werden der Sache nachgehen. Versuchen Sie bitte, Olga dazu zu bringen, eine Aussage zu machen.«

»Wird gemacht.«

»Übrigens ist Cathy Curtis verschwunden. Sie hat gestern Abend gegen neunzehn Uhr zwanzig von einem Ort in der Nähe der Linnet Lane eine SMS geschickt. Ich werde Superintendent Melody bitten, uns bei der Suche nach ihr zu unterstützen.«

»Ich komme dann so schnell wie möglich zurück.«

»Lassen Sie sich ruhig Zeit. Sehen Sie zu, dass Sie so viele Informationen wie möglich aus Olga herausbekommen.«

Sie beendete das Gespräch. »Gut, Murray, Sie finden Einzelheiten über eine Sandra Bright oder Brighton heraus. Sie ist eine der Frauen, die Sie gestern Abend gesehen haben. Sie und ihre Freundin Crystal waren am Samstagabend mit Roxy im Bishop's Close.«

Das Bürotelefon leuchtete auf und Murray ging ran. Er bedeckte den Hörer mit seiner Hand und sagte: »Natalie, ich habe Cathys Partner in der Leitung.«

Sie schritt auf ihn zu und nahm ihm den Hörer ab. »DI Ward.«

»Hier ist Paul Sadler. Mein Chef hat gesagt, Sie hätten versucht, mich zu erreichen.«

»Das ist richtig. Cathy ist nicht bei ihrer Freundin Megan. Können Sie sich vorstellen, wo sie sonst sein könnte?«

»Sie ist nicht bei Megan? Aber sie hat gesagt ... Nein. Ich habe keine Ahnung, wo sie ist. Das ist verrückt. Sie hat gesagt, dass sie bei Megan ist.«

»Hat sie Kontakt aufgenommen?«

»Ich habe nichts mehr von ihr gehört, seit sie mir gestern Abend geschrieben hat, dass sie bei Megan übernachtet.«

»Haben Sie sich keine Sorgen gemacht?«

»Nicht wirklich. Sie hat gesagt, sie muss ein paar Stunden raus, um zu verdauen, was passiert ist, und ist zu Megan gefahren. Sie sind schon sehr lange eng befreundet. Es war nur natürlich, dass sie etwas Zeit mit ihr verbringen wollte. Ich habe ihr ein paar Nachrichten geschickt, aber als sie nicht geantwortet hat, dachte ich, sie hätte ihr Handy ausgeschaltet, um ihre Ruhe zu haben.«

»Sie hätte es doch sicher eingeschaltet gelassen, falls die Jungs sie brauchen?«

»Die hatten ja mich. Ich war zu Hause. Sie wollte etwas Freiraum und eine weibliche Schulter zum Ausheulen. Das ist doch verständlich, oder?«

Natalie nickte, fuhr aber fort: »Was ist mit heute Morgen?

Haben Sie nicht versucht, sie zu kontaktieren, um zu sehen, wie es ihr geht?«

»Ja, natürlich habe ich das. Ich habe ihr als Erstes eine Nachricht geschickt, um sie wissen zu lassen, dass es den Jungs gut geht, und um ihr zu sagen, dass ich zur Arbeit gehe und mittags nach Hause komme, aber wenn sie mich vorher braucht, soll sie mich oder das Büro anrufen, dann komme ich zurück. Als sie nicht antwortete, dachte ich, dass sie vielleicht noch schläft oder sogar verkatert ist. Ich habe ihr nur gegeben, was sie brauchte – eine Auszeit mit ihrer ältesten Freundin. Cathy hat eine Freundin gebraucht – eine andere Frau, die verstehen kann, was sie durchmacht – wahrscheinlich in mancher Hinsicht besser als ich. Frauen empfinden Dinge anders, nicht wahr? Cathy brauchte Megan.«

»Paul, wie sah sie aus, als sie ging?«

»Sie war immer noch ein bisschen weinerlich, aber okay – nicht hysterisch oder so. Sobald die Verbindungsbeamtin gegangen war, schloss sie sich im Schlafzimmer ein und kam ewig nicht mehr heraus. Als sie es dann doch tat, unterhielten wir uns eine Weile, aber ich wusste nicht, was ich ihr sagen sollte, um es besser zu machen. Gegen halb sechs sagte sie, dass sie es nicht mehr aushielte, im Haus zu sein, und dass sie Megan besuchen wolle, vielleicht sogar ein paar Gläser Wein trinken, um den Schmerz zu betäuben. Sie fragte, ob ich auf die Jungs aufpassen könnte, und ich sagte ihr, dass ich das natürlich täte. Ich hielt es für eine gute Idee, dass sie ging. Sie sah so ... leer aus, als ob das Leben aus ihr herausgesaugt worden wäre!«

»Und sie ist mit dem Auto zu Megan gefahren?«

»Nein, sie fährt nicht. Sie hat den Bus genommen. Die Fahrt dauert nur fünfzehn Minuten.«

»Sie haben ihr nicht angeboten, sie zu fahren?«

»Natürlich habe ich das getan, aber sie wollte den Bus nehmen, so wie sie es normalerweise tut. Sie bestand auf etwas Normalität in ihrem Leben, darauf, so weiterzumachen wie jeden Tag, sonst würde es sie runterziehen. Ich habe das nicht verstanden, aber ich habe sie gewähren lassen, wie sie wollte. Ich verstehe nicht, warum sie nicht mit Megan zusammen ist. Das ergibt doch alles keinen Sinn. Das ist wieder wie bei Roxy. Was zum Teufel ist hier los?«

Natalie fuhr fort, ohne darüber zu spekulieren, was passiert sein könnte. »Gibt es noch jemanden in ihrem Leben, zu dem sie gehen würde, einen Verwandten, einen alten Freund, vielleicht einen männlichen Freund?«

»Einen Freund? Nicht Cathy. Sie ist nicht so. Sie hat eine Tante in Gloucester, aber die hat sie seit Jahren nicht gesehen. So ein Mist! Ich weiß wirklich nicht, wo sie hingegangen sein könnte.«

»Es wäre hilfreich, wenn Sie auf das Revier kommen und persönlich mit mir sprechen könnten. Wäre das möglich?«

»Sicher. Ich werde meinem Chef Bescheid sagen, dass ich meinen nächsten Termin nicht wahrnehmen kann. Ich brauche etwa zehn Minuten nach Samford.«

»Fragen Sie an der Rezeption nach mir.« Natalie überlegte kurz und sagte dann: »Lucy, Cathy muss mit dem Bus gefahren sein. Finden Sie die Zeiten an der Haltestelle heraus, die ihrem Haus am nächsten liegt, und schauen Sie nach, welche Busse nach Armston-on-Trent fahren. Einige von ihnen haben

Kameras an Bord. Überprüfen Sie die Aufnahmen. Finden Sie heraus, ob sie an Bord und allein war.«

Natalie rief daraufhin die technische Abteilung an und bat darum, dass sie das Videomaterial aus dem Bereich, in dem Cathy am Abend zuvor vermutlich spazieren gegangen war, überprüften. Es war eine riesige Aufgabe, und sie hatte nicht das Personal, um sie selbst zu erledigen. Sie bekam die Bestätigung und wollte gerade Superintendent Melody anrufen, als Murray verkündete: »Ich habe eine Sandra Bryton gefunden, die im Bishop's Close wohnt. Denken Sie, dass sie das ist?«

»Haben Sie irgendwelche Fotos von ihr?«

»Ich habe ihre Daten gerade erst in die allgemeine Datenbank eingegeben. Warten Sie eine Sekunde. Okay. Los geht's.« Er blickte auf das Bild der dunkelhaarigen Frau mit den großen, mandelförmigen Augen. »Das ist sie. Sie sagt, ihr Beruf sei Tänzerin. Sie wurde 2014 wegen Prostitution angeklagt.«

»Wir müssen sofort mit ihr sprechen.«

»Ich mache das.« Murray sprang auf und schnappte sich die Autoschlüssel von seinem Schreibtisch.

Lucy, die in ein Telefongespräch vertieft gewesen war, stand ebenfalls auf. »Das Busdepot untersucht die Sache. Soll ich hierbleiben oder Ellie befragen?«, fragte sie Natalie.

»Ellie, und wenn Sie schon mal in der Gegend sind, sprechen Sie mit den Curtis-Jungs über ihre Mutter. Wenn Ian zurückkommt, schick ich ihn zur Linnet Lane, damit er sich umhört, ob jemand Cathy gestern Abend in der Gegend gesehen hat. Wo zum Teufel kann sie nur hin verschwunden sein?«

»Keine Ahnung. Und warum? Ich kann mir nicht erklären, warum sie einfach so abgehauen ist, es sei denn, sie hat so sehr getrauert, dass sie einfach ziellos umhergezogen ist«, sagte Lucy. Sie zog ihre Jacke an, nahm eine Mappe zur Hand und schob Fotos von Cathy und Roxy hinein.

Natalie grübelte noch immer. »Das ergibt wenig bis gar

keinen Sinn. Warum sollte sie ihre Familie in einer so schwierigen Zeit verlassen? Megan wollte sofort zu ihr, um sie zu trösten, aber Cathy hat sie davon abgehalten und behauptet, dass sie allein sein will. Auch das ist seltsam. Und was war so wichtig, dass sie eine Ausrede erfand, um auszugehen und von zu Hause wegzubleiben? Sie glauben doch nicht, dass sie ihren anderen Sohn Oliver besuchen wollte, oder?«

Lucy klemmte sich die Akte unter den Arm und dachte einen Moment lang nach. »Den ganzen Weg nach Nottingham? Das ist möglich, aber warum sagt sie ihnen nicht, dass sie dorthin will?«

»Ich werde ihn trotzdem anrufen. Trauer macht seltsame Dinge mit Menschen, aber ich habe ein schlechtes Gefühl.«

»Ich hoffe, Sie irren sich.«

»Das hoffe ich auch.«

Es war schwierig, Oliver zu erreichen. Er war in den frühen Morgenstunden zu einer Trainingseinheit aufgebrochen und sollte erst später in die Kaserne zurückkehren.

»Gibt es keine Möglichkeit, ihn irgendwie zu erreichen?«, fragte sie den Major, der ihren Anruf entgegengenommen hatte.

»Leider nicht, bevor die Truppe zurück ist.«

»Wir suchen nach seiner Mutter und versuchen herauszufinden, ob sie ihn letzte Nacht besucht hat.«

»Sie hätte die Sicherheitskontrolle passieren müssen, und ein Blick in die Besucherliste zeigt mir, dass gestern Abend überhaupt keine Besucher in der Kaserne waren.«

»Wie hat Oliver die Nachricht vom Tod seiner Schwester aufgenommen?«

»Ich fürchte, das kann ich nicht beantworten. Sein Sergeant wird die traurige Nachricht überbracht haben.«

Natalie hatte keine andere Wahl, als es später noch einmal

zu versuchen. »Was meinen Sie, wann kann ich Oliver erreichen?«

»Nicht vor sechs. Ich hoffe, Sie finden Mrs Curtis bis dahin.«

Sie bedankte sich bei dem Mann und legte auf. Sie konnten nicht wissen, ob Cathy sich auf die Suche nach ihrem Sohn gemacht und ihn vor der Kaserne getroffen hatte. Eine leise Stimme in ihrem Kopf sagte ihr, dass das höchst unwahrscheinlich war. Was sie am meisten beunruhigte, war, dass Cathy nach Armston-on-Trent gegangen war. War sie dorthin gegangen, um die Brüder Lang zu konfrontieren?

Über das Bürotelefon rief sie Superintendent Aileen Melody an, die immer noch über den Fakten brütete. Würde eine Mutter ihre anderen Kinder so schnell verlassen, nachdem die erfahren hatten, dass ihre Schwester ermordet worden war, und sich nicht mehr bei ihnen melden? Das erschien Natalie nicht normal, und das war es, was sie am meisten beunruhigte. Cathy hätte inzwischen Seth und Charlie anrufen sollen, und sei es nur, um ihnen zu versichern, dass es ihr gut ging. Unsichtbare Ameisen krabbelten über ihre Kopfhaut. Cathy musste schnell gefunden werden. Ihr Leben konnte durchaus in Gefahr sein.

Sie hörte das Schnurren des Telefons, dann ein Klicken und die ruhige Stimme von Aileen. »DI Ward. Wie kann ich helfen?«

Ian hob den Pappbecher an seine Lippen und versuchte, nicht zusammenzuzucken, als der nun kalte Tee seine Kehle hinunterfloss. Er konnte das Café nicht verlassen, ohne noch einmal zu versuchen, Olga zu überreden, mit aufs Revier zu kommen.

Sie sah ihn mit wässrigen Augen an und schüttelte den Kopf. »Wenn sich herumspricht, dass ich Ihnen von Crystal und Sandra erzählt habe, werde ich gefeuert, und ich darf meinen Job nicht verlieren. Ich habe ein kleines Kind zu ernähren, und die beiden sind wirklich eng mit Gavin und Kirk befreundet.«

»Wie kommt es, dass sie so gut befreundet sind? Das sind doch nur Clubbesucher.«

»Nein, sie sind das, was wir VIPs nennen – sie erhalten besondere Privilegien wie die ständige Nutzung der Privaträume und kostenlose Getränke.«

»Warum bekommen sie das?«

»Weil sie Geschäfte ins Haus bringen – Leute, die ein Vermögen zahlen, um die privaten Räume zu mieten – und sie tanzen natürlich.«

»Ist es das, was in diesen Zimmern vor sich geht – Lapdance?«

Sie zuckte mit den Schultern. »Ich stehe immer vor der Tür, deshalb war ich noch nie auf einer privaten Party. Ich weiß nur, dass die Leute, die sie buchen, in der Regel stinkreich sind und gerne alles ausgeben, um sich zu amüsieren, also kümmern sich Gavin und Kirk um sie. Crystal und Sandra kennen alle Leute in der Gegend, die richtig viel Geld ausgeben, und werden immer zu den privaten Partys eingeladen.«

Olga sah im Tageslicht genauso gut aus wie vor der Tür. Heute hatte sie ihr Haar zurückgesteckt und trug baumelnde grüne Ohrringe, die zu ihrem dünnen Trägerhemd passten und ein makelloses Alabasterdekolleté enthüllten.

Sie warf ihm einen langen Blick zu, bevor sie wieder den Kopf schüttelte. »Ich kann nicht auf das Revier kommen. Sie haben keine Ahnung, wie schwer es ist, eine Arbeit zu finden, bei der ich Zeit mit meiner Dreijährigen verbringen kann. Sie ist mein Leben. Ich kann nicht riskieren, meinen Job zu verlieren.«

Ian fühlte mit ihr. Seine Freundin Scarlett befand sich in einer ähnlichen Situation und versuchte, sich um ihre Tochter

Ruby zu kümmern. Sie hatte sich entschlossen, Ian zu verlassen und Ruby allein großzuziehen, aber es fiel ihr schwer, selbst mit Ians finanzieller Unterstützung. Er hatte seine Familie nie im Stich gelassen.

»Wie heißt Ihre Tochter?«

»Maisie«, antwortete sie und ihre Augen leuchteten bei ihrem Namen. »Haben Sie Kinder?«

Er nickte. »Ruby – sie ist noch ein Baby.«

Sie nickte zustimmend. »Kinder machen einen komplett, nicht wahr?«

Er wollte nicht sein Privatleben darlegen und war erleichtert, als sie weitersprach.

»Deshalb wollte ich Ihnen sagen, dass ich dieses Mädchen, Roxy, gesehen habe. Sie ist die Tochter von jemandem. Ich hoffe, dass Crystal und Sandra helfen können, aber Sie dürfen ihnen nicht sagen, dass ich sie gesehen habe.«

»Wir würden Ihren Namen nicht preisgeben. Sie könnten einfach eine Aussage machen und das war's dann auch schon.«

Sie schob ihre Tasse weg und schüttelte den Kopf. »Ich mache es nicht, also versuchen Sie es nicht weiter. Ich war mir nicht einmal sicher, ob ich hier mit Ihnen reden wollte. Nur weil Sie so ein freundliches Gesicht hatten und so besorgt um Roxy schienen. Ich habe meine Pflicht getan, also verlangen Sie nicht mehr.« Sie schob ihren Stuhl zurück und stand auf.

»Olga, es würde uns wirklich helfen, wenn Sie eine Aussage machen würden.«

»Wie? Ich habe Ihnen alles gesagt, was ich weiß.« Damit bewegte sie sich Richtung Tür.

Nur wenige Minuten nachdem Natalie Aileen überredet hatte, Beamte nach Armston zu schicken, um nach Cathy zu suchen, kehrte Ian ohne Olga zurück. Er erklärte Natalie die Situation, die sich mit den Fingerspitzen über ihren Nacken fuhr, um die

Knoten zu lockern und die Spannung in ihren Muskeln zu lösen. Schließlich nickte sie. Es war ihm gelungen, einige nützliche Informationen zu bekommen, auf die sie reagieren konnten.

»Wir haben herausgefunden, dass Sandra Bryton im Jahr 2014 wegen Prostitution angeklagt wurde. Schauen Sie mal, was Sie über Crystal herausfinden können. Ich werde jetzt Paul Sadler befragen. Wenn Sie fertig sind, legen Sie bitte alle Informationen auf meinen Schreibtisch und fahren Sie zur Linnet Lane. Cathy war letzte Nacht irgendwo in dieser Gegend. Suchen Sie mir einen Zeugen, der sie gesehen hat. Eine kleine Einheit sucht in der Gegend schon nach ihr. Lassen Sie mich wissen, wenn es irgendwelche Entwicklungen gibt.« Sie sprintete den Korridor hinunter, wohl wissend, dass es bereits zehn Uhr morgens war und Cathy immer noch keinen Versuch unternommen hatte, ihre Familie zu kontaktieren. Natalie war mehr denn je davon überzeugt, dass ihr etwas Schreckliches zugestoßen war.

———

Murray parkte in einer Seitenstraße vom Bishop's Close und ging zur Wohnung von Sandra Bryton, einer von vier Wohnungen über einem Fisch- und Chipsladen, der noch nicht geöffnet war. Er drückte den Summer und wartete auf eine Antwort. Es kam keine. Er drückte erneut und dieses Mal hielt er seinen Finger in Position, bis eine Stimme aus der Sprechanlage unter den abgenutzten Knöpfen rief: »Nimm deinen verdammten Finger von meinem Buzzer.«

»Guten Morgen. Ich bin DS Anderson vom Polizeihauptquartier in Samford. Könnte ich bitte kurz mit Ihnen sprechen?«

»Worüber?«

»Ich würde es vorziehen, das drinnen zu besprechen.«

»Ich bin noch nicht angezogen. Sie haben mich geweckt.«

»Das tut mir leid, aber wir untersuchen den Tod eines jungen Mädchens.«

Die Sprechanlage verstummte. Murray drückte wiederholt den Summer.

»Würden Sie damit aufhören?« Die Stimme war wieder da.

»Lassen Sie mich nur einen Augenblick rein. Wir haben Grund zu der Annahme, dass Sie dieses Mädchen kennen könnten.«

Es herrschte wieder Stille, dann sagte sie: »Gehen Sie weg und drücken Sie nicht noch einmal meinen Summer, oder ich werde Sie wegen Belästigung anzeigen.«

»Ich belästige Sie nicht. Ich mache nur meinen Job. Wenn Sie meine Fragen nicht beantworten, bleibt mir nichts anderes übrig, als darauf zu bestehen, dass Sie mich auf das Revier begleiten. Ich warte darauf, dass Sie sich entscheiden. Ich werde nirgendwo hingehen.«

Es wurde weiter geflucht und schließlich: »Okay. Kommen Sie hoch. Zweiter Stock.«

Die Tür öffnete sich mit einem lauten Klicken, und Murray betrat den schmuddeligen Flur. Der Geruch von abgestandenem Fett haftete an den dunklen Wänden und ließ ihn die Nase rümpfen, als er die unebenen Holzstufen hinaufstapfte.

Sandra stand in einem Kimono-Morgenmantel, der ihr bis zu den Oberschenkeln reichte, in der Tür. »Kommen Sie herein«, sagte sie und ging vor ihm her. Er folgte ihr durch einen schmalen Korridor in eine Pantryküche, in der kaum zwei Personen aneinander vorbeikamen. Sie ging ans andere Ende und füllte einen Wasserkocher, bevor sie sich ihm zuwandte. Am Abend zuvor hatte er sie auf Mitte zwanzig geschätzt, aber bei Tageslicht und ohne Make-up sah sie wie Ende dreißig aus. Er zog ein Foto von Roxy heraus und zeigte es ihr. Sie machte eine große Show daraus, es zu nehmen, es anzustarren und es ihm zurückzugeben. »Die habe ich noch nie gesehen.«

Murray wartete einen Moment, bevor er sagte: »Das ist nicht wahr, Sandra. Wir haben einen Zeugen, der Sie am Samstagabend mit Roxanne Curtis gesehen hat, hier auf dieser Straße.«

»Was für ein Zeuge?«

»Es steht mir nicht frei, diese Information preiszugeben, aber wir untersuchen den Tod dieses Mädchens und wären Ihnen für Ihre Mitarbeit dankbar.« Sandra starrte ihn fest an, und für einen Moment lag etwas in ihrem Gesichtsausdruck, das darauf hindeutete, dass sie mehr wusste, als sie

bereit war zu sagen.

»Roxy ist bei einem Hausbrand ums Leben gekommen.«

Sandra blinzelte schnell und schaute kurz weg, was Murray noch mehr zu der Gewissheit brachte, dass sie etwas wusste.

»Das Feuer im Haus von Kirk und Gavin Lang. Sie müssen davon wissen. Ich habe gehört, dass Sie gut mit ihnen befreundet sind.«

»Ich würde nicht sagen, *gute Freunde*. Ich gehe oft in ihren Club, feiere und tanze ein bisschen, aber das wissen Sie ja schon, nicht wahr? Sie haben mich gestern Abend dort gesehen.«

»Sie wissen, dass ihr Haus gebrannt hat.«

»Natürlich weiß ich das. Ich war am Samstagabend auch im Nachtclub. Ich habe davon gehört. Aber ich weiß nichts über dieses Mädchen.«

»Aber Sie waren an dem Tag, an dem sie starb, mit ihr zusammen.«

»Ihre Informationen sind falsch.«

Murray versuchte es mit einem anderen Ansatz. »Sandra, sie war erst vierzehn Jahre alt. Wir brauchen jede Hilfe, die wir bekommen können. Geben Sie mir irgendetwas. Bitte.«

Seine Worte lösten eine Reaktion aus. Sie befeuchtete ihre Lippen und schien gerade etwas sagen zu wollen, dann fuhr sie sich mit den Fingern durch den Pony und schob ihn von ihren Augen weg.

Murray sah sie eine Minute lang an, aber sie antwortete nicht. »Wo wohnt ihre Freundin Crystal?«

Sie blieb stumm.

»Sie können es mir genauso gut sagen, denn ich werde es so oder so herausfinden, und Sie verschwenden nur meine Zeit. Zeit, die ich damit verbringen könnte, herauszufinden, was genau mit Roxy passiert ist.«

»Crystal ist oben. Nummer fünfzehn, aber sie weiß auch nichts.«

»Da scheinen Sie sich aber sehr sicher zu sein.«

»Das bin ich.«

»Wenn Ihnen etwas einfällt, das uns bei den Ermittlungen helfen könnte, nehmen Sie bitte Kontakt mit mir auf.« Er hielt ihr eine Visitenkarte hin und richtete seinen Blick auf sie. Er würde abwarten müssen. Sie würde nicht einknicken. Er verabschiedete sich und stieg die Treppe zum nächsten Stockwerk hinauf, wo er an die Tür klopfte und hoffte, dass er bei Crystal mehr Erfolg haben würde.

Es bedurfte mehrerer Versuche, um Crystal dazu zu bringen, ihm die Tür zu öffnen. Sie war älter als Sandra, sah aber jünger aus, hatte eine gute Figur, klare Haut und große, taubengraue Augen. Ihr Haar war zu einem langen Bob geschnitten, der von der Hälfte bis zu den Spitzen rot gefärbt worden war. Sie schaute ihn verwirrt an.

»DS Anderson«, sagte er und hielt seinen Ausweis hoch. »Ich muss mit Ihnen über Roxanne Curtis sprechen.«

Sie öffnete den Mund, hielt dann aber inne und runzelte die Stirn noch tiefer. Er nutzte die Gelegenheit und sagte schnell: »Leugnen Sie nicht, dass Sie sie kennen. Wir haben Beweise, dass Sie sie kennen. Ich habe mit Sandra gesprochen.« Er hoffte, sie würde annehmen, dass Sandra gestanden hatte, das Mädchen zu kennen, und es funktionierte. Schlaftrunken trat sie zurück, um ihn eintreten zu lassen. Als er gerade hineingehen wollte, spürte er eine Bewegung hinter sich. Er drehte sich um und stand Sandra gegenüber, die ihm nach oben gefolgt war.

»Kehren Sie bitte sofort in Ihre Wohnung zurück«, sagte er kalt.

Sandra sah an ihm vorbei zu ihrer Freundin. »Ich habe nichts gesagt, okay?«

»Jetzt sofort«, sagte Murray und erhob seine Stimme.

Sandra wich zurück, aber sie hatte den Schaden bereits angerichtet. Crystal betrachtete ihn nun mit anderen Augen. Mit einer Hand hielt sie sich an der Tür fest. »Ich weiß nicht, wovon Sie sprechen«, sagte sie.

»Das wissen Sie sehr wohl, Crystal. Ein junges Mädchen, Roxanne Curtis, ist bei einem Hausbrand in der Linnet Lane am Sonntag in den frühen Morgenstunden umgekommen. Sie wurde zuletzt gesehen, als sie mit Ihnen und Sandra sprach. Jetzt können Sie entweder mit mir reden oder Sie kommen mit auf das Revier. Ich kann Sie sogar wegen Störung der öffentlichen Ordnung belangen.«

»Oh, *bitte*!« Als sie sprach, warf sie den Kopf in einer Geste der Irritation nach hinten. Sie starrte einen Augenblick lang an die schmuddelige Decke, bevor sie den Kopf wieder senkte.

»Oder Sie können mir sagen, was Sie wissen, und es sich leicht machen. Da Sie die Letzten waren, die sie zu Gesicht bekommen haben, und Sie die Hausbesitzer kennen, könnten Sie sogar unter Verdacht geraten, an ihrem Tod schuld zu sein.«

»Ich habe weder die Zeit noch die Energie für diesen ganzen Mist. Kommen Sie rein«, sagte Crystal und ging voraus.

Sie führte ihn in ein kleines, aufgeräumtes Wohnzimmer und wies auf einen Stuhl. Er setzte sich und wartete, während sie sich auf einen anderen fallen ließ und nach einer Packung Zigaretten griff. Sie nahm ein Feuerzeug, steckte sich eine Zigarette an und sprach erst, nachdem sie ganz langsam ein- und ausgeatmet hatte. Erst dann richtete sie ihren Blick auf ihn.

»Erzählen Sie mir von Roxanne«, sagte er.

»Das arme Lämmchen. Wir haben sie vor ein paar Monaten auf dem Heimweg vom Nachtclub getroffen. Es war etwa fünf Uhr morgens und sie kauerte weinend unter einer Brücke, hatte kaum etwas an und zitterte wie verrückt. Es war verdammt kalt an diesem Tag. Wir hatten Mitleid mit ihr. Wir brachten sie hierher, damit sie sich aufwärmen konnte. Ich machte ihr eine heiße Schokolade und sie erzählte uns, dass sie weggelaufen sei. Sie hatte weder Kleidung noch Geld mitgenommen – es war eine Flucht in letzter Minute nach einem Streit mit ihren Eltern gewesen. Wir haben nicht nachgeforscht. Sie war ein zähes kleines Ding, aber Scheiße, sie war damals erst dreizehn, und wir konnten nicht zulassen, dass ihr etwas passiert. Sie erinnerte mich an meine kleine Schwester – nach außen hin hart, aber innen verletzlich. Schließlich konnten wir sie überreden, nach Hause zurückzukehren. Es ist eine verdammt gefährliche Welt da draußen und sie hätte in alle möglichen Schwierigkeiten geraten können.«

Sie schlug die Beine übereinander und studierte ihre Zigarette, bevor sie fortfuhr. Wir haben sie nicht wiedergesehen. Nicht vor Samstag. Sie war auf der Suche nach uns. Sie brauchte eine Bleibe für ein paar Tage. Zu Hause ging es ihr sehr schlecht und sie hatte Angst. Ich sagte, sie könnte in meinem Gästezimmer übernachten. Sie schien wirklich panisch zu sein, aber sie wollte sich mir nicht anvertrauen. Sie schaute mich nur mit großen, verängstigten Augen an, und ich wusste sofort, dass sie die Wahrheit sagte. Ich hatte diesen Blick schon einmal gesehen. Irgendetwas hatte sie zu Tode erschreckt. Ich habe keine Fragen gestellt. Ich sagte ihr, dass Sandra und ich im Club arbeiten, aber ich gab ihr meine Nummer, falls sie etwas brauchte, und ließ sie hier. Als ich zurückkam, war sie weg.

Einfach verschwunden. Und das war's. Das ist alles, was ich Ihnen sagen kann.«

»Hat sie am Samstagabend Ihnen gegenüber Kirk oder Gavin erwähnt, oder das erste Mal, als Sie sie getroffen haben?«

»Nein.«

»Und Sie hatten keine Ahnung, dass sie zu ihrem Haus gegangen war?«

»Gar keine. Gestern Abend habe ich zum ersten Mal davon gehört, als Kirk es uns erzählte. Er meinte, sie hätte seine Wohnung angezündet, aber das glaube ich nicht. Ich glaube, dass Roxy Angst vor jemandem hatte.« Sie starrte auf die Zigarette, seufzte und drückte sie aus, indem sie das Ende mit langen, lackierten Fingernägeln zusammenquetschte, bevor sie sie auf eine Untertasse fallen ließ. »Was für eine Verschwendung.«

»Wären Sie bereit, mitzukommen und auf dem Revier eine Aussage zu machen?«, fragte Murray. Er hatte die harte Tour aufgegeben. Crystal war eindeutig betroffen von dem, was geschehen war.

»Ja. Aber mehr weiß ich nicht, okay? Ich habe Ihnen alles gesagt.«

»Sicher. Das verstehe ich. Könnten Sie noch eine Sache für mich tun?«

»Was denn?«

»Überreden Sie Sandra dazu, mit mir zu sprechen und ebenfalls eine Aussage zu machen. Das würde uns bei den Ermittlungen helfen. Roxy war noch ein Teenager. Ein Mädchen, das sein ganzes Leben noch vor sich hatte. Wir müssen herausfinden, wer das getan hat. Für ihre Familie.«

ZWÖLF

MONTAG, 2. JULI – VORMITTAG

Während Murray in Armston versuchte, Sandra dazu zu überreden, sich mit ihm zu unterhalten, war Lucy zurück im Stockwell Estate in Clearview und stieg die Treppe zu dem Stockwerk hinauf, in dem sie und Natalie Boo zum ersten Mal begegnet waren. Sie ging an Ellies Tür vorbei und zum anderen Ende des Flurs, wo sie die Großmutter des Kindes gesehen hatte, als sie Boo hereingerufen hatte. Sie läutete und hörte ein Schlurfen und die Stimme einer Frau auf der anderen Seite der Tür.

»Boo, beweg dich!«

Sie zog die Tür auf und ihr Mund öffnete sich vor Überraschung. »Oh, ich dachte, Sie wären jemand anderes. Warten Sie mal.« Sie wandte sich ab und rief: »Ist schon gut. Ist nicht Molly.« Eine helle Stimme rief eine Antwort, die Lucy nicht hören konnte. Die Frau stand wieder vor ihr, beide Hände an der halbgeöffneten Tür.

Lucy zeigte ihren Ausweis. »Ich gehöre zu dem Team, das den Tod von Roxanne Curtis untersucht. Sie kennen sie vielleicht als Roxy. Könnten Sie mir helfen?«

»Roxy?«

»Kennen Sie sie?«

»Ich glaube, ich kenne den Namen, aber ich kann sie nicht einordnen.«

»Sie war eine von Ellies Freundinnen.«

Die Frau schürzte die Lippen, als hätte sie plötzlich einen sauren Geschmack im Mund. »Oh.«

»Wir waren gestern hier und haben Ihre Tochter auf dem Treppenabsatz getroffen. Sie hat uns erzählt, dass Ellie und ein paar Freunde neulich unten waren und geraucht haben, und ich habe mich gefragt, ob Sie die identifizieren könnten.«

»Das war letzten Donnerstag. Ich weiß nicht, wer die waren, abgesehen von Ellie. Zwei Burschen, Ellie und ein anderes Mädchen. Ein ganz schön frecher Haufen. Ich habe ihnen gesagt, dass das Rauchen im Gebäude nicht erlaubt ist, aber sie haben mir nur patzige Antworten gegeben. Wenn Boo nicht bei mir gewesen wäre, hätte ich ihnen eine ordentliche Abreibung verpasst, aber ...« Sie zuckte mit den Schultern.

Lucy zog das Foto von Roxy hervor. Der Kopf der Frau wippte auf und ab. »Das war eine von denen. Eine freche kleine Göre. Ist das Roxy?«

»Ja.«

»Oh, ich verstehe.«

»Können Sie die beiden Jungs beschreiben?«

»Nicht wirklich. Einer hatte dunkles Haar, glaube ich. Roxy war sehr vorlaut. Wie viele der Kinder hier, aber vor einer Fünfjährigen so eine schmutzige Sprache zu benutzen, das war zu viel. Ich habe ihr gesagt, dass sie damit aufhören soll, und sie hat mir eine bissige Antwort gegeben. Daraufhin habe ich Boos Hand genommen und sie in Frieden gelassen. Wäre ich allein gewesen, wäre das eine andere Geschichte gewesen.«

»Hatten Sie sie vorher schon einmal getroffen?«

»Ich habe sie schon ein paarmal gesehen, wenn sie aus Ellies Wohnung kam, aber ich wusste nicht, wer sie war. Sie war eine unhöfliche Madam, aber es tut mir leid zu hören, dass sie umgebracht wurde. Keine Mutter will diese Nachricht hören.«

»Wie kommen Sie mit Ellie und ihrer Mutter zurecht?«

»Ich habe nichts mit ihnen zu tun. Ich kenne sie und auch Ellies Vater, Jack. Seit er im Gefängnis ist, haben sie und ihre Mutter nicht mehr viel Kontakt zu anderen. Jack hat immer Ärger gemacht. Er war ein Tyrann und ein Dieb. Er hat den Laden an der Ecke ausgeraubt und den Besitzer, einen unbewaffneten alten Mann, erschossen. Deswegen wollen nicht viele Leute etwas mit den beiden zu tun haben.«

Eine Frauenstimme dröhnte herüber und Boos Mutter sah auf, als ihr Name gerufen wurde. »Entschuldigung. Das ist meine Freundin, die gerade kommt. Ich muss Boo zur Schule bringen.«

»Danke für Ihre Hilfe.« Lucy wich zurück und ging an der Frau vorbei, die ein kleines Mädchen an der Hand hielt. Das Kind lächelte Lucy im Vorbeigehen schüchtern an, und sie erwiderte das Lächeln. Bald würde sie die Hand ihres eigenen kleinen Mädchens in der ihren halten. Der Gedanke war herzerwärmend.

Ellie öffnete die Tür. Ihr geisterhaft weißes Gesicht zeigte keine Überraschung, als sie Lucy sah.

»Hallo. Kann ich noch mal mit Ihnen reden?«

»Mama ist nicht da, ich kann Sie nicht reinlassen.«

Lucy wusste, dass sie das Mädchen nicht offiziell befragen konnte, ohne dass ein Erwachsener anwesend war, aber sie hoffte, dass sie es schaffen würde, sie dazu zu bringen, sich ihr ein bisschen zu öffnen. »Wie geht es Ihnen?«

»Beschissen. Richtig beschissen. Mir ist schlecht. Mama hat gesagt, dass ich nicht zur Schule gehen muss.«

»Sie müssen sich schrecklich fühlen. Es ist eine große Sache, seine beste Freundin zu verlieren. Das braucht Zeit. Aber sie sollten mit jemandem reden. Sie sollten das nicht einfach verdrängen. Es gibt Menschen – ausgebildete Fachleute – die genau verstehen, was Sie durchmachen. Die können Ihnen zuhören und Ihnen helfen.«

»Niemand kann mir helfen. Sie können mir den Schmerz nicht nehmen, oder? Sie können nicht dafür sorgen, dass ich mich nicht mehr so fühle.«

»Sie können Ihnen helfen, so lange mit dem Schmerz fertig zu werden, bis er ein wenig nachlässt«, sagte Lucy mit einem leichten Lächeln. »Haben Sie mit Ihren Freunden gesprochen?«

»Ja, mit ein paar. Sie kannten Roxy nicht so gut wie ich. Alle sagen: ›Oh nein!‹, und weinen und sagen, wie toll sie war und wie sehr sie sie vermissen werden, aber keiner von ihnen kann so fühlen wie ich. Ich hab sie so lieb gehabt. Wir waren wirklich gute Freunde.«

»Ich verstehe das. Sie hat Ihnen die Welt bedeutet, nicht wahr? Ich wäre nicht hier, wenn meine beste Freundin nicht gewesen wäre.«

Ellie sah sie mit zusammengekniffenen Augen an. »Was meinen Sie damit?«

»Sagen wir einfach, sie hat mir durch eine wirklich schlimme Zeit in meinem Leben geholfen.«

Zwischen ihnen herrschte Schweigen, bevor Ellie sagte: »Das war wie bei Roxy und mir. Wir haben uns gegenseitig geholfen. Sie war für mich da, als Dad ins Gefängnis kam und alle hier allen möglichen Scheiß über uns erzählt haben.«

»Und Sie waren auch für sie da«, sagte Lucy leise und hoffte, dass das Mädchen den Köder schlucken würde. Das tat sie auch.

»Ja. Sie hat ein paar wirklich beschissene Phasen durchge-macht und es gab niemanden, dem sie es erzählen konnte, außer mir.« Lucy wartete auf mehr und es kam. »Wie sie verletzt wurde.« Kaum hatte sie die Worte ausgesprochen, schaute sie mit großen Augen auf. »Sagen Sie nichts, ja? Das war ihr

Geheimnis. Sie wollte nicht, dass es jemand erfährt. Es würde ihre Mutter umbringen.«

»Warum?«

Ellie schüttelte den Kopf. »Ich habe versprochen, niemandem etwas zu sagen. Ich halte dieses Versprechen. Sie war meine beste Freundin.«

»Würden Sie es mir sagen, wenn Sie glauben würden, dass es mir helfen würde, herauszufinden, was mit ihr passiert ist?«

Das Mädchen richtete sich auf und schüttelte den Kopf. »Ich kann nicht. Ich muss gehen. Ich fühle mich nicht gut.« Sie trat einen Schritt zurück und schloss die Tür, bevor Lucy ein weiteres Wort sagen konnte. Lucy klopfte ein paarmal an die Tür, aber es kam keine Antwort.

———

Zurück auf dem Polizeirevier saß Natalie mit Paul Sadler, der seinen Kopf in die Hände gestützt hatte, im Verhörraum B. »Scheiße, ich kann nicht mehr klar denken. Das ist Wahnsinn. Ich meine, was denkt sich Cathy dabei, einfach so abzuhauen? Sie muss doch wissen, wie besorgt wir alle um sie sind.«

»Nehmen Sie sich einen Moment Zeit und überlegen Sie, zu wem sie gegangen sein könnte. Sie war in einem sehr emotionalen Zustand. Zu wem würde sie wohl gehen?«

Er hob mühsam den Kopf, um zu antworten. »Zu mir.« Seine Gesichtszüge waren vor Schmerz verzerrt und er schluckte mehrmals, bevor er versuchte, weiterzusprechen. Die Anstrengung war zu groß, und er konnte nicht verhindern, dass ihm die Tränen kamen und über sein Gesicht rannen. »Sie hätte zu mir laufen sollen. Ich hätte sie verstanden. Ich spürte den Schmerz auch.« Seine Schultern begannen zu zittern, als sich das Schluchzen verstärkte. Er griff nach dem Glas Wasser, das man ihm angeboten hatte, nahm einen Schluck, wischte sich die Tränen aus dem Gesicht und versuchte, sich zu beruhigen. Er setzte nochmals zu einer Erklärung an. »Ich war Roxys Vater. Nicht ihr biologischer Vater, aber trotzdem ihr Vater. Ich verstehe nicht, warum Cathy weg ist. Wir brauchen sie, wir alle brauchen sie.«

»Wir glauben, dass sie in die Linnet Lane gegangen ist.«

»Zu dem Haus, in dem Roxy gestorben ist?«

»Das scheint möglich zu sein. Kennt sie Gavin oder Kirk Lang?«

»Nein. Wir hatten noch nie von ihnen gehört, bis Sie sie erwähnt haben.« Sein Gesicht verzog sich, während er gegen Verwirrung und Verzweiflung ankämpfte.

»Fällt Ihnen ein Ort in der Gegend ein, an dem sie sich aufgehalten haben könnte?«

»Nein. Ich werde nicht sehr oft zu Aufträgen in Armston geschickt. Ich hatte mal einen in der Nähe des Kunstzentrums.« Natalie war sich dieser Tatsache bewusst. Sie hatten bereits bei seinem Arbeitgeber nachgefragt, ob er in der Nähe der Linnet Lane gearbeitet hatte, und herausgefunden, dass das Kunstzentrum, das einen Kilometer entfernt lag, der einzige Ort war, an dem er sich aufgehalten hatte. Er stieß ein schmerzhaftes Stöhnen aus. »Ich wünschte, sie würde anrufen. Das ist eine verdammte Folter.«

»Wir werden alles tun, was wir können, um sie ausfindig zu machen. Es wäre vielleicht das Beste, wenn Sie nach Hause gingen, nur für den Fall, dass sie zurückkommt.«

»Sicher. Mein Chef erwartet mich nicht zurück. Ich hätte gar nicht erst hingehen sollen. Ich weiß nicht, warum ich das getan habe. Ich hätte zu Hause bei den Jungs bleiben sollen.«

»Ich glaube nicht, dass es einen Unterschied gemacht hätte. Sie haben erwartet, dass sie zurückkommt, und wussten nicht, dass sie vermisst wird, bis PC Granger aufgetaucht ist. Ich bringe Sie zum Empfang, und sobald wir Neuigkeiten haben, lassen wir Sie es wissen.«

———

Charlie Curtis saß auf dem Sofa, in derselben Position, in der seine Mutter am Tag zuvor gesessen hatte. Er starrte unkonzentriert auf eine Stelle hinter Lucys Kopf. Die Anspannung zeichnete sich in seinem Gesicht ab, und sein Bizeps spannte sich von Zeit zu Zeit an, als hätte er einen nervösen Tick. Seth saß über ein Handy gebeugt auf dem Stuhl neben dem Sofa, sein Haar fiel ihm ins Gesicht, und seine langen, blassen Finger fuhren flink über den Bildschirm, während er ein Spiel spielte. Tanya Granger wartete an der Tür, während Lucy den beiden gegenüberstand, mit Notizblock und Stift in der Hand.

»Darf ich mich setzen?«, fragte sie.

Charlie antwortete mit einem halb gemurmelten: »Machen Sie schon.«

Sie ließ sich auf den Stuhl gegenüber fallen und beugte sich zu ihm.

»Haben Sie etwas von Mum gehört?«, fragte er.

»Wir suchen immer noch nach ihr. Sagen Sie mir, wann Sie sie zuletzt gesehen haben.«

»Als Sie ihr von Roxy erzählt haben.«

»Sie sind weggegangen, um Ihre Freundin Zara zu besuchen, stimmt's?«

Er löste seine Hände aus den Achselhöhlen und stützte sie auf seine Oberschenkel. Seine zerrissene Jeans war so zerfetzt, dass Lucy durch die Schlitze viele Muskeln sehen konnte. Er betrachtete seine ausgefransten Fingernägel. »Ja. Ich war den ganzen Nachmittag dort. Bin erst um neun zurückgekommen. Mum war da schon weg gewesen. Paul war allein und hat ferngesehen. Ich habe ihm eine Weile Gesellschaft geleistet.«

»Woher wussten Sie, dass sie zu Megan gegangen war?«

»Paul hat mir gesagt, dass Mum ihm eine SMS geschickt hat und bei ihr übernachtet.«

»Seth, haben Sie sie gesehen, bevor sie gegangen ist?«

Der Junge hielt über seinem Spiel inne und schaute herüber. Seine goldenen Augen waren trüb und blutunterlaufen, und unter ihnen hatten sich dunkle Tränensäcke gebildet. Er mochte der ältere der beiden sein, aber er wirkte irgendwie zerbrechlicher als sein Bruder, der breitbeinig und selbstbewusst dasaß. Seth zog sich in sich selbst zurück und sprach leise. »Ich bin auch erst spät nach Hause gekommen.«

»Um wie viel Uhr war das?«, fragte Lucy.

»Keine Ahnung. Spät. Alle waren schon im Bett.«

»Sie teilen sich ein Zimmer mit Charlie, nicht wahr?«

Charlie antwortete. »Ja. Ich habe ihn reinkommen hören. Wir haben aber nicht geredet.«

»Haben Sie eine Ahnung, wie spät es da war?«

»Es war nicht lange, nachdem ich zu Bett gegangen war, etwa halb elf. Ich schlief bald darauf ein. Das fühlt sich alles so seltsam an. Ich kann nicht glauben, dass das wirklich passiert ist.«

Lucy nickte kurz. »Es wird dauern, bis Sie sich an den Verlust von Roxy gewöhnt haben.«

Seth hatte den Kopf wieder gesenkt und tippte mit den Fingern in schnellen Bewegungen auf den Bildschirm seines Handys, ohne sich an dem Gespräch zu beteiligen.

»Wer von Ihnen hat heute Morgen mit Paul gesprochen?«, fragte Lucy.

Seth antwortete: »Er wollte gerade zur Arbeit gehen, als ich aufgestanden bin. Er sagte, er würde versuchen, um die Mittagszeit zurück zu sein.«

»Arbeiten Sie, Seth?«

»Ja. Da wo auch Mum arbeitet – Argos. Wir sind beide Kommissionierer, aber wir müssen erst morgen wieder kommen.«

»Was ist mit Ihnen, Charlie?«

»Ich bin Klempnerlehrling. Ich arbeite für Calvin Unwin

Plumbing in Clearview. Ich habe Calvin von Roxy erzählt und er hat mir die Woche freigegeben.«

Lucy richtete ihre Aufmerksamkeit wieder auf Seth. »Hat Paul heute Morgen Ihre Mutter erwähnt?«

»Ich habe ihn gefragt, wo sie ist, und er hat gesagt, bei Megan und dass sie bald nach Hause kommt.« Er beendete seinen Satz mit einem leichten Achselzucken.

»Okay. Ich würde Sie beide gerne noch einmal nach Roxy fragen. Hat sie jemals erwähnt, dass sie in Armston gewesen ist?«

»Nicht mir gegenüber«, sagte Charlie.

»Seth?«

Der Junge antwortete mit einem Kopfschütteln.

»Hat sie mit Ihnen über jemanden gesprochen, den sie dort kannte?«

Seths Mund verzog sich nach unten, während sein Kopf sich langsam hin und her bewegte. »Nein.«

»Hat Roxy mit einem von Ihnen über Probleme gesprochen oder irgendwelche Geheimnisse geteilt?«

Charlie schnaubte leicht. »Niemals. Nicht Roxy.«

»Aber Sie sind doch ihre Brüder. Sicherlich würde sie mit Ihnen reden.«

»Nur über normale, langweilige Dinge.« Er hob einen gut durchgekauten Daumennagel zum Mund und bearbeitete die Haut an den Rändern mit den Zähnen.

»Seth, was ist mit Ihnen?«

»Nein. Sie hat immer nur mit Mum gesprochen, nicht mit uns.« Er wandte seine Aufmerksamkeit wieder seinem Spiel zu, und Lucy vermutete, dass dies ein Trick war, um sich von dem Gespräch zu distanzieren. Sie setzte ihre Fragen fort.

»Hat sie sich nie bei Ihnen über eure Mutter oder Paul beschwert? Ich weiß noch, dass ich mich bei meinen Brüdern ständig über meine Eltern beschwert habe.«

Seth sprach, ohne aufzublicken. »Roxy mochte es nicht, das

einzige Mädchen in der Familie zu sein. Sie sagte, wir hätten uns gegen sie verbündet, aber das war Unsinn. Sie war oft ziemlich launisch, nicht wahr, Charlie?«

Charlie ließ von seinem Daumen ab und seufzte. »Ja. Sie war manchmal richtig mürrisch, und wenn wir ihr auf die Nerven gingen, wurde sie richtig schlecht gelaunt. Sie hat sich ständig gestritten, nicht nur mit uns, sondern auch mit Mum und Paul.«

»Das ist in Familien normal«, sagte Lucy. »Ich habe mich früher auch oft mit meinen Brüdern gestritten.« Sie verschwieg, dass es Pflegebrüder waren und dass sie die meisten von ihnen gehasst hatte. »Worüber hat sie sich gestritten?«

»Alles, was sie wütend gemacht hat.«

»Hat sie jemals die Namen Gavin oder Kirk Lang erwähnt?«

»Nicht mir gegenüber«, sagte Charlie.

»Hat sie etwas über einen Nachtclub namens Extravaganza gesagt?«

»Nein«, antwortete Charlie.

»Was ist mit den Namen Sandra und Crystal?«

Charlie sah völlig perplex aus. »Sind das Freundinnen von ihr?«

»Ich weiß nicht, ob es ihre Freundinnen waren oder nicht. Ich dachte, Sie könnten mir vielleicht helfen.«

»Sie hat mir nie etwas über sie erzählt. Seth?«

»Mir auch nicht.«

»Roxy hat also keinem von Ihnen beiden wirklich viel erzählt?«

»Sie war meine Schwester, nicht meine beste Freundin. Versuchen Sie es mal bei ihrer Freundin Ellie. Die beiden waren eng befreundet.«

Lucy bemerkte den verzweifelten Blick, der sich über Charlies Gesicht zog. Er machte gute Miene zum bösen Spiel, aber seine zitternden Hände verrieten, dass er langsam begann, das Ausmaß des Geschehenen zu begreifen.

Lucy hatte nur noch ein paar Fragen, und nachdem sie das Gespräch beendet hatte, ließ sie die Jungen bei Tanya. Sie wusste immer noch nicht, warum Roxy am Samstagabend nach Armston gefahren war oder wo Cathy sein könnte.

———

Natalie ging im Büro auf und ab, beunruhigt über das Fehlen von jeglichen Beweisen. Ihr Gespräch mit Paul Sadler hatte nur seinen Kummer, seine Verwirrung und seine Ängste verdeutlicht. Sie überlegte, was sie als Nächstes tun sollte, als das Funkgerät zum Leben erwachte und sie sich darauf stürzte.

»Ian? Ich empfange.«

»Wir haben Cathy Curtis gefunden.«

»Wo?«

»Im Kanal. Sie ist tot.«

»Oh, verdammte Scheiße! Sieht es nach Selbstmord aus?«

»Ich kann es nicht genau sagen, aber an ihrem Hals scheinen verdächtige Ligaturen zu sein. Sie könnte ermordet worden sein. Ich habe den Bereich absperren lassen.«

»Okay. Ich melde es und fordere sofort Mikes Team an. Ich bin schon auf dem Weg.«

DREIZEHN

MONTAG, 2. JULI – SPÄTER VORMITTAG

Natalie kauerte neben der leblosen Gestalt. Cathys nasses Haar schimmerte in einem Lichtstrahl, der die Wolken, die sich jetzt über ihnen zusammenballten, durchbrach. Der goldene Strahl streichelte die Wange der Frau, bevor er ganz verschwand. *Der Kuss eines Engels*, dachte Natalie. Cathy wirkte kleiner und schwächer, als sie sie in Erinnerung hatte. Ihre Leiche lag auf dem Treidelpfad, wo sie von einem Hundespaziergänger abgelegt worden war, der sie entdeckt und versucht hatte, sie zu retten. Der Mann, Lyndon Harvey, ein redegewandter Mensch, unterhielt sich gerade mit Lucy, die sich zu ihnen an den Kanal gesellt hatte.

»Was denkst du über die Male an ihrem Hals?« Natalie richtete die Frage an Mike.

»Einerseits könnte sie sich in etwas im Kanal verfangen haben. Andererseits ist das die unwahrscheinlichste Möglichkeit. Ich tippe auf Fremdeinwirkung. Ich vermute, sie wurde erwürgt.«

»Für mich sieht es auch so aus. Pinkney wird es bestätigen können, aber die Anzeichen sind da: Petechien in beiden Augen, Blutergüsse am Hals. Das ist rein hypothetisch, aber

Cathy ist gestern Abend aus einem bestimmten Grund von zu Hause weggegangen, wahrscheinlich um sich mit jemandem zu treffen, und ich habe das ungute Gefühl, dass die Person, mit der sie sich treffen wollte, ihr Mörder war.«

»Du vermutest also, dass ihr Tod mit dem ihrer Tochter zusammenhängt?«

»Ja. Ich kann die Verbindung noch nicht sehen, aber ich werde sie aufdecken.« Sie richtete sich auf und trat näher an den Rand des Kanals, um in das düstere Wasser zu blicken. Das letzte Mal, als sie an einem Kanal gewesen war, hatte sie befürchtet, dass ihre Tochter ermordet und an Bord eines Bootes zurückgelassen worden war, das von einem Mörder benutzt wurde, um junge Mädchen erst zu verstecken und dann zu ermorden. Der Tod und Kanäle gehörten für sie jetzt zusammen, und sie konnte nichts von der Freude oder der Ruhe spüren, die viele Menschen mit Kanälen verbanden. Das Wasser schien ziemlich klar zu sein, und sie sah unter der Oberfläche nichts, was sich um Cathys Hals hätte wickeln und sie erwürgen können. Cathy war über Roxys Tod am Boden zerstört gewesen und hatte sich zweifellos schuldig gefühlt, weil sie nicht für die Sicherheit ihrer Tochter gesorgt hatte, aber würde sie in den Kanal springen und sich umbringen? Natalie konnte sich nicht vorstellen, dass das möglich war. Cathy hatte noch drei weitere Kinder. Sicherlich hätte sie sich nicht von ihnen abgewandt? Etwas fiel ihr ins Auge.

»Mike, was ist das da?«

Sie zeigte auf den Gegenstand – eine Perücke aus schwarzem Haar oder Ähnlichem, die in der Mitte des Kanals lag.

»Warte mal. Ich habe etwas, mit dem ich es herausfischen kann.«

Er kehrte mit einer biegsamen Stange und einem Netz zurück, das er unter Wasser hielt, bis er den Gegenstand einholen konnte. Natalie erkannte ihn sofort. Es war eine schwarze Spielzeugkatze – wahrscheinlich die von Roxy. Ihr sank das Herz. Die arme Cathy hatte ein Erinnerungsstück an ihre Tochter mitgebracht. Natalie konnte den Kummer der Frau voll und ganz nachvollziehen. Sie war vor Sorge fast verrückt geworden, als Leigh verschwunden war, und sie hatte das Schlimmste befürchtet. Der Kummer war körperlich spürbar gewesen. Wäre Leigh tot aufgefunden worden, da war Natalie sich sicher, wäre sie an ihrer eigenen Schuld erstickt. Hatte Cathy sich das Leben genommen? Es sah langsam nach einer Möglichkeit aus.

»Natalie, wollen Sie mit dem Mann sprechen, der ihre Leiche gefunden hat, Lyndon Harvey? Er bittet darum, nach Hause gehen zu dürfen. Ich habe seine Aussage schon aufgenommen«, sagte Lucy.

»Eigentlich würde ich ihm gerne ein paar Fragen stellen, ja.« Natalie begleitete Lucy zurück zu dem Mann, der mit einem großen englischen Setter beschäftigt war, der an seiner Leine zerrte.

»Es tut mir leid, dass wir Sie aufgehalten haben, Sir«, sagte Natalie.

Lyndon erinnerte Natalie an ihren früheren Lehrer für Naturwissenschaften, mit seiner drahtumrandeten Brille und dem weißen Haarschopf, der von seinem eiförmigen Kopf abstand. Er verbeugte sich halb in ihre Richtung.

»Ich bin DI Ward. Ich bin sicher, dass Sie das jetzt schon ein paarmal durchgegangen sind, aber könnten Sie mir sagen, wie genau Sie auf die Leiche gestoßen sind?«

»Es war Albert, der sie gefunden hat. Er liebt das morgendliche Schwimmen und stürzte sich wie immer in den Kanal, um ein paar Enten zu verjagen. Plötzlich blieb er dort drüben stehen, in Höhe der Bank, tauchte unter Wasser und zerrte an etwas herum. Ich dachte, er würde eine verletzte Ente quälen und bin hinübergeeilt, um einzugreifen, doch dann sah ich, dass es ein Mensch war. Irgendwie hatte er es geschafft, sie nach oben zu drücken, und ich beugte mich vor und zog sie heraus. Es war natürlich zu spät. Sie hatte keinen Puls mehr, und ich konnte sehen, dass sie schon eine Weile tot war. Ich habe sie dort hingelegt, wo sie jetzt liegt, und sofort die Polizei gerufen.«

»Haben Sie sie schon einmal gesehen?«

»Leider nein. Ich habe DS Carmichael schon gesagt, dass ich ihr noch nie begegnet bin, und Albert und ich gehen diese Strecke jeden Morgen und Abend. Allerdings sehe ich selten jemanden. Dies ist ein stillgelegter Teil des Kanals, daher gibt es hier keine Boote und nur gelegentlich Jogger oder Hundespaziergänger.«

»Sind Sie gestern Abend hier entlanggegangen?«

»Ja, wir kamen gegen sieben Uhr her.«

»Ist Albert gestern Abend auch in den Kanal gegangen, um zu schwimmen?«

»Er muss danach immer gut gewaschen werden, also lasse ich ihn nur einmal am Tag rein, wenn das Wetter schön ist. Nein, ich habe ihn an der Leine gelassen und bin nur den Treidelpfad entlanggelaufen.«

»Und Sie haben die Leiche der Frau gestern Abend nicht bemerkt?«

»Leider nein. Ich war in ein Hörbuch vertieft und habe dem Kanal keine Aufmerksamkeit geschenkt.«

»Haben Sie zufällig jemand anderen gesehen, als Sie hier entlanggingen?«

»Ich glaube, das habe ich. Das Problem ist, dass ich nicht sagen kann, ob die Person männlich oder weiblich, jung oder alt war. Ich habe nur einen flüchtigen Blick auf sie erhascht. Ich war weiter oben am Kanal, in diese Richtung, und als ich die Bank erreichte, war niemand mehr zu sehen.«

»Erkennen Sie vielleicht dieses Mädchen?«

Natalie zeigte ihm das Foto von Roxy und er schürzte nachdenklich die Lippen, bevor er sagte: »Nein. Ich kann mich nicht erinnern, sie hier schon mal gesehen zu haben. Oder überhaupt irgendwo.«

»Kennen Sie Gavin und Kirk Lang?«

»Ah, diese Namen *sind* mir bekannt. Das ist das Duo, das den alten Viehmarkt zu einem Spottpreis gekauft und in einen angesagten Club verwandelt hat. Ich gehöre zu den alten Fossilien dieser Stadt, die versucht haben, sich dagegen zu wehren. Nicht dass das auch nur einen Hauch von Erfolg gehabt hätte. Ich habe den starken Verdacht, dass die Planungsabteilung in dieser Sache etwas Schmiergeld bekommen hat. Es war eine Travestie. Der alte Viehmarkt war ein Teil des städtischen Erbes. Ich bin nicht gegen Veränderungen, aber ein Nachtclub! Es gab doch sicher zahlreiche andere Möglichkeiten für ein so prächtiges Gebäude: ein Kulturzentrum, ein Theater; irgendetwas, das für die gesamte Gemeinde von größerem Nutzen gewesen wäre.« Er schüttelte den Kopf. »Tut mir leid, ich sollte mich nicht über solche Dinge aufregen. Es ist den Umständen nicht angemessen, und ich bin zutiefst respektlos. Die arme Frau. Glauben Sie, sie hat Selbstmord begangen?«

»Wir wissen noch nicht, wie sie gestorben ist.«

»Nein, natürlich. Sie hatten ja noch keine Gelegenheit, das festzustellen. Wäre es in Ordnung, wenn ich jetzt gehe? Ich habe mit dem Beamten gesprochen und würde gerne noch weiter mit Ihnen reden, aber Albert wird unruhig und muss gefüttert werden.«

»Natürlich. Ich danke Ihnen für Ihre Hilfe. Sind Sie sicher, dass es Ihnen gut geht, nach so einem schrecklichen Erlebnis?«

»Ach, mir geht es gut. Danke, dass Sie fragen. Ich habe viele Jahre als orthopädischer Chirurg gearbeitet und bin nicht zimperlich. Es tut mir nur sehr leid, dass ich zu spät gekommen bin, um dieser unglücklichen Dame zu helfen.«

»Wären Sie und Albert nicht vorbeigekommen, hätten wir sie vielleicht noch eine ganze Weile nicht gefunden, also nochmals vielen Dank.«

Albert zerrte wieder an seiner Leine, und Lyndon entfernte sich, ohne sich noch einmal nach der Leiche auf dem Weg umzusehen. Natalie sah Pinkney, der sich näherte. Die beiden Männer gingen auf dem schmalen Weg aneinander vorbei und grüßten sich mit einem knappen Kopfnicken.

»Morgen, Natalie ... Lucy. Wen haben wir denn da?«

»Roxys Mutter«, sagte Natalie.

»Wirklich? Ihre Mutter? Ich bin kein Detective, aber ich würde sagen, das ist sehr interessant – wenn interessant überhaupt das richtige Wort ist.«

»Ich weiß nicht, ob es *interessant* ist. Es ist auf jeden Fall verdächtig«, sagte Lucy, die mit dem Rechtsmediziner gut befreundet war.

»›Verdächtig‹. Siehst du, deshalb bist du der Detective und ich bin nur ein alter Knochensäger.«

»Das bist du. Aber du weißt schon, dass ein Knochensäger eigentlich ein Arzt oder Chirurg ist und kein Rechtsmediziner, oder?«, erwiderte Lucy, als Pinkney sich anschickte, Cathy zu untersuchen.

Er hob seine Augenbrauen in spöttischer Überraschung. »Wirklich, meine Güte, bist du heute nicht furchtbar wortgewandt?«

Lucy grinste ein wenig. Das leichte Geplänkel diente lediglich der Aufrechterhaltung der geistig-seelischen Verfassung. Natalie hatte die beiden schon bei mehreren anderen Gelegenheiten ähnliche Gespräche führen hören.

»Ich werde mich jetzt von jedem weiteren verbalen Schlagabtausch mit meinem würdigen Gegner zurückziehen und unser unglückliches Opfer hier untersuchen.« Pinkney nahm die Maske, die um seinen Hals baumelte, und bedeckte seinen Mund.

Der Mann war mit seiner exzentrischen Art und seinem ausgefallenen Sinn für Mode sehr sympathisch. Eine seiner liebenswertesten Eigenschaften war sein Feingefühl gegenüber allen, die er untersuchte. Natalie beobachtete ihn, als er sich neben Cathy hinkniete: Er hielt sanft ihre Hände und tätschelte sie zunächst, als wäre sie eine seiner Patientinnen, die er nur trösten wollte, bevor er sie auf die Totenstarre hin untersuchte.

Mike, der vor der Holzbank kniete, sagte: »Hier gibt es Anzeichen für einen Kampf. Komm und sieh dir das an.«

Natalie beugte sich hinunter und untersuchte die kleinen Markierungen, vier Stellen, an denen das Gras weggedrückt worden war und freiliegende Erdflecken zu sehen waren, wie vier kleine Mulden.

»Das sind Schuhabdrücke. Cathy trägt Keilsandalen, und obwohl sie damit im Wasser war, sind an den Absätzen noch Spuren von Dreck zu sehen. Ich glaube, dass sie auf der Bank saß und von hinten angegriffen wurde. Diese Abdrücke«, er deutete auf zwei der längeren Furchen, »sind ungefähr gleich lang und passen zu jemandem, der die Fersen eingegraben hat. Die anderen stammen von sich wiederholenden Bewegungen.«

»Sie hat versucht zu fliehen.« Natalie stellte sich vor, wie Cathy darum kämpfte, das Ding an ihrem Hals zu lösen, und mit ihren Füßen wild um sich schlug.

»Die Anzeichen weisen eindeutig in diese Richtung. Wir haben auch Fasern unter ihren Fingernägeln entdeckt.«

»Von der Spielzeugkatze?«

»Unwahrscheinlich. Sie sind nicht schwarz.«

»Könnten sie von dem Gegenstand stammen, mit dem sie erwürgt wurde?«, fragte Natalie.

»Möglicherweise ja. Das ist im Moment nach wie vor eine Vermutung, aber für mich sieht es immer mehr danach aus, als ob sie ermordet wurde.«

Natalie blickte von der Bank zum Wasser und wieder zurück. »Der Mann, der sie gefunden hat, sagte, dass sie mehr oder weniger auf einer Linie mit dieser Bank lag. Könnte ihr

Angreifer sie ins Wasser gestoßen haben, während sie noch am Leben war?«

»Wenn das der Fall gewesen wäre, hätten wir wahrscheinlich weitere Anzeichen von Widerstand gefunden, aber die gibt es nicht. Die Beweise liegen hier um die Bank herum. Ich glaube, sie wurde hier getötet.«

»Du meinst also auch, dass sie hineingeworfen worden sein könnte?«

»Ich würde sagen, das ist das wahrscheinlichste Szenario.«

»Habt ihr eine Geldbörse, ein Telefon oder eine Handtasche gefunden?«

»Nicht hier, aber es könnte vielleicht irgendwo anders im Kanal liegen.«

Natalie ging einige Meter in beide Richtungen auf und ab, spähte in das Wasser, aber sie konnte nichts entdecken. Die anderen Beamten der Spurensicherung durchkämmten die Büsche und das Gras am Ufer, um nach Spuren zu suchen. Sie blieb wieder neben Mike stehen. »Vielleicht hat der Mörder alles mitgenommen. Theoretisch könnte es einfach ein zufälliger Raubüberfall gewesen sein.«

»Natürlich, das könnte schon sein. Aber ich sehe es deinem Gesicht an, dass du das selber nicht glaubst.«

»Du kennst mich einfach zu gut«, sagte sie trocken und machte auf dem Absatz kehrt. »Ich werde ihrer Familie die Nachricht überbringen. Such bitte nach ihrer Tasche und ihrem Telefon für mich.«

»Wird gemacht.«

Natalie stellte sich in die Nähe von Pinkney, der kurz aufblickte. »Ich weiß. Sie wollen eine Antwort. Ich kann mir nicht ganz sicher sein, bevor ich sie nicht gründlich untersucht habe, aber ich vermute, dass sie an Erstickung gestorben ist, hervorgerufen durch Strangulation.«

»Danke, Pinkney. Genau das wollte ich hören. Lucy, kommen Sie mit mir mit. Wir müssen ein paar Fragen stellen.«

. . .

Paul hatte seine Arme um Charlie gelegt, dessen Schultern heftig zitterten, während er schluchzte. Paul war in keinem viel besseren Zustand. Sein Gesicht war regelrecht zerfurcht und seine Wangen tränennass. Beide waren zusammengebrochen, als sie erfahren hatten, dass Cathy tot war. Tanya Granger war bei ihnen und ein weiterer Kollege, ein männlicher Verbindungsbeamter, der mit einem benommenen Seth zusammensaß, der immer wieder den Kopf schüttelte und »Nein« murmelte. Seth starrte Natalie an, als ob sie seine Mutter ermordet hätte.

»Und was tun Sie jetzt?«, fragte er.

»Alles, was wir können, Seth.«

»Was zum Beispiel? Erst Roxy und jetzt Mum. Sie sind komplett nutzlos, verdammt.«

»Kumpel, das reicht«, sagte Paul leise.

Seth marschierte durch den Raum und stellte sich vor seinen Stiefvater, der den Kopf heben musste, um den Blick des jungen Mannes erwidern zu können. »Du kannst mir nicht sagen, was ich zu tun habe«, zischte er, hob einen Finger und richtete ihn auf Paul.

Pauls Augen blitzten auf. »Reiß dich zusammen.«

»Fick dich!« Seth stürmte aus dem Zimmer. Paul umarmte Charlie noch fester und sagte nichts mehr.

Natalie wusste über die Bewegungsprofile vom Vortag Bescheid, aber sie musste noch einmal fragen, wo genau sie gewesen waren, nachdem Cathy gegangen war. »Paul, Sie haben um neunzehn Uhr zwanzig eine Textnachricht von Cathy erhalten. Können Sie sie mir bitte zeigen?«

Er löste sich von Charlie, der zusammengesackt war und sein Gesicht mit den Händen bedeckte. Paul griff in seine Tasche und holte ein Handy heraus, das er Natalie reichte. Dann setzte er sich wieder neben den Jungen. Natalie blätterte durch die Nachrichten, die er Cathy an diesem Tag und in der

Nacht zuvor geschickt hatte, und fand die Nachricht von ihr, die er erwähnt hatte. Er hatte die Wahrheit gesagt.

Hi, Liebling. Ich bleibe heute bei Megan. Ich kann es noch nicht ertragen, nach Hause zu kommen. Es tut mir leid, aber ... Pass auf die Jungs auf, ja? Ich sehe euch alle morgen. Ich liebe dich.

Das war kurz und bündig. Warum sie Paul angelogen hatte, blieb weiterhin ein Rätsel.

»Sie waren allein, nachdem Cathy gegangen war, oder?«

»Ähm, ja, eine Zeit lang. Charlie kam gegen neun nach Hause und dann haben wir ferngesehen.«

»Was haben Sie in der Zeit gemacht, nachdem Cathy weg war und bevor Charlie nach Hause kam?«

Er strich sich mit den Zeigefingern über die Wangenknochen und wischte die Feuchtigkeit unter den Augen weg. »Ich habe mich beschäftigt und ein bisschen an Charlies Yamaha herumgeschraubt.«

»Ist das das Motorrad draußen?«

»Genau das. Ich musste eine Schraubenmutter entfernen, um an das Ölleck heranzukommen, aber sie saß komplett fest, sodass ich sie ums Verrecken nicht bewegen konnte. Es hat ewig gedauert, und das verdammte Öl war überall und hat alles verschmiert. Nachdem ich es repariert hatte, habe ich die Sauerei aufgeräumt, geduscht und einen Happen gegessen, und kurz darauf ist Charlie gekommen.«

»Hat jemand gesehen, wie Sie an dem Motorrad gearbeitet haben?«

»Ich bezweifle es. Wenn jemand in der Nähe war, hat er vielleicht gehört, wie ich vor mich hin geschimpft habe. Ich glaube, ich habe ziemlich geflucht. Die Arbeit war ganz schön verzwickt.«

Natalie würde sich bei den Nachbarn erkundigen, um das

zu überprüfen. »Charlie, ich weiß, dass dies eine wirklich schwierige Zeit ist, aber können Sie mich daran erinnern, wo Sie gestern gewesen sind?«

»Ich war den ganzen Tag mit Zara zusammen, bis ich nach Hause gekommen bin.«

»Ich brauche ihre Kontaktdaten, damit wir das überprüfen können«, sagte Natalie.«

»Das ist so eine Scheiße«, sagte er verzweifelt und wischte sich mit dem Handrücken die Nase ab. Er suchte in seinem Handy nach den Kontaktdaten und gab es Lucy, die sich Zaras Nummer notierte.

Nachdem sie ihnen versichert hatten, dass sie alles tun würden, um herauszufinden, was geschehen war, verabschiedeten sich Natalie und Lucy.

»Als ich das letzte Mal mit den Jungs gesprochen habe, war Charlie derjenige, der den Tapferen gespielt hat, während Seth kleinlaut auf dem Stuhl gekauert hat. Jetzt ist Charlie in Tränen aufgelöst und Seth voller Wut und Trotz«, bemerkte Lucy. »Seth hat es vorhin kaum geschafft, überhaupt mit mir zu reden.«

»Er hat mit seiner Mutter zusammengewohnt und gearbeitet. Nach allem, was wir wissen, könnten sie sich sehr nahegestanden haben. Er hat extrem auf die Nachricht reagiert. Er war auch gestern wütend und aufgebracht und ist weggerannt, als er von Roxy hörte. Versuchen wir es nebenan, mal sehen, ob dort jemand ist, der bestätigen kann, dass Paul gestern zu Hause war«, sagte sie.

Im krassen Gegensatz zu der erdrückenden Schwermut und der Trauer in der Wohnung schien draußen die Sonne und wärmte Natalies Gesicht, als sie einen Moment vor dem Tor von 114 Pine Way stehen blieb. Eine Autohupe ertönte laut und wurde von einem noch lauteren Hupen beantwortet, und der Verkehr rumpelte auf der Straße auf der anderen Seite der Häuser vorbei. Sie und Lucy gingen in den Hof nebenan – er war aufgeräumter als der der Nachbarn, lag voller Plastikspielzeug und war mit einer Mini-Rutsche, einem Kindertrampolin, einem roten Spielauto und mehreren Bällen ausgestattet. Sie gingen die Stufen zur Haustür hinauf, wo sie klingelten. Eine Frau mit einem Kleinkind auf dem Arm öffnete. Natalie stellte sich vor und erklärte den Grund ihres Besuchs.

»Können Sie bestätigen, dass Sie Paul Sadler gestern Abend draußen gesehen haben?«

»Ich habe ihn nicht gesehen, aber er war definitiv da. Es war warm und wir haben draußen Ball gespielt. Es gab allerlei Geklapper und Gepolter, und er hat ein paarmal ziemlich unflätige Worte von sich gegeben. Daraufhin habe ich Tommy wieder ins Haus geholt. Ich wollte nicht, dass er die ganzen Schimpfwörter hört.« Sie wackelte mit dem Kleinkind auf ihren Hüften, um zu zeigen, dass sie ihn meinte.

»Haben Sie eine Ahnung, wann das ungefähr gewesen sein könnte?«

Sie grübelte über die Frage nach. »Ich bin mir nicht sicher. Viertel vor sieben ... vielleicht sieben. Es war auf jeden Fall nach halb sieben. Tommy hat um Viertel nach sechs sein Abendbrot gegessen, und dann sind wir rausgegangen, um vor dem Baden noch ein bisschen zu spielen.«

»Wie gut kennen Sie die Familie nebenan?«

»Ich habe nichts mit ihnen zu tun. Das ist ein aggressiver, lauter Haufen, die ständig schreien und streiten. Meistens kann man sie durch die Wand hören. Ich halte mich von ihnen fern.«

»Sie haben Cathy nie getroffen oder mit ihr gesprochen?«

»Ich wohne seit fast einem Jahr hier, und in dieser Zeit hat sie nicht ein einziges Mal mit mir gesprochen. Ich habe sie ein paarmal gegrüßt, aber sie hat mich immer ignoriert.«

»Und was ist mit der Tochter, Roxy?«

»Das Gleiche. Ich habe nie mit ihr gesprochen.«

»Also gut. Danke, dass Sie uns geholfen haben.«

»Ist gut. Komm, mein Kleiner. Lass uns *Paw Patrol* gucken.«

. . .

Als sie vor dem Auto standen, erzählte Lucy Natalie von Ellie und dem Geheimnis, das sie nicht teilen wollte.

»Wir müssen herausfinden, was sie weiß. Mir gegenüber öffnet sie sich nicht. Vielleicht würde sie bei jemand anderem besser reagieren. Ich hatte daran gedacht, Tanya hinzuzuziehen, aber dann haben wir den Anruf wegen Cathy erhalten und das hat mich abgelenkt, und ich habe Tanya noch nicht kontaktiert.«

»Ich bin ganz Ihrer Meinung. Das ist zu wichtig, als dass wir Ellie mit uns spielen lassen können. Wenn Sie denken, dass sie besser kooperiert, wenn Tanya dabei ist, dann kontaktieren Sie sie, aber ich glaube, dass Sie sie allein knacken können. Haben Sie eine Ahnung, was sie verbergen könnte?«

»Nur, dass es wahrscheinlich etwas mit Roxys Verletzungen zu tun hat und dass sie nicht wollte, dass es herauskommt, weil es ihre Mutter umbringen würde. Glauben Sie, dass sie es wörtlich gemeint hat, wenn man bedenkt, dass Cathy jetzt tot ist?«

Natalie war sich nicht sicher. »Wenn das so ist, müssen wir schleunigst herausfinden, was dieses verdammte Geheimnis, das Leben kostet, eigentlich ist. Wir haben keine andere Wahl, als es noch einmal bei Ellie zu versuchen. Und wir werden das jetzt tun.«

Natalie hämmerte an die Tür von Nummer zweiundsiebzig, bekam aber keine Antwort. Es war die Mutter von Boo, die von ihrer Tür aus rief: »Es ist niemand zu Hause.«

Natalie und Lucy gingen zu ihr hinüber. Natalie fragte: »Woher wissen Sie das?«

»Ich habe Ellie vor zehn Minuten gesehen. Sie war auf dem

Weg nach unten und trug keine Uniform, also hat sie wohl die Schule geschwänzt.«

»Und was ist mit ihrer Mutter?«

»Keine Ahnung, wo die ist. Ich wollte Ihnen nur sagen, dass ich nicht glaube, dass jemand da ist. Das ist alles.« Sie schloss die Tür wieder, bevor Natalie etwas sagen konnte.

»Sehr freundlich«, murmelte Natalie.

»Wenigstens hat sie mit uns gesprochen.«

»Schauen Sie mal, ob Sie dieses Mädchen aufspüren können, Lucy. Ich will herausfinden, was sie weiß. Wir werden sie nicht mehr mit Samthandschuhen anfassen. Bringen Sie sie auf das Revier, wenn es sein muss.«

Sie sahen niemanden sonst, als sie die Treppe hinunter und zurück nach draußen zu den Autos gingen. Natalie zögerte, bevor sie einstieg, und schaute kurz in Richtung der Wohnung, in der die am Boden zerstörte Familie lebte.

»Die Nachbarin sagte, die Familie sei aggressiv. Wenn Sie schon mal in der Gegend sind, können Sie versuchen, mehr über die Jungs herauszufinden? Sehen Sie nach, ob Sie noch jemanden finden, der sie für Hitzköpfe hält.«

»Wird gemacht.«

»Ich werde Murray bitten, Seth und seine Aussage, dass er in Scarborough gewesen ist, zu überprüfen. Mal sehen, ob wir seinen Aufenthaltsort ausfindig machen können. Wenn Sie um halb zwei wieder im Hauptquartier sein könnten. Dann treffen wir uns und sehen, wie weit wir sind.«

Natalie fuhr von dem kleinen Parkplatz weg und zurück auf die Hauptstraße. Der Verkehr rollte wie immer an den Wohnungen vorbei, und eine Frau, die einen Kinderwagen schob, schlenderte die Straße entlang und sprach angeregt in ein Handy. Die Welt ging ihren gewohnten Gang, ohne Notiz von der doppelten Tragödie zu nehmen, die sich in der Wohnung über dem ehemaligen Postamt ereignet hatte.

Sie wusste, dass hinter diesem Fall mehr steckte, als man auf den ersten Blick sehen konnte, aber was genau, blieb ein Rätsel. Sie hatte damit zu kämpfen, dass man sie anlog, und Natalie hasste nichts mehr als Lügen. Sie umklammerte das Lenkrad so fest, dass ihre Knöchel weiß hervortraten. Gott, wie sehr sie Lügner hasste!

Natalie hatte eine kurze Besprechung einberufen, um zu sehen, was sie bis jetzt herausgefunden hatten. Lucy hatte sich zu ihnen gesellt und war die Erste, die sich zu Wort meldete. »Ich konnte Ellie nicht finden. Der Telefonanbieter kann nicht helfen und sie geht nicht an ihr Handy. Es könnte sein, dass es ausgeschaltet ist.«

Natalie gab ein verärgertes Schnauben von sich. »Wenn wir hier fertig sind, gehen wir wieder raus und versuchen es bei ihren Schulfreunden. Vielleicht haben die eine Ahnung, wo sie sein könnte.«

Lucy fuhr fort: »Das machen wir. Ich habe niemanden sonst gefunden, der die Curtis-Jungs für Hitzköpfe hält, aber ich habe mit Charlies Freundin, Zara Walters, gesprochen, und Charlie war gestern Abend definitiv bis neun Uhr bei ihr und ihrer Familie. Sie alle bestätigen, dass Charlie bei ihnen war. Ihr zufolge war er wegen Roxy sehr erschüttert und wollte nicht nach Hause gehen, um sich den Geschehnissen zu stellen. Ich habe seinen Mobilfunkanbieter gecheckt und sein Telefon wurde von keinem Masten empfangen, also scheint es die ganze Nacht in Clearview gewesen zu sein.«

Natalie setzte ein Fragezeichen neben Charlies Namen an die Tafel. »Außer wenn wir davon ausgehen, dass er aus dem Haus geschlichen ist, nachdem Seth im Bett war, seine Mutter gesucht und sie dann umgebracht hat, würde ich sagen, dass er nicht in Frage kommt. Murray, wie kommen Sie voran?«

»Ich habe Sandra Bryton und Crystal Marekova, die beiden Frauen, die wir in dem Nachtclub gesehen haben, befragt. Sie bestätigten, dass Roxy Angst vor jemandem hatte und darum gebeten hat, am Samstag in Crystals Wohnung übernachten zu dürfen. Sie hat ihnen gesagt, dass sie dringend eine Unterkunft braucht, bis sie weiß, wie sie mit ihrer Situation umgehen soll. Mehr wollte sie nicht sagen, aber sie vermuteten, dass sie Angst vor jemandem in der Familie hatte.«

»Sind sie noch auf dem Revier?«

»Sandra ist einfach aufgestanden und hat gesagt, dass sie nichts weiter weiß, aber Crystal ist noch unten. Ich hatte den Eindruck, dass sie bereit sein könnte, noch mehr zu sagen, also hab ich sie mit einer Tasse Tee allein gelassen und gesagt, dass ich wiederkomme.«

»Ich würde sie gerne kennenlernen. Sie weiß wahrscheinlich noch irgendetwas anderes, sonst wäre sie mit ihrer Freundin mitgegangen.«

Lucy warf ein: »Crystal könnte etwas Licht in das Geheimnis bringen, das Ellie hütet – über Roxys Verletzungen.«

»Wenn wir Ellie finden könnten, würde sie uns vielleicht genau sagen, was sie weiß, jetzt wo Cathy tot ist. Wir brauchen Antworten, und wir können uns nicht von einer Vierzehnjährigen verarschen lassen. Also, wie weit sind wir mit Seth Curtis?« Natalie richtete die Frage an Murray, der sich damit befasst hatte.

»Das Technikteam überprüft die ANPR-Kameras entlang aller Routen nach Scarborough für Sonntag. Sein Handy war ausgeschaltet und hat nicht gesendet, sodass wir keine Möglichkeit haben, ihn über die Mobilfunkmasten zu orten. Vielleicht hat er es absichtlich ausgeschaltet, damit es nicht lokalisiert werden kann«, schlug Murray vor.

Natalie ließ sich auf ihren Stuhl fallen. Ihre Füße hatten angefangen zu schmerzen. Ein weiteres Zeichen des Älterwerdens. »Das ist durchaus möglich, oder es könnte, wie Paul uns gesagt hat, daran liegen, dass er es die meiste Zeit ausgeschaltet lässt. Es war ausgeschaltet, als sie versucht haben, ihn gestern wegen Roxy zu erreichen.«

Lucy rieb sich geistesabwesend über die Narbe auf ihrer Nase, wie sie es manchmal tat, wenn sie über Fakten rätselte. »Welcher junge Mensch lässt sein Telefon ausgeschaltet?«

»Einer, der nicht kontaktiert oder geortet werden will«, sagte Murray.

Das Funkgerät auf dem Schreibtisch neben Murray vibrierte laut. Er ging dran.

Ian, immer noch in Armston, fasste sich kurz. »Wir haben die Straßen vom Busbahnhof bis zur Linnet Lane abgeklappert, und ich habe eine Zeugin gefunden, die Cathy kurz nach sieben gesehen hat. Sie wohnt im Rosemary Cottage auf dem St Mary's Mount und goss gerade ihre Blumen, als Cathy an ihrer Türschwelle vorbeikam. Sie hat versucht, Höflichkeiten mit ihr auszutauschen, aber Cathy reagierte nicht darauf. Sie sagte, sie habe nervös und ängstlich gewirkt. Ich lasse euch wissen, wenn es noch etwas gibt.«

»Gute Arbeit, Kumpel«, sagte Murray.

Natalie wischte mit dem Zeigefinger über die Karte auf ihrem Bildschirm. Wenigstens wissen wir, wo Cathy um sieben Uhr war. Sie fuhr mit dem Finger die Straße entlang, wo sie in die Linnet Lane mündete. »Wie lange hat sie wohl gebraucht, um Nummer zehn, das Haus der Langs, zu erreichen – zwei, drei Minuten?«

»Definitiv nicht länger als fünf Minuten, selbst wenn sie sich Zeit gelassen hat«, sagte Murray.

»Ich habe den Verdacht, dass sie bei ihrem Haus war, und wir sollten Gavin und Kirk fragen, wo sie sich gestern Abend aufgehalten haben.«

Natalie spürte das Vibrieren ihres Telefons in der Tasche. Sie hatte vergessen, den Ton einzuschalten. Sie holte es heraus und nahm einen Anruf von Mike entgegen.

»Wir haben ein paar Entdeckungen gemacht: Erstens einige Fußabdrücke im Gebüsch in der Nähe der Bank, auf der Cathy vermutlich gestorben ist. Wir haben Abdrücke genommen und sie an das Labor geschickt. Wir sollten bald in der Lage sein, euch Schuhmarke und -größe zu sagen.«

»Danke. Das ist ermutigend. Was habt ihr noch gefunden?«

»Cathys Handtasche.«

Natalies Puls beschleunigte sich bei dieser Nachricht.

»In ihrem Portemonnaie befand sich ein Ausweis und noch etwas anderes. Sie hatte eine Telefonnummer auf ein Stück Papier notiert und es in einen Kreditkartenschlitz gesteckt. Zum Glück war die Nummer noch lesbar. Deine Nummer, Natalie.«

Natalie teilte die Neuigkeiten mit dem Team.

Murray meldete sich sofort zu Wort. »Klingt so, als hätte sie Informationen gehabt, die sie mit Ihnen teilen wollte.«

Natalie war davon nicht überzeugt. »Sie könnte sie aus einem ganz anderen Grund notiert haben – sie könnte Angst um ihr Leben gehabt und unsere Hilfe gewollt haben. Gut, wir werden so vorgehen: Lucy, schnappen Sie Gavin und Kirk – ich will, dass sie hergebracht und dazu befragt werden, wo sie gestern waren, als Cathy verschwunden ist – und dann suchen Sie nach Ellie. Murray, Sie und ich werden versuchen, mehr aus Crystal herauszubekommen.« Bevor einer der beiden antworten konnte, war sie schon halb aus der Tür. Murray rannte ihr hinterher und warf dabei einen Blick auf Lucy. Natalie war nicht zu bremsen, wenn sie so entschlossen war. Sie konnten nur versuchen, mit ihr Schritt zu halten.

Crystal hatte den Ellbogen auf dem Tisch und stützte ihren Kopf mit der Hand ab. Als Natalie hereinkam und sich vorstellte, richtete sie sich auf und schwang ihr halbrotes Haar so, dass es ihr Gesicht umrahmte.

»Es tut mir leid, dass man Sie so lange hat warten lassen. Es war nicht zu ändern«, sagte sie und ließ sich auf ihren Platz gleiten. »Können wir Ihnen etwas zu trinken anbieten?«

»Ich hatte schon einen Tee.«

Murray ließ sich neben Natalie fallen und nahm eine nicht bedrohliche Pose ein, die Arme locker auf dem Tisch. »Danke, dass Sie geblieben sind.«

»Ja, also, ich wollte eigentlich gerade gehen. Ich glaube, ich kann Ihnen nicht weiterhelfen. Ich habe mich eigentlich nur gefragt, ob es Neuigkeiten über Roxy gibt.«

Natalie meldete sich zu Wort. »Ich fürchte, es gibt eine weitere Entwicklung, weshalb wir noch einmal mit Ihnen sprechen müssten.«

Crystal rieb sich einen rubinrot glänzenden Daumennagel. »Ich wüsste nicht, wie ich helfen könnte.«

»Sie haben bei DS Anderson eine Aussage gemacht, aber wir hatten gehofft, Sie könnten uns mehr darüber sagen, warum Roxy Angst hatte, als sie am Samstagnachmittag zu Ihnen kam.«

»Ich weiß nicht, warum sie Angst hatte.«

»Crystal, Sie sind eindeutig ein gutherziger Mensch. Sie haben ein verängstigtes junges Mädchen aufgenommen und ihr eine Bleibe gegeben. Das hätten Sie nicht getan, wenn Sie nicht gewusst hätten, warum sie so verängstigt war. Sie kannten sie überhaupt nicht, und es ist schon etwas Außergewöhnliches, einen Fremden in sein Haus zu lassen.«

»Sie war noch ein Kind«, sagte Crystal. Das Reiben wurde intensiver.

»Können Sie mit mir noch einmal durchgehen, was Sie DS Anderson erzählt haben?«

»Aber das habe ich ihm doch schon gesagt.«

»Es würde mir helfen, wenn Sie es wiederholen könnten. Erzählen Sie mir von Samstagnachmittag, als Sie Roxy getroffen haben.«

Crystal wechselte zum gegenüberliegenden Daumennagel und machte winzige kreisende Bewegungen über die glänzende scharlachrote Oberfläche. »Sandra und ich waren auf dem Rückweg vom Einkaufen. Als wir nach Hause kamen, lehnte Roxy zusammengesackt in der Nähe unseres Wohnblocks an einem Geländer. Sie war zusammengekauert, hatte die Arme um die Knie geschlungen, und sie hat geweint. Ich habe sie gefragt, ob es ihr nicht gut ginge. Es war offensichtlich, dass es das nicht tat. Sie sah ... erschrocken aus. Das ist das richtige Wort. Ich konnte sie nicht dort lassen, also bat ich sie ins Haus. Sandra kam mit uns und wir unterhielten uns über das, was wir gekauft hatten, und machten ein bisschen Small Talk, damit sie sich öffnete und uns sagte, was das Problem war. Das tat sie aber nicht. Sie starrte uns nur mit großen Augen an, und ich machte mir Sorgen um sie. Sandra ging, und ich sagte Roxy, sie könne mir alles sagen und ich würde kein Wort darüber verlieren. Dass sie sich auf mich verlassen kann.«

Natalie wartete auf mehr, aber Crystal war ins Straucheln geraten und fuhr nicht fort. »Hat sie es Ihnen gesagt?«

Crystal studierte ihren Nagel und flüsterte: »Ja, das hat sie, und ich habe darauf bestanden, dass sie bei mir übernachtet. Ich habe ihr mein Gästezimmer angeboten. Es sollte nur für ein oder zwei Nächte sein, bis wir herausgefunden hatten, wie wir am besten mit der Situation umgehen sollten. Ich zeigte ihr, wo sich alles in der Wohnung befand, und als ich ging, saß sie vor dem Fernseher. Wir wollten am nächsten Tag alles in Ordnung bringen, aber als ich nach Hause kam, war sie nicht da. Ich habe sie nicht mehr gesehen.«

»Hatte sie eine Tasche dabei?«

»Ja, eine Plastiktüte.«

»Sie hat sie nicht in Ihrer Wohnung gelassen, oder?«

»Nein, sie war auch nicht mehr da. Sie hat ein schwarzes Oberteil mit Reißverschluss dagelassen – das, welches sie trug, als ich sie das letzte Mal sah.«

Natalie vermutete, dass die Tasche im Feuer verbrannt war. »Crystal, wir müssen wissen, was sie Ihnen gesagt hat. Roxy ist tot. Ihre Mutter ist tot. Es ist jetzt wichtig, dass Sie es uns sagen.«

Bei dieser Nachricht blieb ihr der Mund offen stehen. »Ihre Mutter ist auch tot?«

»Leider ja. Ihre Leiche wurde vorhin gefunden, Sie sehen also, warum ich das wirklich wissen muss.«

Die Antwort war zögerlich, die Wahrheit kam erst nach und nach ans Licht. »Meine kleine Schwester Lida und ich haben etwas sehr Ähnliches wie Roxy durchgemacht. Ich war machtlos, Lida zu retten, aber ich konnte versuchen, Roxy zu helfen.«

Natalie schenkte ihr ein leichtes Lächeln, um sie zu ermutigen. »Helfen Sie uns noch einmal, indem Sie uns sagen, warum Roxy Angst hatte.«

Crystal ließ ihre Hände in den Schoß fallen und hob sie dann an die Stirn, wo sie ihre Finger fest dagegen presste, bis sie schließlich einen traurigen Seufzer der Niederlage ausstieß. »Okay. Vielleicht sollte ich es Ihnen wirklich sagen.«

Ein Klopfen an der Tür unterbrach sie und Murray stand auf.

Crystal begann wieder ihren Daumennagel zu reiben, und Natalie hoffte, dass sie ihre Meinung nicht ändern würde. Ein Beamter an der Tür reichte Murray einen Zettel, der einen Blick darauf warf, den Mann entließ und an den Tisch zurückkehrte. Er gab die Nachricht an Natalie weiter.

*Die Brüder Lang nicht kontaktiert. Wurde von Cathys
Freundin Megan Dickson abgepasst. Sie wartet im
Verhörraum A mit einem Beamten.
Sie sagt, Roxy habe sich in letzter Zeit oft mit der
Familie gestritten, vor allem mit ihrer Mutter.
Sie glaubt, dass Roxys Brüder sie schikaniert haben.
Roxy sah beim letzten Mal, als Megan sie sah, sehr
mitgenommen aus, wollte aber nicht erklären, warum.
Ich verlasse jetzt das Revier, um nach Ellie zu suchen.
Lucy*

Sie las den Zettel, faltete ihn wieder zusammen und wandte
ihre Aufmerksamkeit erneut Crystal zu.

»Vor wem hatte Roxy Angst?«

Crystal befeuchtete ihre Lippen, aber es fiel ihr schwer, die
Frage zu beantworten.

»Ich werde es für Sie leichter machen. Hatte sie Angst vor
jemandem aus ihrer Familie?«

»Ja.«

»War es ihr Stiefvater?«

»Nein.«

»Ihre Mutter?«

»Nein!«

»Also ihre Brüder?«

»Ja.«

»Hatte sie vor allen Angst oder nur vor einem bestimmten?«

»Vor einem. Er hat ihr ein paarmal wehgetan.«

»Hat er ihr den Ellbogen gebrochen?«

»Ja.«

»Hat er sie bedroht?«

»Ja. Sie hatte Angst, dass er sie tatsächlich umbringen
würde.«

Sie senkte ihre Stimme und sprach sehr eindringlich.
»Crystal, vor welchem Bruder hatte Roxy am meisten Angst?«

»Seth.«

Seth, der Bruder, der so schnell weg war, als die Nachricht von Roxys Tod bekannt wurde, der am wenigsten Emotionen gezeigt hatte und der behauptet hatte, in Scarborough zu sein, als Cathy in Armston durch die Straßen gelaufen war.

»Warum wollte sie nicht, dass ihre Mutter davon erfährt?«

»Ihre Mutter vergötterte ihn und setzte sich nicht für Roxy ein. Seth wurde immer aggressiver und ihre Mutter war nicht mehr in der Lage, ihn zu beruhigen oder zu kontrollieren. Das ist alles, was ich weiß. Ehrlich, das ist alles. Ich sollte jetzt gehen.«

»Ich danke Ihnen. Ich weiß Ihre Hilfe zu schätzen. Ich werde jemanden organisieren, der Sie nach Hause bringt. Könnten Sie vorläufig bei Sandra oder jemand anderem bleiben? Wir müssen ein forensisches Team beauftragen, Ihre Wohnung zu untersuchen, insbesondere das Zimmer, in dem sie sich aufgehalten hat, für den Fall, dass es Beweise gibt, dass sie gegen ihren Willen entführt wurde.«

»Wirklich? Wie lange werden sie brauchen? Ich muss heute Abend ausgehen. Ich brauche meine Kleider, mein Make-up und alles Mögliche.«

»Wohin gehen Sie?«

»Zur Arbeit.« Sie senkte ihren Blick.

»Ins Extravaganza?«, fragte Natalie und wusste sofort, dass sie eine Grenze überschritten hatte. Crystals Sorge um Roxy beruhte auf persönlichen Erfahrungen in einer ähnlichen Situation, aber die Frage nach dem Club war eine andere Sache und daher tabu. Crystals Verhalten änderte sich augenblicklich, und sie war wieder die taffe junge Frau mit Attitüde.

»Ich muss mein Einverständnis nicht geben. Ich habe nichts Falsches getan. Ich habe Ihnen sogar bei Ihren Ermittlungen geholfen, und das wäre nicht nötig gewesen. Sie können das Oberteil haben, das sie zurückgelassen hat, aber ich will niemanden in meiner Wohnung haben. Haben Sie das verstanden?«

»Sie waren eine der letzten Personen, die Roxy lebend gesehen haben. Wir müssen Ihre Wohnung untersuchen. Sie wollen doch nicht in ihren Tod verwickelt werden, oder?«

»Das ist doch Unsinn! Warum sollte ich hierherkommen und Ihnen all das erzählen, wenn ich etwas darüber wüsste, wie sie gestorben ist? Das ist völlige Scheiße. Ich wünschte, ich wäre nie gekommen.«

»Aber das haben Sie getan und Sie haben uns geholfen. Jetzt müssen Sie wieder das Richtige tun und uns Zugang zu Ihrer Wohnung gewähren. Vielleicht gibt es einen Hinweis darauf, warum sie sie verlassen hat, während Sie weg waren. Kommen Sie schon, Crystal, Sie haben es bis hierhin geschafft. Sie wollen sich doch sicher sein können, dass Sie uns geholfen haben, denjenigen zu finden, der hinter dem Mord an ihr steckt, oder etwa nicht?«

»Nein. Das will ich nicht. Wenn Sie in meine Wohnung wollen, müssen Sie sich eine Erlaubnis holen. Das ist das letzte Mal, dass ich Ihnen geholfen habe.« Mit einer schnellen Bewegung stand sie auf und ging zur Tür. »Und Sie können mich nicht daran hindern zu gehen. Ich habe kein Verbrechen begangen.«

»Crystal ...«, begann Natalie vergeblich. Die Tür knallte zu.

»Es muss etwas in ihrer Wohnung geben, von dem sie nicht will, dass wir es finden«, sagte Murray.

»Es sieht so aus. Sie ist wahrscheinlich gerade auf dem Weg, um es zu verstecken, was auch immer es ist. Ich hoffe, sie verdirbt keine Beweise. Geben Sie mir ein paar Minuten, um einen Durchsuchungsbefehl zu besorgen, und dann reden wir mit Megan.«

»Klar. Ich warte auf dem Flur.«

»Während Sie warten, denken Sie doch mal über Folgendes nach, ja? Warum hat Cathy Seth geschützt und zugelassen, dass er Roxy verletzt? Warum hat sie nicht eingegriffen oder ihn wenigstens für seine Taten büßen lassen? Ich kann das nicht begreifen.«

»Bevorzugung? Vielleicht hatte sie selbst Angst vor ihm? Vielleicht hat Seth sie auch geschlagen – das würde das Geschrei erklären, von dem 2016 berichtet wurde, und Cathys Verletzungen im Gesicht, die sie sich angeblich selbst zugefügt hat.« Er hielt kurz inne und fügte dann hinzu: »Wenn ich eine Wette abschließen müsste, wer der aggressivere Bruder ist, würde ich auf Charlie tippen. Er hat mehr körperliche Präsenz, ist muskulöser und sieht aus, als ob er ständig auf einen Kampf aus wäre. Aber es heißt doch, dass man sich vor den Ruhigen in Acht nehmen soll, oder? Vielleicht ist Seth einfach sehr gut darin, zu verbergen, wer er wirklich ist.«

Natalie dachte kurz an David und seine Versuche, seinen Betrug zu vertuschen. Es war eine traurige Tatsache, dass Menschen zu einer enormen Falschheit fähig waren.

»Ja, ich denke, das wäre durchaus möglich.«

FÜNFZEHN

MONTAG, 2. JULI – SPÄTER NACHMITTAG

Natalie hielt ihre Handgelenke unter den Wasserhahn und ließ das kalte Wasser darüber fließen. Ihr war heiß und unwohl, und die Ermittlungen machten ihr zu schaffen. Megan war im Verhörraum und wartete auf sie, und Lucy war auf der Suche nach Ellie. Die Spurensicherung war auf dem Weg zu Crystals Wohnung, und Ian war immer noch in Armston, um von Tür zu Tür zu gehen. Oberflächlich betrachtet schien es so, als wären sie einem Verdächtigen auf der Spur – Seth – doch Natalie war sich nicht sicher, ob er wirklich der Täter war. Außerdem war die Tatsache, dass Roxy Angst vor ihrem Bruder gehabt hatte, kein ausreichender Grund, um ihn zu verhaften. Es gab zu viele andere Faktoren, die nicht stimmten: Warum hatte Roxy am Samstagabend Crystals Wohnung verlassen, um zur Linnet Lane zu gehen; wie war sie in das Haus gelangt; warum hatte sie, wenn sie so viel Angst hatte, wie sie behauptet hatte, nicht den Kopf eingezogen und war in der Wohnung geblieben. Außerdem war da noch die Frage nach Seths Verbindung zu den Brüdern Lang – es schien keine zu geben, warum also ihr Haus niederbrennen?

Dann gab es noch einen weiteren Aspekt, den sie in

Betracht ziehen mussten: den Nachtclub. Sowohl Sandra als auch Crystal gingen regelmäßig ins Extravaganza – sie waren dort Clubgängerinnen und Laptänzerinnen. Das Sittendezernat war sich sicher, dass dort Prostitution und Drogenhandel stattfanden. Weitere Recherchen über Crystal hatten ergeben, dass auch sie in der Vergangenheit wegen Prostitution angeklagt worden war. Für einen kurzen Moment überlegte Natalie, ob Roxy vielleicht irgendwie in Prostitution oder Drogen verwickelt war. Alles war möglich. Sie drehte den Wasserhahn zu. Ihre Handgelenke waren jetzt taub und sie schüttelte ihre Hände trocken. Sie fühlte sich erfrischter und mehr Herrin der Lage.

Zurück auf dem Flur wies sie Murray an, die Brüder Lang herzuschaffen, anstatt sie zu begleiten, und begab sich dann zum Verhörraum A, um mit Megan zu sprechen. Cathys Freundin war laut, dreist und sehr aufgewühlt.

»Was tun *Sie*, um ihren Mörder zu finden?«, fragte sie, sobald sie Natalie sah.

»Wir tun alles, was wir können, um herauszufinden, was genau mit Cathy passiert ist. Wir sind uns noch nicht sicher, wie sie gestorben ist, aber wir prüfen mehrere mögliche Ermittlungsansätze.«

»Das ist Polizeigeschwafel, Blödsinn. Sagen Sie mir die Wahrheit. Glauben Sie, dass sie ermordet wurde?«

»Das kann ich erst beantworten, wenn ich den Bericht des Rechtsmediziners gelesen habe.«

»Verdammt! Sie wissen, dass sie ermordet wurde, oder?« Megan war aufgesprungen. »Sie hätte sich nicht selbst umgebracht. Cathy war stark und hat sich gegen andere durchgesetzt, und sie hat ihre Kinder geliebt – alle ihre Kinder. Sie war eine Kämpferin, verdammt noch mal.«

»Sie haben sich vorhin besorgt über ihren Geisteszustand geäußert«, sagte Natalie.

Megans Augenbrauen senkten sich. »Ich war durcheinander, als wir miteinander gesprochen haben. Roxy war gerade bei einem Brand ums Leben gekommen und Cathy war verschwunden.« Sie legte sich ihre Hände aufs Gesicht und atmete mehrmals ein. Als sie ihre Hände wegzog, war ihr Gesicht feucht von Tränen. »Was zum Teufel ist hier los? Erst Roxy und jetzt Cathy. Was ist hier los?«

Natalie redete ihr gut zu, damit sie sich beruhigte. »Kommen Sie und setzen Sie sich, Megan. Es gibt eine Menge zu verarbeiten.«

Megan kehrte gehorsam auf ihren Stuhl zurück. »Gott, ich wünschte, ich wäre gestern Abend sofort zu ihr gefahren, als sie mich wegen Roxy angerufen hat. Was für ein schreckliches Schlamassel das alles ist.«

»Haben Sie eine Ahnung, mit wem sich Cathy gestern Abend getroffen haben könnte?«

»Nein.«

Sie schüttelte langsam den Kopf.

»Glauben Sie, dass es möglich ist, dass sie sich mit einem anderen Mann getroffen hat?«

»Cathy? Auf keinen Fall. Sie hat Paul geliebt. Er hat ihr Leben wieder in Ordnung gebracht, nachdem Aidan sie und die Kinder verlassen hat.«

»Würden Sie sagen, dass Paul ein guter Vater ist?«

Megan hob den Kopf. »Ja, das würde ich. Er geht mit allen großartig um. Er kommt so gut mit ihnen zurecht.«

»Was ist mit Roxy?«

»Mit allen«, wiederholte sie. »Auch mit Roxy.«

»Sie haben DS Carmichael erzählt, dass Roxy viel mit ihrer Familie gestritten hat.«

»Sie war schon immer frech, schon als kleines Kind, aber es wurde schlimmer, als sie älter wurde, und in letzter Zeit ...« Sie rollte mit den Augen. »Cathy sagte, es läge an den Hormonen, aber sie war schon immer schwierig. Sie war nie mit jemandem einer Meinung.«

»Wissen Sie zufällig, wie sie sich 2016 den Ellbogen gebrochen hat?«, fragte Natalie.

»Sie ist von ihrem Fahrrad gefallen.«

»Hat sie Ihnen das gesagt?«

»Das hat mir Cathy erzählt, und ich hatte keinen Grund, an Cathy zu zweifeln. Roxy hat ihren Brüdern viel nachgemacht und war ein richtiger Wildfang, als sie jünger war.«

»Sie glauben aber, dass Roxy von ihren Brüdern schikaniert wurde.«

»Schikaniert, gemobbt ... gehänselt. Ich habe vielleicht das falsche Wort benutzt.«

»Können Sie mir erklären, was genau Sie gemeint haben?«

»Seth, Oliver und Charlie waren so eine zusammengeschweißte Truppe – wirklich eng. Sie hingen immer zusammen herum und schlossen Roxy aus. Vor ein paar Jahren wurde sie streitsüchtig, was dazu führte, dass sich die Jungs ihr gegenüber noch schlimmer verhielten. Sie dachten, es sei nur ein Spaß, aber einige Dinge, die sie taten, haben sie wirklich ziemlich fertiggemacht, wie das eine Mal, als sie sie an einen Baum banden und sie dort stundenlang allein ließen, bis Cathy es schaffte, aus ihnen herauszubekommen, wo sie war.«

»Sie haben ihr nie etwas Schlimmeres angetan?«

»Was wollen Sie damit sagen?«

»Sie haben sie nicht in irgendeiner Weise missbraucht?«

»Das bezweifle ich ernsthaft. Roxy hätte bestimmt etwas gesagt, wenn sie das getan hätten. Sie war niemand, der zu irgendetwas schweigt. Sie konnte ihre Frau stehen.«

»Aber sie könnten es getan haben. Opfer sprechen nicht immer darüber.«

»Sehen Sie, ich kenne diese Kinder, seit sie Kleinkinder waren, und Cathy seit vielen Jahren. Außer den üblichen Streitereien zwischen ihnen ist nichts vorgefallen. Cathy hätte bestimmt Verdacht geschöpft, wenn so etwas passiert wäre, und ich mag es nicht, dass Sie so etwas auch nur andeuten.« Sie warf

Natalie einen grimmigen Blick zu, die diesen mit einer weiteren Frage abwehrte.

»Roxy hat sich oft mit Cathy gestritten, stimmt das?«

»Die Jungs sind ganz schön anstrengend. Cathy war von ihnen allen genervt und war oft ganz schön geschafft, und Roxy machte die Sache nicht besser. Sie zog alle auf, und Cathy musste immer mit den Folgen fertig werden. Es gab einige ziemlich hitzige Auseinandersetzungen, aber Cathy hat sich auch viel mit den Jungs gestritten. Sie kam oft zu mir nach Hause, um von ihnen wegzukommen und etwas Ruhe zu haben.«

»Das letzte Mal, als Sie Roxy gesehen haben, war sie unglücklich. Haben Sie eine Ahnung, warum?«

Ihre Augenlider flatterten und sie rutschte mit Unbehagen auf ihrem Stuhl hin und her. »Ich fühle mich jetzt wirklich schrecklich deswegen, aber sie war schon immer so eine Drama-Queen, dass ich damals nicht wirklich darauf geachtet habe. Um die Weihnachtszeit herum traf ich mich mit den beiden auf einen Kaffee in der Stadt, und als Cathy auf die Toilette ging, packte Roxy mich am Arm und flüsterte: ›Sag Mum, sie soll ihn aufhalten.‹ Ich sagte ihr, sie solle nicht so melodramatisch sein, und fragte sie, was sie damit meinte, aber sie verwandelte sich sofort, wurde defensiv und sagte, ich solle sie ignorieren, weil sie sich nur schlecht fühle, weil ihre Periode eingesetzt habe. Roxy war so: in der einen Minute gut drauf, in der nächsten schlecht. Ich dachte, dass vielleicht einer der Jungs etwas getan hatte, um sie zu ärgern, und dass das ihre Art war, ihn in Schwierigkeiten zu bringen, deshalb habe ich es nicht weiterverfolgt. Und nachdem Cathy zurückkam, erwähnte sie es nicht mehr. Sie schien es sogar ganz vergessen zu haben.«

»Und Sie glauben nicht, dass sie davon gesprochen hat, missbraucht worden zu sein?«

»Nein! Ich glaube wirklich nicht, dass die Jungs ihr etwas antun würden. Charlie ist schon lange mit Zara zusammen, und

Oliver ist vor drei Jahren von zu Hause weggegangen, und Seth ... nun, Seth würde so etwas einfach nicht tun.«

»Wie meinen Sie das?«

»Er ist einfach sehr lieb.«

Dies stand im Widerspruch zu dem Jungen, den Natalie kennengelernt hatte, der sich vor ihr mit Paul gestritten hatte und der bei einigen Gelegenheiten aggressiv gewesen war.

»Können Sie das näher erläutern?«

»Er ist ein richtiges Muttersöhnchen. Hat Cathy verehrt. Das hat er immer getan. Er bemüht sich, auch so ein Macho zu sein wie seine älteren Brüder. Er spielt sich auf, aber unter der Maske ist er sehr sensibel. Manchmal sogar zu sensibel. Cathy war besorgt, dass er zu anhänglich ist. Ein Junge in seinem Alter sollte seine Flügel ausbreiten und darüber nachdenken, neue Beziehungen einzugehen, aber Seth war glücklich zu Hause, in der Nähe von Cathy.« Sie hatte ihre Stimme gesenkt, als ob es jemand hören könnte.

Natalie nickte und ließ es auf sich beruhen. Es bestand immer noch die Möglichkeit, dass Roxy ein Opfer von Missbrauch gewesen war. Sie hatte etwas mehr über die Familie und Seth herausgefunden. Aber es gab immer noch keine Verbindung zu den Nachtclubbesitzern.

»Sagen Ihnen die Namen Gavin und Kirk Lang etwas?«

»Ich glaube, ich habe schon mal von ihnen gehört.« Megan kniff die Augen zusammen, um sich zu konzentrieren und öffnete sie wieder mit den Worten: »Nein, ich kann mich nicht erinnern, wo ich sie schon einmal gehört habe.«

»Hat Cathy sie Ihnen gegenüber erwähnt?«

»Ich glaube nicht.«

»Roxy?«

»Vielleicht. Vielleicht hat sie etwas über sie gesagt. Sind sie in ihrer Klasse in der Schule?«

»Nein, sie betreiben einen Nachtclub namens Extravaganza.«

»Oh, ich weiß, welchen Sie meinen. Ich war schon einmal dort. Cathy und ich waren am ersten Samstag im Dezember dort – ein Mädelsabend. Alle Frauen hatten freien Eintritt.«

»Sie waren im Extravaganza?«

»Wir sind nicht lange geblieben. Es war voller junger Leute, und die Getränke lagen weit außerhalb unserer Preisklasse. Wir nahmen den Bus zurück nach Clearview und gingen ins Pub.«

»Haben Sie die Besitzer kennengelernt?«

»Wie sehen die aus?«

Natalie holte Fotos von Gavin und Kirk aus einem Ordner. Megan schaute sie sich an und sagte dann: »Ich erinnere mich an den da. Er hat Cathy angequatscht. Sie hat mich auf die Toilette geschleppt, um von ihm wegzukommen. Sie sagte, er sei ein richtiges Ekelpaket. Konnte seine Augen nicht von ihren Titten losreißen.«

Natalie sah die Person an, auf die sie gedeutet hatte – Gavin Lang. »Hat er ihr seinen Namen gesagt?«

»Nein. Sie wollte nicht mit ihm reden. Er war ganz schön aufdringlich. Wir sind bald darauf gegangen.«

»Sie waren nicht noch einmal in dem Nachtclub?«

»Nein. Wir sind nur hingegangen, weil der Eintritt frei war, aber es war nicht das, was wir erwartet hatten. Wir sind nicht zurückgekommen. Es war eine einmalige Sache.«

Zurück im Büro ging Natalie noch einmal ihr Gespräch mit Megan durch. Es brachte Gavin Lang ins Spiel, obwohl Natalie noch niemanden der Familie Curtis von der Liste streichen wollte.

Murray erschien. »Gavin und Kirk sind unten, und ich warne Sie besser, sie sind wie zwei wütende Stiere. Im Ernst, dieser Gavin sieht aus, als würde er gerade gerne jemanden verprügeln.«

»Wenn er das tut, dann haben wir einen guten Grund, ihn unter Anklage zu stellen.«

»Sie weigern sich zu kooperieren, bis ein Anwalt anwesend ist.«

Natalie warf ihren Stift auf den Tisch. »Verdammte Scheiße! Langsam habe ich genug von den beiden. Na gut. Sagen Sie mir Bescheid, wenn jemand auftaucht, dann reden wir mit ihnen.«

Ians Stimme ertönte über das Funkgerät.

Murray schob sich rüber und antwortete. »Was gibt's, Ian?«

»Es hat eine Entwicklung gegeben. Ein schwarzes Motorrad wurde gestern Abend gegen sieben Uhr auf der Linnet Lane gesichtet. Der Zeuge berichtet, dass es sehr langsam fuhr, als ob der Motorradfahrer eine Adresse suchte. Er ging auf die Straße hinaus, um den Fahrer anzusprechen, aber dieser fuhr davon, als er ihn entdeckte. Er hat das Kennzeichen nicht vollständig behalten, aber er ist sich sicher, dass es auf ›N‹ wie Nordpol und ›F‹ wie Friedrich endete.«

»Nordpol, Friedrich ...« Murray kramte nach den Fallnotizen und blätterte die Seiten durch. »Ich bin mir sicher, dass Seth Curtis ein schwarzes Motorrad mit einem Nummernschild besitzt, das auf diesen Buchstaben endet. Ja! Das tut er. Ich rufe sofort das Technikteam an und frage nach, ob sie sein Motorrad auf einer ANPR-Kamera entdeckt haben.«

Natalie brauchte nicht zu antworten. Sie war sich sicher, dass Seth nicht mit dem Motorrad nach Scarborough gefahren war, und es war klar, was sie als Nächstes tun mussten: Roxys Bruder ausfindig machen und herbringen.

David Ward knallte den Notizblock hart auf seinen Schreibtisch. *Verdammte Zeitverschwendung!* Er war zuversichtlich, ruhig und enthusiastisch gewesen. Was wollten diese Leute noch? Er starrte noch kurz auf das weiße Skype-Logo auf blauem Hintergrund und verbannte es mit einem Tastendruck aus seinem Blickfeld.

Das Unternehmen suchte jemanden mit Sprachkenntnissen, um den Verkauf in Übersee zu unterstützen, und obwohl David nicht viel Erfahrung im Verkauf hatte, verfügte er durch seine frühere Tätigkeit über eine Fülle von Kenntnissen im Bereich Recht, die dem jungen Unternehmen, das nach Europa expandieren wollte, sehr geholfen hätten. Er hätte ahnen müssen, dass er die Stelle nicht bekommen würde, als man ihn zu einem Vorstellungsgespräch über das Internet einlud. Er tippte auf eine weitere Taste und starrte auf die Webseite, die er vor dem Vorstellungsgespräch eingehend geprüft hatte. Er hatte die T-Zone Enterprise Ltd. gründlich recherchiert und sogar eine Suche nach den Gründern durchgeführt, um zu zeigen, dass er wirklich interessiert war. Er tippte eine andere Internetadresse ein, die ihm inzwischen sehr vertraut war – die

Website der örtlichen Arbeitsvermittlung – und fluchte leise vor sich hin.

Stephen, der Typ, der ihn interviewt hatte, war das genaue Gegenteil von ihm gewesen: lässig mit T-Shirt und entspannt, in seinem Stuhl zurückgelehnt, als würde er einen langweiligen Film ansehen. David, gekleidet in Hemd und Krawatte, hatte das gesamte Gespräch kerzengerade verbracht, wie ein Soldat, der darauf wartete, dass man ihm Anweisungen gab. Kein Wunder, dass der Kerl nicht wollte, dass er Teil des neuen Unternehmens wurde. Er musste sich damit abfinden, dass er im Vergleich zu den Unternehmern, die der Welt ihren Stempel aufdrückten, ein unzeitgemäßes Gewächs war. Er schaute auf das Display des Computers. Es war fast fünf, und Josh war in seinem Zimmer in ein Online-Spiel vertieft, während Leigh bei Katy zu Hause war. Der Himmel wusste, wann Natalie mit der Arbeit fertig sein würde. Es könnte Mitternacht werden. Wie sehr er es hasste, wenn sie an einer schwierigen Ermittlung arbeitete. *Du hast dich nicht an ihren Arbeitszeiten gestört, als du selbst noch gearbeitet hast, oder?*, sagte eine kleine Stimme in seinem Kopf. Er sagte ihr, sie solle sich verpissen.

Er löste seine Krawatte, riss sie sich vom Hals und warf sie auf den Schreibtisch. Er klickte auf die Maustaste und sah sich die verfügbaren Stellen an. Seit gestern, als er das letzte Mal nachgesehen hatte, war nichts Neues hinzugekommen.

Er verschränkte die Finger hinter dem Kopf und stützte sich mit geschlossenen Augen darauf ab. Was zum Teufel sollte er als Nächstes tun? Er hatte Natalie versprochen, dass er sich einen Job suchen und sich bessern würde. An dem Tag, an dem Leigh weggelaufen war, war er nicht zu Hause gewesen, weil er im Wettbüro gewesen war. Nicht nur das, er hatte auch das Geld verloren, das er sich von seinem Vater Eric geliehen hatte. Er hatte ein Glücksspielproblem. Es hatte eine Weile gedauert, bis er es schließlich zugegeben hatte, und obwohl er in Behand-

lung war und sich erholt hatte, hatte er wieder einen Rück-
schlag erlitten, ausgelöst durch ein Gefühl des Versagens. Er
hob die Visitenkarte auf, die er gegen den Computerbildschirm
gelehnt hatte. Sie trug den Namen und die Nummer der
Anonymen-Spieler-Gruppe, die er seit dem schrecklichen Tag,
an dem Leigh weggelaufen war, jede Woche besuchte. Er
drehte sie um, rieb mit den Fingern über die glänzende Oberfläche und erinnerte sich daran, dass er nicht schwach war. Er
musste nicht derjenige bleiben, der fast alles ruiniert hatte.

Er schnippte die Karte neben die Krawatte auf den Schreibtisch und schob seinen Stuhl zurück. Was konnte er tun, um
alles wieder ins Lot zu bringen? Natalie war immer noch
distanziert zu ihm, und sie hatten seit Wochen keinen Sex mehr
gehabt. Es lief nicht gut, und obwohl er sich bemühte, konnte er
spüren, wie alles außer Kontrolle geriet. Er ging in die Küche,
schaute in den Kühlschrank und holte ein paar Tomaten und
etwas Schinken heraus. Er hatte keine Lust, für sich und Josh
etwas zu kochen. Sandwiches würden reichen. Er hob zwei
Teller aus dem obersten Regal im Schrank und hielt inne, als
sein Blick an den drei Flaschen Rotwein hängen blieb, die ganz
unten standen. *Scheiß drauf!* Er hatte sich einen Drink
verdient. Er entkorkte die Flasche und schenkte sich ein großes
Glas ein, ließ sich auf den Küchenhocker fallen und starrte aus
dem Fenster. War es schon so weit gekommen? Würde er
jemals wieder sein Selbstwertgefühl finden?

Das erste Glas war schnell geleert, das zweite auch, und das
dritte nahm er mit in sein Büro, während der Schinken und die
Tomaten immer noch auf der Küchenplatte lagen. Er dachte
sich, wenn Josh hungrig war, würde er nach unten kommen und
sich selbst ein Sandwich machen können. Er tippte auf die
Tastatur und erweckte den Bildschirm zum Leben. Seine
Finger schwebten über den Tasten. Das sollte er wirklich nicht
tun. Ein Blick würde schon nicht schaden. Er könnte seinen
Browserverlauf löschen, sodass Natalie nichts davon mitbe-

käme. Es würde niemandem schaden, einen kurzen Blick darauf zu werfen. Er tippte die Adresse ein und lehnte sich zurück, das Glas in der Hand, während die hellen Lichter der Casino-Seite über den Bildschirm flackerten. Er brauchte nicht zu spielen. Er konnte sie sich einfach ansehen und sich vorstellen, wie es wäre, ein Gewinner zu sein, oder etwa nicht?

Natalie hing in der Luft, bis der Anwalt der Gebrüder Lang erschien. Lucy war immer noch auf der Suche nach Ellie, aber immerhin war Ian mit Seth auf dem Weg zurück zum Revier. Sie stapfte vom Automaten zurück ins Büro, zwei lauwarme Kaffee in den Händen. Murray, das einzige Mitglied ihres Teams, das gerade im Büro anwesend war, ergriff sofort das Wort, als sie eintrat.

»Mikes Team hat Cathys Handy untersucht und es ist nichts drauf, was uns weiterhelfen könnte. Die letzte Textnachricht wurde gestern um neunzehn Uhr zwanzig an Pauls Handy gesendet, wie wir bereits wissen. Pinkney hat den rechtsmedizinischen Bericht über sie geschickt. Kurz gesagt, es gab Gewebeschäden im Zusammenhang mit der Strangulation, punktuelle Blutungen auf der Haut und in der Bindehaut sowie eine oberflächlich eingeschnittene, gekrümmte Abschürfung, die durch den Fingernagel des Opfers verursacht wurde, als sie sich aus dem Griff ihres Angreifers befreien wollte.«

»Sie wurde also definitiv erwürgt?« Sie reichte ihm einen der Plastikbecher und er dankte ihr.

»Ja, und es war kein Wasser in der Lunge oder in der Luftröhre. Sie war also bereits tot, bevor sie ins Wasser fiel.«

»Gibt es irgendeinen Anhaltspunkt, womit sie erwürgt worden ist?«, fragte Natalie.

Murray schüttelte den Kopf. »Pinkney glaubt, dass es irgendeine Art Stoff war. Die Spuren an Hals und Nacken deuten auf etwas Weicheres als ein Seil, einen Gürtel oder ein Kabel hin.«

»Verdammt! Das grenzt es doch kaum ein, oder? Es könnte alles von einer Strumpfhose bis zu einem Schal sein. Wir können Gavin und Kirk im Moment noch nicht befragen. Sie warten noch auf ihre Anwälte. Wie weit sind wir mit Seth Curtis?«

»Das technische Team hat soeben das Videomaterial der Strecken von Armston nach Scarborough gesichtet. Wie wir vermutet haben, konnten sie sein Motorrad weder auf ANPR-Kameras noch auf CCTV-Aufnahmen in Scarborough finden. Es besteht die Möglichkeit, dass er eine andere Route genommen und die meisten Kameras umfahren hat, aber das ist sehr unwahrscheinlich, vor allem ab dem Zeitpunkt seiner Ankunft in Scarborough. In der Stadt gibt es zahlreiche Kameras, und in der Nähe der Strände gab es keine Spur von ihm.«

»Okay. Wir kommen voran, und das ist gut.« Sie nippte an ihrem Kaffee und verzog das Gesicht. »Ich habe die Schnauze voll von diesem verdammten Kaffee. Haben Sie schon was gegessen?«

»Nein, noch nicht.«

»Rufen Sie doch beim Lotus Leaf an, ja? Bestellen Sie uns eine Auswahl für alle, und Nudeln. Ich habe wirklich Lust auf Nudeln.«

Sie schnappte sich ihr Telefon und eilte die Treppe hinauf auf die Dachterrasse, wo sie die meisten ihrer privaten Telefonate führte. Auf der einen Seite überblickte sie die Hauptstraße nach Samford, auf der anderen Seite erstreckten sich bis in die

Ferne endlos Dächer, bis hin zum Stadtzentrum, das von einer Kirchturmspitze markiert wurde. Diese Terrasse war der Ort, an dem sich die Raucher aufhielten oder diejenigen, die ein paar Minuten Abstand von dem geschäftigen Treiben im Inneren des Gebäudes haben wollten. In der Mitte war eine behelfsmäßige Bank aufgestellt worden, neben einem metallenen Abfalleimer mit leeren Zigarettenschachteln und Sandwichpapieren, der fast voll war. Dies war der Ort, an dem sie am meisten nachdachte, vor allem, wenn keine Leute da waren, so wie jetzt. Weiter unten brummte der Berufsverkehr wie ein riesiger Bienenschwarm. Sie lehnte sich leicht an die niedrige Betonmauer und genoss kurz die Kühle, die ihre Bluse durchdrang und die Temperatur ihrer Haut senkte. Sie rief zu Hause an und Josh nahm ab.

»Hey.«

»Hallo.«

»Ich wollte nur sehen, ob alles in Ordnung ist.«

»Alles okay.«

»Was machst du gerade?«

»Ich mache mir ein Sandwich.«

»Wo ist dein Vater?«

»Ich glaube, der sieht fern.«

»Ich wollte dir nur sagen, dass ich heute erst spät nach Hause kommen werde.«

»Okay.«

»Im Gefrierschrank ist noch Moussaka. Ich habe es in eine Tupperschüssel getan und beschriftet. Du musst es nur in die Mikrowelle stellen.«

»Ist schon gut. Ich esse jetzt erst einmal ein Sandwich.«

»Was ist mit Leigh?«

»Die hatte keinen Hunger. Sie nimmt gerade ein Bad.«

»Oh, okay. Wie ist dein Vorstellungsgespräch gelaufen?«

»Gut.«

»Glaubst du, du kriegst den Job?«

»Keine Ahnung.«

»Ich bin mir sicher, dass sie dich mochten. Du hast etwas hergemacht.«

Kurzes Schweigen, dann ein nicht zu deutendes »Ja«.

»Das werden wir ja sehen, nicht wahr?« Sie hasste ihren aufgesetzt fröhlichen Tonfall und wünschte sich, sie wäre zu Hause, wo sie die Reaktion ihres Sohnes zumindest anhand von visuellen Hinweisen deuten könnte. Sein monotoner Tonfall verriet ihr rein gar nichts. »Kannst du Dad für mich ans Telefon holen?«

»Warte mal.«

Sie hörte ein gedämpftes »Dad, Mum ist dran!«.

Davids Stimme war schläfrig. »Hey.«

»Hallo. Es tut mir leid, aber ich habe noch zu tun. Ich weiß nicht, wann ich heimkomme.«

»Okay.«

»Was meinst du, wie das Vorstellungsgespräch heute gelaufen ist?«

»Das Vorstellungsgespräch?« Er klang plötzlich argwöhnisch.

»Ja. Joshs Vorstellungsgespräch.«

»Ach, das! Ja. Er schien zuversichtlich zu sein, obwohl wir erst in ein paar Tagen wissen werden, ob er es geschafft hat oder nicht.«

Sie bemerkte die Verwirrung, die er zu verbergen suchte. »Ist alles in Ordnung?«

»Warum sollte es das nicht sein?«

»Nur so. Ich wollte nur sichergehen.«

»Es ist alles in Ordnung, mach dir keine Sorgen.«

»Ich habe Josh gesagt, dass im Gefrierschrank noch Moussaka ist. Mach dir keine Gedanken um mich, ich werde mir hier etwas zu essen besorgen.«

»Großartig. Ich danke dir. Ich werde sehen, ob sie Lust darauf haben. Also, bis später irgendwann.«

»Ich werde versuchen, nicht zu lange zu bleiben, aber du weißt ja, wie das ist.«

»Ja, ich weiß. Ich hoffe, du findest was raus. Pass auf dich auf.«

Er beendete das Gespräch und Natalie steckte ihr Handy mit einem Stirnrunzeln ein. David hatte übermäßig optimistisch und gleichzeitig vage geklungen. Sie hatte keine Zeit, sich lange mit ihren Gedanken zu befassen, denn Mike tauchte plötzlich neben ihr auf. »Wir müssen damit aufhören, uns ständig so über den Weg zu laufen«, sagte er grinsend. »Ein verdammter Scheißtag. Wie läuft es bei dir?«

»Ich würde sagen, ›verdammter Scheißtag‹ trifft es ziemlich genau. Ein zweites Opfer, zwei unkooperative Verdächtige, ein dritter ebenso wenig hilfreicher Verdächtiger, der auf dem Weg zur Befragung ist, und viel zu viele Leute, die Geheimnisse haben.«

»Willkommen beim Polizeidienst«, sagte er lachend. Er ließ die Hände in den Taschen und starrte auf seine Füße. »An manchen Tagen frage ich mich, was ich eigentlich hier tue. Die Welt ist ein so beschissener Ort mit Millionen von beschissenen Individuen, die nur Chaos anrichten. Wir kämpfen ständig eine Schlacht, die schon längst verloren ist.«

Sie hörte ihm einen Moment lang zu. Irgendetwas beunruhigte ihn wirklich. Es war nicht seine Art, so niedergeschlagen zu sein. Er zog eine Zigarettenschachtel hervor. Erst nachdem er sich eine Zigarette angezündet und den ersten Zug genommen hatte, sprach er weiter. »Wir wurden vorhin zu einem Verkehrsunfall gerufen. Der Wichser war total bekifft und ist in einen Geländewagen gerast, der von einer jungen Mutter mit drei Kindern gefahren wurde. Sie war erst achtundzwanzig und die Kleinen waren alle unter vier Jahre alt. Sie starben alle beim Aufprall, aber der Bastard kam ohne einen einzigen Kratzer davon.«

»Oh Scheiße, Mike! Das tut mir leid. Das ist wirklich schrecklich.«

»Nicht wahr? Ich konnte es nicht ertragen, Nat. Nicht heute. Ich hab es den anderen überlassen, sich darum zu kümmern. Ich musste mich so schnell wie möglich distanzieren. Ich wollte diesem Kerl meine Faust ins Gesicht schlagen und ihm jeden einzelnen Knochen seines Körpers brechen. Ihn leiden lassen. Verdammte Scheiße! Wenn ich daran denke, dass ich um ein Haar die Kontrolle verloren hätte.«

»Aber du hast es nicht getan. Du bist weggegangen.«

»Ja«, schnaubte er und fügte hinzu: »Nächste Woche hat Thea Geburtstag und ...«

»Ich verstehe das vollkommen. Es ist fast unmöglich, in solchen Situationen nicht an die eigenen Angehörigen zu denken.« Sie streckte die Hand aus und drückte seine Schulter. Er griff nach oben und umschloss mit seiner Hand ihr Handgelenk. Er hielt es fest und schaute ihr in die Augen. Sie drückte ihn noch einmal sanft. »Ich muss gehen. Mein Verdächtiger wird gleich hier sein. Ruf Nicole an und sprich mit ihr und Thea. Versichere dich, dass es den beiden gut geht und sie wohlauf sind. Dann wirst du dich besser fühlen.«

»Das hatte ich vor. Das ist einer der Gründe, warum ich nach oben gekommen bin – das und eine schnelle Kippe. Danke, Nat. Es ist gut, jemanden zu haben, der versteht, was man durchmacht.«

»Ich stehe hinter dir«, sagte sie lächelnd.

»Und ich immer hinter dir«, antwortete er.

Sie löste sich von ihm und ging mit rasendem Herzen die Treppe hinunter. Die magnetische Anziehungskraft, gegen die sie ankämpfte, hatte sie fast in seine Arme getrieben. Das konnte sie nicht zulassen. Nicht noch einmal. In der Vergangenheit war sie seinem Charme schon einmal erlegen. Ihre kurze Affäre hatte stattgefunden, weil ihre Ehe an einem Tiefpunkt angelangt war, und jetzt, wo es wieder brenzlig wurde, konnte sie es sich nicht leisten, dieses Mal auch wieder schwach zu werden. Wenn sie das täte, würde sie David nie wieder gegenübertreten können. Zurück im Büro konzentrierte sie sich wieder auf ihre Kräfte. Sie war sich sicher, dass Seth nicht nach Scarborough gefahren war, und sie würde alles, was sie wusste, aufwenden müssen, um ihm seinen tatsächlichen Aufenthaltsort zu entlocken.

Ihr Magen knurrte und sie drückte mit der flachen Hand dagegen. Sie konnte sich nicht erinnern, wann sie das letzte Mal etwas gegessen hatte. Bei einer so komplexen Untersuchung wie dieser konnte man leicht die Zeit aus den Augen verlieren. »Wie lange dauert das noch mit dem Essen?«

Murray lächelte. »Nicht mehr lange. Ich habe ihnen gesagt, dass es dringend ist.«

»Gut. Ich muss etwas essen, bevor ich jemanden befragen kann, sonst nimmt das verdammte Aufnahmegerät alle zwei Sekunden mein Magenknurren auf. Ich werde mit Seth reden, bevor wir mit den Brüdern Lang anfangen. Sie haben uns lange genug warten lassen, also revanchieren wir uns jetzt. Gibt es Neuigkeiten von ihrem Anwalt?«

»Noch nichts. Vielleicht isst er gerade zu Abend und ist zu beschäftigt, um zu kommen.« Mit einem schiefen Lächeln beantwortete Murray einen internen Anruf, sprang auf und ging zur Tür. »Das Essen ist da. Ich gehe schnell runter und hole es. Können Sie mit Stäbchen essen?«

»Wenn Sie nach Stäbchen gefragt haben, wissen Sie, wo ich meine hinstecken werde«, rief sie ihm hinterher.

Etwa zwanzig Minuten später, nachdem sie ihr Essen verschlungen hatte, legte Natalie das Bürotelefon weg und steckte ihre Bluse wieder in ihren Rock. Ian beobachtete das Geschehen, schluckte den letzten Rest seiner Nudeln hinunter und sprang auf die Beine.

»Seth wurde ein Anwalt zugeteilt und er ist jetzt bereit«, sagte sie. »Murray, wenn der Anwalt der Langs auftaucht, sagen Sie ihm, dass ich gerade beschäftigt bin, ja?«

Murray schluckte schnell einen Bissen hinunter und antwortete: »Ja. Wird gemacht.«

Im Gebäude war es ruhig geworden, viele Büros waren leer, und auf dem Weg zurück in den ersten Stock sah Natalie keine Menschenseele mehr. Es war immer ein seltsames Gefühl, außerhalb der Öffnungszeiten hier zu sein, wenn nur das Nachtpersonal anwesend war – wie in einem Krankenhaus, wenn die gesamte Belegschaft und die Besucher nach Hause gegangen waren, oder in einer Schule, in der weder Kinder noch Lehrer anwesend waren. Jemand hustete laut – ein sich wiederholender, krampfartiger Husten wie der eines Rauchers –, aber sie konnte die Person nicht ausfindig machen, die sich in einem der zahlreichen Zimmer entlang des Flurs oder an der Rezeption aufhalten musste. Sie und Ian marschierten zum Befragungsraum, ohne miteinander zu sprechen. Ian kannte das Verfahren genauso gut wie sie und sie nickte ihm nur kurz zu, bevor sie die Tür zu dem Zimmer öffnete.

Seth Curtis saß zusammengekauert auf seinem Stuhl neben einem älteren Mann in einem schlecht sitzenden Anzug. Natalie kannte den Rechtsbeistand, der trotz seines Aussehens ein kluger Kopf war.

Nachdem sie sich vorgestellt und erklärt hatten, was passieren würde, schaltete Ian das Aufnahmegerät ein und sie stellten sich erneut offiziell vor.

Natalie stellte die Fragen. »Seth, besitzen Sie ein schwarzes Honda CB125-Motorrad mit dem Kennzeichen LNF?«

»Ja.«

»Sie haben behauptet, dass Sie am Sonntagnachmittag nach der Nachricht vom Tod Ihrer Schwester mit dem Motorrad nach Scarborough gefahren sind und erst am späten

Abend desselben Tages wieder zurückgekehrt sind. Ist das richtig?«

»Ja.«

»Seth, ich muss Ihnen mitteilen, dass Ihr Motorrad an diesem Nachmittag und Abend keine ANPR-Kameras auf den Autobahnen nach Scarborough passiert hat. Auch auf der A64, A170, A171 und A165, den einzigen Hauptstraßen, die nach Scarborough führen, wurde es nicht von Kameras erfasst.«

»Ich habe Nebenstraßen genommen.«

»Selbst wenn das stimmt, gibt es entlang der Hauptstraße zu den Stränden Kameras, und Sie waren auf keiner einzigen zu sehen.«

»Ich war aber da. Sie haben mich nur nicht gesehen«, antwortete Seth.

»Wir haben das zweimal überprüft. Ihr Motorrad wurde nicht in, um oder in der Nähe von Scarborough gesichtet.«

Seth hielt seinen Kopf gesenkt. Sein Anwalt schrieb etwas auf einen Block und konzentrierte sich weiter auf Natalie.

»Ich würde gerne über Roxy sprechen. Wir haben einen Zeugen, der behauptet, Sie hätten Roxy geschlagen, manchmal mit solcher Wucht, dass Sie ihr die Knochen gebrochen haben.«

Der Anwalt hob seinen Stift und sprach mit Nachdruck. »Ich muss Sie an dieser Stelle daran erinnern, dass mein Mandant einen tragischen Doppelverlust erlitten hat. Er ist nicht in der Lage, solche bohrenden Fragen zu beantworten, die auf Vermutungen und Hörensagen basieren. Außerdem möchte ich erwähnen, dass Sie den Tod seiner Schwester und seiner Mutter untersuchen und nicht, welche häuslichen Probleme in der Vergangenheit aufgetreten sein könnten, oder etwa nicht?«

»Mr Matthews, meine Fragen sind für die Ermittlungen relevant, und ich würde es begrüßen, wenn Seth kooperieren würde. Wenn er sich erklären kann, wird er von unseren Ermittlungen ausgeschlossen.«

Mr Matthews schüttelte den Kopf. »Ich schlage vor, dass

Sie bei Fakten bleiben, die für den Fall relevant sind, DI Ward.«

»Dann würde ich gerne mit Ihnen über Ihren Aufenthaltsort gestern Abend zwischen sieben und acht Uhr sprechen, Seth.«

»Scarborough.«

»Ich denke, wir haben bereits bewiesen, dass Sie nicht dort waren, es sei denn, Sie können selbst das Gegenteil beweisen.«

Seine Antwort war ein leichtes Heben und Senken der Schultern.

»Okay, machen wir es auf Ihre Art. Welchen Weg haben Sie genommen, um nach Scarborough zu gelangen?«

»Ich weiß es nicht. Ich bin einfach so lange gefahren, bis ich da war.«

»Waren Sie schon einmal dort?«

»Nein.«

»Haben Sie ein Navi benutzt?«

»Nein.«

»Woher wussten Sie dann, wohin Sie fahren mussten?«

»Ich wusste nicht, wo ich genau hinwollte. Ich wusste nicht, dass ich in Scarborough war, bis ich dort ankam.«

»Wir haben einen weiteren Zeugen, der gestern Abend in der Linnet Lane ein Motorrad gesehen hat, auf das die Beschreibung Ihrer Honda passt und das ein ähnliches Kennzeichen hat. Wie können Sie sich das erklären?«

»Kann ich nicht. Ich war nicht dort.«

»Was haben Sie gemacht, als Sie in Scarborough angekommen sind?«

»Ich saß am Strand. Dachte über Dinge nach. Bin wieder nach Hause.«

Sie beobachtete seine Augenbewegungen und achtete auf eine leichte Hebung nach rechts, die auftrat, wenn Menschen sich an Vorfälle erinnerten. Aber da war nichts. Seine bernsteinfarbenen Augen blieben voll auf sie gerichtet, als er antwortete.

»Scarborough ist etwa drei Stunden entfernt. Haben Sie einen Zwischenstopp eingelegt, um zu essen oder zu tanken?«

»Ich habe etwas Benzin und ein Sandwich gekauft, aber ich weiß nicht mehr, wo.«

»Haben Sie eine Quittung dafür?«

»Nein.« Seine Augen blieben immer noch auf sie gerichtet.

»Haben Sie bar oder mit Kreditkarte bezahlt?«

»Bar.«

»Haben Sie jemanden gesehen, als sie am Strand gesessen haben?«

»Nein.«

»Sie haben keine Zeugen, die Ihren Aufenthalt dort bestätigen können?«

Die Antwort war ein weiteres Achselzucken.

»Könnten Sie die Frage bitte laut für das Aufnahmegerät beantworten?«

»Nein. Keine Zeugen.«

»An welchem Strand sind Sie gewesen?« Natalie kannte die Stadt zufällig recht gut, da sie dort schon mehrmals mit ihren Kindern Urlaub gemacht hatte. Die South Bay war der touristischere der beiden Strandabschnitte und beherbergte die Arkaden, Cafés und Attraktionen, während die North Bay als ruhiger galt und den Peasholm Park beherbergte. Die Burgruine aus dem zwölften Jahrhundert, hoch oben auf der Landzunge, trennte die beiden Buchten. Jeder, der jemals die Stadt besucht hatte, wusste das. Seth schien sehr wenig zu wissen.

»Ich habe nicht besonders darauf geachtet.«

»Sie sind so weit gefahren und wissen nicht einmal, wie viele Strände es gibt? Sind Sie an der Burg vorbeigefahren?«

»Ich denke schon.« Ein Blinzeln, dem schnell ein weiteres folgte. Seth wurde allmählich nervös und senkte seinen Blick.

»Sie *denken* schon?«

»Ich war nicht dort, um Sehenswürdigkeiten zu besichtigen. Ich wollte Zeit für mich haben. Meine Schwester ist tot. Ich war traurig. Ich wollte einfach allein sein, okay?« Er wandte seinen schmerzgeplagten Blick wieder ihr zu, und einen kurzen Moment lang glaubte sie ihm. Dann bemerkte sie etwas anderes – Wut – und sie bezweifelte erneut, dass er den ganzen Weg gefahren war, nur um allein zu sein.

Nach einer weiteren frustrierenden halben Stunde mit Seth forderte Natalie eine Unterbrechung des Gesprächs. Sie brauchte sie, und vor der Tür lief sie mit verärgertem Gesicht vor Ian hin und her.

»Ich weiß, dass Seth lügt. Ich weiß es einfach!«

»Können wir ihn nicht noch einmal wegen Roxys Verletzungen befragen?«

»Nein. Sein Anwalt lässt uns nicht. Wir bräuchten Beweise, dass er verantwortlich ist, bevor wir das noch einmal versuchen können.«

»Verdammt! Es muss doch einen Weg geben, ihn zum Reden zu bringen.«

»Wie wäre es, wenn Sie es noch einmal bei Charlie versuchen?«

»Er wird ihn nicht anschwärzen. Die beiden sind so eng, wie man nur sein kann. Charlie sagte bereits, dass Seth am Samstagabend, als Roxy starb, zu Hause war.«

Sie presste ihre Fingerspitzen gegen die Schläfen. Die Nudeln und das süßsaure Essen, das sie vorhin verschlungen hatte, wirkten noch nach. Sie schluckte den sauren Geschmack hinunter und hob den Kopf, als Murray den Korridor entlang auf sie zueilte.

»Mike hat mir Details zu den Fußabdrücken gegeben, die unter dem Busch am Kanal gefunden worden sind. Sie stammen von Adidas Alphabounce Turnschuhen, Größe dreizehneinhalb. Auf der Sohle ist das Wort Traxion zu sehen, aber der obere Teil des Buchstabens ›T‹ ist auf dem linken Schuh schon ziemlich abgetragen.«

Das war der nötige Ansporn für sie. Seth Curtis hatte ungewöhnlich große Füße, was ihr aufgefallen war, als sie ihm gegenübergesessen hatte. Das könnte der Durchbruch sein, den sie brauchten.

»Ausgezeichnet. Mal sehen, ob wir jetzt weiterkommen«, sagte sie und machte sich auf den Weg, um einen Durchsuchungsbefehl für die Wohnung im Pine Way zu organisieren.

Eine Stunde später bekam Natalie das, worauf sie gehofft hatte – Seths Adidas-Turnschuhe, die ganz unten in seinem Kleiderschrank gefunden worden waren. Ein kurzer Blick auf die Unterseite der Schuhe und sie wusste, dass sie Seth in der Hand hatte.

»Diesmal kommt er nicht mehr davon«, sagte sie zu Ian. »Ist er wieder im Verhörraum?«

»Ja, er und sein Anwalt sind dort.«

»Gut, dann schnappen wir ihn uns diesmal«, sagte sie, nahm die Tasche mit den Beweismitteln und ihre Mappe und schritt durch die Tür.

Unten saß Seth mit gesenktem Kopf, unfähig, Natalie in die Augen zu sehen. Ian schaltete das Aufnahmegerät wieder ein und sie begannen dort, wo sie aufgehört hatten. Natalie schob die durchsichtige Plastiktüte mit den Turnschuhen über den Tisch.

»Sind das Ihre Turnschuhe, Seth?«, fragte Natalie.

Er warf einen Blick auf die Tasche und zuckte mit den Schultern. »Keine Ahnung.«

»Wir haben sie in Ihrem Kleiderschrank gefunden. Sehen Sie sie sich genau an.«

Der junge Mann starrte auf die Tasche und blinzelte einige Male. Entweder verschaffte er sich Zeit – wartete, bis er ihr sagen musste, was sie hören wollte – oder er hatte Angst.

»Für das Tonbandgerät: DI Ward zeigt Seth Curtis ein Paar Adidas Alphabounce Turnschuhe in Größe dreizehneinhalb. Bei beiden Schuhen ist das Wort Traxion auf die Sohle geschrieben. Der obere Teil des Buchstabens ›T‹ ist an der linken Sohle abgenutzt«, sagte Ian deutlich.

»Sind das Ihre Turnschuhe, Seth?«

»Mein Mandant braucht diese Frage nicht zu beantworten«, sagte Mr Mathews streng.

»Ich fürchte, das muss er. Seth, sind das Ihre Turnschuhe?«

»Ja.« Seine Stimme war kaum mehr als ein Lufthauch.

»Können Sie mir dann erklären, was Sie im Gebüsch in der Nähe der Holzbank, auf der Ihre Mutter getötet wurde, gemacht haben?«

Der Kopf des Anwalts ruckte herum, als er Seth ansah. Der junge Mann ließ den Kopf sinken.

»Seth, wann waren Sie am Kanal?«

Er weigerte sich zu antworten.

»Seth, Ihr Anwalt wird Ihnen erklären, wie das für uns aussieht. Wir müssen herausfinden, wann und warum Sie sich dort in den Büschen versteckt haben. Sie müssen uns die Wahrheit sagen.«

»Ich habe sie nicht umgebracht«, flüsterte er.

»Wie erklären Sie sich dann, dass wir an dieser Stelle Fußabdrücke gefunden haben, die mit Sicherheit von Ihren Turnschuhen stammen?«

»Ich habe in die Büsche gepinkelt.«

»Was haben Sie am Kanal gemacht?«

»Ich habe Mum gesucht.«

»Haben Sie sie gefunden?«

»Nein, und ich habe sie nicht umgebracht.«

Natalie seufzte. »Okay, erzählen Sie mir, was passiert ist.«

Er warf einen Blick auf seinen Anwalt, der ihm zunickte ...

Seth weiß nicht, wohin er gehen oder was er als Nächstes tun soll. Roxy ist tot. Das kann doch nicht wahr sein. Er schließt die Augen und denkt an den Samstagmorgen zurück, an dem Roxy noch lebte.

———

Er ist in seinem Schlafzimmer und probiert ein neues Oberteil an, das er für das Motorrad-Event gekauft hat, zu dem er mit Paul gehen wird. Es sieht wirklich cool aus, hat eine Art Leopardenmuster, das ihn etwas machomäßiger aussehen lässt, so wie seine Brüder. Er sollte sich den Kopf rasieren, wie Charlie es tut, oder sich sogar tätowieren lassen. Er versucht, sich ein Tattoo vorzustellen, aber der Gedanke daran dreht ihm den Magen um. Er hasst Nadeln. Sie stürmt in sein Zimmer, während er sich im Spiegel seines Kleiderschranks betrachtet, und er sieht ihr spöttisches Gesicht. Roxy kann ihn mit ihren Sticheleien und dem schmollenden Ausdruck immer auf einen Schlag wütend machen, und heute landet sie einen direkten Treffer in die Magengrube.

»Du brauchst nur noch ein glitzerndes Diadem, das zu diesem Oberteil passt«, spottet sie.

Er zieht es sich über den Kopf und sie macht sich über seine blasse, haarlose Brust lustig. »Du bist so ein Miststück! Was willst du?«, fragt er.

»Ich bin auf der Suche nach Charlie«, sagt sie.

»Du siehst doch, dass er nicht hier ist, also verpiss dich.«

Sie lacht noch einmal, dreht eine Pirouette wie eine Ballerina und verschwindet. Er holt ein altes graues T-Shirt hervor, um es zu der Jeans anzuziehen, und wirft das neue auf den Boden seines Kleiderschranks. »Miststück!«

———

Die Erinnerung hat einen bitteren Beigeschmack. Es war das letzte Mal, dass er mit seiner Schwester gesprochen hat, und obwohl sie sich gegenseitig aufgezogen haben, fühlt er ein klaffendes Loch in seinem Herzen, das durch das Wissen, dass sie weg ist, entstanden ist. Er kann es nicht ertragen, an die glücklichen Zeiten zu denken, die sie zusammen verbracht haben, in denen sie herumgealbert und wild gelacht haben oder eng zusammenhielten, wie es Brüder und Schwestern manchmal tun. So wie das eine Mal, als sie sich für ihn einsetzte, als eine Bande von Jungs Bemerkungen über sein weibliches Aussehen gemacht hatte. Sie hatte ihnen gesagt, dass sie sich verpissen sollen, weil sie ihr Bruder sonst plattmachen würde, und dass er einen größeren Schwanz habe als sie alle zusammen. Dafür hatte er sie geliebt. Er liebte das Selbstbewusstsein, das sie ausstrahlte, und sehnte sich danach, selbst so zu sein. Oliver und Charlie sind ebenfalls selbstbewusst und fühlen sich wohl in ihrer Haut, aber er nicht.

Das Problem ist, dass er nicht weiß, wer er wirklich ist – in einem Augenblick ist er so, im nächsten so. Das Leben ist so verdammt hart. Er versucht, knallhart zu sein wie sein Bruder Charlie, der mit seinen Muskeln prahlt, aber er weiß, dass alles nur Theater ist. Er ist ganz und gar nicht so wie seine Brüder. Nachdem ihr Vater sie verlassen hatte, hatten Charlie und Oliver weitergemacht, als ob das für sie keine Rolle spielen würde. Sogar Roxy hatte es geschafft, ohne Dad zurechtzukommen, aber bei ihm war es ganz anders gewesen. Er hatte sich versteckt und tagelang geweint und geweint. Er hatte sich gewünscht, dass sein Vater wieder nach Hause käme, und egal wie oft seine Mutter ihm sagte, dass er nicht an dem, was passiert war, schuld sei, er war fest überzeugt davon. Er starrt sein Spiegelbild an und runzelt die Stirn. Er hasst sich selbst. Er hasst seine langen Wimpern und seine weiche Haut und die Tatsache, dass er selbst mit achtzehn Jahren fast keine Körperbehaarung hat. Er ist nicht schwul, aber es fällt ihm sehr schwer, Mädchen kennenzulernen. Sie sind von seinem Aussehen abgeschreckt, und selbst wenn er sich wie seine Brüder wie ein Macho verhält, scheinen sie nicht auf ihn zu stehen. Er ist ganz durcheinander und hat die Nase wirklich voll von all dem. Seine Mutter versteht das, und er möchte gerade jetzt mit ihr reden, aber sie ist von einer Decke aus Trauer umhüllt, und er möchte nicht nach Hause gehen und sie in Tränen aufgelöst sehen, gebrochen durch das, was geschehen ist. Sie ist sein Fels in der Brandung – die Person, mit der er seine Ängste und Sorgen teilt. Sie ist die Person, die sich um ihn kümmert und dafür sorgt, dass er nicht so sehr von all dem überwältigt wird, dass er auf den düsteren Gedanken kommt, sich das Leben zu nehmen.

Seitdem er das mit Roxy erfahren hat, ist er auf der Flucht. Er hat versucht, dem Schmerz zu entkommen. Er hat sein Motorrad mit Höchstgeschwindigkeit um scharfe Kurven und durch kleine Gassen geschleudert, bis hin zum Peak District, um die Dunkelheit abzuschütteln, die ihn fast unmittelbar nach der Nachricht vom Tod seiner Schwester überkommen hat. Die Dunkelheit kam schnell, aber selbst der übliche Nervenkitzel, der sich einstellte, wenn er das Motorrad bis an seine Grenzen trieb, und das Bier, das er im Biergarten des Pubs trank, halfen nicht. In Wahrheit wurde ihm davon übel, und danach saß er mit einem Pint Orangensaft da, das in seinem Bauch umherschwappte.

Er weiß nicht, wie lange er dort war, aber er rauchte fünf Zigaretten und wartete darauf, dass sich der dichte schwarze Nebel, der ihn umgab, lichtete. Das geschah nicht, und er blieb dort, bis ihn die Ankunft einer Gruppe von Wanderern, die sich im Garten zu ihm gesellte, dazu brachte, wieder auf sein

Motorrad zu steigen. Dann nahm er weitere endlose Landstraßen, die in keine bestimmte Richtung führten, bis ihm die Arschknochen schmerzten und er sich in der Nähe von Ashbourne wiederfand.

Jetzt ist es bald Viertel nach vier und er kann es immer noch nicht ertragen, in die Wohnung zurückzukehren, also fährt er nach Armston, zu dem Ort, den er gut kennt. Er geht dorthin, wenn er sich wirklich schlecht fühlt. Es ist nie jemand da, und die Stille und das Wasser helfen ihm. Er ist schon lange weg und seine Mutter wird sich wahrscheinlich Sorgen um ihn machen. Sie wird wissen, wo sie ihn finden kann. Er hofft, dass sie kommen wird. Der Nebel erdrückt ihn und er hat Angst vor sich selbst. Er erreicht den Kanal, setzt sich in der Nähe der Bank hin, mit dem Rücken zur kühlen Wand, und stützt die Arme auf die Knie. Er senkt den Kopf und weint ... weint nicht um Roxy, die fort ist, sondern um sich selbst, der immer noch gefangen in einem Körper ist, den er verachtet.

Die Zeit vergeht, aber seine Mutter taucht nicht auf. Sie ist zu sehr mit ihrer Trauer beschäftigt, als dass sie sich auf den Weg machen könnte, um sich mit ihm zu unterhalten, wie sie es normalerweise tut. Er war egoistisch, als er hierherkam und auf ihre Aufmerksamkeit hoffte. Dies ist der einzige Tag, an dem Roxy sie verdient. Er war nicht mehr auf der Toilette, seit er im Pub Halt gemacht hat, und jetzt ist seine Blase zum Platzen voll, also steht er auf und geht zu dem Gebüsch in der Nähe, um sich zu erleichtern. Als er fertig ist, schaut er ein letztes Mal den Treidelpfad entlang, aber er sieht keine Spur von ihr, also stapft er den Pfad zur Straße hinauf, steigt auf sein Motorrad und fährt wieder davon. Er hat keine Ahnung, wohin. Er wählt eine Straße, die in eine breitere Straße mündet, mit Feldern auf der einen und Häusern auf der anderen Seite. Ein Schild zeigt an, dass er sich in der Linnet Lane befindet. Sein Blut gefriert. Das ist der Ort, an dem Roxy gestorben ist. Er fährt langsam die Straße hinauf und dann wieder hinunter, auf der Suche nach *dem Haus. Ein neugieriger Anwohner kommt heraus und geht auf ihn zu, wahrscheinlich um zu fragen, was er hier macht.*

Er kann es einfach nicht ertragen, nach Hause zu gehen, denn nach Hause zu gehen bedeutet, dass er akzeptieren muss, dass Roxy tot ist, und das kann er nicht.

Seth schüttelte entsetzt den Kopf. »Ich habe sie nicht gesehen. Sie ist nicht gekommen.«

»Haben Sie eine Ahnung, wann Sie wieder gegangen sind?«

Sein Kopf senkte sich wieder und er flüsterte leise: »Nein.«

»Wie oft haben Sie Ihre Mutter am Kanal getroffen?«

»Ein paarmal. Ich kann mich nicht mehr genau erinnern.«

»Woher wusste sie, dass sie Sie dort finden würde?«

»Dorthin gehe ich immer, wenn ich wirklich niedergeschlagen bin. Manchmal hilft es mir, am Wasser zu sitzen. Wenn ich zu lange weg war, kam sie und suchte mich.«

Natalie schüttelte den Kopf. Es war möglich, aber genauso gut konnte er es sich auch nur ausdenken. Seine Mutter konnte sie jedenfalls nicht mehr danach fragen.

»Was ist mit den anderen – Oliver, Charlie und Paul – wissen die, dass Sie zum Kanal gehen, wenn es Ihnen schlecht geht?«

»Ich spreche nicht mit ihnen darüber. Das ist wirklich schwer. Sie sind so ... normal! Meine Mutter wusste es. Sie hat versucht, mir zu helfen!« Er wandte sich an seinen Anwalt.

»Ich möchte, dass Sie sehr sorgfältig nachdenken, bevor Sie antworten«, sagte Natalie. »Kennen Sie Gavin oder Kirk Lang?«

Er schüttelte den Kopf. »Ich kenne sie nicht.«

»Waren Sie jemals in ihrem Haus in der Linnet Lane?«

»Nein, niemals.«

»Aber Sie haben sich regelmäßig an den Kanal in der Nähe

ihres Hauses gesetzt – eigentlich immer, wenn es Ihnen schlecht ging?«

Sein Mund klappte auf. »Ich wusste nicht, dass das Haus existiert, bis ich gestern daran vorbeigefahren bin. Ich wusste nicht, dass es so nah am Kanal liegt. Das ist die Wahrheit.« Er ließ den Kopf sinken und Tränen fielen in seinen Schoß. »Ich habe meine Mutter nicht umgebracht!«, jammerte er.

Der Anwalt unterbrach das Verfahren unwirsch: »Ich halte es für angebracht, das Gespräch zu unterbrechen, damit mein Mandant sich erholen kann und ich mit ihm sprechen kann.«

Natalie nickte knapp. Sie hatte noch andere Verdächtige zu befragen und keine Zeit zu verlieren.

———

Lucy war schon seit über einer Stunde in der Wohnung der Cornwalls. Der Schlag einer großen Trommel aus der Wohnung über ihr dröhnte unaufhörlich, seit sie angekommen war, und seit zehn Minuten war auch noch das durchdringende Geschrei eines Babys zu hören. Sie fragte sich, wie dünn die Wände waren, und wunderte sich, dass man hier jemals Schlaf oder Ruhe finden konnte.

Es hatte viel Überredungskunst gekostet, Ellie dazu zu bringen, sich ihr zu öffnen.

»Ich verstehe, wie Sie sich fühlen. Sie haben Roxy ein Versprechen gegeben, aber Sie brechen es nicht. Als Sie es gegeben haben, war sie am Leben und Sie haben sie beschützt. Jetzt braucht sie diesen Schutz nicht mehr. Sie tun ihr nicht weh. Im Gegenteil, Sie würden ihr helfen. Sie würden uns helfen, herauszufinden, was mit ihr passiert ist. Sie wollen doch, dass wir herausfinden, wie sie gestorben ist, oder?«

Jojo Cornwall stand beschützend hinter Ellie, die Hände auf den schmalen Schultern des Mädchens. »Ellie«, murmelte sie. »Vielleicht solltest du ihr wirklich sagen, was du weißt.«

»Ich habe es Roxy versprochen«, stotterte sie zwischen Schluchzern.

Lucy schwieg. Sie hatte alles versucht und vertraute nun darauf, dass Ellie das Richtige tun würde. Allmählich kamen die Worte.

»Sie flehte mich an, niemandem davon zu erzählen. Es war ihr Bruder Seth. Er hat sie immer wieder verprügelt. Sie hatte solche Angst vor ihm. Er wartete, bis sie allein waren, und dann ging er auf sie los.«

Die Worte wurden undeutlich, als Ellies Schluchzen wieder stärker wurde.

»Sie machen das wirklich gut, Ellie. Hat Roxy erklärt, warum sie ihrer Mutter nichts davon erzählt hat?«

»Sie hätte Roxy nicht zugehört. Seth ist wirklich gut darin, das Unschuldslamm zu spielen; außerdem hat er ihr gedroht und gesagt, dass er sie umbringen würde, wenn sie auch nur ein Wort über ihn zu einem Familienmitglied sagen würde, und sie hat ihm geglaubt. Sie hat allen erzählt, sie sei vom Fahrrad gefallen. Seth ist richtig unheimlich. Ich gehe ihm aus dem Weg. Roxy sagte, wenn er herausfindet, dass ich über ihn Bescheid weiß, würde er mich wahrscheinlich auch umbringen.«

Lucy fand, dass das ein wenig dramatisch klang. Megan hatte gesagt, dass Roxy dazu neigte, die Drama-Queen zu spielen – hatte sie also ihre Freundin getäuscht, oder hatte sie wirklich Angst vor Seth gehabt? Sie brauchte mehr als Hörensagen.

»Ellie, hat Seth Sie jemals bedroht?«

Sie biss sich auf die Unterlippe, und ihre Augen füllten sich mit Tränen. »Ja, einmal. Ich war mit Roxy bei ihr zu Hause und nur Seth war da. Wir waren in der Küche und haben uns etwas zu trinken geholt. Er kam herein, blieb stehen, sah mich an und ging schnurstracks wieder hinaus, ohne etwas zu sagen. Ich dachte nicht, dass er mich gehört hatte, aber das hatte er und er ist ausgeflippt. Er stürzte auf mich zu und packte mich an der

Kehle. Roxy sagte ihm, er solle verschwinden, sonst würde sie es ihrer Mutter sagen. Er ließ los und ging weg, aber ich weiß, dass er stinkwütend war. Da hat sie mir gesagt, dass ich mich lieber von ihm fernhalten soll.«

Lucy war neugierig, was der Auslöser für diesen plötzlichen Wutausbruch gewesen war. War er beleidigt worden? »Was genau haben Sie über ihn gesagt, um ihn so wütend zu machen?«

Das Mädchen senkte den Blick: »Dass er weggelaufen ist, als er mich in der Küche sah, weil er Angst vor Muschis hat und wahrscheinlich schwul ist.«

»Hat Roxy Ihnen gesagt, dass er schwul ist?«

Das Mädchen antwortete leise: »Nein. Er ist es nicht. Ich habe nur einen Scherz gemacht. Danach habe ich mich von ihrem Haus ferngehalten. Roxy kam immer hierher. Seth hat ihr ein paarmal wehgetan und sie hat sich danach immer hier versteckt. Sie wusste, dass sie hier sicher war.«

Der Mund der Mutter war ein schmaler Strich der Missbilligung, aber der Kummer ließ sie ihre Schultern senken. Sie streichelte das Haar ihrer Tochter, den Blick auf Lucy gerichtet. »Es tut mir leid, dass Ellie nicht früher etwas gesagt hat.«

»Roxy war ihre beste Freundin und sie hatte ein Versprechen gegeben. Es ist verständlich, dass sie ihr Wort nicht brechen wollte. Ellie, hat Seth jemals Roxys Mutter geschlagen?«

Sie nickte kläglich. »Roxy hat mir erzählt, dass er sie ein paarmal geschlagen hat. Einmal hat er ihr sogar richtig das Gesicht blau geschlagen. Ich glaube, Mrs Curtis hat zurückgeschlagen, als er noch jünger war, aber als er älter wurde, hatte sie Angst vor ihm. Er konnte sehr schnell aus der Haut fahren.«

»Ich werde meine Chefin anrufen und das weitergeben. Ist das in Ordnung?« Ellie schniefte und nickte.

»Danke, Ellie. Das wird uns sehr weiterhelfen.«

Sie ging nach draußen, um es zu melden. Die Schreie des

Babys waren lauter geworden und waren auf dem Treppenabsatz deutlich zu hören. Unten johlte und brüllte eine Gruppe Jugendlicher und stachelte zwei Motorradfahrer an, die mit laut aufheulenden Motoren über den Parkplatz rasten. Ein Hund rastete von dem Lärm geradezu aus und trug mit seinem Gebell noch mehr zu dem Durcheinander bei. Lucy machte sich auf den Weg zum Treppenhaus, um zu telefonieren, und war dankbar, dass sie nicht in einem solchen Höllenloch leben musste.

NEUNZEHN

MONTAG, 2. JULI – SPÄTER ABEND

Die Zeiger der Uhr an der Wand des Verhörraums zeigten an, dass es bereits einige Minuten nach neun war. Natalie hatte die letzten zwanzig Minuten damit verbracht, Kirk Lang Informationen zu entlocken. Er bestand weiterhin darauf, Cathy Curtis noch nie gesehen oder von ihr gehört zu haben. Sein Anwalt blickte nur unwesentlich weniger einschüchternd drein als Kirk. Die beiden sahen mit ihren breiten Schultern und dicken Hälsen aus wie Kumpels aus dem Fitnessstudio. Kirk hatte das Foto von Cathy nicht erkannt, und er hatte den Befragungsraum mit einem verächtlichen Gesichtsausdruck und folgenden Worten verlassen: »Ich bin von Ihren Ermittlungsmethoden nicht sehr beeindruckt. Wenn Sie uns einfach nur immer wieder zurückholen, kommen Sie überhaupt nicht weiter.«

Als Nächstes sollte Gavin Lang in Anwesenheit desselben Anwalts befragt werden, und in ihr keimten Zweifel auf. Bisher hatte sie es nur geschafft, eines der Opfer des Brandanschlags zu vergraulen, sie hatte einen potenziellen Verdächtigen, der auf seiner Unschuld beharrte, und sie hatte keine Beweise, die sie zum Mörder von Roxy und Cathy führten.

Lucy hatte eine Nachricht für sie hinterlassen. Seth hatte

seine Schwester offenbar mehrfach angegriffen, ihr unter anderem den Ellbogen gebrochen und ihr sogar gedroht, sie umzubringen, sollte sie ihn verraten. Natalie hatte Seth zur Rede gestellt, aber er hatte alles abgestritten und behauptet, es sei einfach nicht wahr. Er habe Roxy nicht absichtlich verletzt. Roxy sei eine ausgemachte Lügnerin gewesen.

Natalie war todmüde. Sie war den ganzen Tag auf den Beinen gewesen, und abgesehen von dem Take-Away, das sie hastig mit einer Flasche Wasser hinuntergeschlungen hatte, hatte sie nichts gegessen. Ian hatte den Interviewraum verlassen, um auf die Toilette zu gehen, und sie lehnte sich in ihrem Stuhl zurück und verschränkte die Arme vor sich. Sie hätte jetzt eigentlich Feierabend machen können, aber sie musste noch dranbleiben. Cathy war im Extravaganza gewesen und Gavin hatte Interesse an ihr gezeigt. Das war eine Verbindung, die sie nicht ignorieren wollte. Sie gähnte laut, zwang sich dann auf die Beine, steckte ihre Bluse zurück in den Rock und machte sich bereit für das nächste Gespräch.

Die Deckenbeleuchtung knisterte wie trockenes Papier, und sie fragte sich, wie viele Stunden ihres Lebens sie schon in solchen Räumen verbracht hatte, wo sie mit Verbrechern und Unschuldigen zu tun gehabt hatte, wo sie immer wieder Fakten durchgegangen war, bis sie eine Lücke im Alibi oder in der Aussage von jemandem finden konnte. Die Antwort war: zu viele. Sie sollte zu Hause bei ihren Kindern sein, eine Mutter sein, und nichtsdestotrotz musste sie immer noch Leute befragen. Sie sollte auch mit Paul Sadler und Charlie Curtis sprechen, um herauszufinden, wer gelogen hatte. Seth oder Roxy? Sie stapfte zur Tür, wobei sie merkte, dass ihr kleiner Zeh jetzt hart gegen die Innenseite ihres Schuhs drückte und jedes Mal, wenn sie den Fuß auf den Boden setzte, stechende Schmerzen verursachte. Sie schob den geschwollenen Fuß aus dem Schuh und rieb die empfindliche Stelle, wobei sie zusammenzuckte. Von draußen drangen laute Stimmen zu ihr heran. Sie zwang ihren Fuß zurück in den Schuh und öffnete die Tür, um festzustellen, dass Ian einen jungen Mann mit kurzgeschnittenem Haar und hellblauen Augen – sie hatten genau die gleiche Farbe wie Cathys – zurückhielt. Ein Blick auf sein Gesicht verriet ihr, wer er war.

»Es ist in Ordnung, PC Jarvis, lassen Sie ihn los.«

Der junge Mann schüttelte Ians Griff ab und schaute sie an.

»Ich bin DI Ward und Sie müssen Oliver Curtis sein.«

»Das stimmt.«

»Das mit Ihrer Mutter und Ihrer Schwester tut mir sehr leid.«

Er ignorierte ihre Plattitüde. »Wo ist Seth?«

»Er hilft uns bei unseren Ermittlungen.«

»Was haben Sie mit ihm gemacht?«

»Er befindet sich im Moment in einer Arrestzelle.«

»Warum haben Sie ihn noch nicht gehen lassen?«

»Wenn wir sicher sind, dass er nichts mit dem Tod Ihrer Schwester und Ihrer Mutter zu tun hat, werden wir ihn freilassen. Im Moment haben wir Beweise, die ihn mit einem der Tatorte in Verbindung bringen.«

»Er hat Mum nicht umgebracht. Kann ich mit Ihnen reden?«

Natalie öffnete die Tür weit und ließ ihn eintreten. Er schritt erhobenen Hauptes hinein und nahm Platz. Er wartete nicht, bis sie oder Ian ihre Plätze eingenommen hatten. Er saß selbstbewusst, die Hände auf die kräftigen Oberschenkel gestützt, den Rücken gerade. Dieser Mann war eindeutig an militärische Gepflogenheiten und Verhaltensweisen gewöhnt. Er zeigte das richtige Maß an Ehrerbietung und stellte Augenkontakt her, während er sprach. »Seth hätte nie im Leben eine der beiden getötet.«

Natalie setzte sich wieder auf den Platz, den sie vor Kurzem erst verlassen hatte. Er war noch warm von ihrem Körper.

Oliver sah Charlie sehr ähnlich, nur war sein Kiefer kantiger und er hatte keine sichtbaren Tätowierungen. Seine Augenlider sahen schwer aus, weil er nicht geschlafen hatte, und er hatte nachmittägliche Bartstoppeln, die sein Kinn bedeckten. Er sprach weiter, ohne dazu aufgefordert worden zu sein. »Warum ist er immer noch hier?«

»Ich habe gerade erklärt, warum.«

»Er hat sich nichts zuschulden kommen lassen.«

»Was macht Sie da so sicher?«

»Er vergöttert seine Mutter. Er würde ihr niemals wehtun.«

»Und Roxy?«

»Er würde ihr auch nicht wehtun. Er hat sie über alles geliebt.«

»Wir haben gehört, dass er sie mehrmals verletzt hat. Im Jahr 2016 hat er ihr sogar den Ellbogen gebrochen.«

Oliver schüttelte traurig den Kopf und schaute Natalie dabei fest an. »Ich war auf Urlaub und in der Wohnung, als das passiert ist. Es war ein Unfall. Beide hatten Schuld, und er war hinterher völlig aufgelöst – richtig fertig. Er hat geweint.«

»Das weist nur noch mehr auf seine Schuld hin. Wenn er zu explosivem Verhalten neigt, könnte er durchaus Ihre Schwester und Ihre Mutter angegriffen haben.«

»Das würde er nicht machen.« Er schüttelte erneut den Kopf, um die Aussage zu bekräftigen.

»Seine Fußabdrücke wurden bei einem Gebüsch gefunden, in der Nähe der Stelle, an der Ihre Mutter ermordet worden ist.«

»Wo?«

»Am Kanal in Armston.«

Oliver nickte. »Er geht immer dorthin, wenn er einen großen Ausraster hat. Es war Mums Idee. Sie hat irgendeine New-Age-Theorie über Wasser und Depressionen gelesen, wie das Sitzen am Wasser die Stimmung heben kann. Sie fand diese Stelle, und dorthin geht er, wenn es ihm wirklich schlecht geht. Die Fußabdrücke könnten schon seit Ewigkeiten dort sein.«

»Er hat zugegeben, dass er gestern Nachmittag dort war.«

Er zuckte mit den Schultern. »Da haben Sie es. Er würde das doch nicht zugeben, wenn er Mum getötet hätte, oder?«

»Wie lange hat er schon Depressionen?«

»Es hat angefangen, nachdem Dad von zu Hause weggegangen ist, und wurde schlimmer, als Seth in die Oberstufe kam – das war ungefähr 2014.«

»Sie alle wussten von seiner Depression, sogar Roxy?«

»Ja, und wenn Roxy in einer zickigen Stimmung war, hat sie ihn damit gequält. So kam es, dass sie einen gebrochenen Ellbogen hatte. Sie konnte manchmal genauso schlimm sein wie er.«

»Was hat sie gesagt, das ihn so wütend gemacht hat?«

»Sie hat ihm gesagt, dass er schwul ist, weil er keine Freundin hat.«

Dies war das zweite Mal, dass Seths Sexualität zur Sprache kam. »Ist er schwul?«

»Nein, das ist er nicht. Er hatte nur erst eine Freundin, und die hat ihn nach ein paar Dates wieder sitzen lassen. Seitdem hatte er keinen wirklichen Erfolg mehr bei den Mädchen.«

»Warum hat sie ihn verlassen?«

»Sie mochte ihn einfach nicht mehr.«

»Sie haben nie mit ihm über seine Depression gesprochen?«

Er schüttelte den Kopf und sie bemerkte, wie dick und verspannt sein Hals war. Er schenkte ihr ein knappes Lächeln. »Ich bin nicht die Art von Mensch, die viel über Gefühle redet. Ich packe lieber an.«

»Sie glauben also nicht, dass Seth gewalttätig ist?«

»Nicht wirklich. Er kann ab und zu die Beherrschung verlieren. Das ist bei uns allen so.«

»Roxy hat ihrer Freundin erzählt, dass sie Angst vor ihm hatte. Sie hat sogar gesagt, dass er gedroht hat, sie zu töten.«

Oliver stieß einen Seufzer aus. »Das bezweifle ich ernsthaft. Roxy hat immer wer weiß was gesagt, um die Leute zu schockieren.«

»Sie glauben also nicht, dass sie sich vor ihm gefürchtet hat?«

»Roxy hatte vor niemandem Angst. Sie hat genauso viel ausgeteilt, wie sie eingesteckt hat, und die Streitereien in unserem Haus meistens selber angefangen.«

»Und doch hat sie Fremden erzählt, sie sei weggelaufen, weil sie Angst habe, von ihm ernsthaft verletzt zu werden.«

»Das ist völliger Blödsinn. Charlie hat erwähnt, dass er gehört hat, wie sich Mum und Roxy wegen eines Jungen gestritten haben, mit dem sie sich getroffen hat. Sie ist nicht abgehauen, weil sie Angst vor Seth hatte. Sie war eher wütend, weil sie ihren Willen nicht durchsetzen konnte und beschloss, Mum etwas zu geben, worüber sie sich Sorgen machen konnte. Sie ist schon zweimal weggelaufen – und das eine Mal auch wegen eines Jungen.« Sein Gesicht wurde ernst. »Seth hat schon einmal versucht, sich umzubringen. Behalten Sie ihn nicht hier. Das könnte ihm den Rest geben.«

Selbst wenn Seth die Beherrschung verloren und seine Mutter angegriffen hatte, hatte sie ohne eine Verbindung zu Gavin und Kirk keinen wirklichen Grund, ihn weiter in Gewahrsam zu behalten. Außerdem musste sie noch herausfinden, warum Roxy in dem Haus in der Linnet Lane war, und Seth passte überhaupt nicht in dieses Szenario. Wo war die verdammte Verbindung? Hatte Oliver irgendwie damit zu tun?

»Schon mal was von Gavin oder Kirk Lang gehört?«

Er schürzte die Lippen, während er nachdachte. »Erst als Mum sie am Sonntag erwähnt hatt. Sie hat gesagt, dass ihnen das Haus gehört, in dem Roxy gestorben ist.«

»Waren Sie jemals in einem Nachtclub namens Extravaganza in

Armston?«

Er schüttelte den Kopf. »Ich stehe nicht auf so etwas. Ich tanze nicht.«

»Was ist mit Seth? Könnte er dort gewesen sein?«

Er rollte mit den Augen. »Auf keinen Fall. Er ist ein Einzelgänger. Ich kann mir nicht vorstellen, dass er in irgendwelche Clubs geht.«

»Haben Sie eine Ahnung, warum Roxy in der Nacht, als das Haus der Langs abbrannte, dort war?«

»Ich bin vor drei Jahren von zu Hause weggegangen und habe irgendwie vergessen, wie sie alle sind, auch Roxy. Ich habe keine Ahnung, wie meine Schwester tickte, und wir haben uns alle immer weiter voneinander entfernt, seit ich weg bin. Ich weiß nur, dass Seth seine Mutter vergöttert hat. Er hätte ihr nie wehgetan. Er hat sie sehr, sehr geliebt. Wahrscheinlich mehr als jeder andere von uns.«

Er war drei Jahre lang weg gewesen und hatte zugegeben, dass sie sich auseinandergelebt hatten. Wie zuverlässig war seine Aussage, und warum wollte er Seth unbedingt entlasten?

»Weiß Paul, dass Sie hier sind?«

»Natürlich. Er wollte mit mir kommen, aber ich habe es ihm ausgeredet, weil ich dachte, es wäre besser für Seth, wenn ich allein komme. Er wird wahrscheinlich ziemlich gestresst sein, und außerdem ist Paul im Moment völlig am Boden zerstört.«

Natalie betrachtete Oliver genau. Er schien aufrichtig genug zu sein, aber sie hatte schon vor langer Zeit gelernt, niemanden für bare Münze zu nehmen. »Wie lange haben Sie gebraucht, um hierher zu kommen?«

»Etwa eine Stunde. Ich bin aus der Kaserne los, sobald ich die Nachricht über Mum erhalten hatte. Ich bin direkt zur Wohnung gefahren und dann, als ich dort keine Spur von Seth fand, hierhergekommen.«

»Sie waren heute beim Drill?«

»Ja, genau. Wir haben das Lager um fünf Uhr morgens verlassen und sind um achtzehn Uhr zurückgekommen.«

»Besitzen Sie ein Auto?«

»Ja.«

»Hatten Sie an diesem Wochenende Dienst?«

In seinem Kiefer spannte sich ein Muskel an. »Nein, wir hatten das Wochenende frei.«

»Was haben Sie gemacht?«

Er zuckte mit den Schultern. »Joggen, Lesen, Fernsehschauen, Herumfahren. Ich habe einfach abgehangen.«

»Was haben Sie Samstagabend gemacht?«

»Ich war etwas trinken.«

»Mit Ihren Freunden?«

»Ja, wir waren in Nottingham und haben ein paar Bier getrunken und Curry gegessen.«

»Können Ihre Freunde das bestätigen?«

»Worauf wollen Sie hinaus?«

»Ich überprüfe nur, wo Sie sich am Samstag und Sonntag aufgehalten haben.«

»Ich war größtenteils in der Umgebung der Kaserne. Am Samstagabend habe ich mich mit ein einigen Jungs in Nottingham auf ein paar Bier und ein Curry getroffen, wie ich schon sagte.«

»Warum sind Sie nicht nach Hause gekommen, nachdem Sie am Sonntag von Roxys Tod erfahren haben?«

Ihre Frage traf ihn unvorbereitet. Seine Hände ballten sich zu Fäusten, als er um eine Antwort rang. »Mum hat gesagt, ich soll nicht, und um ehrlich zu sein, war ich erleichtert. Ich wollte nicht.«

»Warum nicht?«

»Ich konnte ihnen nicht gegenübertreten.«

»Aber das ist Ihre Familie.«

»Ich wollte einfach nicht, okay?« Er blinzelte Tränen weg. Es war das erste Mal, dass er Gefühle zeigte. Er versuchte zu sprechen, konnte es aber nicht. Er hob eine Hand, bat um eine Sekunde, um die Kontrolle wiederzuerlangen, und als er sie hatte, fuhr sie fort.

»Ich hätte gerne die Kontaktdaten dieser Freunde, damit wir das bestätigen können.«

»Das ist verdammt lächerlich. Ich bin gekommen, um Seth zu holen, nicht um beschuldigt zu werden. Ich habe meine Schwester und meine Mutter verloren.«

»Ich bin mir der Situation voll bewusst, aber wir müssen alle Personen überprüfen, die mit den Opfern bekannt sind. Ich fürchte, das gilt auch für Sie.«

Er stieß einen langen Seufzer aus. »Wirklich?«

»Ja, wenn es Ihnen nichts ausmacht, werde ich meinen Beamten bitten, die Daten zu notieren, und dann können Sie und Seth gehen.«

»Sie lassen ihn gehen?«

»Vorläufig.«

Sie ließ Ian zurück, um die benötigten Informationen zu notieren, und ging den Korridor entlang in Richtung des Befragungsraums, wo sie Gavin Lang finden würde. Ihr Kopf fühlte sich benebelt an, sie war unkonzentriert, und sie fragte sich, ob sie etwas zu übereifrig gewesen war, als sie nach Olivers Aufenthaltsort gefragt hatte. Dann erinnerte sie sich daran, dass sie einen Job zu erledigen hatte, und das Sammeln von Fakten war Teil davon. Die Chetwynd Kaserne war nur eine Stunde mit dem Auto entfernt. Wenn sein Aufenthaltsort nicht bestätigt werden konnte, mussten sie tiefer graben. Sie konnte es sich nicht leisten, irgendetwas außer Acht zu lassen, und Oliver könnte leicht seinen Bruder oder sich selbst decken. Es war eine traurige Tatsache, dass Menschen lügen, vor allem, wenn sie in die Enge getrieben wurden.

Murray war froh, Lucy zu sehen, die endlich vom Stockwell Estate zurückgekommen war.

»Kaltes chinesisches Essen, wenn du magst«, sagte er und deutete auf die Take-Away-Schachteln auf dem Tisch neben der Tür.

»Lecker. Wer liebt kein kaltes Take-Away-Essen?«, sagte sie mit echter Begeisterung, stöberte in den verbliebenen ungeöffneten Schachteln und entschied sich für süßsaures Schweinefleisch. Sie nahm eine Plastikgabel in die Hand und stach in ein Stück hinein. Während sie kaute und dabei anerkennende Laute von sich gab, setzte sie sich zu Murray an den Monitor.

»Was gibt es Neues?«, murmelte sie mit vollem Mund.

»Seth gibt zu, dass er gestern Nachmittag am Kanal gewesen ist, sagt aber, dass er seine Mutter dort nicht gesehen hat. Er leidet unter Depressionen und geht oft dorthin, wenn er sehr gestresst ist.«

»Laut Ellie hat er eine gewalttätige Ader.«

»Das ergibt aber keinen Sinn. Warum sollte er überhaupt zum Haus der Langs gehen? Zweitens, was zum Teufel hatte Roxy dort zu suchen? Drittens, warum sollte er das Haus niederbrennen? Und schließlich, welches Motiv hat er, seine Mutter zu töten? Ich kann es nicht zusammenfügen.«

»Ich hab auch keine Ahnung. Wo ist Natalie?«

»Sie ist mit Ian zusammen. Sie haben zuvor Kirk Lang befragt und jetzt Gavin. Die Wichser haben uns wegen ihres Anwalts warten lassen, also hat sie sie jetzt auch erst einmal warten lassen und zuerst mit Seth gesprochen.

Lucy jagte ein Stück Schweinefleisch mit ihrer Gabel quer durch die fettige Schachtel, bis sie es aufspießte. Sie winkte Murray damit zu. »Weißt du, was ich denke? Ich glaube, Gavin und Kirk sind gerissene Mistkerle, die nichts Gutes im Schilde führen. Ich vermute immer noch, dass sie ihr eigenes Haus aus Versicherungsgründen niedergebrannt haben und Roxy irgendwie da hineingeraten ist. Es gibt jemanden oder etwas, das wir noch nicht aufgedeckt haben.« Sie kaute auf dem Essen herum und suchte nach etwas, mit dem sie es herunterspülen konnte.

»Es gibt Limonade – Zitrone oder Orange«, sagte Murray.

»Menschenskind! Das ist ja wie bei einem Kinderpicknick, das heißt, du hast das Menü ausgesucht. Du bist nie über Fischstäbchen und Chicken Nuggets hinausgekommen, oder?«

Er zeigte ihr den Mittelfinger. Sie griff nach der Limonadenflasche, schraubte sie teilweise auf und ließ erst den Schaum an die Oberfläche steigen, bevor sie sie ganz aufmachte. Sie goss die Limonade in einen Plastikbecher, trank einen Schluck und sagte dann: »Ich werde mal sehen, ob ich Seths Krankenakte auftreiben kann. Ich weiß nicht, wer hier lügt, aber wenn Seth so gewalttätig ist, wie Ellie behauptet, dann könnte er uns auch einfach Mist erzählen.«

———

Gavin Lang war sofort auf den Beinen, als Natalie den Raum betrat. Der gleiche Anwalt, der bei Kirk gewesen war, war auch bei ihm, und er schaute auf seine Uhr, um Gavins Standpunkt zu verdeutlichen.

»Das wurde auch Zeit, verdammt noch mal!«, knurrte Gavin.

»Die Verzögerung tut mir leid. Es ließ sich nicht vermeiden.«

»Wirklich?« Sein Tonfall war barsch.

»Wirklich«, antwortete sie und zog einen Stuhl heran. »Würden Sie sich bitte setzen?«

»Ich sitze hier schon seit einer verdammten Stunde. Können wir das schnell hinter uns bringen? Ich muss in den Club.«

Natalie verlangte, dass das Aufnahmegerät in Betrieb genommen wurde, und gab dem Prozedere folgend ihren Namen und ihren Rang bekannt. Ian, der sich zu ihr gesellt hatte, tat es ihr gleich.

»Es sollte nicht lange dauern. Ich wollte Sie über Cathy Curtis befragen«, sagte sie.

»Nie von ihr gehört.«

»Erkennen Sie diese Frau?« Natalie schob das Foto von Cathy über den Tisch.

Für das Protokoll erklärte Jan in Worten, was vor sich ging. »DI Ward zeigt Gavin Lang ein Foto von Cathy Curtis.«

»Nein.« Er bedeckte seinen Mund teilweise mit der Hand, während er sprach, und Natalie wusste, dass er log.

»Könnten Sie sich bitte nochmals vergewissern?«

»Ich erkenne sie nicht.« Er hielt sich die Hand direkt vor den Mund, die klassische unwillkürliche Geste von jemandem, der nicht die Wahrheit sagte.

»Sie war am Samstag, dem zweiten Dezember, mit einer Freundin im Extravaganza.«

»Haben Sie eine Ahnung, wie viele Menschen durch unsere Türen gehen? Ich sehe jede Woche so viele Gesichter, dass ich sie mir nicht alle merken kann.«

»Es war ein Abend, an dem der Eintritt für Frauen kostenlos war.«

»Das hilft mir nicht im Geringsten. Wir veranstalten oft Abende mit freiem Eintritt für Frauen. An diesen Abenden müssen noch viel mehr Frauen als sonst im Club gewesen sein.«

»Laut ihrer Freundin Megan haben Sie einige Zeit mit Cathy verbracht.«

»Daran kann ich mich nicht erinnern.«

»Sie sagte, Sie seien sehr an ihr interessiert gewesen.«

»Das bezweifle ich«, spottete er.

»Was meinen Sie?«

»Sie hat mich wahrscheinlich angemacht und ich war nur höflich. Das kommt öfter vor.«

Natalie spürte, wie ihre Augenlider irritiert flackerten. »Noch mal: Laut ihrer Freundin war es genau andersherum und Sie waren sehr interessiert an ihr. Sogar so sehr, dass Cathy sich unwohl fühlte und den Club verließ.«

»So ein Quatsch! Ich wollte nur höflich sein.«

»Sie erinnern sich also doch an sie.«

»Nein, das tue ich nicht. Ich sage nur, dass ich alle Frauen auf zivilisierte Weise behandle. Wenn ich tatsächlich mit ihr gesprochen haben sollte, dann hat sie die Ereignisse falsch interpretiert.«

»Offenbar konnten Sie Ihre Augen nicht von ihrem Dekolleté losreißen.«

»Verdammt noch mal! Was soll das denn? Ich kenne diese Frau nicht, klar? Wenn sie mir ihre Titten gezeigt und vor meiner Nase damit herumgewackelt hat, hätte ich vielleicht schon einen Blick darauf geworfen. Ich bin auch nur ein Mann, okay? Ich habe weder bei ihr noch bei einer anderen etwas versucht. Das habe ich auch nicht nötig. Ich hatte zu meiner Zeit viele Freundinnen. Und ich führe eine gesunde Beziehung, mit Daisy, falls Sie das vergessen haben. Ich bin nicht hinter Frauen her.«

»Bestreiten Sie kategorisch, die Frau auf dem Foto zu kennen oder mit ihr gesprochen zu haben?«

»Und wie ich das tue. *Wenn* ich mit ihr gesprochen habe, kann ich mich nicht daran erinnern. Kann ich jetzt gehen?«

»Gleich. Können Sie mir sagen, wo Sie gestern Abend zwischen sechs und neun waren?«

»Im Tea Room.«

»Sie meinen die Teestube in der Linnet Lane?«

»Ja ... ich war mit meiner Freundin Daisy Goldsmith zwischen sechs und neun im Vintage Tea Room in der Linnet Lane«, antwortete er in monotonem Ton. »Ich war oben in der Wohnung.«

»Waren Sie allein?«

»Für eine gewisse Zeitspanne, ja. Daisy war kurz unterwegs.«

»War Ihr Bruder da?«

»Nein. Er war mit einem seiner Freunde unterwegs und ging dann in den Nachtclub, um zu öffnen.«

Kirk hatte ihr Ähnliches erzählt und sie hatte den Namen seines Freundes, um sein Alibi zu überprüfen.

»Um wie viel Uhr ist Daisy ausgegangen?«

»Ich bin mir nicht sicher. Ich habe geschlafen. Es waren ein paar anstrengende Tage und ich habe ein Nickerchen gemacht. Sie war da, als ich eindöste, und weg, als ich gegen halb neun aufwachte. Ich habe mir einen Film angesehen und sie kam etwa eine Stunde später in die Wohnung zurück.«

Natalie hatte genug von dem aufbrausenden, selbstsicheren Mann ihr gegenüber. Trotz seines Verhaltens war sein Alibi nicht wasserdicht, und solang sie nicht bestätigen konnte, dass er tatsächlich in der Wohnung gewesen war, war er ein potenzieller Verdächtiger. Sie brauchte jedoch einen Grund, um ihn in Haft zu halten, und solang sie keine Verbindung zwischen ihm, Roxy und Cathy fanden, konnte sie nicht viel mehr tun. Es war ein langer, frustrierender und erfolgloser Tag gewesen, und sie hatte genug. Sie beendete das Gespräch und schickte Gavin auf den Weg. An manchen Tagen war es besser, sich für eine Weile zurückzuziehen und zu warten, bis sich alles beruhigt hatte, damit man sich ein klareres Bild machen konnte.

———

Im Obergeschoss hatte Lucy einige Informationen über Seth herausgefunden. Er war im letzten Jahr in einer psychiatrischen Klinik gewesen. Natalie, die von ihrem Gespräch mit Gavin zurück war, rieb sich den lästigen Zeh und stöhnte.

»Oliver hat darauf bestanden, dass Seth weder Roxy noch Cathy etwas angetan hätte, und obwohl Seth zugegeben hat, dass er etwa zur gleichen Zeit wie seine Mutter am Kanal war, können wir weder ein Motiv für den Angriff auf die beiden noch eine Verbindung zwischen ihm und den Langs feststellen. Ian, wie weit sind Sie mit Olivers Alibi?«, fragte Natalie.

»Seine Freunde bestätigten, dass er am Samstagabend bis nach Mitternacht bei ihnen war, und einer von ihnen sah ihn gestern um fünf Uhr um die Kaserne joggen.«

»Okay. Damit ist eine weitere Möglichkeit ausgeschlossen. Gibt es sonst noch etwas, dem wir nachgehen müssen?« Natalie sah hoffnungsvoll zu Murray, der den Kopf schüttelte. Sie zog ihren Schuh wieder an. »Dann scheiß drauf. Machen wir Schluss für heute.«

Morgen war ein neuer Tag. Sie hoffte, dass er bessere Ergebnisse bringen würde. Bisher hatte sie absolut nichts vorzuweisen, was ihre Bemühungen belohnt hätte.

Habib Malik fährt sich mit den Fingern durch sein dunkles Haar und verstreicht leicht das Gel, das er benutzt hat. Wie sein Vater ihm immer sagt, sind Äußerlichkeiten wichtig, und nach dem heutigen Abend wird er zu Nadias Haus laufen und auf dem Weg dorthin noch am Spätkauf vorbeigehen, um eine Schachtel Pralinen und ein paar Blumen zu kaufen. Tucker würde ihn auslachen, wenn er wüsste, was er vorhat, und ihm sagen, dass er ein Idiot ist, weil er überhaupt Geld für ein Mädchen ausgibt, besonders für diese unterkühlte Nadia. Die Sache ist, dass er sich wegen Samstagabend wirklich schuldig fühlt und Nadia nicht verlieren will. Unterkühlt oder nicht, er mag sie wirklich und sie steht auf romantische Gesten. Was kann romantischer sein als Pralinen und Blumen?

Er reibt sich die Hände angesichts der Aussicht, so viel Geld zu bekommen – fünfhundert Pfund. Das ist viel mehr, als er je in seinem Leben hatte. Er hat schon entschieden, was er damit machen wird: Er wird etwas davon Tucker geben – vielleicht einhundert – und der Rest fließt in seinen ›Auszugsfonds‹. Er hasst Clearview, und jeder einzelne Penny, den er sparen kann, ist ein Schritt näher zu seinem Ausstieg und seinem Umzug.

Er sieht sich auf dem großen Feld um. Es ist ein seltsamer Ort, um sich zu treffen, und von dort, wo er steht, kann er das Dach des abgebrannten Hauses gegenüber erkennen, dessen Balken wie ein riesiges Skelett im nun schwindenden Licht wirken. Kaum ist die Sonne verschwunden, fällt die Temperatur um einige Grad, was ihm eine Gänsehaut auf den Armen beschert, und er zittert, aber nicht vor Kälte. Er wendet sich von dem Haus ab, weil er es nicht länger ansehen kann.

Die Linnet Lane liegt still da – kein einziges Auto, kein Fahrrad, kein Mensch in Sicht. Er fragt sich, ob er sich wohl eines Tages ein Haus wie eines der ihm gegenüberliegenden leisten kann, vielleicht zusammen mit einem Mädchen wie Nadia.

Das Geheul eines Motors macht ihn auf ein auf ihn zukommendes Auto aufmerksam. Er versucht, das Grinsen zu unterdrücken, das sich auf seinem Gesicht ausbreitet, als das Auto langsamer wird. Das ist das leichteste Geld, das er je verdienen wird, und alles, was er dafür tun muss, ist, den Mund zu halten.

ZWEIUNDZWANZIG

DIENSTAG, 3. JULI – VORMITTAG

»Kann mich nicht Dad hinbringen?« Leighs klagende Stimme durchdrang Natalies Kopfschmerzen. Sie hatte schlecht geschlafen und wurde von Gefühlen der Unzulänglichkeit geplagt. Sie war bei den Ermittlungen immer noch nicht vorangekommen und fragte sich, welchen Weg sie als Nächstes einschlagen sollte.

»Er hat ein Vorstellungsgespräch am anderen Ende der Stadt. Da reicht die Zeit nicht, um dich an der Schule abzusetzen und noch rechtzeitig dort hinzukommen.«

»Aber das bedeutet, dass ich zu früh in der Schule sein werde und dort warten muss.«

»Ich weiß, Schatz, aber es regnet nicht und ist auch nicht eiskalt.«

»Aber ich werde, na ja, blöd rumstehen!«

»Jetzt mach mal halblang, Leigh«, sagte David. »Du bist nur zwanzig Minuten zu früh dran. Deine Mum muss auch in die Arbeit. Geh schon. Mach dich fertig.«

Natalie warf ihm einen dankbaren Blick zu. Er sah so erschöpft aus, wie sie sich fühlte. Eine Welle von Schuldgefühlen überspülte sie. Sie hatte sich fast die ganze Nacht hin und her gewälzt und ihn zweifellos gestört.

Leigh, immer noch im Nachthemd und den großen pelzigen Bärenpantoffeln, stapfte die Treppe hinauf, um sich fertig zu machen. Natalie stieg hinter Leigh die Treppe hinauf. Sie brauchte ein Pflaster für ihren Zeh. Er war aufgescheuert. Das würde sie lehren, Schuhe zu tragen, die richtig eingelaufen waren. Sie hörte Gemurmel aus Leighs Zimmer und hielt inne, um den Inhalt des Gesprächs zu verstehen.

»Ich brauche wirklich deine Hilfe. Ich habe die blöden Hausaufgaben vergessen, die Felix uns aufgegeben hat, und er wird total ausrasten, wenn ich sie heute nicht abgebe. Ich habe schon eine schlechte Note bekommen, weil ich sie das letzte Mal nicht gemacht habe. Du kannst mir nicht deine Lösungen kurz borgen, oder? Nein ... Mum bringt mich früher hin. Sie hat einen wichtigen Fall ... Ich weiß. So ein Mist. Wenn du mir die Lösungen abfotografierst und sie mir per WhatsApp schickst, kann ich sie abschreiben, während ich warte. Ja, klar. Klar. Ich mache ein paar absichtliche Fehler, damit er es nicht merkt. Du bist die Beste. Hab dich lieb, Babe.«

Felix war der Name von Leighs Mathelehrer, einem der älteren Lehrer an ihrer Schule, und es hörte sich so an, als würde Leigh bei ihren Hausaufgaben schummeln wollen. Natalie konnte nichts dagegen tun, ohne zuzugeben, dass sie gelauscht hatte. Sie prüfte ihre Möglichkeiten. Beide würden dazu führen, dass sie sich mit Leigh stritt. Die Lage zu Hause war schon angespannt genug, ohne dass sie sich auch noch mit ihrer Tochter streiten musste, weil sie die Hausaufgaben von jemand anderem abschrieb. Leigh wäre nicht das einzige Kind in der Schule, das sich die Lösungen von anderen borgte, aber sie fühlte trotzdem einen Schmerz – ihr Mädchen veränderte sich allmählich und wurde von Tag zu Tag pubertärer. Sie strich das Pflaster glatt und zog noch ein paar Streifen ab, falls sie sie brauchen würde, dann huschte sie nach unten, um sich eine Tasse Tee zu holen. David saß am Tisch und aß eine Schale mit Cornflakes.

»Hat Leigh gestern Abend ihre Hausaufgaben gemacht?«, fragte sie.

»Ich gehe davon aus, ja. Sie war den ganzen Abend in ihrem Zimmer. Warum fragst du?«

»Nur so«, antwortete sie, während sie den letzten Tee in ihre Tasse schüttete. »Es muss merkwürdig für sie sein, dass Josh jetzt frei hat.«

»Ja, wahrscheinlich.«

Josh war nicht zum Frühstück erschienen. Obwohl er nicht zur Schule musste, war er in den letzten Tagen um die Zeit schon auf den Beinen gewesen, und es war seltsam, ihn jetzt nicht in der Küche zu sehen. Sie hatte keine Ahnung, was er mit seinen Tagen anstellen würde, wenn er nicht irgendeinen Job fand.

»Hast du Josh gesehen?«, fragte sie.

»Nein.« David schob sich den letzten Rest in den Mund und ließ dann den Löffel in die Schüssel fallen: »Nat ...«, begann er.

»Ja?«

Er schüttelte den Kopf. »Nichts.«

»Was? Was ist denn los?«

Es gab eine längere Pause, gefolgt von: »Alles in Ordnung mit uns?«

Sie nahm einen Schluck von ihrem Tee. »Natürlich.«

»Bist du dir sicher?«

»Ja. Warum?«

»Du hast gestern Abend sehr distanziert gewirkt.«

Sie wusste, worauf er sich bezog. Im Bett hatte er versucht, sie in den Arm zu nehmen, aber sie hatte sich von ihm weggerollt. »Der Fall. Er geht mir unter die Haut. Ich weiß nicht mehr, was ich noch machen soll. Das ist alles.«

»Du bist dir ganz sicher?«

Sie nickte und trank den Tee in zwei Schlucken aus. »Mach dich lieber fertig. Wir können später weiterreden, wenn du willst.«

Beide wussten, dass das unwahrscheinlich war, aber er nickte trotzdem.

»Ich drücke dir die Daumen für dein Vorstellungsgespräch nachher.«

»Danke. Ich versuche, mir nicht zu viele Hoffnungen zu machen.«

»Du solltest immer hoffen.« Sie ging, bevor er noch mehr sagen konnte.

Das Büro war leer, als sie um acht Uhr fünfundvierzig eintraf. Sie hatte dem Team gesagt, dass sie sich um neun einfinden sollten, und das gab ihr noch fünfzehn Minuten Zeit, um zu entscheiden, wie sie vorgehen wollte. Wenn sie ehrlich war, wusste sie nicht, was sie als Nächstes tun sollte, und ihre begrenzten Möglichkeiten bestanden darin, mit Roxys Freunden zu sprechen und die Mitarbeiter des Extravaganza erneut zu befragen. Die Tatsache, dass Roxy im Haus der Langs gewesen war, bereitete ihr immer noch Kopfzerbrechen, denn sie hatten immer noch nicht herausgefunden, warum sie sich dort aufgehalten hatte. Es gab noch zwei weitere Dinge, die sie beunruhigten: Das erste war, dass Ellie nicht gefragt hatte, was mit Roxy passiert war oder wie sie gestorben war, und das zweite war, dass Charlie einen Streit zwischen ihr und ihrer Mutter mitgehört hatte, bei dem es anscheinend um einen Jungen gegangen war. Sie spekulierte, ob das irgendwie relevant war und ob jemand anderes – dieser Junge – in den Fall verwickelt war.

Ein Klopfen an der Scheibe ließ sie aufblicken. Mike stand draußen – unrasiert. Sie winkte ihn ins Büro, froh, jemanden zum Reden zu haben.

»Hey, wie läuft's?«, fragte er.

»Ich komme immer noch nicht weiter.«

»Die Fußabdrücke passen zu Seths Turnschuhen. Hat das nicht geholfen?«

»Es beweist, dass er dort war, aber nicht, dass er etwas mit dem Mord an Cathy zu tun hatte. Er leidet an Depressionen und der Kanal ist sein Lieblingsort, wenn er eine schlechte Phase hat. Es könnte ein Zufall sein, dass er ungefähr zu der Zeit dort war, als seine Mutter getötet wurde.«

Er warf ihr einen Blick zu. »Aber du glaubst doch nicht an Zufälle.«

»Das stimmt. Das ist es, was mich am meisten beunruhigt. Ihr habt noch nichts gefunden, womit man sie hätte erwürgen können, oder?«

»Wir haben den Kanal abgesucht, aber es gab keine Anzeichen für etwas, das ins Bild passt. Ich vermute, dass der Mörder es mitgenommen hat. Wir haben jedoch die Fasern unter ihren Nägeln identifiziert. Es ist cremefarbener Baumwollköper. Sie trug nichts, was dazu passt, also kann man davon ausgehen, dass sie von dem Stoff stammen, mit dem sie erwürgt wurde, oder von dem, was der Mörder trug.«

»Cremefarbene Baumwollköperfasern – von was?«

»Hemden, Kleidern, Jacken, Kinderbetten, Geschirrtüchern, Bettzeug, Vorhängen ... soll ich weitermachen?«

Sie zog die Augenbrauen hoch. »Das reicht schon, um mich durcheinanderzubringen, danke.«

»Nat, ich weiß, dass es schwer ist, aber wir tun alle, was wir können, um zu helfen. Am Ende werden wir es schaffen.«

»Du weißt, dass ich das zu schätzen weiß.«

Er lächelte und die Falten um seine Augen vertieften sich zusehends. Es herrschte eine kurze Stille, bevor er die Hand hob und sich zum Gehen wandte.

»Mike!«

»Ja?«

»Danke.«

»Wofür?«

»Dass du mich daran erinnert hast, warum ich diesen Job mache.«

»Ich habe doch gar nichts gesagt.«

»Ich weiß, aber du bist der engagierteste Mensch, mit dem ich je das Glück hatte, zusammenzuarbeiten.«

Er machte eine Scheinverbeugung und ging. Seine Worte hatten bei ihr Widerhall gefunden. Sie glaubte nicht an Zufälle. Cathy war aus einem bestimmten Grund zum Kanal gegangen, und wenn es darum gegangen wäre, nach ihrem Sohn zu suchen, hätte sie Paul gesagt, dass sie dorthin wollte, und nicht, dass sie zu Megan ging. Sie hatte Roxys Spielzeugkatze mitgenommen und war an dem Haus vorbeigekommen, in dem ihre Tochter gefunden worden war. Natalie vermutete, dass sie sich mit jemand anderem treffen wollte, und die Tatsache, dass sie Natalies Nummer auf einen Zettel geschrieben hatte, ließ Natalie glauben, dass sie etwas aufgedeckt hatte. Cathy könnte sogar ein Treffen mit ihrem Mörder arrangiert haben.

Murray stürmte mit einem lauten »Morgen!« ins Zimmer.

Sie nahm seine Anwesenheit zur Kenntnis und fragte: »Wenn ich Ihnen sagen würde, dass Ihr bester Freund gestorben ist, was würden Sie dann als Erstes zu mir sagen?«

»Wann? Wo? Wie?«, antwortete er mit leichtem Zögern.

»Genau! Doch Ellie Cornwall stellte keine dieser Fragen, und ich habe das Gefühl, dass sie uns immer noch etwas verheimlicht.«

»Reden Sie noch einmal mit ihr?«

»Auf jeden Fall. Mit den Curtis-Jungs auch. Charlie hat am Samstagnachmittag zufällig einen Streit zwischen Cathy und Roxy wegen eines Jungen mitbekommen. Dazu würde ich gerne mehr herausfinden.«

Sie gewann an Tempo, ihre Gedanken reihten sich aneinander. Sie hatte jetzt eine Struktur für ihre Ermittlungen und eine Logik für ihren Denkprozess.

»Ich bin mir immer noch nicht sicher, was Cathy angeht und warum sie am Kanal war. Wenn sie Seth gesucht hätte, hätte sie es doch Paul gesagt, oder?«

»Es sei denn, sie hat vermutet, dass Seth schuld war und wollte mit ihm reden.«

»Daran habe ich nicht gedacht.« Sie schürzte irritiert die Lippen, weil sie diese Möglichkeit nicht in Betracht gezogen hatte, und kam dann auf eine andere Theorie. »Sie hat Roxys Spielzeugkatze mitgenommen und ist an dem Haus vorbeigegangen, in dem Roxy gestorben ist. Das klingt wie das Verhalten einer verzweifelten Mutter, die sich selbst davon überzeugen wollte, wo ihr Kind gestorben ist. Ich kann das verstehen. Das würde ich auch wollen, wenn ich in dieser Situation wäre.« Ihr Puls erhöhte sich, als sie überlegte, dass Cathy dann zum Kanal gegangen sein könnte, um einige Zeit allein in ihrem Elend zu verbringen, und dabei entdeckt worden war. »Jemand könnte ihr sogar von der Linnet Lane dorthin gefolgt sein.«

Murray nahm auf, worauf sie mit diesem neuen Gedankengang hinauswollte. »Und dieser Jemand könnte sogar Gavin Lang gewesen sein, ein Mann, der keine Zeugen hat, die bestätigen können, dass er wirklich in der Wohnung seiner Freundin über dem Teeladen war, nur wenige Gehminuten von dem Ort entfernt, an dem Cathy ermordet wurde.«

»Genau.« Sie griff nach einem Filzstift, schrieb Gavins Namen an die Tafel und verband ihn mit Cathys Namen. Sie fügte den Namen von Seth hinzu und sagte: »Gavin und Seth waren zu diesem Zeitpunkt beide in der Nähe.« Sie klopfte mit dem Stift in der Hand auf den Schreibtisch, ein selbstbewusster Trommelwirbel. Das war der Grund, warum sie gerne Detective war.

Lucy kam als Nächste, voller Enthusiasmus, ihr Haar noch feucht von der Dusche. Sie begrüßte die beiden, ließ eine

Tasche auf den Boden fallen und setzte sich, ihren Körper Natalie zugewandt. Ian folgte kurz darauf und nickte allen einen guten Morgen zu. Natalie stellte fest, dass er seit dem Abend mit Murray im Extravaganza wieder ganz der Alte zu sein schien.

Nach ein paar Minuten war Natalie bereit anzufangen. »Es gibt eine Menge loser Enden, die wir verknüpfen müssen, bevor wir weitermachen können, und wir müssen uns an die Arbeit machen. In diesem Sinne, Lucy, Sie besuchen noch mal Ellie. Als wir ihr das erste Mal von Roxys Tod erzählt haben, hat sie nicht gefragt, wo wir ihre Freundin gefunden haben oder wie sie gestorben ist. Ich hätte gedacht, das wäre eine der ersten Fragen gewesen, die sie hätte stellen müssen.«

»Sie könnte zu schockiert gewesen sein, um das zu fragen, und sie hat uns bereits gesagt, dass sie die Männer nicht kennt«, sagte Lucy.

Natalie verstand ihr Zögern, aber Teenager waren, wie viele andere Menschen auch, verschwiegen. Sie musste nur daran denken, dass Leigh die Hausaufgaben von ihrer Freundin abschrieb, um das zu wissen. »Ich weiß, und vielleicht interpretiere ich da zu viel hinein, aber sie hat uns bereits Informationen vorenthalten, also lohnt es sich vielleicht, dem noch mal nachzugehen.«

Lucy schaute zweifelnd, nickte aber trotzdem. »Okay. Ich befrage sie noch einmal.«

»Ich werde mit Charlie sprechen. Murray, überprüfen Sie Gavins Geschichte, ja? Wie wir bereits besprochen haben, behauptet er, dass er am Sonntagabend in Daisys Wohnung geschlafen hat, als Cathy ermordet wurde, und dass Daisy erst um halb zehn zurückkam. Sein Bruder war auch nicht zu Hause. Wie Sie schon gesagt haben, befand er sich in Gehweite des Kanals. Er hatte die Gelegenheit, auch wenn das Motiv immer noch unklar ist.«

»Er hat es im Dezember letzten Jahres bei Cathy in seinem

Nachtclub probiert. Vielleicht war da mehr als das und sie hatten eine Affäre, und sie hat ihn abserviert oder ihn sogar erpresst.«

»Das ist sicherlich möglich und könnte Roxys Anwesenheit in ihrem Haus erklären – sie könnten sich über ihre Mutter gekannt haben. Das ist alles sehr hypothetisch, also lassen Sie uns die Finanzen von Cathy überprüfen. Ian, sehen Sie nach, ob es seit letztem Dezember irgendwelche seltsamen Aktivitäten auf ihren Konten gegeben hat. Wissen alle, was sie tun sollen?« Damit beendete sie die Besprechung.

»Bis später.« Sie schoss aus dem Büro und sprang die Treppe hinunter. Sie wollte nach Clearview fahren und Charlie zur Rede stellen. Warum er nicht früher damit herausgekommen war, wusste sie nicht, aber sie musste herausfinden, wer dieser mysteriöse Junge war. Das könnte die entscheidende Information sein, auf die sie gehofft hatte, und Junge, die brauchte sie!

In der Wohnung hing ein säuerlicher Geruch. Die Vorhänge waren noch nicht geöffnet worden und eine Aura der Traurigkeit lag schwer im Raum. Schatten hingen wie stumme Gespenster in den düsteren Ecken. Oliver ging schnell zu den Fenstern und ließ etwas Licht herein, sein Gesicht war ernst.

»Vorhin waren Journalisten hier. Ich habe ihnen gesagt, sie sollen sich verpissen. Verdammte Haie.«

»Wo ist Paul?«, fragte Natalie.

»Er ist zur Arbeit gegangen.«

»Ich bin überrascht, dass er das wollte oder dass sein Chef ihn nicht freigestellt hat.«

»Er hat es angeboten, aber Paul hat gesagt, er will sich lieber beschäftigen. Es ist ziemlich beschissen, hier rumzusitzen und sich gegenseitig anzustarren und nicht zu wissen, was man sagen oder tun soll. Er hat Probleme, sich zusammenzureißen. Charlie ist da. Er ist aber noch nicht wach.«

»Wie kommen Sie zurecht?« Ihre Sorge war echt.

»Ich konnte nicht schlafen. Ich habe mir das Zimmer mit Charlie und Seth geteilt und auf dem Boden geschlafen. Ich konnte es nicht ertragen, Roxys Zimmer zu benutzen. Es ist verdammt furchtbar, hier zu sein. Nichts davon fühlt sich real an. Es ist sogar noch schwieriger, als ich dachte, dass es sein würde. Jeder erwartet von mir, dass ich der harte Kerl bin – der Soldat – aber ...« Die Zuversicht, die er gestern noch gezeigt hatte, war verflogen.

Sie betrachtete die dunklen Ringe unter seinen Augen und sprach leise. »Haben Sie mit der Verbindungsbeamtin gesprochen?«

»PC Granger?«

»Ja.«

»Sie rief gestern Abend an, als wir vom Revier zurückgekommen sind. Wir haben ihr gesagt, dass wir auch ohne sie zurechtkommen.«

»Aber stimmt das? Sie ist eine ausgebildete, erfahrene Beamtin. Sie kann Ihnen wirklich helfen, damit umzugehen.«

»Niemand kann uns helfen, ist doch wahr! Sie können nicht ändern, was geschehen ist, und sie können es nicht besser machen. Ich habe 2016 einen Kameraden bei einem Einsatz in Afghanistan verloren. Wir mussten all seine persönlichen Dinge aus seinem Spind räumen, um sie seinen Eltern zurückzugeben: Fotos, Briefe, Kleidung, seinen Rasierpinsel und Toilettenartikel, den Schlüsselanhänger mit der Hasenpfote, über den wir immer Witze gemacht hatten. Wir haben sein Bett abgezogen, seine Ausrüstung entsorgt und alle Beweise für seine Existenz vernichtet. So wird es auch hier sein, nicht wahr? Wir werden den Schmerz begraben und schließlich unser eigenes Leben weiterführen. Wir schaffen es.«

»Sprechen Sie mit PC Granger. Das wird helfen«, drängte Natalie.

Er neigte kurz den Kopf und sagte dann: »Ich werde Charlie sagen, dass Sie ihn sprechen wollen.«

Während sie wartete, schaute sie sich im Raum um. Seit Sonntagmorgen war er zu einem Chaos verkommen. Auf dem Tisch lagen zerdrückte Bierdosen, Chipstüten, leere Wasserflaschen und Kaffeebecher zum Mitnehmen. Ein Paar Turnschuhe, das nicht Seth gehörte, war unter einen kleinen Tisch gekickt worden, ein Kapuzenpulli war auf die Lehne eines der Esszimmerstühle geworfen worden und auf dem Tisch lag alles voll. Die Kissen, die auf den Sofas stolz aufgeplustert gewesen waren, waren nun platt und zerdrückt, wo man sich auf sie gesetzt oder sie fest an sich gedrückt hatte, oder sie waren neben Zeitungen auf den Boden geworfen worden. Sie erblickte die Schlagzeile auf der Titelseite einer Lokalzeitung: *Teenager bei Brandanschlag auf Haus getötet*. Die Fernbedienung des Fernsehers war hinuntergefallen oder auf den Teppich geworfen worden, und mehrere Tassen waren auf einer Anrichte zwischen den dort stehenden Ornamenten zurückgelassen worden.

Oliver war wieder da. Charlie, der eine Jogginghose und ein enges T-Shirt trug, das seine Muskeln zur Schau stellte, folgte ihm auf dem Fuß.

»Hallo, Charlie«, sagte sie.

Er grummelte etwas.

»Ich möchte mit Ihnen über einen Streit zwischen Roxy und Ihrer Mutter sprechen, den Sie gehört haben. Wann hat das stattgefunden?«

Er trat unbehaglich von einem nackten Fuß auf den anderen. »Samstagmorgen, bevor ich weg bin.«

»Oliver sagte, es ging um einen Jungen. Wegen wem haben sie sich gestritten?«

Er warf einen Blick auf seinen Bruder, der fast unmerklich mit den Schultern zuckte.

Natalie bemerkte den Austausch und drängte ihn weiter. »Das könnte eine sehr wichtige Information sein. Was genau haben Sie mitgehört?«

»Ich habe nicht alles gehört – nur Bruchstücke. Ich habe anfangs nicht besonders darauf geachtet, aber Roxy wurde richtig laut und nannte Mum eine Schlampe ...«

———

»Du bist so eine Schlampe!«, schreit Roxy.

»Verdammt noch mal, Roxy, beruhige dich. Er macht einen Haufen Ärger und das weißt du auch. Was zum Teufel denkst du dir dabei, mit ihm rumzuhängen?«

»Ich bin alt genug, um mir eine eigene Meinung zu bilden. Er ist nicht so schlimm, wie du denkst.«

»Rede keinen Unsinn. Du weißt genau, wie er ist. Lass dich nicht mit ihm ein.«

»Ich lasse mir nicht vorschreiben, wen ich sehen darf und wen nicht.«

»Wenn du anfängst, mit Tucker herumzuhängen, weißt du, was passieren wird. Es wird in Tränen enden. Lass es gut sein. Es gibt genug andere Jungs.«

»Du verstehst es nicht, oder? Ich mag ihn wirklich.«

»Roxy, ich warne dich. Halte dich von ihm fern. Du kennst die Konsequenzen. Willst du, dass das passiert?«

Es folgt eine lange Pause, gefolgt von einer gedämpften Antwort. »Nein.«

»Es tut mir leid, aber du weißt, dass ich recht habe.«

»Ja.«

Dann folgt eine Pause und leises Gemurmel.

. . .

»Wer ist dieser Tucker?«, fragte sie.

»Höchstwahrscheinlich Tucker Henderson. Er hat hier in der Gegend einen etwas schlechten Ruf. Es gibt ein Gerücht, dass er und sein Kumpel Habib Malik den Kunstblock der Schule angezündet haben.«

Natalie hatte von dem Brand gehört, aber niemand war dafür angeklagt worden. Die Tatsache, dass die Namen der Jungen im Zusammenhang mit einem Brandanschlag genannt worden waren, ließ bei ihr die Alarmglocken läuten. Sie musste dringend mit ihnen sprechen.

»Sind sie noch in der Schule?«

»Nein. Sie sind letztes Jahr abgegangen. Keiner von ihnen arbeitet. Sie hängen nur in der Wohnung herum.«

»Haben Sie irgendwelche Kontaktdaten von den beide?«

»Ganz sicher nicht. Tucker ist nicht mein Freund. Er wohnt in der Galloway Siedlung, im selben Block wie Habib.«

In der Galloway Siedlung gab es die meisten Vorfälle im Zusammenhang mit Messerkriminalität und Drogen im gesamten Bezirk. Tucker und Habib stammten aus dem schlimmstmöglichen Teil von Clearview. Natalie musste sich schnell um sie kümmern.

DREIUNDZWANZIG

DIENSTAG, 3. JULI – VORMITTAG

David saß in seinem Auto und stützte den Kopf in die Hände. Er hatte absolut keine Ahnung, warum er sich die Geschichte mit dem Vorstellungsgespräch ausgedacht hatte. Obwohl, eigentlich wusste er ganz genau warum: Er hatte Aufmerksamkeit haben wollen. Er wollte, dass Natalie sich für ihn freute. Es war kindisch und erbärmlich, und er wünschte, er hätte nichts gesagt.

Er stieg aus und stand neben seinem Auto, die Aktentasche in der Hand, und sah aus wie einer der üblichen Geschäftsleute mittleren Alters, die zu den nahe gelegenen Bürogebäuden gingen. Er hatte nicht zu Hause bleiben können, weil Josh da war. Es hätte herauskommen können, dass er nicht zu einem Vorstellungsgespräch gegangen war, also hatte er einen Anzug angezogen und das Haus verlassen, und jetzt fühlte er sich wie der größte Mistkerl aller Zeiten. Was zum Teufel war mit ihm los? Er schloss sich den Berufstätigen an, die sich auf den Weg zur Arbeit machten, und erinnerte sich für einen kurzen Moment daran, wie es sich anfühlte, dazuzugehören. Er bog in ein Café ein und stellte sich in die Schlange, um mit dem Geld, das er aus dem Einkaufsfonds genommen hatte, einen Snack zu kaufen. Natalie hatte fünfundzwanzig Pfund für Haushaltswaren und Einkäufe dagelassen. Er würde es zurückgeben. Er bestellte einen Flat White zum Mitnehmen und überreichte einen Fünf-Pfund-Schein. Das Bedürfnis, sich als Teil des normalen Arbeitslebens zu fühlen, war akut.

Zurück auf der Straße kaufte er sich im Zeitungsladen nebenan eine Lokalzeitung, um die Stellenanzeigen zu durchforsten. Vielleicht gab es etwas, worauf er sich bewerben konnte. Er nahm eine Ausgabe der *Gazette* in die Hand und legte sie auf den Tresen.

»Sonst noch etwas?«, fragte das Mädchen.

Sein Blick landete auf den Rubbellosen neben der Kasse. Der Zwanzig-Pfund-Schein raschelte zwischen seinen Fingerspitzen.

»Zwei Zwanzigtausend-Pfund-Jackpots«, sagte er. Er hatte die Quoten überprüft und wusste, dass die Chance, einen Preis zu gewinnen, insgesamt bei eins zu drei Komma vierundfünfzig lag. *Glücksspieler*, flüsterte eine Stimme in seinem Kopf und er zuckte zusammen, während auf sein Wechselgeld wartete.

Zurück im Auto holte er tief Luft, den Plastikbecher im Getränkehalter und die Rubbellose in den verschwitzten Händen. Das Pochen in seinen Schläfen war das Blut, das durch seine Adern pumpte. *Idiot! Du verdammter Idiot!* Er hob ein Zehn-Pence-Stück auf und kratzte an der Oberfläche, um die Zahlen freizulegen. Kein Gewinn. Diesmal musste er gewinnen. Er war längst überfällig für ein bisschen Glück. Er bat das Universum, seine Bitte zu erhören und rubbelte erneut. Da! Nummer einundzwanzig. Er wusste, dass er gewinnen würde. Es waren zwar nur fünfzig Pfund, aber sein Glück war auf dem Vormarsch, und jetzt konnte er das Geld ersetzen, das er aus der Haushaltskasse entnommen hatte. Es war sogar noch etwas übrig, und er konnte eine schöne Flasche Wein für sie kaufen, um sie mit ihr zu teilen, wenn sie nach Hause kam. Wenn sie fragen würde, woher das Geld stammte, würde er ihr sagen, dass er eine kurze Übersetzung für jemanden gemacht hatte. Er sprang wieder aus dem Auto, um seinen Gewinn abzuholen, und er wusste schon, was er mit einem Teil des Geldes tun würde. Er würde es reinvestieren und ein paar weitere Lose kaufen. Das nächste Mal würde er vielleicht richtig groß gewinnen.

Nach der morgendlichen Besprechung war Murray nach Armston gefahren und saß nun im Vintage Tea Room Daisy gegenüber. Der Raum war leer, aber warm und mit dem köstlichen Duft von frischem Gebäck erfüllt. Daisy klebte etwas Mehl an einer Wange, aber er machte sie nicht darauf aufmerksam. Sie zupfte an der Ecke einer roten Serviette, die schon für die Gäste auf dem Tisch ausgelegt war.

»Ich würde gerne wissen, wann Sie am Sonntagnachmittag die Wohnung verlassen haben. Gavin sagte, dass er geschlafen hat, als Sie gegangen sind.«

»So gegen vier.«

»Und wann sind Sie zurückgekommen?«

Sie faltete die Serviette neu und antwortete: »Ich bin mir nicht ganz sicher. Ich schätze, es war so gegen neun Uhr fünfzehn oder so.«

»Und Gavin war in der Wohnung, als Sie gingen und als Sie zurückkamen?«

»Ja. Er schlief, als ich ging, und sah fern, als ich zurückkam.«

»Macht er oft ein Nickerchen am Nachmittag?«

»Normalerweise kommt er erst in den frühen Morgenstunden aus dem Club, also ist es ganz normal, dass er tagsüber ein Nickerchen macht. Nach dem Mittagessen ist er eingenickt. Zuerst döste er auf dem Stuhl ein, aber er war völlig kaputt, weil er die ganze Nacht wach war, und mit dem Feuer und allem. Er hat sich dann für ein paar Stunden hingelegt. Ich habe ihn in Ruhe gelassen und bin rausgegangen.«

»Wo sind Sie hingegangen?«

»Ich habe mich mit einem Freund in der Stadt getroffen.« Eine Röte stieg ihr in den Nacken, und sie begann wieder an der Serviette zu zupfen, wobei sie eine Ecke ablöste.

»Können Sie mir den Namen des Freundes sagen?«

»Warum? Ich werde doch nicht wegen irgendetwas verdächtigt, oder?«

»Ich muss jedes Detail aufnehmen.« Er starrte sie fest an und wartete. Schließlich brach sie den Blickkontakt zu ihm ab, antwortete aber nicht. »Sie verhalten sich ziemlich seltsam für jemanden, der um eine einfache Auskunft gebeten worden ist. Ich möchte nur bestätigen, dass Sie mit der Person zusammen waren, von der Sie sagen, dass Sie mit ihr zusammen waren.« Als sie ihm immer noch nicht antwortete, fügte er hinzu: »Ich kann es auf die harte Tour herausfinden und Ihr Telefon und Ihr Auto überprüfen lassen. Ich werde es schon herausbekommen.«

Sie legte beide Hände an ihre Stirn und atmete tief ein. »Hören Sie, das darf nicht nach außen dringen. Gavin darf nichts davon erfahren. Noch nicht. Nicht bevor wir es ihm gesagt haben.«

»Okay.«

»Ich habe angefangen, mich mit Kirk zu treffen. Zwischen Gavin und mir läuft es nicht, aber er lässt sich nicht so leicht abschütteln. Er ist ziemlich scharf auf mich und ich habe versucht, den richtigen Moment zu finden, um mit ihm Schluss zu machen. Kirk und ich haben uns gestern getroffen und besprochen, was wir machen sollen, aber wir warten noch eine Weile, bevor wir es ihm sagen.«

»Waren Sie den ganzen Nachmittag bei Kirk?«

»Ja, von kurz nach vier bis um neun. Wir haben uns am Jachthafen in Barton-under-Needwood getroffen. Ich habe Gavin gesagt, dass ich mit Freunden unterwegs bin.«

»Wie wirkte er, als Sie heimkamen?«

»Inwiefern?«

»Besorgt, überdreht, unglücklich?«

»Er hat sich etwas geärgert, dass ich nicht schon früher zurückgekommen bin, weil er gerne auswärts gegessen hätte, aber wir haben uns stattdessen ein Take-Away liefern lassen und ferngesehen. Er war ganz normal.«

»Hat er Ihnen gesagt, was er den ganzen Nachmittag über gemacht hat?«

»Nein, aber er trug immer noch seine Lounge-Hose und das Oberteil, das er anhatte, als er ins Bett ging, also dachte ich, dass er nicht viel getan haben konnte.«

»Es muss schwierig sein, wenn beide Männer bei Ihnen wohnen«, sagte er.

»Das hat sich geändert. Kirk wohnt jetzt bei einem Freund, bis das Geld von der Versicherung kommt und er eine Wohnung mieten kann. Er wird nicht mit Gavin zusammenwohnen. Es wird wirklich schwierig werden, wenn Gavin das mit uns erst einmal weiß.«

Murray notierte sich, was sie ihm gesagt hatte. Ein Gedanke schoss ihm durch den Kopf – würden Kirk und Daisy das Haus absichtlich niederbrennen, damit Kirk nicht mehr mit Gavin zusammenleben muss? Das erschien ihm extrem. Er würde Natalie nach ihrer Meinung zu diesem Thema fragen.

»Warum wollen Sie wissen, wo Gavin war?«

»Cathy Curtis wurde tot in einem Kanal in der Nähe von hier gefunden. Sie war die Mutter von Roxy.«

»Von dem Mädchen, das in Kirks Haus war?«

»Genau.«

»Scheiße! Was geht hier vor sich?«

»Das ist es, was wir herausfinden wollen.« Er hatte einen anderen Gedanken. »Sie haben früher in dem Nachtclub gearbeitet, nicht wahr?«

»Ja.«

»Sie waren dort Hostess?«

»Das ist richtig.« Ihre Stimme klang zögernd, als ob sie einen weiteren Paukenschlag erwartete.

»Kennen Sie Sandra Bryton und Crystal Marekova?«

»Ja-a.« Ihre Augen verengten sich, als sie sprach.

»Sind Sie mit ihnen befreundet?«

»Nein.« Sie schüttelte nachdrücklich den Kopf.

»Aber Sie kennen sie.«

»Ich habe sie im Club gesehen. Ich habe ihnen Getränke serviert, aber ich bin nicht mit ihnen befreundet.« Sie verzog das Gesicht, während sie sprach.

»Wollen Sie mir etwas über sie erzählen?«

»Nein. Ich bin nur nicht mit ihnen klargekommen, das ist alles.«

»Warum sind die beiden VIPs?«

»Sie sind gut darin, neue Gäste anzuwerben.«

»Und warum sollten sie das tun?«

»Sie bekommen eine VIP-Behandlung, wenn sie mehr Geschäft bringen – das ist ein Anreiz.« Ein Timer piepte im Hintergrund. »Meine Kuchen sind fertig«, sagte sie.

»Sind die beiden Laptänzerinnen?«

»Warum fragen Sie mich das?«

»Das ist Teil unserer Ermittlungen.«

»Ja, sie sind Laptänzerinnen und Clubgängerinnen – Mädchen, die Spaß haben. Das ist alles.« Sie schob sich gereizt die Ponyfransen aus der Stirn, aber einige Strähnen blieben dort an der Feuchtigkeit hängen.

»Eine letzte Sache. Würden Sie sagen, dass Gavin ein Frauenheld ist?«

»Er flirtet manchmal mit Gästen, aber das ist nur Fassade. Die Mädchen stehen auf ihn und er lässt seinen Charme spielen, aber er nimmt Beziehungen ernst – sehr ernst.« Ihr Gesicht und ihr Tonfall verrieten, dass Gavin ihr verbissen erschien. »Ich muss meine Kuchen retten.«

Murray versuchte es mit einer weiteren Frage. »Sie glauben also nicht, dass er sich mit einer anderen Frau getroffen hat, oder?«

Sie warf den Kopf zurück und lachte. »Ich wünschte, es wäre so. Das würde mein Leben um einiges einfacher machen. Nein, das wird nicht passieren.«

»Wo ist Gavin? Er ist nicht oben, oder?«

»Nein, er und Kirk sind nach London gefahren.«

»Warum?«

»Sie besuchen ein paar alte Freunde und knüpfen neue Kontakte.«

»Wissen Sie, wo genau?«

Sie wischte sich über die Wange, spürte das eingetrocknete Mehl und rieb sich die Stelle. »Nein. Ich bin nicht eingeladen worden.«

»Wissen Sie zufällig, wann sie zurückkommen?«

»Heute noch, später, oder erst morgen. Ich weiß es wirklich nicht. Gavin hat gesagt, dass es darauf ankommt, wie es läuft.«

»Was ist dann heute Abend mit dem Nachtclub? Ist er geöffnet?«

»Sie werden dafür gesorgt haben, dass das jemand übernimmt, wenn sie bis dahin nicht zurück sind.«

»Um wie viel Uhr sind sie weg?«

»Viertel vor elf. Sie haben sie um etwa zwanzig Minuten verpasst.«

Murray beendete das Gespräch und verließ die Teestube. Die Türklingel bimmelte fröhlich und frische Luft ersetzte den warmen Vanilleduft. Er hatte neue Informationen über Daisy und Gavin, aber er war sich nicht sicher, ob sie in irgendeiner Weise hilfreich waren. Er schaute auf seine Uhr und machte sich zu Fuß auf den Weg zum Kanal, um festzustellen, wie lange er genau brauchen würde, um ihn zu erreichen, und um zu sehen, ob es irgendwelche Kameras gab, die vielleicht am Sonntagabend einen Mann aufgezeichnet haben könnten, der in diese Richtung unterwegs gewesen war.

Nachdem Natalie Tanya angerufen hatte, um sicherzustellen, dass die Curtis-Jungs professionelle Hilfe erhielten, rief sie Ian an.

»Es gibt keine Auffälligkeiten auf ihrem Konto. Ich sehe nur, dass ein monatlicher Gehaltsscheck und Kindergeld auf ihr Girokonto eingingen. Ich glaube nicht, dass sie Gavin erpresst hat, es sei denn, sie hat Bargeld erhalten«, sagte er.

»Wir werden diese Option erneut in Betracht ziehen, wenn wir das für sinnvoll erachten. Im Moment würde ich gerne mehr über Habib Malik und Tucker Henderson herausfinden. Setzen Sie sich mit Lucy in Verbindung, erzählen Sie ihr von den beiden und schicken Sie ihr die Fotos, damit sie Ellie über sie befragen kann. Dann treffen wir uns bei Tuckers Wohnung.«

Von der Wohnung im Stockwell Estate waren es zwanzig Minuten Fahrt bis an das andere Ende von Clearview zum Galloway Estate. Die öden Gegenden zwischen den großen Wohnblöcken erinnerten Natalie an postapokalyptische Einöden, wie sie sie aus Science-Fiction-Filmen kannte, mit verrosteten, ausgebrannten Autos und Lieferwagen am Stra-ßenrand und kleinen Banden hohläugiger Jugendlicher, die sich vor vernagelten Geschäften versammelten. Sie parkte abseits von neugierigen Blicken in einer Seitenstraße und wartete auf die Ankunft von Ian.

Zehn Minuten später wurde Natalie langsam ungeduldig. Ian konnte nicht mehr lange auf sich warten lassen. Sie versuchte es auf seinem Handy, aber es ging nur der Anrufbeantworter ran, also hinterließ sie eine Nachricht. »Ian, ich gehe jetzt rein. Ich habe in der Flint Street geparkt. Kommen Sie nach.«

Die Fußgängerunterführung zu den Wohnblöcken stank nach Pisse, und Natalie ging schnell hindurch, wobei ihre Schritte geräuschvoll hinter ihr hallten. Sie hoffte, dass sie keinem der Störenfriede begegnen würde. Sie hätte auf Ian warten sollen, aber ihre Eile und der Wunsch, mit Tucker und Habib zu sprechen, hatten sie angetrieben.

Sie trat in das helle Sonnenlicht und schielte nach vorne. Das gesuchte Gebäude lag zu ihrer Rechten, aber um es zu erreichen, musste sie an einer Gruppe junger Männer vorbei, die sie misstrauisch beäugten. Sie beschleunigte ihr Tempo, die Augen auf den Eingang gerichtet.

»Sie sind hier nicht willkommen«, rief eine Stimme hinter ihr.

Sie ging trotzdem weiter.

»Ich sagte, Sie sind nicht willkommen.« Der Mann hatte sie plötzlich eingeholt und zwei seiner Freunde mitgebracht.

Sie drehte sich auf dem Absatz um und blickte sie an, dann hielt sie ihren Ausweis hoch. »Willkommen oder nicht, ich bin in offizieller Angelegenheit hier.«

»Polizisten sollten nicht allein herumlaufen. Es ist gefährlich hier.« Er neigte den Kopf zur Seite. Er war etwa so groß wie Murray, überragte sie mit Kopf und Schultern und war sehnig wie ein Basketballspieler, mit baumelnden Armen und langen Beinen, die in Trainingshosen steckten. Sie schätzte, dass er etwa so alt war wie Josh.

»Kennen Sie Roxy Curtis?«

Der langgliedrige Junge beobachtete sie weiterhin mit schweren Lidern. »Nie von ihr gehört.«

Natalie kramte nach dem Foto des Mädchens und zeigte es ihm. Er schüttelte sofort den Kopf. »Die kenne ich nicht.«

»Sie hat sich mit Tucker Henderson getroffen.«

Er wandte sich an seine Freunde. »Wisst ihr irgendetwas über Tucker und ein Mädchen?«

Der zweite Junge zuckte dramatisch mit den Schultern. »Tucker? Der hat doch gar kein Mädchen.«

Der größte Junge kam näher. »Siehst du. Wir wissen gar nix über irgendeine Roxy.«

»Dann macht euch vom Acker und lasst mich meine Arbeit machen.«

Der Jugendliche blieb noch eine Weile stehen, dann machte er träge einen kleinen Schritt zur Seite. »Ich halte Sie nicht auf. Ich checke Sie nur ab.«

»Jetzt haben Sie mich ja abgecheckt, also entschuldigen Sie mich.« Sie entfernte sich, entschlossen, ein gleichmäßiges Tempo und einen Hauch von Autorität zu bewahren. Ihr Herzschlag hatte sich dennoch beschleunigt. Es war dumm von ihr, allein hier zu sein. Ihr Rang und ihr Beruf waren keine Garantie für ihre Sicherheit in dieser Gegend; sie führten eher zu Reibereien oder Aggressionen. Sich der Gruppe hinter ihr wohl bewusst, öffnete sie die Eingangstür zu den Wohnungen und holte ihr Handy heraus.

Ian antwortete. »Ich parke gerade.«

»Draußen vor dem Block sind ein paar Kids. Ich werde am Eingang auf Sie warten. Fordern Si sie nicht heraus. Sie sind auf Ärger aus.«

Kaum hatte sie das Gespräch beendet, öffnete sich die Tür und die Jungen kamen herein.

»Tucker ist nicht da.« Der Größere, der Anführer, bewegte sich mit schwingenden Hüften auf sie zu.

»Woher wissen Sie das?«

»Er war nicht da, als ich bei ihm vorbeigeschaut habe.«

»Um wie viel Uhr war das?«

»Was spielt das für eine Rolle, wie spät es war? Ich sage Ihnen, er ist nicht da.« Der Junge ging weiter auf sie zu, dicht gefolgt von seinen Freunden.

Natalie atmete kurz durch und wich nicht zurück. Sie wollte nicht, dass die Sache unangenehm wurde. »Okay. Danke. Ich werde es später bei ihm versuchen.« Sie begann auf sie zuzugehen, aber sie versperrten ihr den Weg. »Könnten Sie mir aus dem Weg gehen?«

Der Anführer warf ihr einen kalten Blick zu, und Natalie spürte, wie ihr Herz in der Brust schlug.

»Okay, Schluss jetzt!« Ians Stimme war laut. Der jüngste der Jungen schlurfte davon, und der zweite folgte ihm auf dem Fuß. Der Größte blieb, wo er war, seine Augen auf Natalie gerichtet. »Ich habe gesagt, ihr sollt aufhören.« Ian hatte die beiden erreicht. Der Junge sagte nichts und blinzelte einmal, dann ging er träge zu seinen Freunden.

»Ich werde es nicht noch einmal sagen.« Ian machte einen Schritt nach vorne und die Jungen verließen einer nach dem anderen das Gebäude.

Erst als sich die Tür mit einem dumpfen Knall geschlossen hatte und sie ihren Rückzug beobachtet hatte, ließ Natalie den Atem entweichen. »Scheiße! Das war ein bisschen ungemütlich. Gut, dass Sie gerade jetzt aufgetaucht sind.«

»Haben sie Sie bedroht?«

»Sie haben es versucht. Ich bin mir nicht sicher, wie weit sie gegangen wären, wenn Sie nicht aufgetaucht wären.«

Sie beobachteten, wie die Jugendlichen aus dem Blickfeld verschwanden, bevor sie die schmutzige Treppe hinaufstiegen. Zwischen kleinen Ansammlungen von Pappkartons, Plastikflaschen und in die Ecken geschobenen Zigarettenstummeln waren auch benutzte Kondome zu entdecken.

»Das ist furchtbar«, sagte Ian. »Wie kann man an so einem Ort leben?«

»Ich glaube, viele von denen haben keine andere Wahl.«

»Das ist verdammt übel.« Ian betrat den zweiten Treppenabsatz. Die Wohnung, die sie suchten, lag vier Türen weiter. Natalie versuchte es mit der Klingel, aber sie erhielt keine Antwort. Sie läutete erneut und hämmerte an die Tür, aber es blieb still. Sie gingen zu der Tür am Ende des Ganges, wo Habib Malik wohnte. Sie drückte auf die Klingel und hielt sie gedrückt, aber niemand öffnete. Keiner der beiden Jungen war zu Hause.

———

Ellies Mutter Jojo hatte Lucys Befragung bisher stillschweigend unterstützt, aber als ihre Tochter erneut in Tränen ausbrach, verlangte sie das Ende des Gesprächs, und Lucy musste sich in Geduld üben. Sie versuchte es erneut und ignorierte Jojos Protest.

»Ellie, wir wissen, dass Roxy sich mit Tucker Henderson getroffen hat. Sie muss dir von ihm erzählt haben.«

Ellie schüttelte den Kopf hin und her. »Ich weiß gar nichts«, jammerte sie.

Ihre Mutter stand auf. »Ich verstehe nicht, wie das hilfreich sein kann. Meine Tochter ist von all dem eindeutig verstört. Sie weiß von nichts. Sie verschwenden Ihre Zeit.«

»Bitte setzen Sie sich. Ich werde Sie nicht mehr lange aufhalten.« Lucy blieb gelassen. Sie wartete auf eine wichtige Information, um Ellie endlich zum Reden zu bringen. Die Frau ließ sich wieder zurückfallen, nahm die Hand ihrer Tochter in die ihre, machte beruhigende Geräusche und ignorierte Lucy, die erleichtert war, als Ian, der schon auf dem Weg zum Galloway Estate war, um Natalie zu treffen, sie noch mal anrief. Es war ihm gelungen, Boos Mutter auf der Arbeit zu erreichen und ihr die Fotos von Habib und Tucker zu schicken. Sie konnte an seiner Stimme erkennen, dass er einen Trumpf in der Hand hatte. Das gab ihr das nötige Druckmittel. Boos Mutter hatte die Jungen identifiziert. Sie wandte sich wieder dem Mädchen zu, mit ernster Stimme.

»Wir dürfen keine Zeit mehr verschwenden, Ellie. Wir haben einen Zeugen, der dich und Roxy letzten Donnerstag im Hausflur deines Wohnblocks mit Habib Malik und Tucker Henderson gesehen hat. Es gibt sogar die Aussage, dass ihr euch sehr nahegestanden habt und dass Tucker seinen Arm um Roxy gelegt hatte. Es hat keinen Sinn mehr, es zu leugnen.«

»Ellie?« Die Stimme ihrer Mutter war jetzt kühl, und Ellie schluckte schwer.

»Sie hatte Angst, dass ihre Brüder das mit ihr und Tucker herausfinden würden. Sie hassen ihn und Habib, und wenn sie herausgefunden hätten, dass sie sich mit ihm getroffen hat, hätten sie sie wahrscheinlich umgebracht. Ich habe Ihnen schon von Seth erzählt. Er ist verrückt. Er und Charlie hätten Habib vor ein paar Jahren fast umgebracht. Sie sind Rassisten und haben ihn fast zu Tode getreten. Roxy wollte nicht, dass sich so etwas wiederholt, also hat sie es geheim gehalten.«

»Ist sie am Samstagabend zu Tucker gegangen?«

»Sie wollte ihn treffen, aber ihre Mutter hat es herausgefunden und sie daran gehindert.«

»Wussten Sie, dass sie ihrer Mutter erzählt hat, sie würde bei Ihnen übernachten?«

Ellies Augen füllten sich wieder. »Nein. Als ihre Mutter sie erwischte, beschloss sie, bei Freunden in Armston zu übernachten und zu versuchen, ihn trotzdem zu sehen.«

»Sie haben also doch mit ihr gesprochen?«

Sie schniefte erbärmlich und brachte ein leises »Ja, auf Snapchat« heraus. »Ich habe ihr gesagt, dass sie die Nacht bei mir verbringen soll, aber sie hatte bereits Pläne gemacht, bei ihren Freunden zu bleiben.«

»Wer waren diese Freunde?«

»Irgendwelche Frauen, die sie vor ein paar Monaten kennengelernt hat und die ihr gesagt haben, dass sie bei ihnen bleiben könnte, wenn sie mal einen Platz zum Unterschlüpfen bräuchte.« Ellie drehte ein Taschentuch in ihren Händen, während sie sprach.

»Heißen sie Crystal und Sandra?«

Ellies Augen füllten sich erneut.

Lucy sprach mit mehr Nachdruck. »Sind ihre Namen Crystal und Sandra? Das ist wirklich wichtig. Wir müssen es wissen.«

Ellies Unterlippe zitterte heftig und dann stotterte sie: »Ja, so heißen sie.«

———

Natalie war auf halbem Weg zurück nach Samford, als sie einen Anruf von Superintendent Aileen Melody erhielt. »In der Linnet Lane wurde ein junger Mann gefunden. Es gibt auch einen Abschiedsbrief. Er steht im Zusammenhang mit Ihren Ermittlungen.«

»Wer ist es?«

»Ein Jugendlicher mit dem Namen Habib Malik. Er hat sich offenbar an einem Baum auf einem Feld gegenüber dem Haus der Langs erhängt. Er wurde vor einer Stunde gefunden.«

»Oh, verdammte Scheiße! Damit habe ich nicht gerechnet. Ich habe schon überall nach ihm gesucht.«

»Dann tut es mir leid, dass ich noch mehr schlechte Nachrichten überbringe. Um fünf Uhr findet eine Pressekonferenz statt, und wir müssen über den Stand der Ermittlungen aufklären.«

»Sind wir sicher, dass er Selbstmord begangen hat?«

»Ich bin am Tatort und ich denke, dass die Möglichkeit

besteht, dass er es getan hat, aber auch, dass ein Fragezeichen über seinem Tod steht. Wie weit sind Sie entfernt?«

»Höchstens zehn Minuten. Ich sage den anderen Bescheid.«

Ian war ihr im Streifenwagen dicht auf den Fersen; sie benutzte das Funkgerät, um ihm mitzuteilen, dass es eine Planänderung gab, und rief dann Murray und Lucy an, um sie über die neuesten Entwicklungen zu informieren. Das lenkte die Untersuchungen in eine andere Richtung und sie war sich nicht sicher, ob sie den Antworten näher kamen oder sich einfach noch weiter entfernten. Sie hoffte inständig, dass es Ersteres war.

Die kleine Wiese, die jetzt mit Klebeband abgesperrt war, befand sich fast direkt gegenüber der Nummer zehn. Sie war etwa zwei Hektar groß und leer, abgesehen von einer knorrigen und verdrehten Eiche in der Nähe der Einfahrt, die so breit war, dass ein Traktor hindurchfahren konnte. Eine hohe Weißdornhecke, die um das Feld herum gepflanzt war, schirmte es von der Straße ab. Erst nachdem Natalie das Feld betreten hatte, konnte sie erkennen, wie groß und alt der Baum war, mit einem riesigen Stamm und dicken, ausladenden Ästen.

Der Teenager war heruntergeholt und auf ein Tuch gelegt worden. Pinkney untersuchte ihn gerade. Aileen sah zu, wie er die Augen und den Hals des Jungen prüfte. Natalie gesellte sich zu ihrer Vorgesetzten, die sofort das Wort ergriff, als sie eintraf.

»Ein Spaziergänger hat ihn gefunden.«

Pinkney betrachtete eine der glatten Hände des Jungen und untersuchte die sauber geschnittenen Nägel genau, dann wiederholte er den Vorgang mit der anderen Hand, bevor er die Position wechselte und Natalie einen besseren Blick auf den Jungen ermöglichte. Habibs dichtes dunkles Haar war an den

Schläfen rasiert und gegelt. Er hatte offensichtlich auf sein Äußeres geachtet; sein Kinn war glatt rasiert und seine Augenbrauen waren zu zwei sauberen Bögen geformt.

Ihr Blick fiel auf seinen Hals und das dicke Nylonseil, mit dem sein Tod herbeigeführt worden war. In ihren ersten Jahren als Polizistin hatte sie eine Vorlesung besucht und gelernt, dass damit Stürze aus mehr als zwei Metern Höhe fast immer zur Enthauptung führten. Sie war erleichtert, dass das bei diesem Jungen nicht der Fall gewesen war. Es war schon schlimm genug, ihn leblos zu sehen, ganz zu schweigen von einer Verstümmelung.

»Wie zu erwarten, hat er Schürfwunden am Hals, die wahrscheinlich von dem Seil stammen, aber auch an den Handgelenken, Oberarmen und Knöcheln hat er leichte Prellungen.« Er deutete auf das gezeichnete Gewebe am Bizeps des Jungen. »Sie könnten entstanden sein, als er versuchte, sich aufzurichten, oder einige Zeit vor seinem Tod, aber aufgrund ihrer Färbung würde ich annehmen, dass sie erst kürzlich entstanden sind. Ich werde mehr Zeit brauchen, bevor ich dir eine endgültige Antwort geben kann.« Er hob die Schlinge an, um nach weiteren Markierungen zu suchen. Sie war oberhalb des Knotens durchgeschnitten worden, wie es unter diesen Umständen üblich war.

»Können Sie das Seil umdrehen, damit ich den Knoten sehen kann?«, fragte Natalie.

Pinkney drehte es um. Es war ein einfacher Schlupfknoten. Der Junge befand sich im Zustand der Totenstarre, was darauf schließen ließ, dass er seit acht bis zwölf Stunden tot war und am Abend zuvor an diesen Ort gekommen war. Sie blickte zum Tatortfotografen.

»Ich würde mir gerne die Tatortfotos ansehen, die ihn in der Position zeigen, in der er vorgefunden wurde.«

Der Beamte gab ihr die Kamera, damit sie die bereits gemachten Aufnahmen noch einmal durchgehen konnte. Sie betrachtete die Bilder von Habib, einem schlanken jungen Mann mit olivfarbener Haut in einem kurzärmeligen, dunkel gemusterten Hemd und Jeans, der mit den Füßen einige Zentimeter über dem Boden vom Ast baumelte, und blickte dann wieder auf den Baum. Er hatte sich etwa drei Meter über dem Boden von einem Ast gestürzt. Das Seil war immer noch daran befestigt. Sie gab dem Polizisten die Kamera zurück und betrachtete den Baum nachdenklich. Es wäre ein Leichtes für ihn gewesen, auf ihn hinaufzuklettern. Es gab genügend Stellen, an denen er sich festhalten konnte, um einen Ast zu wählen, ein Seil darum zu binden, seinen Kopf durch die Schlinge zu stecken und zu springen. Dieser Gedanke jagte ihr einen Schauer über den Rücken. Was für eine furchtbar berechnende und verzweifelte Art zu sterben. Sie fragte sich, wie lange es gedauert hatte, bis er aufgehört hatte, zu zucken und zu kämpfen, und bis seine Luftzufuhr endlich abgeschnitten war. Erhängen führte nicht immer zum sofortigen Tod. Manchmal konnten die Opfer noch lange strampeln, bevor sie endlich ihren letzten Atemzug taten.

Sie wandte sich ab. Auch Ian war ob des Szenarios verwirrt. »Wenn man bedenkt, dass er hierhergekommen ist, um sich umzubringen, ist Habib doch recht elegant gekleidet, oder?«

Natalie hatte dasselbe gedacht. Er hatte ein neues Hemd getragen, die Falten waren noch deutlich zu sehen, und sein Haar war gegelt. War er wirklich hierhergekommen, um sein Leben zu beenden? Natalie war nicht überzeugt.

»Hat er sich beschmutzt?«, fragte sie Pinkney. Selbstmordopfer beschmutzten sich oft selbst.

»Scheint nicht der Fall zu sein«, kam die Antwort.

Natalie schnalzte leise mit der Zunge. Da stimmte etwas nicht. Sie war einmal zu einem Selbstmord in einem Heim gekommen, bei dem sich das Opfer nicht nur eingenässt, sondern auch eine Erektion erlitten hatte.

»Was ist mit der Nachricht?« Sie richtete ihre Frage an

Aileen, die ihr eine Plastiktüte reichte. Darin befand sich etwas, das wie eine abgerissene Seite aus einem Schulheft aussah. Natalie las die wenigen Worte, die mit blauem Kugelschreiber geschrieben worden waren.

ICH HABE ROXY UND IHRE MUTTER GETÖTET. ES TUT MIR LEID. VERZEIHT MIR. HABIB.

Natalie stieß einen kleinen Seufzer aus. »Ich denke hier nur laut, aber diese Nachricht scheint sehr kurz zu sein ... fast zu unpersönlich. Aber wir haben schon öfter Selbstmorde erlebt, bei denen gar keine Notiz hinterlassen wurde, geschweige denn eine kurze. Ich weiß nicht, was ich davon halten soll. Es kommt mir einfach nicht richtig vor – er war so von Schuldgefühlen geplagt, weil er Roxy und Cathy umgebracht hatte, dass er sich erhängte, aber keine Erklärung dafür hinterließ, warum er sie ermordete. Wir werden einen Schriftexperten darauf ansetzen, um zu sehen, ob er das wirklich geschrieben hat.«

Aileen stimmte ihr zu. »Haben Sie noch andere spontane Gedanken?«

»Na ja, Habib wurde mit Roxy und ihrer Freundin Ellie und einem anderen Jungen – Tucker Henderson – gesehen. Wir werden Tucker finden und mit ihm reden. Ich gehe davon aus, dass es sich um einen verdächtigen Todesfall handelt.« Natalie machte ein Foto des Zettels mit ihrem Handy.

»Ja, tun Sie das. Ich muss zurück ins Hauptquartier, aber ich muss auf dem Laufenden gehalten werden. Wir müssen die Medien über die Geschehnisse informieren, also stellen Sie sicher, dass ich vor der Pressekonferenz um fünf alle Fakten habe. Ich werde diesen Zettel zur Untersuchung an die Forensik weitergeben.«

»Und ich werde eine Probe von Habibs Familie besorgen, um einen Handschriftenvergleich zu machen.« Natalie gab den Zettel zurück.

Aileen warf dem am Boden liegenden Jungen einen letzten Blick zu und ging.

Natalie richtete ihre Aufmerksamkeit erneut auf den Baum.

»Warum sollte er den weiten Weg hierher auf sich nehmen, mit einem Seil und dem Abschiedsbrief, um sich zu erhängen?«, fragte Ian.

»Es ist in der Nähe der Stelle, an der Roxy gestorben ist.«

Ian blinzelte einige Male, um die Information zu verarbeiten, und rieb sich dann den Hinterkopf. »Ich verstehe das nicht. Warum hat er Roxy und ihre Mutter umgebracht?«

»Ich habe auch Schwierigkeiten, das zu verstehen.«

»Vielleicht war der Tod von Roxy ein Unfall. Er könnte sie mitgenommen haben, damit sie ihm hilft, das Haus der Langs abzufackeln, und sie wurde eingeschlossen.«

»Aber sie hat geschlafen oder sich auf dem Sofa ausgeruht, als das Haus in Brand gesetzt wurde. Sie war nicht eingeschlossen.«

Ian atmete scharf aus, verärgert über seine eigene Theorie. »Ja, natürlich. Oh, das ist so verdammt verwirrend.«

Sie ging auf den Baum zu und betrachtete erneut die Äste. Habib war leicht gebaut. Er konnte zweifellos auf den Baum geklettert sein, doch je mehr sie über die Möglichkeiten nachdachte, desto sicherer wurde sie, dass der Junge nicht hierhergekommen war, um sich umzubringen. Sie drehte sich um, als sie Murrays Stimme hörte. Er sprach gerade mit Pinkney. Mike war ebenfalls aufgetaucht und ging direkt auf sie zu.

»Ich habe mit Aileen gesprochen. Gibt es Zweifel daran, wie er gestorben ist?«

»Bist du als Junge jemals auf Bäume geklettert?«, fragte sie.

»Als ich ungefähr zehn war. Ich habe es schon seit ein paar Jahren nicht mehr gemacht.«

»Ich auch nicht. Aber ich erinnere mich, dass ich immer voller Kratzer war, wenn ich versucht habe, hinaufzukommen. Der Baum ist alt und die Rinde ist dünn. Wenn Habib hinaufgeklettert wäre, um ein Seil über einem Ast zu befestigen, und dann gesprungen wäre, hätte er Teile der Rinde am Stamm und den Ästen beschädigt. Er wäre schmutzig geworden und hätte sich vielleicht sogar ein paar Kratzer zugezogen. Er hätte eine Weile gezögert, sich Mut angetrunken, um zu springen … sich mit einer Schlinge um den Hals auf den Ast gesetzt und dann, nach dem Sprung, wäre er vielleicht noch eine ganze Weile gebaumelt, hätte gestrampelt. Das ist ein natürlicher Reflex … ein Überlebensinstinkt. Er hätte sich an der Schlinge festgekrallt und wäre zweifellos gegen den Baumstamm gestoßen. Es gibt jedoch keinerlei Anzeichen für Schmutz oder Schäden an seiner Kleidung, seinen Schuhen oder Händen, Mike. Es hätte Flecken geben müssen, winzige Rindenpartikel auf seiner Haut oder unter seinen Fingernägeln, sogar Spuren auf seinen Schuhen. Aber ich kann nichts entdecken.«

»Vielleicht sind sie für das Auge einfach nicht sichtbar. Wir werden nachsehen und den ganzen Bereich untersuchen«, sagte er und ließ sie weiter nachdenken.

Ian, der zugehört hatte, fügte seine Gedanken hinzu. »Sie haben recht. Ich habe mich immer schmutzig gemacht, wenn ich auf Bäume geklettert bin. Die Rinde ist mit dem Alter staubig geworden. Es gibt keinerlei Rückstände an seinen Händen oder seiner Kleidung.«

Murray kam nun auf sie zu und Natalie traf ihn in der Nähe der Leiche des Teenagers. Er schüttelte bedauernd den Kopf.

Pinkney packte gerade seinen Arztkoffer ein und sah auf. »Ich bin hier fertig und muss ihn ins Labor bringen lassen. Es gibt ein paar Dinge, mit denen ich nicht zufrieden bin und die ich untersuchen muss.«

»Heißt das, du glaubst nicht, dass er sich umgebracht hat?«, fragte Natalie.

»Ich denke, es besteht eine gute Chance, dass er sich nicht selbst das Leben genommen hat.« Pinkney klappte seinen Arztkoffer zu und hockte sich dann wieder neben Habib. Er fuhr mit einem Finger vorsichtig über die dunklen Blutergüsse am Hals des Teenagers. »Zunächst einmal sind diese Abschürfungen nicht mit dem vereinbar, was ich in solchen Situationen erwarten würde.«

»Wie ist er also gestorben?« Murray war vorgetreten und beugte sich nun über die Leiche. Natalie gesellte sich zu ihm.

Pinkney antwortete: »Asphyxie.«

»Wie man es erwarten würde, wenn er sich erhängt hätte«, sagte Ian, der sich dann schnell entschuldigte. »Entschuldigung, ich habe laut gedacht.«

»Das stimmt, aber ich hatte das Pech, mehrere ähnliche Erhängungsversuche mitzuerleben, und in all diesen Fällen gab es Anzeichen eines umgekehrten V-förmigen Blutergusses durch die Ligatur. Dieser Junge hat diesen V-förmigen Bluterguss nicht. Hinzu kommt, dass die Quetschungen, die er erlitten hat, im Halsbereich stellenweise sehr tief sind und dass es zahlreiche Abschürfungen gibt. Ich würde vermuten, dass Habib zuerst erdrosselt wurde und dies dann wie ein Selbstmordversuch aussehen sollte.«

Natalie kniete sich auf den Boden. »Zeig es mir.«

Pinkney drehte den Jungen um. Der Bluterguss im Nacken war dunkel und fleckig, aber wie Pinkney gesagt hatte, gab es keinen V-förmigen Bluterguss. »Wie Sie sehen, gibt es einen geradlinigen Bluterguss, der immer mit einer Strangulation durch eine Ligatur zusammenhängt. Ich werde es genauer wissen, sobald ich eine Autopsie durchgeführt habe. Ich werde sie sofort veranlassen.«

Das Team entfernte sich, damit der Leichensack und die Bahre in Position gebracht werden konnten. Mike war zurück und hatte das Ende des Gesprächs mitbekommen.

Natalie hatte mehrere Wünsche an ihn. »Ich möchte, dass du diesen Baum und insbesondere diesen Bereich untersuchst. Wenn Habib keinen Selbstmord begangen hat, müssen wir herausfinden, wie der Täter es geschafft hat, ihn aufzuhängen. Der Junge wog gut sechzig Kilo, und wenn er schon tot war, ist das ein ziemliches Gewicht, das man auf einen Baum hieven muss. Wie hat der Mörder das geschafft, ganz zu schweigen davon, dass er es auch noch so hat aussehen lassen, als hätte Habib sich selbst umgebracht? Das kann nicht einfach gewesen sein. Es muss hier doch irgendwelche Beweise geben, die uns weiterhelfen.«

»Wir werden tun, was wir können. Ich glaube nicht, dass die Täter eine Leiche einfach so auf den Baum ziehen konnten. Sie müssen eine Art Flaschenzug benutzt oder Habib irgendwie auf eine Leiter oder einen Stuhl gestützt haben.«

»Dann besteht die Möglichkeit, dass wir es mit mehr als einem Killer zu tun haben«, antwortete Natalie. »Ian, Sie klappern die Gegend noch einmal ab. Jemand könnte Habib gestern Abend gesehen haben. Für mich sieht er aus, als wäre er zum Ausgehen gekleidet gewesen. Vielleicht wurde er woanders aufgegriffen und hierhergebracht, also schauen Sie, ob jemandem Fahrzeuge aufgefallen sind, die hier in der Nähe geparkt waren. Murray, Sie und ich werden Habibs Eltern aufsuchen, und dann Tucker Henderson.«

FÜNFUNDZWANZIG

DIENSTAG, 3. JULI – FRÜHER NACHMITTAG

Die ernst wirkende Frau Mitte dreißig, die die Tür öffnete, verzog das Gesicht, als sie Natalie und Murray auf der Türschwelle sah. Natalie sprach, während sie ihren Ausweis zeigte. »Ich bin DI Ward und das ist DS Anderson. Wäre es möglich, mit Mr Omar Malik zu sprechen bitte?«

»Er isst gerade zu Mittag.«

»Sind Sie die Schwester von Mr Malik, Fatima?«

»Vielleicht. Warum?«

»Wir haben gehört, dass Mr Omar Malik hier bei Ihnen wohnt.«

»Worum geht es hier?«

»Macht es Ihnen etwas aus, wenn wir reinkommen?«

Die Frau musste etwas in Natalies Tonfall gehört haben und führte sie in eine kleine, unaufgeräumte Küche, in der ein Mann in Latzhose ein Sandwich in der einen Hand hielt und mit der anderen auf seinem Mobiltelefon durch Nachrichten scrollte. Er legte sein Essen sofort auf den Teller, als Natalie und Murray eintraten, und verrenkte sich den Hals, um zu ihnen aufzuschauen. Er hatte die gleichen hohen Wangenknochen wie sein Sohn, aber der Rest seines Gesichts war von einem dichten Bart und Schnurrbart verdeckt.

»Herr Malik, leider habe ich schlechte Nachrichten bezüglich Ihres Sohnes Habib.«

Der Mann biss sich auf die Lippe und fragte heiser: »Was ist passiert?«

»Es tut mir wirklich sehr leid. Er ist tot«, sagte Natalie.

Fatimas Hände flogen zu ihrem Mund und sie stieß einen lauten Schrei aus.

Omar nickte sich selbst zu und sprach wieder. »Wie ist er gestorben?«

»Das wissen wir noch nicht.«

Der Mann schaute auf sein Telefon. »Ich habe versucht, ihn zu erreichen. Ich habe drei Textnachrichten geschickt. Ich dachte, er wäre bei seinen Freunden. Sie sagen, Sie wissen nicht, wie er gestorben ist, aber Sie müssen doch eine Ahnung haben. Ich muss es wissen.«

»Es tut mir wirklich sehr leid. Er wurde erhängt an einem Baum gefunden, aber wir untersuchen seinen Tod. Wir haben noch keine Antworten. Ich verstehe, dass dies ein schrecklicher Moment für Sie ist, aber wir müssen Ihnen wirklich ein paar Fragen stellen.«

»Erhängt? Sie glauben, er hat sich umgebracht? Nein. Unmöglich. Das würde er nicht tun.« Der Mann ballte die Fäuste und presste sie an die Lippen, die Augen wurden feucht.

»Wir untersuchen seinen Tod als verdächtig, Sir«, sagte Natalie.

»Ja, verdächtig. Er würde sich nicht selbst das Leben nehmen. Nicht mein Sohn!« Seine Stimme wurde lauter und Fatima eilte an seine Seite. Er stieß die Hand, die sie auf seinen Arm legte, zurück. »Das würde er doch nicht tun, oder?« Seine Frage richtete sich an seine Schwester, die den Kopf schüttelte.

»Wir haben eine Beamtin bestellt, die Ihnen helfen wird.

Sie ist bald hier, aber in der Zwischenzeit müssen wir Ihnen einige Fragen stellen.«

»Welche Fragen?« Sein Kopf schnellte hoch, als er sprach.

»Über Ihren Sohn, Sir. Darf ich Sie fragen, wie gut er Roxanne Curtis kannte? Sie kennen sie vielleicht als Roxy.«

»Ich kenne sie. Ich bin der ganzen Familie schon einmal begegnet. Zwei von ihnen – Charlie und Seth – sind richtige Schlägertypen. Sie sind 2014 auf Habib losgegangen, als er erst dreizehn war. Sie haben ihn schwer verletzt. Sie haben auf ihn eingetreten und ihn geschlagen, sodass er nicht mehr richtig laufen konnte. Zuerst wollte er mir nicht sagen, was passiert war, und als er es dann tat, wollten meine inzwischen verstorbene Frau und ich Anzeige erstatten. Habib flehte uns an, es nicht zu tun. Sie sind eine verachtenswerte Familie. Habib hat Roxy gemieden. Sie war häufig in dieser Gegend unterwegs, hing herum wie ein übler Geruch, aber er mochte sie nicht. Sie ist nicht vertrauenswürdig – überhaupt nicht vertrauenswürdig. Ich kann mir vorstellen, dass Sie denken, dass jeder, der in dieser Siedlung lebt, ein Junkie oder ein Krimineller ist, aber das ist nicht so. Einige von uns sind hier, weil wir hier untergebracht worden sind. Wir können es uns nicht leisten, wegzuziehen, aber wir halten uns von den Problemen fern: von den Drogenabhängigen, den Alkoholikern und den Raufbolden, die stehlen und sich schlagen. Wir leben unser Leben wie anständige Leute, erziehen unsere Kinder und benehmen uns wie zivilisierte Menschen. Habib war ein guter Junge. Er hielt sich von Menschen wie Roxy Curtis fern und ging ihnen aus dem Weg.« Seine Stimme war voller Emotionen.

»Sir, wussten Sie, dass Roxy in den frühen Morgenstunden des Sonntags bei einem Hausbrand in Armston-on-Trent tot aufgefunden wurde?«

»Das wusste ich nicht.« Er schüttelte heftig den Kopf. »Warum fragen Sie denn nach ihr?«

»Weil wir glauben, dass Ihr Sohn und Tucker Henderson

mit ihr befreundet waren und vielleicht wussten, warum sie in dem Haus war, als es angezündet wurde.«

Er wedelte mit der Hand umher. »Das ergibt keinen Sinn. Mein Sohn ist tot, und Sie kommen her und fragen nach einem Mädchen? Er war nicht mit ihr befreundet. Wenn er mit ihr zusammen war, war es ihr Werk. Sie hat sich an ein paar der Jungs aus den Wohnungen hier rangemacht. Sie und ihre Freundin waren oft hier.«

»Welche Freundin?«

»Ich weiß nicht, wie sie heißt. Ein großes Mädchen mit kurzgeschnittenen blonden Haaren und schlechtem Benehmen.«

Natalie dachte, dass er möglicherweise Ellie meinte, auf die die Beschreibung passte. »Was ist mit Tucker?«

»Tucker wohnt vier Türen weiter. Natürlich war Habib mit ihm befreundet!«

»Aber Tucker hat den Ruf, gerne in Schwierigkeiten zu geraten«, betonte sie.

Der Mann schnaubte. »Tucker tut so, als wäre er härter, als er ist. Er glaubt gerne, dass er der Härteste ist in dieser Gegend, aber in Wahrheit ist er es nicht. Er und Habib hielten zusammen und passten aufeinander auf. Das ist ein kluges Verhalten. Wenn man allein in dieser Siedlung ist, kann man leicht in Schwierigkeiten geraten. Wer hat Ihnen das mit Tucker erzählt?«

»Das spielt keine Rolle, Sir.« Es hatte keinen Sinn, zu sagen, dass diese Enthüllung von Oliver und Charlie Curtis kam. Offenbar gab es eine gewisse Rivalität zwischen den beiden Familien.

Natalie richtete ihre nächste Frage an die Frau, Habibs Tante. »Wussten Sie, wo er gestern Abend hinwollte?«

»Ja. Er wollte zu Nadia, seiner Freundin.«

»Wie lautet der Nachname von Nadia?«, fragte Murray und hielt sein Notizbuch bereit. »Fryxell.«

Murray warf Natalie einen überraschten Blick zu. Es gab einen Sergeant namens Fryxell, die auf dem Revier in Samford arbeitete.

Natalie fuhr fort. »Wie lange ist er schon mit Nadia zusammen?«

Die Frau sah zu ihrem Bruder hinüber, der sich räusperte und sagte: »Etwa drei Monate oder so.«

»Wann ist er aus dem Haus gegangen?«

»Um sieben, glaube ich«, antwortete er.

»Haben Sie bemerkt, dass er nicht nach Hause gekommen ist?«

»Erst als ich nach Hause kam, was vor etwa einer Stunde war. Ich habe über Nacht gearbeitet«, antwortete er. »Deshalb habe ich ihm eine SMS geschickt. Ich habe versucht, herauszufinden, wo er ist und wann er nach Hause kommt.«

»War gestern Abend noch jemand in der Wohnung?«

Fatima antwortete: »Ich, mein Mann und unsere Kinder. Wir waren die ganze Nacht hier, aber ich wusste nicht, dass Habib nicht nach Hause gekommen war. Als wir um zehn ins Bett gingen, war er noch nicht zurück, aber das ist nichts Ungewöhnliches. Er ist manchmal bis spät in die Nacht bei Tucker. Heute Morgen habe ich die Kinder zur Schule gebracht und bin danach einkaufen gegangen. Als ich gegen Mittag zurückkam, sah ich in seinem Zimmer nach, aber sein Bett war gemacht, also dachte ich, er ist aufgestanden und schon weg. Ich habe mir nicht eine Sekunde lang vorgestellt, dass ihm etwas Schreckliches passiert sein könnte.«

»Es wurde eine handschriftliche Nachricht am Tatort zurückgelassen«, sagte Natalie. »Wir würden gerne eine Probe seiner Handschrift zum Vergleich mitnehmen.«

Fatima verschwand in Habibs Zimmer, um nach einem Heft oder nach Notizen zu suchen, die er geschrieben haben könnte.

Omar sah Natalie mit traurigen, feuchten Augen an und

sprach wieder. »Sagen Sie mir ehrlich, glauben Sie, Habib hat sich umgebracht?«

Sie schüttelte den Kopf. »Nein, Sir. Das glaube ich nicht.«

»Dann finden Sie denjenigen, der meinem Sohn das angetan hat.«

Kurz darauf traf eine Verbindungsbeamtin in der Wohnung ein. Natalie und Murray ließen Omar und seine Schwester in ihrer Obhut zurück und versuchten ein weiteres Mal, in Tuckers Wohnung zu gelangen. Dieses Mal hatten sie Glück. Der Siebzehnjährige war zu Hause bei seiner Mutter, einer rundlichen Frau Mitte vierzig mit mausgrauem Haar, das ein rundes Gesicht umrahmte, das bereits tiefe Stirnfalten aufwies – Zeichen eines harten Lebens. Nachdem sie ihm die Nachricht überbracht hatten, setzten sie sich mit ihm ins Wohnzimmer und fragten ihn nach Roxy.

»Scheiße! Im Ernst?« Tucker kratzte sich an der Schulter und hinterließ wunde Spuren auf seiner nackten Haut. Die Kapuzenweste, die er trug, entblößte seinen Bizeps und das kunstvolle Muster aus Totenköpfen, Grabsteinen und Knochen, das über die Länge seiner Schultern und Oberarme tätowiert war.

»Es tut mir sehr leid, aber er ist identifiziert worden.«

»Scheiße.«

»Tucker, wir brauchen Ihre Hilfe. Er hat eine Nachricht hinterlassen, die besagt, dass er Roxy und ihre Mutter getötet hat.«

»Das ist totaler Bullshit! Habib hätte niemanden umbringen können. Er konnte nicht einmal kämpfen! Er würde eher einen Kilometer in die andere Richtung laufen, als sich auf einen Kampf einzulassen. Stimmt's, Ma?«

»Das stimmt«, antwortete sie und wandte sich an Murray,

der seinen Notizblock in der Hand hielt. »Sie ist eine der nettesten Familien im ganzen Komplex.«

»Und es ist unmöglich, dass er sich selbst umbringen würde. Niemals!«

Seine Mutter fügte ihre eigenen Gedanken hinzu. »Ich kenne Habib, seit er und seine Familie vor fast sechs Jahren hierhergezogen sind. Tucker hat recht, er hätte sich nicht umgebracht. Er hat eine Menge durchgemacht – Schikanierungen, Quälereien und vor drei Jahren hat er sogar seine Mutter durch Krebs verloren – aber er hat durchgehalten.«

»Er wurde schikaniert?«, fragte Murray.

Tucker nickte kläglich. »Wir waren in der Schule in derselben Klasse und es wurde immer auf ihm herumgehackt.«

Seine Mutter sprach wieder. »Sie sind seit Jahren unzertrennlich und Tucker hat immer auf ihn aufgepasst. Einmal haben ein paar kleine Bastarde Habib fast zu Tode getreten, aber Tucker ist eingeschritten und hat ihn gerettet. Armer Junge. Es wurde immer auf ihm herumgehackt.« Es war dieselbe Geschichte, die sein Vater ihnen erzählt hatte. Die Curtis-Jungs hatten es auf Habib abgesehen.

Natalie richtete ihre nächste Frage an Tucker. »Was können Sie uns über Roxy Curtis erzählen?«

»Was wollen Sie wissen?«

»Wie war Ihre Beziehung zu ihr?«

»Ich hatte keine Beziehung zu ihr. Ihre Brüder sind Scheißkerle. Sie sind diejenigen, die Habib verprügelt haben. Sie haben ihn mit allen möglichen rassistischen Namen und Schlimmerem beschimpft.«

»Wann haben Sie sie das letzte Mal gesehen?«, fragte Natalie.

»Sie war letzte Woche hier in der Gegend unterwegs. Ich habe sie mit Ellie gesehen. Ich weiß nicht mehr, an welchem Tag. Sie sind wie Groupies, die versuchen, mit Jungs aus der

Siedlung rumzuhängen. Ich glaube, sie hat es mit den meisten Jungs hier irgendwann mal getrieben. Fast wie eine Schlampe.«

»Tucker!«

»Es ist wahr, Mama. Jeder weiß es. Sie sind beide Schlampen. Roxy jagt allem hinterher, was einen Schwanz hat.« Er zupfte nervös an einer Stelle an seinem Kinn.

Natalie fuhr fort. »Hatten *Sie* was mit ihr laufen?«

»Nur einmal. Vor ein paar Wochen im Park in der Nähe ihrer Wohnung. Wir haben uns ein paar Zigaretten geteilt und sie und ich haben eine Weile herumgealbert, aber dann ist sie zurück in ihre Wohnung gegangen und ich bin mit Habib nach Hause gekommen.«

»Und seitdem haben Sie sie nicht mehr getroffen?«

Er kratzte so fest an der Stelle, dass ein scharlachroter Blutfleck erschien. »Nein. Ganz sicher nicht.«

Murray blickte von seinem Notizblock auf, den Stift in der Hand. »Sie sagen also, dass Sie vor zwei Wochen das letzte Mal mit ihr gesprochen haben?«

»Das ist richtig.« Er drehte sich von Murray zu Natalie.

»Was ist mit letztem Donnerstag, als Sie im Hausflur des Wohnblocks gesehen wurden, in dem Ellie wohnt?«

»Ach ja, Mist, das hatte ich ganz vergessen. War das am Donnerstag? Es war nur für ein paar Minuten. Wir haben nicht rumgehangen. Ich habe eine Zigarette geraucht und bin wieder gegangen.«

Natalie war nicht überzeugt, aber Tucker redete weiter und wurde immer wütender. »Scheiße! Das ist verrückt. Habib ist tot? Er hätte nie Selbstmord begangen. Ich weiß, dass er das nicht getan hätte. Er war mein bester Freund und er hätte es mir gesagt, wenn er auch nur daran gedacht hätte. Irgendein Arschloch hatte es auf ihn abgesehen. Es wird einer von den Scheißkerlen auf dem Estate gewesen sein.«

Seine Mutter ermahnte ihn erneut, aber er sprang auf. »Es ist wahr! Du weißt doch, wie er war. Er hasste Konfrontationen, und jeder hier sonst ist immer auf einen Scheißkampf aus, verdammt noch mal. Ich hätte bei ihm sein sollen, dann wäre das nicht passiert.«

»Hatte er mit vielen Leuten Probleme?«

»Natürlich hatte er das. Wir beide. Das ist das Galloway Estate! Du kannst hier keinen Flur entlanggehen, ohne dass dich jemand anmacht. Jetzt hat es jemand zu weit getrieben.«

»Wer, glauben Sie, würde so etwas tun?«

»Die Auswahl ist groß, aber Roxys Brüder hatten es schon immer auf ihn abgesehen. Wichser! Ich wette, sie stecken dahinter. Ich hätte bei ihm sein sollen.«

»Du konntest nicht rund um die Uhr auf ihn aufpassen. Er brauchte keinen Leibwächter«, sagte seine Mutter leise.

»Anscheinend doch, oder etwa nicht? Er brauchte sehr wohl einen, verdammt noch mal«, antwortete Tucker. »Schau, was mit ihm passiert ist.« Er schlug mit einer geballten Faust hart gegen die Wand.

»Hör auf! Du schlägst noch ein Loch in die Wand«, rief seine Mutter.

Natalie sprach weiter mit dem Jungen, der seine Mutter wütend anstarrte.

»Tucker, haben Sie Habib gestern gesehen?«

»Nein. Ich habe ihn seit Samstag nicht mehr gesehen.«

»Um wie viel Uhr war das?«

»Wir sind ein bisschen in den Jugendclub gegangen, aber da war nicht viel los, also sind wir in die Spielhalle und haben an den Automaten gespielt.«

»Wo genau war das?«

»Die Spielhalle in der Nähe der alten Bingohalle am Pine Way. Da in der Nähe, wo die Familie Curtis wohnt.«

»Das ist ein ganzes Stück von ihrer Wohnung entfernt. Wie lange waren Sie dort?«

»Ein paar Stunden. Dann waren wir im Park und sind gegen elf Uhr nach Hause gekommen, schätze ich.«

»Hat euch jemand gesehen?«

»Wahrscheinlich. Es war voll, aber ich habe niemanden erkannt.«

Natalie notierte sich, dass sie die Kameras am Pine Way und in der Spielhalle überprüfen musste. »Und im Park?«

»Abgesehen von uns war er leer.«

»Haben Sie Roxy in dieser Nacht gesehen?«

Er schüttelte den Kopf.

»Was ist mit Ellie?«

»Nö. Die habe ich auch nicht gesehen.«

»Sie war auch im Jugendclub. Ich bin überrascht, dass ihr sie dort nicht gesehen habt.«

Er rieb erneut über den roten Fleck. »Sie war nicht da, als wir dort waren.«

»Sagen Sie mir die Wahrheit?«

»Auf jeden Fall. Ellie war nicht dort.«

Natalie würde sein Alibi überprüfen lassen. Da sie und Murray noch mit Nadia Fryxell, Habibs Freundin, sprechen mussten, verabschiedeten sie sich, doch Natalie war von seiner Geschichte nicht überzeugt. Egal, was er erzählte, sein Körper sagte etwas anderes.

———

Sergeant Gretchen Fryxell hatte Urlaub und war zu Hause in ihrem Doppelhaus in Armston-on-Trent. Sie trug Shorts, ein T-Shirt und geblümte Gartenhandschuhe und sah ohne ihre Uniform ganz anders aus. Sowohl Natalie als auch Murray kannten sie von der Arbeit, wo sie im Rauschgiftdezernat arbeitete – eine solide, kantige Frau, die ständig die Stirn runzelte.

»Hallo, Murray, Natalie. Was führt Sie hierher?« Sie streichelte den Kopf ihres Rauhaar-Pointers, der sie zur Begrüßung der Besucher begleitet hatte.

»Wir sind leider in einer offiziellen Angelegenheit hier. Ist

Nadia da?« Nadia war im gleichen Alter wie Josh und hatte gerade ihre Prüfungen abgeschlossen.

»Sie sonnt sich im Garten. Was ist los?«

»Habib Malik. Er wurde erhängt an einem Baum in der Linnet Lane gefunden, gegenüber einem Haus, das am Samstagabend abgebrannt ist.«

»Oh mein Gott! Habib? Sie wird am Boden zerstört sein. Wollen Sie, dass ich ihr die Nachricht überbringe?«

»Eigentlich müssen wir mit ihr reden. Wir halten seinen Tod für verdächtig.«

»Aber Sie haben doch gerade gesagt, dass er sich erhängt hat.«

»Nein. Ich habe gesagt, wir haben ihn erhängt aufgefunden. Wir sind nicht sicher, ob er Selbstmord begangen hat.«

Gretchen zog ihre Handschuhe aus. »Ich sage es ihr und bringe sie dann rein. Könnten Sie den Teekessel aufsetzen, Murray? Die Teebeutel sind in der Kanne mit der Aufschrift Tee. Sie nimmt zwei Stück Zucker.«

Die Küche war durch die Sonne, die durch die Fenster strömte, hell erleuchtet, was das Orange und Rot der Fliesen unter den Oberschränken und hinter der großen Spüle noch verstärkte. Murray füllte den Wasserkocher und griff nach der Kanne. Die Tassen hingen an Haken unter einem ockerfarbenen Schrank. Gretchen mochte eindeutig Farbe in ihrem Leben. Die Wohnung war ein ziemlicher Kontrast zu den düsteren Wohnungen, die sie auf dem Galloway Estate besucht hatten. Von ihrem Aussichtspunkt aus beobachtete Natalie, wie Gretchen über den frisch gemähten Rasen zu einem langbeinigen Mädchen in einem türkisfarbenen Badeanzug ging, das auf einer Sonnenliege lag. Sie hockte sich hin, nahm die Hand des Mädchens in ihre und sprach zu ihr. Nadia setzte sich auf und die Zeitschrift, in der sie gelesen hatte, fiel zu Boden. Gretchen setzte sich neben sie auf die Liege und nahm sie in eine mütterliche Umarmung. In der Küche blubberte und pfiff der Wasserkocher.

Natalie beobachtete, wie Gretchen ihrer Tochter beim Anziehen eines Frotteebademantels half, als wäre sie ein Kleinkind, das sich nicht selbst anziehen konnte, und bewunderte die mütterliche Liebe. Sie verstand sie. Es gab nichts, was sie nicht für ihre Kinder tun würde. Gretchen beschützte ihres, half Nadia, den Schock zu verarbeiten. »Sie kommen rein.«

Murray rührte den Tee um und stellte die Tasse auf den Tisch. Kaum hatte er sie abgestellt, kam Gretchen herein, den Arm um Nadia gelegt, obwohl sie einen Kopf größer war als ihre Mutter. Das Mädchen klapperte trotz des warmen Tages mit den Zähnen. »Setz dich, Liebes. Trink den Tee. Das wird dir helfen«, sagte Gretchen und zog einen Stuhl für ihre Tochter heran. »Das sind DS Anderson und DI Ward. Sie arbeiten wie ich in Samford. Sie werden dir ein paar Fragen über Habib stellen. Ich möchte, dass du versuchst, sie alle so gründlich wie möglich zu beantworten, und ihnen dabei hilfst, herauszufinden, was mit ihm passiert ist. Würdest du das für mich tun?«

Das Mädchen nickte und Gretchen gab ihr einen Kuss auf die Stirn. Natalie schenkte Nadia ein kleines Lächeln. »Es tut mir so leid wegen Habib. Wie lange kennen Sie ihn schon?«

»Sechs Monate, aber wir sind erst seit drei Monaten ernsthaft zusammen.« Sie hielt den Becher fest umklammert.

»Waren Sie gestern Abend mit ihm verabredet?«

»Nein. Wir hatten nichts ausgemacht.«

»Und da sind Sie sich sicher?«

»Ganz sicher. Ich war mit Mum im Kino.«

»Das ist richtig. Wir sind nach Tamworth gefahren und haben danach eine Pizza gegessen. Wir kamen gegen zehn Uhr zurück.«

»Haben Sie Habib eine SMS geschickt oder mit ihm gesprochen?«

Das Mädchen nickte. »Wir waren gestern Morgen ewig auf Snapchat. Danach habe ich nicht mehr mit ihm gesprochen. Ich habe mein Handy fürs Kino ausgeschaltet. Nach dem Film hab ich ihm eine SMS geschrieben, als wir beim Essen waren, und es schien ihm gut zu gehen. Er sagte, er sei gerade mit etwas beschäftigt und könne nicht reden, aber er hätte später eine schöne Überraschung für mich. Heute habe ich versucht, ihn zu erreichen, aber er hat nicht geantwortet und ich dachte, er ist mit Tucker unterwegs. Das konnte er doch nicht gemeint haben, oder, Mum? Das ist nicht die Überraschung?« Ihre Stimme verstummte und das Zähneklappern begann erneut.

Ihre Mutter nahm ihr die Tasse aus den verspannten Fingern und bedeckte beide Hände mit ihren eigenen. »Nein, Liebes. Er sagte ›eine schöne Überraschung‹. Er hatte etwas anderes im Sinn.«

Natalie hatte aufgeschnappt, wie Nadia Tuckers Namen betont hatte und fragte sie: »Wie kommen Sie mit Tucker zurecht?«

»Er ist okay.«

»Ich habe den Eindruck, dass Sie ihn nicht allzu sehr mögen.«

»Ich habe nichts gegen ihn, aber mir gefällt nicht, wie er Habib herumkommandiert. Er ist wirklich herrisch. Manchmal benimmt er sich, als ob er ihm gehört – er schnippt mit den Fingern und sagt: ›Komm schon‹, und Habib folgt ihm wie ein Hund. Ich glaube, er hatte Angst vor Tucker.«

»Hat er jemals etwas gesagt, das Sie misstrauisch gemacht hat?«

»Ein paarmal. Es spielte keine Rolle, was wir gerade taten, wenn Tucker ihm eine SMS schrieb oder ihn anrief, ließ er alles stehen und liegen und ging. Es passierte einmal, als wir zusammen in der Stadt waren. Wir waren noch keine fünf Minuten da, als Tucker ihm eine Nachricht schickte, dass er sich dringend mit ihm treffen müsse. Er sagte, er müsse gehen, und wir stritten uns darüber. Ich dachte, Tucker wolle absichtlich verhindern, dass wir uns treffen, aber Habib wollte das nicht zugeben. Er sagte, ich läge völlig daneben, und wenn er bleiben könnte, würde er es tun, aber er müsse gehen. Ich verstand das nicht. Ich sagte ihm, dass ich ihn nicht mehr sehen wollte, wenn er jetzt ginge. Am nächsten Tag kam er zu uns nach Hause, um sich zu entschuldigen, und erklärte, er schulde Tucker etwas dafür, dass er sich um ihn gekümmert hat, als er jünger war, und wir versöhnten uns.«

Das war eine Möglichkeit. Tucker und Habib waren schon sehr lange befreundet.

»Hat er jemanden erwähnt, der ihm schaden wollte?«

»Nein. Ich weiß nur, dass er aus Clearview wegziehen wollte. Er hat gehofft, eine Lehrstelle bei Rolls-Royce zu bekommen und nach Derby zu ziehen. Er hatte sich beworben und wartete auf eine Rückmeldung. Er hasste Clearview und das Galloway Estate. Er sagte, es sei, als würde man in einer tickenden Zeitbombe leben.«

SECHSUNDZWANZIG

DIENSTAG, 3. JULI – SPÄTER NACHMITTAG

Natalie, die mit ihrem eigenen Auto unterwegs war und Murray zum Hauptquartier vorausgeschickt hatte, hielt an einer Tankstelle an, um zu tanken, etwas zu essen und Aileen telefonisch auf den neuesten Stand der Ermittlungen zu bringen. Tatsache war, dass er immer noch unzureichend war. Die Familie Curtis war in der Vergangenheit in Auseinandersetzungen mit Habib und Tucker verwickelt gewesen, und es schien eine gewisse Rivalität zwischen den Familien zu geben. Sie hatten immer noch keine Verbindung zwischen Roxy, ihrer Mutter, den Langs und Habib hergestellt. Ihre Vorgesetzte klang verärgert, aber mehr konnte Natalie ihr nicht sagen. Bis sie einen bedeutenden Durchbruch erzielten, konnten sie nur mit den Beweisen arbeiten, die sie hatten. Aileen würde die Presse beschwichtigen müssen, so gut sie eben konnte.

Sie leerte die eiskalte Wasserflasche in einem Zug und schälte das Käsesandwich aus seiner Zellophanhülle. Es schmeckte fade, aber sie aß es trotzdem und nutzte die wenigen Minuten, die sie für sich hatte, um zu Hause anzurufen. Leigh müsste schon von der Schule nach Hause gekommen sein, und nachdem sie mit Nadia und Gretchen gesprochen hatte, hatte sie das Bedürfnis, ein paar Worte mit ihrer eigenen Tochter zu wechseln. Leigh nahm ab.

»Hallo, mein Schatz. Wie war dein Tag?«

»Gut. Warum?«

»Ich wollte es nur wissen.«

»Er war okay. Schule eben. Ich kann die Ferien kaum erwarten.«

»Dauert nicht mehr lange. Hör mal, ich habe mich gefragt, ob du Lust hättest, mit mir *Oceans 8* im Kino zu sehen.«

»Habe ich schon gesehen.«

»Wann denn?«

»Neulich auf DVD.«

»Ist der schon rausgekommen?«

»Ja.«

In der Stimme ihrer Tochter lag etwas, das darauf hinwies, dass sie nicht die Wahrheit sagte. Es war unwahrscheinlich, dass es den Film schon auf DVD gab. Wahrscheinlich hatte einer ihrer Freunde eine Raubkopie besorgt. Aber Natalie hatte nicht angerufen, weil sie sich streiten wollte; sie wollte diese besondere mütterliche Bindung spüren. »Wie wäre es dann, wenn wir etwas anderes anschauen?«

»Ja, okay.«

Es war nicht ganz die Reaktion, die sie sich erhofft hatte, aber es war immerhin etwas.

»Du suchst dir einen Film aus, den du gerne sehen möchtest, und wir gehen am kommenden Wochenende hin.«

»Wenn du nicht zu viel zu tun hast.«

»Leigh, viel zu tun oder nicht, mir steht ein freier Tag zu, und ich werde ihn mit dir verbringen.«

»Okay.« Die Stimme klang etwas fröhlicher. Natalie hatte es geschafft und es fühlte sich gut an.

»Ist Josh da?«

»Nein. Er ist nicht da und Dad ist stinksauer auf ihn.«

»Ist Dad da?«

»Er arbeitet in seinem Büro. Kommst du zum Abendessen nach Hause?«

»Ich versuche es. Es könnte ein bisschen spät werden, also haltet mir meins warm.«

»Es gibt Hühnersalat!«

»Dann haltet ihn mir kalt!«

»Ha!«

»Wir sehen uns später.«

»Ja. Tschüss, Mum.«

Das Gespräch hatte sie sowohl erheitert als auch beunruhigt. Zu erfahren, dass Josh David auf die Palme getrieben hatte, war etwas beunruhigend. David verlor nicht oft die Nerven bei dem Jungen. Wenn überhaupt, dann war er der Geduldige, und sie war viel eher dazu geneigt, sich aufzuregen oder herumzunörgeln.

Seit er seine Prüfungen beendet hatte, hatte sich Joshs Persönlichkeit verändert und er wurde immer unnahbarer. Sie stopfte sich das letzte Stück ihres nach Plastik schmeckenden Sandwichs in den Mund, startete den Motor und blies die Backen mit einem lauten Ausatmen aus. Sie würde später herausfinden, was hier los war. Alles und jeder, der ihr nahestand, musste in den Hintergrund treten, während sie an einer Ermittlung arbeitete, und manchmal war das eine zu große Belastung für sie.

———

Als Murray nach dem Gespräch mit den Fryxells ins Büro zurückkehrte, war Ian gerade am Telefon und Lucy saß wieder an ihrem Schreibtisch.

»Wo ist Natalie?«, fragte Lucy.

»Sie musste Aileen besänftigen. Ich glaube, der Big Boss wollte der Presse etwas mitteilen, aber wir haben nichts Neues herausgefunden. Was war bei dir?«

»Ellie sagt, Roxy und Tucker waren ein Paar.«

»Nicht das, was Tucker sagt. Er glaubt, dass Roxy für ihn geschwärmt hat, aber behauptet, dass er ihr keine Hoffnungen gemacht hat.«

»Das ist nicht die Version, die ich gehört habe. Ellie sagt auch, dass Seth und Charlie Habib vor ein paar Jahren angegriffen haben, als sie alle noch zur Schule gingen.«

»Ah, das ist interessant, denn Tucker hat uns die gleiche Geschichte erzählt.«

»Ellie hat kurz mit Roxy auf Snapchat gesprochen, bevor sie zu Crystal und Sandra gegangen ist.«

»Und Tucker hat Ellie nicht im Jugendclub gesehen. Toll!«

»Vielleicht hat er das tatsächlich nicht«, sagte Lucy mit einem leichten Schulterzucken.

»Lass gut sein, Lucy. Einer von den beiden verarscht uns.« Er zog einen Stuhl heran und wollte sich gerade setzen, als er sagte: »Du wirst nie erraten, wer Habibs Freundin ist.«

»Sag schon!«

»Die Tochter von Gretchen Fryxell.«

»Leck mich! Gretchen Bulldogge?«

»Genau die. Sie wohnt in einem wirklich schönen Haus in Armston. Ihre Tochter ist reizend. Sie sieht ihrer Mutter überhaupt nicht ähnlich.«

»Das ist wirklich ein Segen, oder?« Lucy ließ für eine kurze Sekunde ihre weißen Zähne aufblitzen.

Ian wirbelte herum und unterbrach ihr Gespräch. »Das war einer vom Technikteam am Telefon. Sie untersuchen das Handy von Habib Malik und haben gerade herausgefunden, dass er in den letzten Monaten mehrere Packungen Xanax gekauft hat. Das ist ein Benzodiazepin-Medikament, das zur Behandlung von Angstzuständen eingesetzt wird: Panik, Depression und Agoraphobie.«

Murray meldete sich zu Wort. »Das macht Sinn. Er wurde als Kind verprügelt, scheint von seinem besten Freund herumkommandiert worden zu sein, hat seine Mutter durch Krebs verloren und wollte unbedingt vom Galloway Estate weg. Ich kann verstehen, warum er das brauchte. Das unterstützt auch die Theorie, dass er sich selbst umgebracht hat – ein Teenager mit psychischen Problemen könnte durchaus vorhaben, sich das Leben zu nehmen. Wenn wir nicht schon den Verdacht hätten, dass er ermordet wurde, würde diese Information es nur noch wahrscheinlicher machen, dass er sich selbst umgebracht hat.«

»Wenn er eine Angststörung hätte, würde er doch sicher verschreibungspflichtige Medikamente nehmen und sie nicht selbst kaufen«, sagte Lucy.

»Stimmt, aber viele Menschen informieren sich im Internet über ihre Krankheiten und besorgen sich selbst Medizin. Es scheint vernünftig, anzunehmen, dass er sie für sich selbst gekauft hat.«

»Wahrscheinlich«, antwortete Lucy.

Ian fuhr fort: »Es gab ein paar Fälle, in denen Jugendliche Medikamente im Internet gekauft und dann weiterverkauft haben. Wenn Habib sie nicht für sich selbst besorgt hat, könnte er genau das getan haben.«

»Wir sollten keine voreiligen Schlüsse ziehen«, sagte Lucy. »Wir sollten erst einmal abwarten, was Pinkney herausfindet, und ob sich Spuren des Medikaments in seinem Blut befinden. Es ist wichtiger, dass wir uns darauf konzentrieren, warum er getötet wurde.«

»Ich würde sagen, dass der Medikamentenhandel ein möglicher Grund sein könnte«, betonte Ian. »Jemand könnte auf Rache aus sein. Er wohnte auf dem Galloway Estate, Lucy! Das ist nicht gerade Beverly Hills.«

»Beverly Hills? Wie kommst du denn auf so etwas? Du siehst zu viel fern«, spottete Murray.

»Du weißt, was ich meine. Dort leben alle möglichen verrohten Jugendlichen. Viele von denen haben mit Drogen zu tun.«

Lucy rieb sich den Nasenrücken. »Okay. Betrachten wir es als eine Option.«

Murray meldete sich wieder zu Wort. »Abgesehen davon möchte Natalie, dass wir noch einmal mit den Curtis-Jungs sprechen. Jemand ist nicht ehrlich zu uns, und wir müssen dem Vorfall mit Habib, als er zusammengeschlagen worden ist, auf den Grund gehen. Wenn Seth und Charlie es auf ihn und Tucker abgesehen hatten, müssen wir vielleicht ihre Beteiligung an seinem Tod in Betracht ziehen.«

»Ich komme mit.« Lucy schob ihren Stuhl zurück und ging zur Tür.

Murray stand wieder auf und zögerte, bevor er zu Ian sprach. »Geht es dir gut?«

»Natürlich. Warum sollte es das nicht?«

»Wollte nur sichergehen«, sagte Murray. Er legte kumpelhaft eine Hand auf die Schulter des Mannes.

»Mir geht es gut. Wirklich.«

Lucy, die die freundschaftliche Geste beobachtet hatte, rief mit einer Cartoon-Stimme: »Ich vermisse dich jetzt schon!«, und warf Ian einen Kuss zu.

»Halt die Klappe!«, erwiderte Ian lachend.

»Meinst du, du kommst eine halbe Stunde ohne ihn aus?«, scherzte sie, als sie und Murray die Treppe hinuntergingen. »Ich mache mir langsam Sorgen um euch beide. Ich werde Yolande sagen müssen, dass sie aufpassen soll, weil sie jetzt einen Rivalen hat.«

»Wie er schon sagte: Halt die Klappe!«

Sie lachte und sprang vor ihm her die Treppe hinunter.

Natalie kam die Treppe hinauf und stieß fast mit ihnen zusammen.

»Wir reden mit den Curtis-Jungs«, erklärte Murray.

»Ellie meint, dass Habib von ihnen schikaniert wurde«, sagte Lucy.

»Das haben wir auch schon gehört«, antwortete Natalie.

»Meine Gesprächsnotizen mit ihr liegen auf meinem Schreibtisch, wenn Sie sie durchsehen wollen. Einiges von dem, was sie mir erzählt hat, widerspricht dem, was Sie herausgefunden haben.«

Natalie rückte ihre Tasche auf der Schulter zurecht und stieß einen Seufzer aus. »Danke. Ich werde sie lesen. Vielleicht versuche ich, Gavin und Kirk noch einmal zu erreichen, um sie nach Habib zu fragen.«

Murray schüttelte den Kopf. »Daisy hat mir gesagt, dass sie nach London gefahren sind. Sie weiß nicht, wann sie zurückkommen. Es könnte heute Abend werden.«

»Warum sind sie in London?«

»Irgendein Networking-Event und ein Besuch bei Freunden. Oh, und ich habe auch herausgefunden, dass Daisy und Kirk hinter Gavins Rücken ein Paar sind. Sie haben es ihm noch nicht gesagt, aber sie wollen es tun. Kirk wohnt jetzt bei einem Freund und wird nicht wieder bei Gavin einziehen, sobald das Geld von der Versicherung da ist. Mir kam der Gedanke, dass Daisy und Kirk beide daran beteiligt gewesen sein könnten, das Haus in Brand zu setzen, um eine Situation zu schaffen, in der sie zusammen sein können, aber das erscheint mir extrem, und jetzt, wo Habib auch noch tot ist, bin ich mir gar nicht mehr sicher.«

»Ich kann mir nicht erklären, warum sie Cathy oder Habib töten wollten oder warum Roxy in dem Haus war, aber es ist möglich, dass Daisy und Kirk das Haus niedergebrannt haben, um Versicherungsgeld zu bekommen und dann zusammenzuziehen. Mensch, Leute und ihre verdammten Geheimnisse«, sagte Natalie und rollte mit den Augen. »Okay. Ich rufe Gavin und Kirk an oder versuche es später im Nachtclub, um zu sehen, ob ich das schwer fassbare Duo aufspüren kann. Lassen Sie mich wissen, wie Sie vorankommen.«

· · ·

Natalie beugte sich über ihren Schreibtisch und stützte ihre Stirn in die Hände. Sie hatte Lucys Gesprächsnotizen gelesen. All die verdammten Lügen: Ellie, Roxy, Tucker … sie alle gingen ihr auf den Geist. Ian tippte auf seiner Tastatur; das Klicken drang in ihren Kopf und lenkte sie ab. Sie ermahnte sich selbst, dass sie zu empfindlich auf den Lärm reagierte. Normalerweise machte er ihr nichts aus. Sie war gereizt und müde, und in einer Ecke ihres Denkens war die Ahnung, dass Josh sich nicht so verhielt, wie er es sonst tat. Sie wusste nicht, warum er sich plötzlich verändert hatte, und fragte sich, ob Eltern ihre Teenager-Kinder jemals verstehen würden. Das interne Telefon klingelte und sie hob den Hörer ab. Mike war am Apparat.

»Ich habe bei der Technikabteilung angehalten, um zu sehen, ob es irgendwelche neuen Entwicklungen gibt … und es gibt sie. Habib hat ein Konto eingerichtet und Xanax gekauft, aber die Lieferadresse ist nicht seine Privatadresse. Die Medikamente wurden an Nummer acht-sieben, The Towers, Galloway Estate, geschickt.« Das war Tuckers Adresse.

»Wie hat er sie bezahlt?«

»Debitkarte.«

»In seinem Namen?«

»Ja, und das Geld wurde am Tag vor jedem Kauf auf sein Girokonto überwiesen.«

»Er hat von jemandem Geld bekommen, der es auf sein Konto überwiesen hat, und es dann für den Kauf von Medikamenten verwendet?«

»Genau.«

»Ich weiß nicht, ob das hilfreich ist oder die Sache noch verzwickter macht, aber trotzdem danke.«

»Ich habe noch mehr. Wir haben die Gegend um die Eiche, wo wir seine Leiche gefunden haben, untersucht. Es gibt definitiv Anzeichen für Aktivität, da sich am Fuß des Baumes erhebliche

Rindenreste befinden, die vom Stamm abgefallen sind, vermutlich weil sie von demjenigen, der das Seil um den Ast gebunden hat, herausgetreten oder herausgeschlagen wurden. An dem Ast, an dem das Seil befestigt war, gibt es kahle Stellen, aber wir haben Habibs Kleidung auf Rindenreste untersucht und nur sehr wenig gefunden. Er ist definitiv nicht auf den Baum geklettert. Jemand hat das getan, aber nicht er. Wir können uns immer noch nicht erklären, wie er aufgehängt wurde. Nichts deutet darauf hin, dass ein Flaschenzug benutzt wurde. Wäre das der Fall gewesen, hätten wir deutliche Abnutzungserscheinungen an den Ästen feststellen müssen – sie sind alt und teilweise ziemlich brüchig – aber da ist nichts. Wir können keine Abdrücke oder Spuren finden, die darauf hindeuten, dass jemand Stufen oder sogar eine Leiter benutzt hat. Ganz schön kniffelig.«

»Okay. Wir arbeiten erst einmal mit dem, was wir haben, und warten auf Pinkneys Bericht.«

Mike klang so müde und erschöpft, dass sie etwas sagen wollte, um ihn aufzumuntern, um ihm zu zeigen, dass sie sein Engagement verstand und schätzte, aber Ian war in der Nähe, sodass sie sich nur noch einmal bei ihm bedanken und ihren Gedanken nachhängen konnte.

———

Lucy und Murray standen auf der Türschwelle der Wohnung im Pine Way. Charlie Curtis stand vor ihnen, die Beine in den Boden gestemmt und die Hände unter den Achseln. Seine Haltung hatte nichts Unterwürfiges an sich.

Lucy wandte sich erneut an ihn. »Wir müssen Ihnen ein paar Fragen über Habib Malik stellen«, sagte sie. Sie spürte, wie er bei dem Namen zusammenzuckte. »Können wir reinkommen?«

»Ich habe nichts zu sagen.«

»Das mag sein, aber wir müssen mit Ihnen und Ihren Brüdern sprechen. Sind sie da?«

Das Tor öffnete sich hinter ihnen, und Oliver erschien in voller Joggingmontur. Er hielt kurz an. »Was ist los?«

»Wir müssen mit Ihnen allen reden.«

»Charlie, mach verdammt noch mal Platz und lass sie rein«, sagte Oliver und wischte sich den Schweiß von der Stirn.

Charlie trat einen Schritt zurück und ließ sie hinein. Als sie drinnen waren, murmelte er etwas Unverständliches zu seinem Bruder, der mit einem scharfen Nicken antwortete und sich der Befragung stellte.

»Um was geht es?«, fragte er. Er hatte sich noch nicht rasiert und sein Gesicht war dunkel von Stoppeln, seine Wangen von der Anstrengung gerötet. Die beiden Brüder hatten einen ähnlich muskulösen Körperbau: beide trainierten offensichtlich. Er nahm ein schmutziges Geschirrtuch von der Lehne eines Stuhls und wischte sich damit über Kopf und Gesicht.

»Sind Paul und Seth da?«

»Paul ist bei der Arbeit«, knurrte Charlie.

»Und Seth? Wir würden gerne mit Ihnen allen reden«, sagte Murray. Mit seinen über eins achtzig war er größer als die Jungs und ihnen von der körperlichen Statur her ebenbürtig. Er starrte Oliver hart an, der schließlich auf dem Absatz kehrtmachte und den Raum verließ, um seinen Bruder zu holen. Charlie verschränkte die Arme, die Feindseligkeit strömte immer noch aus seinen Poren.

»Wie kommen Sie zurecht?«, fragte Lucy, in der Hoffnung, ihn etwas abzulenken. Es funktionierte.

»Wir kommen klar.«

»War PC Granger hier?«

»Ja, Tanya ist cool.«

Lucy schenkte ihm ein Lächeln. Es war gut, dass er die Verbindungsbeamtin mit dem Vornamen anredete.

Oliver kam mit Seth zurück, der neben seinem Bruder wie eine dünne, blasse Bohnenstange wirkte.

»Hi, Seth«, sagte Lucy.

»Hi.«

»Wir möchten mit Ihnen über Habib Malik reden«, sagte Murray, und er bemerkte den Blick, der zwischen Charlie und Seth aufblitzte. »Sie und er haben eine gemeinsame Vergangenheit, nicht wahr? Sie sind nicht miteinander ausgekommen.«

»Er ist ein kleiner Arsch.« Charlie ballte mehrmals die Fäuste und entspannte sie wieder. Er hatte wirklich ein Problem mit dem toten Jungen.

Oliver lehnte sich an den Tisch, das Geschirrtuch in der Hand, und schwieg.

»Können Sie mir sagen, was er angestellt hat, das Sie so wütend gemacht hat?«

Keiner antwortete. Seth sah aus, als fühle er sich unwohl. Murray beschloss, sich auf ihn einzuschießen.

»Seth, gibt es etwas, das Sie uns sagen möchten?«

Der Junge schaute zu Oliver, um sich Rat zu holen. Oliver nickte kurz. »Na los. Sag ihnen, was du mir gestern Abend erzählt hast.«

»Vor ein paar Wochen habe ich Roxy im Park mit Tucker und Habib gesehen. Sie haben alle geraucht und sich amüsiert.«

»Wie haben Sie sich gefühlt, als Sie Ihre Schwester mit ihnen gesehen haben?«

Er ballte die Hände zu Fäusten. »Ich wollte sie beide zusammenschlagen.«

»Aber Sie haben sie nicht zur Rede gestellt?«

»Nein, das habe ich nicht.«

»Es hat Sie wütend gemacht. Stimmt das?«

Seth nickte. »Ja. Sie wusste, dass sie es auf uns abgesehen hatten, aber sie war trotzdem mit ihnen dort. Sie hat sogar mit Tucker herumgeknutscht.«

»Haben Sie Ihrer Mutter oder Charlie von diesem Vorfall erzählt?«

»Nein, habe ich nicht.«

»Er hat bis gestern Abend nichts davon gesagt«, wiederholte Oliver.

»Hat er es Ihnen gesagt, Charlie?«, fragte Murray. Der Junge schüttelte den Kopf. Murray richtete seine Aufmerksamkeit wieder auf Seth.

»Haben Sie beschlossen, Habib oder Tucker allein zu konfrontieren? Vielleicht um ihnen zu sagen, dass sie sich von Roxy fernhalten sollen?«

»Nein!«

»Auch wenn Sie wütend auf sie waren?«

»Nein! Ich habe Roxy gesagt, dass ich sie gesehen habe, und sie wurde wütend auf mich. Sie sagte, es sei ihr scheißegal, was ich über Tucker oder Habib denke, weil sie beide wirklich mag, und dass es ihre Sache ist, wenn sie mit Tucker ausgehen will.«

»Wo waren Sie gestern Abend, Seth?«

»Zu Hause.«

»Was ist mit Ihnen, Oliver?«

»Charlie und ich sind ins örtliche Fitnessstudio gegangen und haben trainiert und dann mit ein paar Jungs, die wir dort getroffen haben, abgehangen. Wir kamen gegen elf zurück. Seth war schon im Bett, als wir zurückkamen.«

»Können Sie beweisen, wo Sie sich aufgehalten haben?«

»Sicher. Wir haben um sieben Uhr im Fitnessstudio eingecheckt, haben zwei Stunden trainiert, und ich kann Ihnen die Namen der Jungs geben, mit denen wir danach zusammen waren. Worum geht es hier eigentlich?«

»Alles zu seiner Zeit«, sagte Murray. »Seth, war Paul hier bei Ihnen?«

»Nur kurz, aber er brach immer wieder in Tränen aus wegen Mum und Roxy, also ist er schließlich ins Pub gegangen.

Er weint die ganze Zeit. Wir können ihn nachts hören. Es ist furchtbar.«

»Das ist es bestimmt. Es muss wirklich schwer für Sie alle sein«, sagte Lucy und bemerkte, wie still alle Jungs waren, fast wie angewurzelt auf ihren Plätzen, wie Kaninchen im Scheinwerferlicht. Sie fragte sich, ob das ein Zeichen von Schuldgefühlen war.

»Was haben Sie gemacht, nachdem Paul weg war?«

»Ich lag auf meinem Bett und dachte an Mum und Roxy. Ich wünschte, das alles wäre nicht passiert und alles würde wieder so sein wie vorher.«

»Sie sind nicht aus dem Haus gegangen?«

»Nein.«

»Sie haben niemanden kontaktiert oder mit jemandem online gechattet?«

»Nein. Ich habe nicht viele Freunde.«

»Warum hassen Sie alle Tucker und Habib so sehr? Was ist passiert, dass Sie sich mit ihnen so zerstritten haben?«

Charlie knurrte: »Sie sind Abschaum.«

»Warum sagen Sie das?«

Oliver antwortete: »Weil sie Drogen an Schulkinder verkauft haben.«

Mai 2014

Habib wirbelt herum und tritt gegen eine leere Plastikflasche, die im Wind umherrollt. Abgesehen von ihm und Tucker ist der Park leer. Er sieht heute noch trostloser aus als sonst – die Farbe blättert von den Schaukeln ab, und die Ketten, die sie halten, sind verrostet. Das Karussell, in dem Tucker jetzt sitzt, gelehnt an eine pistolengraue Stange, ist mit Flecken und Graffiti übersät, die in den Holzboden geätzt sind – eine Erinnerung daran, wie beschissen es hier ist. Tucker drückt seine Kippe aus, die den fleckigen Boden noch mehr verschmutzt, und sagt: »Schau, es war nicht unsere Schuld.«

»Natürlich war es unsere verdammte Schuld! Wir hätten uns nicht mit Art einlassen sollen.«

»Du wolltest es doch auch!«, schnauzt Tucker zurück und wirft seinem Freund einen bösen Blick zu.

Habib studiert seine Turnschuhe, abgenutzt und schäbig. Er weiß, warum er zugestimmt hat, für Arts Mafia Drogen zu verkaufen – weil er das Geld wollte. In letzter Zeit war das Leben die größte Scheiße, die man sich vorstellen kann. Er hat keine Freunde außer Tucker und er ist wirklich niedergeschlagen. Seiner Mutter geht es nicht gut und er hat keine Ahnung, ob sie etwas Ernstes hat oder nicht. Er weiß nur, dass er es hasst, in diesem verdammten Clearview zu leben. Das Geld, das sie von Art bekommen, macht es etwas erträglicher. Sie können sich Zigaretten kaufen, in die Spielhalle gehen und einfach eine Weile loslassen.

»Lass uns nicht darüber streiten«, sagt er.

»Gut.« Tucker springt vom Karussell und reißt am Geländer, sodass es sich dreht. Er kommt rüber und gibt seinem Kumpel einen Faustcheck. »Wir konnten nicht wissen, dass es schlecht war. Außerdem habe ich gehört, dass Baz wieder in Ordnung kommt.« Baz ist der Junge, der ihnen das E abgekauft hat und im Krankenhaus gelandet ist. Zuerst hatten sie große Angst, dass er sterben würde. Aber es war nicht ihre Schuld, hatten sie sich überlegt. Art war schuld. Er hatte ihnen das Zeug zum Verkauf gegeben, und mit Art kann man sich nicht streiten. Ihm und seiner Bande gehört ganz Clearview.

Es ist das Pflaster, auf dem sie dealen, und wenn er dich auswählt, um ein paar Geschäfte für ihn zu machen, dann tust du es.

»Was sollen wir jetzt tun? Uns stellen?«, fragt Habib.

»Bist du verrückt geworden? Wir sagen gar nichts.«

Ein Rufen überrascht die beiden. »Ihr zwei da. Wir wollen

ein verdammtes Wort mit euch reden! Ihr habt Baz fast umgebracht.«

Das sind Charlie und Seth Curtis. Charlie ist der beste Freund von Baz und er ist ein fieser Ficker.

»Lauf!«, schreit Tucker und sprintet auf die andere Seite des Parks und auf einen Zaun zu, den er überspringen kann, um die Hauptstraße zu erreichen. Habib ist hinter ihm und langsamer. Die Brüder sind zu schnell für sie, und Seth erreicht Tucker mit außergewöhnlicher Geschwindigkeit und wirft ihn um. Mit Kraft stößt er ihn ins Gras. Sein Gesicht ist vor Wut verkrampft. Seth verpasst ihm einen Schlag auf die Nase, und der Schmerz explodiert in seinem Gesicht. »Ihr Bastarde. Dank euch hängt Baz an den verdammten Schläuchen und Maschinen. Dafür werdet ihr bezahlen.«

Tucker schlägt um sich, dreht und wendet sich wild, um Seth zu entkommen, reißt sich schließlich von ihm los und stürzt Richtung Straße. Schreie stoppen ihn in seinem Lauf. Habib liegt zusammengerollt an einem Baum und Charlie tritt mit schweren Stiefeln auf ihn ein, immer und immer wieder. Habib fleht ihn an, aufzuhören, aber Charlie ist außer sich vor Wut, flucht und tritt gleichzeitig. Seth hat sich zu ihnen begeben und macht mit. Habib heult vor Schmerz auf.

Tucker handelt, ohne nachzudenken. Er sprengt zurück zu den Jungen und springt auf Charlies Rücken, wobei er seinen Griff um die Kehle des Jungen fester zuzieht, bis dieser beginnt, an Tuckers Händen zu zerren. Tucker lässt nicht los. Charlie wirbelt herum, um den Jungen auf seinem Rücken loszuwerden, kann ihn aber nicht abschütteln. Er würgt und stottert. Seth versucht zu helfen, kann es aber nicht, und Tucker drückt noch fester zu, bis Charlie auf die Knie fällt. Seths Gesicht ist jetzt von reinster Sorge gezeichnet.

»Charlie?« Er kämpft nicht mehr. Er macht sich Sorgen um seinen Bruder, und trotzdem quetscht Tucker Charlies Luftröhre, bis er sieht, wie Habib sich aufrappelt, dann lässt er los *und tritt Charlie hart in den Schritt. Seth, der um seinen Bruder besorgt ist, rennt nicht hinterher, und Tucker legt einen Arm um seinen Freund und hilft ihm, in Richtung der Wohnungen zu humpeln.*

Oliver beendete die Erzählung der Geschichte. »Ich war nicht involviert, aber ich wusste davon.«

»Stimmt das?«, fragte Murray Charlie und Seth, die gleichzeitig nickten. »Warum hat das keiner von Ihnen gemeldet?«

Charlie antwortete: »So machen wir das in Clearview nicht. Wir kümmern uns um unsere Freunde und Familie. Baz wäre fast gestorben. Seth und ich haben das auf unsere Weise geregelt. Tucker und Habib hatten danach zu viel Angst vor uns, um noch einmal etwas zu verkaufen.«

»Verkaufen sie heutzutage Drogen?«

Charlie zuckte mit den Schultern. »Ich weiß nicht. Wir haben nichts mit ihnen zu tun.«

»Nimmt jemand von Ihnen Drogen?«

»Auf keinen Fall!«, sagte Charlie und spuckte die Worte fast aus.

Seth schüttelte den Kopf. »Niemals.«

»Was ist mit Medikamenten gegen Depressionen, Seth?«

»Ich nehme Prozac.«

»Schon mal Xanax probiert?«

»Nein. Ich habe Lexapro genommen, aber Prozac passt besser zu mir. Der Arzt sagte, ich solle nicht mit den Medikamenten herumspielen, sonst könnte es schlimmer werden, also mache ich das auch nicht.«

»Was ist mit Roxy?«

Seth sah zu Charlie, der leicht mit dem Kopf nickte. Seth nahm das als Zeichen und seufzte schwer. »Ja, sie hat Drogen genommen – ein bisschen Gras, das eine oder andere E, vielleicht auch andere Sachen.«

Oliver schüttelte traurig den Kopf. »Ich hatte keine Ahnung.«

»Woher sollst du das auch wissen? Du warst schon lange nicht mehr hier«, sagte Charlie anklagend. »Du bist seit fast drei Jahren weg und wir haben dich wahrscheinlich nur ein halbes Dutzend Mal gesehen.«

»Willst du jetzt auf mich losgehen?«, fragte Oliver und straffte die Schultern.

Murray machte sich bereit, einen Streit zu beenden, aber Seth schrie die beiden an: »Haltet die Klappe! Haltet einfach die Klappe, alle beide.«

Olivers Augen weiteten sich angesichts des plötzlichen Ausbruchs, aber er sagte leise: »Tut mir leid.«

Charlie murmelte ebenfalls eine Entschuldigung.

»So, was passiert jetzt?«, fragte Oliver. »Werden Sie die beiden wegen der Schlägerei mit Habib und Tucker anklagen?«

»Nein, aber wir würden gerne wissen, was Sie letzte Nacht gemacht haben.«

»Was ist passiert?«, fragte er vorsichtiger.

»Habib wurde ermordet.«

———

Natalie hatte das Gespräch mit Lucy und Murray beendet. Der Aufenthaltsort von Oliver und Charlie Curtis wurde überprüft. Sie waren im Fitnessstudio gewesen und dann mit ein paar Jungs ausgegangen, die sie im Fitnessstudio getroffen hatten – ein paar Personal Trainer, die dort arbeiteten. Seth hatte jedoch kein stichhaltiges Alibi und Paul war in der örtlichen Kneipe gewesen. Der Wirt hatte bestätigt, dass Paul dort gewesen war, obwohl er sich nicht sicher war, wann er gegangen war.

Sie wies sie an, nach Hause zu gehen, entließ Ian und stempelte selbst für den Tag aus. Als sie ihre Schlüssel in die Hand nahm, warf sie einen Blick auf die Uhr: Es war sechs Uhr fünfundvierzig. Viel später, als sie gehofft hatte, gehen zu können. Sie hatte weder Appetit auf den Hühnersalat, der auf sie wartete, noch Lust, die Probleme zwischen Josh und David zu klären. Sie wollte im Nachtclub vorbeischauen und sehen, ob sie mit Kirk und Gavin Lang sprechen konnte. Sie hatte es noch einmal vergeblich versucht, aber der Barmann im Extravaganza, der ihren Anruf im Nachtclub entgegengenommen hatte, war sich sicher, dass sie gegen halb zehn aus London zurückkehren würden, also würde sie erst einmal nach Hause zu ihrer Familie fahren.

Ein leises Gemurmel aus dem Fernseher im Wohnzimmer zeigte an, dass zumindest eine Person anwesend war.

Natalie rief ein »Hallo«, in der Hoffnung auf eine Antwort, und hörte ein leises: »Hallo, Mum!« Sie folgte der Stimme. Leigh lag zusammengerollt auf ihrem Lieblingsplatz auf dem Sofa, an ein großes Kissen gekuschelt. *Emmerdale* neigte sich dem Ende zu. Leigh war süchtig nach Seifenopern und konnte nicht nur alle Charaktere in jeder Soap aufzählen, sondern kannte auch jedes Detail aus ihrem Privatleben. Wenn es einen Schulabschluss in Soaps gäbe, würde Leigh ihn mit einer Eins mit Stern bestehen. Natalie war, was die Handlung betraf, nicht mehr ganz auf dem Laufenden, aber sie hatte nichts gegen eine halbe Stunde Fernsehdrama, die sie von den Dramen des wirklichen Lebens ablenkte, mit denen sie täglich zu tun hatte. Sie betrat das Zimmer gerade rechtzeitig, um Leigh mit offenem Mund anzutreffen.

»Gute Folge?«

»Genial! Ich kann kaum erwarten, zu sehen, was als Nächstes passiert.« Sie nahm die Fernbedienung und schaltete durch die Kanäle.

»Ist Josh schon da?«

»Ich habe ihn nicht gehört.« Sie schaltete auf BBC One um. »Willst du *East Enders* sehen?«

»Ich hole mir etwas zu essen und komme wieder.«

Leigh kuschelte sich tiefer in das Sofa hinein wie ein zufriedener Hund.

Natalie ließ sie gewähren und stapfte in die Küche.

David erschien wie aus dem Nichts. »Ich habe dich nicht reinkommen hören«, sagte er.

»Ich habe gerufen.«

»Oh! Im Kühlschrank ist noch Salat. Es war ein bisschen zu warm zum Kochen. Ich wollte eigentlich Burger machen, aber Josh ist weggegangen.«

»Das habe ich gehört. Leigh sagt, es hat einen Streit gegeben.«

»Das stimmt. Er wird etwas zu größenwahnsinnig.«

»Wo ist er hin?«

»Ich weiß es nicht. Zu Alex, denke ich.«

Sie öffnete die Kühlschranktür und holte einen Teller mit Essen heraus. David hatte ihn für sie mit Frischhaltefolie abgedeckt. Sie zog sie ab. David öffnete eine Schublade und reichte ihr ein Messer und eine Gabel.

»Danke.«

»Ich weiß nicht, was in ihn gefahren ist. Seitdem er mit der Schule fertig ist, hat er sich in einen pampigen Teenager verwandelt. Ich kriege keinen ganzen Satz mehr aus ihm heraus.«

Natalie wusste, was er meinte. Josh wurde immer unkommunikativer. »Wahrscheinlich macht er sich Sorgen wegen seiner Prüfungsergebnisse. Er muss noch ewig warten, bis er die Ergebnisse bekommt, und du weißt doch, wie gerne er in die Oberstufe gehen will«, überlegte sie. »Seine Routine ist unterbrochen worden und er vermisst sie und seine Schulfreunde wahrscheinlich.«

»Ich kann mir nicht vorstellen, dass das der Fall ist. Er spricht jeden Tag mit ihnen. Er ist nie nicht in dem verdammten Internet unterwegs.«

»Das ist nicht dasselbe wie mit ihnen in den Unterricht zu gehen und mit ihnen zusammen zu sein, oder?«

»Verdammtes Internet! Es tötet die Kommunikationsfähigkeit und ist voller Gefahren.«

Natalie konnte Davids Tiraden nicht ertragen. Wenn er sich einmal in Rage redete, hörte er ewig nicht mehr auf. »Das ist die Welt, in der wir leben, David. Die Kinder von heute leben online. Ihre Freunde sind online. Er ist vernünftig. Er wird nichts anstellen.« Sie schüttete etwas Salatcreme über den Salat, um ihn genießbarer zu machen, und aß eine Gabel voll. Hier ging es um mehr. David fiel es wahrscheinlich immer schwerer, eine Beziehung zu ihrem Sohn aufzubauen. Josh wurde erwachsen, war ihnen nicht mehr so nahe. Das Ende seiner Kindheit nahte. Er hatte gerade die mittlere Reife gemacht und die nächsten Schritte würden das Abitur und dann die Universität sein. »Worum ging es bei dem Streit?«

»Dass er ein Faulpelz ist und bis nach dem Mittagessen im Bett bleibt.«

»Okay.« Sie probierte das Huhn. Es war trocken und saugte ihr die ganze Feuchtigkeit aus dem Mund, als sie es kaute. Sie schluckte und spülte den Klumpen mit einem Schluck Wasser herunter.

»Ich weiß nicht, was mit ihm los ist. Fauler Hund. Ich war in seinem Alter nicht so.«

»Ich nehme an, er denkt, dass er keinen Grund hat, aufzustehen.«

»Verteidigst du ihn?«

»Ich denke darüber nach, warum er nicht aufstehen möchte.«

»Das klingt, als würdest du ihn verteidigen. Es gibt keine Entschuldigung für Faulheit. Als ich so alt war wie er, bin ich immer um sieben Uhr aufgestanden. Feiertage hin oder her. Mein Vater hätte so einen Müßiggang nicht geduldet.«

Es fiel ihr schwer, sich vorzustellen, dass Eric, Davids Vater, so streng sein konnte, aber sie ließ es auf sich beruhen. David ging in der Küche auf und ab, verärgert über die ganze Angelegenheit.

Sie schob den Teller beiseite. »Vielleicht, wenn er einen Job hat ...«, begann sie.

»Er hat die Stelle nicht bekommen. Er hat vorhin eine SMS bekommen, dass die Stelle schon besetzt wurde.«

»Oh! Das ist schade. Nun, dann muss er es woanders probieren. Da muss es doch etwas geben.«

»Es gibt nicht viel für Leute, die qualifiziert sind, geschweige denn für einen sechzehnjährigen, bald siebzehnjährigen Jungen, der auf die Ergebnisse seiner Prüfungen wartet. Ich glaube nicht, dass er eine Arbeit finden wird.«

»Er könnte doch sicher Autos putzen oder für andere Leute Gartenarbeit machen!«

»Warum schlägst du ihm das nicht vor, denn auf mich hört er im Moment nicht. Ich bin wohl kaum ein leuchtendes Beispiel für Produktivität, oder?« Da war es! David war wieder in einer sich selbstbemitleidenden Stimmung, seine Autorität war in Frage gestellt worden. Genau darum ging es hier.

»Okay, mache ich. Wann wird er wieder da sein?«

»Ich weiß es nicht.«

»Hast du ihm geschrieben, um es herauszufinden?«

»Nein, Natalie, habe ich nicht.«

Natalie nahm ihr Telefon und rief Josh an. David stand mit verschränkten Armen da und wartete. Josh nahm ab.

»Hey. Alles in Ordnung?«

»Ja.«

»Bist du bei Alex zu Hause?«

»Ja.«

»Wann kommst du heim?«

»Keine Ahnung. Zwölf Uhr?«

»Ich muss noch mal weg. Wie wäre es, wenn ich dich auf meinem Heimweg gegen halb elf abhole?« Sie würde dafür sorgen, dass sie bis dahin mit den Langs und dem Nachtclub fertig war.

»Halb elf? Ich muss doch nicht für die Schule aufstehen.«

»Nein, aber wir müssen früh aufstehen und ich möchte nicht zu lange auf dich warten müssen.«

Es gab eine lange Pause, dann: »Okay.«

»Danke. Bis später.«

»Du bist zu nachsichtig mit ihm«, sagte David.

»Was?«

»Du hättest ihm sagen sollen, dass er seinen Arsch wieder nach Hause bewegen soll. Wie kann er es wagen, zu diktieren, wann er kommt und geht. Das hier ist kein verdammtes Hotel.«

»Hörst du dich eigentlich selbst?«

»Er entwickelt sich zu einem verwöhnten Balg und du bist keine große Hilfe.«

»Ich hole ihn ab und bringe ihn nach Hause. Wie kann das keine Hilfe sein?«

»Halb elf ist zu spät.«

»Welche Zeit schlägst du vor?«

»Neun Uhr ist spät genug.«

»Dann hättest du das mit ihm klären müssen, bevor er gegangen ist!«

»Vielleicht sollten wir ihm einen eigenen Türschlüssel besorgen, damit er einfach kommen und gehen kann, wie es ihm gefällt.«

Sie hatte nicht vor, sich weiter zu streiten. Sie warf ihm einen eisigen Blick zu und ging zu Leigh. Es gab schon genug Melodrama im Fernsehen, da musste sie nicht auch noch eins draufsetzen.

———

Leigh war nach oben gegangen, um »im Internet zu surfen«, und hatte Natalie im Wohnzimmer zurückgelassen, die einen Film schaute, zu dem sie irgendwie keinen Zugang fand. Sie hatte es noch einmal auf Kirks und Gavins Handys versucht, aber bei beiden war der Anrufbeantworter drangegangen. Sie war frustriert und müde und in einem Moment der Schwäche rief sie Mike an.

»Entschuldige, dass ich dich störe, aber ich wollte nachsehen, ob du noch etwas herausgefunden hast«, sagte sie. Sie zuckte wegen ihrer Lüge regelrecht zusammen. Was sie wirklich wollte, war einfach seine Stimme zu hören.

»Leider nein. Ich habe für heute Schluss gemacht. Es ist das Beste, nach einer Nacht Schlaf wieder anzufangen, wenn ich mich frisch fühle. Geringere Wahrscheinlichkeit Fehler zu machen.«

»Das sehe ich auch so.«

»Und trotzdem ist es jetzt nach acht Uhr abends und du redest mit mir über die Arbeit!« Sie konnte die Neckerei in seiner Stimme hören und musste lächeln.

»Ich bin viel zu leicht zu durchschauen«, antwortete sie. So ein Mist! Sie hatte geflirtet. Sie wusste, dass sie es tat, und das sollte sie nicht.

»Nein, Nat. Du bist vieles, aber ganz sicher nicht leicht zu durchschauen. Du bist wie eine Zwiebel mit vielen Schichten, und an manchen Tagen habe ich das Gefühl, dass ich zu deinem wahren Ich noch immer nicht durchgedrungen bin.« Seine Stimme war sinnlich und sexy und ließ ihr Herz schneller schlagen.

»Du kennst mich gut genug.«

»Nun, genug, um zu wissen, dass dich etwas bedrückt, wenn du mich nach Feierabend anrufst ... und es ist nicht die Arbeit.«

Er hatte sie durchschaut. »David und ich sind verschiedener Meinung wegen Josh. David denkt, dass er ein fauler kleiner Scheißer ist und ich denke, dass er sich einfach wie ein normaler Teenager verhält.«

»Wie das?«

»Er ist erst nach dem Mittag aufgestanden. David meint, er sollte sich mehr einbringen.«

»Er hat doch keinen Grund aufzustehen, oder? Seine Prüfungen sind vorbei. So wie ich das sehe, wird es noch viele Tage geben, an denen er in aller Herrgottsfrühe aufstehen und zur Arbeit gehen muss, genau wie wir. Ein ganzes Leben lang muss er früh aufstehen, also sollte er das Beste aus seiner Jugend machen. Außerdem ist es eine bekannte Tatsache, dass Jugendliche mehr Schlaf brauchen als Erwachsene. Ihre verwirrten Gehirne brauchen viel Ruhe.« Sie konnte das Lächeln in seiner Stimme hören.

»David hat allerdings teilweise recht. Josh war in letzter Zeit wirklich unkooperativ, streitsüchtig und sogar ein biss-chen ... träge ... verpeilt.«

»Nachbeben von seinen Prüfungen. Josh ist überhaupt nicht verpeilt. Er ist ein sehr kluger Junge.«

»Ja.«

»Kommt nach seiner Mutter.«

»Das reicht schon. Schmeicheleien bringen dich ...« Sie biss sich auf die Zunge und bedauerte ihre Worte sofort. »Ich hätte das nicht sagen sollen. Ich bin müde und benehme mich wie ein ...«

Er ersparte ihr eine weitere Peinlichkeit, indem er ihre Entschuldigung unterbrach. »Mach dir keine Sorgen wegen Josh. Ich war in seinem Alter ein richtiger Taugenichts. Er ist voll von zügellosen Hormonen und Frustration. Er befindet sich im Niemandsland, bis seine Prüfungsergebnisse vorliegen, und er sitzt jeden Tag zu Hause fest, ohne dass ihn irgendetwas anregt. Er wird sich wieder einkriegen, wenn Leigh das Schul-jahr beendet hat und du mit ihnen in den Ferien Sachen unternimmst.«

»Danke. Jetzt fühle ich mich schon viel besser. Manchmal ist man so nah an einem Problem dran, dass man es nicht bewältigen kann.«

»Denk einfach daran, wenn ich mit Thea durch die Hölle gehe, denn dann bist du die Erste, die ich anrufen werde.«

»Ich gebe gerne Ratschläge, auch wenn ich nicht garantieren kann, dass es die richtigen Ratschläge sind.«

»Ich bin mir sicher, dass es so sein wird. Was deine Ermittlungen angeht, so werde ich morgen wieder damit anfangen, also versuche, sie beiseitezuschieben und die Zeit mit deiner Familie zu genießen.«

»Danke.« Sie zögerte, aufzulegen, aber dann erschien David. »Mike ist dran«, murmelte sie.

»Hallo, Mike«, rief er.

»Grüß David von mir. Wir sehen uns morgen.«

Es war fast einundzwanzig Uhr fünfzig, als Natalie das Extravaganza erreichte. Der Türsteher sagte ihr sofort, dass Kirk und Gavin nicht da seien, aber sie weigerte sich, sein Wort zu akzeptieren, und verlangte, dass sie sich selbst überzeugen konnte. Er gewährte ihr Einlass und sagte ihr, wo das Büro war. Es war schon viele Jahre her, dass sie in einem Nachtclub gewesen war, und dieser war ganz anders als der letzte, den sie besucht hatte. Sein künstlerisches, modernes Design war zweifellos cool, und die Musik, die sie nicht identifizieren konnte, hämmerte in ihren Ohren. Sie beschloss, dass sie in der Tat sehr alt war. Das hier war weit außerhalb ihrer Komfortzone. Es waren bereits etwa fünfzig bis sechzig Leute da, und sie durchquerte den Raum in Richtung des Toilettenschilds, drängte sich an energiegeladenen Tänzern vorbei und umrundete eine Gruppe junger Frauen, die sich in der Nähe der Tür versammelt hatte. In ihren paillettenbesetzten Tops, den Shorts und

Sonnenbrillen sahen sie aus, als seien sie einer Millionärsjacht entstiegen.

In ihrem Büro war keine Spur von Gavin oder Kirk zu sehen, also machte sie sich auf den Weg zur Bar, wo ein schlaksiger junger Mann sie fragte, was sie trinken wolle.

»Nichts. Ich bin auf der Suche nach Kirk und Gavin Lang«, sagte sie. »Sie sind nicht hier. Sie sind nach London gefahren.«

»Ich habe vorhin mit Rick gesprochen, er sagte, sie wären um halb zehn zurück.«

»Sie sind definitiv nicht da. Warten Sie, ich frage Rick.« Der Mann verschwand durch die Tür mit der Aufschrift ›Party Room‹ und ließ Natalie allein an der Bar zurück. Die blinkenden Neonlichter und die hämmernde Musik vibrierten in ihrem Körper. Sie passte nicht zu den jüngeren Leuten, die im Takt der Musik herumhüpften. Sie war noch nie ein Nachtclub-Typ gewesen. David war es ganz sicher auch nicht. Die Nischen füllten sich mit jungen Männern und Frauen, die sie in ihren Outfits eher auf einem Laufsteg erwarten würde, und sie steckte ihre Bluse unbewusst weiter in ihre schwarze Hose. Sie war die unscheinbarste Person hier.

Die Musik ging nahtlos in einen anderen Titel über, der sich bemerkenswert ähnlich anhörte wie der erste. Der DJ auf dem Podest leitete den Titelwechsel mit einem enthusiastischen Ausruf ein und wurde von den Tänzern auf der Tanzfläche mit lautem Gekreische belohnt. Sie klopfte ungeduldig mit einem Bierdeckel gegen die Bar und wartete auf die Rückkehr des jungen Mannes. Schließlich kam er, zusammen mit einem anderen Mann Ende zwanzig mit gestutztem Ziegenbart.

»Sind Sie Rick?«, fragte Natalie und erhob ihre Stimme über das Getöse hinweg.

»Ja, tut mir leid. Ich hätte Ihnen Bescheid sagen sollen. Ich habe vorhin mit Kirk gesprochen. Sie sind bei einer VIP-Veranstaltung in einem neuen Nachtclub aufgehalten worden und kommen erst morgen Früh zurück. Soll ich ihnen eine Nachricht hinterlassen?«

»Das habe ich schon getan. Sie gehen nicht ans Telefon.«

Der Mann rief: »Wenn es so ist wie hier, werden sie nicht in der Lage sein, zu sprechen, also werden sie sie ausgeschaltet haben. Ich lasse meins immer in meinem Spind. Es hat keinen Sinn, es hier drin anzulassen. Soll ich ihnen sagen, dass Sie hier waren?«

»Schon okay. Ich werde morgen Früh mit ihnen reden.« Sie hatte bereits zwanzig Minuten im Club vergeudet und musste nun Josh von seinem Freund abholen. Sie würde Daisy anrufen und sich vergewissern, dass Gavin nicht früher als erwartet nach Hause gekommen war und nur nicht im Club aufgetaucht war.

Sie kehrte zu ihrem Auto zurück, verließ den Clubparkplatz und fuhr in die Stadt Armston, wo es viele Kneipen und Restaurants gab. Es war ein warmer Abend, und sie ließ das Fenster herunter, um das Innere des Wagens abzukühlen. Sie bevorzugte frische Luft aus einer Klimaanlage. Während sie weiterfuhr, hörte sie das Lachen derjenigen, die das schöne Wetter genutzt hatten, um etwas zu trinken oder essen zu gehen. Eine Gruppe von Nachtschwärmern vor dem Green Man lachte zusammen, und das herzhafte Lachen drang bis in den Innenraum ihres Audi. Gutes Wetter schien das Beste in den Menschen hervorzubringen. Es hatte eine Zeit gegeben, da wären sie und David an einem so schönen Abend in die nächstgelegene Kneipe gefahren und hätten draußen gegessen – aber das war vor dem Spielen gewesen. Sie fuhr an die Ampel einer Kreuzung heran, ihr Blinker klickte wie ein Metronom. Sie unterdrückte ein Gähnen. Es würde nur zehn Minuten dauern, bis sie bei Josh war, und sie würde um elf zu Hause sein. Während sie wartete, schaute sie nach rechts und erblickte einen Mann und eine Frau, die auf dem Bürgersteig entlanggingen. Die Haare der Frau waren bis zur Hälfte blond, dann wurden sie erdbeerrot. Der Mann streichelte die nackten Schultern der Frau und ließ seine Hände über ihren Rücken gleiten, bevor er sie zu sich zog und küsste. Natalie blieb wie gebannt stehen, ihr Verstand schwirrte wie eine wütende, gefangene Fliege. Was zum Teufel hatte Mike hier zu suchen? Und mit Crystal! Sie sollte ihm hinterherlaufen und ihn zur Rede stellen, aber sie musste noch Daisy anrufen, um sich zu vergewissern, dass Gavin nicht in die Wohnung zurückgekehrt war, und sie musste ihren Sohn abholen. Scheiß auf Mike! Darum würde sie sich morgen kümmern.

ACHTUNDZWANZIG

MITTWOCH, 4. JULI – VORMITTAG

Natalie betrat das Büro und war fest entschlossen, endlich etwas zu erreichen. Sie hatte schlecht geschlafen und ihre Gedanken wanderten zwischen ihrem Sohn, den sie nach ihrem erfolglosen Besuch im Extravaganza abgeholt hatte, und Mike Sullivan hin und her.

Josh hatte träge gewirkt, als ob er getrunken hätte, aber sie konnte keinen Alkoholgeruch in seinem Atem feststellen. Er hatte nicht mit ihr reden wollen, aber sie hatte das Gespräch im Auto auf dem Heimweg am Laufen gehalten …

»Sprich mit mir«, sagt sie.

»Worüber denn?«

»Spiel keine Spielchen, Josh. Du und dein Vater. Was war los? Er sagt, dass du ihm patzige Antworten gegeben hast und unverschämt warst. Das passt nicht zu dir.«

Er streckte sein Kinn vor. »Er hat mich einen Faulpelz genannt und hat mich blöd angemacht.«

»Und warum, glaubst du, hat er das getan?« Natalie versucht, Josh dazu zu bringen, die Dinge aus der Perspektive

seines Vaters zu sehen. Er ist ein kluger Junge. Er wird nachvollziehen können, warum David sich so aufgeregt hat.

Aber Josh wirkt verwirrt, seine Augen sind unkonzentriert. »Weil ich erst nach zwölf aufgestanden bin, aber ich war eben müde. Ich habe auf meiner Playstation gespielt und bin erst gegen fünf ins Bett gegangen. Es ist ja nicht so, dass es etwas gäbe, wofür ich aufstehen müsste. Das habe ich ihm gesagt, und er fing an, mich anzuschreien.«

»Okay, du warst also wegen seiner Reaktion verärgert und er hat wahrscheinlich überreagiert.«

»Es war mehr als das.«

»Josh, wir müssen das klären. Es ist verständlich, dass du im Moment ein bisschen in der Luft hängst, aber wenn du dich mit deinem Vater streitest, wird das kein schöner Sommer.«

»Nein. Es ging nicht darum, dass ich ausschlafen wollte. Es war später, als ich ihm gesagt habe, dass ich den Job nicht bekommen habe. Er hat mich runtergemacht und gesagt, meine Einstellung sei beschissen, und wenn ich ein Versager werden wolle, dann sei das für ihn völlig in Ordnung.«

Natalie ist schockiert. Was hat sich David nur dabei gedacht? Er hätte nicht so streng sein dürfen. Dann fügt Josh noch etwas hinzu, das sie erkennen lässt, dass das Problem schlimmer ist, als sie vermutet hat.

»Ich war wirklich wütend. Ich habe ihm gesagt, dass ich aus dem Haus gehe, aber er hat gesagt, dass ich mein Zimmer aufräumen soll und ihm stattdessen beim Abendessen helfen und mich nützlich machen soll, anstatt alles als selbstverständlich anzusehen. Das hat mich noch wütender gemacht, also habe ich Alex eine SMS geschickt und gesagt, dass ich mich mit ihm treffen will. Dad hat gar nicht gemerkt, dass ich gegangen bin. Er saß in der Küche, trank Whisky und starrte auf sein Handy. Er hat nicht einmal aufgeschaut.«

»Wir werden das morgen klären. Er hatte wahrscheinlich einen schlechten Tag. Du weißt, wie es ist, wenn du dich wegen anderer Sachen schlecht fühlst. Du gehst auf die Menschen los, die du am meisten liebst. Er wird nichts von dem, was er gesagt hat, ernst gemeint haben. Er hat es im Moment nicht leicht im Leben. Morgen ist das alles bestimmt vergessen.«

»Er sollte seine Frustration nicht an uns auslassen.«

»Aber das machen wir doch alle mal. In Familien nimmt man emotionale Bestrafung auf sich, weil man einander gernhat.«

Er blinzelt ihr zu und sie fragt sich noch einmal, ob er getrunken hat.

Sie stellt die Frage beiläufig. Die Antwort ist bitter und abwehrend.

»Nein, habe ich nicht. Fang du nicht auch noch an!«

»Es ist nur so, dass du ein bisschen benommen wirkst. Du hast dir doch nichts eingefangen, oder?«

»Ich bin müde. Es war ein schlechter Tag.«

»Natürlich. Also, schlaf gut und bleib nicht die ganze Nacht zum Zocken auf.« Sie schenkt ihm ein Lächeln. Sie will ihm das Haar zerzausen und ihn umarmen, aber er ist kratzbürstig und sie hat es immerhin geschafft, ihn zum Reden zu bringen; körperlicher Kontakt geht einen Schritt zu weit. Sie folgt ihm nach oben ins Bett und beobachtet, wie er wie ein Zombie durch sein Zimmer läuft, bevor er die Tür zumacht – und sie wieder aus seinem Leben ausschließt.

Sie war fast erleichtert, wieder in der Arbeit zu sein, wo sie sich so sehr auf die Ermittlungen konzentrieren musste, dass sie keine Zeit für andere Dinge hatte.

»Guten Morgen zusammen. Wir haben heute einen Haufen Arbeit vor uns. Gibt es etwas Neues, bevor ich anfange?«

Ian meldete sich zu Wort. »Der toxikologische Bericht für Roxanne Curtis ist eingetroffen. Obwohl die Leiche stark verkohlt war, hat man ihr Blut, ihren Speichel und ihren Urin untersuchen können und Spuren von Alkohol und Xanax gefunden, was darauf hindeutet, dass sie beides innerhalb von vierundzwanzig Stunden vor ihrem Tod konsumiert hat.«

Natalie stöhnte bei dieser Nachricht auf. Die Ermittlungen kamen endlich vorwärts.

Ian fuhr fort. »Soweit ich das beurteilen kann, verstärkt Alkohol die sedierende Wirkung von Xanax. Als das Feuer ausbrach, war sie wohl nicht mehr zurechnungsfähig.«

Natalie verdaute die Informationen, ohne sich von ihrem Platz am Eingang des Büros zu bewegen, und begann dann: »Okay, fangen wir mit den neuesten Nachrichten an. Wir wissen, dass Habib und Tucker Xanax verkauft haben und dass Roxy vor zwei Wochen bei ihnen war, also sollten wir die Möglichkeit in Betracht ziehen, dass sie sie mit dem Xanax versorgt haben. Natürlich hilft uns das nicht, den Brandanschlag auf die Linnet Lane Nummer zehn aufzuklären. Es gibt mehrere Möglichkeiten: Die Langs haben das Haus aus Versicherungsgründen selbst abgebrannt oder abbrennen lassen, oder jemand, der einen Rachefeldzug gegen sie geführt hat, hat das Haus angezündet. Was auch immer der Grund war, wir wissen immer noch nicht, was zum Teufel Roxy dort gemacht hat. Ich glaube kaum, dass sie allein in das Haus eingebrochen ist und beschlossen hat, allein eine Party mit Alkohol und Drogen zu feiern, also besteht die Möglichkeit, dass sie mit jemand anderem drinnen war – jemandem, der in der Lage gewesen sein könnte, das Alarmsystem zu deaktivieren und der dem Feuer entkam und sie zurückließ. Was denken Sie?«

Murray legte los: »Nun, es gab keine Anzeichen für einen Einbruch, also könnte sie bei Kirk und Gavin gewesen sein und an – ich weiß nicht – sagen wir mal einer Überdosis Xanax und Alkohol gestorben sein. Sie gerieten in Panik und zündeten das Haus an, um ihre Leiche zu verbergen.«

Natalie machte eine Notiz auf der Tafel, notierte die

Namen der Verdächtigen und kreuzte Roxys Namen an, bevor sie sagte: »Das Einzige, was an dieser Theorie nicht stimmt, ist, dass es andere, weniger extreme Möglichkeiten gibt, ihre Leiche zu entsorgen, als ihr Haus in Brand zu setzen.«

»Es sei denn, sie sahen es als eine Gelegenheit, die Versicherung ausbezahlt zu bekommen«, fügte Ian hinzu und erntete ein respektvolles Nicken von Murray.

Sie schrieb ›Motiv Versicherung‹ neben die Namen und fuhr dann fort: »Okay, lasst uns jetzt andere Optionen in Betracht ziehen. Habib und Tucker haben Xanax online gekauft und vermutlich weiterverkauft. Vor zwei Wochen trafen sie Roxy im Park in der Nähe ihres Hauses und vor Kurzem in dem Wohnblock, in dem Ellie lebt. Nach dem, was wir herausgefunden haben, hatten Habib und Tucker Probleme mit Charlie und Seth. Warum also sollten sie mit Roxy abhängen – der Schwester derselben Jungs, die sie verprügelt haben? Ich kann mir nur vorstellen, dass es ihr entweder egal war, was in der Vergangenheit mit ihren Brüdern passiert war – schließlich war sie selbst eine Art Rebellin – oder sie hatte einen guten Grund, mit ihnen zusammen zu sein. Wenn wir davon ausgehen, dass Seth und Charlie die Wahrheit sagen, wissen wir, dass Roxy Drogen genommen hat, und wenn sie sich mit Habib und Tucker herumgetrieben hat, könnte das daran liegen, dass sie von ihnen mit Xanax versorgt worden ist.« Sie hielt inne und schaute der Reihe nach jedem ihrer Teammitglieder in die Augen. Ihren Gesichtern nach zu urteilen, folgten sie ihrem Gedankengang und kamen zu denselben Schlussfolgerungen, die auch sie gezogen hatte.

»Wenn das alles wahr ist, dann besteht die Möglichkeit, dass Seth und Charlie die Dinge wieder einmal selbst in die Hand genommen haben. Roxy kauft Drogen, die sie schläfrig machen, und stirbt in einem Feuer. Sie könnten Tucker und Habib für ihren Tod verantwortlich gemacht haben. Sie könnten Habib getötet haben.« Sie schrieb all diese Informationen an die Tafel, und neben die Namen von Seth, Charlie und Oliver schrieb sie ›Motiv Rache‹.

»Dann haben wir die Mutter, Cathy Curtis, die am Sonntagabend in der Nähe der Linnet Lane erdrosselt wurde. Seth war dort, obwohl er behauptet, seine Mutter nicht gesehen zu haben. Der Aufenthaltsort von Gavin Lang in diesem Zeitraum ist fraglich. Er war in der Wohnung über der Teestube, aber sowohl seine Freundin Daisy als auch Kirk, die zusammen unterwegs waren, können sich nicht für ihn verbürgen. Die Wohnung befindet sich in Gehweite des Kanals. Er könnte sich mit Cathy getroffen haben oder ihr dorthin gefolgt sein und sie getötet haben. Ich weiß nicht, warum er das tun sollte. Ich weiß nur, dass er uns angelogen hat, als wir nach ihr fragten, und leugnet, sie zu kennen, obwohl er im Dezember im Nachtclub hinter ihr her war.«

»Vielleicht wusste Cathy etwas über ihn, das wir noch nicht herausgefunden haben«, schlug Lucy vor, was mit einem Nicken bedacht wurde.

Natalie fügte diese Informationen der Tafel hinzu, legte dann ihre Handflächen auf den Schreibtisch und fuhr fort: »Ich konnte Gavin und Kirk Lang gestern Abend nicht erreichen, also bin ich ins Extravaganza gegangen, wo mir ein Mitarbeiter mitgeteilt hat, dass sie in London übernachten. Unmittelbar danach habe ich Daisy angerufen, und sie hat das bestätigt. Gavin hatte sie angerufen, um ihr zu sagen, dass er über Nacht bleiben und erst heute zurückkommen würde. Ich weigere mich, mit diesen beiden noch länger herumzualbern. Ich möchte, dass ihr Aufenthaltsort Montagnacht, als Habib möglicherweise getötet wurde, eindeutig festgestellt wird. Ich will wissen, warum sie in London waren und ihre Telefone ausgeschaltet hatten, und wenn das bedeutet, dass man ihre Ärsche noch mal hierherschleppen muss, dann machen Sie das. Ich will auch, dass Ellie Cornwall und Tucker Henderson zum Verhör vorgeladen werden. Ich dulde nicht noch mehr Doppelzüngigkeit, Lügen und Verarsche. Diese Kids wissen mehr, als sie zugeben, und wir werden der Sache auf den Grund gehen. Jemand soll sich an Pinkney wenden. Er weiß bestimmt schon, wie Habib gestorben ist. Die Spurensicherung hat Anweisung, unseren Ermittlungen Vorrang zu geben, also werde ich mir genau ansehen, was sie bisher herausgefunden haben. Wir müssen uns verdammt noch mal beeilen. Ich will ein paar Antworten. Haben Sie noch Fragen?«

Als keine Antwort kam, nickte sie kurz und verließ das Büro, während das Team noch um Worte rang.

Oben zog sie ihren Ausweis durch und betrat das forensische Labor, einen klinisch weißen Raum, der sie an die naturwissenschaftlichen Labore ihrer Schule erinnerte. Mehrere weiß gekleidete Beamte arbeiteten an verschiedenen Tischen. Sie erkannte den schwarzhaarigen Darshan, auch wenn er eine Gesichtsmaske trug. Er arbeitete auf der anderen Seite einer Glaswand und hob grüßend die Hand. Er sagte etwas zu seinem Kollegen – Mike. Mike lehnte sich zurück und Natalie konnte sehen, was die Männer gerade untersuchten. Habib war auf dem Tisch aufgebahrt. Mike kam durch die Seitentür und zerrte an seinen Gummihandschuhen.

»Kann ich dich unter vier Augen sprechen?«, fragte sie.

»Sicher.« Er geleitete sie in ein Nebenbüro und schloss die Tür hinter ihnen.

»Das ist eine angenehme Unterbrechung.« Er lächelte und lehnte sich gegen einen Schreibtisch. »Habib wurde vor etwa zehn Minuten hierhergebracht. Pinkney schickt den Autopsiebericht durch. Habt ihr ihn erhalten?«

»Als ich das Büro verlassen habe, war noch nichts da.«

Nachdem sie das Büro verlassen hatte, hatte sie fünf Minuten lang neben der Kaffeemaschine gestanden und sich gefragt, wie sie am besten mit Mike umgehen sollte. Es ging sie nichts an, wenn er sich mit einer anderen Frau traf, sie umarmte oder mit ihr Sex hatte. Er war Single und lebte getrennt, und doch konnte sie das Gefühl des Bedauerns nicht loswerden. Sie hatte den vorbeidonnernden Verkehr beobachtet und beschlossen, dass sie so niedergeschlagen war, weil sie sich im Stich gelassen fühlte. Mike hatte zugegeben, dass er Gefühle für sie hatte. Sie hatte sich zunehmend in seine Richtung gezogen gefühlt, obwohl sie versucht hatte, ihre Familie an erste Stelle zu setzen. Wenn sie ehrlich zu sich selbst war, war sie enttäuscht, dass er am Telefon charmant und kokett gewesen war, nur um ein paar Stunden später mit einer der Tänzerinnen des Nachtclubs intim zu werden.

»Zusammenfassend lässt sich sagen, dass die internen Ergebnisse bestätigen, was wir vermutet haben. Habib wurde erst erdrosselt und dann erhängt, um den Anschein eines Selbstmordes zu erwecken.«

Das kam für sie nicht überraschend. »Werdet ihr seinen Körper auf Drogen testen?«

»Pinkney hat Blutproben zur sofortigen Analyse eingeschickt, die sauber zurückgekommen sind. Er hatte weder Alkohol noch Drogen in seinem Körper.«

»Ich möchte mich vergewissern, dass er kein Xanax eingenommen hat.«

»Er hatte es im Internet gekauft und wurde daher extra darauf getestet.« Mike legte verwirrt den Kopf schief, aber sie fuhr fort.

»Überprüft es noch einmal. Ich will absolut sicher sein.«

»Der Handschriftexperte hat sich vor einigen Minuten gemeldet und bestätigt, dass die Handschrift auf dem Abschiedsbrief nicht mit der von Habib übereinstimmt. Der Junge hat ihn definitiv nicht geschrieben.«

»Wahrscheinlich war es der Mörder.« Sie blieb stehen, so als erwarte sie noch mehr.

»Gut. Ich melde mich bei dir, wenn es irgendetwas gibt. Ich habe meine Beamten von anderen Fällen abgezogen und alle auf diese Untersuchung angesetzt. Wir arbeiten auf Hochtouren, um dich zu unterstützen.« Der erwartete Dank blieb aus, und er zog die Brauen zusammen. »Nat, was ist los? Warum bist du wirklich gekommen?«

Sie blickte in die Ferne, unfähig zu sagen, was sie eigentlich sagen wollte.

»Alles in Ordnung mit Josh?«

»Ich weiß es nicht. Er war gestern Abend komisch.«

»Inwiefern?«

»Egal. Ich werde das regeln.«

»Hör zu, wenn ich helfen kann ...«, begann er, aber sie schüttelte den Kopf, um ihn zum Schweigen zu bringen.

»Ich habe gestern Abend nach Gavin und Kirk Lang gesucht.« Die Worte sprudelten nur so heraus. Er antwortete nicht. »Ich habe dich mit jemandem gesehen.«

Mike starrte sie an und sagte dann: »Was erwartest du von mir, Natalie?«

»Ich dachte ...«

»Was dachtest du? Du bist mit David verheiratet – meinem besten Freund. Du hast eine Familie, die du liebst. Ich habe dich um nichts gebeten, weil ich weiß, dass du es mir nicht geben kannst. Ich werde mich nicht wie ein Mönch benehmen oder wie ein liebeskranker Teenager herumheulen. Ich bin ein erwachsener Mann, Natalie. Ich habe Bedürfnisse und Sehnsüchte. Du bist nicht in der Position, mein Verhalten zu bewerten oder mich zu verurteilen.«

»Das bin ich tatsächlich nicht.«

»Warum willst du dann darüber sprechen? Ist doch egal, ob du mich mit einer Frau gesehen hast. Was willst du denn hören? Dass sie mir nichts bedeutet? Dass du die einzige Frau für mich bist?«

»Scheiße, nein!«

»Was dann?«

»Ich wollte dich wissen lassen, dass ich dich gesehen habe.«

»Großartig! Riesensache. Ich war mit einer anderen Frau zusammen.«

»Sie war in der Vergangenheit wegen Prostitution angeklagt ... und du bist Polizeibeamter. Ich muss dir das nicht näher erläutern.«

»Und es geht niemanden etwas an, was ich in meiner Freizeit mache – niemanden! Selbst wenn sie in der Vergangenheit in Schwierigkeiten gesteckt hat, bedeutet das nicht unbedingt, dass ich sie für Sex bezahlt habe, oder?«

»Hast du?«

»Ob ich das getan habe oder nicht, geht dich nichts an, also halt dich raus.«

»Mike, werde nicht defensiv. Ich habe dir gesagt, dass ich dich gesehen habe, das ist alles. Ich habe das nicht gemeldet.«

»Wirklich? Das ist sehr großzügig von dir.«

»Halt dich zurück, Mike!«

»Ich bin nicht diejenige, die ein Gesicht zieht, als hätte sie Zitronen gelutscht. Willst du wissen, was ich denke? Du bist eifersüchtig. Es gefällt dir ganz und gar nicht, mich mit jemandem zu sehen, der nicht du bist. Ich kann Eifersucht nicht ertragen. Das ist kindisch und erbärmlich. Das hat meine Ehe kaputtgemacht. Ich reagiere nicht gut auf anspruchsvolle, bedürftige Frauen. Wenn das jetzt alles ist – ich habe noch viel zu tun.« Er schnappte sich seine Handschuhe.

»Jetzt mach mal halblang! Ich bin nicht eifersüchtig und ich bin nicht bedürftig. Bedürftig ist das Letzte, was ich bin. Also, bevor du in einem Anfall von kindischer Wut hinausrauschst, lass mich das klarstellen. Mir ist bewusst, dass du Single bist und wir beide keine Beziehung haben. Wie du gesagt hast, bin ich verheiratet, und wenn ich mich recht erinnere, warst du es, der mir geraten hat, zu David zu stehen. Die Frau, mit der du gestern Abend zusammen warst, ist nicht nur eine Prostituierte, sondern auch eine der beiden Frauen, die sich um Roxy gekümmert haben, als sie am Samstag weglief. Ich bin gekommen, um dich zu warnen und dir zu sagen, dass ich niemandem sonst erzählt habe, was ich gesehen habe. Dein Privatleben ist genau das, aber ich will nicht, dass meine Ermittlungen gefährdet werden, weil du eine meiner Zeuginnen vögelst, verstanden?«

Mit eisiger Miene presste er zwischen zusammengebissenen Zähnen ein »Verstanden« hervor und verließ das Büro.

Natalie hatte eine unangenehme Stunde damit verbracht, Aileen auf den neuesten Stand zu bringen, bevor sie sich Pinkneys Bericht über Habib Malik ansah. Sie las den letzten Satz und starrte wieder auf die Tafel. Alle Namen dort oben waren irgendwie miteinander verbunden. Es erinnerte sie an ein Buch, in welchem man Punkte verband, das sie einmal als Kind bekommen hatte. Sie hatte saubere Linien von Zahl zu Zahl gezeichnet, aber erst als sie die letzten Linien gezogen hatte, erkannte sie, was das Bild war. Nachdem sie mehrere Bilder vervollständigt hatte, war sie immer geschickter im Raten geworden, bevor sie die letzten Zahlen gefunden hatte. Wie sehr wünschte sie sich, das fertige Bild auf dieser Tafel sehen zu können. Es war da. Sie konnte es nur nicht ausmachen. Sie holte alle Notizen hervor, die sie zu jedem Opfer gemacht hatte. War der Schlüssel Roxy Curtis? Alles hatte damit angefangen, dass ihre Leiche gefunden worden war. Das Funkgerät erwachte zum Leben. Murray klang gereizt.

»Endlich habe ich Gavin und Kirk erreicht. Sie haben irgendein Red-Carpet-Event in einem Nachtclub besucht, in dem sie früher gearbeitet haben. Sie waren bis in die frühen

Morgenstunden unterwegs und haben dann bei einem Freund übernachtet und erst jetzt ihre Nachrichten abgehört. Sie sind jetzt auf dem Rückweg.«

»Wie überaus praktisch«, murmelte Natalie von ihrem Schreibtisch aus.

»Es sollte ein paar Stunden dauern, bis sie im Hauptquartier sind. Ich mache mich auf den Weg zur Wohnung der Hendersons, um Tucker zu holen.«

»Verstanden«, sagte Natalie.

Ian blickte in ihre Richtung. »Ich habe gerade ein E-Mail-Update vom Technikteam erhalten. Es gibt eine Überwachungskamera entlang des Pine Way in der Nähe der Spielhalle, wo Tucker und Habib am Samstagabend angeblich abgehangen haben, und sie hat keinen von ihnen erfasst.«

»Sie waren also vielleicht gar nicht da. Ich frage mich, wo zum Teufel sie waren?«

Im Büro wurde es wieder still. Natalies Gedanken kreisten zunächst um Tucker, mit dem sie noch einmal sprechen musste, und dann um Crystal und Sandra. Sollte sie auch die beiden noch mal befragen? Sie konnte nicht an die beiden Frauen denken, ohne an Mike zu denken. Für den Bruchteil einer Sekunde hatte er sie an David erinnert, wenn er in eine Ecke gedrängt wurde. Verdammt noch mal, die zwei Männer in ihrem Leben ließen sie im Moment beide im Stich. Bedürftig! Nichts könnte weiter von der Wahrheit entfernt sein. Sie kramte nach der Akte und las sich die Notizen über Crystal und Sandra durch. Obwohl sie beide Laptänzerinnen waren, konnte sie nicht umhin, sich zu fragen, ob sie immer noch als Prostituierte arbeiteten; schließlich waren nicht nur sie in der Vergangenheit wegen Anwerbens verhaftet worden, sondern das Sittendezernat hatte auch den Nachtclub unter die Lupe genommen.

Ian unterbrach sie mit einem lauten »Leck mich!«.

Natalie versteifte sich in Erwartung dessen, was er aufgedeckt hatte. Eine neue Linie materialisierte sich gerade, um zwei weitere Punkte auf der Tafel zu verbinden. Es stellte sich heraus, dass es eine bedeutende Linie war.

»Tucker ist mit Kirk und Gavin Lang verwandt!«

»Unmöglich! Sie haben ihre Jugend in Pflegefamilien verbracht. Sie haben keine Verwandten.«

»Oh doch, das tun sie. Na ja, irgendwie jedenfalls. Sie waren mehrere Jahre lang zusammen mit einem anderen Jungen namens William Henderson in Pflegefamilien untergebracht. Er ist der Vater von Tucker, oder besser gesagt, war es. Er kam 2008 bei einer Massenkarambolage auf der Autobahn ums Leben. Ich nehme an, sie sind gewissermaßen Tuckers Onkel.«

Natalie rappelte sich auf. Dies war ein bedeutender Durchbruch. Sie hängte Tuckers Namen an die Tafel und studierte das Gesamtbild. Endlich begann es Gestalt anzunehmen – Tucker könnte die Männer kennen und war am Samstagabend vielleicht nicht dort gewesen, wo er behauptet hatte, zu sein.

»Das ändert den Verlauf der Ermittlungen und gibt uns jemanden, den wir mit Roxy und dem Haus in Verbindung bringen können.«

———

Lucy konnte Ellie nicht finden. Sie meldete sich nicht auf ihrem Handy und war weder zu Hause noch in der Schule. Auch ihre Mutter, die auf der Arbeit war, wusste nicht, wo sie war. In Lucys Schläfen begann ein leises Pochen. Könnte sie in Gefahr sein? Sie war schon zum zweiten Mal an diesem Morgen auf dem Weg aus dem Wohnblock hinaus, als sie Boos Mutter sah, die mit Einkaufstüten beladen auf sie zukam. Boo tanzte fröhlich an ihrer Seite. Sie riss sich los, als sie Lucy sah, und hüpfte auf sie zu.

»Hallo, Boo«, sagte Lucy.

»Hallo. Ich habe eine Ohrenentzündung. Ich muss heute nicht in die Schule gehen.«

»Tut es weh?«

»Nein, aber wenn ich den Kopf schüttle, wird mir schwindlig«, antwortete sie.

»Dann schlage ich vor, dass du deinen Kopf nicht schüttelst.«

»Das habe ich ihr auch schon gesagt«, sagte ihre Mutter, die die Tür erreicht hatte.

Lucy hielt sie ihr auf und erntete für diese kleine Gefälligkeit einen seltsamen Blick.

»Was machen Sie hier?«, fragte sie, bevor sie hindurchging.

»Ich suche Ellie.«

»Wir haben sie gerade gesehen«, sagte Boo. »Nicht wahr, Mum?«

Ihre Mutter brachte sie zum Schweigen.

»Ich muss unbedingt noch einmal mit ihr sprechen. Wo haben Sie sie gesehen?«

Die Frau zuckte leicht mit den Schultern, aber Boo wackelte mit dem Kopf hin und her und sang: »Ellie ist im Park.«

»Boo! Geh nach oben ... sofort.«

Boo schenkte Lucy ein freches Grinsen und huschte hinein.

»Ich muss sie wirklich finden. Ich mache mir Sorgen um sie«, sagte Lucy. Das genügte, um die Frau zu veranlassen, ihr eine Wegbeschreibung zu geben.

»Gehen Sie den Pine Way entlang, bis Sie die alte Bingohalle erreicht haben, die ist auf der linken Seite. Sie saß auf einer Schaukel. Das war vor etwa fünf Minuten. Vielleicht ist sie noch da.« Ein Nicken signalisierte das Ende des Gesprächs und Lucy hielt die Tür auf, bis die Frau hindurchgegangen war. Sie sah noch, wie Boo ihr zuwinkte, bevor sie die Treppe hinaufsprang. Das Kind war ein Bündel voller Lebenslust und

Energie. Würde Knöllchen auch so werden? Bei dem Gedanken musste sie lächeln.

Ellie saß allein im Park auf einer Schaukel, die an rostigen Ketten hing. Sie rauchte gerade eine Zigarette, die sie hastig ausdrückte, als sie Lucy näher kommen sah. Ein Rucksack war neben dem Gestänge abgestellt. Sie sagte nichts und senkte ihren Blick. Ihre rotgeränderten Augen verrieten, dass sie geweint hatte.

Lucy ließ sich auf die Schaukel neben ihr fallen, stieß sich mit den Fersen ab und ließ sich sanft hin und her schaukeln. »Das habe ich schon seit ein paar Jahren nicht mehr gemacht«, sagte sie und stoppte dann die Bewegung. »Ich glaube, ich war früher um einiges dünner als jetzt. Ich passe kaum noch auf diesen Sitz.« Sie brachte sich in Position und versuchte es erneut. Dann stoppte sie die Pendelbewegungen und brachte den Sitz wieder in eine Linie mit Ellies. Das Mädchen war noch nicht aufgestanden und gegangen.

»Es ist ziemlich hart, wenn man eine Freundin verliert, oder?«

Ellie schaute auf ihre Turnschuhe.

»Sie können nicht alles für sich behalten, Ellie. Es wird Sie krank machen.«

»Sie verstehen das nicht.«

»Glauben Sie mir, ich verstehe das. Ich weiß, wie es ist, wenn man sich wünscht, man hätte beim letzten Mal, als man jemanden gesehen hat, das Richtige gesagt, anstatt pampig zu sein. Ich weiß, wie es ist, wenn man sich wünscht, dass man dabei gewesen wäre, als es passiert ist, und dass man etwas hätte tun können, um es zu verhindern. Ich weiß, wie es ist, aufzuwachen, sich leicht und fröhlich zu fühlen und sich darauf zu freuen, den Tag mit jemandem zu verbringen, nur um dann plötzlich festzustellen, dass die Person nicht mehr da ist. Ich verstehe das. Es ist für jeden von uns anders, aber der Tod ist ein großes Thema und wir müssen auf unsere eigene Weise damit umgehen. Aber man darf seine Gefühle niemals wie in einer Flasche einsperren.«

»Wie kommen Sie darauf, dass ich das tue?«

Lucy hob ihre Beine an und schwang hin und her. »Sie sind nicht in der Schule. Das sollten Sie aber. Sie sollten dort sein und sich an Roxy als den lustigen Menschen erinnern, der sie war. Sie und Ihre Freunde sollten Erinnerungen austauschen, denn das hilft bei der Heilung. Allein irgendwo zu sitzen, hilft nicht. Das macht Sie verrückt.«

Ellie starrte auf die Straße hinaus. Ein großer Transporter fuhr vorbei, gefolgt von einer Reihe von Autos. Lucy zählte zwanzig von ihnen, bevor Ellie sprach. Ihre Stimme schien von weit her zu kommen.

»Roxy und ich waren früher oft hier. Es ist eigentlich für kleine Kinder, aber Roxy liebte diese Schaukeln. Sie wollte sich damit wie eine Zirkusartistin ganz um die Stangen schwingen. Ich habe sie dabei gefilmt, wie sie es versucht hat. An manchen Tagen haben wir gewettet, wer es zuerst schafft, und haben es beide versucht, aber wir haben es nicht geschafft, egal was wir auch probiert haben. Eines Tages filmte ich sie, und sie kam richtig hoch ... ich meine, richtig hoch, als würde die Schaukel gleich kippen, und ich fing an zu schreien: ›Du schaffst es!‹ Dann ließ sie plötzlich los und fiel herunter und landete in einer Wasserpfütze. Ich dachte, sie hätte sich etwas gebrochen, aber sie sprang auf, zeigte auf den nassen Fleck an ihrem Hintern und sagte: ›Ich hab mir in die Hose gemacht!‹ Ich hatte das Ganze auf Video aufgenommen, also sahen wir es uns an und konnten nicht aufhören zu lachen.« Sie hörte auf zu reden und schluckte. »Es war wirklich lustig. Ich habe viele lustige Erinnerungen an sie.«

»Dann müssen Sie sie weitererzählen. Sie würde sich freuen, wenn über sie gesprochen werden würde.«

»Ja. Das würde sie.«

»Früher habe ich ständig mit meinen Freunden gesprochen. Als ob sie noch da wären, obwohl sie es nicht waren. Es gab mir das Gefühl, dass sie nicht wirklich weg waren.«

»Ich musste ihr das heute auf Snapchat einfach schicken. Es tat so weh, weil ich wusste, dass sie nicht antworten würde.«

»Was wollten Sie ihr sagen?«

»Alles. Wie viel Angst ich habe. Wie sehr ich sie vermisse und das mit Habib.«

»Das mit Habib tut mir leid. Wer hat es Ihnen gesagt?«

»Ich habe auf dem Weg zur Schule davon gehört. Ich war draußen auf dem Hof. Sie sagten, er hätte sich erhängt.«

»Wir sind noch nicht sicher, wie er gestorben ist.«

»Ich konnte nicht in den Unterricht gehen. Ich musste einfach weg. Ich kam hierher, weil ich in Roxys Nähe sein wollte. Wir haben hier immer ewig gesessen und nur geredet. Ich wusste nicht, was ich sonst tun sollte.« Ellie stützte die Hände auf ihren Schoß und Tränen füllten ihre Augen, als sie flüsterte: »Ich glaube, Habib wurde ermordet.«

»Dann wissen Sie ja, wie wichtig es ist, dass Sie mit auf das Revier kommen und mit uns reden.« Lucy setzte ihre Schaukel wieder in Gang.

Es herrschte Stille zwischen ihnen, nur unterbrochen vom leisen Quietschen der rostigen Ketten, als sich die beiden Schaukeln im Tandem hin und her bewegten, bis Ellie sich zu Lucy umdrehte und sagte: »Ja. Okay.«

Das Gespräch mit Tucker verlief nicht gut. Nicht nur, dass er sich weigerte zu kooperieren, auch seine Mutter erwies sich als Störfaktor.

»Er hat nichts Falsches getan!«, jammerte sie zum x-ten Mal.

»Mrs Henderson, könnten Sie bitte ruhig sein? Ihre Unterbrechungen sind nicht sehr hilfreich. Tucker, wir wollen Sie nicht verwarnen, aber wenn Sie weiterhin Beweise zurückhalten, sind wir gezwungen, dies zu tun.«

»Warum? Er ist doch nur ein Kind!«

Natalie wandte sich an den Anwalt, einen Mann Anfang dreißig mit Kulleraugen, hoher Stirn und zurückweichendem Haaransatz. »Ich schlage vor, dass Sie die Mutter Ihres Mandanten bitten, uns nicht weiter zu unterbrechen, oder ich werde verlangen, dass sie von diesem Gespräch ausgeschlossen wird.«

Tucker nahm die Sache selbst in die Hand. »Ma. Geh raus. Du machst mich wahnsinnig.«

»Ich lasse dich nicht allein. Sie werden dir alles Mögliche vorwerfen, wenn ich nicht hier bin, um dich zu beschützen.«

Natalie verbiss sich eine scharfe Erwiderung. Die Öffentlichkeit hatte oft eine verzerrte Vorstellung davon, was in Vernehmungsräumen vor sich ging. Sie erwartete wahrscheinlich, dass Murray mit einem Knüppel auf ihren Sohn losgehen und ein Geständnis aus ihm herausprügeln würde, während Ian ihn am Boden festhielt. Sie hatte genug von dem Theater der Frau. Sie wandte sich an Murray. »Würden Sie bitte Mrs Henderson in das Verhörzimmer nebenan bringen und ihr eine Tasse Tee anbieten?«

»Ich lasse meinen Jungen nicht bei Ihnen.«

»Er hat einen Anwalt dabei. Wir zeichnen das Gespräch auf. Es wird nichts Unangebrachtes passieren. Bitte versuchen Sie, sich zu beruhigen. Er ist nicht angeklagt. Wir bitten ihn nur, uns bei unseren Ermittlungen zu helfen.« Ihre Worte schienen zu wirken, und die Frau hörte endlich auf, weiterzureden.

Der Anwalt sprach leise zu Tucker und riet ihm, die Fragen zu beantworten.

»Warte draußen, Ma. Es ist das Beste, wenn du gehst.« Tucker legte kurz den Kopf schief, um seiner Bitte Nachdruck zu verleihen.

Sie stand zögernd auf und schlurfte zur Tür. »Ich glaube immer noch, dass ich dabei sein sollte.«

»Ma! Lass es einfach, ja?«

Nachdem sie gegangen war, startete Ian das Aufnahmegerät, stellte zum zweiten Mal alle Anwesenden im Raum vor und Natalie versuchte erneut, Tucker dazu zu bringen, ihr die dringend benötigten Informationen zu geben. Sie machte ihm noch einmal klar, dass er angeklagt werden würde, wenn er nicht kooperieren würde.

»Tucker, kennen Sie Gavin und Kirk Lang?«

»Vielleicht.« Seine Angst zeigte sich einmal mehr in seinen Handlungen und er hob automatisch eine Hand an sein Schlüsselbein – ein Zeichen dafür, dass er nervös war.

»Die beiden wurden in der gleichen Familie wie Ihr Vater aufgezogen.«

Er blieb stumm.

»Sie wissen doch, warum Sie hier sind, oder?«

»Eigentlich nicht.«

»Wir untersuchen die verdächtigen Todesfälle von Ihrem Freundes Habib Malik, von Roxy Curtis und ihrer Mutter Cathy. Habib war Ihr bester und engster Freund. Sie und er wurden bei mehreren Gelegenheiten mit Roxy zusammen gesehen. Roxys Leiche wurde im Haus von Gavin und Kirk gefunden, und Habib wurde auf dem Feld gegenüber entdeckt. Ich schlage vor, Sie machen sich das Leben leichter und beantworten endlich meine Fragen.«

Sein Anwalt sprach erneut mit ihm und schließlich hob er sein Gesicht zur Decke und sagte: »Ja, ich kenne sie. Sie waren die Pflegebrüder von meinem Pa.«

»Kennen Sie sie schon lange?«

»Seit dem Tod von Pa. Sie kamen zu seiner Beerdigung und haben darüber gesprochen, wie sie alle zusammen aufgewachsen sind. Ich habe sie erst wiedergesehen, als sie nach Staffordshire gezogen sind.«

»Haben Sie sich regelmäßig mit ihnen getroffen, nachdem sie nach Armston-on-Trent gezogen waren?«

»Nein. Nur einmal, kurz nachdem sie angekommen waren. Seitdem nicht mehr. Wir sind nicht wie sie.«

»Was meinen Sie damit?«

»Das sind protzige, angeberische, reiche Draufgänger aus London. Wir sind einfach und ziemlich arm im Vergleich dazu, und wir leben in Clearview. Das waren die Kumpels von Pa, nicht unsere.«

»Wann haben Sie sie das letzte Mal gesehen?«

»Vor zwei Jahren vielleicht. Ich kann mich nicht mehr genau erinnern.«

»Wo haben Sie sie gesehen?«

»Bei ihnen zu Hause. Sie hatten mich eingeladen, auf ihrem protzigen Fernseher irgendetwas anzuschauen. Ich schätze, sie hatten Mitleid mit dem *armen* Jungen, der seinen Vater verloren hatte. Sie haben mich nicht noch mal eingeladen.«

»Warum nicht?«

Sein Gesicht verzog sich verächtlich. »Sie dachten, sie hätten ihre Pflicht getan. Und ich habe einen Drink auf ihrem schicken Sofa verschüttet.«

»Sie sprechen von ihrem Haus in der Linnet Lane?«

»Ja.«

»Sie hatten keinen Kontakt zu Ihnen oder Ihrer Mutter, obwohl sie in Armston wohnen?«

»Nein. Ich glaube, sie hatten das Gefühl, dass sie es Pa schuldig waren, anfangs nett zu uns zu sein, aber dann gaben sie es auf, als sie sahen, wo wir lebten und wie wir wirklich sind.«

»Warum sollten sie das tun – versuchen, nett zu sein?«

»Pa hat sich ein paarmal für sie eingesetzt, als sie noch Kinder waren. Er konnte mit seinen Fäusten umgehen. Ich glaube, er hat ihnen geholfen, wenn sie in Schwierigkeiten waren.«

»So wie Sie und Habib? Sie haben sich auch um ihn gekümmert, als er in Schwierigkeiten geriet.«

Er begann, sanft sein Schlüsselbein zu streicheln, und Natalie wusste, dass sie bei dem Jungen weiterkam. Obwohl es jetzt eine Möglichkeit gab, ihn dazu zu bringen, sich in Bezug auf Habib zu öffnen, galt ihre Hauptsorge den Langs. Sie hatten eine Art Freundschaft mit Tuckers Vater aufrechterhalten, waren auf seiner Beerdigung gewesen und hatten möglicherweise versucht, sich mit Tucker anzufreunden.

»Gehe ich recht in der Annahme, dass Sie seit diesem Tag nie wieder in ihrem Haus waren?«

Er ließ seine Finger in einem langsamen Rhythmus an seinem Schlüsselbein entlang zu seiner Schulter und wieder zurück gleiten und massierte sich dabei sanft. Sie hatte schon einmal eine ähnliche Reaktion beobachtet, als sie ihn befragt hatte. Es war ein weiteres Zeichen von Nervosität.

»Ich war nicht wieder da.« Da war es wieder, ein ängstlicheres Kneten dieses Mal, das Zeichen, dass er sich unwohl fühlte.

»Kannte Roxy Gavin und Kirk?«

»Ich weiß nicht, ob oder ob nicht. Sie hat es mir nie gesagt. Ich hatte nicht viel mit ihr zu tun.«

»Außer neulich, als Sie sie im Park geküsst haben?« Wieder ein kurzes Reiben. Er fühlte sich zunehmend unwohl und es war an der Zeit, tiefer zu graben.

»Können Sie erklären, warum Sie und Habib Xanax online gekauft haben?«

»Wer hat Ihnen das gesagt?«

»Wir haben das Handy von Habib. Es gibt Textnachrichten von Ihnen, in denen Sie ihm sagen, wie viel und wann er das Medikament kaufen soll, und Anweisungen, wo er sich mit Ihnen treffen soll, um das Geld zu bekommen, das er dann auf sein Girokonto einzahlte.«

»Welche Nachrichten? Das ist doch Blödsinn. Ich habe nie irgendwelche Nachrichten verschickt.«

»Es ist ein weit verbreiteter Irrglaube, dass die Leute denken, wenn sie ihre Nachrichten löschen oder Anwendungen für private Unterhaltungen verwenden, dass wir sie dann nicht finden können; aber unser Technikteam kann das sehr wohl. Nichts, was online ist, verschwindet jemals ganz, Tucker. Für die Aufzeichnung: PC Jarvis zeigt Tucker Abschriften von Textnachrichten zwischen ihm und Habib Malik.«

Tucker schob das Blatt Papier weg. »Scheiße, Mann! Das ist nicht in Ordnung. Ma hatte recht. Sie versuchen, mir etwas anzuhängen, was ich nicht getan habe.« Er starrte den Anwalt an. »Sie sollen aufhören. Sagen Sie ihnen, sie sollen mich gehen lassen.«

»Ich fürchte, das kann er nicht machen. Sie müssen die Fragen beantworten. Dies ist der Beweis, dass Sie diese Drogen gekauft haben, und Spuren derselben Droge, Xanax, wurden in Roxys Blut gefunden. Wenn Sie nicht wegen Totschlags angeklagt werden wollen, Tucker, sollten Sie uns wirklich sagen, was Sie wissen.«

»Können die das machen?«

Sein Anwalt sprach mit ihm in gedämpftem Ton. Tucker rutschte auf seinem Stuhl hin und her, schüttelte den Kopf und schrubbte sich erneut am Hals.

»Sagen Sie mir, warum Sie Xanax gekauft haben, Tucker.«

Winzige Schweißperlen bildeten sich auf seiner Oberlippe. Er stieß einen kräftigen Seufzer aus. »Vor langer Zeit, als wir noch in der Schule waren, haben wir uns mit ein paar knallharten Typen eingelassen, die uns dafür bezahlt haben, dass wir für sie in der Schule Stoff verkaufen. Es war ganz harmlos – ein paar Pillen, etwas Koks. Wie auch immer, der Stoff muss schlecht gewesen sein, denn einer der Jungs, Baz Hill, hatte eine heftige Reaktion auf etwas E, das wir ihm verkauft hatten. Kurz nachdem er es genommen hatte, fing er an zu strampeln und zu spucken und landete schließlich im Krankenhaus. Baz war der beste Freund von Charlie Curtis, und als der gehört hat, wer ihm das E verkauft hatte, waren er und sein Bruder hinter uns her. Sie haben uns beide gesucht und verprügelt, aber ich konnte entkommen. Aber Habib haben sie richtig fertiggemacht. Ich konnte ihn befreien, und wir haben danach nichts mehr verkauft, aber die Curtis-Jungs haben dafür gesorgt, dass wir wussten, dass sie uns beobachteten. Habib war danach paranoid. Ich meine, er hatte wirklich eine Scheißangst, dass sie wieder auf ihn losgehen und ihn beim nächsten Mal töten würden. Seine Mutter war gerade an Krebs erkrankt, und das machte es noch schlimmer. Er wurde depressiv und bekam panische Angst vor allem Möglichen. Sein Vater wusste von all dem nichts, aber ich schon, und ich hatte Freunde, die Xanax nahmen, um ruhiger zu werden. Ich erzählte Habib von dem Medikament, und er kaufte es, und es half ihm, mit all dem Scheiß besser fertigzuwerden, der in seinem Leben vor sich ging.«

Das war nicht die Erklärung, die sie hatte hören wollen, aber er schien erleichtert zu sein, sich die Dinge von der Seele reden zu können, also unterbrach sie ihn nicht. Endlich bekam sie etwas Wahres zu hören. Das war dieselbe Geschichte, die Charlie und Seth Lucy und Murray erzählt hatten.

»Es war meine Idee gewesen, etwas Geld damit zu verdienen. Keiner von uns hat einen Job und es ist verdammt hart, wenn man gar keine Kohle hat. Habib war nicht begeistert, nach dem, was letztes Mal passiert war, aber ich habe ihn überzeugt, dass wir nur ein paar Xanax-Pillen verkaufen. Es war Prüfungszeit und es gab eine Menge Kids, die sich deswegen in die Hose gemacht haben, also habe ich nachgefragt und ihnen gesagt, dass wir ihnen legale Pillen besorgen könnten, um ihnen zu helfen, ruhiger zu werden und die Prüfungen zu schaffen.

»Ich berechnete ihnen ein Pfund pro Pille oder zwei fünfzig für einen Drei-Komma-fünf-Milligramm-Riegel und verlangte das Geld im Voraus. Wenn wir genug Geld gesammelt hatten, zahlten wir es auf Habibs Bankkonto ein und er kaufte das Xanax in großen Mengen und bekam es so zu einem günstigeren Preis. Auf diese Weise haben wir uns ein bisschen Geld dazuverdient. Wir haben keinen Schaden angerichtet.«

»Was ist mit Roxy? Habt ihr ihr Xanax verkauft?«

»Scheiße nein. Ihr haben wir nichts verkauft.«

»Wie kommt es dann, dass sie es in ihrem Körper hatte? Sie müssen jetzt reinen Tisch machen. Es geht um Totschlag.«

»Ich habe ihr nichts verkauft! Sie hat nicht einmal gewusst, dass wir es verkauft haben. Wir haben immer an dieselben Leute verkauft. Wir waren sehr vorsichtig, wer es kaufte und wie viel sie kauften. Das Letzte, was wir wollten, war, dass noch ein Kind, so wie Baz, fast stirbt, und ich wäre verrückt, irgendetwas an ein Mitglied der Familie Curtis zu verticken. Sie würden mich auf jeden Fall umbringen, wenn sie das herausfinden würden.«

»Das klingt sehr verdächtig und etwas zu bequem. Sie geben zu, dass Sie und Habib Xanax an Schulkinder verkauft haben, aber Sie wissen nicht, woher Roxy ihre Pillen hatte.«

»Es ist die Wahrheit.«

»Das mag sein, aber es hilft Ihnen nicht viel weiter. Ich brauche Fakten.«

»Was zum Beispiel? Ich habe ihr die verdammten Pillen nicht gegeben. Sie hatte sie bei sich ...« Er hielt inne, merkte, dass er etwas Wichtiges verraten hatte, und wartete darauf, dass Natalie sich auf ihn stürzen würde. Und das tat sie.

»Wir wissen, dass Sie nicht in der Spielhalle waren. Das war eine Lüge, Tucker. Waren Sie mit Roxy zusammen in der Nacht, in der sie starb?«

Seine Antwort war ein langgezogenes »Ja«.

Endlich kam sie weiter. »Erzählen Sie mir, was am Samstagabend passiert ist.«

Es dauerte eine ganze Minute, bis er ihr antwortete. Er dachte lange über seine Erklärung nach. »Habib und ich haben uns mit Roxy und Ellie getroffen. Sie waren schon seit einer Ewigkeit hinter uns her. Es war offensichtlich, dass sie weiter gehen wollten.«

»Sie wollten Sex mit euch?«

»Ja. Ich habe arrangiert, dass wir uns treffen, ein paar Drinks nehmen und dann ... Sie wissen schon.« Er sah den Anwalt an. »Ich habe niemanden umgebracht.«

»Fahren Sie fort«, sagte der Anwalt. »Sagen Sie ihnen, was Sie wissen.«

»Ich habe einen Schlüssel zum Haus von Gavin und Kirk – es ist ein Nachschlüssel und sie wissen nicht, dass ich ihn habe. Als ich sie das eine Mal besucht hatte, wovon ich schon erzählt habe, mussten sie etwas zu essen besorgen. Ich habe mich in der

Wohnung umgesehen, während sie weg waren. Mann, die war riesig. Sie hatten alles: Soundsysteme, Fernseher in jedem Zimmer, sogar in den verdammten Badezimmern. Sie hatten so eine Wellness-Badewanne mit Wasserdüsen und goldenen Wasserhähnen und begehbare Kleiderschränke! Meine Güte! Jedenfalls fand ich ein paar Hausschlüssel in einer Art Glas mit Deckel, also nahm ich sie mit, und am nächsten Tag ließ ich Kopien machen. Ich ließ mich wieder ins Haus und legte die Originalschlüssel dorthin zurück, wo ich sie gefunden hatte.«

»Was ist mit der Alarmanlage?«

Er schnaubte. »Kirk hat den Code eingetippt, als sie mich mit ins Haus nahmen. Ich stand direkt hinter ihm und habe ihn gesehen – 950316. Ich habe ihn mir gemerkt. Die blöden Arschlöcher haben ihn nicht einmal geändert! Ich habe keinen Schaden angerichtet. Sie hatten alles, was man sich vorstellen kann! Verdammt alles. Mein Vater hatte nichts, er hatte nur eine beschissene Wohnung in Clearview gemietet, und sie waren seine Pflegebrüder, also dachte ich mir, dass es in Ordnung wäre, zu ihrem Haus zu gehen, wenn sie nicht da waren, und fernsehzuschauen und so zu tun, als ob die Wohnung mir gehörte.« Seine Wangen blähten sich auf, als er einen weiteren Seufzer ausstieß.

»Ich habe Roxy und den anderen von dem Haus erzählt, und sie wollten es mit eigenen Augen sehen. Roxy sagte, sie würde es gerne dort *tun*. Sie war wahnsinnig scharf darauf, das Haus von innen zu sehen, also habe ich zugestimmt. Roxy kannte ein paar der Laptänzerinnen aus dem Nachtclub und stellte sicher, dass Gavin und Kirk im Extravaganza waren und wir das Haus für ein paar Stunden für uns allein hatten. Wir nahmen Schnaps mit und richteten uns im Unterhaltungsraum ein. Roxy war sauer, weil sie nicht rauchen durfte – Gavin und Kirk hätten gemerkt, dass jemand da war, wenn sie den Rauch gerochen hätten, also holte sie eine Tüte mit gelben Pillen heraus und schlug vor, dass wir stattdessen die probieren sollten. Ich wusste, dass es Xanax war. Sie hatte sie von einem Dealer außerhalb des Nachtclubs bekommen, demselben Nachtclub, der Gavin und Kirk gehört. Jedenfalls haben wir sie genommen, wurden high und hatten Sex auf den Sofas: Habib und Ellie, ich und Roxy. Wir tranken den Alkohol aus und Roxy schlief ein. Ellie musste nach Hause gehen, also ging Habib mit ihr. Ich versuchte, Roxy zu wecken, aber sie sagte, dass ich mich verpissen soll, sie würde gehen, wenn sie so weit sei, und schlief sofort wieder ein, also ließ ich sie allein.« Plötzlich ließ er seinen Kopf in die Hände sinken.

»Scheiße! Ich war besoffen. Ich war so besoffen, dass ich sie schlafend auf dem Sofa zurückgelassen habe. Ich dachte nicht, dass etwas Schlimmes passieren würde. Ich dachte wirklich, sie würde einfach irgendwann aufwachen und gehen.«

»War das das letzte Mal, dass Sie Roxy gesehen haben?«

»Ja.«

»Haben Sie eine Ahnung, wie spät es da war?«

»Nein. Ich stand total unter Drogen – ich konnte mich kaum selbst aus der Wohnung herauslassen. Ich erinnere mich, dass ich die Kissen aufgerichtet und die leere Flasche mitgenommen habe. Ich sah Ellie und Habib auf der Straße. Sie standen da und unterhielten sich oder stritten sich, ich weiß es nicht. Ich wollte sie einholen, aber andererseits wollte ich nicht, dass Ellie mir eine Szene macht, weil ich Roxy zurückgelassen hatte, also ging ich in die entgegengesetzte Richtung zu einer anderen Bushaltestelle als sie und nahm einen Nachtbus nach Hause.«

»Sie waren nüchtern genug, um daran zu denken, aufzuräumen, aber nicht, um Roxy aus dem Haus zu helfen, in das Sie eingebrochen waren?«

»Ich bin nicht eingebrochen!«

»Technisch gesehen sind Sie das sehr wohl. Es war unrechtmäßiges Eindringen. Außerdem hatten Sie Sex mit einer

Minderjährigen, einem Mädchen, das unter dem Einfluss von Alkohol und Drogen stand.«

»Aber ich habe ihr die Drogen nicht gegeben. Sie hat sie mitgebracht.«

»Sie haben sich eines schweren Vergehens schuldig gemacht, Tucker. Ihr Anwalt bekommt etwas Zeit, um mit Ihnen und Ihrer Mutter unter vier Augen zu sprechen, und dann werden wir zurückkommen, um Sie offiziell unter Anklage zu stellen.«

Tucker legte die Hände auf den Kopf. »Aber ich habe sie nicht getötet!«

»Ich werde Sie für den Moment allein lassen. Wenn wir zurückkommen, werden wir unser Gespräch fortsetzen und auch über Habib sprechen. Sie sollten Ihrem Anwalt alles sagen, was Sie wissen, bevor das geschieht. Unterbrechung der Befragung um elf Uhr fünfzig.«

EINUNDDREISSIG

MITTWOCH, 4. JULI – NACHMITTAG

Ellie Cornwall war zusammengebrochen und hatte Lucy angefleht, ihre Mutter nicht einzubeziehen. Auch wenn ein Erwachsener anwesend sein musste, wollte sie nicht, dass es ihre Mutter war. Lucy sah sich gezwungen, Jojo mitzuteilen, dass ihre Tochter freiwillig in die Zentrale gekommen war, um die Ermittlungen zu unterstützen, und dass ein geeigneter Erwachsener bei dem Gespräch dabei sein würde.

Lucy beendete das Telefonat mit der Zusicherung, dass Jojo auf dem Revier auf ihre Tochter warten könne, und machte sich dann auf den Weg in den Verhörraum zu Murray und Ellie. Ellie saß zusammengekauert auf ihrem Stuhl neben einer Sozialarbeiterin, die als Erwachsene hinzugezogen worden war. Sie sah auf, als Lucy hereinkam. »Ich habe mit Ihrer Mutter gesprochen. Sie ist auf dem Weg hierher, aber sie wird am Empfang auf Sie warten.«

»Ist sie sauer?«

»Ich würde sagen, eher besorgt als sauer«, antwortete Lucy. »Wir würden das Gespräch gerne aufzeichnen, damit wir alle Fakten genau festhalten können. Ist das für Sie in Ordnung?«

»Ja.«

Murray drückte einen Knopf und das Gerät gab einen Piepton von sich.

»Jetzt beginnt die Aufnahme. Wir müssen sagen, wer wir sind, damit jeder, der sich das anhört, weiß, wer im Raum ist und wer spricht. DS Carmichael«, sagte sie.

»DS Anderson«, sagte Murray.

»Clara Jakes, Sozialarbeiterin.« Die zierliche Frau nickte Ellie ermutigend zu, die ihren Namen laut aussprach.

»Danke, Ellie, dass Sie gekommen sind. Ich werde damit beginnen, Sie an unser Gespräch im Park zu erinnern. Sie haben mir im Park gesagt, dass Sie Angst haben. Ist das richtig?«

»Das ist richtig.«

»Wovor haben Sie Angst?«

»Ich habe Angst, umgebracht zu werden.«

»Gibt es einen triftigen Grund, warum Sie jemand umbringen sollte?«

»Ja.« Die Lippen des Mädchens begannen zu zittern.

»Alles ist gut, Ellie. Sie sind in Sicherheit. Sie sind hier bei uns. Wir können Ihnen helfen. Erzählen Sie uns, warum Sie Angst haben.«

»Meine Mutter muss das doch nicht erfahren, oder?«

»Das hängt davon ab, was Sie uns erzählen.«

»Sie werden ihr doch nicht alles sagen, oder?«

»Ellie, wir brauchen Ihre Hilfe. Ihre beste Freundin, ihre Mutter und ein Junge, den Sie beide kannten, sind alle tot. Wenn Sie etwas gesehen haben, das uns helfen kann, den Verantwortlichen zu finden, dann helfen Sie uns bitte.«

Ellies Augenlider flatterten. »Ich bin mir nicht sicher.«

Lucy schaltete sich ein, bevor das Mädchen ihre Meinung ändern konnte. »Was würde Roxy Ihnen raten?« Es war grausam, aber die richtige Entscheidung.

»Es Ihnen zu sagen.«

Lucy sagte nichts mehr, sondern wartete darauf, dass das

Mädchen von selbst weitersprach, und als sie das tat, sprudelten die Worte nur so aus ihr heraus.

»Wir waren am Samstag alle in dem Haus in der Linnet Lane – ich, Habib, Roxy und Tucker. Roxy wollte unbedingt mit Tucker schlafen. Sie war schon seit Ewigkeiten verrückt nach ihm, und vor ein paar Wochen hat sie endlich mit ihm im Park was angefangen. Sie hatte für uns ein Doppeldate mit ihm und Habib arrangiert, weil sie wusste, dass ich auf ihn stand. Tucker hatte einen Schlüssel zu dem Haus ...«

Roxy wartet am Haus auf sie. Sie ist ganz aufgeregt, als sie die drei ankommen sieht. »Ich dachte schon, ihr kneift«, sagt sie mit einem frechen Grinsen.

Tucker legt seinen Arm um sie, küsst sie auf die Lippen und kneift sie dabei in den Hintern. Er zieht sie auf mit den Worten: »Als ob. Ich habe mich schon darauf gefreut. Hast du gecheckt, ob die Luft rein ist? Hast du mit deinen Freundinnen gesprochen?«

»Crystal und Sandra? Ja, sie sind in den Nachtclub gegangen, um zu arbeiten. Gavin und Kirk sind heute Abend dort. Es ist viel los, also werden sie nicht so schnell zurückkommen. Ich habe ihnen eine wirklich traurige Geschichte aufgetischt.« Sie macht ein dramatisches Gesicht und blinzelt sich Tränen aus den Augen. Mit stockender Stimme erzählt sie, wie sie Crystal überredet hat, bei ihr übernachten zu dürfen. »Bitte helft mir! Meine Mutter hat mich rausgeschmissen und ich kann nirgendwohin. Ich habe solche Angst!«

Tucker lacht leise. »Verdammte Scheiße! Du bist eine gute Schauspielerin.«

»Tja, ich hatte viel Übung, oder? Ich habe meine Mutter davon überzeugt, dass ich bei Ellie bin, also haben wir noch die ganze Nacht Zeit, um herumzumachen, wenn Ellie nach Hause zu ihrer Mami gegangen ist.« Sie lacht.

Ellie sieht sie finster an. Sie ärgert sich ein bisschen darüber, dass sie nicht die gleichen Freiheiten wie Roxy hat. Ihre Mutter wird in den frühen Morgenstunden nach Hause kommen und sie muss bis dahin zurück sein.

»Die würden alle ausrasten, wenn sie wüssten, dass ich mit dir zusammen bin«, lacht Roxy.

»Ich habe keine Angst vor deinen Brüdern«, antwortet er.

»Das solltest du aber, verdammt. Sie werden dich umbringen, wenn sie das mit uns herausfinden.«

»Könnt ihr beide die Klappe halten und uns endlich reinlassen? Sonst sieht uns noch jemand«, sagt Habib und zieht Ellie näher an sich heran. Er hat seinen Arm um sie gelegt, seit sie den Jugendclub verlassen haben, und sie spürt die Hitze, die von seinem Körper ausgeht.

Er riecht wunderbar – ganz sauber und sexy.

»Wir gehen zuerst rein und schauen noch mal nach«, sagt Tucker, und während sie draußen auf der Auffahrt warten, schließen die Jungs die Tür auf und verschwinden in der Dunkelheit.

Roxy hängt sich bei Ellie ein. »Alles klar, Babe? Es wird mega sein. Ist das nicht der schickste Ort, den du je gesehen hast? Und wir dürfen es hier tun.«

»Ich bin mir nicht sicher. Ich mag Habib sehr, aber ich bin nicht sicher, ob ich für Sex schon bereit bin«, flüstert Ellie.

»Du bist alt genug, und er sieht gut aus. Außerdem hat er es mit dieser rotzfrechen Nadia Fryxell noch nicht getrieben, und du wärst seine erste richtige Freundin. Wahrscheinlich wird er Nadia danach abservieren.«

Tucker taucht wieder auf und flüstert ihnen zu, dass sie hereinkommen sollen. Roxy drückt Ellies Arm und sie schleichen sich hinein. Das Haus ist riesig und Ellie ist sofort überwältigt. Sie hat noch nie ein Haus wie dieses gesehen, und als Tucker die Tür zum Unterhaltungsraum öffnet, stockt ihr der Atem. Es ist wie ein privates Kino mit riesigen Sofas und einem gigantischen Flachbildschirm. Tucker springt auf das am weitesten entfernte Sofa, Roxy quietscht vor Vergnügen und wirft sich neben ihn. Habib ist erwachsener und nimmt Ellie an der Hand, um sie zu einem anderen Sofa zu führen.

Tucker hält die Fernbedienung hoch und lehnt sich zurück, als gehöre die Wohnung ihm. »Was wollt ihr anschauen? Die haben Sky.«

»Egal«, sagt Roxy, schraubt den Deckel der mitgebrachten Wodkaflasche auf und nimmt einen kräftigen Schluck, bevor sie sie herumreicht. »Hast du Kippen?«

»Ja, aber wir können hier drin nicht rauchen. Sie würden es riechen, sobald sie nach Hause kommen«, antwortet Tucker und nimmt ihr die Flasche ab.

Sie macht ein mürrisches Gesicht, dann lächelt sie plötzlich frech. »Gut, dass ich die hier mitgebracht habe«, sagt sie und wedelt mit einer Tüte voller Pillen.

»Was zum Teufel ist das?«, fragt er, nimmt die Tasche, um den Inhalt in Augenschein zu nehmen. »Hey, Habib, sie hat Xanax mitgebracht.«

Habib hebt den Daumen nach oben.

»Sind die gut?«, fragt Ellie. Sie hat sie noch nie probiert.

Habib sieht sie mit dunklen Augen an, die ihr das Wasser im Mund zusammenlaufen lassen. »Sicher, ich habe sie schon ein paarmal genommen. Sie sind nicht gefährlich. Sie machen dich ruhiger ... so als ob du schweben würdest.«

Roxy hat schon ein paar mit dem Wodka geschluckt, und Tucker steckt sich zwei in den Mund und wirft die Tüte zu Habib hinüber.

»Ich bin mir nicht sicher ...«, beginnt Ellie.

»Die sind in Ordnung ... vertrau mir«, antwortet Habib. »Schau.« Er kippt eine mit etwas Wodka hinunter und reicht ihr die Tüte.

Sie nimmt eine und schluckt sie mit einem Schluck Wodka, dann wiederholen sie das Ganze. Ein Film wird ausgewählt und die Flasche herumgereicht, schließlich wird eine zweite Flasche geöffnet. Schon bald spürt sie Habibs Mund, der ihren Hals mit Küssen bedeckt, und in diesem Moment verliert sie ihre Hemmungen. Sie wünscht sich nichts sehnlicher, als seine Freundin zu sein, und den Geräuschen nach zu urteilen, die von der Couch neben ihnen kommen, sind Roxy und Tucker bereits über heftiges Petting hinausgegangen. Sie schaut nicht hinüber. Habibs Hände berühren sie, und sie verliert sich ganz in diesem Moment.

Erst nachdem sie Sex hatten und erschöpft sind, ändert sich die Stimmung.

Habib schiebt ihren Arm von sich weg und wirkt plötzlich distanzierter.

»Was ist los?«, fragt sie, wieder auf der Suche nach der romantischen Stimmung.

»Nichts. Es ist nur so, dass ich nicht so weit hätte gehen sollen. Ich wollte das nicht. Ich mag dich sehr, aber ich wollte nicht, dass das passiert.«

»Was hast du denn erwartet?«, zischt sie.

»Ein bisschen rummachen, aber nicht aufs Ganze gehen. Ich habe eine Freundin.«

»Du hast keinen Gedanken an sie verschwendet, als wir gevögelt haben.«

»Ich habe mich dazu hinreißen lassen – die Pillen, der Alkohol ...«

Sie ist wütend. Wie kann er es wagen, sie so zu behandeln? Sie sucht nach ihrem BH und ihrer Bluse, weil sie sich plötzlich schämt, nackt gesehen zu werden. Roxy und Tucker schlafen fest und schmiegen sich aneinander wie zwei nackte Liebende, und jetzt ist sie noch wütender auf Habib.

»Du Arschloch! Du hast mich benutzt!«

»Das habe ich nicht. Ich wollte nie, dass wir so weit gehen ... Du hast mich ermutigt.«

»Was? Oh, das ist es! Du bist ein kompletter Wichser. Roxy! Wach auf. Wir gehen.«

Roxy murmelt etwas Unverständliches.

»Roxy!« Sie zieht ihre Jeans und ihre Sandalen wieder an, dann geht sie durch den Raum zu Roxy und Tucker. Ihre Freundin schläft tief und fest. Sie versucht es erneut. Tucker wird kurz wach und murmelt, dass sie in ein paar Minuten nachkommen werden. Habib bittet sie, auf ihn zu warten. Er zieht sich an. Er sagt Tucker, dass er seinen Arsch hochkriegen soll. Ellie versucht noch mal, Roxy zu wecken, die ihre Hand wegstößt und sich umdreht. Tucker ist jetzt auf den Beinen und sucht mit leeren Augen auf dem Boden nach seinen Kleidern.

»Roxy! Wir gehen jetzt. Komm schon!« Das Mädchen antwortet nicht. Ellie versucht es noch einmal, aber Roxy murmelt nur: »Auf Wiedersehen.« Scheiß auf sie! Scheiß auf sie alle! Ellie vergewissert sich, dass sie alles dabeihat und geht zur Tür, aber Habib ist da und versperrt ihr den Weg.

»Geh mir aus dem Weg«, fordert sie.

»Du kannst nicht allein gehen. Ich begleite dich zur Bushaltestelle.«

»Was? Hast du ein schlechtes Gewissen, oder was?«

»Ja.« Der ernste Blick auf seinem Gesicht lässt sie innehalten. »Es tut mir wirklich leid. Du bist wirklich wunderbar, Ellie.«

Sie beginnt sich wieder zu ärgern. Wie kann er es wagen, ihr Komplimente zu machen, ihr aber zu sagen, dass er nicht an ihr interessiert ist?

Hinter ihnen zieht Tucker seine Socken an. »Wartet. Wir kommen mit.«

Sie will keine weitere Minute in dem Haus verbringen. Roxy ist immer noch nicht zu sich gekommen und sie wird bestimmt nicht auf sie warten.

»Es sind die Pillen, Ellie. Ich hätte sie nicht nehmen sollen.

Ich wollte Zeit mit dir verbringen und dich kennenlernen. Das war alles. Können wir wenigstens Freunde sein?«, bettelt Habib.

»Ist das dein Ernst? Verpiss dich, geh mir aus dem Weg.« Sie stürmt an ihm vorbei, den Flur hinunter und durch den großen Eingang hinaus ins Kühle, wo sie einen Moment lang stehen bleibt und die Nachtluft einatmet. Dann eilt sie die Auffahrt hinunter und über die Straße auf die andere Seite, um sich von dem Haus, Habib und der Erinnerung an das, was sie gerade getan hat, zu entfernen. Hier, neben den Büschen, die die Straße säumen, ist es dunkler, und sie fühlt sich verborgen und sicher. Sie bleibt dicht neben der Hecke stehen und sammelt ihre verworrenen Gedanken. Es ist still. Niemand ist zu sehen. Sie kann allein zur Bushaltestelle gehen und den Nachtbus nehmen. Sie braucht keinen Schutz. Sie geht weg vom Haus, von Habib und von Roxy, die an all dem Schuld ist. Ein raschelndes Geräusch hinter ihr lässt sie ihre Schritte beschleunigen.

Eine Stimme flüstert: »Ellie, warte doch.«

Sie ignoriert Habib, der sie einholt und versucht, sich mit ihr zu unterhalten, als ob nichts zwischen ihnen vorgefallen wäre. Sie geht weiter die Straße entlang, untröstlich über das, was geschehen ist. Habib zieht an ihrem Handgelenk und bringt sie zum Stehen. Er spricht wieder mit ihr, aber sie hört nicht zu. Sie fragt sich, was sie jemals in ihm gesehen hat. Er sieht nicht besonders gut aus und in der Schule gibt es viele andere Jungs, die netter sind als er. Die Zeit bleibt für eine Weile stehen, während sie sein Gesicht studiert, seine große Nase, das gegelte Haar und den mitleidigen Blick, den er ihr zuwirft, und sie beschließt, dass sie einfach dumm gewesen ist. Sie würdigt ihn keines Blickes und geht weiter, nimmt die Straße rechts, die zur Kirche führt, und kehrt zur Bushaltestelle zurück, an der sie nur wenige Stunden zuvor angekommen war. Sie ist wütend auf diese Ellie, das Mädchen, das von der Aussicht auf eine ernsthafte Beziehung mit Habib begeistert war. Sie wünscht sich, sie könnte die Zeit zurückdre *hen. Habib hat sie wieder eingeholt. Diesmal klingt er überrascht.*

»Hast du gesehen, wer gerade in Richtung von dem Haus gegangen ist?«

Sie will ihn ignorieren, aber sie ist neugierig. »Nein. Wer denn?«

»Ich bin mir ziemlich sicher, dass das Roxys Stiefvater war.«

»Was sollte der hier machen?«

»Vielleicht hat er das mit ihr und Tucker herausgefunden. Er wird sie umbringen, wenn er sie zusammen sieht.«

»Du bist verrückt. Woher soll er das wissen? Das hast du dir eingebildet. Oder ausgedacht. Lass mich einfach in Ruhe. Ich will nie wieder etwas mit dir zu tun haben. Geh zurück zu deiner Freundin.«

Ellie schüttelte den Kopf, als wolle sie ihn wieder klar bekommen. »Als ich erfahren habe, dass Roxy gestorben ist, wusste ich, dass es in dem Haus passiert sein musste. Ich dachte, Sie würden sagen, sie hätte eine Überdosis genommen. Ich habe mich nicht getraut zu fragen, was mit ihr passiert ist, Sie hätten sehen können, wie viel Angst ich hatte. Dann erfuhr ich, dass es gebrannt hatte, und ich dachte, Roxy hat sich vielleicht eine Kippe angezündet und aus Versehen etwas in Brand gesteckt und es nicht mehr rechtzeitig aus dem Haus geschafft. Dann ... ist ihre Mutter gestorben ... und dann ist Habib gestorben, und jetzt geht mir nicht aus dem Kopf, dass ich die Nächste sein werde.«

Das Mädchen brach in keuchendes Schluchzen aus.

»Es ist okay, Ellie. Atmen Sie tief durch. Sie sind hier völlig sicher.«

»Wenn Paul Habib gesehen hat, wird er auch mich gesehen haben. Ich weiß, das macht keinen Sinn, aber für mich schon.«

Murray wollte sich gerade einmischen, aber Lucy warf ihm

einen kurzen Blick zu. Ellie vertraute ihr. Sie hatte sich ihr anvertraut. Lucy musste die Sache bis zum Ende durchziehen. »Ellie, hören Sie mir zu. Niemand wird Ihnen etwas tun. Das werden wir nicht zulassen. Haben Sie das verstanden?«

Das Schluchzen ließ ein wenig nach, obwohl die Panik immer noch in ihrem geröteten Gesicht zu sehen war, das sich zusammenzog wie das eines hungrigen Babys, das nach Aufmerksamkeit schrie.

»Ich habe Habib nicht geglaubt. Ich dachte, er würde mich verarschen. Jetzt glaube ich ihm. Er hat sogar gesagt, dass Paul wahrscheinlich auf der Jagd nach Roxy ist, und dass er sie umbringt, wenn er sie mit Tucker findet. Ich dachte nur, dass er ein Idiot ist.«

»Du hast Roxys Stiefvater nicht auf der Straße oder in der Nähe des Hauses gesehen?«

»Nein ... aber wenn er es war und wenn er Roxy getötet hat, weil sie mit Tucker rumgemacht hat, und dann hinter Habib her war, wird er auch hinter mir her sein.«

»Nein, Ellie. Das wird er nicht.« Das Mädchen war hysterisch und was sie sagte, ergab wenig Sinn. Es war unwahrscheinlich, dass Paul überhaupt von Roxy und Tucker gewusst hatte, geschweige denn, dass die Teenager in dem Haus in der Linnet Lane waren. Es gab zu viele Fragezeichen hinter dieser Theorie: Warum sollte er das Haus in Brand setzen, wie konnte Tucker entkommen und warum wurde Roxy zurückgelassen? Sie sprach ruhig zu dem Mädchen. »Sie haben das Richtige getan, indem Sie es uns gesagt haben. Wir können dafür sorgen, dass Ihnen nichts zustößt.«

»Bitte sagen Sie meiner Mutter nichts von Habib, von dem, was wir getan haben.«

»Ich glaube nicht, dass sie das von uns erfahren muss, aber Sie werden ihr erklären müssen, warum Sie am Samstagabend in dem Haus waren.«

Das Mädchen schniefte in ein Taschentuch.

»Können Sie uns noch irgendetwas sagen?«

»Ich glaube nicht.«

»Hat Roxy jemals angedeutet, dass sie Angst vor Paul hat?«

»Nein. Es war Seth, der ihr Angst gemacht hat, aber ihre ganze Familie hasst Habib und Tucker. Ich glaube, sie hätten sie wirklich umgebracht, wenn sie herausgefunden hätten, dass sie mit Tucker geschlafen hat.«

Es handelte sich dabei um die Theorien eines jungen Mädchens, die auf den Erzählungen ihrer besten Freundin beruhten, aber es gab dennoch genug, was Anlass zur Sorge bereitete.

»Wir haben bereits darüber gesprochen, aber hat Roxy irgendetwas darüber erwähnt, woher sie die Drogen bekommen hat?«

»Von Crystal und Sandra. Sie sagte, sie seien wirklich cool und wüssten, wo man etwas bekommt, mit dem wir den Abend noch mehr genießen könnten.«

Es schien, als hätten sie ein weiteres kleines Teil des Puzzles aufgedeckt. Es war möglich, dass Crystal und Sandra das Xanax besorgt hatten, das Roxy mit in das Haus genommen hatte. Der nächste Schritt würde darin bestehen, mit Paul Sadler zu sprechen.

Lucy schenkte dem Mädchen ein Lächeln. »Es war sehr mutig von Ihnen, mit uns zu reden. Roxy wäre stolz auf Sie.«

Ellie nickte und dann kauerte sie sich zusammen und begann leise zu weinen.

Sobald sie draußen waren, sagte Murray: »Ich kümmere mich um

Crystal und Sandra.«

»Gute Idee. Ich bring Natalie auf den neuesten Stand.«

»Gute Arbeit.«

»Meinst du? Das arme Mädchen ist in einem miserablen Zustand.«

»Sie hat sich dir gegenüber geöffnet. Sie wird sich jetzt

besser fühlen, nachdem sie gestanden hat, was passiert ist. Es hat sie viel Überwindung gekostet, uns von Habib zu erzählen. Ich denke, du hast es sehr gut gemacht.«

»Es gibt also noch Hoffnung für mich?«

»Inwiefern?«

»Als Elternteil.«

»Ich weiß nicht, warum du dir da überhaupt Sorgen machst. Das wirst du mit links schaffen.«

»Das werden wir sehen.«

ZWEIUNDDREISSIG

MITTWOCH, 4. JULI – NACHMITTAG

Tucker saß nun in einer Zelle und wartete darauf, wegen Drogenbesitzes mit der Absicht zu dealen und Sex mit einer Minderjährigen angeklagt zu werden. Natalie hatte den Befehl gegeben, Paul Sadler zu verhaften. Auf ihrem Schreibtisch türmten sich Nachrichten, aber sie hatte kaum Zeit, sie zu bearbeiten, denn Gavin und Kirk Lang waren aus London zurückgekehrt und an der Rezeption aufgetaucht. Sie legte das als »dringend« gekennzeichnete Dokument beiseite und ging wieder nach unten.

Natalie und Ian wollten sich zuerst mit Gavin befassen. Als sie in einen weiteren Befragungsraum ging, hatte Natalie das Gefühl, auf einem Laufband zu laufen, das langsam an Geschwindigkeit zunahm.

Gavins Augen waren pink, und nicht einmal der starke Geruch von Rasierwasser konnte seinen sauren Atem verbergen: die Folgen der Kombination aus einer durchzechten Nacht und viel schwarzem Kaffee.

Er entschuldigte sich nicht dafür, dass er nicht erreichbar gewesen war, und ging sofort in die Defensive. »Ich hoffe, dieser

Ausflug hierher ist nicht wieder umsonst. Wir sind vielbeschäftigte Leute.«

»Zu beschäftigt, um ans Telefon zu gehen«, antwortete Natalie kalt.

»Ich habe mich bereits bei DS Anderson entschuldigt. Wir haben uns den ganzen Nachmittag und Abend mit Leuten unterhalten. Es sieht nicht gut aus, wenn man in solchen Situationen ständig mit dem Handy rumspielt. Aber jetzt sind wir doch hier, oder?«

»Danke, dass Sie gekommen sind. Ich würde Sie gerne nach Paul Sadler fragen.«

»Nach wem?«

»Heißt das, Sie wissen nicht, wer das ist?«

»Ich kann nicht sagen, dass mir der Name bekannt ist.«

»Paul ist der Partner von Cathy Curtis.«

»Cathy?«

»Verarschen Sie mich nicht. Cathy war am zweiten Dezember bei der Ladies Night. Sie waren sehr interessiert an ihr.«

»Ach, diese Cathy. Sie war an *mir* interessiert.«

»Das haben Sie beim letzten Mal auch behauptet. Kennen Sie ihren Partner?« Sie hob ein Foto von Paul hoch, damit er es sehen konnte.

Seine Reaktion war unerwartet. Er legte die Hand an sein Kinn und strich daran entlang. »Ja. Den kenne ich.«

»Woher kennen Sie ihn?«

»Das ist eines von diesen Arschlöchern, die früher immer in den Club kamen.« Dass er so ausfällig wurde, ließ Natalie vermuten, dass es Ärger gegeben hatte.

»Sie sagen ›früher‹.«

»Das ist richtig. Er hat immer wieder Ärger gemacht, also haben wir ihm Hausverbot erteilt.«

»Was hat er getan?«

»Es spielt keine Rolle, was er getan hat.«

»Hat er Sie herausgefordert, weil Sie mit Cathy geflirtet haben?«

»Nein! Ich habe nicht geflirtet. Das sage ich Ihnen schon die ganze Zeit. Ich wusste nicht einmal, dass sie seine Partnerin ist.«

Für Natalie ergaben die Dinge keinen Sinn. Warum sollte Paul in einen teuren Nachtclub in Armston gehen, wenn er behauptete, die Stadt nur selten zu besuchen? Er schien definitiv nicht der Typ zu sein, der in Clubs ging. Es konnte nur einen Grund geben, warum er das Extravaganza besuchte: Lapdance.

———

Crystal setzte sich auf den Küchenhocker und stützte ihren Kopf in die Hände. Murray fühlte sich wie ein Riese in dem winzigen Raum. Wenn er hier wohnen würde, würde er die ganze Zeit damit verbringen, gegen Schränke, den Kühlschrank, Türgriffe oder den Herd zu stoßen, jedes Mal, wenn er sich umdrehte. Er hatte sich noch einmal nach Roxy erkundigt und Crystal erzählt, dass sie im Besitz von Xanax gewesen war, Pillen, von denen sie glaubten, dass sie aus dem Club stammen mussten.

»Haben Sie eine Ahnung, wer sie ihr gegeben hat?«

Sie gab einen gequälten Laut von sich, ein leises Stöhnen, das eine Ewigkeit anhielt.

»Haben Sie ihr die Pillen gegeben?«

»Gegeben? Nein. Auf keinen Fall! Aber ich habe dummerweise einige in meinem Gästezimmer in der obersten Schublade in einer Tüte vergessen. Die hat sie genommen. Ich habe nichts darüber gesagt, als Sie nach ihr gefragt haben. Sie war ja tot. Es spielte keine Rolle, dass sie ein paar Pillen gestohlen hatte. Zumindest dachte ich das.«

»Können Sie beweisen, dass sie sie von sich aus mitgenommen hat?«

Sie ließ ihre Hände in einer müden Geste auf die Knie sinken. »Nein.«

»Sie können sich denken, wie mir das jetzt vorkommt, oder?«

»Ich würde einem Kind niemals Pillen oder Drogen geben. Das ist alles, was ich zu meiner Verteidigung sagen kann. Jeder, der mich kennt, weiß, dass ich das nicht tun würde.«

»Wann haben Sie bemerkt, dass sie fehlen?«

»Erst als die Polizei das Zimmer durchsuchen wollte. Ich bin hin, um sie zu verstecken, und da habe ich entdeckt, dass sie verschwunden sind.«

»Warum sollte sie sie mitnehmen?«

»Sie hat sie wahrscheinlich zufällig gefunden.«

»Nein. Sie hat ihrer Freundin erzählt, dass sie jemanden kennt, der ihr etwas besorgen kann, damit sie ›den Abend mehr genießen kann‹.«

»Das kann alles Mögliche bedeuten.«

»Sie hat nach Ihnen gesucht. Sie muss gedacht haben, dass Sie ihr etwas besorgen können.«

»Ich weiß nicht, wie sie überhaupt darauf kommt, es sei denn ...«

»Es sei denn, was?«

»Das erste Mal, als wir sie unter der Brücke getroffen haben. Wir gingen mit ihr zu McDonald's und dann kamen wir zusammen hierher. Sie ging auf die Toilette.« Sie schloss ihre Augen und versuchte, sich zu erinnern. »Scheiße, ich kann mich nicht richtig erinnern. Es ist Monate her, aber Sandra hatte ein bisschen Stoff gekauft.« Sie öffnete die Augen und fuhr fort. Murray achtete darauf, ob sie die Wahrheit verfälschte, aber nichts verriet sie. Er hatte wenig Grund, an ihren Worten zu zweifeln. »Es war hochwertiger Stoff, und sie hatte mir gerade meinen Anteil gegeben. Ich brachte das Zeug ins Gästezimmer und legte es in die Schublade und … ich erinnere mich, dass Roxy in der Tür stand. Sie hatte beim Rückweg von der Toilette die falsche Richtung eingeschlagen und war den Flur hinaufgegangen, anstatt wieder in die Küche zu gehen.«

»Es ist keine riesige Wohnung!«

»Ich weiß, aber sie war durcheinander und ich dachte, sie sei einfach verwirrt. Ich bin mit ihr zurück in die Küche gegangen. Glauben Sie, Roxy hat unser Gespräch mitgehört?«

»Sie könnte etwas von Ihrem Gespräch mitbekommen haben, wenn sie noch in der Nähe der Küche war, als Sie gesprochen haben.«

»Das ist die einzige Erklärung, die mir einfällt.« Sie sah ihm direkt in die Augen und er glaubte ihr. Es ergab Sinn. Stimmen konnten leicht von der Küche in den Flur übertragen werden, und wenn Roxy herumgelungert hatte, hatte sie vielleicht das Gespräch mitbekommen und dann gehört, wie Crystal in ihrem Zimmer Schubladen öffnete.

»Probieren wir es aus«, sagte er. »Ich gehe in den Flur Richtung Toilette. Sie sagen ein paar Sätze mit normaler Stimme und gehen dann in Ihr Zimmer und öffnen die Schublade, in der sie die Drogen aufbewahrt haben.«

Sie gehorchte. Murray, der sich nun auf der Toilette am Ende des Flurs befand, hörte bald ein gedämpftes: »Das ist eine wirklich dumme Idee, aber ich hoffe, Sie können mich hören. Kann ich jetzt aufhören zu reden?«

»Probieren Sie die Schublade«, rief er. Innerhalb weniger Augenblicke hörte er das Geräusch einer Schublade, die gegen eine Sprosse stieß, als sie aufgeschoben wurde. Es war möglich, dass Roxy dasselbe Geräusch gehört hatte. Er kam aus der Toilette und gesellte sich zu Crystal, die versuchte, die Schublade wieder an ihren Platz zu bringen.

»Sie klemmt«, sagte sie, während sie sie hin- und herschob, bevor sie sie zudrückte. »Haben Sie mich verstanden?«

»Ja. Woher hatte Sandra den Stoff?«

»Das kann ich Ihnen nicht sagen.« Sie entfernte sich von der Kommode und ließ sich auf das Einzelbett fallen.

Er sah den resignierten Blick in ihren Augen und wusste, dass er sie weiter unter Druck setzen konnte. »Roxy ist tot. Ihre Mutter ist auch tot, und jetzt ist auch noch einer ihrer Freunde tot. Niemand braucht zu wissen, dass Sie mir das gesagt haben. Kommen Sie schon, Crystal.«

»Es war von einem der Türsteher im Club.«

»Von welchem?«

»Clark, aber das wissen Sie nicht von mir, klar?«

»Natürlich nicht. Danke. Wir werden uns darum kümmern.«

»Ich weiß nicht, was ich noch sagen soll. Ich habe ihr keine Drogen gegeben. Sie hat sie gestohlen.«

Murray betrachtete ihr verzweifeltes Gesicht. Sie saß da wie eine zerbrochene Puppe, die Schultern hingen herab, alle Energie war weg. »Kennen Sie diesen Mann?«

Er nahm sein Handy heraus, rief das Foto von Paul Sadler auf und reichte es ihr.

Sie schnaubte. »Ja. Hat er etwas damit zu tun?«

»Das wissen wir nicht.«

»Es würde mich nicht überraschen, wenn es so wäre.«

»Warum nicht?«

»Weil er eine wirklich böse Ader hat.«

»Erzählen Sie mir mehr über ihn.«

»Warum sollte ich?«

»Weil ich im Moment der Einzige bin, der verhindert, dass Sie wegen Drogenbesitzes, Dealen an eine Minderjährige und möglicherweise sogar wegen Totschlags angeklagt werden.«

»Wollen Sie mich verarschen? Ich habe ihr keine Drogen gegeben! Ich habe Ihnen gesagt, was passiert ist.«

»Helfen Sie mir, Crystal, und wir werden alles aufklären.«

»Sie würden mich doch nicht unter Anklage stellen? Sie

wissen, dass ich Ihnen die Wahrheit gesagt habe. Sie hat uns belauscht. Sie hat mich hier drin gesehen!«

»Das weiß ich nicht sicher. Vielleicht denken Sie sich das alles nur aus.«

»Ach, kommen Sie!«

»Geben Sie mir einfach noch ein paar Informationen. Das ist alles, was ich will.«

Sie sackte auf dem Bett noch weiter in sich zusammen und schien regelrecht zu schrumpfen. Die Worte klangen, als würden sie ihr von den Lippen gerissen. »Es war im Extravaganza. Er war einer unserer Kunden.«

»Kunde welcher Art?«

»Auf jede Art, die sie wollen«, antwortete sie.

———

Natalie war auf der gleichen Spur wie Murray. Zurück im Hauptquartier dachte sie, sie hätte Gavin in den Fängen. »Hat Paul für Tänze bezahlt?«

Gavin neigte den Kopf zur Seite und gab ein müdes »Kein Kommentar« von sich.

»Warum haben Sie ihn wirklich des Hauses verwiesen? Hatte es etwas mit den Mädchen zu tun?«

»Kein Kommentar.«

Sie lehnte sich zurück und starrte ihn an. Er würde nicht einknicken, und sie würde es noch einmal bei Kirk versuchen müssen. Ein lautes Klopfen an der Tür verhinderte, dass sie mit dem Mann ihre Beherrschung verlor. Sie wurde nach draußen gerufen und bekam ein Telefon gereicht. Murray war am anderen Ende und informierte sie über das, was er gerade von Crystal erfahren hatte. Mit neuer Energie schritt sie zurück in den Raum.

»Mein Beamter hat mit einem der Mädchen gesprochen,

die in Ihrem Club arbeiten – eine Laptänzerin, obwohl die Mädchen meines Wissens mehr als nur Tänze anbieten.«

Er hob die Hände an seine Schläfen. »Das spielt hier gar keine Rolle. Was sie tun, ist ihre Sache.«

»Was sie *tun*, geschieht rein zufällig auf Ihrem Grund und Boden, also lassen Sie uns aufhören, um den heißen Brei herumzureden. Ich untersuche drei Todesfälle. Es ist mir scheißegal, was in Ihrem Club vor sich geht. Es ist mir egal, ob die Mädchen Ihre Freier vögeln. Ich untersuche nicht, was dort vor sich geht. Ich kann natürlich all diese Informationen an das Sittendezernat weitergeben, Ihren Laden schließen lassen und Sie wegen Rechtsbeugung anklagen. Wenn Sie also möchten, dass ich Ihnen das Leben zur Hölle mache, dann benehmen Sie sich ruhig weiter wie ein Arschloch.« Sie starrte ihn an. Er stieß einen leichten Seufzer aus, ein Zeichen der Resignation, und sie schlug zu. »Was hat Paul Sadler getan, dass Sie ihn aus dem Nachtclub werfen mussten?«

Gavin rieb sich die Lippen, sein Kopf bewegte sich von einer Seite zur anderen, während er mit seinem Gewissen kämpfte. Schließlich fügte er sich. »Der Wichser hat eines der Mädchen geschlagen. Sie hatte sich schon bei mir beschwert, dass er beim Sex sehr aggressiv wurde, aber manche Typen können so sein. Ich habe ihr gesagt, dass ich das klären werde. Ich habe mit ihm gesprochen und ihn davor gewarnt, so etwas nicht noch einmal zu versuchen, aber er hat es doch getan, und wir haben ihm verboten, wiederzukommen.«

»Welches der Mädchen?«

»Sandra Mallory. Sie ist schon eine Weile weg, also haben Sie sie nicht kennengelernt.«

»Hatte er Sex mit einem der anderen Mädchen?«

»Mit Crystal einmal, aber sie weigerte sich, es noch einmal mit ihm zu wiederholen.«

»Das war alles? Sie haben ihn weder bedroht noch in irgendeiner Weise verletzt?«

»Wir haben ihn gewarnt, dass wir all seinen Arbeitskollegen und seiner Familie erzählen würden, was für ein sexueller Perverser er ist. Es waren nur Worte. Wir haben diese Art von Drohungen schon öfter benutzt. Die Kunden rennen normalerweise weg. Sie wollen nicht, dass ihre Mütter oder Ehefrauen wissen, was für Versager sie sind. Ich dachte, damit wäre es erledigt. Er war so ein schmächtiger Typ. Ein verdammter Macho im Schlafzimmer mit einem jungen Mädchen und ein verdammtes Weichei, wenn er es mit echten Männern zu tun hat.«

»Wann ist das passiert?«

»Vor drei Wochen.«

»Ich habe Sie gefragt, ob jemand einen Grund hatte, Ihr Haus in Brand zu stecken, und Sie haben ihn nicht erwähnt.«

»Ich hätte nicht gedacht, dass er den Mut dazu hat! Wir werfen regelmäßig Leute aus allen möglichen Gründen raus. Er war so ein Weichei, ich habe ihn gar nicht auf dem Radar gehabt.«

»Warum haben Sie gesagt, dass Sie Paul Sadler nicht kennen, als ich Sie vorhin gefragt habe?«

»Ich wusste nicht, dass der Bastard Paul Sadler heißt. Er hat allen gesagt, er hieße Mark. Meinen Sie, dass der unser Haus angezündet hat?«

»Ich weiß es noch nicht, aber ich weiß, dass Tucker einen Schlüssel zu Ihrem Haus hatte.«

Er warf die Hände hoch und rief: »Tucker? Wie zum Teufel ist der an einen Schlüssel zu unserem Haus gekommen?«

»Er hat uns gesagt, dass er einen Satz Hausschlüssel aus einem Glas gestohlen und eine Kopie anfertigen lassen hat.«

»Warum hat er das getan?«

»Um hin und wieder vorbeizukommen, wenn Sie nicht da sind, und fernzusehen.«

»Sie machen Witze!«

»Das hat er uns so gesagt.«

»Ich versteh das nicht. Was um alles in der Welt hat ihn dazu gebracht, das zu tun? Das ist Wahnsinn.«

»Es wäre hilfreich gewesen, wenn Sie ihn uns gegenüber erwähnt hätten, als wir Sie das erste Mal gefragt haben, wer Zugang zu Ihrem Haus haben könnte.«

»Ich habe nicht an ihn gedacht. Wir haben ihn seit ein paar Jahren nicht mehr zu Gesicht bekommen. Außerdem, warum sollte er das Haus niederbrennen? Wir haben nichts getan, um ihn zu verärgern. Eher das Gegenteil. Wir hatten ihn sogar einmal mitgenommen.«

»Warum nur einmal?«

»Er hat fünfzig Pfund aus einer Brieftasche gestohlen, die Kirk rumliegen lassen hat. Ich war mir ziemlich sicher, dass er sie genommen hatte, und wollte ihn deswegen zur Rede stellen, aber Kirk hat mich überredet, es dabei zu belassen. Es war nicht wichtig. Wir haben ihn einfach nicht wieder eingeladen und er ist nie wieder aufgetaucht. Wir haben ihn einfach vergessen.«

»Vielleicht hat er es Ihnen übel genommen, dass Sie ihn nicht wieder eingeladen haben.«

»Das ist verdammt lange her. Wenn dem so war und er für das Feuer verantwortlich ist, warum hätte er bis jetzt warten sollen? Warum hat er das Haus nicht schon 2016 abgefackelt?«

»Okay, erklären Sie mir alles genau. Erklären Sie, warum Sie ihn eingeladen haben.«

Er stieß einen Seufzer aus und rieb sich mit der Hand über das Gesicht, als wolle er die plötzliche Gereiztheit vertreiben, die er empfand. »Wir waren eine Zeit lang bei den gleichen Pflegeeltern wie Tuckers Vater, William, der wie ein älterer Bruder für uns war. Wir haben uns gut verstanden, aber nach unserem Auszug aus dem Haus hatten wir nicht mehr viel Kontakt zueinander – nur ab und zu ein Telefonat, um uns auszutauschen. Wir wussten, dass er verheiratet war und ein eigenes Kind hatte, und dann erfuhren wir von dem Unfall und sind zu seiner Beerdigung gegangen. Kirk tat Williams Junge,

Tucker, leid. Es erinnerte ihn daran, wie es uns ergangen war – vaterlos – und deswegen haben wir uns 2016, nach unserem Umzug hierher, bemüht, Tucker kennenzulernen, seinem Vater zuliebe. Wir luden ihn zu uns nach Hause ein, aber er war ein empfindlicher, unhöflicher, unmöglicher kleiner Scheißer.«

»Haben Sie in den letzten Monaten bemerkt, dass in Ihrem Haus etwas fehlte?«

Er rieb sich erneut mit einer Hand über das Kinn und blinzelte ungläubig. »Ich kann mich an nichts erinnern. Ich nehme an, er könnte Dinge gestohlen haben, aber wenn er das getan hat, habe ich es nicht bemerkt – vielleicht das eine oder andere verlegte Spiel für die Playstation, aber die sind immer wieder aufgetaucht und ich dachte, die Putzfrau hätte sie weggeräumt. So ein Mist! Das könnte er gewesen sein. Dieser hinterhältige kleine Mistkerl. Ich kann es nicht glauben! Denken Sie, er ist für das Feuer verantwortlich?«

»Wir gehen allen Möglichkeiten nach.«

»Es war eine Geste des guten Willens, und nun sehen Sie sich an, was daraus geworden ist. Wir hätten uns nie mit ihm befassen sollen.«

Natalie war geneigt, dem zuzustimmen, aber sie war etwas verärgert über die anhaltende Gleichgültigkeit des Mannes gegenüber dem Tod von Roxy, Cathy und Habib. Diese Menschen bedeuteten ihm nichts. Er hatte sie nicht ein einziges Mal erwähnt. Sie würde ihn eine Weile schmoren lassen. Vielleicht würde ihn das dazu bringen, über das Geschehene nachzudenken.

»Wenn es Ihnen nichts ausmacht, hier zu warten, ich komme nachher wieder.«

»Kann ich nicht gehen? Ich bin nicht verdächtig.«

»Mir wäre es lieber, Sie blieben hier. Wie ich bereits sagte, untersuchen wir alle Möglichkeiten, und wir haben etwas Neues herausgefunden. Wir haben einen Finanzbericht für den Nachtclub erhalten. Daraus geht hervor, dass Sie erhebliche

Einnahmeverluste zu verzeichnen haben, und wir haben erfahren, dass Sie in der Tat hoch verschuldet sind. Daher können wir die Möglichkeit nicht ausschließen, dass es sich um vorsätzliche Brandstiftung zu Versicherungszwecken handelt.«

Er stieß einen weiteren kräftigen Seufzer aus und lehnte sich in seinem Stuhl zurück.

DREIUNDDREISSIG

MITTWOCH, 4. JULI – SPÄTER NACHMITTAG

David leerte sein Whiskyglas. Die bernsteinfarbene Flüssigkeit war die Kehle sanft hinuntergeglitten, und er genoss den rosigen Nachgeschmack, den man hatte, wenn man eine gute Marke getrunken hatte. Natürlich würde er dieses Wissen mit niemandem teilen können. Er hatte den gesamten Inhalt des Macallan Single Malt, der ihn fast fünfzig Pfund gekostet hatte, in eine leere Flasche Blended Scotch von Aldi geschüttet, die elf Pfund gekostet hatte. Natalie mochte keinen Whisky, also würde sie nichts davon mitbekommen.

Er hatte Glück gehabt und eines seiner weiteren Rubbellose hatte ihm hundert Pfund eingebracht, also hatte er eine DVD für sich und die Kinder gekauft. Er schenkte sich noch ein Glas ein und blickte einen kurzen Moment lang finster drein. Josh hatte das Video verschmäht und war stattdessen in sein Zimmer gegangen. Doch Leigh schien sich über seine Entscheidung zu freuen, und sie wollten es gemeinsam ansehen, wenn sie mit ihren Hausaufgaben fertig war. Er hatte das Geld aus der Kasse ersetzt und Natalie sogar noch eine Flasche Wein gekauft. Es war schön, sich wie ein guter Vater und Ehemann fühlen zu können. Er hatte noch eine halbe Stunde Zeit, bevor Leigh herunterkommen würde. Er schlenderte in sein Büro und holte sein Telefon heraus. Den restlichen Gewinn aus den Rubbellosen hatte er auf sein Online-Casino-Konto eingezahlt und er hatte Lust auf eine Runde Roulette. Er hatte eine Glückssträhne. Es wäre eine Schande, sie nicht voll auszunutzen.

Natalie besprach die Ergebnisse der Befragungen mit ihrem Team.

»Er hat die Mittel und ein Motiv«, sagte Ian über Paul Sadler.

»Meinst du, er würde das Haus niederbrennen, wenn er wüsste, dass Roxy drinnen ist?« Murray spielte mit einigen Büroklammern herum und fädelte sie zu einer langen Kette auf. Natalie war aufgefallen, dass er viel herumfuchtelte, wenn er frustriert war – er scharrte mit den Füßen, drehte Stifte zwischen den Fingern und spielte mit Dingen auf dem Schreibtisch herum. »Tucker hat auch ein Motiv. Vielleicht hat er aus Versehen das Haus angezündet und will sich nun selbst schützen. Habib wollte ihn verpfeifen, also hat er ihn getötet. Ich bin mir allerdings nicht sicher, warum er Cathy töten sollte.« Murray runzelte über seine eigene Theorie die Stirn.

»Wir können nicht einmal sicher sein, dass Paul tatsächlich in der Linnet Lane war. Wir haben nur die Aussage eines sehr verängstigten Mädchens, das sich nicht daran erinnern kann, ihn in dieser Nacht selbst gesehen zu haben. Vielleicht hat Habib auch gar niemanden gesehen. Es könnte sogar sein, dass er ihr einen Schrecken einjagen wollte, sie aufgezogen oder sich irgendeinen Unsinn ausgedacht hat, um sie von dem abzulenken, was sie getan hatten. Ich stimme zu, dass Paul ein Motiv hatte, das Haus niederzubrennen, aber dazu müsste er überhaupt erst einmal gewusst haben, wo die Langs wohnen. Er hat ein Alibi. Und dann ist da noch die ganze Sache mit

Cathy. Warum sollte er sie umbringen?« Natalie verschränkte die Hände hinter dem Kopf und ließ sie schnell wieder fallen. Sie konnte ihre eigenen Achselhöhlen riechen. Es war ein langer Tag in einem stickigen Verhörraum gewesen. Sie hatte keine neuen Informationen von Kirk erhalten, der genauso verblüfft war wie sein Bruder, als er gehört hatte, dass Tucker sich in ihr Haus eingeschlichen hatte, während sie nicht da waren. Beide Männer hatten Alibis für ihren Verbleib zum Zeitpunkt des Mordes an Habib, und sie ließ sie vorerst in Ruhe. Plötzlich verspürte sie das Bedürfnis, sich frisch zu machen. Sie holte ihre Tasche, in der sich Make-up und Deodorant befanden. »Bin gleich zurück. Ian, überprüfen Sie die Mitteilungen und stellen Sie sicher, dass es nichts anderes Dringendes gibt.«

Sie entdeckte Mike auf dem Korridor, der mit gesenktem Kopf auf sie zuging, aber sie tauchte lieber in die Damentoilette ab, als ihn noch einmal anzusprechen. Mit einem Seufzer starrte sie auf ihr trauriges Spiegelbild, öffnete ihre Haare und suchte in ihrer Tasche nach einer Bürste. Die Tür öffnete und schloss sich mit einem Knall und sie schaute auf. Sie sah Mike im Spiegel.

Er hielt beide Hände hoch. »Ich bin nicht hier, um zu streiten. Ich habe dich reinkommen sehen und wollte mich entschuldigen. Du bist absolut, hundertprozentig nicht bedürftig und ich war ein kompletter Idiot, das zu sagen.«

»Ja, das warst du.«

»Das ist alles.«

»Okay.«

Er hielt an der Tür inne und legte seine Hand sanft auf die Klinke. »Es hat dir nichts ausgemacht, dass ich mit einer anderen Frau zusammen war?«

Sie stützte ihre Hände auf das Waschbecken. »Einem Teil von mir schon, aber ich habe keinen Anspruch auf dich. Du bist kein Besitz.«

»Das ist das Vernünftigste, was eine Frau je zu mir gesagt hat.«

»Du kennst einfach nicht die richtigen Frauen«, antwortete sie, froh, dass sich jegliche Spannung zwischen ihnen gelöst hatte.

»Vielleicht tue ich das doch.«

»Nicht, Mike.«

»Nicht Mike, was?«

»Flirte nicht mit mir.«

Er nickte ihr fast unmerklich zu und ging. Sie drehte den Wasserhahn auf und wartete, bis heißes Wasser kam, bevor sie ihre Hände darunter hielt, bis sie sich rot färbten und die Adern auf ihrem Handrücken hervortraten. Sie musste den Geruch des Tages abwaschen und sich auf den Abend und ihr nächstes Gespräch mit Paul Sadler vorbereiten. Das hier war noch nicht vorbei.

Paul Sadler hatte das ungepflegte Aussehen und den Geruch eines Obdachlosen, mit eingefallenen Wangen und hohlen Augen, und Stoppeln bedeckten seine Wangen und sein Kinn. Er gab zu, aus dem Nachtclub rausgeworfen worden zu sein, und gestand zwischen tränenreichen Zusammenbrüchen, dass er sich dazu hinreißen hatte lassen, eine der Prostituierten im Extravaganza zu verletzen.

»Sie hat mich ermutigt, sie ein bisschen grober anzupacken, hat sogar gesagt, dass sie es genießt, richtig streng gefesselt zu sein und den Hintern versohlt zu bekommen, und als ich diese Dinge getan habe, hat sie auf einmal gesagt, dass ich zu grob bin und dass ich sie zu etwas zwinge, was sie gar nicht tun wollte. Sie fing an zu schreien, und ich hielt ihr den Mund mit der Hand zu, aber sie hat hineingebissen. Ich wollte ihr nicht wehtun, aber sie war hysterisch, also gab ich ihr eine Ohrfeige, vielleicht ein bisschen zu fest. Gavin muss den ganzen Lärm gehört haben und stürmte mit seinem Bruder in das Zimmer, und sie drehten durch, als sie das Blut sahen. Ich versuchte zu erklären, dass es ein Unfall war, aber sie wollten nicht auf mich hören. Sie zerrten mich nackt die Hintertreppe hinunter, warfen mich in den Hof und meine Kleider hinterher. Sie machten ein Foto von mir, wie ich dort lag, und drohten mir, es an alle meine Bekannten weiterzugeben, wenn ich noch mal wiederkommen würde, und meinen Freunden und meiner Familie zu erzählen, was ich wirklich gerne mit Frauen mache. Ich bin nie wieder hingegangen.«

»Wusste Cathy von Ihren Ausflügen ins Extravaganza?«

Er stützte die Ellbogen auf den Tisch und beugte sich vor, sein Gesicht war ein Bild des Jammers. »Sie hatte keine Ahnung davon. Sie wäre durchgedreht, wenn sie es erfahren hätte.«

Natalie fragte sich, ob Cathy von seinen Besuchen erfahren hatte und Paul zur Rede gestellt hatte. Er schien den Jungen sehr nahe zu stehen – er lebte immer noch bei ihnen und kümmerte sich um sie – sodass er es vielleicht nicht ertragen hätte, wenn sie ihn verlassen und sie mitgenommen hätte. Sie riss sich von solchen wilden Spekulationen los. Fakten. Sie brauchte Fakten.

»Paul, erinnern Sie mich noch einmal daran, wo Sie am Samstagabend waren, nachdem Roxy ausgegangen war.«

»Zu Hause. Mit Seth und Charlie. Wir haben Videospiele gespielt. Ich bin mit Cathy zu Bett gegangen. Wir haben Ihnen das schon gesagt, als Sie gefragt haben. Ich war die ganze Nacht zu Hause.« Seine Augen weiteten sich, während er sprach, und er beugte sich näher zu ihr, beides Zeichen von Unschuld.

Das stimmte. Sie hatten wenig bis gar keine Beweise dafür, dass Paul in dieser Nacht woanders gewesen war.

Natalie versuchte einen anderen Ansatz. »Sie wurden an diesem Abend in der Linnet Lane gesehen.«

Er richtete sich auf und zog die Brauen tief in die Stirn.

»Unmöglich! Da war ich nicht. Da hat sich jemand geirrt. Ich war zu Hause. Fragen Sie die Jungs.«

Es war hoffnungslos. Ihr potenzieller Verdächtiger hatte ein Alibi für diese Nacht. Obwohl er ein Motiv hatte, konnten sie nicht beweisen, dass er am Tatort gewesen war, und ein toter Junge konnte nicht mehr als Zeuge auftreten.

Währenddessen suchten Ian und Lucy oben nach Informationen über Paul und hatten nichts Brauchbares gefunden. Ian unterbrach seine Arbeit, um auf eine SMS zu antworten. Es war die fünfte, die er während seiner Anwesenheit im Büro erhalten hatte, und Lucy konnte nicht umhin, etwas zu sagen.

»Hast du einen neuen SMS-Kumpel?«

»Es ist Scarlett.«

»Läuft es wieder mit euch beiden?«

»Könnte sein.«

»Das freut mich zu hören.«

»Vielleicht. Vielleicht auch nicht.«

»Wie meinst du das?«

»Es würde wieder laufen, aber nur, wenn ich meinen Job kündige.«

»Was willst du dann machen?«

»Ich bin hin- und hergerissen. Ich habe mit Murray darüber gesprochen und er sagt, ich sollte bei meiner Karriere bleiben. Es könnte sein, dass es mit Scarlett trotzdem nicht klappt und ich mir dann wünschen würde, dass ich etwas, das ich geliebt habe, nicht aufgegeben hätte.«

»Ein guter Ratschlag. Da stimme ich ihm zu.«

»Aber ich liebe sie und Ruby auch. Was ist, wenn ich diesen Job mache und ihn irgendwann leid bin und mir wünsche, ich hätte ihnen nie den Rücken gekehrt? Es funktioniert in beide Richtungen.«

»Ich bin eher ein Mensch, der seinem Herzen folgt. Dinge verschieben und verändern sich die ganze Zeit über. Man kann keine Gesetze für die Zukunft erlassen. Du denkst zu viel nach.«

»Denken? So ein Mist! Du hast mich gerade an etwas erinnert. Natalie hat mich gebeten, ihre Nachrichten zu checken, und ich habe es noch nicht getan.« Er sprang auf, huschte zum Schreibtisch und blätterte durch den Stapel von Notizen und Dokumenten. Bei einem stutzte er, rannte zum Telefon und wählte eine Nummer.

»Hi. Ja. Sie haben eine Nachricht für DI Ward hinterlassen. Wirklich? Ja. Uh-huh. Okay ... Können Sie einen Link zu dieser E-Mail schicken? Danke.«

Er ging zu seinem Schreibtisch und tippte auf der Tastatur des Computers herum. »Da!«

»Was haben wir denn da?«

»An der Kirche St Mary's ist eine kleine Überwachungskamera angebracht. Am Sonntagmorgen wurden ungewöhnliche Aktivitäten festgestellt.«

»Und warum haben wir das nicht schon früher bekommen?«

»Als ich nachgefragt habe, wurde mir gesagt, dass die Kamera nur das Kirchengelände abdeckt und die Tore mit Vorhängeschlössern verschlossen sind, deshalb hatte das keine Priorität. Es hat sich herausgestellt, dass die Kamera nicht im richtigen Winkel eingestellt war; etwas hatte sie aus dem Gleichgewicht gebracht. Der Kirchenvorsteher bemerkte das vorhin und alarmierte das Team, das es dann überprüft hat.«

Lucy nahm Platz und sah sich das übermittelte Material an. Die erste Aufnahme zeigte den Fußweg zur Kirche, dessen Randstreifen sauber geschnitten war. Die Kamera bewegte sich langsam von links nach rechts und schwenkte über die Grabsteine. Lucy konnte Inschriften auf den Gräbern erkennen, und auf einem Grab waren Blumengestecke und kleine Ornamente zu sehen. Die Kamera wanderte weiter und blieb nun in Position. Sie konnten die Oberkante der Mauer und den Fußweg dahinter sehen. Die Uhr zählte die Minuten und Sekunden, und um zwölf Uhr dreiundvierzig und fünfzehn Sekunden kam der Vorderreifen eines Motorrads in Sicht. Lucy hielt den Atem an, als das Motorrad anhielt. Mehrere Minuten lang war nichts zu sehen, nur blitzartige Bewegungen, die darauf hindeuteten, dass der Fahrer anwesend war. Ohne Vorwarnung begann die Kamera zurückzuschwenken.

»Nein!«, sagte Lucy und streckte sich nach vorne, um die Person zu sehen, die jetzt vorbeiging. Sie erblickte eine dunkle Gestalt, die sich entfernte und eine Dose in der behandschuhten Hand zu halten schien. Die Kamera blieb auf den Fußweg gerichtet stehen.

»Scheiße! Das ist wirklich nicht viel, oder?«

»Das ist immerhin etwas. Das Technikteam versucht, die Marke des Motorrads zu bestimmen.«

»Erinnere mich daran, welche Motorräder die Curtis-Jungs besitzen.«

»Sie haben beide 125-ccm-Motorräder. Charlies Motorrad ist eine Yamaha YZF-R125 und Seth besitzt eine Honda CB125.«

»Als wir am Sonntagmorgen vorbeigekommen sind, stand Charlies Yamaha auf dem Hof. Paul hat am Nachmittag, nachdem Cathy weg war, daran gearbeitet. Das könnte das Motorrad von Seth sein.«

»Aber wer fährt es?«

»Das könnte jeder von ihnen gewesen sein, nur dass sie alle behaupten, ein Alibi für diese Nacht zu haben.« Lucy schob ihren Stuhl zurück. »Ich werde es Natalie vorlegen und sie entscheiden lassen, was zu tun ist. Sie stürmte die Treppe zum Verhörraum hinunter, klopfte an die Tür und fragte Natalie, ob sie kurz nach draußen kommen könnte.

. . .

Einige Minuten später präsentierte Natalie die neuen Informationen Paul, der entsetzt zusammenzuckte. »Ich war nicht dort. Das bin ich nicht. Ich besitze gar kein Motorrad.«

»Aber Charlie und Seth schon. Sie hätten sich eins von ihnen ausleihen können.«

»Charlies Maschine hatte die ganze Woche eine Fehlzündung und wollte nicht richtig laufen. Ich habe daran gearbeitet. Das wissen Sie doch. Seth würde niemandem sein Motorrad leihen, nicht einmal mir. Die Schlüssel sind an seinem Schlüsselbund, den er nie aus der Hand gibt. Er ist sehr eifersüchtig, was seine Maschine betrifft. Ich hätte keines der beiden Motorräder benutzen können, und nachdem ich mit den Jungs Videospiele gespielt hatte, bin ich ins Bett gegangen.« Seine Schultern begannen wieder zu zittern. »Cathy hat es bestätigt. Sie wusste, wann ich ins Bett gegangen bin. Wenn sie nur hier wäre, um es Ihnen noch einmal zu sagen!« Er wischte sich mit den Händen über das Gesicht, um es von Tränen und Rotz zu befreien.

Er war ein schluchzendes Wrack, ein gebrochener Mann. Natalie war sich nicht sicher, was sie jetzt machen sollte. Es gab wenig bis gar nichts, was ihn mit dem Brandanschlag oder einem der anderen Tatorte in Verbindung brachte. War sie auf der falschen Fährte? Hatte Seth sie getäuscht und war zur St Mary's Kirche gefahren, hatte dort geparkt und einen Kanister Benzin zu dem Haus gebracht, um es in Brand zu setzen? Hatte Habib sich geirrt, was die Person anging, die er angeblich gesehen hatte? Sie betrachtete den wimmernden Mann vor sich. Gavin hatte ihn als Schwächling und Weichei bezeichnet, doch er hatte eine junge Frau, Sandra M., im Nachtclub angegriffen und ihr die Nase gebrochen. Seine Ex-Freundin hatte behauptet, er könne gewalttätig werden, aber dann ihre Vorwürfe zurückgenommen. Dieser Mann könnte auch eine andere Seite haben. Würde Cathy, wenn sie noch lebte, bestätigen, wo er sich aufgehalten hatte, oder würde sie sagen, dass sie sich geirrt hatte, die Zeit falsch eingeschätzt oder ihn vielleicht sogar gedeckt hatte? Sie beschloss spontan, Pauls gesamte Wohnung durchsuchen zu lassen. Sie hatten immer noch den Durchsuchungsbefehl, den sie für die Suche nach den Adidas-Turnschuhen beantragt hatten. Vielleicht konnten sie etwas finden, das ein Mitglied der Familie Curtis dem Tatort zuordnen würde: das Motorrad anhand der Reifen identifizieren oder idealerweise den Behälter mit dem Benzin sicherstellen.

VIERUNDDREISSIG

MITTWOCH, 4. JULI – ABEND

Aus dem Nachmittag wurde Abend. Der Sozialdienst wurde losgeschickt, um die Curtis-Jungs vorerst in einer anderen Unterkunft unterzubringen. Paul wurde immer noch zum Verhör festgehalten, beteuerte aber weiterhin seine Unschuld. Tucker wurde verwarnt und für die Nacht in eine Zelle gesteckt. Widerwillig machte Natalie für den Tag Schluss. So gern sie auch weitergemacht hätte, sie waren alle nur Menschen und brauchten etwas Zeit, um sich zu erholen.

———

Als sie in die Einfahrt fuhr, stellte Natalie fest, dass sie froh war, zu Hause zu sein. Egal, welche Schwierigkeiten sie gehabt hatten oder welche Probleme noch vor ihnen lagen, ihr Zuhause war ihr Zufluchtsort. Der Gedanke, sich mit ihrer Familie bei einem Glas gekühlten Weins zusammenzusetzen, war verlockend, und während der Zeit, die sie brauchte, um vom Auto ins Haus zu gehen, spürte sie Erleichterung darüber, hier zu sein. Aus dem Wohnzimmer ertönte ein Lachen, das ihre Stimmung aufhellte. In letzter Zeit hatte es nicht genug Unbeschwertheit gegeben.

Leigh hatte einen Kicheranfall. Das Geräusch erwärmte ihr Herz. Sie schaute hinein und entdeckte David in seinem Lieblingssessel, ein Glas Whisky in der Hand. Als er Natalie sah, hielt er den Film an. »Hey, Mum!«, sagte Leigh mit geröteten Wangen, als sie sich auf dem Sofa zu ihr umwandte. »Wir sind nach der Schule zu McDonald's gegangen und dann haben wir diese DVD gekauft, *Humor Me*. Der Film ist richtig lustig.«

»Es geht um einen erwachsenen Mann, der bei seinem alternden Vater einziehen muss. Es ist echt ziemlich lustig«, sagte David.

»Ich komme gleich und schaue mit euch. Ich muss schnell duschen und brauche ein Glas Wein, aber nicht in dieser Reihenfolge.«

»Ich hole es für dich. Ich habe heute eine Flasche gekauft und in den Kühlschrank gestellt, falls du Lust auf ein Glas hast.« David beugte sich vor, um aufzustehen.

»Nein, bleib sitzen. Ich bin gleich wieder da.« Sie freute sich über so viel Aufmerksamkeit.

»Bist du sicher?«

»Ja. Schaut weiter.«

Er ließ sich auf das Kissen zurückfallen und schaltete den Film wieder an. Eine Welle von Kichern folgte ihr in die Küche, wo sie nach dem Wein griff und sich ein großes Glas einschenkte. Er war kühl und erfrischend und schmeckte leicht nach Zitronen. Perfekt! Nach einem weiteren Schluck füllte sie ihr Glas auf und ging damit die Treppe hinauf ins Schlafzimmer. Joshs Tür war leicht angelehnt. Sie steckte den Kopf in sein Zimmer, um Hallo zu sagen, aber es war leer, das Spiel auf seinem Computer, das er wohl gerade spielte, war angehalten worden. Sie wollte sich gerade zurückziehen, als sich die Badezimmertür öffnete und er herausstolperte, nur um dann innezuhalten, als er sie sah.

»Bist du okay?«

»Natürlich.«

»Josh, sieh mich an.« Sie stellte das Glas auf eine Kommode, ihr Verlangen, es zu trinken, war vergessen.

Er sah sie an, seine Augenlider flackerten, als ob er darum kämpfte, sie offen zu halten. Seine Pupillen waren geweitet, seine Sprache war leicht undeutlich. Sie hob eine Hand an seine Stirn, um seine Temperatur zu prüfen, und er zuckte zusammen.

»Ich bin kein Baby«, brummte er.

»Bist du sicher, dass es dir gut geht?«

»Ja.«

»Hast du heute schon etwas gegessen?«

»Ja.« So eine mürrische Antwort war untypisch für ihn.

»Hast du getrunken?«, fragte sie vorsichtig.

»Nein!«, hauchte er ihr übertrieben ins Gesicht.

Seine Reaktion löste weitere Besorgnis bei ihr aus. Er roch nicht nach Alkohol, aber es war Natalie klar, dass er nicht er selbst war. Von den beiden Kindern war Josh immer der Wachere gewesen, derjenige, der sich besser benahm, der weniger sprunghaft war und der, bei dem sie sich darauf verlassen konnte, dass er sich vernünftig verhielt. Doch jetzt war er völlig verschlossen, seine ganze Haltung deutete darauf hin, dass er sich schuldig fühlte – aber weswegen? Zuerst meldeten sich ihre mütterlichen Instinkte. Vielleicht war er tatsächlich krank, und dies waren Warnhinweise auf einen ernsten Zustand oder eine Krankheit. Sie lächelte warm und legte eine Hand auf seinen Oberarm.

»Entschuldigung. Ich bin nur eine überbesorgte Mutter. Was hast du heute so gemacht?«

»Nicht viel.«

»Warst du unterwegs?«

Er zog die Brauen zusammen. »Nein. Ja. Eine Zeit lang schon.«

Seine Verwirrung ließ weitere Alarmglocken läuten. Sie hatte nicht gerade eine schwierige Frage gestellt.

»Komm und setz dich einen Moment«, sagte sie und ging in sein Zimmer.

Er ließ den Kopf sinken. »Ich brauche nicht noch einen Vortrag.«

»Niemand hält dir einen Vortrag.«

»Dad macht das ... jeden Tag.«

»Setz dich.« Sie ließ sich auf die Kante seines Bettes fallen und tätschelte die zerknitterte Bettdecke.

Er wählte den Stuhl neben seinem Schreibtisch.

»Josh, bist du unglücklich?«

»Nein, natürlich nicht.«

»Es muss seltsam sein, nicht zur Schule zu gehen und den ganzen Tag mit Dad rumzuhängen.«

»Es ist schon okay.«

»Du machst dir doch keine Sorgen wegen deiner Prüfungsergebnisse, oder?«

»Nein.«

Seine Augenlider fielen ihm halb zu, was sie zu der Frage veranlasste: »Hast du irgendwelche Pillen oder Medikamente aus dem Schrank genommen?«

»Nein.«

»Du scheinst irgendwie neben dir zu stehen. Ich möchte sichergehen, dass es nichts gibt, was dich dazu bringt, dich so zu verhalten. Hast du irgendetwas genommen?«

»Mich wie zu verhalten?«

»Bitte weiche der Frage nicht aus. Sei ehrlich zu mir, Josh. Ich kann alles verzeihen, aber sei einfach ehrlich zu mir. Das ist alles, worum ich dich bitte.«

»Ich weiß nicht, wovon du sprichst.«

»Ich glaube, das weißt du ganz genau.« Sie kannte ihre Kinder und ihren Mann und alle Anzeichen dafür, wenn sie mit der Wahrheit sparsam umgingen oder etwas verheimlichten: Bei Josh war es eine körperliche Reaktion, die ihn verriet – er wurde rot und konnte das nicht kontrollieren; Leigh blinzelte in die Ferne, als hätte sie einen winzigen Vogel am Horizont erspäht; und bei David gab es zahlreiche Anzeichen – sich kratzen, plötzliches melodieloses Summen oder Reiben des Kopfes. Sie hatte diesen Jungen auf die Welt gebracht und fast siebzehn Jahre lang mit ihm zusammengelebt. Sie kannte ihn in- und auswendig, und als sie ihn jetzt mit schlaffen Gliedern und einer Scharlachröte im Nacken so dasitzen sah, wusste sie, dass er ihr etwas verheimlichte.

»Was hast du genommen, Josh?« Ihre Stimme war dieses Mal bestimmter.

»Nichts.«

Mit einer Bewegung stand sie auf und zog die Nachttischschublade heraus.

»Was machst du da?«

»Ich suche nach dem, was du genommen hast.« Sie wühlte sich durch Spielkarten, Notizen und verhedderte Ohrstöpsel.

»Weg von meinen Sachen! Das ist mein Zimmer. Es ist mein privater Raum. Das kannst du nicht machen!«

Sie ignorierte seine Proteste und suchte weiter. Josh schrie sie an, sie solle aufhören, und David erschien.

»Was soll der Krach?«

Natalie sah auf. »Josh ist auf irgendetwas high.«

»Rede doch keinen Blödsinn!«

»David, sieh ihn dir doch an. Er kann kaum aufrecht sitzen. Er ist schon seit ein paar Tagen nicht er selbst.«

»Er hat nichts genommen. Er ist nur müde, das ist alles. Er hat fast den ganzen Tag vor dem Computer gesessen.«

»Er konnte sich nicht daran erinnern, was er heute getan hat.«

»Das geht mir auch so. Das nennt man Langeweile. Beruhige dich. Er hat nichts genommen.«

»Ich brauche mich nicht zu beruhigen, denn ich bin nicht

aufgeregt.« Sie schob die Schublade vorsichtig zurück. Sie starrte Josh an, der ihr nicht in die Augen sehen konnte. »Ich mache mir Sorgen um dich, Josh. Das ist alles.« Sie ließ die beiden in seinem Zimmer zurück und ging unter die Dusche. Als sie im Bademantel und mit einem Handtuch um die feuchten Haare wieder auftauchte, fand sie David im Schlafzimmer an die Wand gelehnt vor.

»Was hast du dir dabei gedacht?«

»Er zeigt Anzeichen von Drogenmissbrauch«, sagte sie.

»Er zeigt Anzeichen eines Teenagers, der zu viel Zeit im Internet verbringt. Es ist kein Wunder, dass er träge ist. Er ist nie ohne das eine oder andere Gerät unterwegs.«

»Ich möchte sein Zimmer durchsuchen.«

»Nein. Das werde ich nicht zulassen. Als du unter der Dusche warst, habe ich mit ihm darüber gesprochen. Er hat gesagt, dass er keine Drogen genommen hat, also lassen wir es dabei bewenden.«

Sie zog das Handtuch von ihrem Kopf und tupfte ihr Haar trocken. Sie war sich sicher, dass Josh sie beide belog. David schien ihr Schweigen als Zeichen zu nehmen, dass sie akzeptierte, was er gesagt hatte.

»Du musst Arbeit und Privatleben trennen. Du machst alles nur noch schlimmer, wenn du so weitermachst. Wir werden ein Auge auf ihn haben.«

Sie wollte ihm widersprechen. Ihr Junge musste vor sich selbst geschützt werden, aber sie akzeptierte, dass sie das gerade nicht gut gemacht hatte. Sie hatte sich eher wie eine Polizistin verhalten und weniger wie eine Mutter. Wahrscheinlich gab es eine bessere Art, mit solchen Dingen umzugehen, und sie wünschte sich, jemand hätte ein Handbuch über die Erziehung von Teenagern geschrieben, denn im Moment war sie völlig ratlos.

FÜNFUNDDREISSIG

DONNERSTAG, 5. JULI – VORMITTAG

Leigh war am Morgen wie immer mürrisch gewesen, David hatte ihr die kalte Schulter gezeigt, und von Josh war nichts zu sehen gewesen, als sie das Haus verließ. Natalie schlug die Autotür zu und marschierte ins Hauptquartier, entschlossen, die Ermittlungen endlich abzuschließen. Wenigstens das war etwas, worüber sie die Kontrolle hatte.

Während sie an die Decke gestarrt und sich gefragt hatte, wie sie am besten mit Josh umgehen sollte, waren ihre Gedanken zu dem Fall gesprungen und sie hatte einen Gedanken gehabt, der sie dazu veranlasst hatte, Murray schon um acht Uhr morgens anzurufen und ihn zu bitten, noch vor der morgendlichen Besprechung nach Armston zu fahren.

Sie ging direkt nach oben in die Forensik, um zu sehen, was, wenn überhaupt etwas, gefunden worden war. Die Neuigkeiten waren nicht sehr erbaulich. Eine Einheit war immer noch in der Wohnung in Clearview und hatte bisher nichts entdeckt.

Darshan sah sie über seine randlose Brille hinweg an, seine ausdrucksstarken Augen blickten sie entschuldigend an. »Wie Sie sehen können, wurde das Bild des Motorradreifens umso körniger, je mehr das Technikteam es vergrößert hat. Es war zwar möglich, die Buchstaben »P« und »I« zu identifizieren, die darauf hinweisen, dass es sich um einen Pirelli-Reifen handelt, aber sie konnten nicht genügend Klarheit schaffen, um das Profil zu bestimmen. Pirellis sind beliebte Reifen und sowohl auf der Honda als auch auf der Yamaha der Familie Curtis zu finden. Hier haben wir es auch versucht. Wir haben Reifenabdrücke genommen, aber wir können sie nicht zuordnen, nicht einmal mit der neuesten Vergleichssoftware. Tut mir leid, Natalie.«

Es war ein Schlag, aber einer, den sie halb erwartet hatte. »Noch keine Hinweise auf einen Behälter, in dem Benzin transportiert wurde?«

»Bislang haben wir nichts gefunden.«

»Es muss doch etwas geben.«

»Es sei denn, sie haben alle Beweise beseitigt.«

Natalie vermutete, dass er recht hatte. Wenn jemand aus der Familie in den Brand oder die Morde verwickelt gewesen wäre, hätten sie bestimmt bereits alles beseitigt, was sie irgendwie belasten könnte.

Sie stand vor dem Labor, das Handy in der Hand, und wartete darauf, dass Murray sie anrief. Eine Gruppe weiß gekleideter Beamter, die wie eine Gruppe junger Ärzte aussah, kam auf sie zu und grüßte sie. Sie nickte ihnen zu und ging den Korridor wieder zurück. Das Sonnenlicht strömte durch die bodentiefen Fenster, die zur Straße zeigten, und prallte gegen ihre Schultern. Draußen war wieder ein strahlend blauer Tag, die Art von Tag, die man am Meer verbringen sollte. Sie konnte nie an Sonnenschein denken, ohne an das Meer, Eiscreme und Spaziergänge am Sandstrand zu denken. Endlich läutete das Telefon.

»Ich schicke Ihnen ein Foto per E-Mail«, sagte Murray. »Ihre Vermutung war richtig.«

»Sie wissen also, was als Nächstes zu tun ist, nicht wahr?«

Sie wartete auf die E-Mail-Benachrichtigung, öffnete den Anhang und sprang dann die Treppe hinunter, um zu ihrem Team zu gelangen.

Paul saß zusammengekauert wie eine Kröte in der Ecke der Arrestzelle. Natalie suchte in ihrem Herz nach einem Fleckchen Sympathie für den Mann, fand aber keine. Normalerweise würde sie hier unten nicht mit einem Verdächtigen sprechen, das würde sie den Beamten überlassen, aber sie wollte zusätzliche Zweifel in seinem Kopf säen und den Druck, den er zweifelsohne verspürte, noch verstärken.

»Wir werden Sie weiter befragen. Sie haben das Recht auf einen Rechtsbeistand«, sagte sie.

»Ich kenne keine Anwälte«, kam die müde Antwort.

»Es gibt einen vor Ort und ich rate Ihnen dringend, sein Angebot, Sie zu vertreten, anzunehmen.«

»Sie haben etwas herausgefunden, oder?«

»Es steht mir nicht frei, das mit Ihnen zu besprechen. Ich wollte nur sicherstellen, dass Sie Ihre Rechte kennen.«

»Werden Sie mich unter Anklage stellen?«

»Sie werden gleich nach oben gebracht.«

Sie machte auf dem Absatz kehrt und hoffte, dass sie ihm genug zu denken gegeben hatte, um seine Entschlossenheit zu schwächen.

Natalie, Ian und Lucy waren bei dem Gespräch anwesend. Das Gespräch verlief ähnlich wie das vorherige, bei dem Paul jegliches Fehlverhalten abgestritten hatte. Natalie beschloss, die Informationen, die sie zuvor von Murray erhalten hatte, zu verwenden.

»Ich möchte auf den Sonntagnachmittag zurückkommen, kurz nachdem Cathy zu ihrer Freundin gefahren war. Sie haben behauptet, Sie hätten an Charlies Motorrad gearbeitet. Ist das richtig?«

»Ja.«

»Was genau war mit dem Motorrad los?«

»Es hatte eine Fehlzündung und ein Ölleck.«

»Konnte man es noch fahren?«

»Nein. Man hätte befürchten müssen, dass es kaputtgeht oder der Kolben sich ganz festfrisst.«

»Funktioniert es jetzt wieder?«

»Ja. Ich habe es gestern repariert. Ich musste etwas finden, das mich von dem ablenkt, was passiert ist.« Er fing wieder an zu weinen.

»Es ist eine Yamaha YZF-R125. Ist das richtig?«

»Ja.«

»Und sie ist mit Pirelli-Sport-Demon-Reifen ausgestattet. Ist das auch richtig?«

»Ja, und dasselbe gilt auch für die Honda. Das sind beliebte Reifen. Warum fragen Sie mich das?«

»Beantworten Sie bitte nur die Fragen. Wann ist das Leck an der Yamaha aufgetreten?«

»Ich weiß es nicht.« Die Antwort kam scharf und schnell. Plötzlich verschränkte er die Hände unter den Achseln. »Warum?«

»Sie haben uns gesagt, dass Sie in der Nacht, in der Roxy starb, gegen Mitternacht ins Bett gegangen sind. Cathy hat die Zeit bestätigt.«

»Ja.«

»Sagen Sie mir, Paul, woher wusste sie, wie spät es war?«
»Neben dem Bett steht eine Uhr. Sie muss darauf geschaut haben.«

Natalie studierte sein Gesicht und wartete darauf, dass er merkte, dass er in die Enge getrieben wurde. Seine Stirn begann leicht zu glänzen. Sie griff in einen Ordner und zog das Foto aus der E-Mail heraus, die Murray ihr geschickt hatte. Sie studierte es, bevor sie es über den Tisch reichte. Paul hielt seine Hände unter den Armen geklemmt.

»Für die Aufnahme: DI Ward zeigt dem Verdächtigen das Foto mit der Nummer JB8«, sagte Ian.

»Dies ist ein Foto des Schlafzimmers, das Sie mit Cathy geteilt haben. Auf welcher Seite des Bettes schlafen Sie, Paul?«

Er senkte den Kopf. »Auf der linken.«

»Sie schlafen auf der linken Seite des Bettes. Wie Sie auf dem Bild sehen können, gibt es auf der rechten Seite weder einen Nachttisch noch eine Ablagefläche für eine Uhr oder ein Telefon. Cathy konnte die Zeit von ihrer Seite des Bettes aus nicht sehen.«

»Sie konnte sie von ihrer Seite des Bettes aus sehen.«

»Nein, Paul, das konnte sie nicht. Das ist ein Lexon-Flip-Wecker, der nur dann ein Display anzeigt, wenn man mit der Hand darüberfährt.«

»Dann muss ich das getan haben. Ja. Ja, das ist es. Ich weiß es noch. Sie fragte, wie spät es ist, und ich habe es ihr gesagt.«

»Ich zweifle nicht daran, dass Sie ihr die Uhrzeit gesagt haben. Es war nur nicht die richtige Zeit.«

Er wollte gerade protestieren, aber sie brachte ihn zum Schweigen. »Ich habe nach dem Ölleck an der Yamaha gefragt. Das sind Aufnahmen von Überwachungskameras, die ein Motorrad zeigen, das am Sonntagmorgen um zwölf Uhr dreiundvierzig neben der St Mary's Kirche in Armston gehalten hat.« Sie begann, alle Fotos so auszulegen, dass Paul sie sehen konnte.

»DI Ward zeigt dem Verdächtigen jetzt eine Reihe von Fotos, JB9 bis 14«, fügte Ian hinzu.

»Die Reifen an diesem Motorrad sind als Pirellis identifiziert worden.« Paul sagte nichts.

»Auf diesem Foto ist eine Person zu erkennen, die anscheinend Motorradhandschuhe aus Leder trägt und einen Behälter bei sich hat, von dem wir glauben, dass es sich um einen Benzinkanister handelt.«

»Ich war es nicht«, sagte er und flüsterte nur.

»Heute Morgen war einer meiner Beamten bei St Mary's und hat die Stelle untersucht, an der das Motorrad stand. Er hat Ölflecken an der Stelle gefunden, an der die Maschine stand.«

»Ich war es nicht.«

Natalie nahm einen Schluck des schwarzen Kaffees, den Lucy aus dem Automaten geholt hatte, und starrte auf die Uhr. Es war fast zehn. Es wurde langsam zu einem langen Wartespiel, doch sie war sicher, dass Paul einknicken würde. Er war wieder in der Arrestzelle. Die Beweise, die sie hatten, waren bestenfalls fadenscheinig und alles, worauf sie hoffen konnte, war ein Geständnis. Sie leerte ihre Tasse und wartete darauf, dass das interne Telefon klingelte.

Alle nutzten die Zeit, um nach weiteren Informationen zu suchen, und sie blätterte in den Fallnotizen, in der Hoffnung, noch etwas zu finden, das sie gebrauchen konnten. Sie war überrascht, als sie ein leises Husten hörte, und als sie aufblickte, sah sie Darshan.

»Das könnte Ihnen vielleicht helfen. Ich habe den Computer durchgesehen, den wir aus der Wohnung mitgebracht haben, und Paul hat das hier bei Amazon gekauft.« Es handelte sich um einen auslaufsicheren 2,5-Gallonen-Polygaskanister. »Er fasst knapp zehn Liter Kraftstoff«, sagte Darshan.

»Das ist ein ziemlich schweres Ding, wenn man es auf einem Motorrad transportieren will. Wie hätte er das schaffen sollen?«, fragte Ian.

»Satteltaschen, Rucksack oder, wie ich vermute, mit Bungee-Riemen auf dem Rücksitz festgeschnallt«, sagte Darshan.

»Haben Sie die Spurensicherung schon informiert?«, fragte Natalie.

»Ich habe Mike sofort angerufen«, antwortete er mit einem leichten Nicken.

»Danke. Das ist genau das, was wir gebraucht haben.«

Zehn Minuten später, nachdem sie ihm die Beweise vorgelegt hatten, war Paul bereit zu gestehen. Er strich sich mit den Händen über sein graues Gesicht.

»Ich gebe zu, dass ich das Haus in der Linnet Lane in Brand gesetzt habe. Ich wollte mich rächen – für die Demütigung, dafür, dass sie mich wie Abschaum behandelt haben. Ich habe den Benzinkanister gekauft und geplant, ihr schickes Haus niederzubrennen, während sie weg waren. Ich stellte sicher, dass sowohl Charlie als auch Seth mir ein Alibi geben konnten, und nachdem sie zu Bett gegangen waren, schlich ich mich hinaus. Ich schob Charlies Motorrad die Straße hinunter, startete es dort und parkte an der Kirche St Mary's. Ich wollte nicht, dass der Motor jemanden in der Linnet Lane aufweckt. Dann trug ich den Kanister zu ihrem Haus. Ich wollte eigentlich Lappen tränken und sie in den Briefkasten stecken, aber als ich gegen den Briefkasten drückte, öffnete sich die Eingangstür, also goss ich das Benzin über den ganzen Boden, zündete es an und rannte davon. Glauben Sie mir, ich hatte keine Ahnung, dass Roxy zu diesem Zeitpunkt da drinnen war. Wie hätte ich das auch wissen können? Seitdem kann ich nicht mehr essen, schlafen oder auch nur daran denken. Ich kann mit dem, was ich getan habe, nicht leben.«

»Habib hat Sie gesehen, als Sie sich dem Haus genähert haben. Haben Sie ihn bemerkt?«

»Ich habe keine Menschenseele gesehen. Ich war voll und ganz darauf konzentriert, zum Haus zu gelangen, das Feuer zu legen und so schnell wie möglich wieder nach Hause zu kommen. Ich habe es so geplant, dass niemand im Haus sein würde. Ich wollte nicht, dass jemand stirbt!«, jammerte er.

»Sie leugnen, Habib gesehen zu haben?«

»Ich schwöre, ich habe ihn nicht gesehen.« Er stützte seine Hände an den Schläfen ab und starrte mit gequälten Augen auf den Tisch.

Natalie fuhr fort, unbeeindruckt von seiner offensichtlichen Verunsicherung. »Was ist mit Cathy passiert? Hat sie herausgefunden, was Sie getan haben? Hat sie damit gedroht, es uns zu sagen?«

»Cathy? Ich habe Cathy nicht umgebracht. Ich hatte nichts mit ihrem Tod zu tun. Ich habe Cathy geliebt.«

Der Anwalt sprach leise. »Ich denke, wir sind uns in dieser Angelegenheit einig. Mein Mandant gesteht die Brandstiftung und den möglichen Totschlag durch Unachtsamkeit an seiner Stieftochter Roxanne Curtis.«

»Ich werde nicht aufgeben.« Natalie blieb hartnäckig. Sie hatten versucht, Pauls Handschrift mit der auf Habibs Abschiedsbrief zu vergleichen, aber das Ergebnis war nicht schlüssig. Trotz der Ähnlichkeiten in der Form der Buchstaben konnte der Experte nicht mit absoluter Sicherheit sagen, dass Paul den Brief geschrieben hatte.

Aileen Melody war wieder einmal die Stimme der Vernunft. »Sie müssen die Entscheidung treffen, ihn entsprechend unter Anklage zu stellen. Wir können nicht ewig warten. Wenn er nicht für den Tod seines Partners und von Habib Malik verantwortlich ist, dann verschwenden wir wertvolle Zeit.«

»Es muss etwas geben. Da bin ich mir sicher.«

»Sie haben genügend Beweise, um ihn für den Brandanschlag zu verurteilen.« Sie hatten zwar forensische Beweise, die bestätigten, dass Paul hinter dem Brandanschlag steckte, aber sie hatten nichts, was ihn mit den anderen Tatorten in Verbindung brachte. »Ich gebe Ihnen bis ein Uhr Zeit, um die Entscheidung zu treffen.«

Natalie wurde weggeschickt und ging direkt zu ihrem Auto. Die Frustration hatte sich zu einem geradezu physischen Druck in ihrer Brust ausgeweitet, und sie musste für eine Weile weg. Sie raste durch die Gassen in Richtung Armston, wohl wissend, dass sie keine große Hilfe sein würde, aber sie musste unbedingt in die Wohnung in Clearview. Es gab etwas, das sie übersahen. Ihr Telefon klingelte und sie stellte den Lautsprecher an.

»Mike, ich bin auf dem Weg zu dir.«

»Gerade zur rechten Zeit.«

»Was habt ihr gefunden?«

»Komm dorthin, wo wir Habib gefunden haben.«

Sie hielt hinter dem weißen Transporter der Forensik an, direkt vor dem Feld, auf dem man Habib gefunden hatte. Sie hielt kurz inne und betrachtete die Überreste von Gavin und Kirks Haus. Normalerweise hätte man unter solch tragischen Umständen, wenn ein Mensch – vor allem ein Kind – gestorben war, Blumen niedergelegt, aber sie war traurig zu sehen, dass nichts darauf hinwies, dass es irgendjemanden interessierte. Ein rotes Aufblitzen fiel ihr ins Auge, und sie überquerte die Straße, um genauer nachzusehen. Es war ein kleiner, herzförmiger Luftballon mit der Aufschrift: »Für die beste Freundin der Welt. Schaukle hoch, bis wir uns wiedersehen. Ich liebe dich. Für immer. Ellie.« Sie dachte an das, was Lucy ihr über die Schaukeln im Park erzählt hatte, wo die beiden Mädchen Pläne geschmiedet und zusammen gelacht hatten, und ein Kloß bildete sich in ihrem Hals. Sie schluckte ihn hinunter. Jetzt war nicht der richtige Zeitpunkt für Sentimentalitäten. Als sie sich abwandte, entdeckte sie Mike am offenen Tor und ging zu ihm hinüber.

»Ich habe die Spanngurte gefunden, mit denen der Benzinkanister am Fahrrad befestigt war, im Kofferraum von Pauls Lieferwagen, zusammen mit diesen hier, zwischen ein paar zerrissenen Abdecktüchern.« Er hob eine kleine Plastiktüte mit grauen Partikeln heraus.

»Und was ist das?«

»Rindenfragmente von einer Eiche. Komm mit mir mit.«

Sie folgte ihm auf das Feld, wo eine Leiter an dem Baumstamm lehnte. Die Reste eines Abdecktuchs waren oben und unten an der Leiter festgebunden worden, um die Standvorrichtung zu bedecken. Mike erklärte seine Theorie. »Paul ist Antennenmonteur, und ich bin mir ziemlich sicher, dass man von ihm erwartet, dass er die Gummifüße seiner Leiter abdeckt, damit sie keine Spuren an den Wänden hinterlassen, wenn er auf den Dachboden klettert, daher die Abdecktücher. Ich habe mich gefragt, wie Habib an dem Baum aufgehängt worden ist und warum wir keine Hinweise darauf finden konnten, wie er dorthin kam. Ich denke, der Mörder hat das Seil so präpariert, dass es ganz nah am Stamm hing. Er wickelte Stücke eines zerrissenen Abdecktuchs um die Leiterfüße und schnallte Habib dann mit den Spanngurten und weiteren Tuchfetzen an der Leiter fest. Dann stützte er sowohl die Leiter als auch den Körper gegen den Baum. Der Boden war trocken, sodass die Leiter keine Spuren hinterließ, und das dicke Material, das die Füße schützte, verhinderte offensichtlich auch Einkerbungen in der Rinde. Es gibt keine andere Möglichkeit, das zu bewerkstelligen. Es ist wirklich schwierig, eine Leiche auf einen Baum zu heben, indem man ein Seil um sie bindet und sie über einen Ast zieht, oder indem man sich auf eine Trittleiter stellt und sie ohne Hilfe in eine Schlinge hebt, und außerdem hätten wir einige forensische Beweise finden müssen, die darauf hindeuten, dass es so gemacht worden ist. Es ist jedoch möglich, dass ein Mörder eine Leiche an eine Leiter bindet und diese Leiter nach und nach anhebt, bis sie hoch genug ist, um ein paar

Sprossen hinaufzuklettern, ein vorbereitetes Seil um den Hals des Opfers zu legen und es dann von der Leiter abzuschneiden. Die Leiche schwingt zur Seite und kommt in eine Position, die den Anschein erweckt, als ob die Person Selbstmord begangen hat.«

Ihr Herz pochte gegen ihre Rippen und sie wollte unbedingt zurück. »Gehört die Leiter Paul?«

»Ja.«

»Ihr habt die Blätter und Rindenproben und könnt eindeutig beweisen, dass er dieses Verbrechen begangen hat?«

»Das können wir. Es sei denn, jemand anderes hatte Zugang zu seinem Wagen. Wir können auch die Spanngurte auf Habibs DNA testen.«

»Was ist mit Cathy? Wie kann ich beweisen, dass er sie getötet hat?«

»Da kann ich dir nicht helfen. Wir haben einfach nicht genug Beweise, damit du mit dem Finger auf jemanden zeigen könntest.«

»Okay. Ich werde mit dem arbeiten, was ich habe. Danke dafür.«

»Ich mache nur meinen Job.«

»Und das weiß ich zu schätzen.«

Sie lief zu ihrem Auto und warf einen letzten Blick auf das Haus gegenüber. Sie konnte das Mädchen nicht wieder zum Leben erwecken, aber sie hatte zumindest die Person gefunden, die für ihren Tod verantwortlich war. Sie hatte ihre Aufgabe erfüllt, aber es galt noch einen letzten Strich auf dieser speziellen Punkt-zu-Punkt-Zeichnung hinzuzufügen, bevor sie fertig war.

Das Büro war stickig, weil die Sonne direkt durch das Fenster schien und es aufheizte. Natalie blinzelte und zog die Jalousien hoch, um einige der blendenden Strahlen abzuschirmen, die von der Tafel abprallten und jedes Staubkorn auf den dunklen Schreibtischen zum Vorschein brachten. Unter ihr rumpelte der nicht enden wollende Verkehr, aber hinter den doppelt verglasten Fenstern nahm sie nur die Anwesenheit ihres Teams wahr, das darauf wartete, dass sie mit dem Brainstorming begann. Ian saß mit einem Notizblock vor sich da. Murray fummelte wieder einmal an den Gegenständen auf seinem Schreibtisch herum, während Lucy aufrecht saß, die Hände auf den Oberschenkeln, als wäre sie bereit, jeden Moment aufzuspringen, wie eine Katze, die zum Sprung ansetzte. Sie hatten Pauls Geständnis, dass er das Haus in der Linnet Lane angezündet hatte, und einen handfesten Beweis, dass er Habib getötet hatte, aber sie hatten immer noch nicht genügend Beweise, um ihn mit Cathys Tod in Verbindung zu bringen. Natalie kehrte in den vorderen Bereich des Raumes zurück und nickte Ian zu, um ihm zu signalisieren, dass er fortfahren sollte.

»Ich könnte noch einmal mit dem Mann sprechen, der das

Motorrad in der Nähe der Linnet Lane gesehen hat. Vielleicht hat er sich geirrt und es war nicht Seths Motorrad, das er gesehen hat«, sagte Ian.

Lucy war sofort anderer Meinung. »Nein, er hat uns die letzten beiden Buchstaben des Kennzeichens genannt, und es war eindeutig Seths Maschine. Außerdem hat Seth zugegeben, dass er am Kanal war. Der Zeuge hat definitiv Seth gesehen.«

Natalie starrte auf die Namen an der Tafel und legte ihre Stirn in tiefe Falten. Es musste doch eine vernünftige Erklärung geben. Es gab eine Möglichkeit, die sie mit ihrem Team durchspielte. »Was wäre, wenn es zwei Motorräder gab und der Zeuge zufällig nur das von Seth gesehen hat?«

Murray schnippte einen Bleistift an und ließ ihn kreisen, und als er zum Stillstand kam, sagte er: »Hat Paul nicht an der Yamaha gearbeitet? Seine Nachbarin hat gehört, wie er geflucht hat.«

Lucy nickte zustimmend. »Es sei denn, sie hat sich in der Zeit geirrt, aber sie hat mit ihrem Kind draußen gespielt, und sie war sich ganz sicher, dass sie nach dem Essen nach draußen gegangen sind.«

Natalie kaute auf ihrem Daumen, denn die Ideen häuften sich jetzt. »Um wie viel Uhr genau hat sie Paul fluchen hören?«, fragte sie und schickte Ian auf die Suche nach den Notizen.

»Halb sieben oder sieben.«

»Es würde nicht lange dauern, den Kanal zu erreichen. Fünfzehn Minuten mit dem Motorrad. Vielleicht kam Paul an, kurz nachdem Seth gegangen war.«

»Was ist mit der SMS, die Cathy Paul geschickt hat?«

»Er könnte sie selbst von ihrem Telefon aus geschickt haben.« Alles passte zusammen. Dann hatte sie einen Geistesblitz. »Lucy, besorgen Sie mir den Namen und die Nummer von Pauls Nachbarin.

Es dauerte ein paar Minuten, um die Informationen zu finden, aber bald sprach Natalie mit Heather Collins. »Hier ist

DI Ward von der Polizei in Samford. Sie erinnern sich vielleicht, dass ich vor ein paar Tagen mit Ihnen gesprochen habe.«

»Sicher. Die Polizei hat das ganze Haus durchkämmt. Ich habe gehört, dass sie alle verhaftet worden sind.«

»Ich würde nicht alles glauben, was man so hört. Ich muss Ihnen eine Frage stellen.«

»Okay.«

»Können Sie noch mal genau nachdenken? Sie haben uns gesagt, dass Sie Paul fluchen gehört haben und dass Sie Tommy ins Haus gebracht haben.«

»Das ist richtig.«

»Haben Sie noch etwas anderes gehört?«

»Was zum Beispiel?«

»Haben Sie gehört, wie ein Motor ansprang?«

Es gab eine Pause. »Nein. Ich glaube nicht, dass ich das gehört habe.«

»Wie sieht es mit einem lauten Quietschen aus?«

Es gab ein weiteres Zögern, dann erhob sich die Stimme am anderen Ende. »Oh, Sie meinen sein Tor. Es quietscht immer. Ich wünschte, sie würden es endlich mal mit verflixtem WD 40 oder etwas Ähnlichem schmieren. »Ja, stimmt. Das habe ich gehört. Es hat dieses Geräusch gemacht, kurz nachdem er »Verdammte Schlampe!« geschrien hat. Da war ich schon fast drin. Er war richtig in Rage.«

Nachdem sie aufgelegt hatte, starrte Natalie auf die Tafel und machte ihre Meldung. »Ich glaube, Paul Sadler hat uns verarscht. Er hat nicht über das Motorrad geflucht, das er repariert hat. Er nannte es eine ›verdammte Schlampe‹. Ich weiß, dass man Autos, Fahrräder und Schiffe als weiblich bezeichnen kann, aber ich glaube, er hat Cathy gemeint. Er war wütend auf sie und reparierte das Motorrad schneller, als er gesagt hat – und Heather hat gehört, wie er sich Luft machte, als er den Hof mit dem Motorrad verließ. Jetzt müssen wir meine Theorie nur noch beweisen.«

Mit hämmerndem Herzen blickte sie in den Korridor. Sie hatten ihn fast. Eine Gestalt näherte sich schnell dem Büro. Es war Mike.

»Natalie! Die Abdecktücher. Sie sind aus cremefarbenem Baumwollköper. Ich glaube, eines davon könnte dazu benutzt worden sein, Cathy zu erwürgen.«

Als sich die Beweise gegen ihn häuften, konnte Paul die Anschuldigungen nicht länger leugnen. Nach einem weiteren langwierigen Verhör ließ er den Kopf schamhaft hängen. »Ich wollte nicht, dass das alles passiert. Ich wollte es diesen Bastarden nur heimzahlen. Ich wusste nicht, dass Roxy sterben würde. Mir war schlecht, als ich es erfahren habe – richtig schlecht. Meine Welt ist in sich zusammengebrochen und ich wusste nicht, was ich sagen oder tun sollte. Ich musste ruhig bleiben und so tun, als hätte ich das Feuer nicht verursacht, aber Cathy war schlau. Sie zählte so schnell zwei und zwei zusammen. Ich weiß nicht, wie sie es gemacht hat. Vielleicht kannte sie mich zu gut, sah, dass ich etwas verheimlichte, und sie ging meinen Computerverlauf durch und fand heraus, dass ich den Kanister gekauft hatte.«

Paul weiß nicht, wohin er sich wenden oder was er als Nächstes tun soll. Er hat es auf eine Weise vermasselt, die er nie für möglich gehalten hätte. Was zum Teufel hat Roxy im Haus dieser Bastarde gemacht? Er hat seine Stieftochter umgebracht. Er muss sich um Habib kümmern und er hat einen Plan, um den Jungen zum Schweigen zu bringen. Er wird ihm eine unglaubliche Summe Geld anbieten, damit er ihn nicht verrät. Der Junge würde für Geld alles tun; trotz seines schüchternen Auftretens hat er wenig Moral. Er lehnt sich wieder über die Toilettenschüssel und übergibt sich. Er hat sich gerade noch zusammenge-

rissen, als die Polizei in seiner Wohnung war. Er kann jetzt nicht zusammenbrechen. Sie können nicht wissen, dass er es war. Er muss sich ruhig verhalten. Er starrt auf sein Gesicht und wischt sich den Schweiß von der Stirn. Er scheint nicht aufhören zu können zu schwitzen und Cathy wirft ihm seltsame Blicke zu. Sie spürt, dass er ihr etwas verheimlicht. Sie ist nicht dumm, aber selbst sie kann nicht erraten, was er getan hat, oder? Er hat sie getäuscht, als er zurückkam, und ihr gesagt, es sei kurz nach Mitternacht, obwohl es in Wirklichkeit fast zwei Uhr war. Sie ist sein Alibi für diese Nacht, und außerdem liebt sie ihn. Sie wird an seine Unschuld glauben, nicht wahr?

Er eilt aus dem Badezimmer. Cathy ist seit der Nachricht von Roxys Tod erstaunlich ruhig, während alle anderen auf ihre eigene Weise auf die Tragödie reagiert haben. Charlie ist zu seiner Freundin gefahren und Seth hat sich irgendwohin verpisst, und Paul fühlt sich jetzt seltsam ausgeschlossen. Auch er hat Roxy geliebt, aber das scheinen sie vergessen zu haben.

Er geht ins Wohnzimmer und Cathy, die am Computer sitzt, schaltet ihn schnell aus. Die Bewegung ist ruckartig und steht im Gegensatz zu der Art und Weise, wie sie aufsteht und in die Küche schlurft, wobei sie Blickkontakt mit ihm vermeidet.

»Ich werde nach Seth suchen. Ich mache mir Sorgen um ihn«, sagt sie.

»Ich komme mit dir.«

»Nein. Ich gehe allein. Er wird mitgenommen und verwirrt sein. Er braucht mich.«

Die Worte tun weh. Sie schließt ihn aus. Als sie verschwindet, um ihre Tasche zu holen, schaut er auf dem Computer nach und findet die letzte Seite, die sie aufgerufen hat. Ihm läuft es kalt den Rücken herunter. Sie hat nach der Telefonnummer von DI Ward im Polizeipräsidium von Samford gesucht. Er sieht nach, was sie sonst noch gesucht hat, und stellt fest, dass sie den Verlauf des Computers durchsucht hat und entdeckt hat, was er eigentlich hätte löschen sollen, aber vergessen hat – die Website, auf der er den Kanister gekauft hatte. Er hätte seinen Browser-verlauf löschen sollen, aber er hätte nie gedacht, dass die Polizei an seine Tür klopfen würde. Nicht in einer Million Jahren.

Er rennt ihr hinterher und holt sie ein, als sie gerade ihre Keilsandalen anzieht.

»Ist alles in Ordnung?«, fragt er, um ihr etwas zu entlocken.

»Alles.«

Dieses eine Wort sagt ihm alles, was er wissen muss. Cathy verdächtigt ihn. Sie mag ihn lieben, aber sie wird ihm den Tod von Roxy nie verzeihen, egal ob es ein Unfall war oder nicht. Außerdem kann er ihr nicht vertrauen, dass sie schweigt.

Sie küsst ihn nicht zum Abschied und lässt ihn in der Tür stehen, weil sie weiß, dass die Polizei wiederkommen und ihn beim nächsten Mal mitnehmen wird. Das wird er nicht zulassen.

Das verdammte Motorrad verliert immer noch Öl. Er hatte Glück, dass er rechtzeitig von Armston nach Hause kam, bevor es ganz den Geist aufgeben konnte. Es ist leicht zu reparieren. Er macht sich an die Arbeit und ärgert sich erst über sich selbst und dann über Cathy. Er kann nicht zulassen, dass sie jemandem erzählt, was sie vermutet. Er will sie nicht verletzen, aber sie hat sich das selbst zuzuschreiben. Warum konnte sie ihre Nase nicht raushalten? Alles wäre in Ordnung gewesen. Sie hätten es geschafft. Roxy war sowieso manchmal eine Nervensäge. Immer am Diskutieren und Streiten. Sie wären über sie hinweggekommen. Nebenan quiekt und schreit der kleine Bengel. Er ist ein lauter kleiner Scheißer. Trotz der hohen, erregten Schreie, die aus dem Hof nebenan kommen, löst er das Problem mit dem Motorrad und wischt sich die Hände an einem Tuch ab.

Er hört, wie die Mutter des Jungen lautstark telefoniert. »Ich weiß, ist er nicht groß geworden?«

Er rollt mit den Augen, dann schaltet sich etwas in seinem Kopf ein. Er kann diesen Moment nutzen. Scheiß Cathy! Sie hat ihn in diese Lage gebracht, aber er kann es schaffen. Er wirft einen Schraubenschlüssel auf den Boden und flucht laut, dann

hebt er ihn auf und knallt ihn gegen den metallenen Werkzeug-
kasten. »Verdammtes Ding! Warum lässt du dich nicht lockern?«

»Wir sprechen uns bald, Babe.« Die Frau legt auf.

Er schlägt den Schraubenschlüssel noch einmal gegen die
Kiste, sodass es laut schallt, und flucht.

Das Kind ist einen Moment lang still und er hört, wie die
Frau leise mit ihm spricht. Er hat ihre Aufmerksamkeit erregt. Er
rollt das Motorrad zum Tor. Cathy hat die Sache gründlich
vermasselt. Das ist nicht seine Schuld. Nichts von alledem ist
seine Schuld. »Verdammte Schlampe!«, sagt er laut und öffnet
das Tor.

Natalie nahm ihre Akten in die Hand und warf einen letzten Blick auf Paul Sadler. Er blieb mit gesenktem Kopf sitzen, so wie er es immer getan hatte, seit sie ihm ihre Erkenntnisse mitgeteilt hatte und er schließlich den Mord an Cathy und Habib gestanden hatte. Er war kein schluchzendes Häufchen Elend mehr. Er hatte ein ausdrucksloses Gesicht, ohne jede Emotion, ein besiegter Mann – ein Mörder. Seine einzige Absicht war es gewesen, das Haus der Langs zu zerstören, und stattdessen hatte er Leben zerstört – die Leben derjenigen, die er zu lieben vorgab, ganz zu schweigen von anderen, die vom Tod von Roxy, Cathy und Habib betroffen waren. Er hatte Cathy kaltblütig ermordet, sich selbst die Textnachricht von ihrem Telefon geschickt und war dann noch einen Schritt weiter gegangen, um seine Spuren zu verwischen. Er hatte ein Treffen mit Habib arrangiert und versprochen, ihm fünfhundert Pfund zu zahlen, damit er nicht sagt, dass er ihn in der Linnet Lane gesehen hat. Der Treffpunkt war das Feld, wo er den Jungen zunächst mit einem Plastik-Antennendraht erwürgt und ihn dann aufgehängt hatte, unbeobachtet und unbemerkt von den Anwohnern der Straße.

Natalie hielt sich das Telefon ans Ohr und ließ Gavin Lang schimpfen. »Was für ein rachsüchtiger und dummer Mistkerl! Brennt unser Haus nieder, nur weil wir ihn aus dem Club geworfen haben? Ich hoffe, er wird für eine lange Zeit eingesperrt.« Sie hatte Gavin gesagt, was er wissen musste. Paul Sadler hatte ihr Haus angezündet und dabei versehentlich seine Stieftochter getötet.

Gavin fuhr fort: »Dieser verdammte Tucker. Er ist auch daran schuld. Wenn er nicht bei uns mit diesen Kindern eingebrochen wäre, wäre jetzt gar niemand tot.«

Natalie verstand seine Wut, aber sie war fertig mit den Gebrüdern Lang.

»Was passiert jetzt? Bekommen wir von Ihnen überhaupt eine Entschuldigung für die Belästigung?«

Natalie schnitt bei dieser Bemerkung eine Grimasse. »Wir haben unsere Nachforschungen angestellt und Sie haben uns dabei geholfen. Wir haben Sie nicht belästigt, wie Sie es ausdrücken.«

»Ja, klar. Als hätten wir eine Wahl gehabt. Das war's dann also? Ich muss die Versicherung darüber informieren. Wir warten immer noch darauf, dass unser Anspruch bearbeitet wird.«

»Sie können bestätigen, dass Sie Opfer eines Brandanschlags geworden sind und dass gegen eine Person Anklage erhoben worden ist.«

»Gut. Wir müssen die Dinge in Gang bringen. Das alles war ein verdammter Albtraum.«

Natalie konnte sich sein Gesicht vorstellen, während er sprach, die überlegene Haltung, die sie jedes Mal irritierte, wenn sie mit ihm gesprochen hatte. Eine Frau und zwei Teenager waren tot, doch Gavin glaubte, er und Kirk seien die eigentlichen Opfer bei dieser ganzen Sache. »Leider ist es noch nicht ganz vorbei. Ich glaube, das Sittendezernat interessiert sich dafür, was in Ihrem Nachtclub so alles vor sich geht.«

»Oh, Scheiße!« Gavin verstummte schließlich und beendete das Gespräch.

Natalie ließ sich in ihrem Stuhl zurückfallen. Sie war ausgelaugt. Die Ermittlungen waren intensiv, dramatisch und verstörend gewesen. Paul hatte Leben ruiniert, und wegen seiner Taten waren drei junge Männer jetzt ohne ihre Mutter und Schwester. Sie hoffte, dass sie sich von diesem Verlust erholen würden – für Seth würde es am schwersten sein. Sie bezweifelte, dass Seth oder Ellie jemals über das Geschehene hinwegkommen würden, selbst mit der psychologischen Betreuung, die sie beide jetzt erhalten würden.

SIEBENUNDDREISSIG
DONNERSTAG, 5. JULI – ABEND

Aileen wartete in ihrem Büro auf Natalie. Paul Sadler war angeklagt worden, und Aileen hatte der Presse eine Erklärung geben können, in der die Verhaftung bekannt gegeben wurde. Natalie erwartete, dass ihre Vorgesetzte mit dem schnellen Ergebnis zufrieden sein würde, aber ein Blick in Aileens Gesicht sagte ihr etwas anderes.

»Setzen Sie sich, Natalie.«

Sie tat, wie ihr geheißen.

Aileen stützte sich mit den Ellbogen auf ihrem breiten Schreibtisch ab und verschränkte die Finger locker ineinander. »Zunächst möchte ich mich persönlich dafür bedanken, dass Sie diese Untersuchung so schnell, professionell und mit so viel Engagement abgeschlossen haben. Es ist eine Ehre, mit so disziplinierten Beamten zusammenzuarbeiten. Ich bin mir bewusst, wie viel Energie und Zeit in diese Sache geflossen ist, und ich hätte nicht mehr von Ihnen und Ihrem Team verlangen können.«

Natalie senkte dankend den Kopf. Sie konnte nicht den ganzen Ruhm für sich beanspruchen. Murray, Lucy, Ian und Mike hatten alle ihren Teil dazu beigetragen.

»Das wird bald öffentlich bekannt werden, aber ich wollte, dass Sie es von mir persönlich hören. Ich werde versetzt. Das war schon eine Weile abzusehen, und es gibt einen neuen aufstrebenden Star, der mich ersetzen wird. Ich wollte Sie wissen lassen, dass ich Sie für sehr talentiert halte. Sie sind eine hervorragende Beamtin, und ich sehe keinen Grund, warum Sie Ihre Karriere nicht weiter vorantreiben sollten. Ihre Kinder werden älter und zunehmend selbstständiger. Sie sollten das Beste aus dieser Zeit und dieser Gelegenheit machen. Ihre Erfolgsquote ist nicht unbemerkt geblieben.«

Natalie saß wie betäubt da. Sie hatte Getuschel und Gerüchte gehört, dass Aileen ersetzt werden sollte, aber diese waren in den letzten Wochen immer wieder dementiert worden. Dies kam aus heiterem Himmel, und ihr wurde klar, wie sehr sie die ruhige, besonnene Frau zu schätzen gelernt hatte. Sie würde sie zweifelsohne vermissen.

»Das ist alles, was ich Ihnen sagen wollte. Es wird in den nächsten ein oder zwei Tagen eine offizielle Ankündigung geben. Dass Sie Paul Sadler in Rekordzeit festgenommen haben, hat es mir zumindest ermöglicht, erhobenen Hauptes zu gehen. Ich danke Ihnen dafür. Bitte behandeln Sie diese Information vertraulich, bis sie offiziell wird. Das ist alles.«

Natalie stand auf und wusste nicht, wie sie am besten reagieren sollte. Sie wollte etwas Bedeutungsvolles sagen oder die Frau sogar umarmen, aber alles, was sie tun konnte, war, ihre Hand auszustrecken und zu sagen: »Es war mir ein großes Vergnügen, mit Ihnen zu arbeiten, Ma'am.«

In ihrem Haus war das Licht aus. Wenigstens würde sie heute Nacht nicht aus Sorgen über die Ermittlungen wach liegen. Die losen Enden waren aufgeräumt worden. Es war eine harte, aber gnädigerweise kurze Untersuchung gewesen, und sie konnte ihr Versprechen gegenüber Leigh einhalten. Sie würden am kommenden Wochenende ins Kino gehen. Sie hatte auch einige Brücken zwischen sich und Josh zu bauen. Es war fast halb zwölf und das Haus lag im Dunkeln. Auf Zehenspitzen schlich sie die Treppe hinauf und blieb plötzlich vor Joshs Zimmer stehen. Die Tür stand einen Spalt offen und sein Bett war leer.

Sie sah im Badezimmer und im Erdgeschoss nach und warf sogar einen Blick in Leighs Zimmer, aber sie war allein und hatte sich unter ihrer Bettdecke zusammengerollt. Sie versuchte es auf Joshs Handy. Der Anrufbeantworter ging direkt ran. Sie sah sich in seinem Zimmer um, um zu sehen, ob irgendetwas fehlte und ob ihr Sohn, wie seine Schwester früher in diesem Jahr, weggelaufen war.

Sie eilte in das Schlafzimmer, das sie mit David teilte. Der Geruch von abgestandenem Alkohol durchzog den stickigen Raum. David lag flach auf dem Rücken, den Mund offen, tief schlummernd. Sie beugte sich über ihn und schüttelte ihn kräftig. Mit einem verwirrten Stöhnen kam er zu sich.

»David, wo ist Josh?«

David konnte sich kaum auf sie konzentrieren; seine Augenlider blinzelten heftig, sein Gesicht war verzerrt vom Schlaf. »Natalie?«

»Josh ist nicht in seinem Zimmer. Wo ist er?«

David setzte sich auf und sein Gesicht spiegelte Verwirrung wider. Natalie bemerkte, dass er sein Schlafanzugoberteil falsch zugeknöpft hatte und der Kragen schief war. Auf seinem Nachttisch stand ein halb leerer Becher Whisky. Es bedurfte keiner großen Kombinationsgabe, um herauszufinden, dass er noch betrunken war. »Ich weiß es nicht.«

»War er in seinem Zimmer, als du ins Bett gegangen bist?«

»Ich nehme es an. Er ist nach dem Abendessen auf sein Zimmer gegangen. Ich dachte, er sei an seinem Computer, wie immer.«

»Aber du bist nicht noch einmal reingegangen und hast ihm gute Nacht gesagt?«

David rieb sich mit der Hand über den Scheitel. Sie wusste die Antwort, ohne dass er sie aussprechen musste.

»Verdammt noch mal! Du wusstest, dass ich mir Sorgen um ihn gemacht habe. Du hast gesagt, du würdest ihn im Auge behalten.«

David antwortete nicht.

»Hat er irgendetwas gesagt, das darauf hindeutete, dass er irgendwo hingehen oder dass er weglaufen würde?«

»Nein.«

»Habt ihr euch gestritten?«

»Nein. Er hat heute kaum mit mir gesprochen.«

Sie verließ ihn und ging zurück in Joshs Zimmer, wo sie seinen Computer einschaltete und betete, dass er sich nicht von seinen Social-Media-Seiten abgemeldet hatte. Er hatte sich nicht abgemeldet und sie konnte auf sein Facebook-Profil zugreifen, wo sie Nachrichten von seinem Freund Alex fand. Sie las nur die ersten paar, die letzte war an diesem Abend um acht Uhr gesendet worden:

Alex: *Ich habe die Details. Beginnt um 10 Uhr. Bist du noch dabei?*

Josh: *Darauf kannst du wetten.*

Alex: *Das wird geil.*

Josh: *Ich kann's kaum erwarten.*

Es hörte sich so an, als ob sie auf eine Party gehen wollten, aber die Tatsache, dass Josh sich rausgeschlichen hatte, anstatt ihnen zu sagen, wohin er eigentlich gehen wollte, deutete darauf hin, dass er etwas vorhatte, das sie und David missbilligen würden. Alkohol, Drogen und Teenager konnten eine schlechte Kombination sein, und obwohl sie nicht prüde war, musste sie nur an Roxy, Ellie, Tucker und Habib denken, um sich Sorgen um ihren eigenen Sohn zu machen. Es war die Unehrlichkeit, die ihren Puls zum Rasen brachte.

Sie schaltete den Computer aus und ging die Treppe hinunter.

David stand mit nackten Füßen auf dem Treppenabsatz, sein Gesicht verzerrt vor Verwirrung und Verzweiflung. »Wohin gehst du?«

»Ich suche unseren Sohn.«

»Warte auf mich.«

Sie blieb auf halbem Weg stehen und sagte, ohne sich umzudrehen, leise: »Nein, David. Ich will im Moment nicht mit dir zusammen sein.« Sie stieg schnell die Stufen hinab, und er rannte hinter ihr her und flehte sie an, als sie ihre Schuhe anzog, aber sie ignorierte ihn. Sie nahm ihre Autoschlüssel wieder in die Hand und ging, ohne ein weiteres Wort zu sagen. Sie traute sich nicht, mit ihm zu sprechen. Was sie wirklich sagen wollte, würde alles kaputtmachen.

Sie sprang in ihr Auto und fuhr los in Richtung Alex' Haus. Sie würde versuchen, seine Eltern aufzuwecken und herauszufinden, ob sie eine Ahnung hatten, wohin die beiden gegangen waren. Sie warf ihr Handy auf den Beifahrersitz, wo es plötzlich blinkte und ihr eine ungelesene Nachricht anzeigte. Sie griff wieder danach und öffnete sie, während sie mit einer Hand steuerte. Mike hatte eine sehr knappe Nachricht geschickt:

Ausgezeichnetes Ergebnis.
Glückwunsch.
Mike

Das war genug, um sie dazu zu bringen, ihn anzurufen. Er war für sie da gewesen, als Leigh verschwunden war, und er war wahrscheinlich der einzige Mensch, der ihr jetzt helfen konnte, Josh zu finden. Er nahm sofort ab und sie erklärte ihm die Situation.

»Wo bist du?«

»Ich bin fast beim Haus seines Freundes. Ich hoffe, seine Eltern wissen, wo die Jungs sind.«

»Du glaubst, er ist auf einer Party?«

»Einer Party oder vielleicht sogar einem Rave. In der Nachricht von Alex stand, dass er Einzelheiten erfahren hat und dass es um zehn Uhr losgeht.« Das Haus war in Sichtweite.

»Was auch immer es ist, es kann nicht allzu weit weg sein, es sei denn, die Jungs hatten eine Mitfahrgelegenheit dorthin. Ich bin noch im Labor, also werde ich mich mit der Technikabteilung in Verbindung setzen und mal nachfragen. Wenn irgendwo ein Rave ist, können wir vielleicht herausfinden, wo er stattfindet.«

»Würdest du das tun? Vielen Dank, Mike. Ich versuche es bei Alex' Eltern und rufe dich zurück.«

Sie stürzte aus dem Auto und rannte auf das dunkle Haus zu. Ihre Schritte ließen den Nachbarshund aufschrecken, der anschlug – ein gelangweiltes, sich wiederholendes Bellen. Sie läutete an der Tür. Ein leises Klingeln drang an ihre Ohren und der Hund kläffte noch lauter. Es war eine klare Nacht, und eine kühle Brise umspielte sie, kühlte die nackte Haut an ihren Armen und verursachte ihr eine Gänsehaut. Sie rieb sich die Arme und läutete die Glocke ein weiteres Mal. Sie erhielt keine Antwort. Sie versuchte es ein drittes und letztes Mal, und als sich niemand meldete, eilte sie zurück zu ihrem Auto und fuhr in Richtung Samford.

»Mike, die Eltern von Alex sind nicht da.«

»Keine Panik. Wir sind schon dabei.«

»Ich weiß nicht, womit ich anfangen soll.«

»Komm ins Hauptquartier. Wir überlegen gemeinsam. Wir haben die Technik hier. Ich versuche, Joshs Telefon zu orten.«

Sie fuhr mit klopfendem Herzen in Richtung Samford. Sie

hoffte, dass sie nicht einfach nur reflexartig auf die plötzliche Veränderung in Joshs Temperament reagierte, aber er war ihr Kind und sie hatte die Pflicht, ihn zu beschützen. Es war nicht nur der starke mütterliche Instinkt, der sie antrieb. Es war der Gedanke daran, welche schrecklichen Folgen Drogenmissbrauch haben konnte.

Mike wartete auf dem Parkplatz auf sie und sprang auf den Beifahrersitz. »Wir haben einen Treffer für sein Handy. Er ist in Samford. Ich habe einen der Jungs in den sozialen Medien auf die Jagd geschickt. Wir vermuten, dass es sich um einen dieser Pop-up-Raves handelt, bei denen der Ort erst in letzter Minute bekannt gegeben wird, damit es keine Razzia oder Schließung geben kann. Jemand wird es in den sozialen Medien ausgeplaudert haben. Das tun sie immer. Sie werden stoned und fangen an, darüber zu posten. Fahr in Richtung Omega Industrial Park. Das ist das Gebiet, in dem wir die letzte Übertragung seines Handys aufgeschnappt haben.«

Sie fuhr mit hoher Geschwindigkeit, die Straße war ein schwarzer Strich, unterbrochen von Ampeln, die alle auf Grün standen.

»Ich reagiere nicht besonders gut, oder?«, sagte sie, als sie das Gaspedal auf einer unbeschränkten Strecke durchtrat.

»Das finde ich nicht. Er hat sich spät in der Nacht davongeschlichen, ohne dir zu sagen, wohin er wollte. Er hat sich in eine potenziell gefährliche Situation begeben, und schließlich ist er erst sechzehn Jahre alt. Ich denke, es ist völlig richtig, dass du ihn suchst. Wenn Thea da draußen wäre, würde ich das ganze Revier nach ihr suchen lassen.« Seine Worte trafen ins Schwarze und sie war dankbar dafür.

Sein Telefon klingelte. Er nahm ab und grunzte dankend. »Einer aus dem Team glaubt, eine Lagerhausparty im Omega Industrial Park ausfindig gemacht zu haben. Es wurden einige Fotos auf Twitter gepostet, und er ist sich sicher, dass sie dort aufgenommen worden sind.«

Sie waren nur drei Minuten entfernt. Das Areal war riesig, mit riesigen Lagerhallen, die jeweils mehrere Hektar groß waren. Es würde eine ziemliche Aufgabe sein, herauszufinden, welche Seitenstraße sie nehmen mussten, um das fragliche Lagerhaus zu finden. Aber Mike hatte es im Griff. Er sprach selbstbewusst und wies seine Kollegen an, nach leeren Lagerhäusern Ausschau zu halten und ihm dann den Weg zu weisen. Er behielt einen kühlen Kopf, als sie beim ersten Lagerhaus ins Leere liefen, und führte sie durch das Labyrinth der Straßen rund um das Areal zu einem weiteren Lagerhaus und dann zu einem dritten, aus dem laute Musik schallte.

»Bleib bei mir«, sagte Mike. »Wir werden ihn gemeinsam finden.«

Sie traten durch eine Seitentür ein und gerieten direkt in eine brodelnde Masse von Körpern. Die Luft war voller Schweißgeruch und den süßen, widerlichen Aromen, die sie mit Cannabis assoziierte. Der Lärm ließ ihr Trommelfell vibrieren. Mike ergriff ihre Hand, lehnte sich an sie und rief in ihr Ohr: »Bleib bei mir.«

Gemeinsam drängten sie sich an Scharen junger Männer und Frauen vorbei, die sich zu einem manischen Beat über den Boden katapultierten. Mikes Hand war warm und groß und legte sich um die ihre. Sie schöpfte Trost aus seiner Anwesenheit und seiner Stärke und drehte ihren Kopf in die eine oder andere Richtung, um ihren Sohn ausfindig zu machen. Sie erregten wenig Aufmerksamkeit bei den Partygästen, die zu sehr in die Musik und das Tanzen vertieft waren, um zwei Erwachsene um die vierzig zu bemerken. Ein junger Mann mit wilden Augen kippte eine große Wasserflasche in sich hinein, wobei der Inhalt seinen Hals hinunterlief und seinen Mund verfehlte. In der Lagerhalle war es unglaublich heiß, und unter Natalies Achseln bildeten sich wieder einmal feuchte Flecken. Mike schlang seine Finger um ihre und zog sie tiefer in die Lagerhalle. Das Tempo der Musik wurde schneller und die

Menge johlte, hob die Arme und hüpfte wie auf einem Riesentrampolin. Sie sah zu dem grimmig dreinblickenden Mike auf, der die meisten hier überragte und den Raum nach Josh absuchte. Es war hoffnungslos. Sie würden ihren Jungen hier niemals finden. Während ihr diese Gedanken durch den Kopf gingen, blieb ihr Blick an einer Gestalt hängen, die sie wiedererkannte, und sie zerrte an Mikes Arm. »Alex!«, rief sie und zeigte auf ihn.

Der Junge war völlig entkrampft, seine Arme schlugen nach oben und außen wie die einer unkontrollierbaren Marionette, während er auf gummiartigen Beinen vor zwei Mädchen tanzte, die sich gegenseitig angrinsten und anstupsten und über seine Possen lachten.

Natalie ließ Mikes Hand los und stürzte auf den Jungen zu, wobei sie ihn am Handgelenk packte. »Wo ist Josh?«, rief sie.

Er starrte sie mit glasigen Augen an.

»Wo ist er?«

Eines der Mädchen klopfte ihr auf die Schulter und rief: »Suchen Sie Josh?«

»Ja.«

»In der Toilette.« Sie machte ein Zeichen mit den Händen, um anzuzeigen, dass der Junge zu viel Alkohol getrunken hatte, und zeigte auf die andere Seite des Raums.

»Wissen Sie, dass er erst sechzehn ist?«, sagte Natalie über Alex, dessen Geburtstag einen Monat nach dem von Josh lag.

Das Mädchen sprach zu ihrer Freundin, und sie wichen zurück und verschwanden schnell in der Menge. Ein blinzelnder Alex drehte sich um dreihundertsechzig Grad und zurück.

»Wo sind sie hin?«

»Die sind weg. Du kommst mit uns mit«, sagte sie zu Alex, und wieder nahm sie sein Handgelenk und manövrierte ihn in die Richtung, die das Mädchen angegeben hatte. Er wurde augenblicklich kleinlaut und senkte den Kopf. Mike ging schützend neben dem Jungen her, während sie gemeinsam an den Nachtschwärmern vorbeischlurften.

Mike wartete mit Alex, während Natalie Joshs Namen rief und an jede der Kabinen klopfte. Die letzte Tür öffnete sich und zeigte ihren Sohn, auf den Knien, die Hände auf dem Spülkasten, den Kopf über der Schüssel.

»Scheiße. Josh! Sprich mit mir.«

Er stöhnte auf und musste sich lautstark übergeben. Sie setzte sich neben ihn und schob ihm die Ponyfransen aus dem Gesicht, als er erneut würgte. Es gab nichts mehr, was er hochbringen konnte.

»Was hat er genommen?«, schrie sie.

Mike rüttelte an Alex' Arm, um ihn zum Antworten zu bewegen. »Nichts.«

»Verarsch mich nicht. Was hat er genommen, Alex?«

»Nur einen Popper.«

»Meinst du Ecstasy?«

»Ja.«

»Wie viele hat er genommen?«

»Einen.«

»Josh, kannst du mich hören?«

»Ja, mir geht's gut.«

»Kannst du laufen?«

»Ja.«

Sie legte einen Arm unter seine Achselhöhle und half ihm auf die Beine. Sie konnte nicht verhindern, dass ihr heiße, wütende Tränen über das Gesicht liefen. Ihre Entschlossenheit und Ruhe hatten sie verlassen. Mike kam nach vorne und unterstützte Josh.

»Du hast uns einen ganz schönen Schrecken eingejagt«, sagte er.

Josh schaffte es, ein beschämtes Gesicht zu machen. »Es tut mir wirklich leid, Mum.«

Sie konnte vor Kummer nicht sprechen. Es ging ihm gut,

aber es war eine Grenze überschritten worden, und er war nicht mehr ihr kleiner Junge. Diesmal hatte sie ihn gefunden, aber wie lange würde sie noch in der Lage sein, auf ihn aufzupassen? In ein paar Monaten würde er sein Abitur machen und dann wahrscheinlich auf die Universität gehen, und sie hätte keine Kontrolle darüber, was mit ihm geschah. Sie hatte ihn vor den Gefahren von Drogen gewarnt und trotzdem hatte er welche genommen. Was konnte sie noch tun? Sie wischte sich die Tränen weg und holte tief Luft. Er war in Sicherheit, und es gab immer noch eine Chance für sie, darüber zu sprechen und herauszufinden, warum er so rebellisch gewesen war. Vielleicht würde er noch auf die Vernunft hören.

»Ich komme jetzt zurecht. Mir ist nicht mehr übel«, sagte er.

»Alex, wo sind deine Eltern?«, fragte Natalie.

»Ausgegangen für die Nacht.«

»Dann kommst du besser mit zu uns nach Hause.«

Sie hielten auf der Straße vor ihrem Haus an. Josh und Alex waren auf dem Rücksitz eingeschlafen und hielten sich aneinander fest. Mike hatte einen Uber bestellt, der ihn von Natalie zu seinem Haus bringen sollte. Sie schaltete die Zündung aus und wartete darauf, dass David an der Haustür erschien, aber als er nicht kam, sprach sie.

»Es wäre nicht nötig gewesen, ein Taxi zu bestellen. Ich hätte dich nach Hause gebracht.«

»Du hast genug zu tun. Du musst dich um die Jungs kümmern.« Er schaute auf sein Handy. »Und Uri wird in zwei Minuten hier sein. Das nenne ich prompten Service«, sagte er mit einem flüchtigen Lächeln.

»Ohne dich hätte ich das nicht geschafft.«

»Doch, hättest du schon. Ich habe dir nur geholfen, ihn schneller zu finden.«

Es gab eine Pause, in der sie nur das schwere Atmen eines der schlafenden Jungen hören konnten.

Sie räusperte sich und sprach leise. »Wegen neulich Abend. Ich war eifersüchtig. Ich bin genauso schlimm wie jede andere Frau, die du kennst. Ich war wütend und verletzt, und doch hatte ich kein Recht, so zu empfinden. Ich hätte nicht auf dich losgehen dürfen.«

Seine Augen funkelten. »Das ist großzügig von dir. Du hättest das nicht zugeben müssen.«

Sie drehte sich um, um die Jungs zu mustern – sie schliefen tief und fest – und flüsterte: »Ich habe es getan, weil ich möchte, dass du weißt, was ich für dich empfinde. Ich kann den Schein nicht länger aufrechterhalten. Ich muss den nächsten Schritt machen, aber zuerst muss ich mit David reden. Ich will nichts hinter seinem Rücken tun. Ich will es richtig machen.«

Er reagierte nicht, und einen Moment lang dachte sie, er sei verärgert über ihren plötzlichen Ausbruch; schließlich hatte sie ihn so lange auf Abstand gehalten. Dann legte er seine Hand auf ihre, schlang seine Finger um sie und beugte sich zu ihr. Sie drehte sich zu ihm um, und er drückte ihr einen leichten Kuss auf die Lippen, bevor er sich wieder zurückzog.

»Wenn du dir sicher bist.«

»Ich bin mir sicher.«

»Dann bin ich mit dieser Entscheidung zufrieden.« Er sah sie lange an, dann tauchten Scheinwerfer in ihrem Rückspiegel auf, als sich sein Wagen näherte.

»Wir sehen uns morgen«, sagte sie.

»Darauf kannst du wetten.«

Er öffnete die Autotür, wodurch das Licht im Innenraum anging und Alex weckte, der Josh von sich stieß und gähnte. Im Wohnzimmer ihres Hauses ging ein Licht an und Davids weißes Gesicht lugte hinter den Vorhängen hervor. Sie sagte den Jungs, sie sollten reingehen, und stand an der Autotür, als Mike mit einem Winken in sein Taxi stieg.

Die Haustür öffnete sich. Davids Stimme war hinter ihr zu hören, aber sie beobachtete weiter das Taxi, bis es aus ihrem Blickfeld verschwunden war, und wandte sich dann erst dem Haus zu. Genauso wie ihr Sohn hatte sie eine unsichtbare Grenze überschritten. Ihr Leben würde von jetzt an ganz anders aussehen.

EPILOG

David sitzt im Dunkeln neben dem Fenster von Joshs Schlafzimmer, das auf die Straße hinausgeht. Die Vorhänge sind nicht zugezogen und er kann jedes Fahrzeug herankommen sehen. Jedes Mal, wenn er Scheinwerfer sieht, schaut er hinaus und hofft, dass es Natalie und Josh sind, die zurückkehren.

Er ist ein miserabler Vater und Ehemann. Er hat sie wieder und wieder im Stich gelassen. Wie oft soll das noch passieren? Er wischt sich über die Augen. Er hat genug geweint, seit Natalie sich auf die Suche nach Josh gemacht hat. Er fühlt sich ohnmächtig. Er sollte bei ihr sein, doch ein Teil von ihm sagt ihm, dass sie überreagiert hat. Dem Jungen wird es gut gehen. Er ist ein widerstandsfähiger Teenager, der seine Grenzen austestet. Wie viele Teenager tun das nicht? Der Junge hat sich also unbemerkt auf eine Party geschlichen. Das ist nicht das Ende der Welt. Und doch ist es das, weil es für Natalie so wichtig ist.

Er hört einen Motor und erkennt Natalies Auto, als es hinter seinem eigenen hält. Er springt auf, um sie zu begrüßen, dann hält er plötzlich inne. Es ist nicht Josh, der auf dem Beifahrersitz sitzt. Es ist Mike. Was macht sein bester Freund im Auto seiner Frau?

Ein tiefes, rhythmisches Pulsieren erfüllt seine Ohren und er bewegt sich zur Seite, damit Natalie ihn nicht bemerkt.

Sie scheinen sich zu unterhalten. Er sieht zu, dreht den Ehering an seinem Finger und betet leise. Die Straßenlaterne beleuchtet das Auto so weit, dass er sehen kann, wie Mike sie küsst, und sein Herz zerspringt in winzige Fragmente. Er kann nicht mehr zu Atem kommen. Er bleibt entsetzt stehen, bis ein anderes Auto auftaucht und Mike aussteigt. David kann jetzt seinen Sohn und seinen Freund erkennen, die sich strecken und gähnen und nach den Türgriffen tasten. Er bewegt sich zügig, die Maske der väterlichen Besorgnis ist jetzt aufgesetzt. Im Moment ist er noch immer Vater und Ehemann, und er wird dafür kämpfen, dass er diese Rolle beibehält.

EIN BRIEF VON CAROL

Hallo, liebe Leser:innen,

Ich danke euch aufrichtig, dass ihr *Die Verabredung* gekauft und gelesen habt. Ich hoffe, ihr habt das Buch genauso gern gelesen, wie ich es geschrieben habe. Wenn ihr über meine Neuerscheinungen auf dem Laufenden gehalten werden möchtet, meldet euch einfach unter dem folgenden Link an. Eure E-Mail-Adresse wird nicht weitergegeben und ihr könnt euch jederzeit wieder abmelden.

www.bookouture.com/bookouture-deutschland-sign-up

Wir sind bereits beim vierten Teil der Natalie-Ward-Reihe angelangt, und ich habe mich noch mehr in alle Charaktere verliebt, vor allem in Natalie, obwohl ich sie alle gern habe … nun, mit einer Ausnahme vielleicht – David – aber er tut mir trotzdem leid. Das Buch war so rasant geschrieben, dass ich manchmal den Atem angehalten habe. Ich musste mich bewusst daran erinnern zu atmen.

Die Grundlage für *Die Verabredung* bildeten Ereignisse aus dem wirklichen Leben und ein Artikel, den ich in einer Zeitung entdeckt habe. Das zugrundeliegende Thema ist die Geheimniskrämerei und das Verbergen der Wahrheit vor anderen Menschen, selbst vor denen, die man am meisten liebt. Wie viele Menschen sagen wirklich die Wahrheit? Wie viele Kinder lügen ihre Eltern an, und wie viele Eheleute belügen ihre Partner? Meine Nachforschungen haben viele Bedenken aufgeworfen, die ihr sicher mit mir teilen werdet, aber sie haben mir auch die Möglichkeit gegeben, eine Geschichte zu schreiben, die ihr hoffentlich fesselnd findet.

Kann man jemanden überhaupt jemals wirklich kennen?

Wenn euch die Lektüre von *Die Verabredung* gefallen hat, nehmt euch bitte ein paar Minuten Zeit, um eine Rezension zu schreiben, auch wenn sie noch so kurz ist. Ein paar Worte genügen, und ich wäre euch wirklich sehr dankbar.

Vielen Dank

Carol

www.carolwyer.co.uk

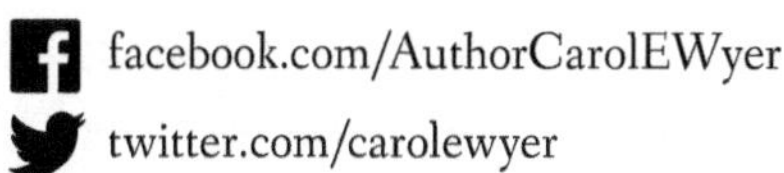

DANKSAGUNG

Manchmal scheint es nicht genug zu sein, Danke zu sagen, und dies ist einer dieser Anlässe. Während des Schreibens von *Die Verabredung* war ich auf eine Reihe von Personen angewiesen, die mich angeleitet und unterstützt haben, sowie auf Experten, die dafür gesorgt haben, dass das Buch sachlich korrekt ist.

Ich bin Nigel Adams, einem pensionierten Feuerwehrmann und Berater für forensische Brandursachenermittlung, sehr dankbar, dass er mir bei der Beschreibung eines Hausbrandes geholfen hat, indem er mir nützliche Unterlagen zur Verfügung gestellt und mir erklärt hat, was es wirklich bedeutet, Feuerwehrmann zu sein. Er machte mich zudem – wenn auch online – mit Kai bekannt, dem Suchhund der West Midlands Fire Investigations, den ihr unbedingt auf Twitter suchen solltet. Ich habe sehr viel von Nigel gelernt, vieles davon konnte ich nicht in das Buch aufnehmen, aber es hat mir die Augen für die Tapferkeit und das Engagement derjenigen geöffnet, die im Feuerwehrdienst arbeiten.

Ich danke den Mitgliedern des CWA für die Beantwortung meiner zahlreichen Fragen und Stuart Gibbon, einem ehemaligen hochrangigen Polizeibeamten, der nicht nur Bücher geschrieben hat, die Krimiautor:innen wie ich immer auf unseren Laptops zur Hand haben, sondern der auch immer zur Verfügung steht, um alle polizeibezogenen Fragen zu beantworten.

Ein weiterer Dank geht an das gesamte Team von Bookouture, ohne das es kein Buch gäbe – also an alle, die ein Auge auf dieses Buch geworfen haben, an die, die es formatiert haben, und an alle, die an Marketing und Öffentlichkeitsarbeit beteiligt waren.

Ein besonderer und aufrichtiger Dank geht schließlich an meine großartige Lektorin Lydia Vassar-Smith, deren kluge Vorschläge dieses Buch von einem guten Buch zu einem Buch gemacht haben, auf das ich wirklich sehr stolz bin. Ich danke euch allen.